彼岸千缘

清清楚楚 作品

上册

青岛出版社
QINGDAO PUBLISHING HOUSE

图书在版编目（ＣＩＰ）数据

彼岸千缘 / 清清楚楚著. -- 青岛 : 青岛出版社,
2018.6
ISBN 978-7-5552-6629-7

Ⅰ. ①彼… Ⅱ. ①清… Ⅲ. ①言情小说－中国－当代
Ⅳ. ①I247.5

中国版本图书馆CIP数据核字(2018)第012597号

书　　　名　彼岸千缘
著　　　者　清清楚楚
出版发行　青岛出版社
社　　　址　青岛市海尔路182号（266061）
本社网址　http://www.qdpub.com
邮购电话　010-85787680-8015　13335059110
　　　　　　0532-85814750（传真）　0532-68068026
责任编辑　郭林祥
责任校对　耿道川
特约编辑　伊艳蝶
装帧设计　苏　涛
印　　　刷　三河市南阳印刷有限公司
出版日期　2018年6月第1版　　2018年6月第1次印刷
开　　　本　16开（700mm×980mm）
印　　　张　36
字　　　数　460千字
书　　　号　ISBN 978-7-5552-6629-7
定　　　价　99.80元（全二册）

编校印装质量、盗版监督服务电话　4006532017　　0532-68068638
建议陈列类别：畅销·古代言情

彼岸千缘

目录【上】

目录【上】

彼岸千缘

彼岸千缘

目录【下】

目录【下】

彼岸千缘

楔子·前尘

靖贞二十九年的冬天来得特别早，刚进入十一月，就已连降暴雪，寒风夹着鹅毛大雪肆无忌惮地席卷了天地，放眼望去，白茫茫的一片。

在一个风雪交加的夜晚，龙耀国第九代君王驾崩。就此，也开启了酝酿已久的帝位之争。三皇子怀信王控制了宫中禁军，秘不发丧，首先挑起了争霸的序幕，矛头直指太子，声称太子寡德，皇上有意废太子，却被太子软禁。进而，怀信王囚禁了太子和实际已为太后的皇后，然后假传圣旨以勤王除寇之名，命抚远将军李明放调山西大营的官兵入京。

这让李明放面临一个艰难而残酷的选择，接到圣旨后，他就将自己关在山西大营的军帐中。当年皇上尚在春秋鼎盛时期，怀信王多方斡旋，最终求得皇上指婚，将女儿敏柔郡主嫁给自己的长子李劲节，李明放明白他此举的动机，意在自己手中二十万大军的兵权。这桩婚事李家无力推却，从那时起李明放就知道，无论他愿不愿意、承不承认，他与怀信王已然是同一个阵营的盟友，一荣俱荣，一损俱损。

前方已是千丈悬崖，身后尤有万仞峭壁，进则粉身碎骨，退又无路可退。军帐中的灯光彻夜未熄，凌晨时京城传来的一个消息促成李明放做出了最终的决定。这个消息就是：敏柔郡主诞下了李家的长孙。短暂的喜悦后，李明放迈着沉重的脚步走出军帐，他没有时间为这个孙儿起名字，就率兵踏上了勤王的征程。

只能放手一搏了，既然退无可退，那便祈求进一步可以绝处逢生。这是一场豪赌，而自己堵上的是身家性命和生前身后的尊荣。

一场血雨腥风在那个异常寒冷的冬季席卷了整个龙耀国。处境最艰难的是与太子一母同胞的弟弟七皇子逸轩王沐澜澈。兄长们要不就摩拳擦掌为了那个无上的荣耀争得头破血流、你死我活，要不就隔岸观火、明哲保身，只等着哪个兄弟登基，再俯首称臣。逸轩王作为太子唯一的同母的弟弟，没有独善其身的退路。父皇新丧，母后和太子被囚，让他无法置身事外。

捍卫皇室的尊严责无旁贷地落在了逸轩王的身上，温润如玉的人披起战甲，握笔挥毫的手此刻紧握的是一杆银枪，枪头下的红缨火焰般灼痛了他的眼睛，它将饱饮鲜血，那鲜血来自他血脉同生的兄长。他没有权利逃避，继续去做他的悠闲王爷，这也早已不是他一个人的生死荣辱。他只有背水一战，为了家人求一条生路，一如迎面策马而来的李明放。

二人虽然一个是太子一母同胞的弟弟，一个是三皇子的儿女亲家，立场上是对立的，但彼此之间并没有个人恩怨。恰恰相反，李明放欣赏沐澜澈清心淡泊、遗世独立，沐澜澈也敬佩李明放忠义勇猛、刚直不阿。谁料二人竟在此种境况下相遇，来不及感叹，只能银枪一挺，战到一处。

京城成了厮杀的战场，尸横遍地，满目疮痍，鲜血浸透了长街，城中的血腥之气经月不散。这场夺嫡之战史称"靖贞之乱"。战役最终以逸轩王率领的兵马获胜而告终。怀信王伏诛，李明放负伤被俘。太子获救登基，改年号宣平。

自古以来，宫变以杀戮开始，也必将以杀戮终止。新皇登基，头一件事便是诛杀乱臣贼子。正所谓成王败寇，首当其冲的便是奉旨勤王的李明放，勤王成了谋逆，全家获罪，株连九族。

在天牢最阴暗肮脏的死囚室里，刚满十二岁的李劲业蜷缩在角落里，瑰丽璀璨的眉眼此刻却是黯淡呆滞。他怎么也想不明白，仿佛只是一瞬间，自己的天地怎么就变了颜色？一生戎马、战功无数的父亲成了谋逆的乱臣贼子，满门忠烈、世代荣耀的李氏一族家破人亡，自己这个昔日身处云端的少年，如今成了阶下囚。

更为讽刺的是，劲业与逸轩王沐澜澈的独子沐长风曾是最好的朋友。那是一个温和谦礼的少年，小小年纪就气韵高华、不染纤尘。劲业与长风自幼相识，一动一静，性格迥异的两个人竟成了莫逆之交。虽然两家的关系随着朝中的局势而日益紧张，家人也反复叮嘱不要与对立阵营的人走得太近，但是少年心性里，只有兴趣相投，政局上的叵测未能对他们的友谊产生丝毫影响。加之沐澜澈淡泊高远，对朝政并不热衷，而李明放侠肝义胆，也不是苟且钻营之人，因而并未对孩子间的交往严加制止。

如今想起那些情同手足，一起策马、一起欢笑的日子，简直是恍如隔世，百感交集。

劲业的母亲在父亲发兵前就身染重病，得知父亲兵败被俘，只说了一句"我先走一步去等他……"，就永远地阖上了双眼。家中人来不及为母亲发丧，就迎来了抄家抓人的官兵。

如今身处天牢的劲业不禁庆幸，一定是上天眷顾母亲，让她早早去了，没有亲眼目睹整个家族的灭顶之灾。

大哥李劲节在战乱中身亡，斩首后头颅被挂在城门上。刚出生的小侄儿被前来围剿的士兵摔死在庭院里的石板地上，大嫂敏柔郡主当场疯癫，抱着爱子尤有余温的小小尸首投了湖。

昔日雕梁画栋的将军府顷刻成了不折不扣的人间地狱，园子里满是手持刀剑的铁甲士兵，追赶着惊慌失措的家丁仆妇，稍有反抗，便会身首异处。眼前到处是浓稠的鲜血，耳畔阵阵惨呼哀号，空气中弥漫着令人作呕的血腥味。

混乱中，劲业死死抓住珠儿的手，看着珠儿仓皇的眼睛，小小少年心中惶恐悲凉，却说不出一句安慰的话。

身后重重的一鞭打在背上，劲业惨叫出声，仆倒在地，几个壮硕的士兵上来将他死死按在地上。再抬眼时，只看见哭泣的珠儿被粗暴的官兵拖扭着走远。珠儿胡乱踢着腿，奈何人小力弱，根本无法挣脱。情急下，珠儿低头一口咬在那人的手上，那人负痛松手，珠儿得以脱身，嘴里慌乱地喊着"小哥哥，救我"向劲业的方向跑来。被咬了手的人恼羞成怒，拔出长剑，从珠儿背后劈下。珠儿仆倒在地上，鲜血浸透了她身下的土地，一如她身上的红衣那般鲜红耀眼。那是珠儿留在劲业记忆中最后的画面。

想到珠儿，劲业死寂的目光微微露出些许温柔。仿佛又置身于那个春光旖旎的午后，他一个人坐在树下看着碧蓝如洗的天空发呆，身后忽然传来一个娇俏的声音，"这位姐姐，你看什么呢？"

劲业虽然俊美非凡，但最恨别人把他看作女孩。他愤然回头，刚想发火，却见一个看上去比自己小一两岁的小姑娘，梳着双鬟，穿着红色的夹袄。她盯着劲业的脸看了一会儿，笑了起来，那一刻，劲业觉得满园的凤仙花也不如她好看。女孩笑道："我看错了，原来是位小哥哥。"

劲业还是被惹火了，自己明明是个如假包换的男子汉，这也能被看错？他站起身来，气急败坏地推了那个女孩一把，女孩被推得坐在地上，瘪了瘪小嘴哭了起来，豆大的泪珠挂在她凤仙花瓣一样娇嫩的脸上，"我娘说过好男不跟女斗，你怎么打女人？"

劲业第一次弄哭了女孩子，手足无措地站在一边，呆呆看着她，想叫她别哭了却又不知如何劝说。心中满是懊恼，只想着自己再也不会欺负她。

这个女孩就是珠儿，是李家远房亲戚家的女儿，因家道中落来投奔李府，劲业的母亲怜她年幼孤苦，便认作义女养在了府中。

从那天起，劲业的视线中就多了一抹红色。珠儿总是像小尾巴一样跟着劲业，让劲业一回身就能看见她甜甜的笑脸。刚从乡下来的孩子，还没有太多的礼教观念，她只是单纯喜欢待在劲业身边。

府里其他的孩子见她是新来的，总是欺负她，拉她的头发，或者捉只毛毛虫放到她脖颈处。她总是抽抽搭搭地来找劲业，晶亮的眼睛看着劲业也不说话。劲业就会气急败坏地去教训那些恶作剧的孩子，在劲业的拳头下，那些孩子再不敢欺负她了。

珠儿最喜欢无所事事地坐在劲业身边，托着腮，眼睛一眨不眨地盯着劲业看。

劲业被看得不好意思，瓮声瓮气地问她："有什么好看的？"乡下的女孩，淳朴而直白，珠儿也不懂丝毫掩饰，"我喜欢看小哥哥。小哥哥真好看，将来你娶珠儿做你的媳妇好不好？这样珠儿就可以天天看你了。"

那一刻劲业忽然觉得长了一张这样的脸也不是坏事。别人说劲业容貌出众，劲业总会怒火冲天，唯独这样的话从珠儿嘴里说出来，劲业非但没有生气，反而觉得有几分受用。至于婚配、媳妇什么的，以劲业这个年纪，还不是很明白，但也知道是个羞人的话题，于是用手指刮着珠儿的鼻梁道："姑娘家家的，整天把娶媳妇挂在嘴边，羞不羞？"话虽然这么说，但是劲业就是喜欢珠儿的这份淳朴，不像京城里那些所谓的闺秀，说个话都要用帕子或团扇遮着嘴，跟闹牙疼似的。

而如今，那个凤仙花一样美好纯真的女孩，就这样还未绽放便已凋零。

劲业和父亲、二哥李劲言都被关押在天牢的死囚室，按律，谋逆是株连九族的罪名，主犯处以腰斩极刑，家眷处斩。

天牢里的日子如地狱般难熬，不分昼夜的刑讯毒打、肆意折磨，不过是让被俘的人认下更多的罪名，供出所谓的同党。李明放毒刑熬遍，一人扛下罪责，只求一直追随自己的部下能够留条性命，不至于以同党论处。

但刑讯的人如何能满意这样的回答？他们还指望着李明放能够咬出更多的同谋，好以此去向新皇邀功。于是乎，更加暴虐的毒刑、更加残酷的虐待加注在了血肉之躯上。劲业眼睁睁地看着父亲被皮鞭打得皮开肉绽，反复炮烙过的地方，甚至露出焦黑的骨头。人的极限以最残忍的方式被挑战，肉体的存在只为了承载痛楚，这样的摧残不仅让人胆寒，更让人感到无助和绝望。

劲业因年幼并未遭到太多的刑讯，但十六岁的二哥劲言却被活活打死在刑架上。尸体挂了两天，才有狱卒将他解下来拖出去，只轻轻一拽，一条手臂就脱离了劲言的躯干。看着珍爱的儿子已是一堆腐肉，一生驰骋沙场、铁骨铮铮的李明放一口鲜血喷了出来。

二哥劲言死后，父亲一夜白头，伟岸的身躯也佝偻下去，放弃了无谓的坚持，但求速死。

劲业透过铁窗，看到外面天空暗沉，朔风渐起，不一会儿便下起了鹅毛大雪，飞棉扯絮一般。

快过年了吧，劲业模模糊糊地想，龙耀律法，所有的刑犯必须在年前处决，不能拖到来年。终于可以结束这生不如死的日子，自己与父亲也可以和母亲、兄长、大嫂他们团聚了，当然还有那个襁褓中连名字还没有的小侄儿。劲业干涩的眼睛早已流不出眼泪，此刻，想着很快就可以一家团圆，精致的嘴角甚至浅浅地弯上弧度。事到如今，死亡早已变得不再可怕，甚至带上了犹如归宿般安详的光环。

不几日圣旨下来，新皇登基，为显天恩而大赦天下，所有因"靖贞之乱"获罪的人均从轻发落，只处斩十二岁以上的男子，孩童及女眷流放千里。而劲业明明是甲辰年十月的生辰，已满十二岁零两个月，却在被流放的名单之中。

狱卒来提劲业，劲业还未从听到圣旨的震惊中清醒过来，直到狱卒过来拉扯他时方如梦初醒。一声撕心裂肺的哀号从劲业的胸腔中迸发出来。劲业近乎癫狂，力气大得惊人，竟然挣脱了几个钳制他的狱卒。

他跌跌撞撞地扑到父亲身前，一把抱住了父亲的小腿，仰脸看着形销骨立的父亲，声泪俱下道："爹，孩儿不要，不要一个人苟活于世。我十二岁了，我真的十二岁了！是他们弄错了！爹，您快告诉他们我的生辰是甲辰年……"

一记响亮的耳光打在劲业脸上，半边脸立刻肿了起来。劲业被打蒙了，抚着脸茫然地叫了一声，"爹……"

一生从未落泪的李将军，此刻却红了眼眶，看着满脸泪痕的幼子心如刀绞，只能咬牙道："孽障，你难道要我李家绝后吗？"

劲业将满是泪水的脸贴在父亲的腿上，哑声哀求，"爹，孩儿一个人熬不下去啊！娘死了，哥哥们也死了，求爹就让我跟着您吧，不要把我一个人留在这个世上……"

求死易，求生难。看着一心求死的爱子，李明放在最短的时间里做出了决定。他俯下身，握住儿子稚嫩的肩膀，曾经健硕的儿子，此时已瘦得肩骨如斧劈刀砍一般。李明放将嘴唇压在儿子的耳畔，用最低的声音说道："不，业儿，你不能死，你要活下去，活下去给爹娘和你的哥哥们报仇。"

"报仇？"劲业抬起头，喃喃地重复着这两个字，暗无天日的心田上仿佛被撕开一道裂缝。

"对，报仇！"父亲的手仿佛能将他的肩膀握碎，声音暗哑却如掺了蜜的烧酒一样带着蛊惑，"若不是逸轩王沐澜澈，我李家如何会落入家破人亡的境地？他害死了你的爹娘、你的哥哥嫂嫂、你所有的亲人，你如何能放任他和他的儿子平安享乐、颐养天年？"

心底的那道裂缝在扩大，光亮透了进来，劲业在一瞬间如醍醐灌顶般豁然觉悟。

劲业起身，规规矩矩地跪在李明放面前磕了三个头。再抬脸时，暗如死灰的眼眸中已带上了一股决绝的凛然，"孩儿明白了。孩儿会留着这条命，此仇不报，决不言死。"

望着儿子毅然转身而去的背影，李明放仰头闭目，两行浊泪还是顺着紧闭的眼睛流了下来。成王败寇，从他决定发兵那时，就已经预见了今日的结局。当日如果得胜的是他，登基的是三皇子怀信王，此刻引颈就死的就是逸轩王沐澜澈和其子沐长风了。

但是，他要给他的儿子一个活下去的理由。当生无可恋时，唯有仇恨方能成为活下去的动力。他不知道自己是否做对了。他能预见儿子前方是如何一条艰险的路，甚至能预见儿子的一生都将生活在痛苦和仇恨之中，再无欢乐可言。但他没有更好的选择，唯有在心中默念，"业儿，希望有朝一日，你能够明白为父的苦心。"

"靖贞之乱"也彻底改变了沐长风的生活。父亲沐澜澈经此一役已心灰意冷，自己的双手染满了兄长和亲友的鲜血，这个认知让一向温和重情的沐澜澈夜夜梦魇，不得安眠。奈何生在帝王家，不如做一介布衣平民，也好过兄弟阋墙，手足相残。孱弱的王妃在"靖贞之乱"后不久就撒手人寰了，沐澜澈哀恸不已，不到三日便追随爱妻而去，临终时唯叹息着给儿子留下八字警言，"远离朝堂，不问政事"。

长风在短短的几日内，先后失去父母，成了孤儿。好在太后对这个孙儿十分疼爱，新登基的皇上念及同胞弟弟逸轩王的功业，也对长风颇为眷顾，厚葬了逸轩王夫妇，并下旨让长风世袭王位，封为"端清王"。

安葬了父母，长风便想方设法搭救劲业。虽然顶着王爷的头衔，但是一个未满十二岁的孩子如何能有三头六臂从天牢里将死囚营救出来？其间的艰辛可想而知。

幸好新帝在宣平元年大赦天下，赦免了罪臣十二岁以下男丁的死罪，改为流放。长风求曾是父亲挚友的刑部尚书刘景林，将劲业档案文书里的生辰由甲辰年十月，改为了乙巳年正月，错后了整整三个月，这才保住了劲业的性命，由问斩改为了流放。然而长风秘密派到流放地岭南的手下没有带回曾经的好友，只带回了一个噩耗：岭南湿热，加之毒雾瘴气弥漫，劲业初到岭南便染病身亡了。

长风不知道，劲业并没有死，也算命不该绝，劲业在岭南遇到了父亲旧相识，此人常驻南方，并未被改朝换代的混乱牵连。在这个人的协助下，劲业潜回了京城。曾经的将军府已是一片荒芜，昔日的故人也大多凋零，没有人能够认出这个衣衫褴褛却面色坚毅的孩子就是当年抚远将军的幼子。如今的劲业不过是一具失去灵魂的行尸走肉，带着复仇的执念，孤独地走上一条不归的道路。

劲业辗转找到了宫里的太监总管王长福，父亲告诉过劲业早年他曾救下了王长福的老娘，王长福是个孝子，发誓如果李将军有用得到他的地方，必将赴汤蹈火，在所不辞。劲业央求王长福将自己带进皇宫，因为他知道，只有在皇宫里才有可能得到无上的权力，有可能完成父亲的嘱托。于是王长福让劲业假扮成小太监，谎称是自己老家的侄儿，将他隐于深宫之中。

李劲业化名锦夜，昔日的李劲业已经死了，现在的锦夜只为复仇而活。穿上内监枣红色的袍子，曾经让他烦恼的容貌此刻倒是派上了用场，本就比女孩子还要漂亮的脸蛋，加上他刻意敛去了眉梢眼角的锋芒，没有人会怀疑这么个漂亮到让人屏息的孩子会是个假太监。

只有在夜深人静，独自躺在床上的时候，他才会卸下面具。亲人的面孔像走马灯一样闪现在他的脑海中，曾经欢声笑语的一家人，如今只剩下他形单影只，苦苦挣扎，那种锥心之痛，痛不可当。每当心痛得不能抑制的时候，他就用匕首在自己的胳膊上划一刀，让肉体上的痛苦缓解心底浓雾似的悲哀。他冷漠地看着自己的鲜血从伤口中涌了出来，想着就这么死去该有多好！

但是，因失血而头晕目眩的时候，他还是会把金疮药涂在伤口上，再用布仔细地将伤口包好。他答应过父亲，不能死。临别时父亲的话语如同印刻在他脑海中一般，日日回放，"若不是逸轩王沐澜澈，我李家如何会落入家破人亡的境地？他害死了你的爹娘、你的哥哥嫂嫂、你所有的亲人，你如何能放任他和他的儿子平安享乐、颐养天年？"

报仇！如今这两个字已经渗透进了他的血液，随着每一次心跳运送到全身。只可惜沐澜澈已经死了。死了！就这么死了！仇人没有等到自己来复仇，竟然先一步而亡！这真是一个天大的讽刺！好吧，沐澜澈死了，还有沐长风，父债子偿。李氏一族家破人亡，凭什么姓沐的可以不痛不痒地活在这个世上？

无尽的长夜里，陪伴锦夜的只剩下一个疯狂的执念，他要不惜一切代价报仇，他要让沐长风经历他所经历过的一切惨痛，让他亲尝那种失去亲人的苦痛和绝望。呵呵，锦夜在心中冷笑，死太容易了，活在煎熬里，眼看着仇人慢慢死在自己面前，那才是这世上最极致的复仇。

曾经的好友，如今不共戴天，这样的世事变迁，天意安排，如一只看不见的手将长风和锦夜推入了旋涡。只是他们谁也没有料到，一个异世的女孩将跨越千年的时空，以不可思议的形式闯入他们的仇恨之中，改变他们命运的轨迹。

　　我砰的一声落到地面上，差不多要摔散架了。呻吟着抬起头，拢拢胳膊腿，惊喜地发现还是自己的，很是欣慰。

　　那个该死的电梯，我一步跨进去，却做了个自由落体运动。看我不打官司告死他们！电梯商、三十八层楼上的咖啡厅，还有大厦的物业，一个也别想跑，不告得他们将本姑娘下半辈子的花销赔出来，本姑娘就不叫林若溪。

　　我一边在心中咒骂着，一边扶着旁边的墙壁颤颤巍巍地站起来。四周黑漆漆的，光线很暗，加上我刚摔得七荤八素，越发觉得眼前一阵阵发黑。

　　虽然看不清楚，但我的头脑可比任何时候都灵光。首要的问题，赶快离开这儿啊！一会儿哪个缺心眼儿的人按了地下负二层，电梯就下来了。我别没给摔死，反被下坠的电梯压死，多冤枉！进了阎罗殿都要被小鬼笑话：脑子进水了，嫌自己没死透，还等着挨压！

　　我扶着墙一步步地挪动，才发现这里不像是电梯底部的密闭空间，而像一条幽深的走廊。手指下的触感粗粝不平，借着微弱的光线看了一下，是大块的石头垒成的墙壁。我不禁心虚起来，我这是掉到哪里了？

　　我站住，仔细辨认。我的脑袋已不再嗡嗡作响，此刻隐隐听到嘶哑的咒骂声、呻吟声、哭泣声、哀号声……空气中弥漫着一股浓浓的血腥的味道，混着经久不见阳光的腐败发霉气味，令人作呕。

恐惧瞬间抓住了我，妈呀，地狱啊！我即刻检讨反省，追溯自己做过的亏心事。想了半天也想不出来。说实话，我还真算得上是个对社会无害，对亲朋友爱，对花花草草、猫猫狗狗都充满爱的这么一个人。

我唯一能够想起的就是在我九岁时，养了一只猫，脑门上有一撮黄毛，我给它起名叫月亮。有一天，月亮将我辛辛苦苦捉来的、准备写观察作文的一只大蚂蚱给吃了。我怒从心头起，恶向胆边生，拿起拖鞋冲着它的屁股拍了一下，它幽怨地看了我一眼，喵呜一声逃走了。事后我也很后悔，为了弥补我的过错，把自己舍不得吃的烧鸡和红烧鱼都给它吃，让它吃成了"加菲"，耗子在它面前大摇大摆胜似闲庭信步，它都不带睁眼的。除此之外，我还真想不起还做过什么伤天害理的事。不想了，快逃吧，先出去再反省。

走廊前方有些光亮，光明啊！自由啊！我来啦！

我跌跌撞撞地跑了几步，眼前豁然开朗，竟是一间很大的屋子，四周是厚厚的石壁，地面也是青石铺成。正对着的墙壁上，在很高的位置有一个不大的窗户，镶着铁栅栏。侧面立着一根十字形的刑柱，上面绑缚着一个人，手臂平伸，双脚离地。看那身量，应该是个男人。

铁窗外的阳光照射进来，像给他的身上打了一束光，使他整个人沐浴在金色的光芒中。我如被施了魔咒一样走到他身前，仰头望他。但见他衣衫褴褛，碎布条一样挂在身上，浑身是发黑的血污，有的伤口已经溃烂，有的伤口还在淌血。我看不清他的脸，他的头发很长，乱蓬蓬像草一样遮住了大半的脸颊。他的头无力地歪在一边，像死了一样，了无声息。

我本该失声尖叫的，但是我没有，那一刻，我以为我见到了受难的耶稣。我甚至抬起了右手臂，在胸前画起了十字。画了一半又顿住，忽然想起，我不信教啊！若认真追溯我的宿命观，也只能是"佛法无边普度众生"的千年沉淀，跟基督教没有丝毫关系，于是放下手来。

出于救人的本能，我压住心头的恐惧，连这儿是哪里都顾不得多想，抬手去解他胳膊上的绳子，那绳子勒进他的皮肉，将他的胳膊牢牢地禁锢在横着的架子上。

绳子很粗，黑乎乎的，以我的手劲根本动不了分毫，更郁闷的是，我连绳结都没找到在哪儿。我环顾四周，想找个剪刀之类的工具，这才发现在他对面的整整一面墙上，挂满了各种型号尺寸的皮鞭、铁链，还有好多我不认识的东西。我忍不住倒吸了口凉气，我居然掉到十八层炼狱来了！

心里挣扎了一下，他会不会是十恶不赦的强奸犯、杀人犯啊？！那我岂不是做了东郭先生？不过我这人向来心软，见不得人受苦。电视里看到饿得如大头鬼一样的非洲孩子，都让我泪眼婆娑，吃了一半的馒头都堵在嗓子眼了，恨不得立刻坐飞机飞到非洲去做志愿者，更别提此刻看到他这副凄惨模样。

我去对面墙前挑拣了一下，拿起一柄类似于匕首的短刀，刀柄和刀刃上还沾着黑色的血迹，我差不多是用两根指头捏着刀拿了过来。

我费力地用刀割他身上的绳子，因为他被悬挂在刑架上，所以我只能踮起脚尖，举着胳膊，这让我很难施力，又怕失手伤到他，他可禁不住我再捅一刀了！我累得汗都快出来了，才看到绳子起毛。

我一边割绳子一边颤声问："喂，你死了没有？你要是死了可得告诉我一声，我就不费这劲了！"我的手触到他的胳膊上裸露的皮肤，还好是温的，不是冰冷的，禁不住轻舒了口气，"太好了，你还活着呢！"我不禁欢欣鼓舞，干劲十足。

突然耳听有人大喊："有人劫狱！"

啊？什么年头了，还有人劫狱？我轻蔑地摇了摇头，脑袋被门挤了，太小瞧我们神勇的公安叔叔了。劫狱？哼！

心中嗤笑着，手上却一直没停，直到有一群人冲进来，用大刀对着我，我还在如入无人之境般地割啊割、割啊割……

有人上前，像老鹰捉小鸡似的揪着我的头发将我拖开。我疼得眼泪都流出来了。疯了吧你，敢动本姑娘的头发！我今天刚烫的凌乱美，这下彻底成鸡窝了。

我拳打脚踢，被那人一把扔在地上。人摔到地上，头脑却清醒了，不对啊！我这是在哪儿？为了便于继续思考，我索性躺在地上，眼睛却滴溜转地四处打量。

牢房？没错，还不是现代的，连电椅这种高科技刑具都没有，落后！看看这群人，穿着黑色的长袍，戴着奇形怪状的帽子，哪有半分人民公安的威风凛凛？切，只能叫牢头。再看看他们手里拿的，没有枪，也该拿个警棍什么的，又是刀，又是剑的，还玩冷兵器哪！

我正在胡思乱想，众人分开，一个四十来岁的男人如风摆荷叶似的扭着胯走了过来。他穿着暗红色的锦袍，上面绣着团花，倒也生得五大三粗的，身量不矮，就是唇红齿白，怎么看都觉得他擦了粉。虽然他没留胡子，但也看得出来，是个擦了粉的大哥，而不是大姐。

刚才揪我头发那个人，躬身抱拳，难道是在作揖？

"启禀马公公，抓住一名赤身露体的劫狱女子。"

我呸！长眼睛了吗？说的是人话吗？本姑娘这件Prada黑色吊带裙，是花了半个月生活费在地摊儿买的，老板拍着胸脯跟我保证是超A版的。

还是那位马公公识货，一手叉腰，一手伸着兰花指，翘着指尖依次点着他们，尖声细气地说："一群废物，你们懂什么，这是夜——行——衣！"

我倒！大白天穿夜行衣，我还真不是一般的脑子有问题。

他继续操着公鸭嗓摇头晃脑道："你们再看看她脚上的暗器，戳在身上就是个透明窟窿，指不定还抹了见血封喉的剧毒，你们没人破了皮儿吧！"说得那群人都纷纷查看自己裸露在外的手脸。

我有必要介绍一下我自己和我这身行头的由来。我，林若溪，22岁，某大学企业管理系的工商管理专业学生。其实是我高考志愿报错了，我原本要上新闻传播系，结果填了服从分配，就被拨到企管系了。众人都说我因祸得福，他们哪里知道我将面临的找工作的痛苦，谁要刚毕业的企管？

这半年我忙着写毕业论文，考虑到毕业就失业这不容乐观的前景，我已加入了考研大军，日夜苦读。没办法，这年头，天上掉下块石头砸死八个人，得有七个是大学生，有个大本文凭，还不如过去的高小毕业含金量高呢！

今天的事儿都是因为我同宿舍的天仙张（她自己封的）新交了个男朋友，据她说是个如假包换的青年才俊。别看她自诩貌比天仙，但这孩子内心极不自信，总怕男友禁不住诱惑。于是她想出个蔫儿损的主意，让我们宿舍的女生分别扮成各具特色的美人，陪她去约会，仔细观察男友的反应，有没有色迷心窍，把持不住。

我早就批评过她，感情不是这样试出来的。但她一把鼻涕、一把眼泪地问我："还是不是好姐妹？我找男朋友是冲着找老公的目标找的，这可关系到我的终身幸福！你也不想看我刚结婚就离吧……"

算了，最受不了她这一套，大学四年将我吃得死死的，我只当是为朋友两肋插刀了！

后来连133斤吨位的肥燕都被她拉去作陪，说是万一男友喜欢杨贵妃型的，她好积极增肥。

那天，天仙张回来时很高兴，说她男友看到肥燕吃了双人份的套餐，脸都白了。

我很不厚道地打击了她一下，"是不是他想到要付账才脸变白的？"

太伤她自尊了！天仙张半个月没理我。到最后只剩我一个没当过诱饵了，为了缓和与天仙张的关系，我答应最后一个出马。天仙张给我的定位是狐狸精型，把我愁得一宿没睡好觉。

早上醒来，我梳着自己清汤挂面一样的长发问她："仙儿啊，给我换个清纯玉女型的成不？"

"不行，可儿扮过了。"

"那精明干练型的也成。"

"苏苏扮的就是办公室诱惑。"

我咬咬牙，"小鸟依人型的总可以吧？"

一个枕头飞过来，伴着天仙张的一声怒吼，"我就是小鸟依人型的！"

"好好好！你依人，你依人，我是狐狸精。"我只能认命。

我被天仙张押着买了一件全黑的吊带裙，细细的肩带，贴身的裙型，走路迈不开步子。她非说是我腿不够长，翻出一双三寸高的细金属跟高跟鞋让我穿上，这下子被当成暗器了。这还不算，她又押着我进了一家发廊，自掏腰包办了一张美发卡——算她有良心，没让我掏钱，在跟发型师一通叽里呱啦后，将我的长直发整成了个梨花头。我看着镜子里一脑袋的草长莺飞，尖叫出声，她却眉开眼笑地说这是时下流行的"凌乱美"。美吧！现在成鸡窝了。

最后她又给我化了个让人见了晚上能做噩梦的浓妆，那烟熏的眼影啊！猩红的嘴唇啊！临出门还告诉我："记住，要半眯着眼睛看人。"

"是这样吗？"我眯起眼睛问她。

被她一巴掌拍在肩膀上，"别跟近视眼看不清似的。"

我晕！这狐狸精还真不是一般人就能扮的，绝对是个技术活儿！

为了制造良好的出场效果，她让我单独赴会，地点是云景大厦三十八层咖啡厅。在她与男友聊过天，喝下半杯咖啡后，再施施然出场。

连走位和台词她都替我设计好了。我应该扭着模特步走过去，半偏着头，说一句，"对不起啊（此处声调上扬），我来晚了（此处拖长）。都怪我坐的那辆宝马在市中心跑不快！"（其实我是打的去的，本来想坐公交，可是鞋跟太高，没追上车）

当我一瘸一拐地赶到云景大厦时，看看表，已经过了十分钟了，于是我按开电梯，低着头就冲了进去……结果，就到这儿了。

在我神游的时候，那个娘劲十足的马公公，问旁边的人："这是今天第几拨劫狱的？"

天！我还不是沙发！

旁边的人恭敬地答道："第十一个，不过其余的人都哭晕在大牢外面，还有两个撞了墙，磕破了脑袋，被家人抬回去了。只有这个女子不知怎么跑了进来！"

"哦？这慎行司天牢的铜墙铁壁，她也能进来？"马公公明显来了情绪，翘着手指朝我一指，"来人，将她绑起来，咱家要亲自审问。"

我还没反应过来呢，就被人绑在了十字刑柱对面的一根柱子上。我茫然地环顾四周，发现这间屋里还有好几个各色各样的刑柱，有横着的一字形的，有X形的，有门框形的，上面还垂下来跟吊环一样的两根手铐……我当时脑子里只有一个念头，"看来这间屋子的利用率还挺高的，可以同时刑讯若干人。"没办法，吓傻了呗！

粗粗的麻绳勒进我的皮肤，上面的毛刺刺得我疼极了。马公公摩挲着无须的下巴，看着我道："细皮嫩肉的，用什么好呢？"说着，亲自到刑具架上翻拣。先拿起一根粗粗的皮鞭，摇头自言自语，"一会儿打得血淋淋的，太难看了，咱家可刚吃过午膳！"扔下粗的，又挑了根很细的鞭子，掂了掂，很是满意，"这个正好，不会毁了丫头的皮相。"

要不是有绳子支撑着我，我早就瘫在地上了！

耳闻啪的一声响，我哇地哭出来，眼泪如黄河决堤，一发不可收拾。

马公公摆着一只手，细声细气地安慰我，"别哭了，没打着。咱家就是试试合不合手。"

我勉强止住哭声，这才发现刚才的一鞭擦着我的脸颊落在我身边的地上，怪不得没觉得疼呢！

脸上还挂着泪珠，我抽泣着，"公公（看我多懂礼貌，此刻让我叫他'祖爷爷'都成，就怕他一个太监，无福消受啊！），别费力气了，再把您老人家累着。您问我，您随便问！您问什么，我说什么。"

"嗯！丫头，算你识时务！都像你这样，咱家也不用挥鞭子挥得一胳膊粗、一胳膊细了！说吧，谁派你来劫狱的？"

谁派我来的？还不是天仙张那个臭丫头，我倒霉就倒霉在她身上了。她跟她那个才俊应该一杯咖啡都下肚了吧！这会儿见不到我，指不定心里怎么骂我临阵脱逃，不讲义气呢！

当然，我不能那么说。我也看清形势了。好死不死，穿了呗！不光穿到牢房来了，还被当成了劫狱的，怎一个郁闷二字了得！

"我也不想来啊！"这可是大实话，说到这儿，我悲从中来，又号啕大哭起来。

马公公有些不耐烦，"丫头，别考验咱家的耐性，这可对你没好处！"说着扬扬手里的鞭子，一指对面的人，"你可识得此人？"

我抬头看去，很无奈地摇头，"不认识。"

眼瞅着鞭子又扬了起来，我惊叫："我还没看清呢，让我看看他的脸！"

马公公一示意，一个手下过去，抓起那人的头发，让他的脸露了出来。鬼呀！我差点叫出来，那人一脸的污血，眼睛都肿得睁不开了，纠结的头发和寸长的胡须上都是血，一缕一缕地粘在一起。

我哆嗦着说："这……这，别说我没见过他，就是见过也认不出来啊！"

马公公也扭头看了看，颇有些惆怅地自语道："也是，都看不出本来样貌了！"

我乘胜追击，"公公说得在理。其实刑讯贵在取得有用的信息，并不是为了打人而打人。若像这样将人打得面目全非，还有什么意义？别说想救他的人认不出他来——公公您别误会，我不是说我想救他，我是真的不认识他，我也不是跑到这儿救他来的。就是他的仇家经过他面前也会视而不见，熟视无睹，径直离去！……（五分钟后）那您费了半天的力气将他抓来是为了什么呢？还搭着这么多的人手，搭着这么多的精力，又在他身上浪费这许多的工夫，难道就是为了将他打成猪头、毁了他的容貌，让人认不出来吗？……（又过了十分钟）所以，我认为，刑讯不该打脸，现在我连他长什么模样都不知道，您非让我承认我是来救他的，太强人所难了！"

我是有这个毛病，越紧张话越密，絮絮叨叨，有如唐僧上身一般。我想这是一种生理现象，在滔滔不绝、口若悬河的演讲中可以让我的大脑麻痹，忘记紧张恐惧。问题是，在这种状况下，通常没有什么逻辑思维而言，我只能颠三倒四，车轱辘话说来说去，不知所云。

我这个特别之处曾被大学的系主任挖掘，让我参加学校的辩论会。我在辩论中果真非同凡响，超水平发挥，别人都不说话时，我硬着头皮站了起来，"反方同学刚才提了一个很好的问题，我为什么这么说呢？因为这个问题还没有人提过，没有人想过，甚至没有人意识到。我不得不说，这位同学你超前了，超过我们所有的人，超过现在的科技水平，超过世界和平、全球大同……（底下嘘声一片）现在就反方同学的这个问题，我说一下自己的看法。当然，这个看法是我个人的，不代表我们班级，不代表我们系，不代表我的导师，甚至不代表我的父母亲友……其一……其二……（台下有人已经开始打鼾了）……其六……其八……（报时器进入倒计时读秒）最后，我想问一下反方同学，你为什么提出这样一个问题呢？回答完毕。谢谢！"

我坐下后才发现，底下已经雷倒一片。我们系主任埋着脑袋坐在那儿，头都不敢抬。

后来碰到他时，他对我说："林若溪同学，新闻传播系主任是我的同乡，你要想转到新闻系，我可以替你跟他说说去，他们那儿就需要你这样长篇大论又言之无物的人。"

我都快热泪盈眶了，那是我年少时的梦想啊！不过我想了想，我都毒害企业管理系这么多年了，就别再祸害新闻系了，那这个大学以后还怎么提高招生率啊！所以我强压下自己对新闻事业的渴望，没去！毅然留在了企管系。当我郑重地告诉我们系主任"我生是企管系的人，死是企管系的鬼"时，他眼圈都红了，我想他是被我感动的。

就像此刻这样，我口吐莲花般没完没了，不知说了多久，终于感到口干舌燥，渐渐停了下来。屋里一时变得安静极了，很是突兀。所有人都跟见了外星人似的看着我。我一阵心虚，只等着挨鞭子了。

须臾，马公公若有所思地点点头，吩咐手下，"记下来，丫头说得有道理，以后刑讯犯人再不许打脸。"

长这么大，我第一次为自己废话连篇找到听众，立刻觉得油头粉面的马公公也不那么讨厌了。知音难求啊！

旁边有人搬过一张桌案，拿出纸笔，奋笔疾书。马公公想起什么来似的说："那这个人，你到底……"

我顾不得嗓子冒烟，接口道："说到这个人，我还有一个小小的建议。一味地严刑拷打并不是办法，你们看看他……"

众人齐刷刷地回头。刑架上的那个人一动不动，连是否在喘气都看不出来。

"看到了吗？看到了吧！看到什么了？众位大人有没有发现一个非常严峻的问题？怎么？这么显而易见的问题，大人们竟然都没有发现？"

为了制造效果，我停下来，瞪着眼睛问他们，直到他们所有的人都面露迷惘才接着说："这个人快被你们打死了，只剩下半口气了，再打下去会怎么样？会死的！他死了还有价值吗？还有用吗？还能为国家、为社会发挥余热吗？人死了就是死了，我从来不相信投胎转世之说，因为，没有人真正知道死了之后会是什么情况……（二十分钟后，我从破除封建迷信的说教中转回正题）好，我们言归正传。

我们再来说说刑讯的真正意义（我的功力在于即使火车跑到天边，我也能以一句'让我们言归正传'将话题再拽回来）。人都是有弱点的，没有弱点还能称之为人吗？如果你们想从他的口中得到想要的信息，就应该去找他的弱点。贪财的以金银诱之；贪女色的，就对他使美人计；贪权贵的，就许他高官厚禄。你们知道这个人的弱点在哪里吗？你知道吗？你知道吗？你知道吗？……"

被我目光扫到的人，都纷纷摇头。

"这就是了！（我苦于被捆着双手，不能狠拍一下大腿）一味地严刑拷打只会让他越来越麻木，越来越无所谓。大不了就是被打死呗！打死了，你们还能得到什么？人是没有来世的，也不可能投胎转世（又绕回去了，接着破四旧）……（又过了半个小时）所以说，打不管用，要动脑子。不是让众位大人挖空心思、绞尽脑汁去发明新的刑讯方法，而是要做到'不打自招，以德服人'（很久以后，这句话被监牢总管当成座右铭）。打造全新的、不同凡响的、与时俱进的牢房……（若干时间后）一个好的牢房应该是犯人洗心革面、重新做人的地方，是失足的人，人生新的起点。不是有这么一句话吗？'在哪里跌倒就要在哪里爬起来。'在这里，他们应该能够忏悔自己的罪行，重树信心，做一个对国家、对社稷、对天下苍生都有用的人。因为人只能活这一辈子，谁也不可能重新来过，那些转世投胎的言论只能是自欺欺人。人可能转世轮回吗？不可能！人死如灯灭（怎么又绕回去了呢？）……"

又不知过了多久，我终于声音嘶哑，但依旧挣扎着断断续续、气若游丝地说道："所以……我不是来救那个人的……他都快被你们打死了，救回去也是半死不活……死都死了……我还救他干什么……人又不会转世投胎……"

"够了！"满头黑线的马公公将我喝止。

我抬眼看看窗外，天都黑了！

一边笔录的那个人身前的桌子上已经堆了雪片一样的纸，有的已经飘到地上，他哆嗦着从纸堆中抬起头，都快哭出来了，"姑娘，歇口气吧，我笔都写秃了。"

马公公一挥手，"咱家在这天牢里忙了一天了，还有一堆正事等着做呢。他到底是你什么人？"

我呆愣了，我要认识他，还费这么多话干吗？

鞭子带着呼啸的风声打在我的胳膊上，我啊的一声惨叫，气壮山河，响彻云霄。长这么大，爹妈都没舍得碰过我一根手指头，却跑到这儿挨打来了。

我没命地叫："我再看看，我再看看，让我仔细看看……看出来了，看出来了，他是我杀父仇人！"

眼瞅着刑架上的那人哆嗦了一下，原来人家醒着呢！

瞧我多镇定，危急关头依旧保持着头脑的清晰缜密。这不是秃子脑袋上的虱子——明摆着吗？他被整得这么惨，肯定跟这些人苦大仇深，我可别站错队。

果真，马公公停下来，狐疑地看着我。过了一会儿，他伸出一根指头点着我的脑门，"丫头，看清楚了再说。跟他结怨的都是乱臣贼子、诛九族的人。怎么，你是那个漏网之鱼吗？"

啊？早说呀！

"看错了看错了，我再想想……"我这次是认真打量他的，可是他一脸的血，又胡子拉碴的，看不出多大岁数。我一咬牙，一闭眼，"这会儿我认出来了，他是我爹……"

那个半死不活的人又剧烈地哆嗦了一下。

连马公公都有气无力了，"你刚不说你爹被人杀了吗？"

我说了吗？老爸对不起啊！女儿不孝啊，胡说八道，祝您老万寿无疆，永远健康！

鞭子呼啸着又抽了过来，打在我身上，火辣辣的疼，我从来没有这么痛过，全身的每个细胞、每个神经末梢都在尖叫。我徒劳地扭动着身子，厉声尖叫，"别打了，我说，我说，他是我的——夫君！"

我差不多是喊出来的。四周静静的，一群乌鸦从人们头顶飞过，所有人都像看怪物一样看我。对面刑架上的人，头一垂，耷拉到胸前，晕死过去了。

马公公也累了，听我叨唠了一下午，此刻也是头痛欲裂，自言自语道："难不成又是个疯女？想嫁给他想疯了？"（不会吧，还"又"？这是什么世道？姑娘们哭着喊着要嫁一个半死不活的人？）

马公公用鞭子指了指我，吓得我一哆嗦，"丫头，给你最后一次机会，你是怎么进来的？说简单点。"

这个问题好回答，照直说就行了。

"我也不知道怎么就到这儿了。我本来正要进……屋（电梯）的，结果晕过去了，醒来就到这儿了。不如公公去问问门卫，是谁将我带进来的？没人带我，我也进不来。您看我这样子，像个说谎话的人吗？刚才是被您打得胡说八道，其实我真的不认识这个人。所以您看，打是不管用的，容易屈打成招，一个好的牢房应该是……"

所有人几乎都要夺门而逃了。马公公扭头吩咐旁边的人，"先将今日守门的门卫监押起来，咱家明日审讯。"真对不起守门的几位大哥，我也是为求自保，狗急跳墙，不是成心牵连你们的。

　　马公公手抚胸口，有气无力地说："今儿就到这儿吧，咱家头都疼了。"又慢悠悠地转过去，看了一眼刑架上的那个人，"丫头说得也有道理，打死了，我还真不好向锦公公他老人家交代。来人，把他放下来，别让他死了，等他缓过些来，再上刑。"

　　马公公又转向我，"丫头，看你这样子也真不像个劫狱的，比外面那些一哭二闹三上吊的都不如，人家还知道哭着喊着要替他死呢。你倒好，挨了几鞭子就哭爹喊娘。只是难为你竟然跑了进来。若是你没进来呢，咱家还能考虑放你一马。可是既然你已经进了我这慎行司的天牢，就由不得你想来就来、想走就走了。"他的一张大饼脸在我眼前放大，"你就在这慎行司的大牢多住几日吧！"他盯着我看了一眼，嘴里又啧啧出声，"瞧这小模样，把脸上的灰洗掉，应该还不赖。"

　　拜托，那是烟熏妆好不好！我也知道，我这一哭一闹的，只怕已经变成熊猫眼了。这会儿我都能看见流下的眼泪淌着黑色颜料，天仙张那个臭丫头往我脸上涂了多少化妆品啊！

　　马公公又吩咐手下，"给丫头一件女囚的衣服，衣不蔽体的，有伤风化。"他最后看着我，"丫头，不管怎么说你也是为他来的，就由你来照料他吧。若是他死了，他要受的刑罚就由你来承受。"

　　欲哭无泪，我还是早死早投胎吧！可是人会有转世投胎吗？我还回得去现代吗？……这还真是个问题。

初识

那个人被放了下来。我也没看清楚人家是怎么将他解下来的，好像一挥手，那人就如同一袋子土豆似的掉到了地上，看来是有机关的，只有我那么笨，还用刀子割绳子。

上来两个人，一边一个架起他的胳膊将他拖走了。他的头垂着，只能看见乱蓬蓬的头发，地上留下一道触目惊心的血痕，看得我心肝直颤。不管他犯了什么罪，也不该受这样的折磨。

还没等我进一步悲天悯人，就有人上来将我解了下来。一件灰扑扑的衣服和一双破布鞋被扔在我脚下。那人上下打量我，呵斥道："快穿上！"

我低头看了看自己，黑色的吊带裙已经被鞭子打破了几处，露出几道青紫色的鞭痕（马公公的鞭法真是神勇，果真没有破），再看看胸前的布料也裂开了，连内衣都露了出来。我脸一红，赶紧拿起地上的衣服，手忙脚乱地套在身上，衣服很长，拖到了地面。我偷窥了那几个人一眼，他们的表情只有不耐烦，不见淫亵，我放心了。都是公公啊！这个发现让我很是欣慰，虽然是变态，总比一群如狼似虎的雄性动物安全。

那几个人推着我的肩膀让我往前走，我又经过了那道石壁走廊。此刻，两边的石壁上都点燃了风灯，昏暗的光线将我们的影子拉得很长，如鬼影一般。

来到走廊的尽头，右手边隐隐可见一排排的牢房，呻吟哀号的声音就是从这里传出来的，仿佛地狱的魔音，让人不寒而栗。

幸好，我被推着转到了左边，与刚才是一样的石壁走廊，却越走越安静，渐渐听不见其他的声音，只闻我们的脚步声，因为寂静与未知，越发让人从心底渗出恐惧来。

走廊的尽头灯火通明，在一面墙宽的铁栅栏后面只有一间牢房。押着我的那几个人打开门，在我背上狠推了一把，我直接以平沙落雁式仆在地上。

伸手摸摸，脸还是立体的，没给拍成照片。爬起来，四处张望。我一路上已做好心理准备了，会被关入一间阴暗潮湿、散发恶臭的牢房，地上跟动物园一样跑着蟑螂和老鼠。没想到这里很宽敞，还异常的干爽整洁。最重要的是只有这一间牢房，根本没有其他犯人，可见这个半死的人是个要犯，才会单独关押。我很感慨，天牢里也有VIP总统套房啊！

牢房一面是铁栅栏，三面是石壁，在高墙的顶上，有一个两张A4纸那么大的窗子，还镶着铁条。地上有些稻草，靠墙的一面是个石台，像张床，上面也铺着稻草，四个角上立着四根铁柱子，应该是绑人用的。此刻刚才被打得体无完肤的那个人趴在上面，手上脚上还戴着粗粗的镣铐。

我突然顿住，回过神来，转身发疯一样拍打着已经锁上的铁栅栏门，"放我出去，给我换一间单人的。"

门外的几个人回头呵斥道："单独关押的都是死囚，你还担不起那个罪名。"

我愣了一下。哦！那我就不住单间了。

我可怜巴巴地尝试着说服他们，"那将我关到女囚那边可以吗？"

那人很是铁面无私，丝毫没有一丝怜香惜玉，"马公公吩咐了，让你照料这个人，别让他死了。他该受的苦刑还没有受尽，若他死了，就都加在你身上！"

我心中波涛汹涌，无比悲愤。太不人性化了，竟然将我跟一个半死不活的男犯人关在一间牢房里，还有天理吗？一个好的监狱应该是人性化的管理，是犯人洗心革面、重新做人的地方，是失足的人，人生新的起点……

算了，长耳朵的都走光了，剩下的这个比我还倒霉，我就不抱怨什么了。我又渴又饿，如不是这该死的穿越，此刻我应该是骗完吃喝，功德圆满地躺在宿舍的床上了。

我只好回身又打量了一下牢房，屋角处有个水缸，还有一个金属盆，栅栏和床之间有一个黑不溜秋的桶，马桶呗，不用细看我也知道，动动鼻子就行了！

我看了看石台上趴着的人，连是否有起伏的呼吸也看不出来。我大着胆子走过去，试着推了推他，小声道："喂，你可别死啊！"

其实这会儿我倒没去想他死了，我得替他受刑。我只是害怕他死在牢里，我得跟个死人待一晚上。那太恐怖了！

我从小对生死很是忌惮。认真追溯源头，应该是我外婆去世那年，我只有四岁，被我妈抱着去参加外婆的葬礼。那次把我吓坏了，我看到外婆躺在灵堂里，枕着一个公鸡枕头，连样貌都跟生前不一样了。我妈哭号着往上扑，被亲友架住。没有人顾得上我，我就一个人站在一边，定定地看着死去的外婆，吓得连哭都忘了。那次的经历给我留下了难以磨灭的印象，以至于我后来很长一段时间只有缩在我妈怀里，才能放心入睡，只为了感受她的呼吸和心跳。现在想起来挺可笑的，但是孩子的心就是这样脆弱。

此刻我看着这个人，他的生死不明，比目前自身的处境更让我害怕。我伸手探到他的鼻下，感到微弱的气息，如小鸟的羽毛，一凉一热地吹着我的手指，心中竟然涌起对他的感激。他还活着，太好了！

铁栏外有人端着一个托盘走过来，不是刚才的那些人，而是个六十开外的老狱卒，有点颤颤巍巍的。他来到铁栏前，将饭菜、一小罐水连同一件衣服顺着铁栏的缝隙递进来。见四下无人，又从怀中掏出一个罐子放在栏内的地上。他朝石台上趴着的人张望了一下，随即叹息了一声，"唉，好人没好报啊！"说着，摇头走了。

牢房又恢复了死一样的寂静。我走过去，先拿起那个罐子，打开一看，是膏状物，闻了闻，有股草药味。我又从角落的水缸里打了盆水，就着灯火看了看，还挺清澈的。我将水盆和药膏都放在石台上，想了想，从自己衣服的下摆撕下条布，浸在水里，淘洗一下拧干了。

他身上的衣服已经是一条一条的，没什么阻挡，我轻轻地除掉他身上的碎布，擦拭他血肉模糊的后背，这才看到，他的背上有鞭伤，也有烫烙后，露着红肉、淌着脓水的烫伤……我都不知怎么下手了。我是个胆小的人，中学的生物解剖课向来都是捂着眼睛过来的，更别提躺在我面前的是活生生的人！我颤颤巍巍地为他擦去血污，又在他的伤口上抹上药膏，也分不清伤口不伤口了，反正他已经没有一块好肉，我整个涂抹就行了。然后是他的腰臀和腿。

背面完事了，我将那盆血水泼到铁栏外面的地上，又换了盆干净水回来。把他翻过来让我犯了愁，别看他瘦得皮包骨，可是还真沉啊！我又不敢使劲推他，只能尝试着将手插到他腋窝下去提。我费了吃奶的劲，也没把他翻过来，一屁股坐在地上倚着石台喘粗气。

过了好半天，我正蓄精养锐，准备再接再厉呢，就听背后有一阵铁链的窸窸窣窣的声音。我回头，看见那人正费力地自己转过身来。我赶忙跳起来去扶他。在我的帮助下，他终于仰卧在石台上，浑身抖作一团，半天才停歇。

我等他不抖了，就接着为他擦洗，他的前胸和腹部比后背还惨，看得我眼泪都快掉下来了。咬咬牙，拿起手里的布尽量轻地为他擦，可是碰到他时，他还是疼得蜷起来。压抑的呻吟溢出他的唇角，这是我第一次听见他出声。他极力控制着自己，慢慢将蜷着的身体打开。

我细心地擦净他的身体，仅是前胸和腹部就让我换了两盆水，又为他涂上药膏。接下来，再往下……我有些踌躇，他毕竟是个男人！他衣不蔽体的，看得出下面也有鞭伤。我偷偷看了他一眼，他闭着眼睛，一动不动。好！讳疾忌医是要不得的。我为自己鼓鼓劲，直接把手里的湿布按在他下面，没敢细看，面红耳赤地涂上药膏，顺手将那件干净衣服拽过来，搭在他腰间，才呼出一口来。还好他没什么反应，了无生气地躺着，也不知是不是又晕过去了。这要是……我这脸往哪儿搁啊！

接下来容易些，他的胳膊、腿和脸，我也一一擦过，又涂了药膏。他的脸肿得跟猪头一样，即便擦掉血污还是看不出长相年纪。他的手腕和脚腕有些难处理，被铁镣磨得都露出惨白的骨头。我只能又从我身上衣服的下摆和袖子上撕下布来，一下子袍子变成连衣裙了。将布叠好，小心地缠在他手腕、脚腕的镣铐上，虽然作用不大，但是好歹垫一垫吧！

都好了，我将那件干净衣服套在他身上，还好是件开衫，袖子部分就从镣铐的缝隙间塞过去。我出了一身汗，才将衣服给他穿上，又将带子系好。他终于有点人的模样了。

我走过去，从地上拿起水罐，虽然我口干舌燥，嗓子都冒烟了，但还是倒出一碗水拿到他嘴边，他就着我的手，喝了几口，便极轻地摇摇头，表示不要了。

原来他醒着呢！反正他眼睛肿得只剩下一道缝，我都看不出他是否睁着眼。想想刚才，我脸有点发热，故作镇静地说："你失血过多，应该多喝点水。"

他很听话，果真将剩下的半碗都喝了，又躺那儿装死。

我抓起水罐，仰头直接将水倒进嘴里，喝了多半罐，才感觉好些！

我看了看饭菜，倒是一荤一素两个菜，还有碟馒头，一碗粥。看来牢里伙食还不错，也不知道是特殊优待还是大伙都吃这个。

看他那样子，馒头和菜肯定是咽不下去了，待会儿还是便宜我自己吧！于是我端起那碗粥，舀了一勺凑到他嘴边。他虚弱地摇摇头。我轻声劝他，"好歹吃几口，你若死了，我可没有你这么能熬。"

自己也觉得很无耻，竟然如此威胁一个只剩下半条命的人。可是不知为什么，我觉得他不是十恶不赦的坏蛋，也许是因为刚才老狱卒的话，也许是因为他受尽折磨依旧如此坚强，反正，我直觉地感到他是那种吃软不吃硬的人。

果真，他张开嘴，含住我手里的勺子。吞咽的动作带给他很大的痛苦，他呻吟着，手扒着石台的边缘，费了很大的力气才将那一小勺粥咽下去。

我都不忍心了，他却又微微张了嘴……那一碗粥，足足喂了半个小时。别说他了，我都浑身直哆嗦。

我用湿布揩掉他额头的冷汗，"你睡吧，我守着你。"

事实是，我狼吞虎咽一通，又胡乱洗了一把脸，躺在地上的稻草堆上就睡着了。

当第一缕阳光照到我脸上时，我腾地一下子坐起来，嘴里叨咕着，"坏了坏了，今天要论文答辩的！"

我跳起来，习惯性地去抓床栏上搭的衣服，才发现伸手抓了一把稻草。对着手里的稻草发了一会儿呆，一时悲从中来，原来不是做梦啊！

来不及为自己的处境伤心，我一骨碌爬起来去看石台上的人，见他胸膛一起一伏，还喘气呢！只是睡得极不安稳，蹙着眉头，不时发出呻吟声，声音不大，可是异常让人揪心。

在我的注视下，他好像醒了，我也不能确定，因为他睁眼还是闭眼我都看不清楚。只是他停止了呻吟，静静地躺在那里，连胸膛的起伏都小了，仿佛凝神屏气一般。

我很无聊地问："喂，你醒了吗？"

过了一会儿，他缓缓地点点头，硬撑着支起上身，大口大口喘息着。我弄懂他的意图，赶紧扶了他一把，让他坐起来。他挪到石台里边，将后背靠在石壁上，垂着头。

一个年轻的狱卒来了，是昨晚押我过来的公公里的其中一个。他将早饭和水顺着铁栏放在牢房里的地上，还颇为恭敬地说了句"请用早膳。"弄得我很是奇怪，对犯人这么客气，怎么还将这个人打得死去活来？

那公公直起身打量着我们，朝我点头道："疯婆子（呸，叫谁呢？），照顾得还不错，他都能坐起来了。你给他吃些粥饭，一会儿马公公来了还要提审他呢！"

"还要打他？"我难以置信地冲口而出。

"这可是皇上的旨意，让锦公公督办。锦公公吩咐了，让他受尽慎行司的大刑。"我觉得他提到锦公公时比提到皇上还要毕恭毕敬。

狱卒转身走了，我看着眼前垂头而坐的人，一阵伤心。他依旧一动不动，如老僧入定一般，仿佛周遭的事物都与他没有关系。

我挣扎了一下，还是拿过水和一碗粥，他很顺从地艰难咽下，每吃一口都跟受刑一般。

不一会儿，几个人过来果真将他带走了。他们架着他，拖着往外走，随即锁上牢门。我双手抓着铁栏，看着他们走远，心中惊惧惶恐。

隔了十几分钟，我好像听到人的惨叫声，并不真切，若有若无，仿佛只是我的臆想一般。仔细去听，又没有了。天哪！不会是我幻听了吧！我伸手堵住耳朵，可是那声音还是丝丝缕缕地传了过来，我倚靠着铁栏，浑身抖得跟筛糠一样……

我已经没有时间观念，只是觉得过了很长的时间，他又被人拖了回来，那些人将他扔在石台上就转身出去了。

马公公跟了过来，站在铁栏外面，拿着一块锦帕轻沾着额头的汗，"今天就到这儿吧（听那意思还便宜这人了），宫里还有事呢！咱家先回去了。"

说着，以锦帕扇风，转身走了。走了两步又回过身来看了我一眼，"哟，洗干净了这小模样还真是受看。丫头，下次再来劫狱，在脸上戴块黑布不就行了吗？用得着抹灰吗？"

见他如此求知好学，不耻下问，我本着互通有无、沟通研讨的精神轻声说："这个……戴黑布影响呼吸顺畅，况且还容易脱落，往脸上抹灰简单易行，遮掩效果也更好。与敌人一打照面，还能起到震慑作用。对方以为见了鬼，一呆之下，我方就能取得先机。"

马公公扇着手帕，转着眼珠想了想，兰花指一指跟过来的监牢文书，"有理，记下来。"

那文书哆嗦了一下，几乎是幽怨地看了我一眼。

等他们都走了，我扑过去看石台上的人。到他跟前又放缓了脚步，不忍看啊！他自己已经面向墙侧卧过去，缩成一团。

我蹲到他跟前，见他身上并无大碍，衣衫还是完好的，没见多了鞭痕血迹，微微放心。只是他蜷曲着，我看不到他正面。

我伸手轻拨他的肩膀，他浑身哆嗦了一下，没动。我微微用了力，将他翻过来，粗粗打量一下，也还好，只是面色惨白，头发都被冷汗濡湿了，贴在青肿难辨的面颊上。我顺着他的脸往下一看，不禁倒吸了一口凉气，他的手……

他的手指青紫，指尖满是血污，指甲翘了起来，指缝间是血窟窿，还在汩汩地冒着鲜血。十指连心，该有多疼啊！这群死太监，变着法儿地折磨他。

我心里咒骂着，手上却没闲着，打来一盆清水，沾湿昨天的布为他擦洗，又为他的手涂上药膏。想了想，从身上的衣服下摆又撕下一截布来，得，这回长裙索性变短裙了。将布缠在他手上后，才将他的手轻轻地放回胸前。他一声不响地躺着，不知是不是睡着了。

我给他喝了几口水。又有一狱卒过来，将午饭摆在地上。看他那样子是吃不下去了。我的肚子倒有点饿，可是比饥饿更难耐的是另一方面的需求，难以启齿啊！想我穿过来都快一天了，我这……人有三急，皇上老子也要上厕所呀！

我尽量不去想，我忍！可是那种感觉却不受意志的控制越来越强烈。我开始后悔，刚才没人的时候我怎么没想起来呢？光顾着担心害怕了，竟然没有抓紧时间解决个人问题，郁闷啊！可是一想到我还在这儿指不定要待多少天，更是让我欲哭无泪，都快忍不住了。难受得我捂着肚子围着马桶转了三圈，可是牢里躺个男人，外面不时还有人来人往的，作为二十一世纪受过教育的文明人，我还真是拉不下这个脸。心里咒骂着，果真太监都是心理变态，竟然将我跟一个男人关在一起，太羞辱人了！

在我绕第六圈的时候，石台上传来窸窸窣窣的动静。我回头一看，那个人费力地支撑起自己的身子，将两条腿搭在地上，垂头忍耐了一会儿，等到痛意稍缓，便颤颤巍巍地扶着石台站了起来。我呆看着他，不知他要干什么。只见他双手扒着石台的边缘，艰难地挪着步子，好像随时会跌倒，走一步，就停下来喘息一会儿，再走一步。短短几步却费了几分钟的时间，才来到铁栏前。他背靠着铁栏缓缓滑坐在地上，将头扎在腿间，抖了一会儿，举起一只手，以腕上的铁铐敲击铁栏，在空旷的牢房里发出哐、哐、哐的钝响。

很快，有狱卒过来，神色颇为不耐烦。

地上的那人依旧垂着头，"给我床被子。"他声音很小，沙哑难辨，如漏了洞的风箱，有些刺刺啦啦的。而且不像是祈求，更像是命令。这是我一天来，第一次听他开口讲话，原来他不是哑巴！

随即，我又为他担心，作为一名要犯，还如此张狂，不知收敛，还敢要被子？

正在我以为他又要招来一顿辱骂毒打时，那个狱卒犹豫了一下，却恭恭敬敬地答道："是。"须臾，还真拿来一床破旧的薄被。我不禁对这个垂死的人刮目相看。这就是人的气势啊！

那人拿起扔在地上的被子，并没有盖在身上，而是揪着铁栏费力地从地上又爬了起来，冲着石台与铁栏中间的马桶挪去。我以为他要上厕所，本想扭过头去，不过他那个跌跌撞撞的样子实在令人揪心，就跟在他后面很八卦地问："你用？你先用，要不要我扶你？"说完自己也觉得脸红，只能亦步亦趋地跟在他身后。

来到马桶边，他用缠着破布的手指，将被子的一角系在铁栏上，挪了两步，将另一角系了石台一角的铁柱上。这才一下子跌坐到地上。

我目瞪口呆地看着马桶前出现的门帘，激动得不知说什么好。

那人半坐在地上，向牢房的里侧挪去——应该说爬更确切些。然后，他蜷缩着面向墙壁躺了离马桶最远的墙角里。

我此时才反应过来，跑过去看他，见他一动不动，好像昏死过去一样。我眼中一热，差点落下泪来……

从那以后，这个人基本上就缩在那个角落里了，我让他睡到"床"上去，他跟没听见一样。我试着去抱他，他轻轻推开我的手，哑声说："地上凉，不那么疼。"

我也明白他是想将那个"床"让给我，心中感动，这个人受尽磨难，却还惦记着别人，就冲这一点，我也认定他不是坏人。不忍再拂了他的好意，只能在他待着的角落里铺些稻草。

晚上，是那个送药的老狱卒值班，我向那个老狱卒要了一床被子和一件干净的囚衣，重新为他擦洗了伤口、抹了药，又将他的手指换了干净的布包好，这才将被子盖在他身上。

老狱卒叹息道："姑娘，你是个好心人哪！"

我见那人似乎是睡着了，不禁走到铁栏前轻声问老狱卒："他犯了什么罪？要这么对他？"

我真是很疑惑，通过两天的观察，我觉得那些人并不是为了从这人嘴里得到什么秘密而严刑逼供，根本就是为了折磨他。他身上的伤口虽然骇人，但没有一处是致命的，可以说那些人很小心，甚至腹部的一道很深的伤口也被针线缝上了。给我的感觉是，他们不想杀他，也不想从他身上得到什么，就是想让他死不了活受罪。

老狱卒警觉地四下看了看，凑到铁栏前，小声道："哪有什么罪，不过是不肯低头罢了。"他进一步压低了声音，"他得罪了当朝的首辅高大人，皇上也是忍痛降旨关押他，不料落在锦公公手里，可受了大罪了！"

我听得一头雾水，却有了个模糊的轮廓。听上去，那个首辅高大人和锦公公都比皇上硬气多了，可是这个人竟然得罪了两个比皇上还要厉害的人。

老狱卒又狐疑地看向我，"这事朝野内外没有不知道的，姑娘怎么不知道他是谁啊？"

我赶紧说："我是异乡来的，刚到这儿就莫名其妙地被送到牢里来了，我真的什么也不知道。他是谁啊？"好奇害死猫！女人的通病。

老狱卒半信半疑，随即摆摆手，"你要是不知道，也不用打听了，还不知道他能不能活着出去，哪天锦公公一高兴要了他的命也说不定的。造孽啊！"说完转身蹒跚而去。

夜深了，牢里的灯火大半都熄灭了，我转身在昏黄的光线下看向那个人，在角落里蜷成一个淡黑色的剪影，凄苦却依旧不容践踏，让人心生敬意。

第二天一早，马公公就来了。他也没个节假日休息，这种忘我的工作态度，放在现代，早就是劳模了。

他隔着铁栏对着角落里的人张望，"气色还不错，昨儿您歇够了吧，那今天就给您松松筋骨。"接着吩咐左右随行的人打开牢门，他以手叉腰，在一边训诫道："锦公公他老人家说了，忙完这几天的事就过来看他，你们大伙可精心着点。"

眼见他们架起他就往外走，情急之下，我不禁脱口而出，"等等！"

马公公回头看我，"丫头，你又怎么了？"

啊？我也不知道我要说什么，但我的本事就是绝对不会冷场。

"马公公，其实你们已经很尽心竭力、尽忠职守了，就这么一个人，众位大人能够如此不辞辛苦、不分昼夜地刑讯，实在让我钦佩。人们常说，难的不是做一件事，而是不停地做同样的事儿。这么天天打他，你们都能不腻烦，都能保持如此高昂的斗志，都能推陈出新，孜孜不倦，这不仅仅是忠心耿耿，不仅仅是敬业爱岗，不仅仅是……"

照我的实力，我也就是刚说个开场白，第一轮的车轱辘话还没开始呢，马公公就脸皱得跟苦瓜一样打断我，"小姑奶奶，你能拣要紧的说吗？"

我顿了顿，最初的紧张感过后，我的头脑稍稍清晰了一些，言语也可以先到大脑，再到嘴里了。我小心地斟酌词句，想了想开口道："马公公，锦公公是不是对此人恨之入骨？"

"这个嘛，我爹锦公公他老人家的心思谁能猜透呢？只是他特意吩咐下来，将慎行司的大刑尽数用在此人身上。"妈呀，还是他爹？真想采访一下锦公公，有这么个儿子作何感想。好家伙，这还不是一般的不共戴天哪！也不知道是杀父之仇还是夺妻之恨呢？（对了，太监没老婆，可以忽略这一条。）

"听闻锦公公过几天要来牢里看他，要是到时候他半死不活的，岂不是坏了锦公公的兴致？"我大着胆子说出来，自觉一副狗腿上身、助纣为虐的小人嘴脸。

马公公扭着身子，把自己站成了一根麻花，一手还托着腮帮子，"丫头，此话差矣。这是锦公公吩咐下来的，这个人越是惨不忍睹，他老人家越会高兴才对呀！对了，咱家想起来了，"马公公一拍手，"昨天晚上，咱家躺在床上睡不着觉，忽然想起来一个有趣的办法，若是将此人倒吊着，四周燃上炭火，再用铁刷子……"

"马公公，马公公！"我赶紧拦下他天马行空的奇思妙想，这也是个发明创造型人才啊，"马公公的想法真是令人钦佩，只是不知道锦公公是否能了解您的一片苦心？其实，若能让锦公公亲眼看见您费心费力，他老人家才会对您刮目相看。"

马公公转了转眼珠，"丫头，你的意思是……"

"我的意思是不如让这人休养几天，养好了，等锦公公前来亲自观刑。若是到时候这个人已经气息奄奄了，那还有什么行刑的意义？您的那些前无古人后无来者的伟大妙想也无法得以施展。"

马公公频频点头，"有点意思。"

见他有所松动，我赶紧乘胜追击，晓之以理动之以情，"说不定锦公公还要亲自动手呢！您想想，折磨一个半死不活的人有什么意思？亲手将一个生龙活虎的人折磨到求生不能、求死不得方能让锦公公得以消除心头之恨！"

马公公翻着眼睛想了半天，下定决心道："好，丫头，咱家就听你一回。若是我爹他老人家满意，自是皆大欢喜；若是他老人怪罪下来，咱家可是要你吃不了兜着走。你可明白？"

"明白，明白。"我小鸡啄米一样点头。

那伙人果真将那人扔了回来。我看着他趴在牢房里的地上，嘘了一口气，这才发现额角的头发都被虚汗浸湿了。

至少，他可以过两天太平日子。我能做到的，也只能是这么一点了。

狱卒送来早饭，不过是稀饭和几个馒头。我心中恻然，连递给他食物的勇气都没有。他活着的意义是什么呢？我为他疗伤、给他吃东西又是为了什么呢？就是为了让他养精蓄锐，好接受更加残暴的摧残吗？

　　他却颤巍巍地从地上爬起来，来到盛放早饭的托盘前，拿了一个馒头，退回到角落里，将馒头掰成小块儿，安静地送到嘴里……

佳人

　　这两天过得很平静，他们没有再刑讯他，只有马公公不时过来看看，说几句好好保养、锦公公得空就来之类的话。

　　我不禁感叹，这个人的生命力太顽强了，不过两天，他已经能够扶着墙壁慢慢走了。夜深人静，他的呻吟声也渐渐减少，取而代之的是均匀的呼吸。不知为什么，我听着他的呼吸总是觉得很安心。至少，我知道，他还活着。

　　夜里，我在迷迷糊糊中，听见角落里的他唤了声，"映雪……"

　　我骨碌爬起来，悄悄来到他身边，从高高的铁窗外照进的月光打在他的脸上，他眉头微蹙着，辗转着呓语，"映雪，映雪。"

　　几天了，即使是刚刚受完酷刑，他也没有流露出这样痛苦的表情。我心一软，竟然鬼使神差地应了一声，"我在这儿。"

　　他翻了个身，攥住我的手，满足地叹息了一声，沉沉睡去。我坐了半宿，他一直抓着我的手，力道很轻，却异常执着。我心中想着，映雪，应该是他的恋人吧，让他在如此惨境下依旧念念不忘。

　　当清晨的第一缕阳光照进来时，我发现自己竟然躺在他的稻草堆上，身上还盖着他的被子。我一下子想起昨晚的事，有些尴尬，一时不知如何解释。睁开眼睛偷偷看他，见他倚靠着墙，坐在离我几米远的地上，垂着头，也不知是睡着，还是醒着。

一只小麻雀从铁窗的缝隙中飞了进来，慌不择路，没头没脑地在石壁上乱撞，扑着翅膀，几次飞过我的头顶，已经被自己撞得分辨不清方向。

那人一直垂头坐着，我也没见他抬头，就见他一伸手，电光石火间，那只小麻雀已经到了他手里。原来还是位高人哪！

挥手的动作牵扯了他的伤口，他用另一只手捂着前胸，好半天才放下。接着扶着墙壁站了起来，一步一挪地走到铁窗下面，将那只小麻雀高举过头。一松手，小麻雀就着亮光顺利地飞了出去。他仰头看着铁窗外，面色平和，阳光照在他青肿破相的脸上，使他的脸沐浴在淡金色的光芒中，带着圣洁的光辉。这一刻，虽然他衣衫褴褛，蓬头垢面，我却觉得他是我见过的最美好的人。

我也不能一直这么躺着，于是我故作若无其事地爬起来，用水缸里的水草草洗了把脸、漱了漱口。一般来说，我日常洗漱加上抹护肤品需要十五分钟，在这儿，一切从简了。都混到牢里了，还是古代天牢，我也没什么可穷讲究的。要说人的适应能力还真是惊人，几天前，我还是一天不洗澡就浑身难受。到了这儿，别说洗澡了，擦把脸就不错了，我也没觉得活不下去。还好，有狱卒定期提供水，已经是特殊优待了，要说，我也是沾了这个人的光。

我又拧了湿布给那个人，他抬手接过来自己擦了又自然地递给我。看得出，这也是位养尊处优、让人伺候惯了的主儿。只可惜，富贵身子，受罪的命，都不知道能活到什么时候。这个想法让我很是黯然，毕竟他是我穿过来见到的第一个人。

下午，我正躺在石台上午睡（在这儿也没什么事干，那个人通常都是蜷缩在角落里，不哼不响的，闷得我只能睡觉了），牢门哐当一声响，我睁眼看见一抹潋滟的红影走了进来。

那红影扫了石台上的我一眼，我只觉得一道寒光如刀似箭地射向我，霎时间浑身如坠冰窖，吓得我赶紧闭眼。牢房里因为这个人的到来，温度都低了几度，比现代的空调还好使。

再偷偷睁眼时，那人已经来到角落里倚着墙席地而坐的人旁边，蹲下身子，红色的锦衣扫在牢房的地上，像尘埃中绽放的鲜花。那人俯首冷笑道："这么着，都没整死你？"

声音低沉，带着说不出的磁性，如果非要挑毛病，就是嗓门粗了点儿，不够婉转，让人觉得颇为可惜。

我不禁悄悄打量起这个人，二十多岁的年纪，一身红衣，质地轻盈，无纹无饰。满头墨样的青丝毫无修饰地披散在肩上，长度过腰，像一匹上好的黑色锦缎。再看那人的脸，我如遭雷击，彻底惊呆了。要说在现代咱什么美女没见过？电视媒体中各色的莺莺燕燕、燕瘦环肥，轮番轰炸，化着妆的、整过容的，加上清水出芙蓉的，早就被炸麻木了。而此刻见到这名红衣女子，我却骤然僵住，第一次觉得自己言语贫乏，都找不出合适的词语形容。呆看了半晌，脑海中才闪现出四个大字："绝代佳人"！天仙张看见她都得找块豆腐一脑袋撞过去。

　　她的肤色白得赛雪欺霜，宛若凝脂，眉飞入鬓，一对凤目顾盼生辉，如盈盈秋水，让人沉溺。鼻梁挺秀，樱色薄唇微启，却说着让人不寒而栗的恶毒语言，"这天牢里的大刑可还让你满意？"说着，以手抬起地上那人的下颌，认真打量，须臾故作惋惜道："我忘了告诉他们别打你的脸了，哪里还看得出半分以前俊逸出尘、秀美无俦的样子。"

　　她的话让人有不寒而栗的感觉，听得我直打寒战，起了一身的鸡皮疙瘩，还真是个蛇蝎美人。我不着痕迹地又往石床里面挪了挪，缩在角落里。我是不想听人壁角的，虽然我缩在一角，尽量降低自己的存在感，但是四周太安静了，她怨毒的话语还是一字不差地传入我的耳朵。

　　"那个姓高的老东西，蹦跶不了几天。我早就布下天罗地网，将姓高的一党一网打尽。可你偏偏着急当这孤胆英雄。你不是一向奉行你爹的遗言'远离朝堂，不问政事'吗？这次如此不智，不但参他一本，还当堂顶撞咱们的高阁老。这下连皇上也保不住你了。好在皇上不忍心将你交给那个姓高的，而是交给慎行司监押，不然你早就身首异处了。落在我手里，我可是舍不得让你痛痛快快死了！"

　　那红衣女子的声音更加狠厉，因激动而微微颤抖，仿佛要将对面的人生吞活剥似的一字一字道："你知道我等这个机会等了多久了吗？我做梦都想着有朝一日能够看到你在我面前受尽折磨、哀号求饶的样子。"

　　我那颗热爱八卦的心一下提了起来，连耳朵都竖了起来，全然忘记了自己身处险境。这是有奸情啊！肯定是这个人负了红衣女子，伤了人家的心。唉，这样的绝色美人都不珍惜，让我一下子起了怜香惜玉之心。

　　此时，那红衣女子的手不规矩起来，竟然沿着地上那人的胸膛往下探去。我赶紧闭眼。虽然说作为一名现代女性，我交过男友，该看不该看的、该做不该做的也都尝试过，但这真人版的现场秀还是超出了我的承受能力，让我面红耳赤。

　　在现代的时候最怕在肯德基、麦当劳之类的公共场所看到有些人如入无人之境卿卿我我，抱在一起就唧的小情侣。天仙张说我是妒忌，自己是沙漠，就看不得别人鲜花盛开。天地良心，我还真不是吃不到葡萄说葡萄酸，实在是有碍观瞻，影响食欲。你们好你们的，谁也没拦着，问题是，能不能别强迫别人当观众？就像现在这样，同在一个屋子里，当着我这个大灯泡，那二位上演了如此劲爆的一幕！谁说古人知礼守旧，这么放浪形骸的事都做得出来，让我这个现代人都自愧弗如。

耳畔传来男子压抑的呻吟声，我更是羞得恨不得找个地缝钻进去，如果不是害怕被发现，真想用手捂住耳朵。

不过，我越听越觉得不对，那人的呻吟声不像有多欢娱蚀骨，反而带着痛苦的煎熬，跟他刚受完刑时的辗转低吟并无二致。我忍不住又偷眼看去，一看之下大惊失色。那个女人竟然扯开他的衣衫，手指摩挲着他胸前刚刚愈合的伤口，一下，两下……很快，他的伤口裂开，鲜血染在那女子雪白的指尖上，说不出的诡异妖艳。

那女子抬手对着阳光比看了一下，像欣赏指尖的蔻丹，殷红的血珠顺着她玉样的指尖滴落下来，她满意地收回手，又开始摩挲另一处伤口……

那人在她手下痛苦地呻吟。她面露满足愉快的笑意，轻声地诱惑，"叫啊！再大声点儿，我喜欢听！"

那人一下子闭了嘴，浑身抖成一团，缠着破布的手指都抠到地上。

你还玩虐待了！真是最毒莫过妇人心啊！再大的仇也不能这样将人往死里整。

我觉得怒火从我的胸部一下子蹿到脑部，刚刚对红衣女子的那丝怜悯消失得无影无踪。太可恨了！我气得直哆嗦，我天天给那人上药，喂他吃饭喝水，才让他有个人模样，我容易吗？被那女子几下就又折腾得半死不活。

这就像小时候搭积木，费力搭好一幢大楼，还没来得及体验成功的喜悦，就被个坏小孩冲过来推倒了。那种眼睁睁看着心血付诸东流的恼怒让我不顾一切地坐了起来。

"这位大姐，就算他对你始乱终弃，你也犯不着这么对他。你长得这么妖孽（我一着急把实话都说出来了），多少男人排着队愿意娶你，你干吗非缠着……"

我还没说完呢，就觉得眼前一花，脖子猛地被一只手抓住了，后面的话就卡在了嗓子里。我被那只手从石台上提了起来，脚尖都离地了。我伸出双手去拉脖子上的禁锢，可是那女子手劲儿极大，我撼动不了分毫，只觉得呼吸困难，直翻白眼。

一个如恶魔般森严冷酷的声音在我面前响起，"你刚才叫我什么？"

我费力地睁眼看去，那个红衣女子单手捏着我的脖颈，目光冰冷地看着我。我这才发现她的身量挺高，至少比我高出多半头，因为我被提起来了，脸才跟她平行。我茫然地看着她，还是那张绝美的面孔，但是眼中闪着危险嗜血的光芒，漆黑的瞳仁像个旋涡，倒映着我惊恐紫涨的脸。她薄唇紧抿着，唇角微微向下弯，显得阴狠毒辣。怎么说呢？这明明是一个男人的神色！

虽然我此刻大脑缺氧，喉头被他捏得咯咯作响，但求生的本能让我双手扒着他的手，断断续续地叫道："对……对不起……我……认错了……大……大……大……大哥……您……您……您松手……"

他眸中的怒色更甚，周身散发出暴戾的凶狠气场，长发红衣无风而舞，向后飞扬，宛如索命的修罗。他手指一收，举起手臂，将我慢慢往上提，举过他的头顶。我身子悬在半空中，觉得脖子都要被捏断了，胡乱踢的双腿越来越无力……

角落里传来那人的声音，"放开她。"

颈间的禁锢一下子撤去，空气瞬间冲入我的胸腔，我从半空掉到地上，趴伏着剧烈咳嗽起来，差点儿没吐出来。

那红衣人侧过头看屋角的人，斜着凤目，神色倨傲。

我脑子进水了呀！能进这牢房的除了公公还能有谁？怪不得，我"大哥"、"大姐"的都没叫对。不过也不能怪我，要怪也只能怪这位公公长得也太容易让人产生误会了。

那妖孽（我只能这么叫他）半垂着眼帘，居高临下打量我，他的目光冰冷，像蕴含着千年的寒冰，看得我身上的寒毛都竖起来了。

他冷哼了一声，问角落里的人道："还没来得及问你，这又是谁？"接着又皱起眉头，神色鄙夷，仿佛看着一堆垃圾，"就这货色，给你暖床都不配。怎么，在这天牢里待了月余就饥不择食了？"

我要是胆子大点儿，就一口啐在他那张脸上了。可我还是胆小，心里骂了句"活该你断子绝孙"，面上连怒色都没敢带出来，只趴在地上抽筋一样地咳嗽。

正在此时，一个人影风一般地冲进来，扑在那妖孽的脚下，惊喜地哽咽道："父亲大人！"

我连咳嗽都忘了，瞠目结舌地看到马公公跪在地上，仰着擦了粉儿的粗脸，"父亲大人，您老人家来了也不告诉儿子一声，儿子日日夜夜盼着见您哪！"说着举袖拭泪，跟真事似的。我要是有这么个活宝儿子，早就一头撞死了。

那妖孽还挺镇定，"起来吧，我就是过来看看。看来你把这个人照顾得不错啊！怕他寂寞还弄个臭丫头陪他。"

马公公一脸献媚的笑容，窥着那妖孽的神色，小心翼翼地说："儿子遵照您的嘱咐将慎行司的大刑都给他用遍了，整得他几近半死。可是儿子又一想，半死不活的岂不是让父亲大人没有用武之地，如何能尽兴？正好这个丫头来探监（他没敢说我劫狱），就让这丫头照料他，将他身上的伤养得差不多了，只等父亲大人来了，亲自观看刑讯，若父亲大人有兴致，也可在他身上练练身手，让儿子开开眼界。"

那妖孽脸上这才露出一丝笑意，点头道："难为你一片孝心。"

马公公得到那妖孽的褒奖，诚惶诚恐地匍匐在地上，"父亲大人监督国事，日理万机，儿子惭愧无法为父亲大人分担丝毫，只能绞尽脑汁博父亲大人一笑。只盼着父亲大人舒心，身体康泰，儿子尽心竭力，万死不辞。"头磕在地上，还半歪着脑袋欣喜地看了我一眼，那神色分明在说："oh yeah！"

如此狗血的场面，太让人无语了。我也看出来了，这个人就是大家嘴里的锦公公了，我一直以为是个老头子，没想到是这么个祸害人的妖孽。

那妖孽此刻负手而立，身姿挺拔，竟让人有高大魁梧之感，虽然容颜绝美，旷世无双，但是不带一丝阴柔之气，反而面色刚毅，不怒自威，神情高贵，堪比王侯，一身的红衣也如血染战袍一般，不觉娇媚，只觉凄艳凌厉。

"你也忙活了月余，这人开口求饶没有？"那妖孽问马公公。

马公公很是泄气，吭哧道："没……没有。"

"废物！"那妖孽面罩寒霜，声音不大，却让马公公瑟瑟发起抖来。

马公公磕头如捣蒜，"儿子愚笨，辜负了父亲大人的信任。可是……能用的都用了，剩下的大刑就伤人致残了。"说着复一拜，"还请父亲大人示下。"

那妖孽想了想，"先别急着弄残了他，慢慢来，等到无计可施了再鸡零狗碎地送他归天。"

"父亲大人英明啊！"马公公又一个头磕下去，貌似佩服得五体投地。听得我胃里都冒酸水了。

"刑讯之事本是你职责所在，这个人既然死硬，你们就不会动动脑子？这点小事总不用我来教你吧？"那妖孽俯视着地上的马公公。

一句话说得马公公冷汗都冒出来了，结结巴巴道："这个人硬得很，一个月了，连话都不肯说，儿子也是……"

那妖孽凤目一凛，"不肯说话？哼，刚刚他还开口替这臭丫头求情！"

马公公看了我一眼，忽然眼神一亮，恭敬地对那妖孽说道："儿子觉得单纯的刑讯起不到父亲大人想要的效果。这人既然不怕打，咱们就得想其他的法子。人都是有弱点的，没有弱点还能称之为人吗？贪财的以金银诱之；贪女色的，就对他使美人计；贪权贵的，就许他高官厚禄。儿子这两天就在找他的弱点，再对症下药。"

我在旁边大大地翻了个白眼，这不是我那天说的话吗？几乎一字不差啊！

马公公说完，等着那妖孽发话，跪在地上微微发抖。牢房里一片静默，异常压抑。

须臾，那妖孽面带笑意，"一直说你脑子不中用，没想到也有开窍的时候。你想得甚好，倒让我茅塞顿开。行了，先下去吧，一会儿再叫你。"

马公公得了赞扬，大大地松了一口气，喜形于色起来，"都是父亲大人教导有方，还望父亲大人多多指点。儿子就在外面随时听候父亲大人差遣。"说着，躬身退下。

牢房里又只剩下我们三人。我一歪头，躺在地上装死。忍不住好奇心，又将眼睛偷偷睁开一道缝。

那妖孽缓缓踱步到角落里，俯身看着那人，"你的弱点是什么？功名利禄你不稀罕，荣华富贵又是身外之物。这美人嘛，你府上连个侍妾都没有，你难道真的没有弱点吗？"

那人垂着头，如老僧入定一样。那妖孽也不恼，自问自答道："我那乖儿子倒说对一件事，这世上没有人没有弱点。"

他逼近那人，唇边挽起得意而狠辣的弧度，越发显得那张脸明艳不可方物，带着摄人心魄的魅力，"你的弱点，只有我知道。"他压低声音，俯在那人耳边，带着怨毒缓缓从唇齿间吐出一个名字，"江映雪。"

映雪？这个名字我听过，是那人一次睡梦中呼唤的名字。

那妖孽满意看到地上的人抖了一下，他盯着地上的人，冷笑道："枉你一世英名、文韬武略，竟然连心爱的女人都保不住。她现在是你嫂子了，你心中对她再痴缠眷恋又能如何呢？以你的为人，叔嫂通奸的不伦之事自是做不出来，也只能是'一处相思，两处闲愁'了。"

他故作惋惜地摇头，"可惜，我一时半会儿还真没办法把江映雪给你弄到这牢里来，不过……"他眼波一转，斜了我一眼，吓得我赶紧闭眼。

"这儿倒有个现成的臭丫头，虽然姿色平庸，但也聊胜于无。"

这作死的妖孽是什么意思？

只听他冲外面唤道："拿酒来！"

早就候着的马公公屁颠地端过一个托盘，上面是一壶酒并一个酒盏，一脸媚笑，"父亲大人慢用。"这要是给他安根尾巴，就能摇起来了。

那妖孽接过来，肃然道："下去吧，这里没你的事了。你当差当得不错，人也机灵，以后多上点儿心，没你的亏吃。"

"父亲大人！儿子何德何能，得父亲大人如此厚爱！"马公公热泪盈眶，又表了一通忠心才抹着眼泪走了。

那妖孽伸手入怀，取出一个拇指大的玉瓶，打开塞子，将里面的粉末尽数倒进酒壶里，又盖上壶盖，拿在手里轻轻摇晃。

"这可是西域的贡品，叫红尘若梦，本是献给皇上的，没想到皇上说这东西秽乱宫闱，让我把它扔了，我带在身上，还没来得及扔呢，就到这儿来看你了。扔了也可惜，据说是极品，能让人如痴如醉，欲罢不能。用在你身上，再合适不过了。"

他一边说着，一边走近那人，目光中是雪亮的恨意，兼带着要摧毁一切的疯狂神情。那人本在地上坐着，见他过来，青肿的脸上现出惊惧的神色。即便是受刑的时候，也没见他害怕过，此时却如同躲避瘟疫一样挣扎着往旁边躲去，嘴里含糊着说："不要……"

没爬两步，就被那妖孽一脚踩在胸膛上，俯身伸手擒住他的下颌，恨声道："不要？当年在死囚室里，我看着我爹被吊打、看着我二哥被活活打死在刑架上，我也说过不要。可是没用！没有人理睬我。你知道我最厌恶的是什么吗？我最厌恶的就是你这副高高在上、不染纤尘的样子。即便在这腌臜的天牢，也要摆出一副威武不屈的嘴脸。你不是不怕打吗？那我就毁了你，让你堕落到尘埃里，自己都厌弃自己。"说着，他抬手将酒往地上的人嘴里倒，绯红的酒液顺着那人的嘴角流了出来，那人拼命挣扎，痛苦地左右摇头，仍被灌下去大半。

那妖孽将空了的酒壶随手一扔，酒壶在空中划出一道优美的弧度，随着一声脆响，落在他身后的地上，摔得粉碎。

那人俯在地上剧烈地咳嗽起来，伸手去抠嗓子，似要将喝下的酒吐出来。

那妖孽在一边安静地看着他，像在欣赏一道美景，半晌才幽幽道："来不及了，吐出来也没用。"说着伸手抓住那人的头发，迫他扬起脸来，唇角凝起一丝残忍的微笑，声音异常的蛊惑，"忘掉江映雪，在极乐的癫狂里沉沦吧！"

他用力将那人的头掼在地上，不再看他，起身径直走出牢房。

牢房的门被狱卒锁上，四周静悄悄的，只闻那人粗重的呼吸声。

我见人都走光了，一骨碌从地上爬起来，跑过去看墙角里的人，见他痛苦地在地上翻滚，呻吟不止。

那妖孽不会给他下了毒吧？我一阵惊恐，伸手去扶那人的肩膀，他皮肤滚烫，跟发高烧一样，我更加害怕，伸手去摸他的额头。

他一把拂开我的手，艰难地将身子往里面的墙角挪去，声音沙哑道："别……别过来！"

我愣了一下，怎么了？不明就里地跟着他亦步亦趋，关切地问他："你哪里不舒服，我再给你上点儿药。是不是刚才那妖孽给你喝的酒有毒？你快吐出来呀！"

说着，我去拍他的后背，我是真的怕他死在我面前。

他大口地喘着气，一把抓住我的手，像即将溺水的人抓着救命的浮木，往上一够，搭到我的肩膀，我跟跄了一下，差点儿跌倒在他身上。我诧异地看着他，只见他面色潮红，因喘息剧烈而身子发颤，看着我的眼睛带着迷离之色。

这是？……他的神情吓到了我，我本能地畏缩了一下。他神色挣扎，一把将我甩开，断断续续道："你……快走开……快走……"说着自己用头去撞墙，发出咚咚的闷响，血都磕出来了。

完了，疯啦！

我反应过来，扑过去拦他，这要是血溅三尺的，多恐怖！

撕扯间，他本就被那妖孽扯开的衣襟彻底敞开。我不经意瞥了一眼，一愣之下，立刻面红耳赤地扭过头去。我放开他，手脚并用地倒退着爬回石台边上。这会儿我明白过来，那个变态的妖孽，竟然给他喝下一壶这样的酒。

眼见那人呻吟声越来越难耐，甚至已有些暗哑，身子徒劳地在地上扭动翻滚，像被打捞到岸上的一尾鱼，不时揪扯着自己的头发往墙上撞，却浑身抖着，越来越无力……

我再也坐不住了，噌地站起来，几步走到他身边，将他蜷曲的身子扳过来仰面朝天，一时不知该怎么下手。

他扭过头，哑声道："我……自己来……"

可是他的手抖得跟得了帕金森似的，带得腕上的镣铐哗啦作响，却根本握不住自己。

我咬了咬牙，心一横，伸手一把握在手里。掌心传来的热度让我一时心猿意马，不敢去看他的脸，只能专注手里的操作。

他抬起一只胳膊遮住自己的脸，头向后仰，露出修长的脖颈，断断续续的呻吟溢出他的唇角，听得我心如擂鼓，脸红脖子粗，真是……很诱人！

我慌忙稳住心神，权当自己在钻木取火，别救人救得真把自己搭进去。

我这人有一点好，全神贯注的时候，可以忘记周遭的一切。我要是看书看进去了，别人叫我，通常我是听不见的。就像现在，我渐渐进入一种忘我状态，心无旁骛，只把这事当作一件工作来做，甚至带上了精益求精的业务钻研精神，变换着角度和力道。

革命的道路真是任重道远啊……天擦黑的时候，他终于被清空了。他再不完事，我手腕都得折了！

我摇摇晃晃地站起来，一阵头昏眼花。不过我还是好人做到底，送佛送到西。我打了盆水，自己洗了手，又给他擦干抹净，涂了药，才将被子盖在他身上。

狱卒送来晚饭，是四个馒头、两个菜和一碗粥。我想着古人脸皮薄，他一个大男人，就这么失身了，这会儿肯定死的心都有，就没叫他吃饭。

伸手去抓馒头，手悬在馒头上方，又缩了回来。虽然洗过了，还是别扭，我愤愤地拿一根筷子将几个馒头像糖葫芦一样穿成一串，凑到嘴边大嚼起来。

除了一紧张就胡说八道，我还有一个毛病，就是一郁闷就胡吃海塞。此刻，我发泄般咬着筷子上的馒头。

当我吃第三个的时候，角落里的人忽然轻声开口，"若我不死，一定娶你。"

一口馒头差点儿没噎死我。不会吧！我只是动动手指头，他就赖上我了！

我将着脖子好容易将那口咽下去。心中嘀咕，怎么回绝他呢，若对他说："举手之劳，何足挂齿！"会不会显得过于豪迈了？

久久不见我的答复，他显然误会了，"姑娘是否已经成亲？"

这个嘛……容我再回忆一下，我那不堪回首的短暂情史。

大学的前两年我都一直走矜持路线，虽然不时有男同学献献小殷勤，我也是本着宁缺毋滥的精神守身如玉。当然，我不是说人家不好、配不上我，我还没那么自恋。只是，我总觉得我等的那个人还没有出现，我不愿意因为寂寞或好奇去浪费自己和别人的时间与感情。

直到一天在通往食堂的小路上，前面的一位同学夹在腋下的书滑落了一本，掉到地上。我见到了扬声唤他，"同学，书掉了。"正要去捡，有人比我快了一步将书捡起，抬头之际对上了我的眼睛。我的脑子刹那间一片空白，梦游一样看他将书还给那个男生，回头对我笑了一下便消失在过往奔赴食堂的人群中。

我从不相信一见钟情，但那一刻我分明听到内心有个声音在说："就是他。"

我没见过他，但是，我觉得已经认识他很久了。比较浪漫的说法是："前世今生，总觉得在哪里见过。"

　　但是我从不相信什么转世轮回，更准确的感受是这样的：作为一个女孩子，从进入青春期起，心中就会有一个朦朦胧胧的影子，这个影子可能来自父辈的幻化，来自外界的影响，或来自自身的臆想。随着年龄的增长，这个影子越来越清晰明朗，他应该有深邃的目光，挺直的鼻梁，微笑时眼睛会眯起来，露出雪白的牙齿……他应该勇敢坚强、乐于助人，对小动物拥有爱心……他应该打得一手好篮球，奔跑起来像敏捷的豹子……

　　但是你始终没有办法将他幻化成一个真实的人，一切的一切都只是想象，你甚至无法在脑海中合成一张脸。影子始终是模糊的，即使你已经为他勾画了五官。

　　直到有一天，你遇到一个人，心中的影子和眼前的人合二为一。这就是那一刻的感觉，我为我心中的影子找到了主人。

　　直到现在回想起来，我依旧记得那日阳光明媚，而他抬脸看我时，整个人都是发光的。

　　接下来很恶俗，我费尽周折打探到他是高我一年级的工程系学生会主席萧然。连同宿舍的好姐妹都说我跟变了一个人似的，突然花痴起来。他打篮球，我去观战；他们系开联欢会，我去捧场；没课的时候，我坐在男生宿舍和工程系教学楼之间那条路的一处台阶上，只为在过往的人流中搜寻他的身影；我吃完饭回来，听同屋的人说，在另一个食堂看见他了，我马上会拿起饭盒再去吃一顿……可是，他根本就不记得我了，每次都面无表情地从我面前匆匆而过。

　　那是一段疯狂的岁月，我都不知道一向没心没肺的我怎么跟着了魔似的，现在想起来都跟做梦一样。

　　我终于让他注意到我，就是那次倒霉的辩论会。他是辩论会的组织者，我因参赛跟他有过几次接触。我将自己最好的一面展现在他面前，终于他牵起我的手走在校园里，那一刻我的满足和骄傲足以将我溺毙。

　　不过，优秀的男生，注定会有人关注。很遗憾，他不是个从一而终的恋人，或者说，他不够爱我，只是一时被我的痴情打动。为了留住他，我做了一件最蠢的事，我将自己给了他。

　　若说感受，应该是心理的满足远大于生理上的。"我是他的女人了。"这种想法甜蜜而酸涩，让我还哭了一鼻子。生理上谈不上有多大的快感，但也不像小说里描写的那样痛不可当，是有点儿疼，但还能忍，第一次他也很温柔。

　　他确实对我又迷恋了一阵，但很快又迷失在形形色色的追求者中。我将自己最珍贵的东西捧到他面前，却得不到他的珍惜。这不怪他，是我的错，是我不该妄图通过这种方式留住他。我眼中的珍宝，只是他一时的快慰消遣。我终于明白，我不是他的第一个，也不会是最后一个，更不会是唯一的那个。

我不后悔与他发生的一切，那是青春的错误，错了就要认赌服输，我将自己的感情和贞节当成筹码，结果输得一败涂地，血本无归。

让我想起来就脸红的是后来在咖啡厅里，我哭着求他留下来，向他哭诉我的一切都给了他。那是我这辈子做过的最没脸的事。我永远忘不了他冷漠的脸，只留给我一句话，"不是我强迫你的。"

我逃一样地离开咖啡厅，多待一秒都会崩溃。

"人必自辱而后人辱之"，一切只是我一厢情愿，自作自受。

那是大三时候的事，那年暑假，他就毕业了。我空窗了大四一年，谈不上"一朝遭蛇咬，十年怕井绳"，只是再也不会轻易地付出感情。

我已经想明白了，或许我爱的也不是萧然，我爱的只是我心中的那个影子，只是错误地把他安到了萧然身上。

朋友怕我抑郁了，劝我再找个男朋友，甚至张罗我去相亲。我婉拒了她们的好意。

我在等，哪怕用我的整个后半生，等真正对的那个人出现……

我从神游中回到现实中，意识到那个人还在静静地等我的答案。我抓抓头，这是在古代，如果按照发生关系来算，应该算是吧，于是胡乱地"嗯"了一声，也为了绝了他的念想，他真要来个以身相许，我可受不了。

那人沉默了一会儿，歉然道："若能活着出去，我必到府上登门谢罪，任凭你夫君发落。"

"别别别，我那个夫君，我早把他休了（原谅我的虚荣吧）！现在我也搞不清楚他死哪儿去了。"我色厉内荏地挥挥手，自觉那股豪放之气与山中女大王有一拼。

长久的沉默，他不再说话，大概是被吓住了。想想他也够惨，身陷囹圄，受尽摧残，还失身于一个女魔头，换个意志力差的，早就活不下去了。

我气哼哼地接着啃我的馒头，真是太太太郁闷了！

晚上，我躺在石台上，胃里翻江倒海，被那几个馒头撑得睡不着。角落里的那人也静默得出奇，连呼吸声也听不见。

我能感受到他的尴尬，其实我也是，这都算什么事儿啊！我决定说点什么，打破僵局。几天了，没有对着人侃侃而谈，让我憋得比那日不敢用马桶还难受，都是不吐不快。

我鼓鼓勇气，先从自我介绍开始。黑暗中，我如自言自语般地开口，"我叫林若溪，我爸，就是我爹，给我取的名字，他说希望我'宛若山林中的欢快流淌的小溪'。我家里有爸爸妈妈，就是爹娘。我爸叫林寂亭，是……我妈叫韩如馨，是……"

想到爸妈，我禁不住泪眼婆娑，声音哽咽道："他们找不到我肯定急死了。"

我赶紧打住，不敢再多想，吸了吸鼻子，继续说："我养了一条狗，是只吉娃娃，我给它起名叫'辣妹'，我一直想帮它找到它的'小贝'，可是它谁也看不上，依旧待字闺中。我还养了几条鱼，分别叫'大呆'、'二傻'、'三迷糊'……"

二十多分钟后，我滔滔不绝地将家庭成员都介绍完了，他还是不言不语，让我很是泄气。我略微难堪地停住，他倒幽幽开口了，"你如何到了这里？"

我一听，来了精神，对于自己的倒霉经历，我急需向人倾诉。这么狗血的事竟然让我碰到，不发泄出来简直让我如鲠在喉。

我哀叹一声，"我也奇怪啊，我是怎么来的？说出来你肯定不相信，我是穿过来的。'穿'就是穿越的穿。我不属于这个时空，我生活在二十一世纪，对你们这儿的人来说，我至少是几百年甚至上千年之后！我本来是去帮我朋友相亲的，结果我赶到那里，要坐电梯上到三十八层楼的咖啡厅。对了，你知道电梯是什么吗？电梯就是……咖啡厅你懂吗？就是……咖啡是南美产的，是一种提神醒脑的饮料……算了，不说咖啡了，说不明白。就说我一踏进电梯，就掉到牢里的走廊地上了，我冲着光亮走了几步后，就看见你了……"

我颠三倒四地讲我的来龙去脉，直到说得口干舌燥，我才勉强住嘴，问那个一声不吭的人："我说的，你听懂了吗？"

隔了一会儿，我听见他说："有的明白，有的不明白。"

没关系，我重头再讲一遍。"那天下午，我本来是帮我朋友相亲去的，结果，我一进电梯……"

我一直又讲到我怎么遇见他，迟疑地问："这回明白了吗？"

他赶紧说："明白了！"

我呼出一口气，长时间地讲话让我大脑缺氧，我摇摇晃晃地从石台上爬起来，摸着黑喝了些水，又倒了一碗给他，在他身边不远的地方坐了下来，双手抱膝。

我也不管他爱不爱听、是否听得懂，反正我就不停地讲，想到什么讲什么，中华五千年的历史，新中国成立，五大洲七大洋，飞机火车互联网……

在如倾倒一样的滔滔不绝中，我连日来的紧张焦虑渐渐平复了。

后来，不知怎的，我说起了萧然。那些尘封的记忆我从未向任何人提起，却在这个陌生的时空里，向一个连名字都不知道的人倾诉。

我向他诉说我与萧然的相遇，那一刻我心中的震撼，我处心积虑地接近他，终于如愿以偿地做了他的女朋友，后来为了留住他而用了最蠢的方法，却依旧没有挡住他离去的脚步。

那天夜里，我不记得我什么时候住的嘴，我只记得最后我声音嘶哑，潸然泪下。我这才知道原来我并不像自己认为的那样洒脱，一年了，那些伤痛依旧鲜明。

我是哭着睡着的，在最后的朦胧里，我感到他将被子轻轻地搭在我身上……

第四章 ·
BI AN
QIAN YUAN

相惜

　　第二天醒来后，想起昨晚的事，我很是羞愧，有些不敢看他。那些丢人现眼的事我都告诉他了。

　　不过发泄完之后，我有种释然的感觉。萧然一直是我心中的禁忌，是我心口不为人知的痛，我作茧自缚，不敢去想、不敢去碰。然而经过昨晚的倾诉，我如破茧而出的蝴蝶，感觉浑身轻松，终于彻底放下了。

　　同时，我对目前的处境也不再恐慌。不是有那么句话叫"既来之则安之"嘛。况且，我身边有个活生生的对比啊！他都被整成这样了，还按时吃饭呢！我有什么吃不下睡不着的？

　　人有时就是这样，为什么那么多人热衷慈善事业？当然我不否认那是人家有爱心、品德高尚，但是我觉得，当你能够帮助比你还惨的人，你就会对自身的困顿处境有所释怀。看，人家都过成那样儿了，我的生活还有什么好抱怨的？我知道这是我的阴暗心理，"以小人之心度君子之腹"。

　　别人心情不好时喜欢看喜剧片，哈哈一笑，什么愁事儿都没了。我心情不好时，看二战集中营的片子。我上回失恋，就窝在家里看了遍《钢琴家》，讲的是波兰一位著名的钢琴家在二战期间被德国人关进集中营，后来他的家人都死了，只有他一个人劫后余生。我边看边哭，用掉一盒纸巾。看完后，飞奔着就回学校了。失恋有什么大不了，我还没进集中营呢！

就像现在，虽然穿到天牢里来了，我还是很阿Q，天牢有什么大不了？我还没像旁边这个人天天熬苦刑呢！（纯粹是将自己的快乐建筑在别人的痛苦上）。当然，前提是他一直留着这口气，可别真挂了。

吃早饭的时候，我忽然想起来了，我还不知道他叫什么呢。于是没头没脑地问他：“对了，我还不清楚你的名字，不知如何称呼？”

他正在啃一个馒头，听到我问他，扬起青肿的脸简洁地说道：“沐长风。”

“哦，是沐大叔。”

他好像哆嗦了一下，手里的馒头都差点骨碌到地上。

“敢问沐大叔，现在是何朝代？”

他索性不吃了，老老实实地答道：“龙耀国，乾元二年。”

果真是架空历史了！

“皇上叫什么？”我一边吃着一边问。

他迟疑了一下，用手指蘸着清水，在地上写下几个字。我凑过去，歪着脑袋看了一下，大声念了出来，“沐长卿。”

他伸手一把捂住我的嘴。我呜呜了两声表示抗议，眼睛来回乱转。他四下看看，见没有旁人才略微尴尬地将手放下来，小声地提醒我，“皇上的名讳是不能随便说的，属大不敬，是砍头的罪名。”

我吓得吐吐舌头，心有余悸地摸摸自己脖子上的脑袋，要是因为这个被砍头，真要冤死了。我这个人不学无术，对古代了解不多，真不知道说了皇上的名字就要掉脑袋的。

我本来还想问问皇上姑姨姥姥舅舅都叫什么的，这下也不敢问了，怕我的小脑袋瓜不够砍。只问问当前朝代的情况。他回答得很简单，基本上是我问什么，他答什么。从询问中，我得知，现在的皇上是先帝的独子，去年春天，先帝驾崩，新帝继位，改国号“乾元”。

目前朝中局势十分复杂，两派势力互相倾轧。一派以内阁首辅高正勋为首，此人年过六十，是三朝元老，功高盖主，飞扬跋扈，在朝中势力根深蒂固，从来不把皇上放在眼里。另一派是大内首领太监锦公公，宦官干政，设立了慎行司，专门刑讯监押异党，搞得朝廷乌烟瘴气，人人自危，连朝中官员见到锦公公和他手下的太监，都得毕恭毕敬。这两派势力，势同水火，朝廷已是风雨飘摇。

近日，锦公公连挫高正勋的锐气，以诽谤朝政、贪赃枉法的罪名拘禁了高正勋旗下的几名重臣。可以说锦公公已占上风，如日中天，气焰更甚。

我见他不愿多语，只简单介绍了当前的状况，便也不再深问。那日老狱卒也说过，他将高首辅和锦公公都得罪了，两边都想置他于死地，恐怕也是凶多吉少。

想想都替他难过，死都死得这么不干不脆，难得他还这么平静，不见丝毫恐慌。

为了宽慰他，让他能够暂时忘掉苦痛，也为了给自己找点事做，我的嘴几乎就没闲着。除了吃饭的时候嘴被占住了没办法，其他醒着的时候，我都在说话。

我给他讲我在现代时空的生活，讲我的家庭、我的学校、我的朋友，讲我们的社会、先进的科学。后来我觉得讲现代的东西他可能理解起来比较费劲，就给他讲古代的历史文化、诗词歌赋，我给他背诵我知道的长诗绝句、宋词元曲，再不时发发感慨，配上自己的狗血见解……

他总是安静地听着，很少插言，只在我停下来喘气的时候，轻声问一句："还有吗？"

这让我备受鼓舞，接着口若悬河，没完没了。

锦公公在几日后的掌灯时分再次来到天牢。一片昏暗中，一人身穿红衣，手执红烛款款而来。跳动的烛光下是他那绝世容颜，忽明忽暗，倾倒众生。即便怕得要死，我仍忍不住呆呆地看着他。他扫了我一眼，眼波流转却冷得像冰，我哆嗦了一下，缩在墙角的阴影里，只希望他别再注意我。

锦公公径直走到长风跟前站住，半歪着头，倾斜了手里的蜡烛，泼下红艳艳的蜡油，滴落到长风胸前的伤口上，他闷哼一声，蜷缩起来。

那妖孽好整以暇地看着地上蜷成一团的人，嘴角扬起好看的弧度。看得我那叫一个心惊肉跳，魂飞魄散。心中咒骂：你这虐待成瘾的死人妖！虽然义愤填膺，但是我怕他掐我脖子，所以没敢吱声。

那妖孽笑着调侃道："我还以为你会爆阳而死呢！没想到英雄难过美人关啊！色迷了心窍，夺了人家姑娘的清白。你不一直自诩是正人君子吗？世人也都赞你'君子端方，清雅如风'，怎么连这么禽兽不如的事也做了呢？"

真不讲理！明明是他给人家灌的药，却还说人家禽兽不如。我也看明白了，他是不放过任何一个羞辱长风的机会。虐身改虐心了！

长风垂着头，并不理他。那妖孽冷笑一声，款步走到我跟前，一双凤眼死盯着我。我惊惧地抬头，在他眼中看到了怨毒，他没头没脑地问道："你让他很舒服吗？"

我踌躇了一下，我要说"是"，他一生气要了我小命怎么办？我要说"不是"，他会不会恼羞成怒，觉得留着我也没什么用了，干脆咔嚓一下结果了我？

我吓出一身冷汗来，这个问题太复杂了，怎么答都是错呀！

眼见他立在我面前，我可没长风那胆量对他不理不睬，只能嗫嚅地说："这个……旁人也体会不到……"

牢房一下子变得异常安静，掉根针都听得见。他的目光在惊愕过后，猛然变得阴狠，脸部的线条都硬朗了起来，空气中弥漫着山雨欲来的狂暴怒气，让我感到呼吸都不顺畅了。他一步步地向我逼来，面色狰狞，像要生吞了我一样，声音也因愤怒而低哑，咬牙切齿道："从来没有人，敢这么跟我说话。"

我愣了一下。我……我不是那个意思，我真不是那个意思！

我急得想跳楼！我就想说这个问题该问长风，不该问我，我又不是他，我哪知道他舒服不舒服？不过显然，那妖孽误会了，以为我在讥讽他体会不到男人的快感。苍天可鉴，打死我也没有那个胆子嘲笑他老人家。

看着他在我面前逐渐放大的脸，我只能结结巴巴地说："锦……锦……锦公公，您……您……您……英明神武……盖……盖世无双，您有更……更高境界的追……追求，我们是'燕……燕雀焉知鸿鹄之志'，撑死也……也就是个'饱……饱暖思淫欲'，您……您有伟大的事业等着您，不……不需要凡夫俗子的乐趣……"

我说的都是什么呀！简直是越描越黑！

眼看着他的手又冲我的脖子伸了过来，我认命地闭上眼。却听见角落里的人说道："你我的恩怨与她毫不相干，你别迁怒别人。"

周身笼罩的戾气一下子撤去，我像快溺毙的人钻出水面一样，赶紧喘了几口气。

再睁眼时，那妖孽已转回到长风身边，从腰间扯出一根极细的鞭子，冲着长风劈头盖脸地挥了过去。牢房里回响着鞭子抽打到皮肉的清脆响声，啪、啪、啪，在空旷的牢房里回荡，让人心惊胆战。很快长风的血就飞溅出来，甚至溅到了那妖孽的身上、脸上。但他一声不吭，一动也不动，忍受着呼啸的鞭子。

那妖孽一边打一边疯狂说道："你不是心里只有江映雪吗？那又怎么强要了这个臭丫头呢？她让你很满足吗？你强要了她几次？是不是她越哭泣越挣扎让你越有兴致？哈哈，没想到，你也有今天！你痛恨自己吗？她的眼泪让你感到内疚吗？说啊！从天上摔到地上，落得满身泥泞是什么感觉……"

眼看着长风渐渐不支，倒在地上，快要昏厥过去了，我忍不住哆哆嗦嗦地替长风辩解，"别打了……其实……他没有强要我……我就是……"

那妖孽气喘吁吁地停住，歪着头看我，"这么说是你主动投怀送抱的？"

这个问题太让人无语了，我一脸呆滞，连胡说八道都不会了。长这么大，第一次感到喉咙发紧，哑口无言。

那妖孽见我不语，提着带血的鞭子就冲我走了过来。

我惊恐地往石台里缩去。他走到我跟前，扬起手中的鞭子。

我瞥见鞭子上凝着鲜红的血珠，顺着鞭梢往下滴落，他那如美玉雕成的面颊上也沾染上飞溅而出的鲜血，在惊心动魄、冷艳无双的光芒中散发着嗜血的残忍。我看着他那张妖孽一样的脸，忽然觉得能说话了，赶紧张嘴，"你别过来，好男不跟女斗！"

他一下子停住，半眯着眼睛看我，"你说什么？"

我舔舔干燥的嘴唇，只好心虚地又说："我说……好男不跟女斗，男人不能打女人。"

我也不想这么很傻很天真，可是我真的不知道该说什么好。

他的胳膊垂了下来，眼珠慢慢变得越来越黑，似深渊般不可见底，仿佛有遥远的回忆注入了他的灵魂，他的眼眸在一刹那变得温柔，面部的线条也柔和下来。目光集中在我的脸上，却好像看到了让他心中牵挂、日思夜想的人。

他慢慢地向我靠近，冲着我俯下身，黑亮如丝绸一样的发丝似倾泻而下的流水自他肩后掠到身前，带着醉人的花香拂在我身上。我向后仰，几乎倒在石台上，用手肘支撑着没躺下。

他没拿鞭子的那只手冲我伸过来，我条件反射般地举手护住脖颈，他却捧起了我的脸颊，如捧着一件稀世珍宝，我愕然对上他深不可测的双眸，却见他眸光若水，带着点久别重逢般欣喜的光芒。他修长白皙的手指在我的脸颊上轻轻地摩挲着，如玉的指尖如柳枝掠过水面一样划过我的肌肤，一个名字叹息着从他的口中溢出，"珠儿……"接着，伸手搂住了我的腰，将脸埋在了我的颈窝。

这个姿势极其暧昧，让我本能地感到危险，我都能感受到薄薄的红衣下，他紧绷的肌肉纹理和他身上散发出来的灼灼的热气。我欲哭无泪，这……这是什么世道？太监也调戏妇女啊！这货是混进太监内部的吧！

我胡乱蹬踹着他，试图把他从我身上踹下去，语无伦次地为自己辩解，"我不是猪，真的不是……"

他的身体骤然一僵，从我的颈窝处抬起头来，温柔迷茫的眼波如浮光掠影般从他的眼中褪去，他神色在一瞬间恢复了清明，此刻的他面沉如水，如冰似霜，目光陌生而冷峻。

"好吧！"我从善如流，立刻尿包附身，自甘堕落道："我是猪，我是猪。你说我是什么，我就是什么。"

他的眼中闪过一抹雪亮的恨意，毫无预警地拿起鞭子绕在我的脖子上，"你不是她，你不是！为什么你们都还好好地活着，而我珍爱的人却一个个死在我的面前？"

这话说得我很郁闷。好吧，你家人死了，我表示深刻哀悼，但是我活我的，碍着谁了？

容不得我多抱怨，脖子上的鞭子骤然一紧，我脑袋嗡的一声，感觉所有的血液都冲到了头部，喉头被勒得刀割一般疼，视线越来越模糊，我第一次感到自己离死亡如此接近。

命悬一线之际，角落里一个嘶哑的声音，虚弱却清晰地说道："你的手段也不过如此，不能让我开口求饶，就去对付弱小无辜吗？"

那妖孽怔住了，须臾，一言不发地从我身上跳下来，冲过去，冲着角落里匍匐在地的人一顿猛踢……

锦公公走的时候，没有再看我。我看着他的红衣在走廊拐角消失，立刻飞奔过去看长风，走到他跟前时，不禁倒吸了一口凉气。他趴在地上，身下是一摊血迹。他的身上，新伤旧痕都绽裂开来，淌着血。

我差不多用了半宿的时间为他擦拭伤口，涂上药膏。他的衣服都被鞭子抽烂了，我只能用被子将他包住。都做好后，我好像一下子脱力一样，跌坐在他旁边的地上，双手抱着膝盖，将头埋在膝盖上，呜呜哭了起来，来到这里后，第一次感到如此无助绝望。

哭泣中，身边的人抓住了我的一只手，他的指上仍缠着破布，却将我的手紧紧地攥在手心里。我一下子平静下来，止住了抽泣，心中有莫名的安心感动。

我不能放弃，这个人刚刚拼着他的血肉之躯救了我。我若消沉不振，就是辜负了他的一片心意。况且，与他比起来，我有什么好绝望的，至少我现在身上哪里都不疼不痒。而他呢？他连是否会活过明天都不知道，还有多少的屈辱折磨等着他一样样地亲尝？想到这儿，我避开他裂开的指尖，回握着他的手。

在这个陌生的牢房里，我们互相从对方身上汲取着活下去的勇气。

黎明前的黑暗异常深沉，牢里的灯火都熄灭了。四周黑洞洞的，只能看见影影绰绰的黑影。在无尽的黑暗里，我能感到身旁人的伤痛，那伤痛不止来自于肉体，更来自于内心。女性的直觉让我体会到他内心有个放不下的包袱，日夜折磨着他。身体上的伤口可以用药物医治，那心灵上的创伤呢？

静默中，我忽然开口问道："江映雪是谁？"

他轻颤了一下，过了一会儿才说："是内阁次辅江贺之的长女，也是我的表妹……后来，她嫁给了我的堂兄。"

黑暗中，他的声音干巴巴的，像是诉说着别人的事，却让我由衷地为他伤心起来。青梅竹马的恋人嫁作人妻，偏偏还嫁给了自己的家人，这比天各一方、不得相见还要残忍。

"在我们那里，是没有媒妁之言、父母之命的。两个人相爱就可以走到一起，缘分尽了，也可以分道扬镳，再寻真爱。"

"那多好啊！没有遗憾，没有勉强。"

"是啊，我们那里，一个男人只可以有一位妻子，两个人组建家庭，相濡以沫。双方之间有责任义务，却没有束缚禁锢。"虽然看不清，我还是将脸转向他，"若你放不下她，她也还惦念你，为何不带她远走高飞？担着那些礼仪人士的虚名有什么用？如果不能与心爱的人在一起，生命还有什么意义？"

"远走高飞？"他仿佛在问我，更像是问自己，"我倒真佩服林姑娘……"

"叫我若溪，我的父母朋友都这么叫我，我也叫你长风，不叫大叔了，我看你也没那么老。"

他似乎轻笑了一下，"好，若溪，我是真的佩服你，身为女子却敢于追求心中所爱，（你能不能别提我那点丢人现眼的事？）有勇气，又有担当，好过不敢尝试。至少今后想起来，对这个人、这件事不会留有遗憾。"

说得我都有点不好意思了，"别提了，还担当呢！你要是见到我一边喝酒、一边痛哭的惨样，肯定会装作不认识我。"

他又笑了起来，"若溪真是个性情中人。"他又问我："经此一事，是否会对红尘厌倦？"

"不会！"我答得很干脆，"弃我去者，昨日之日不可留，那段感情已成过去，只能说明我真情错付，所遇非人。我相信生命中那个命定的人会在我前方的道路上等我到来。"

他沉默下来，过了一会儿，认真地对我说："你会找到那个人的。"

他的话让我很受鼓舞。我问："那你跟江映雪打算怎么办？"

"打算？"他顿了一下，苦笑道："她已经是我的堂嫂了，我改变不了什么。"

"话不能这么说。你可以改变。如果她与你堂兄过得不幸福，心中还有你，你就该努力去改变你和她的命运，带她走，好过三个人都痛苦。如果，她已经与你堂兄举案齐眉，恩爱非常，你就应该改变你自己。"

他迟疑地问："改变自己？"

"是的，有的感情要勇于追求，有的却要敢于放下。放下了她，也就解禁了自己，去除了心灵的枷锁，不再牵挂，不再留恋，只真心地为她祝福。去追寻下一个真爱，你也会遇到那个命中注定的人。"

他不再说话，抓着我的手渐渐睡着了，虽然伤得很重，但那一夜他睡得很安稳……

那以后，锦公公倒没有再来，听说朝中局势日益紧张，两派相斗已近白热化。

只有马公公隔三岔五、扭着粗腰来到天牢，"锦公公他老人家又惦记您啦，说最近太忙，抽不出时间看您。不过怎么着也得给高阁老那边做个样子，委屈您再辛苦辛苦。"于是指挥人将长风带到刑房去打一顿再扔回来。

到后来，我远远地看见马公公走着猫步过来，还能跟长风开玩笑，"又有人惦记你了，快去松松筋骨吧！"

他真被人带走后，我又会双手抱头，缩在角落里，生怕听到他的惨叫声。直到他一摊烂泥似的被人拖回来，我才飞奔过去，扶住他，看着他身上的新伤旧痕，忍不住别过头抹了一把眼泪。他却平静地安慰我，"不过松松筋骨而已。"倒让我不敢再哭，因为怜悯反而是对他的侮辱。

我也劝过他，"大丈夫能屈能伸，有道是识时务者为俊杰，身在屋檐下不得不低头，说个软话、求个饶，又能怎么了？你就说你受不了了，快不行了，再挨一鞭子都得吹灯拔蜡、驾鹤西去。我就不信他们真敢打死你。现在你是虎落平阳被犬欺，别跟他们硬拼，受罪的是自己。君子报仇十年不晚，保了命出去，才能留得青山在不怕没柴烧，记住了吗？"

我一通苦口婆心。他点头不已，"记住了。"

我吁出一口气，孺子可教啊！让我很有成就感。

转天，他又被马公公带走，我很欣慰地想，幸亏昨天刚开导过他，今天不用我再撕衣服当纱布了吧？那位好心的老狱卒听说偶染风寒，这两天没来，也没人给我新衣服，我身上的囚服已是超短裙了，再撕都成泳衣了。

我伸长脖子左等右等，等到下午也不见他给人送回来，渐渐焦急起来，坐立不安，以往通常半天就完事了，今天难道那群死太监加班加点了？连中饭也不吃，太敬业了吧。

傍晚时分，他终于被送了回来，我吃惊地看到他被打得比前几次还惨，面白如纸，出气多，进气少，我试着抱他起来，却被带得一起跌在地上。

等他缓过点来，我问他："我教你的话，你说了吗？"

"说了。"他气若游丝。

说了，还被打成这样？

"你说什么了？"

"君子报仇，十年不晚。"

我一下子泄气地坐在地上，没打死你都是人家手下留情了。

我觉得我也真是看不透他，他那么聪慧，很多事情一点就透。我给他讲现代的事情，他即便不懂，但是提出的问题却很有建设性，有的时候都能把我问住，就是在某些地方却非常执拗。他打死也不开口求饶，我就不能理解。犯得着吗？硬拼着这口气，有多大的意义？换了我，早就哭爹喊妈，一箩筐的好话都堆上去了。

我想这就是人与人之间的差别，我也没胆量去得罪那个高阁老，即便是封侯拜相、入朝为官，肯定也是个见风使舵的墙头草。能做到不助纣为虐、为虎作伥就算是我洁身自好，上对得起皇上、下对得起黎民百姓了。

还有那个妖孽的锦公公，要是这么狠地想让我服个软，我也就半推半就地从了，有什么大不了的呢？韩信还受过胯下之辱呢，假意地俯首称臣一下，又不会有多大的损失。

这再一次印证了"性格决定命运"这句话。让长风低个头，真比杀了他还难。虽然有时急了，我也会骂他"死脑筋，不开窍"，但是对他，我却不得不心怀敬意，如高山仰止，因为我肯定做不到。

马公公不来的日子，我就当节日来过。胡侃累了，我还央求老狱卒给我带来若干块小木块。又找慎行司的文书要笔墨和朱砂，因为我最近没有满嘴跑火车让他笔录，他很是欣慰，对我颇为友善，趁着无人时将我要的东西偷偷给了我。

长风卧在墙角，不明就里地看着我，轻声问我："若溪，你是要写求救的信扔出牢房外吗？没用的，墙外是慎行司的场院，常有过往的守卫检查。"

我白了他一眼，如此枯燥的二人生活（我倒不倒霉，穿到牢房里跟个半死的人过二人世界。我上辈子定是个坏到人神共愤的人，这辈子跑这儿受报应来了），还不准我整点娱乐活动？

我精挑细选了大小差不多的小木块，费劲地趴在地上先用墨往木头上写"将、士、象……"写好一套，得意地拿给他看，他却看着我写得歪七扭八的字哑然失笑，气得我仰倒，太不尊重别人的劳动成果了。

他问明我的意图，自顾自地拿起笔沾上朱砂在另一组木块儿上写下"帅、仕、相……"

我气鼓鼓地等在一边，看着他一挥而就，字体清爽大气，俊逸中可见铮铮铁骨，不得不承认，与我的狗扒字相比真的是云泥之别。

最后，我又用笔墨在他身前画了一个棋盘，并将笔交给他，让他写上"楚河、汉界"。我的象棋终于成功了。我耐心地教他，"马走日、象走田……"

可是事实证明，这是我最失败的创意。因为没玩几次，他这个徒弟就把我这个师傅拍死在沙滩上。我是下一把，输一把，屡战屡败。

其实我的棋艺还算说得过去，曾经赢过邻居一个六岁的男孩，不过自打那小屁孩上学后，就不肯跟我下了。

我愤愤地想，现代人我下不过，一个古人也跟我叫板，太伤我自尊了。不玩了！人还是得走专业路线，找自己的强项，我接着跟他侃，当天我给他讲美国的总统大选制度，彻底给他侃蒙了。这方面他就是坐飞机都赶不上我，我可是翻着筋斗云的，一跟头就是十万八千里。

我还即兴给他清唱了一首英文歌，唱完我问他："好听吗？"

他呆滞着，迟疑地点点头，然后说："就是一句也没听懂。"

那当然！我不禁得意扬扬，你要是听懂了不也成穿过来的人了？我又告诉他我的英文名字是Sunny，是大学的外教课上取的。中国人不像外国人取名字那么随意，只在意读音是否悦耳，中国人更看重名字的意义和内涵。我喜欢阳光，所以给自己取了这个名字，虽然一般叫Sunny的男人居多。长风无法理解这个名字，我只好告诉他中文意思是阳光明媚，并教他读音"桑妮"。我歪头想了想，说："你叫长风，英文名字就可以叫Windy。"给古人取英文名字真的很可笑，我傻笑了一阵，看到长风脸都快绿了，只好作罢。

刑讯、疗伤、侃大山，生活对我们来说还算规律。我渐渐找到在古代天牢生活的感觉，不再唉声叹气、怨声载道，也不再仰天长叹，想诸如"我怎么穿了？""我还能回去吗？"这样毫无意义的问题。

因为我有种感觉，我回不去了。就像是一种放逐，我被那个现代社会抛弃，只能留在这里了，我再也见不到我的爸爸妈妈、我的朋友同学了。不过这个念头已经不像刚开始时那样煎熬我，我不会再像那几天那样，想到父母亲友就心如刀绞、泪眼婆娑。现在的我还是会想起他们，但他们仿佛不再是真实存在的人，反而像我心中的臆想一般。

这是一种很奇怪的感觉，我知道，他们与我已经成为了两个世界的人，没有交集，没有联系。现代的种种就像是一个梦，而现在的我是清醒的，梦也就变得遥远。爸爸妈妈，天仙张、肥燕、苏苏、可儿……祝福我吧，让我在这个异世活下去。

两周后的一个下午，我与长风正在闲聊，一个躺在石台上，一个躺在地上，锦公公又来了。我们两个默契地一同闭上眼，一歪脑袋。

他站在牢房外抱着胳膊看着我们，也不说话。即便如此，还是让躺在石台上装睡的我出了一身冷汗，不睁眼都能感觉到他冰冷的目光。

我识相地一直不敢动。我可不敢惹他，别看我当着别人都能口若悬河，就是对着这位锦公公不知从何处开嘴，谁知道哪句话说得不对他心思，他就来个大变身，比变形金刚还华丽。

好在，没一会儿，一个小太监跑过来躬身禀报，"禀锦公公，宫里有事，请您回去。"他挥了下手，遣走了小太监，又站了会儿就走了，悄无声息，连脚步声都没听见。我偷偷睁眼时，已经看不见他的人影。我小心翼翼地爬起来，蹭到长风跟前，一面心虚地回头，怕那妖孽杀个回马枪。

还好他真的走了，我放下心来，一屁股坐在长风身边。长风闭目躺在地上，跟睡着了一样。长期的酷刑让他脸色苍白，了无生气。我轻轻推了推他，"别装了，他走了。"

长风睁开眼睛，这些天他们没打他的脸，他的脸消点肿了，能看出睁眼闭眼。

我小声问他："你也怕他？"

他苦笑一下，没说话。

"你是怎么被关进来的？"这个让我忍了很久的问题，终于问了出来。

他无奈地撇撇嘴，"高正勋是三朝元老，他位高权重，却嚣张跋扈，狂征暴敛，早有不臣之心，且放任他的家丁横行霸道、欺男霸女。我一时义愤，参了高阁老一本。没有料到他权势滔天，连皇上都奈何不得。"

"那个锦公公又是怎么回事？虽然长了一副好模样，可我总觉得他比谁都可怕。整天穿着那么艳丽的衣服，是个人都会错认他是个女人的。"想起第一次见到锦公公时，叫他大姐而被掐脖子的事，我心有余悸地哆嗦了一下。

长风沉默了很久，才低声道："他从前不是这个样子的。从前的他坦诚率真，飞扬洒脱。"仿佛是回忆到了美好的事情，长风目光柔和，"他最讨厌别人夸奖他的容貌，常常说自己一个堂堂男儿却总被人与妇人相比较，实在是有损他的威名。所以他从不穿艳色的衣服，就连过年的时候他娘给他换上颜色稍微鲜艳一点的锦袍，也被他偷偷脱下来，藏到床底下。"

我瞪大眼睛，那妖孽还有那么正常的时候？忍不住问长风："你怎么知道得这么清楚？"

长风的声音中带了一丝苦涩，"因为……他曾是我最好的朋友。"

"啊？不会吧！"我惊讶不已。

长风叹了口气，"他本名叫李劲业，幼时，我们常在一起骑马射箭，亲如手足。后来，一场宫变令他家获罪，株连九族。他父母兄长皆命赴黄泉，只有他被流放岭南。我曾派人找过他，却得到他已死的消息。我也是近年才又见到他，方知他当年没有死，而是辗转入了宫。"

"你既然跟他是发小，那为什么他现在一副恨你不死的模样，天天这么折磨你？"我不解地问。

伤痛在他眼中如阴霾的浓雾化之不去，声音愈加沉重，"当年阿业的父亲在战役中败于我父，李家的覆灭可以说跟我父亲有脱不开的关系。他忍辱偷生，不惜以太监的身份入宫，只为一朝能够报他家的血海深仇。我父亲已病故了，于是他就处处与我作对。我曾试着跟他重修旧好，只是没想到他恨我入骨，根本不给我任何机会。此次更是利用我上书高首辅的契机，将我押入慎行司的天牢，也算是父债子偿吧！"

没想到这个锦公公有这么凄惨的身世，我决定以后不再叫他妖孽了。他一定很寂寞、很孤独，心中充满无法宣泄的恨意，这样的人本身就是一个无法挽回的悲剧。好吧，我承认，我的圣母心又蠢蠢欲动了，忘记了锦公公几次三番想要我的命。

两天后的一个傍晚锦公公又来了，当时长风被马公公带出去，牢房里只有我一个人，正蹲在地上，神经质地拿着一个木块划来划去，焦急等着长风回来。抬头对上一双冰冷的眸子，吓了我一跳！竟然是那个风华绝代的锦公公，红衣似火，长发如瀑。我不禁往后退缩了一下，长风不在，连个人肉沙包都没有，想到他动不动就会掐我的脖子，我越发吓得浑身发抖。

他缓步走了进来，每走一步，我就往后退一步，不一会儿，我的后背抵在墙上，退无可退。他在我几步之外站住，盯着我，沉声问："你怕我？"

声音低沉而富有磁性，我心拔凉拔凉的，很没用地点点头。

他绝美的脸上竟然露出迷茫的神色，轻声问："为什么？"说着又上前一步。

"你别过来！"我伸出一只手，冲着他做了个阻止的动作，都快抵到他的胸膛上了。这还用问吗？您动动小手指头都能要了我的小命，我能不怕吗？尤其此刻，他周身散发着迫人的压力，让我觉得喘不上气儿来。

我尽量控制住哆嗦成一锅糨糊的大脑，勉强组织语言，"锦……锦……"我锦了半天，竟然鬼使神差地问了一句："你叫锦什么？"

话一出口，我都想抽自己。还真是一锅糨糊，吓傻了也不能变身白痴啊！这不是找死吗？我临危不惧、口若悬河的长项跑哪儿去了，为什么憋了半天，才问出这么一个找抽的问题？

可是我已经决心不叫他妖孽了，而对于叫他公公我真的是有心理障碍。在现代，公公是指丈夫的爸爸，我一想到马公公那张涂脂抹粉的大饼脸就有挠墙的冲动，我要是叫这妖孽公公，岂不是……我又要挠墙了！

我做好准备了，他最好就是不搭理我。最坏吗？后果简直是不可估量。苍天哪！我还年轻，还没活够呢！

"锦夜。"他忽然面无表情地开口。

"锦衣夜行啊！好名字，好名字！繁花似锦，又寂寞如夜。"我见他并没有暴跳如雷很是欣慰，这一刻，我为自己感到骄傲，面对这魔王一样的人，我竟然跟他拉起家常来了。事实是我太紧张了，大脑自动关闭，肾上腺素开始分泌，我觉得自己的语言能力在复苏，很快就能开始胡说八道了。

"你很像她。"没头没脑的一句话。

"谁？"我诧异地问。

"珠儿。"他低下头，声音艰涩。说完转身出了牢房，背影寂寥，一身红衣也在天牢昏黄的灯光下显得暗淡，不若往日鲜亮。

我满腔的废话都卡在了嗓子眼里，只能冲天翻了个白眼，无可奈何地低头看了看自己，虽离骨瘦如柴还有很大的距离，但也绝对跟猪不搭边。同时，我对他今日的态度颇感惊奇！貌似，不当着长风的面，这位锦公公还是蛮正常的，身上褪去了那股毒辣阴狠之气，虽然还是冷冰冰的，但是并不让人感觉那么可怕。

长风一身是伤地回来，担心地看着我，"阿业是不是来过了，你……没事吧？"

我这才如灵魂归窍一般，摇摇头，"没事，没事。他说他叫锦夜。"

长风松了口气，解释道："他化名锦夜，除了我，恐怕没有几个人知道他就是当年的李劲业。"

我转了转眼珠，"那你为什么不揭发他？按你们的律法，他算是罪臣之子，漏网之鱼。"

长风坦然道："以他现在的权势，这一点已经对他构不成威胁了，况且……"长风顿了一下，才继续道："我始终当他是当年的那个阿业。"

我无奈地白了他一眼，一直觉得自己是个脑子进了水的圣母玛利亚，今天终于见到了比我更夸张的汤姆苏，只能恨铁不成钢道："他这么对你，你还当他是朋友？我发现了，我不是猪，你才是那个猪脑子！"

长风神色惆怅，"我不会恨阿业的。我知道他经历过什么样的磨难，知道他心里的痛苦有多深。只是我不知道，如何能让他放下仇恨，做回以前的阿业。"

一连几天我一直想着这个锦夜，我对他真的很好奇，他年纪轻轻，却位高权重，还生得如此妖孽，太传奇了。而且来无影去无踪，单手就能掐着我的脖子将我提起来。

我忍不住问长风："那个锦……夜（我还是直接叫他名字吧，就不尊称他为公公了）是不是会功夫，很厉害？"

长风点点头。

"那你要是不受伤，又不戴手镣脚铐的，你能打过他吗？"这个问题很重要，我得衡量一下长风是不是那人的对手，我记得那日长风一挥手就抓住了那只小麻雀，这也不是一般人能做到的。

长风迟疑了一下，摇摇头，"阿业的功夫是他爹亲自传授的，小的时候跟他打打闹闹过，都还是半大的孩子不好分什么胜负。后来他家遭难，他入了宫，就没再跟他交过手。这两年，我听闻他功夫了得，大内的众多高手都不是他的对手，可以说是所向披靡。"

那个锦夜这么厉害，我们岂不是永无翻身之日了？想到这里，我愤愤地捶了下地，"他是不是练过《葵花宝典》啊？"

"什么是《葵花宝典》？"

"是门很邪门的武功，'欲练神功，挥刀自宫'。"一时兴起，我给他讲了金庸的《笑傲江湖》，讲东方不败如何自宫练了神功，成为武林至尊。

他苦笑着问我："真有这种功夫吗？"

"有。"我煞有其事，"你想练吗？"

他哆嗦了一下，很干脆地说："不想，我还想娶妻生子呢，不想独霸武林。"

我闻言扑哧笑了出来，他第一次这么轻松地跟我说话。

他也笑了，笑容苦涩而落寞，似自嘲一般。

我知道对于他来说，别说娶妻生子了，能活到几时都不知道，更何况日日在地狱般的折磨中挣扎，换我早撑不下去了。

我不敢露出难过的神色，只故作轻松地说："东方不败这个名字够霸气了吧？可是有比这个更牛的名字——独孤求败。想想一个人苦无对手，一心求败，那到了一种什么样的境界？"

我一时无限神往。"不败"和"求败"跟"不怕辣"、"辣不怕"和"怕不辣"异曲同工啊！

我放射性的思维刚跳跃到了最爱的麻辣火锅，却被身边的人一声叹息给拽了回来，"那他一定很孤独。"

我歪头想了想，"他孤独是因为他过于执着，执着于取胜，执着于做那个天下第一。"我不禁感慨，"我很佩服这样的人，只有这种人才会有所作为，因为他们心无旁骛，只冲着一个目标努力。但是，作为常人，过于执着并不是件好事，那会失去很多生活中的乐趣。看看我们周围，你会发现很多的美好……"

我深情地扫视了一下牢房，看到四壁皆空，只有一些稻草，头顶上一只蜘蛛侠在蛛丝上荡来荡去，都快掉到我头上了。但是这并不影响我煽情，我接着声情并茂，"哪怕在牢房里，闭上眼睛，我也可以看见蓝天白云，阳光下闪着波光的流水，闻到春天里的花香。更何况还有那么多爱我、关心我的人。我常常在想，暂时的苦难只是为了让我们懂得珍惜，珍惜生命，珍惜我们拥有的一切。"

我看向长风，"我相信还有许多美好的前景在等着我，只有活下来才能去体会……"

我还没说完呢，马公公扭着粗腰就来了，"看您气色不错，今天给您加加料，您请吧！"

我忽然觉得我刚刚说了很多的废话，站着说话不腰疼啊！对于长风，再多的劝慰和鼓励都无济于事。他是个那么坚毅的人，在这样的苦难中都没有放弃心中的坚持，但是现实却如此残酷，不给他丝毫喘息的机会。如果活着就是受罪，就是无休止的折磨，肉体的存在就是为了接受皮鞭炮烙和常人难以想象的疼痛，那生命还有意义吗？活着又是为了什么？我甚至想到"安乐死"是否人道的问题，唉，又扯远了。我失魂落魄地看着窗外一方墨色的夜空，那么深沉，看不到一丝光亮……

不知过了多久，当长风又遍体鳞伤地被送回来的时候，我终于忍不住哇的一声哭了出来。

他有些慌张，情急下拉着我的手，焦急地说："若溪，你的话我听明白了，真的，我告诉他们我快不行了，今天他们没怎么打我，你看，才不到一个时辰就把我送回来了……"

我哭得更凶，扑到他怀里，他身体一下子僵直，过了一会儿，伸出手臂揽住了我。

那天夜里，我在石床上辗转反侧，无法入睡，心中关于生死的纠结像块巨石压在胸口。我轻声唤他，"长风，你睡了吗？"

黑暗中，传来他沙哑却平静的声音，"没有。"

"那……你要不嫌我唠叨，咱们再聊聊吧！"

他似乎是轻笑了一下，"求之不得。"

这一刻，我觉得他就像我认识多年的老朋友一样亲近，说得再玄乎点，通过一个月的朝夕相处，我们简直就像亲人一样。这是一种很奇特、与众不同的感觉，若非要给个定性，应该是一种革命战斗式的友谊。

我不禁将心底的迷惘讲他，"长风，我一直觉得好死不如赖活着，可是我现在觉得很矛盾，如果活着已经没有乐趣和意义，死是一种解脱吗？"

他躺着没有动，安静地说："若溪，我曾经想过以死作为解脱，脱离这些折磨，在我正想着咬舌自尽的时候，遇见了你。你站在阳光里，仰着脸看我，那一刻我以为我见到了天上的仙子。（别寒碜我了！我可记得当时我那身惊世骇俗的打扮！）是你一次一次地救我，给我疗伤，喂我喝水、吃东西，给我讲那么多新奇有趣的事情，照顾我、安慰我、鼓励我。若溪，你让我明白，死也许是种解脱，但是活着才有希望。"

说得我都不好意思了，"你不用谢我，你也救了我很多次，就算咱俩互助互救吧。我从我那个时代一下子掉到这天牢里来，都快吓死了，要不是有你这么个比我倒霉一千倍的人在旁边衬着，我也熬不到今日。所以你得好好活着，不然，我就成了那个最惨的了。"

他又笑了起来。

躺在古代的天牢里，我忽然想起现代的一首歌，是三个活力四射的小女生唱的，我对流行歌曲向来不太感冒，听得很少，却在一次逛街的时候在小店门口为这首歌驻足，听得入神。

我鼓起勇气问他："我给你唱首歌好不好？"我唱歌不算好，只能说是不跑调，离悦耳动听还是有一定差距的，所以我轻易也不会在人前唱歌，免得自暴其短。想想也挺神奇的，同样的一首歌，有的人唱来就能余音绕梁，三日不绝，有的人，诸如我，就能唱得干巴巴的，像脱了水的白菜。再比如，同样是五官，有的人就能组合得惊艳绝伦，看了让人灵魂出窍，譬如锦夜那人间绝色；有的就组合得面貌可憎，让人看一眼都能将前天的早饭吐出来。

我正神游呢，就听他轻声答道："好！能唱首我能听得懂的歌吗？"

我扑哧笑了出来，不再紧张，轻轻地唱给他听，"也许是你笑的弧度跟我很像，也许是因为守护的星座和我一样，也许是漫长的黑夜特别孤单，才会背靠着背一起等天亮。黑夜如果不黑暗，美梦又何必向往，破晓会是坚持的人最后获得的奖赏。黑夜如果太黑暗，我们就闭上眼看，希望若不熄灭就会亮成心中的星光……"

我唱完了，觉得自己已经是声情并茂，超水平发挥了，可是还是不太自信，忍不住问他："好听吗？"

"好听！"他的语气很肯定，隔了一会儿又轻声说道："若溪，你就是黑暗中的那道星光……"

我起身下了石台，就着铁窗外照进来的如水的月光，来到他身边，背对着他在稻草上侧躺了下来，拉过他的手臂，环在我的身上。我们像两个"？"号一样，重叠在一起。

我从没想过，我可以与一个男人这样毫无邪念地睡在一起，心中只有平静的温暖，没有任何杂念。我相信他也是，他很快睡着了，均匀的鼻息一凉一热地吹在我的后颈上，像乍暖还凉的春风。

我在朦胧中向他怀里又靠了靠，渐渐进入梦乡。这一夜是我穿过来之后睡得最安心的一夜……

BI AN
QIAN YUAN · 第五章

分别

我还在梦乡里，忽然觉得头皮一阵剧痛，痛得我眼泪都快落下来了。见鬼了，谁又抓本姑娘的头发？我最恨别人动我的头发。

我心中咒骂着睁开眼睛，看到我面前是一张美艳绝伦的脸，墨发红衣，美得光芒四射，让人无法呼吸。此刻他一脸阴寒地看着我，单手抓着我的头发，都快把我拎起来了。

我一下子睡意全无，结结巴巴道："锦……锦……锦……"

这个时候，长风也醒了，扑过来从锦夜的手里夺我，却被锦夜一脚踹到胸口上，踹得飞起来，嘭的一声撞到墙上，又落到地上。几个太监飞跑过来按住他。

马公公上来义愤填膺地狠踹了长风一脚，"活腻烦了，敢跟我爹动手，看我不剁了你的手脚喂狗！"

长风挣扎着抬起脸，对着锦夜，"阿业，放开她，不关她的事儿。"声音喑哑，已带了一丝恳求的意味。

锦夜潋滟的凤目中骤然染过一抹猩红，厉声打断长风，"不要叫我阿业，阿业早就死了，十年前死在了天牢里，我现在是锦夜！"他的胸膛因愤怒而起伏着。他单手提着我，示威似的向长风扬了扬手，"你求我，求我，我就放开她。"

长风浑身抖着，闭目低声道："锦夜，求你……求你放开她。"

我心中一凛，直觉他求锦夜放了我反而会让我处境更糟。他若不顾我的死活，说句"你打死她关我什么事"，我可能还能有条活路。可是他表现得如此在意我，反而将我推上绝路。

果然，锦夜没想到他真的开口求他，闻言怔了一下，须臾大笑道："你不是打死也不肯求饶的吗？你的自尊呢？你的气节呢？你的傲骨呢？怎么，为了这个臭丫头就肯开口求我了吗？"他说着将我一把扔在地上，真的是像扔东西一样的扔在了地上。

我刚要爬起来，就被他蹲下来从我身后用胳膊勒住了脖颈，他的手里不知何时多了一把匕首。很薄的刀刃，寒光四射。他用匕首轻拍着我的面颊，我脸上的皮肤一下一下地感到金属的冷意，吓得浑身的寒毛都竖起来了。

他的唇贴在我的耳朵上，恶魔般阴冷的话语在我耳畔响起，像是在对我说话，实则是对着长风，"你这张小脸蛋也只能勉强算是个中人之姿（那倒是，要是跟你比，我就是牡丹花旁边的狗尾巴草），没想到竟被他看上了。你说，我要是将你的小脸蛋儿划花了，让你变成丑八怪，他会感到心疼吗？"

长风张张嘴，焦急之情溢于言表。

此刻，我反倒镇静下来。我一把抱住锦夜的胳膊，号啕大哭，"我……我本来就长得惨不忍睹了，您……就是划花了我的脸，我也难看到哪儿去。不过，知道的人说您不过一时兴起，拿刀在我脸上作画，不知道的人还以为我长得多漂亮，您是妒忌我的美貌才下手的。不如您就留着我这张脸，让世人看看我不及您的风华之万分之一……"

我说着把鼻涕眼泪都蹭到他衣服上，比用手帕舒服多了，他的衣服上带着醉人的花香，很好闻。

锦夜一头黑线地看着我，想了想，收回钳制我的手，哼了一声道："你好看难看跟我有什么关系！那就留着你这张脸吧，反正划了跟没划也差不太多。"

"对对对，您太英明了！太英明了！"我一阵狂喜，脸算是保住了。虽然我不是国色天香，但也不愿意被毁容啊！

"那你说，我该把你怎么样呢？"他倒问起我来了，然后又自问自答道："那我就请你尝尝我这慎行司几十种酷刑可好？拶指、夹棍、鞭打、炮烙……看你能熬到第几层。"

我都听傻了，我可是一种也熬不过去，我哭丧着脸，"那您还是划花我的脸吧，这脸我就不要了。"

不但我，连长风都吓得脸色发白，挣扎道："我愿替她受刑，你放过她。"

这个呆子，真是不开窍！不过说得我很感动。

锦夜走到他身边，蹲下来似笑非笑地看着他，"你果真这么在意她？"

长风再多说一句，我就真没命了。这会儿我彻底明白过来，锦夜的目的只在于折磨长风，从最开始的肉体虐待到后来的心灵摧残，再到现在的隔山打牛，借助我这个外力，所做的一切不过是让长风痛苦。严刑拷打和人格侮辱都没有摧毁长风，于是我成了锦夜对付长风的杀手锏，若是让他认定我是长风心仪的人，我就真成了炮灰。

为了自保，我没等长风回答，抢先说："不是不是，您别误会，长风他就是心肠软，看不得别人受苦受罪，所谓'我不入地狱谁入地狱'，说的就是他这种人。我与他没什么瓜葛，我真死了，他也不见得哭……"

锦夜微笑，眼中光芒更盛，"长风？都这么亲热地直呼其名了！"

我生怕他误会我们关系亲密，连忙语无伦次地解释："那个……我是想叫他大叔或者大哥来着，后来，我又觉得叫大叔、大哥显得太过亲厚，我跟他又没那么深的渊源，在我们家乡通常就指名道姓地叫对方名字，对谁都这样。您要是不介意，我以后不叫您锦公公，我也叫您锦夜好了，好名字，叫着多悦耳！"

锦夜丝毫不理会我的献媚，狭长的凤目瞟向长风，"是这样吗？"

我赶紧冲着长风杀鸡抹脖子地使了个眼色，他愣了一下，反应过来，迟疑地点了点头。

"那就杀了她吧！反正留着也没用了。"锦夜红衣一摆，直起身来，言语甚是轻快，像说"今天天气不错"这么简单。他向马公公他们简单明了地命令，"杖毙了她！"

马公公慌忙应着，"是，父亲大人。"看我的眼神竟带着一丝不忍。我的心一下子沉到底，我还不如那日从电梯掉下来就摔死呢！还落个干脆利索。

马公公一挥手，上来两个太监，一个按头、一个按脚将我按到地上。我扭动了几下表示抗议，却发现被按得死死的，动不了分毫。又过来两人拿着棍子作势开打。耳听棍子带着呼啸的风声抡了下来，我吓得闭上眼睛，心瓦凉瓦凉的，这下小命真要玩完了。

嘭的一声，是棍子打在人身上的闷响，奇怪的是我却没感觉疼，只是觉得身上如有重负，扭头一看，原来是长风挣扎着飞身扑了过来，趴伏在我身上，替我挡了一棍。他伸手抱着我，将我护在怀里，沉声向锦夜道："你要她死，就先杀了我。"

锦夜难以置信地盯着地上抱在一起的我们，随即冷笑道："你这副情深义重的样子实在是无趣得很。我只是没想到，除了江映雪，你还有如此在意的人。江映雪，我一时半会儿还奈何不了。不过，多了这个臭丫头，倒让你我之间的游戏更加好玩了！"

虽然长风的拥抱让我很有被保护的慰藉，但是我快被他压死了，还是挣扎着爬了起来。长风将我挡在他身后，目光坚定地看向锦夜，"我并未对她有非分之想，我只是不能眼看着你伤害她。你的仇人是我，只要能缓解你的恨，随便你把我怎么样都可以，但求你放了她。"

不知为什么，他否认喜欢我时，我心中有一丝失望和难过，像被柳枝划过皮肤，留下微微的痛。打住，打住！我总不会对一个除名字之外什么都不知道的人动感情吧？我连他本来长什么样子都不清楚。太可笑了！纯粹是女人的虚荣心在作祟。再有就是在孤独的环境中，对这个人产生了某种依赖情绪。我告诫自己，小命都快不保了，还想那些乱七八糟的干吗？

锦夜微蹙了眉头，神色颇为费解地喃喃道："你不喜欢她，却舍不得她死？"他眼波一荡，竟荡到我脸上，"那你呢？你喜欢他吗？"

这是问我哪！我临危不惧，处乱不惊，大脑像一架高速运转的精密仪器，将种种可能在脑海中一一甄选，片刻后，我深吸一口气，坚定地点点头，"我愿与他同生共死！"

所有的人都呆呆看着我，连长风也失声唤我，"若溪……"

我偷偷用手捣了他一下，让他闭嘴。

赌了，赌了，我赌锦夜不会就这样杀了长风，他既然跟长风有血海深仇，肯定还想留着长风的命来慢慢折磨着他玩呢。

锦夜看着我的脸，时间一分一秒地流逝，我紧张得手心冒汗，过了仿佛几个世纪那么长，他才缓缓点头，"好，既然如此，我便不杀你。"

我松了一口气，我赌对了。

锦夜在牢房里踱着步子，身上的红衣款款飘动，他踱到长风面前停步，"我本想杀了她，不想她对你一片痴心。得此红颜知己，你不感动吗？"

长风嘴动了动，却没说话。

锦夜看着他，"她的清白都给了你（别胡说八道，我倒无所谓，别毁了人家长风的清白），我不信你对她一点好感都没有。你以为你说你不喜欢她我就会放过她？我偏不！我来跟你赌一把，我赌你会痛苦，会想起她来心里就疼。"

我很泄气，差点儿坐在地上。我白忙活了，到头来，这个妖孽还是想要我的小命。

我愁眉苦脸像等着宣判的死囚，却听他对长风说道："我把这个臭丫头的命运交到你的手里。这里有两条路：一条是让她死，你来亲手杀了她，我相信以你的身手可以让她死得干脆，一点痛苦都没有，她能死在你的手里，也是她的福分；一条是将她卖入青楼，做娼妓。你来决定她的生死命数吧！"

我的大脑彻底不工作了，呆滞着看着长风，眼见锦夜每说一个字，他的脸就白一分，到最后哆嗦着面白如纸。他抬眼看向我，眼中的痛楚让我不忍去看。我知道让他来做这个决定比任何刑罚都残酷。

锦夜看着抖如筛糠的长风，嘴角勾起得意的弧度，眼里闪着几近疯狂的光芒，"你若不做回答，我就在你面前一刀刀地活剐了她。"

我们都知道他说得出就做得到。

长风失魂落魄地看着我，可以看出他的思想在激烈地挣扎，冷汗顺着他的额头涔涔落下来。古人对于贞节的理解是大于性命的，长风纠结于死和受辱，哪一种对我而言才是相对好的安排，才是两害相遇取其轻。

我知道如果是他自己，也许他会毫不犹豫地选择去死，士可杀不可辱，他是那种宁可身受苦刑也不愿低头的人。但因为是我，他无从选择。此时此刻，我的命握在他手里，让他亲手杀我他肯定做不到。然而死是解脱，一个女子被卖入青楼却是受尽屈辱，生不如死。

我不愿意让他担负这种折磨，不管他如何选择，他都会愧疚自责。自己的命运要自己决定，想到这里我毅然决然地大喝一声："青楼，我去青楼！"

所有的人都被惊呆了，看着我像看一个怪物。我在众人的目光中大义凛然，毫无畏惧。

还是锦夜从最初的震惊中恢复过来，哧的一声笑出来，走过我的身边，肩膀擦着我的肩膀又回首望着我，"怎么，这么离不开男人吗？不过，你说了不算，要他说才行。"

你个该死的妖孽！

长风还是呆立着，我看向他，他也抬头看我，目光相碰之际，我冲他极轻地点点头。

他明白了我的意思——活着才有希望。于是他闭上了眼睛，脸色灰白，艰涩地吐出两个字："青楼"。

锦夜嫣然一笑，直令三春失色。他吩咐马公公，"把这个臭丫头卖到青楼去，卖她的那几两银子你们就打酒喝吧！"

我气结，我就值几两银子？

马公公恭恭敬敬地垂首道："谢父亲大人，儿子这就去办。"躬身退出牢房，出门前还看了我一眼，很有几分惋惜的样子。

长风依旧闭目不语，似被人掏空了一般，站在那里摇摇欲坠。锦夜贴近他身前，面上带上了狠辣快意的微笑，"这是你为她选的路。想想吧！你的女人在别的男人身下曲意承欢，辗转哭号。从今以后的每一天你都会不得安宁，受尽内心的煎熬。"他轻摆衣袖，又轻快地说道："当然，你若能活着出去，也可以去青楼找她。"

他忽然不可抑止地哈哈笑了起来，仿佛遇到天下最好笑的事儿，直笑得喘不过气来，"我先走了，你跟她告别吧，再见面她已是人尽可夫的残花败柳了。哈哈哈……"

他笑着出了牢门，直到他走远，空旷的牢房内仍回荡着他的笑声，带着歇斯底里的凄厉，让人听了从心底泛出凉意来。

牢房重新被锁上，只剩下我们两个人了，长风靠着墙壁慢慢地滑坐在地上，将头垂在胸前，默然不语。

我顾不得为自己的处境焦虑，只是不知如何去安慰他，他像是被彻底打垮了一样，消沉绝望。我轻轻地来到他的身边，伸手碰了碰他的肩膀，发现他在微微发抖。

"长风。"我试着叫他，不知说什么好，踌躇了会儿，才轻声对他说："谢谢你，谢谢你这些日子以来一直护着我……"想到他一身是伤却一次次地为我拼命，我哽咽着说不下去。

他缓缓抬起头来看着我，我这才发现他有一双很好看的眼睛，虽然眉梢眼眶还是破损青紫，但是他的眼睛黑白分明，目光清越澄澈像暗夜里的星辰，闪耀着柔和的光芒，那么多的苦难都没有磨灭他眼中的坚毅和善良。都说眼睛是一个人心灵的窗户，此刻透过他的眼睛，我可以看到他那颗如水晶般纯净剔透的心灵。

他抓起我的一只手，这个动作让他的眼中微微闪出几缕羞涩，但他还是坚定地将我的手握在他的掌心，"若溪，应该说谢谢的是我，没有你，我活不到今日。是你救了我，在我觉得生无可恋的时候，给予我活下去的勇气和希望……"

"你快别这么说！"我赶紧打断他，知道他将我想得越好，就越会痛苦自责，"我没你说的那么好，我就是怕你死了，我还得替你受刑。"

"若溪，"他叹息着，"我知道你不想我难过。你这么善良美好，而我却亲手将你推进火坑……"

"是锦夜，不是你！"我更正他，"你不要把这件事揽在自己身上，是那个该死的家伙，那个变态，那个禽兽人渣……（我骂了十分钟，不知那妖孽打喷嚏没有）都是他的罪过，跟你没有丝毫关系。"

"是我，若溪。"他摇摇头，仍沉浸在自责之中，"是我没有化解跟他之间的恩怨，才连累你无辜受难，'我不杀伯仁，伯仁因我而死'，我是那个始作俑者。"

你个乌鸦嘴，我还没死呢！

心里骂他迂腐、看不开，不过看到他那个活不下去的样子我仍忍不住宽慰他，"事情已经这样了，多想无益，不如往好的方面看。"

"还有好的方面？"他诧异地看着我，虽然还是满脸的伤，看不出长相，但是微挑眉毛的样子很是可爱。

"对啊！至少我还活着。你若是刚才一犹豫，我就已经吹灯拔蜡了，又怎么能活蹦乱跳地跟你说话聊天？不管怎么样，死了就什么都没有了，活下去才会有希望，不管有多艰难，我们还是要活着，苦难只是暂时的，就像生命中的坎坷，等我们跨过去了，再回首时，就会发现这不过是人生的一场历练，说不定我们还会再见面，到那时再谈起往事，一切曾经的伤痛早已是云淡风轻，烟消云散。"

虽然我一副豪情壮志的样子，但是说实话，对未知的命运我也是畏缩害怕的，我不会天真到将青楼作为一个光明的好去处，我知道那里意味着什么。但是此刻我不敢在他面前露出丝毫的恐慌。

怕他看穿我的故作镇定，我站起身拿过笔墨纸砚（上次做象棋剩下的，我一直留着），用我的狗扒字一挥而就，写下："滚滚长江东逝水，浪花淘尽英雄。是非成败转头空。青山依旧在，几度夕阳红。白发渔樵江渚上，惯看秋月春风。一壶浊酒喜相逢。古今多少事，都付笑谈中。"

写完后，我横看竖看，有些泄气，真的是很拿不出手，想想即将分别，还是送给了他，"这是明朝杨慎写的《临江仙》，是我最喜欢的一首词。那个人比我们都惨多了，他博览群书，文采卓著，被誉为明代三大才子之一，年纪轻轻入朝为官，血气方刚，一心为国，却因得罪了奸党被判廷杖两次，奄奄一息之时被流放到蛮荒之地，在那里度过后半生。但是他没有愤世嫉俗、自怨自艾，反而豁达处世，怡然自得，用他的旷世才华为后人留下数不清的瑰丽文典。”

我看着长风，忽然很难过，胸口发堵，但仍唏嘘道：“就算我们做不到像杨慎那么淡泊高远，但至少让我们相信，会有重逢的那一天，到时候，让我们将一切尽付笑谈中。”

长风冲着我轻轻地点点头，一时气氛感伤，我强忍着不落下泪来。穿到这里一个月来，我一直跟他在一起，虽然住在天牢里，时时还会有生命危险，但是有他在，我莫名地感到安心踏实。现在乍然分别，让我一个人孤身上路，我对未来不禁心虚胆怯。

我竭力地鼓励他，其实也是在安慰我自己，长风仿佛看透了我所有的伪装，他看向我的目光带着不舍和眷恋，竟让我的心脏仿佛漏跳一拍。

我吸吸鼻子，继续装出毫不在意的样子，为他也为自己打气，“其实青楼也没什么。以我的聪明才智，到了那里也是鹤立鸡群（还真是‘鸡群’），真的，你不用为我担心，我不会吃亏的。‘三百六十行，行行出状元’，到了青楼里我也是那个花魁，到时候我随便唱个小曲就能大把大把地赚银子。你听过我唱歌的，还不错，对吧？”

长风在我的逼迫下只能点点头，我更加信心十足，“我不光会唱歌，我还会跳舞呢！（就是我跳舞的时候，别人都以为我踩电门上了）我还会弹钢琴，钢琴你肯定没见过，你们这里没有。我还学过一年绘画，人家都说我有抽象派的潜质。抽象派你懂不懂？就是画出来的画是找抽型的……”

我很想闭嘴，因为我也知道自己已经不知所云了，但是我真的很紧张害怕，所以惯性地开始不停地说话，到后来，我只是机械地在张嘴，都不知道在说什么了。

长风静静地听着，看着我的目光越来越担忧，他忽然伸手一把将我揽在怀里。我戛然而止，闭上眼睛，慢慢地将头靠在他瘦削的肩头……

不知过了多久，远远传来争执的声音，是马公公尖细的嗓音，“十两！”紧接着是一个妇人高亢的女高音，“五两！”

“十两！”

“五两！”

“十两！”

“五两！”

声音越来越近，我梦游般地直起身，看到马公公带着一个四十多岁的妇人来了，那妇人圆胖的脸，擦得雪白雪白，五官都挤在了一起，正上下打量我，须臾不屑地撇嘴道："马公公，就这货色，在青楼里端茶倒水的都比她齐整些。"

马公公无奈道："蔡妈妈，这丫头模样还是很讨人喜欢的，回去洗洗干净就看出来了。你瞧她那小身子板，该瘦的地方瘦，该有肉的地方有肉，就冲着这白净细分的肉皮也值十两银子吧！"

蔡妈妈嗷的一声跳起来，跟被人踩了尾巴似的，"十两银子？您老不如拿刀杀了我吧！想当初，我收现在染香楼的头牌牡丹姑娘时也只用了八两银子，就这丫头的皮相，也值十两银子？您老看看，她那头发，跟被火烤了的草垛似的，还有，她那该有肉的地方有肉吗？平板儿一个，不注意还以为是个小倌儿呢！"

我这一头的黑线，太糟蹋人了，是这件破囚服太宽松了好不好？我恨不得当场脱了它。

蔡妈妈忽然看到了坐在地上的长风，又是嗷的一嗓子，吓得所有人都哆嗦了一下，"您老怎么把个姑娘家跟个大男人关在一间牢房里，她要是被那人破了身子，可连三两银子都不值了！"

马公公也有些心虚，不过嘴硬道："你看看那个人都被打得只剩下半口气儿了，就是有那心思也没那气力。（这话听着怎么这么别扭呢？就跟长风心有余力不足、有贼心没有贼能力似的。）再说，就这个丫头，是不是清倌都值十两银子了！"

两个人旁若无人地展开新一轮的讨价还价，在五两和十两间拉锯，争执不下。

"够了！"我一声怒喝，那两个人一下子停住，怔怔地看着我，我挺胸昂头道："八两，少一两我都不跟你走！"

蔡妈妈又仔细地打量了我，很不情愿地说："好吧！看在马公公的面上，我就做回赔本生意。"说着自怀中掏出一个小布包，拿出一个小元宝，并两块碎银子递给旁边的马公公。

嘿！得了便宜还卖乖了你！

倒是接了银子的马公公一脸感动，"丫头，咱家还真有点舍不得你！我跟蔡妈妈说了给你找个好去处，你呀，自求多福吧！"

原来蔡妈妈只是个骑驴的。

蔡妈妈不耐烦地冲我招招胖手，"那就快点走吧！别磨磨蹭蹭的了！看你那一身破破烂烂的，我还得找个地方给你拾掇拾掇！"

我回过身，蹲下来看着长风，冲他笑了笑，尽量让自己笑得明媚一些，却在他漆黑的瞳仁里看到我的倒影，笑得比哭还难看。

他的眼中尽是温柔的落寞和眷恋，我不想太过伤感，于是故作轻快地跟他说："如果你没有被打成东方不败，就去找我，我给你打八折。"

他的眼里已带上氤氲的雾气，大概不想被我发现，慌乱地低下头，过了一会儿，才勉强问我："什么是打八折？"

我深吸一口气，郑重地说："就是收别人十两银子，只收你八两。"

说完之后，不敢等他回话，我转身出了门，多待一秒就会泪如泉涌。手扶铁栏之际还是忍不住回头看他。他浑身是伤，垂头坐在地上的样子深深印刻在我的脑海中，让我在这以后很长的一段时间里，想起来就会晕湿了眼眶……

新生

　　我跟在蔡妈妈身后，再一次走过那道幽暗的走廊，一个月前，我就是落在这里，然后见到了长风，而如今却是离他而去。过了层层关卡，我终于走出了大牢。

　　一个月未见阳光，乍一来到外边，只觉得阳光刺眼，无法适应，我慌忙抬起手来遮住眼睛，回头看时，只见身后的建筑物是由青色的巨石垒成，阴森粗粝，似匍匐的怪兽，伺机而动。不管怎么说，我终于出来了，而长风不知还要被关多久，还能不能活着见到外面的阳光。这个想法让我很沮丧，让我产生了跑回去的冲动。即便外面阳光普照，我却觉得身上一阵阵发冷，远不如那间空旷的牢房让我觉得安心温暖。

　　我还在缅怀不已，蔡妈妈已经一个劲儿地催促我了。我们走过一大片空地，又过了两道关卡，才来到真正意义的外面。一辆马车在外面停着，两个满脸横肉的粗壮妇人守在马车旁，不时冲着马车里面粗声呵斥，"别哭了，等到了镶金嵌玉的温柔窝，吃香的喝辣的，比守着你们吃糠咽菜强多了，有什么可哭的！"

　　原来还不止我一个！见蔡妈妈领着我过来，其中的一个妇人打量了我一下，抱怨道："怎么领了这么个脏丫头出来，叫花子似的。"

　　我冲天翻了个白眼儿，你关在牢里一个月不洗澡试试，还指不定什么样儿呢！

蔡妈妈却掩饰不住脸上的兴奋，不无得意地说："你们知道什么呀！凭我蔡妈妈这么多年的经验，这回是捡到宝了，快点儿回去给她们收拾干净，各处都等着我今天送人去呢！"

那两个妇人将信将疑，赶着我上了马车，又粗声大气地警告了一番，"都老老实实在车里待着，在你们身上都是投了银子的，若是敢逃跑，就扒了你们的皮！"

我叹了口气，都是女人，何苦这么为难女人。马车开始摇摇晃晃地往前走，我打量了一下车里，还有另外四个女子，年纪都不大，也就十几岁，穿着粗布衣服，一看就是贫苦人家，养不起了才卖给蔡妈妈。此刻她们几个缩在一起，低声呜呜抽泣着，很是愁苦。

我试着去跟她们聊聊，"我叫若溪，你们叫什么名字？"

她们只知道哭，没人理我。

"咱们几个逃吧！"我眼神贼亮，鼓动她们。

一个看着大一点的姑娘哭着说："逃了又能怎样，回家继续挨饿吗？卖我的钱够爹娘和弟弟买几个月的粮食了，我逃了，他们就会将银子收回来，弟弟快饿死了……"

古代真是没有穷苦人的活路啊！

另一个大眼睛的姑娘怯怯地小声劝我，"这位姐姐，还是听她们的吧，我们也逃不掉，她们很凶的。"

我想到那两个粗壮的妇人，我这身小骨头还真不够她们撅巴的，只好愤愤作罢。我将头慢慢地靠在车篷上，心中一片愁云惨雾。

走了很长时间，马车停住，我们几个被赶下车。我打量四周，这里是一条颇为寂静的街道，青石铺地，干净整洁，两边是青瓦白墙的房子。正值中午，空气中弥漫着饭菜的香味。

进到一处宅子里，蔡妈妈吩咐手下，"打水，给她们好好洗洗。尤其是这个牢里出来的，多给她几桶水。"

我们进了一间雾气蒙蒙的屋子，屋里一股湿漉漉的脂粉香，有几个大木桶，冒着袅袅的热气。

太感动了，是洗澡水啊！一个月关在牢里，不能洗澡已经习惯到麻木，此刻被湿湿的热气一熏，才觉得浑身发痒，无法忍受。那几个女孩子还缩在一起抽泣，揪着衣襟不肯脱衣服，我已经三下五除二地将衣服脱光，带着无限的向往跃进木桶里。

我换了三桶水，才将自己洗干净。爬出木桶时只觉得腿脚发飘，浑身每个毛孔都在呼吸，透着服帖舒坦，一时间神清气爽，我的乐天精神得以复苏，恨不得大喝一声，"本姑娘再世为人了！"

一旁看守我们的妇人将一件衣裙扔在我身上，不耐烦道："快点，就等你了！"

我这才发现，别人早就洗完了，只剩下我一个。我拿着手里的衣服发了会儿呆，竟然是件艳粉色，说纱不是纱，说绢不是绢，做工粗糙，衣襟袖口还用更艳一级的粉绣着桃花，恶俗啊！

一般来说，我对衣服不挑颜色，基本上素色艳色都敢往身上穿。我打死不碰的只有几种颜色：葱心绿、大屎黄（又叫"土鳖黄"或"国际屎"）、环卫橙（就是环卫工人穿的橙色，没有看不起的意思，咱也是光荣的劳动者，只是单纯受不了那个颜色），再有就是这种俗艳粉。不过事到如今，也轮不到我挑剔。我手脚麻利地将衣服套在身上，上身挺紧的，裹在身上，腰以下倒是散了开去，裙幅很长拖到脚面。又有人扔给我一双大红色的绣花鞋，我咬咬牙，心一横，穿在脚上。

那妇人押着我来到堂屋，那几个姑娘也已经穿戴好了，蔡妈妈正指挥着给她们梳妆打扮，一扭头看见我进来，一张包子脸笑成馅饼了，兴奋得小眼冒光，走过来扎着两只手，围着我团团转，"哎呀，我早说这丫头不是一般姿色，没想到还真是个美人坯子，才八两银子，赚到了！发财喽！"那眼神儿，看着我跟看个大元宝似的，让我想起现代的漫画，见钱眼开的人都被画成两只"$"形的眼睛。

她意犹未尽，拉起我的手，啧啧称赞，"瞧这小身板，要哪儿有哪儿。（这会儿不说我平板了，我可还记仇呢！）这肉皮白的，跟面团似的。"

不过，我一个月没见阳光，还真是闷也闷白了，素白的肌肤上隐隐可见淡青色的血管。好在我现在很白皙，穿着这件艳粉的裙子，还不显得太让人抓狂，这要再黑点儿，就真没法看了。

蔡妈妈将我按坐在一张凳子上，亲自给我梳头，双手左一拧右一拧将我的头发绾成发髻，拿一根木簪子固定住。那木簪一头镶了点灰扑扑的银子。又用剪刀从窗台的花盆里剪下一枝芙蓉花，簪在我鬓边，我低着头，都没勇气照镜子。

她拿起胭脂又放下了，自语道："难得这丫头肤色这么好，不涂胭脂比别人涂了胭脂还好看，那就这样吧！"

我舒了口气，逃过一劫啊！再被涂成个猴屁股，怎么达成我当花魁的心愿啊！

都收拾利索了，蔡妈妈依次看着我们，"各位姑娘，既然入了这一门，就别总想着当什么贞洁烈女。人啊，也得往宽处想，这日子哭哭啼啼也是过，笑嘻嘻也是过。男人来找你们是图乐子来的，你们若是能让男人快活，就能大把大把地赚银子，若是惹得谁都不痛快，受罪的只是自己，明白了吗？"

那几个姑娘已经又吓哭了，冲得脸上的胭脂一道道的，只有我心领神会地点点头，这是战前总动员啊！

蔡妈妈满意地看到我如此镇定，赞许道："还是这个牢里出来的丫头大气，经过世面，你们几个也别哭了，哭花了妆容，青楼的鸨母看不上只能被卖到下等勾栏里。"

那几个姑娘生生止住哭声，小声饮泣，再不敢大哭。

"你们几个娶个花名吧！这爹妈给的名字用不得了，从今后，你们就是没家没根的人。进了这行，最好的归宿就是被哪位爷看上，收了做小，有造化的自己攒够了银子赎身。可是不管好坏，你们跟以前的日子都断了，再也回不得家、归不了乡，这辈子只能做孤魂野鬼，所以就忘了本来的名字，也忘了过去吧！"

说到这里，蔡妈妈也有些伤感。我也挺能理解要换个名字的，我也不愿再用若溪这个名字。虽说我在这里没亲没友，不会有人认出我，但是一想到爸妈给起的名字被人在青楼里叫来叫去，真让我跟吃了一只苍蝇一样恶心，还不如换个名字，省得伤怀。

我正想着呢，蔡妈妈指着那个大眼睛的姑娘，"你就叫'杜鹃'吧，生得可怜见儿的，正衬这个名字。"又依次指着其他人，"你叫'香兰'，你'茉莉'……'蔷薇'。"

最后蔡妈妈打量我，思索着，"这丫头的品貌配个什么花名好呢？"她看到我鬓边的芙蓉花，眼睛一亮，"就叫芙蓉，再合适不过了！"

我实是对花名忍无可忍，"蔡妈妈，各青楼中叫芙蓉的姑娘肯定大有人在，重名了不利于我一举成名，万一人家将我跟哪个花楼里的麻脸芙蓉弄混了怎么办？"

蔡妈妈点点头，目光慈祥地看着我这个大好青年，"难得你有这个上进心，这世上无难事，只怕有心人。你有这志向，又有这么个出众的容貌，不愁做不了花魁！"

我被赞得很无语，瞧我这远大的抱负！

"那叫什么好呢？"蔡妈妈犯愁了。

我也绞尽脑汁在想。我最怕起名字，上次学校社会实践到河北的农村支教，我寄住的那家人刚得了个大胖小子，说我是文化人，让我给孩子起个名字。我憋得脸都大了，才憋出一个"肥仔"来，让一个村子的人都对我指指点点，"读过书就是不一样啊！瞧人家，管'胖'不叫胖，叫'肥'；管'小子'不叫'小子'叫'仔'；大胖小子叫'肥仔'，听着就好养活，这就是学问啊！"但愿那孩子长大后别有心理阴影。

现在轮到给自己起名字了，我一样犯愁，又怕蔡妈妈再给我整个"喇叭"、"死不了"之类的花名，只能硬着头皮道："我就叫'桑妮'吧！"用我的英文名字，免得日后人家叫我，我忘了自己叫什么。

"桑妮？这是什么怪名字，桑家的小妮子？"蔡妈妈皱着眉头，越发显得只见一张面团儿脸，看不见五官，"不过，也好，不会跟别的姑娘重名了。就叫桑妮吧！"

蔡妈妈看看窗外的日头，"不早了，赶快吃点东西。"

我们简单吃了午饭就又被带到马车上。走了近半个时辰，来到一条繁华的街道，下了马车，蔡妈妈和两个妇人将我们押进了翠春院。

翠春院的鸨母留下了大眼睛的杜鹃，在我的价格上与蔡妈妈争执不下，蔡妈妈坚持二十两银子，而那个鸨母只肯出十五两，两个人口沫横飞，拉锯了半天。眼看蔡妈妈渐落下风，就要吐口以十五两银子成交，正在此时，有人来找翠春院的鸨母，她只得出去了。

我借机凑到蔡妈妈耳边，"蔡妈妈，十五两银子太少了，您白辛苦半天，还不够那个功夫钱呢！"

蔡妈妈叹口气，"我如何不知啊！不过我也是急着将你们几个脱手，做完这一笔，我就金盆洗手了。我都想好了带上两个妹子到乡下买几亩田地，不再干这有损阴德的买卖了。"

原来她也知道买卖人口太过阴损。不过我有我的打算，青楼里有龟奴和打手，真卖进来就不好逃跑了，还不如跟着蔡妈妈找机会脱身。想到这里，我接着跟蔡妈妈推心置腹，"做生意的大忌就是太过心急，凡是急于脱手的就会让对方占了先机。此处不成，我们再换个地方，下次您直接喊三十两，留下讨价还价的空间，再降价到二十两，对方就会觉得捡到便宜了。"

蔡妈妈小眼睛转了几圈，一拍大腿下决心道："也罢，最后一笔就赚笔大的。"随即赞赏地看着我，"还是你沉得住气。模样又好，又伶俐，将来你的造化肯定在花魁牡丹之上。"

我皮笑肉不笑了一下，"借您老吉言。"

于是等翠春院的鸨母回来，准备给蔡妈妈拿银子买我时，蔡妈妈拉起我道个讨扰，就大步往外走。鸨母冲着我们的背影喊："我出十六两买这丫头！"

蔡妈妈与我相视一笑，扬长而去。

到了下午，只剩下我一个了，眼瞅着我要砸在手里了，蔡妈妈面色凝重，孤注一掷道："我带你去京城最有名的染香楼，虽然前几天我问过她们，她们不要新的姑娘，但是咱们去碰碰运气，染香楼的鸨母夏妈妈跟我私交不错，当年牡丹也是我给她们找来的。"

我们一行人来到据说是京城最大的花楼。这里雕梁画栋，楼高八丈，正中间挂着一方匾额，上书"染香楼"，烫金的大字很是气派。因是下午时分，整个楼宇静悄悄的，透出繁华后的落寞。

门口把门的龟公问明来意，进去通报，不一会儿有小丫鬟请我们进去。蔡妈妈吩咐她两个妹妹在门口守候，带着我走进大堂。

我进去一看，真是堪比现代的KTV夜总会啊！镶金嵌玉，金碧辉煌。三层楼高，大堂是通顶的设计，宽敞通透，到处挂着乌木框的红纱灯笼，地面由玉样的青白色的石板铺成，嵌着金花。堂里摆放着紫檀木的桌椅，铺着洒金织缎的桌椅和同色的椅垫。四周是单间，以镂空的金箔雕花屏风隔开。正前方是一个垂挂着红色镶金银丝线帷幔的舞台，摆放着古琴琵琶等古代乐器。二楼和三楼是一圈的房间，雕花的房门紧闭着，姑娘们可能正在午睡，养精蓄锐等着夜晚的到来。空气里一股香香软软的脂粉香味，让人闻着骨头都酥了。真是名副其实的销金蚀骨窝。

我正看得眼花缭乱，一个四十来岁的精瘦的妇人出来迎接我们。一身的绫罗绸缎，上身是翠绿的短袄，下身是玫紫的八裥裙幅，刺绣精美，一头珠翠，显摆似的插了一脑袋。再看脸上，抹得俏白，颧骨凸出，一双大眼骨碌乱转，透着精明强干，小薄嘴唇涂着大红的胭脂，看得出年轻时也是个美人，即便现在也是风韵犹存。

看见我们时，她夸张地一挑细细的弯眉，"哟！这不是蔡妈妈吗？什么风把您给吹来了。"接着吩咐跟着的小丫鬟，"上茶！"说着自顾自地坐在椅子上，那气势立即就把蔡妈妈给比下去了。

蔡妈妈赔笑道："夏妈妈，我这也是无事不登三宝殿，今儿个得了一个俊俏的丫头，带过来给您过过目。若是还入得了您的法眼，您就留下她，这丫头聪明伶俐，肯定能给您赚大钱。"

夏妈妈笑了笑，却连看都不看我一眼，口瞎子点灯白费蜡伶俐地说："要说你蔡妈妈带来的人肯定都是一等一的，当年牡丹不也是您送来的吗？可是您也知道最近世道不好，这京城的青楼跟雨后春笋似的，是开了一家又一家，我们染香楼的生意也是越来越难做，不比从前了。"

一番话说得蔡妈妈没了底气，讪讪道："是肥肉谁不想吃一口，染香楼的生意做得最好，别人眼红，自然都想分一杯羹。"

"是啊！"夏妈妈接口，"他们小门小户，找十几个姑娘就敢做生意，花酒又便宜，不像我们这里家大业大，这上百位的姑娘，再加上丫鬟、龟公林林总总的几百号人张嘴等吃饭，整日入不敷出，我们怎么再找新的姑娘啊！"

眼看要没戏，蔡妈妈硬着头皮再努力，"夏妈妈说得对，现在这行当不好做，不过再怎么说，全京城的青楼还不是唯咱们染香楼马首是瞻！您看看这丫头，不好我也不敢往您这儿带，小模样够水灵，身段也好，最重要的是人机灵，一点就透。我也是最后一次做这生意了，明儿就去乡下养老去了。这丫头我也不多要银子，就三十两。"

夏妈妈笑了声，"蔡妈妈，您是回去享清福去了，我们可还得在这儿苦熬着赚这辛苦钱。您上嘴皮一碰下嘴皮儿就是三十两，我们的牡丹和芍药当年入行才花了二十两银子。这丫头，虽说模样还不错，可看着也有二十了吧！还是清倌吗？"

一下子点到我死穴上了，连蔡妈妈也有些泄气，只是仍不死心地跟夏妈妈周旋，力求以保底价二十两将我处理掉。

我看看四周，整个大堂就我们几个人，两位妈妈唇枪舌剑，已然顾不上我了，天赐良机，此时不跑更待何时？

我面露难色，跟蔡妈妈说："蔡妈妈，我内急，去趟茅厕。"

二人争执正进入白热化阶段，夏妈妈挥挥手，"在后堂。"

我一溜烟儿地逃离，顺着大堂的侧门出了大堂。后面是个很大的园子，奇石假山，花圃水榭。我顾不得细看，沿着迂回的回廊往园子深处跑去，我得找后门出去呀！

很遗憾，我的方向感不是一般的差，十几分钟后，我绕回到原地，我只能离开回廊，往园子里钻，一路绕过假山，过了小桥，看到一处精致的小院，院门口挂着一方匾额，上面书写着"沁茗轩"。门口翠竹掩映，一条曲径通幽，我正探头往里看，忽然身后传来脚步声。

坏了，有人路过，可别看见我。我心虚地躲在竹子后面，不想身形一动，弄得竹叶哗哗作响，来人听到声音，不禁厉声喝问："谁？"

我吓得赶紧缩着身子利用竹林的掩映往里退，一直退进了小院，才顺着两边繁花似锦的青石小径扭头就跑，气喘吁吁地一路跑到一处房子前，想都没想，一头就扎了进去……

屋里的光线有点暗，我刚从外面进来有些不适应，过了一会儿适应了屋里的光线才仔细打量。与刚才的大堂不同，此处布置很是清雅，让人疑惑是不是在青楼。雪白的墙壁上挂着字画，正对着屋门是一长长的条案，上面摆放着青花瓷瓶，瓶里插着几朵白莲，左边的墙壁是直通到顶的书架，摆满着古书，前面是一张书案，上面是笔墨纸砚。右边是一张雕花大床，床上挂着水墨床帐，四角还悬着安寝的定神玉佩。房门右手边的窗下是一张软榻，榻上是一张茶桌，一个白玉茶壶，一只白玉茶盏，茶盏中新茶袅袅冒着热气，飘得满屋清润的茶香。一个男人倚在软榻上，正好看着我，左手边是……

等等！男人？我的脑袋都扭到别处了，又跟拨浪鼓似的转回来，正对上那个男人带笑的眼眸。

我一时僵住，只定定地看着他：一身碧色的长衣，长发漆黑如缎，右手的拇指上戴着硕大的翠色欲滴，水润通透的翡翠扳指。小麦色微黑的肤色，闪着健康迷人的光芒，剑眉下是一双桃花眼，斜睨着我，像宝石一样流光溢彩，嘴角微翘，整个人慵懒邪肆却又带着致命的优雅气度。

我的第一个反应是：不会又是一个人妖吧！没办法，被那个绝代的锦夜吓出后遗症了。我警惕地上下打量他，他在我的目光下，舒展了身体，靠在软枕上，貌似非常惬意。

"这位……"我犹豫了一下，上次叫锦夜"大姐、大哥"的经历太过惨痛，这次我只能试探着叫了声："大哥？"声调上扬，带着显而易见的不确定。

他微微一怔，缓缓开口，声音异常悦耳，抑扬顿挫像唱歌一样，"怎么，姑娘对在下的性别心存疑惑？"

听声音应该是个男的，我又盯着他脖子看了看，他向后微仰头，露出颈间的喉结，一边用懒洋洋的声调说："在下可是如假包换的男人，姑娘还要检验其他地方吗？"

我微微脸红，心里骂了一句：可惜了一副人模狗样，也不是什么正经人。嘴上胡乱应着，"不用了，你说是就是吧！"

他的脸色微变，不过很快又挂上玩味的笑意。

一路奔跑，加之精神高度紧张，让我心脏狂跳，腿脚发软，喉咙冒烟。我走过去，一屁股坐在软榻上，与那男人隔着茶桌而坐。我喘着粗气，手抚胸口，惊魂未定，下意识地伸手拿过茶盏，一饮而尽，微烫的茶水顺喉而下，顿时神清气爽，满口留香。我忍不住赞道："好茶！"抬手又给自己倒了一杯。

扭头见那男人还在看着我，我有些不好意思，轻声道："不好意思，喝了你的茶。"

他挑挑眉毛，"没关系，你会有机会偿还的。"不知为什么，我觉得他笑得像只狐狸。

"客官贵姓？"作为现代人，遇到陌生人就请教尊姓大名是一种一时改不掉的习惯。我一边问，一边端起茶杯喝茶。

"在下复姓西门，名庆华。"

西门庆？西门大官人！还"花"？我很没形象地噗地一口将嘴里的茶喷出来，哈哈笑了起来。

我笑得不可抑止，半天才停住，这才发现他正满头黑线地看着我，问道："怎么？庆华的名字让姑娘觉得很可笑吗？"

"不是不是！"我赶紧摆手否认，"我就是想起来我家乡有本名著，写的就是西门大官人的故事。"

"哦？还是同宗本家，讲来听听。"他颇感兴趣地以手托腮，标准的听故事架势。这么女性化的姿势由他做来却不带一丝做作阴柔，反而自然而然地带着与生俱来的优雅。

"这个……"我有点儿不好意思，毕竟是禁书，我也只看过删节版的，最可气的是，常常看到关键地方有若干的"□□□□□"，后面显示：此处删除837字。其实它真写上，可能也没什么。随便一篇描写都市情感的现代小说都能跟古代的艳情小说叫板，问题就在于那一行"□"，让人无限遐想，删掉的837个字写的是什么呢？

此刻见西门庆华如此感兴趣，我又喝了人家的茶，吃人嘴短，只能支支吾吾地说："呃……那本书写的是西门大官人贪恋女色，见了别人的老婆千方百计地搞到手，不惜将人家相公毒死，娶了好几房妻妾，几个老婆天天争风吃醋，搅得鸡飞狗跳……就……就这个。"

他听得嘴角噙笑，"那，后来呢？这位西门大官人是否左拥右抱，逍遥快活？"

"后来西门大官人被几位妻妾整得阳脱精尽而亡，翘了辫子了，他媳妇儿也都跟人跑了……"

我一边喝茶一边毫不在意地说，抬眼看见他脸上隐有怒色，赶紧住嘴。不过西门庆华的涵养很好，又挂上一副迷死人不偿命的笑容，"姑娘的故事很有趣。堪给世人警示，'色乃刮骨钢刀'啊！"

"对对对！"我赶紧附和，为自己刚才口无遮拦而不好意思，有这么一位本家先祖，真不是什么光彩事儿吧！

为了弥补过失，我没话找话，"那，敢问西门大官人……不不不！是西门庆华大官人……"

"西门大官人就免了，在下无福消受，叫我庆华就可以了。"他依旧是懒洋洋的声调。

"好好好，庆华，我叫桑妮，你就叫我桑妮吧。"

我忽然想到一个问题：这青楼里如何会有这么雅致的房间，还会有这么一位貌似大爷的男人？结果我一遇事儿大脑就迟钝的毛病又犯了，端着茶杯问他："你是来会姑娘的？"

他瞟了我一眼，"不是！"眼波斜扫的样子，让我不禁咽了口水。

"也是也是！"我赞同地点点头，"长成你这样再来青楼嫖妓，真是太没天理了。"

不是来找姑娘的，那是……噢！我心领神会，上下打量了他，也真是男色中的极品啊！忍了忍还是没忍住，不禁诧异地问："青楼中也接女客？"

他半眯着眼睛看着我，过了一会儿才木然道："不接女客，只接男客。"

"噢！"我再次心领神会地恍然大悟！古代嘛！青楼里除了女妓，还有小倌儿的。看向西门庆华的目光已不自觉地带上了悲悯，可惜了这样一个人物，接男客，真是暴殄天物。

我来到这里见到的两个人间绝色的男子，竟然一个是人妖，一个是公公，唉，万恶的旧社会！还给不给女人活路？

看他默然不语，我以为戳到他的痛处，勾起他的伤心事，有些不忍，赶忙安慰他，"也没什么，总是要有人做的。看开些！虽然你收了人家银子，但是你只当是你嫖了他们，而不是他们嫖了你。以你的姿容，眷顾你的客人肯定不少，看你住得这么讲究，那些客人肯定也是出手阔绰，等攒够了钱，给自己赎了身，再娶妻生子，什么都不耽误。"

我正说得兴起，眼角余光看到他面色越来越黑，赶紧住嘴，关切道："你是不是还要休息？也是，你晚上还要工作。你也别太累了，身体才是本钱。你先歇着，养精蓄锐，我就不打扰你了！"

我站起来，准备开溜，他跟着缓缓起身，像只优雅的豹子，舒展开来。他身材颇高，竟比我高出差不多一头，我视线的平行处是他的脖颈。

"桑妮可是第一次来染香楼？"

"是啊！蔡妈妈要把我卖到这儿，正跟夏妈妈讨价还价呢！我得赶紧逃走，你知道后门在哪儿吗？"

他唇角上扬，笑得很狡黠，"庆华当然知道，桑妮随我来。"

还有带路的，我大喜过望，毫无心机地跟着他就走。他走得很是悠闲，碧色的锦袍轻轻摆动，跟散步似的，与我一身艳粉的村姑打扮与心急火燎的心情形成鲜明对比。他带着我走出小院，一路穿花度柳，还不时跟我闲聊，"蔡妈妈要卖你几两银子？"

"三十两。"我老老实实地回答，有些不好意思地加了一句，"不过其实二十两，她就知足了。"

我决定问问他这里的行情，好准确估计一下自身价值，"当初买你，染香楼出价多少两银子？"

他貌似在回想，"嗯，也就三十两吧！"

我听了很泄气，"你才三十两，那我最多也就值二十两了。"

他声音里带着笑，"庆华觉得，桑妮值三十两。"

知音啊！除了牢里的马公公，我又找到一位知音。我受到肯定，很是欣慰，不禁拍了他肩膀一下，"还是你有眼光！"

他笑而不语，带着我进了一道门，又转过一道足有五米长的木雕屏风，我赫然发现我们站在染香楼的大堂里。蔡妈妈和夏妈妈仍在拉锯，不过蔡妈妈的开价已降到二十两，而夏妈妈咬紧十八两不松口，扬言还要验过是清倌人才给钱。

我呆滞着，一时脑筋转不过弯儿来。我怎么又回来了呢？

眼看两位妈妈互不相让，就要一拍两散。耳边传来那个男人慵懒的话语，"三十两，这个丫头我要了。"

我木然地转过头看他。他冲我眨眨眼，"我说过，你值三十两。"

夏妈妈和蔡妈妈应声过来向他行礼，夏妈妈一扫刚才的倨傲，小心赔笑道："买个丫头，还惊动了堡主，真是属下失职。"

蔡妈妈难以置信，如见了玉皇大帝一样顶礼膜拜下去，"您就是风云堡的西门堡主，我蔡婆子祖上烧了什么高香，今日竟得以见到西门堡主的真身！"

虽然一头雾水，我总算搞明白两件事儿：第一，这个人压根不是什么接客的小倌儿，而是貌似财大气粗的什么堡主；第二，他刚刚出三十两银子把我给买了。

后来我才知道，风云堡成立已有百年，总坛设在南方的大都洛城。风云堡在各个城镇中开设商铺、银号，一手操纵着龙耀国经济命脉，富可敌国，先帝在时，一次平定南方的叛乱，都是找风云堡借的军饷。

风云堡现任堡主西门庆华，年纪轻轻却被誉为历任堡主中最有魄力的领头人。不但生意越做越大，而且勾结官府，黑白通吃，不少朝中官员都受过风云堡的恩惠，因此乐得在官场上给风云堡开绿灯，致使已没有人说得清，风云堡究竟有多少银子。

染香楼正是风云堡的产业。其实平日西门堡主一般住在洛城总坛口，今次前来京城是巡查京城的产业生意，正赶上京城的分坛口修葺扩建，于是便落脚到染香楼的沁茗轩，而我竟然一头撞了进去。

蔡妈妈拿了银子千恩万谢地走了，将我留了下来。被人戏弄的羞愤感让我对那个西门堡主怒目而视，如果目光可以杀人，他早就死了上百回了。

他也不恼，围着我绕了两圈，从头到脚地打量着我，像在欣赏一件刚买到手的物品，甚至还拉起我的袖子，端详我的腰身。我气得头顶冒烟，却又无可奈何地任由他看。

一盏茶的工夫后（我已经习惯以一盏茶、一炷香、一个时辰来计算时间了，入乡随俗嘛！），他站定，抱着胳膊，颇为满意地点头道："还不错，三十两银子贵是贵了点儿，不过还算物有所值。我西门庆华可从不做赔本的买卖，夏妈妈，验验她是不是清倌人。"

"是。"夏妈妈恭敬地答道，上来就推我的肩膀，我没想到她的力气这么大，噔噔后退了两步，一下子跌坐到椅子上。夏妈妈过来伸手就扯我的衣服。

我大惊失色，不会就在这儿当场验吧？那个西门堡主就面带微笑地站在一边看着，跟看场好戏似的，丝毫没有回避的意思。

我一把揪住衣襟，从椅子上跳了起来，如避瘟神似的躲开夏妈妈伸向我的手，慌忙说着："不用验了，不用验了，我沾过男人，不是你们嘴里的清倌人。"

"哦？"西门庆云略微失望地挑挑眉毛，"那还真是买贵了！"

没等我义愤填膺，他很快又是笑容满面，"本想让你研习一下音律歌舞，等有了技艺再待价而沽。不过这样也好，看来也不用浪费这个功夫了，尽早挣银子更爽利。"说完对夏妈妈吩咐道："找两个龟公调教她几个晚上，懂规矩了，就可以开始接客了。"

他说得很是轻松，像给下属吩咐一件简单工作一样随意，然而听到我耳朵里却不啻平地惊雷，调教？还接客？我哭丧着脸，"不必了吧？！"

西门庆华闻言更加笑得乐不可支，"桑妮不愿龟公来调教，庆华也可以亲自出马，身体力行。虽然我从不碰自家的姑娘，但是为了桑妮可以破例。"说着，他的笑脸在我眼前放大，故意带上软软的声调，"今晚可好？"

我向后躲着他，避之唯恐不及。欲哭无泪啊！我不就是把你错认成小倌了吗？那也是关心你呀！值得这么打击报复吗？

心里这么想，我嘴上可不敢这么说，再把他惹恼了，直接来个先奸后杀怎么办？反正貌似他也不在乎那三十两银子打水漂。于是我只能一边躲，一边胡乱应道："不用不用，您身子矜贵，哪敢劳您大驾！我不用人教，我会，我会还不行吗？"

"哦？"他伸手托起我的下颌，带着翡翠扳指的拇指拂过我的嘴唇，眼中是一抹带着情欲的迷离，声音中也带着难以抑制的兴奋，"如此更是有趣了，庆华倒要看看，桑妮会到什么程度。"

你个死人渣，比那个妖孽锦夜还变态，我还真是无语问苍天了。同时不可抑止地开始怀疑他西门大堡主的品位，就我这一身村姑打扮，他竟然能看出西施来！我只能说他眼光很独到，透过现象看本质，一下子看出我的内在美了。不过，我是不会这么容易束手待毙的，慎行司的天牢本姑娘都闯过了，还怕你个染香楼。

想到这里，我面无惧色地看着他，"西门大官人，不不不，对不起，叫顺嘴了，西门大堡主……"

他有气无力道："跟桑妮说过，叫我庆华就可以了。"

"别别，那显得多不尊重，那时候我还以为您是……"我看到他面色一沉，识相地将"小倌"两个字咽了回去，"现在，我知道原来您就是无人不知、无人不晓，上天入地无所不能的西门大堡主，我对您的敬仰如滔滔江水绵绵不绝，又如江河泛滥，一发而不可收拾（太紧张，周星驰上身了），我哪敢直呼您名讳啊！那还不折我的阳寿？我要恭恭敬敬地称呼您一声西门大堡主。"

他无可奈何地看着我，"随你便吧，西门堡主就西门堡主，就不用再加那个'大'字了，我可不想落得个妻离子散、精尽而亡的下场。"

"那是，那是，西门庆那淫贼哪能跟您相提并论，您比他还多个'花'字呢！……"

我正要展开我的长篇大论，他已经冷哼了一声转身离去，一边走，还一边对着夏妈妈吩咐，"让她沐浴，再给她换身衣服，晚上送到沁茗轩去。"

啊？木已成舟了？别呀！

"等等，西门堡主，我还有话没说完呢！"我有信心，只要听我唠叨一下午，我保准他晚上什么兴致也没了，只想找个地洞把我塞进去，落个耳根清净。

他慢吞吞地回过身，带着一脸欠扁的笑容，"怎么？桑妮还等不及了？也得容庆华小憩片刻，养精蓄锐呀！乖，先洗个澡，晚上咱们有的是时间，慢慢聊。"

他说得极其暧昧，让我傻愣着不知如何接话。走了两步，他又想起什么似的回身，好心地嘱咐我，"对了，忘记告诉你了，染香楼没有后门，只有这一个正门。这园子里有几十个护院家丁，桑妮还是老老实实，别再想着逃跑。不然，你肯定不想知道染香楼对付逃跑的姑娘都用什么刑罚，我担保不比慎行司的天牢花样少，还都是为女人预备的呢！"

说完扬长而去。我看着他的背影，忽然明白了什么叫"才出虎口，又入狼窝"。一时间，我非常想念长风，想念天牢里的相濡以沫。其实我跟他分开还不到一天，却觉得已经分开了好久，久到想不起他的样貌（我本来也不知道他长什么样），想不起在他怀抱里的感觉。

我失魂落魄地呆立着，在这个堆金砌玉的温柔窝里觉得孤单无靠。天哪，真不知道这是个什么世道，满世界都是一肚子坏水、挖空心思害人的家伙。只有天牢里那个半死的人才会给予我保护，让我觉得温暖安全……

第七章

疗伤

　　一天之内，我又被押着洗了第二遍澡，不过这回的规格显然高了一个等级，四处挂着粉色的纱幔，屋里雾气袅袅，香气弥漫。半人高的木桶里注满了温热的清水，水面上漂浮着花瓣，整个一个古代SPA！

　　两个小姑娘一直在一边陪着我，洗澡还有人参观，让我很不自在。其实都是女性，按说无所谓。问题是，我光溜溜的，她们两个却穿得齐齐整整，落差太大。所以说人是有了对比才有羞耻感。人家都穿着衣服，就你一个人光着，相信即便是青楼出来的，也会脸红，反之亦然。到了西方著名的裸体海滩，人家都亲近自然了，就你一个人穿着衣服，同样是手脚都不知道往哪里放。

　　我坐在木桶里，两只胳膊搭在木桶沿儿上，与她们两个大眼瞪小眼。实在忍无可忍，我对那两个姑娘说："两位出去转转，我一会儿就洗完。"

　　她们看上去也就十二三岁，一个脸圆圆的，长着一双会说话的眼睛，另一个瓜子小脸，容颜清丽，大概因为年纪尚轻，还没有长成，所以在青楼里做小丫鬟。

　　圆脸的那个冲我一笑，"桑妮姐姐，我叫珍珠。"又指指旁边的姑娘，"她是琥珀。夏妈妈让我们两个伺候姐姐，姐姐需要什么，只管吩咐。"

　　伺候？还真让我不习惯，长这么大只有老妈点着我的脑门数落我，"我哪里是你的老妈呀，整个是你的老妈子。"通常我一脸傻笑，继续心安理得地做我的米虫，只有少数时候良心发现，给老妈捶背揉肩做按摩。

此刻冒出两个比我小这么多的女孩要伺候我，让我很脸红，这不是以大欺小吗！让我照顾她们还差不多。于是我慌忙摆手，"不用不用，我不用人帮忙，你们还是去忙吧，我习惯自己的事自己做。"

琥珀说："姐姐千万别客气，您一会儿是去服侍西门堡主，这是我们染香楼上上下下的福分，妹妹们自当尽心竭力，姐姐别嫌弃我们粗手笨脚就好，若不能好好伺候姐姐，夏妈妈会打骂我们的。"说着瘪了小嘴，模样可怜。

我听着怎么这么别扭呢？合着把我洗吧干净，再送到那堡主的屋里倒成了大伙儿的荣耀了，需不需要我感激涕零，再大呼一声三生有幸，祖坟冒青烟呀？即便是青楼也不兴这么作践人的，不同情我就算了，还恨不得敲锣打鼓地把我送到他床上。我这一口气憋在胸口，吐不出来。

不过我这人向来爱护小孩子，见她俩可怜巴巴的样子，也不愿因为我让她们受到责备，只能无奈地说："那你们就在一边坐会儿吧！"

我三下两下地洗完，其实也就是泡了泡，刚爬出木桶，珍珠就拿过一块棉布作势要为我擦掉身上的水珠儿，我慌忙接过来，自己胡乱抹了，琥珀已经为我拿来一套浅绿色的纱裙。

我穿上一身素白色的中衣，又套上那件飘逸的绿色纱裙，系上同色的软缎腰带，自己也觉得添了几分风采。珍珠在一边感叹，"桑妮姐姐真美！"

我刚要眉开眼笑，一想到不过是裹了华丽包装的礼物，立刻没了心情，愁眉苦脸起来。

两人引着我来到三楼的一间睡房，装饰奢华，铺着厚厚的地毯，家具很简单，一张女子的妆台，一张八仙桌几把椅子，剩下的就是一张超大号的雕花大床，铺着绯红色的锦被，挂着同色的鸳鸯锦帐。我一想到那张床的用处，连坐一坐的欲望都没有。

不一会儿，一个小丫鬟端着托盘进来，"夏妈妈特意吩咐给姐姐做的花馥汤，以鲜花熬成，吃过后，呵气如兰，长期饮用，连身上都会透出香味来。"

这夏妈妈还真是肯下血本。虽然晚餐很丰富，我却吃得没滋没味，连吃的是什么都没在意，忽然想起天牢里的馒头，眼泪差点掉下来。

吃过晚饭，天差不多黑了，我的头发也快干了，珍珠和琥珀看着我的头发很是惊讶，"姐姐的头发为什么是弯的？"

我也没法向她们解释梨花烫，只能闷声说："不小心让火烤的，过些日子就直了。"

"哦！"两人一副恍然大悟的样子。用一根白玉簪将我的头发绾起来。我只能由着她们给我梳头，不是我腐败了，而是我除了马尾辫，不会梳其他发型。对于古人梳头的手艺，我是佩服得五体投地，也不见她们用什么卡子，只用一根簪子就将头发固定住，只要不是撒泼打滚，轻易是散不开的。

两个人又捧着一盘五颜六色的头花珠翠让我挑选，"姐姐喜欢哪个？"

我一下子想起夏妈妈那一脑袋的姹紫嫣红，赶紧躲到一边，摆手告饶，"不用了，不用了，这样挺好。"

珍珠那丫头还挺执拗，"姐姐是去服侍堡主的，（你再提这事儿，可别怪我跟你翻脸！）还是戴些珠翠才好看。这个玫瑰珠花怎么样？"

我不跟小孩子打嘴仗，眉头一皱，煞有其事地跟她说："你们那个堡主，喜欢清水出芙蓉型的。"见她们一脸的懵懂，我耐心地解释，"就是妆容清淡的，这叫投其所好。"

两个人似懂非懂地点点头，乖巧地说："姐姐心思灵巧，才能得到堡主青睐。"

我看着她们稚嫩的小脸，想起自己这么大的时候，应该上小学六年级或初中一年级吧，还在妈妈怀里撒娇呢。真不知道是古人早熟，还是古代世道逼人，生生将祖国花朵逼得如此早慧。

有一个小丫鬟进来，"桑妮姐姐准备好了吗？堡主已经用过晚膳了。"

我一听，大限已到！咬咬牙，该来的总是会来，看我怎么凭借三寸不烂之舌将他侃蒙，让他彻底失去战斗力。

出了房门走下楼梯，楼梯上上上下下都是搂着姑娘调笑的猥琐男子，醉醺醺地由着花红柳绿的姑娘带到房间里，啪的一声关上房门。

下午寂静的大堂，此刻灯火通明、人声鼎沸，莺歌燕舞，纸醉金迷。每张桌子都坐满了人，乐台上几个美貌女子弹奏着曲子助兴，可是根本听不清奏的是什么，嘈杂的声浪一波高过一波，可是即便再高的人声，都压不过夏妈妈的花腔女高音。

就见她花蝴蝶似的穿梭于客人之间，手里的锦帕一扬，夸张地冲一个猪头一样的男子招呼道："哟！这不是侯二爷吗？今天早上我就听见门口的喜鹊喳喳地叫个不停，就知道有贵客临门了，这不，把您给盼来了。"接着扬声唤道："翠环，翠环，快看看谁来了！你不是一天念叨八百遍'侯二爷、侯二爷'吗，怎么二爷真来了，你倒耍开小性子了？"

早有个身材丰腴的姑娘手里绞着手帕，做委屈状。夏妈妈又扭头埋怨快流出口水的侯二爷，"我说侯二爷，我可是忍不住倚老卖老说您两句，我们翠环姑娘见天儿地念叨您，吃不下饭、睡不着觉，别的客官一概不见，只等着您来，您倒好，三天没踏入我们染香楼，可怜我们翠环姑娘相思成疾，瘦了一大圈！"

我看了看那姑娘，这要是已经瘦了，真不知道她原来什么样。

说得猪头侯二爷不住地搓手，"我，我家那个婆……婆娘看得紧，不，不然早……就来了，我，我可是没……没有一天忘……忘了翠环姑娘的。"听，还是个结巴。

夏妈妈眉开眼笑，反手推了推翠环，"我早就说，侯二爷对翠环是真心的，这丫头还不信，整天哭哭啼啼说您心里没她。"

"绝……绝对真心！"侯二爷拍着胸脯。

"得了，姑娘也别恼了，快好好服侍二爷吧！二爷一高兴给你买花戴。"

"对对对，爷……有……有银子。"

翠环这才半推半就，故作娇嗔地倚在侯二爷怀里。

夏妈妈早就转战到另一名尖嘴猴腮的男子面前，"哟，孙大爷，什么风把您给吹来了，真让我们染香楼蓬荜生辉啊！……"

太佩服了，这才叫左右逢源，八面玲珑，见人说人话，见鬼说鬼话。与夏妈妈相比，我真是小巫见大巫，除了废话连篇，说不出任何有建设意义的真知灼见来。

我正对夏妈妈的表演佩服得五体投地时，一只爪子搭在我肩上，引得我惊叫出来。一股难闻的酒味冲面而来，是一个打着酒嗝的男人，脸都喝成猴屁股了还嬉皮笑脸地看着我，"这个妞儿新来的吧？没见过，真是水灵。来来来，陪爷喝一杯！"说着就伸手搂我的腰。

我一闪身，他扑了个空，有些恼怒，"爷看得起你，你别不识抬举！"

我傻愣着不知如何是好。夏妈妈早一阵风似的飞过来，"客官客官，这姑娘是新来的，不懂事，您别跟她一般见识，我替她给您赔个不是。让我们花魁牡丹姑娘来好好陪您喝一杯。"

说着拉过一个貌美如花的女子，妩媚娇柔，身姿婀娜，真不愧有花魁之名。那女子娇笑着，"爷好酒量，让牡丹陪您吧！"那男子早就看直了眼，不再纠缠我，搂着牡丹走了。

夏妈妈这才转过脸来盯着我，脸上全没了笑意，堪比川剧的变脸，冷然对我道："快去吧！别让西门堡主久等。"

我尴尬地点点头，这个地方我多待一会儿都要抓狂，赶紧低头溜边儿随着给我领路的丫鬟出了大堂。

到了园子里，我心有余悸地扭头看去，偌大的染香楼在灯火的映衬下，如喧嚣的鬼堡，雕花的窗扇上映出如鬼魅般绰绰的人影。女人诱惑的娇笑声，男人放肆的高呼声，再加上柔媚的丝竹声，所有的声浪汇集在一起，在周遭寂静的夜里越发让人脊柱发凉。此时此刻我只有一个念头，我一定要离开这里。

现在的我视它为鬼堡魔窟，我不敢去想几个星期后抑或几个月后，我会不会跟楼里的姑娘一样，媚眼如丝地说："爷可来了，桑妮倚门而待，相思成疾……"

这个非人类的想象让我大大地哆嗦了一下，太可怕了。这是个大染缸，我自问没有长风那样超人的意志力，抵挡不了诱惑和威胁，那我的下场早晚就会和那些姑娘一样，沦为男人的玩物。无论如何，我要在沉沦堕落之前离开这里。

夜晚的风清凉舒爽，我一路心事重重，一抬头，已经到了沁茗轩。远处的喧嚣只是隐隐而闻，越发衬得四周静谧，只听见夜风吹得竹叶沙沙地响，空气中萦绕着栀子花香和露水的清新味道，我顺着青石小径来到屋前。

随行的小丫鬟为我打开屋门，一股沁人心脾的茶香扑鼻而来，霎时安抚了我混沌烦躁的心境。我受了蛊惑般地举步进屋，身后的小丫鬟在外面关上屋门。

我下意识地扭头，看到紧闭的房门，刚刚平复的心情又抽紧了。回身看到那个邪肆慵懒的男人，依旧倚靠在软榻上，一双桃花眼似笑非笑地看着我。我倒吸了口凉气，扭头就跑，与其对着这个危险的雄性动物，我宁可回到楼里去面对那一帮群魔乱舞。

我的手刚搭上屋门，身后就传来一声嗤笑，随即一个懒洋洋的声音响起，"桑妮怯阵了？还是迫不及待地想去接客赚银子？其实你将庆华服侍好了，庆华一样不会亏待桑妮。"

我听着他那软绵绵的话语就一个头变成两个大，迟疑地回头看他，他笑得更加狡猾得意，却偏偏还要做出一脸忠厚相，关切地说："出去会被打折腿的，还是过来坐吧，庆华又不会吃了你。"

我在被他吃了和打折腿之间踌躇了一下，泄气地走过去与他隔着茶桌相对而坐。

他上下打量我，笑意更浓，"绿色很衬你，有股清新脱俗的气韵。"

我苦着脸，"多谢西门堡主夸奖，我其实就是俗人一个，见钱眼开，见利忘义，有奶便是娘，有银子就是爷。我这么一个俗得人神共愤的人，只配做些扫地倒茶的粗使活计，实在不行，您让我当账房收银子吧，日日点钱点到手软，我做梦都能笑出来。"

"那岂不是暴殄天物。"他边笑言，边抬手为我倒了一杯茶，我这才发现桌子上摆了两只白玉茶盏。他自己执起一杯，黑曜石样的眼睛带着宠溺的笑意看着我，像在看一只家养的宠物，"尝尝这个茶，是今年的'敬亭绿雪'，桑妮一定喜欢。"

我看着白玉的茶盏中掬着一捧淡碧色的茶水，咽了咽口水，没敢动。代价太大了，下午喝他两杯茶，结果把自己赔给他了，我还敢喝？

他见我不动，也不十分劝，笑了笑，自顾自地饮茶。我枯坐无事，渐渐眼皮打架，一早就被锦夜拎着头发弄醒了，又要死要活地折腾一整天，此刻我真是坐着都能睡着。

西门庆华喝了三杯茶，见我都快睡着了，不禁冲着我腻声道："桑妮不是信誓旦旦说懂得如何以色侍人吗，怎么自己先睡眼蒙眬了？要庆华抱你上床吗？"

我一下子睡意全无，伸手胡乱搓搓面颊，大敌当前，需严阵以待，我怎么如此掉以轻心？下意识地伸手去拿茶杯，看到他笑得跟狐狸一样狡黠，心中一时警铃大作，这小子不会在茶里下了药吧？古人都好这个，想想锦夜曾对长风做的事儿，我哆嗦一下，我可没有长风的自制力，若是哭着喊着欲女上身，多丢人。

不过貌似一直冷场对我没什么好处，一会儿惹得他不耐烦了，直接用强怎么办？虽然我觉得我的容貌还不至于让他色迷心窍，无法自持，他西门大堡主什么绝色美女没见过？不过男人这东西不好说啊，兴致上来了，母猪都能看成双眼皮，更不用说我与母猪相比那简直就是天仙下凡！

"那什么，我倒不是很困，不如咱俩先聊聊天。"

"也好，"他以手撑颐，"长夜未央，先交交心更能助兴。"

跟你交心？你有心吗？典型的腹黑男！心里骂着，嘴上却不敢这么说，只能搜肠刮肚地想话题，"不知西门堡主前来京城有何贵干？"（潜台词是：你怎么不老老实实地在洛城待着，晃悠到这儿干吗？）

"庆华每年都会前来京城小住一两个月，一来巡视北面的生意，二来打点京城的官员。"

"那京城这边平日由谁打理？"

"是庆华的六叔，常驻京城，打理风云堡北面的生意。"

"噢！还是家族企业。其实生意若想做大，长盛不衰，还是要任人唯贤，广纳有识之士，分级逐层管理。若只是以亲友为主管，容易产生纠纷瓜葛，拉帮结派，反而不能万众一心。到时候不但生意上停滞不前，不好推动发展，还会亲朋反目，徒生间隙。"

他没吱声，喝了一杯茶，才幽幽说道："不想桑妮对买卖生意还见解独到，庆华愿闻其详。"

我一下子找到了用武之地，我是学什么的？学的就是企业的经营管理。虽然这个专业不是我喜欢的，大半的知识早就还给老师了，但是好歹浸淫了四年，用现代先进的企业管理知识将一个古人侃蒙还是绰绰有余的。

我两眼放光，跟打了鸡血似的开始口若悬河。我先从周三多先生的管理学开始讲起，还有美国彼得·杜拉克和罗宾斯管理理念，内容涉及广泛，从企业文化、人才培养、领导的行为艺术，一直讲到工业工程的核心是如何开源节流，使利益最大化。我兴之所至，还跳起来拿过纸笔，给他画下各种管理分析图，什么金字塔管理模型、波特五力分析模型、SWOT矩阵分析、5W1H的六何分析法（WHY、WHAT、WHERE、WHEN、WHO&HOW）……（西门庆华听得一愣一愣的）别看我学得不怎么样，画图可是手到擒来，很有几分我们讲师边画边讲、手舞足蹈的风范。到最后，我意犹未尽地讲起国内外知名企业的管理案例……直讲到晨曦初露，天色微明。

我感觉我就像是《一千零一夜》里的山鲁佐德，不同的是她是为了性命而夜夜讲故事，我是为了保住自己而绞尽脑汁。难得西门庆华还是个好学生，听我白话一宿竟然依旧毫无困意，只是脸色略微苍白，真跟纵欲过度一个模样。

一群小丫鬟端着盆和洗漱用具鱼贯进来，都小心翼翼地窥着我，我自己洗了脸，又用青盐刷了牙。早有丰盛的早膳摆在桌上，我说了一晚上的话，又累又饿，很没形象地自顾自地坐到桌前大吃起来。

西门庆华宠溺地看着我，亲自给我布菜，让我很是别扭。怎么跟老夫老妻似的？

他自己吃得很少，不紧不慢地吃了几口点心，又喝了点儿粥，就着丫鬟的手用茶水漱了口。之后，他走到仍在埋头苦干的我身前，伸手拍拍我的脸，"我还得去商铺转转，你也是一夜未眠，上床去睡会儿，乖乖等我回来。"

旁边凝神屏气、肃穆着大气也不敢出的小丫鬟们明显脸色微红。我很是郁闷了一下，拜托能不能别把话说得这么暧昧不明。嘴里嚼着东西，我闷声地嗯了一声，惹得他眉开眼笑，又跟挲小猫小狗似的揉揉我的头，才出了门。

我吃饱喝足，困意上来了，感觉眼都睁不开，跟跑着扑倒在床上，那床柔软而芬芳，跟西门庆华身上的味道一样清新好闻，不过我却一下子跳起来，不愿再躺在床上。我对味道很敏感，陌生的味道总是让我紧张，况且我不喜欢躺在一个男人的床上，很别扭。无奈之下，我又半倚着躺到软榻上，朦胧间下意识地去抓长风的手，抓了个空，心中酸酸的，只能自己左手握右手，在假想的慰藉中跟死了一样地睡去。

我一直睡到下午才爬起来，好在没有人打扰我，让我睡了个自然醒。揉揉睡酸了的脖子，我从软榻上出溜到地上，四下静悄悄的，我发了一会儿呆，不知身在何处。懵懵懂懂地想着干点什么好呢？须臾一拍大腿，跑吧！趁着那个腹黑男不在，赶紧逃吧！那家伙当我傻呀，乖乖地等着他回来。

我向来是个实战派，想到的就马上去做。伸手拉门，太好了，没上锁！我出了门撒腿就跑，一路机警地借着大树和回廊的掩映。西门庆华说过，整个染香楼没有后门，只有一个正门。我就要趁着现在还没有上客，大家都在休息，赶紧溜出去，至于出去后干什么我还真不知道，不过我从来都是只顾眼前，不管今后，相信车到山前必有路。

我顺利地摸到染香楼的正楼大堂的屏风那里，竟然一个人也没碰上，我都奇怪自己的好运气，天助我也。欣喜若狂地转过屏风向着自由大门奔去，却在大堂的正中来了个急刹车。因为那个西门庆华正优哉游哉坐在椅子上喝茶。看见我一脸见了鬼似的呆滞表情，还微笑着跟我打招呼，"桑妮睡得可好？这么着急是要去哪里啊？"

我傻笑一下，比哭还难看，没话找话道："西门堡主，您什么时候回来的？"

"早就回来了。"他笑容可掬，"在院子里看到桑妮跟没头苍蝇一样东跑西撞，还不时躲到大树和柱子后面，"他貌似忍笑忍得很辛苦，"庆华特意到大堂里来等你，这都喝了三盏茶了，桑妮才过来。你再找不到这儿，庆华都要睡着了。"

真让我气结，原来这个西门大堡主早挖好了坑等我跳进来呢！我一生气，自然没有好脸色，冷哼了一声，"西门堡主忙了一天也不累，还在这里守株待兔，真是好兴致。"

"不累，不累！"他好脾气地分辩，"不如昨天晚上累！"你这话是什么意思？

眼看我眼里能冒出火来，他更高兴了，招手叫我过去，凑到我跟前，跟说悄悄话似的，"那桑妮告诉我，你这风风火火的，不会是专程到这里等庆华回来吧？"

我等你个大头鬼！不是碰见你，我早就逃出去了。

见我面沉不语，一脸懊恼，他又好心地劝我，"要说，今日庆华也算救了你一命。桑妮也太小看染香楼的守备了，你以为没人看见你满院子乱跑吗？是我特意嘱咐护院不要现身吓到桑妮，不然被护院家丁捉住，会是什么下场你知道吗？可没有打折腿这么简单！"

我听了脸都成了猪肝色，我说怎么一路上没见人拦我呢！我还窃喜自己神通广大，能够逃出生天了。不过我一向倒人不倒场，煮熟的鸭子肉烂嘴不烂，不禁鄙夷道："你是不是要说上一个逃跑的姑娘已经被制成人皮地毯铺在你屋里了？"

他做出一脸惊惧状，"我们染香楼可做不出那么伤天害理的事！"

哼，怕了吧！我不禁得瑟了一下，还想吓唬我，我可是名副其实被吓大的。我正得意，就听他低眉顺眼地说："就是让几十号家丁轮流教训了她一下。打那以后，敞开大门让她跑，她都不敢跑了。"

哇，几十个，还轮流！算你狠！我很没用地咽了口口水，好女不吃眼前亏，我给你个台阶下，"西门堡主，我就是睡醒了没看见你觉得闷得慌，于是出来转转，顺便看看你回来没有。"说完我就想扇自己个嘴巴，太没骨气了，白跟长风待了一个月，有人家的十分之一，也不至于这么窝囊。

"哦？"他挑了挑眉毛，装腔作势道："真让庆华受宠若惊啊！"说着不见外地揽了我的腰，"我也是心系美人独守空房，一路马不停蹄地赶回来，不想桑妮与庆华如此心有灵犀。"

我一闪身避开他的魔爪，真想问问他，这么演戏有意思吗？连个观众也没有。要说他要是在现代，不进娱乐圈都可惜。不禁冲着他感慨，"西门堡主真是人生如戏，戏如人生！"

他笑得越发谦逊，"这可是庆华听到过的最中肯的褒奖。"

碰到这种人，我很无语，只能愁眉苦脸地由着他将我带回了沁茗轩。

他没有进正屋，而是拉着我进了西厢房。那是一间超豪华的浴房，地上以汉白玉砌出一个浴池，池底以黑金石镶嵌出古朴的图腾花纹，池子四周是兽头，张开的嘴里冒出热水，注到池中，空气中弥漫着百合花的清香。

西门庆华揽着我的肩膀，神色暧昧地轻抚我的面颊，似乎已经情不自禁。我感觉他贴着我，身上散出热气，跟发烧一样，手指却是冰凉的。（不会是欲火焚身吧？我有这么大的魅力吗？）

他抬手解开我衣服上的软缎腰带，我大惊之下赶忙握住他扯我腰带的手。他扫了我一眼，漆黑的瞳仁中满是警告之色。

我怔了一下，直觉告诉我没这么简单，他有事想避开众人。于是不动声色地放下手，由着他为我将外衣褪去。他边为我宽衣边对跟随着的几个小丫鬟道："你们不必伺候了，庆华要与桑妮鸳鸯同浴。"

几个小丫鬟羞红了脸，躬身退下。偌大的浴室只剩下我们两个人。我木然呆立，不知他葫芦里卖的什么药。

西门庆华放开我，自顾自地脱去暗碧色外衣，低声呻吟着坐在浴池边的软椅上。

不会吧！我还没碰你呢，你就发情了？

"过来！"他开口叫我，声音中透着暗哑，似在忍痛一般。

我听着觉得不对劲，不禁扭头看他，这才发现，他只穿着白色的中衣，侧腹部的衣服渗出鲜血，晕染了一大片。幸亏他的外衣质地厚实，颜色又深，血没有透到外面。

他自己掀起中衣，腹部上缠着厚厚的白布，已被鲜血浸透。他吃力地打开一圈圈的白布，不住地喘着粗气。

以我见到流浪狗都要哭一鼻子的圣母天性，立刻不计前嫌地跑过去帮他。我为他解下层层白布，赫然发现他的侧腹上有一道十公分的伤口，伤口很深，似是被刀剑刺到的，两边的肉都翻起来了，已经有些化脓，看上去已经伤了有几天了。怪不得他身上这么热，还真是发烧了，难得他一直忍着，掩饰得那么好，面上竟然没有带出来。

此刻我看着他的伤口，用解下的白布按住止血，一边焦急地问道："你有没有什么药？"

他颇为惊讶于我的镇定，目光中透出赞许。他哪里知道，我可是被长风一身的伤给训练出来了，已经做到直面鲜血，连眉头都不会皱一下。

他从身上翻出一个小盒子，上面写着金疮药，"只有这个，我今天在巡查药铺时趁人不备顺手拿的。"

我不禁抬眼看了他一眼，他堂堂的西门堡主，竟然沦落至此，到自己店铺偷药去了。我见他眉头紧锁，全然没有以往的轻浮之色，料到他必是遭到算计，却不想让染香楼的人和他的手下知道。

还好伤口在左边，这要是扎在右腹部，碰到脾啊肝啊的，也就没命了，我看着他依旧冒血的伤口皱眉道："这可不行，伤口太深，血止不住，得缝合一下。"

我从随身带的荷包里翻出针线来，幸亏古代女性为了做女红方便，总是在随身的荷包里带着针线，此刻让我就地取材了。

我想了想，又褪下自己的中衣，身上只剩下肚兜了，凉飕飕的，赶紧将被他脱下的外衣披上。抬头见他一脸痴呆的表情，直勾勾地看着我，不禁怒不可遏，都什么时候了，还如此好色不堪！

带着气将衣服撕碎，拿起一块布轻车熟路地到浴池里浸湿，然后为他清洗伤口。说起来，我穿到古代还真没闲着，四处从事我的护士大业，可惜我不是学医的，不然都能开家医馆，悬壶济世了。

清洗过后，我见他伤口处的皮肉都翻着，不禁皱了眉头，这要是感染怎么办？染上破伤风，一样翘辫子。扭头一看，旁边的桌子上摆着水果点心，还有一壶酒，是为了沐浴时饿了吃的。眼睛一亮，拿起那壶酒打开闻了闻，还是高度的烈酒，马上倒在布上为他伤口消毒。碰到他时，他叫了出来，我恶声恶气地说："你叫吧！一会儿就将外边的人都叫进来了。"

他咬着牙不敢再出声。我虽然嘴上说着狠话，但也不禁轻手轻脚起来。我又用酒洗了手，接着拿起针线在酒里浸了浸，举起来对着他，毕竟是缝人肉，一时也不敢下手。

见我手一个劲地抖，他面露质疑惊惧，颤声问我："你……缝过吗？"

我想起曾经钉过的纽扣和缝过的袜子，坚定地点点头。

他拍拍胸口，给自己压惊，连声说："那就好，那就好……"

我凝神屏气，刚要动手，忽然想到一个很重要的问题，不禁面色凝重地问他："你说，我还用在线尾打个结吗？"

他一副见了鬼的神情，与我大眼瞪小眼，半天才舔了舔嘴唇，带着商量的口吻说："我觉得，还是打一个结比较好，免得你一用力把线扯过去，我就白挨一下扎了。"

我两眼放光，"不想西门堡主人中龙凤，对女红还有如此造诣，佩服佩服！"

"过奖，过奖。"他很谦逊。不过我看他脸色刷白，随时都可能晕过去。

我作势扎针，手在半空又顿住。他哀号道："又怎么了？你要缝就快缝，别老吓唬人行吗？"

"对不起，对不起，浪费您感情了，我就是想起来用不用您先喝点酒，醉了就不疼了。"

他苦着脸看着我，跟我推心置腹，"别的庆华不敢说，但是单就酒量而言，还未逢过敌手，千杯不醉有些言过其实，但是三坛五坛还是不在话下。我记得上次醉酒是我十六岁那年，娶了第一个侍妾，一时高兴喝下……"

"行了，行了！"我打断他，我可没兴趣听他的早婚史，我也没处给他找那么多酒去，"不喝也好，你受了伤也不宜喝酒，更不能沾肉食荤腥。"

我抓起他的外衣，递到他嘴边，命令道："咬着！"

他顺从地咬住衣服。我又吓唬他，"你用手抓住椅子沿儿，别乱动。"

他点点头。

"还有，不许踢我打我，要不然，我就给你绣个乌龟在肚皮上！"

他一把抓开嘴里的衣服，"你快点行吗？一会儿天都亮了！"

其实我是紧张才话多。我哆哆嗦嗦地拿针刺入他的皮肉，他闷哼一声，身子都绷直了……

我都不知道是怎么给他缝上的，缝完后，一屁股坐在了地上，虚脱了一般。

西门庆华哼哼着吐掉嘴里的衣服，硬撑着看了自己腹部一眼，差点儿没哭出来，"你……你做过女红吗？"

我这才有空暇欣赏我的杰作，确实针脚大小不一，歪七扭八，很丑陋。我尴尬不已地挥挥手，"我已经是超水平发挥了，上次我帮我娘缝被子，剪刀都缝在被套里了。"

他吓得赶紧看自己的肚子，又伸手按了按。我拍掉他的手，又做了一遍消毒工作，抹上一层厚厚的药膏，才用刚才撕碎的衣服给他包扎上。值得庆幸的是，伤口合拢，已经不像刚才那样汩汩冒血。

我七手八脚地将浴室里收拾了一下，将地板上的血都仔细地擦干净。我这才明白为什么他在浴室里疗伤，这里香味浓郁，此刻已经闻不到血腥味，而且偌大的房间，只有一扇小窗户，为怕透风，还关得严严的，浴室里水流哗哗作响，可以掩掉他的呻吟声。我不禁感慨这个人还真是心细如发。

我从池子里舀出一盆水，打湿了我俩的头发，配上我们蹒跚的脚步（他是虚得，我是吓得），还真像一对欲火焚身的野鸳鸯双双出浴。都忙乎完了，才将一团染血的布藏在怀里，扶着他回了正房。

交易

进了屋，我把他放躺在床上，他睁着眼睛，似乎毫无睡意。我关上门窗，浑身乏力地靠在软榻上，忍不住轻声问他："你得罪什么人了？把你伤成这样，还不敢声张？"

"唉，家门不幸啊！"他幽幽叹口气，"我六叔西门宏昊掌管北方多年，势力渐强，我听闻他有篡权之心，于是北上督察。谁料几日前刚到京城，就遇了埋伏，我带的几十名暗卫死了大半，我也身中一剑。"

"哦！所以你不敢住在京城分坛，找个由头，住到这里来了？"

"我借口分坛口年久失修，让他们重新修葺，就落脚在染香楼了。可是这里也不安全啊！到处都是他的人，但总比分坛口好些。"

"那为什么你六叔没有对你赶尽杀绝，还由着你日日巡查店铺，四处走动？"

"他为人谨慎，一击不中，不敢再贸然行事。他也不知我中了一剑，对我还颇有忌惮。况且他以为我不知道是他做的，我见了他也依旧行叔侄之礼，权当没有遭到埋伏这事。我若如惊弓之鸟，或者露出戒备之意，他早已痛下杀手，我只日日如常，他以为我胜券在握，反而不敢把我怎样，只想着将刺杀我的事掩饰过去，再寻机会。"他冷哼了一声，"我西门庆华遭他算计，也只会有这一次，怎会再给他机会。"

"露馅怎么办？"我惊问他。

"我已飞鸽传书，调派总坛的人马过来，只需忍过这几日。"他的声音透着运筹帷幄的笃定，让我也安心下来。

我刚松弛，又腾地坐起来，颤声问他："你都告诉我了，不会杀我灭口吧！"那我可冤大了。

他轻笑了一下，"暂时还不会。这染香楼里的人我一个也信不过，所以昨日留你在身边。没你这个挡箭牌，我那六叔肯定会邀我迁去京城分坛口下榻，那里机关重重，且完全是他的地盘，所以你得陪我演完这场戏。"

我泄气地躺回到软榻上，我说他怎么偏偏一眼就看上我了呢？我还以为是他有眼光呢，原来是拿我当幌子，拖延时间，骗过西门宏昊。

"那我为什么要帮你？"我气鼓鼓地问。

他哑然笑了起来，仿佛我问了一个很愚蠢的问题，接着耐心地向我解释，"帮我也是帮你自己呀！外面都知道你是我的人，若我有不测，他们又怎会放过你？必会将你斩草除根。"

我晕死，怎么我就成了那个草的根了呢？心中不忿，却也不得不承认他说的是实情。我在软榻上翻身睡去，懒得再理他。

过了一会儿，他哼哼着叫我："你过来！"

我简单干脆回道："不去！你别打歪主意。"

我对他是有戒心的，这个家伙可不如长风让人放心，我信不过他。

他哀叹，"你这个女人怎么一点怜悯之心都没有？我就是想让你给我倒杯水。我失血过多，躺在床上奄奄一息，喘了这口气都不晓得下口气还有没有命捎上来。我死了不要紧，可怜我家里二十八房侍妾（二十八个？他没有精尽而亡真是奇迹）都得守寡。玉儿和冰儿对我最是情深意切，再殉情随我而去，你手上可就沾了三条人命……"

都是什么跟什么呀！我好心救了他倒成了刽子手。我最受不了别人跟我装可怜，虽然明知他离死还远，但还是从软榻上爬下来，倒了杯水递给他。他接过一饮而尽，继续躺下哼哼。

他吵得我睡不着，我气得骂他，"放心吧，你要是真死了，我就南下去洛城告诉你那些老婆，赶紧改嫁，省得你死不瞑目。"

他听了马上不哼哼了，"那我还是别死了。二十八个老婆，二十八顶绿帽子，还不得压得我几辈子都无法转世投胎。"

隔了会儿，他又叫我："桑妮，咱们两个如此有缘，长夜难眠，说说话也好。你倒是坐过来点。"

我哪敢呀！闷声对他说："您也早点安寝吧，别出什么幺蛾子了。我们家乡有句话叫距离产生美。咱们还是离远点吧，省得相看两生厌。"

"也好，养精蓄锐。"说着，他挣扎着探起上身，见我缩在软榻的角落里远远地躲着他，忍不住向我道："庆华身中一剑，元气大伤，你别借机欺辱庆华就好，（没天理了，还怕我赖上了你？）我现在可是对着天仙都提不起兴趣。再者我家里有几十个侍妾，个个如花似玉，如狼似虎。难得庆华出来休息休息，你就放心睡吧！"

我一听，不禁对他也多了几分怜悯，这年头，大家都不容易。谁说妻妾成群是福气？个中甘苦也是如人饮水冷暖自知啊！

不过说来我也得感激他，不是他将我当演戏用的幌子，我恐怕已经开始接客了。唉，想都不敢多想，我一个二十一世纪的知识女性，到了古代竟然沦落至此。我现在开始后悔自己百无一能，尤其是歌舞一项，实在给穿越女丢脸，连最容易发家致富的穿越圣地——青楼，都没本事在这里呼风唤雨，只能陪着这个家伙演戏。

我一觉睡到天亮，西门庆华已经起来了，自己在穿衣服。他步伐稳健，也不再发烧，到底年轻，体质又好，经过一夜的休息，看上去好多了，又端出西门堡主的风范来，全然不是昨天晚上的可怜相。只是他面色还有些苍白，我正想问他需不需要涂点胭脂抹点粉什么的遮遮，屋外已经传来一个男子洪亮浑厚的声音，"庆华，起了吗？六叔是不是来早了？"

他向软榻上的我递了一个眼神。我是谁呀！心领神会地跳起来，三两下扒下身上的外衣，钻到床上的被子里，只露出头来。

西门庆华这才起身开门，笑容满面道："六叔早啊，庆华已经起了。"

一个四十多岁的男子探头冲屋里看了看，看到我躺在床上，又缩了回去，"庆华雅兴，金屋藏娇，我就是想来跟庆华你商榷一下京城银庄的生意。"

西门庆华拖着一贯的懒散声调，"庆华求之不得，请六叔到大堂稍候，等庆华梳洗过后再让人去请六叔。"

西门宏昊走后，我爬起来，"你们聊，我先躲躲！"

他笑了笑，走过来，拍拍我的脸，"丑媳妇总要见公婆嘛！庆华父母早逝，见见我六叔也是应该的。桑妮就在屋里待着吧，哪儿也不用去，咱们的戏还得演下去，别让我六叔起了疑心。"

我是碰到一个吃定我的人了，泄气地最后讨价还价，"那你答应事成之后，放我自由，我就帮你。"

他柔声道："桑妮怎么不问问庆华，若你不帮我，我会如何待你呢？"

腹黑男，太让我无语了，还没过河呢，就拆桥！我近乎哀叫，"怎么也不能让我白忙乎吧！"

他貌似认真想了想，用软得像丝绸一样的声音说："事成之后，我娶你做我的第二十九房侍妾如何？"

"那还是算了吧！权当我扶贫了！"我一把推开他，不再理他。

洗漱过后，珍珠和琥珀进来为我梳妆，我穿上绯色绣着海棠春困图案的抹胸，月白色的百褶裙，外罩一件霞色的轻罗纱衣。珍珠给我梳了个偏向一边的发髻，另一边垂下长发搭在胸前，很是妩媚。在我的发髻上插上羊脂玉镶红宝石的发簪，又埋了一把珍珠在我头发里，间或闪着润泽的光芒，眉心以一个花型的花钿为饰，最后为我薄薄地扫了一层胭脂，才算大功告成。

我对着铜镜一照，还真像个古代美女。连西门庆华见了都眯起眼睛打量我，须臾眼犯桃花赞许道："如此比较有说服力，六叔就不会质疑庆华的品位了。"

我气结，恨不得一巴掌打到他那张狐狸脸上。

过了一会儿，西门宏昊进来，我悄悄打量了一下，见他身材魁梧，仪表堂堂，面相忠厚，还真是人不可貌相。他也抬眼打量了我，对西门庆华说道："这位姑娘就是庆华中意的桑妮姑娘？"

西门庆华似笑非笑，"六叔人不在染香楼，倒是什么事也瞒不过六叔。"

西门宏昊面色微红，打着哈哈道："这两日见你精神困顿，脸色不好，可能太过劳累，于是找人询问了染香楼的鸨母，才知道你新纳了一位姑娘。"

西门庆华做出一脸的尴尬相，"多谢六叔关心。确是庆华纵情声色，让六叔见笑了。"说着还瞟了我一眼，貌似心照不宣。

我适时地柔媚一笑，"这可是桑妮的不是了，没有伺候好堡主，让堡主过于劳累。"说完自己都差点吐血，太没脸了！

西门宏昊意味深长地看了我一眼，对西门庆华说："京城分坛口已经修葺一新，还是回去住吧，总比住青楼好些。"

西门庆华抬手搂住我的肩膀，"分坛口掌柜伙计人来人往，庆华带着一名青楼女子怎好住在那里？不怕六叔笑话，庆华可是一日也离不开桑妮了。"

西门宏昊也不十分劝，不置可否地笑了一下，明显地不以为然。

丫鬟进来摆上早膳，我们三人围桌而坐，西门宏昊指着桌上的一碟风干鹿肉脯和鱼片粥对我们道："尝尝北方的野味海货，我特意让染香楼准备的。"

西门庆华身上有伤，吃了荤腥更易发炎，于是我如饿死鬼上身，差不多把发性的食物都揽到自己盘子里，大吃特吃，连西门宏昊都诧异道："桑妮姑娘好食量，染香楼平日不管姑娘们饱饭吗？"

我塞了一嘴的食物，不知如何作答，倒是西门庆华深情款款地又给我夹了一块鹿脯，"许是昨晚太过脱力。"

我差点儿没噎住，只能发泄似的往嘴里塞东西。我又郁闷了！

吃过早膳，撤了桌子，换上了一壶酒，西门宏昊对他侄子说："庆华啊！咱们叔侄很久没在一起喝酒了，今日就边喝边聊，一醉方休。"说着抬手亲自倒了两杯酒。

西门庆华面不改色，笑道："好。"

我一看这可不行，他现在喝酒会喝死的，我倒不是关心他死活，我是关心我自己！我权衡了一下利弊，他死了，我可没什么好处！

耳听他们叔侄二人谈起了京城钱庄的买卖生意，西门宏昊感慨现在银庄的生意越来越不好打理，我在一边上赶着插言道："银庄的生意是最难做的，往小处说，日日与银子打交道，一进一出，有贷有息，有利有率。往大处说，银庄的运转，把握着国家的经济命脉，关系到民生大计，牵一发而动全身，因此尤其要慎重经营。"

西门宏昊一脸错愕地看着我，西门庆华无声地一笑，向西门宏昊解释道："桑妮聪慧过人，对银庄的生意也是颇有心得。"

我谦虚地摆手，"不敢说是心得，不过是在家乡时听闻来自异域国度的商人曾说起他们国家的银庄生意，今日愿抛砖引玉，与西门堡主和六叔切磋一二。"

我花了一上午的时间给他们讲现代的银行运营模式，讲什么是金本位制，讲货币的发行和流通，讲信贷的资本运作……其实就金融这块儿我也只是知道个皮毛，讲不深透，好在他们叔侄二人思维敏捷，常常是我说出一二，他们就能自己琢磨出三四。让我不禁感慨，都是人才啊！

我尽职尽责地扮演着教师的角色，没想到我这个在学校里让老师叹气为"看着挺机灵，一沾学习就糊涂"的学生，跑到古代传道授业解惑来了。

我一边讲，一边给西门宏昊倒酒，他也是钻营此道成魔，听得入神就一杯杯地往下灌。到了中午，西门庆华还是一脸淡定的笑容，而他六叔已经双眼迷离，喝高了，跟看个宝贝疙瘩似的看着我，"没想到，真没想到，染香楼还藏有此等奇女子，桑妮姑娘所言真是闻所未闻，宏昊今日受益匪浅，多谢赐教。"夸完我，又转向西门庆华，"听闻庆华情迷一个青楼女子，做叔叔的本不相信，今日一见方知，庆华果真好眼光，竟找到这样一位才貌双全、聪慧绝顶的女子。"

西门宏昊醉眼蒙眬地走了。西门庆华走到我身边，"庆华没想到，还真是拾了个宝贝。"又好心地问我，"饿了吗？我让丫鬟端午膳上来。"

他不说还好，一提午膳，我差点儿没吐出来：早上那一盘子肉脯和一盆儿的鱼片粥我还没消化呢，还吃？

我蹒跚着站起，"不用了，我得出去走走！"

"我陪你！"他很体贴地说。

"算了吧，您还是到床上养伤吧！放心，我不会逃跑！我还不想知道你们染香楼都有什么刑法！"

他眉开眼笑，"庆华就喜欢和聪明的女子打交道。"

我嘴上说不跑，心里可是一分钟都没忘了这件事，借着散步遛食，我到园子里寻找机会。不看不知道，一看吓一跳，这个染香楼还真是戒备森严，三步一岗，五步一哨，不知哪棵树后面就藏着一个护院打手，虎视眈眈。哪里是青楼啊，整个一个监狱。

珍珠和琥珀跟着我，如影随形，两根小尾巴似的，我一个急转身，就能碰到她们的鼻子。我求两个小祖宗一边玩去吧，别老对我寸步不离，她们却义正词严地说："桑妮姐姐是西门堡主的人了，我们自是要尽心竭力地侍候姐姐。"

我晕！你们哪只眼睛看见我是他的人了？多了这么两根小尾巴，我逃离此地的远大志愿越发成了水月镜花。

一连几日，西门庆华早出晚归，他向我透露，他的人已经赶到京城，正在着手清理门户。我知道他已掌控了局势。后来为了处理事务方便，他搬到京城的分坛口去住，只是偶尔回来，又匆匆走了。

我独占了沁茗轩，只有珍珠琥珀陪着我，感觉非常惬意，都快忘了这里是青楼，很有几分古代二奶独守空闺的意思。因为大家都知道我是西门庆华的人，由得我优哉游哉，我成了青楼里名副其实的米虫。

要说在这里的日子还算过得去，这里可比慎行司的天牢强了不止千倍。至少，只要我不将逃跑付诸实际行动，还是不用担心会挨打的。只是我越来越惦记长风，总是会想起他垂头坐在地上的样子，心里很难过，不知道他现在怎么样了。

　　闲逛中，我发现沁茗轩的后院是一堵高高的院墙，我装作不经意问了珍珠，是否就是整个园子的院墙。珍珠告诉我，沁茗轩在整个园子的西北角，这堵墙后就是外面了。我听了激动得一塌糊涂，一下子想到了风靡一时的美剧《越狱》。人家在那么高科技的监狱里都能带着一帮牛鬼蛇神跑出来，一个古代的小小青楼哪能困住我这个现代精英呢？

　　我旁敲侧击地鼓动珍珠和琥珀，告诉她们外面的世界很美好，恨不得拉两个同盟。没想到她们两个脑袋摇得跟拨浪鼓似的，"桑妮姐姐，染香楼已经是京城最大的花楼了，别处还不如这里呢！"

　　我只好放弃发展她们，还是一个人干吧！一来这种事强迫别人不得，没有自觉自愿逃出火坑的觉悟，是无法树立不达目的誓不罢休的决心的；二来，我也不知道能不能成功，万一被抓住怎么办？岂不是害了她们？唉，不敢想，想多了就不敢做了。

　　由于孤军奋战，我又不敢告诉她们，只能利用夜深人静，她们两个在东厢房睡了，才跑到后院去挖地洞。我在后院找到一个破花锄，顺着墙根开始刨，再把挖出的土不着痕迹地铺到花圃里，走的时候，将一块旧毡子铺在洞上，盖上点儿土，不仔细看，倒也看不出来。

　　除了晚上打洞，白天睡觉，我整日没有别的事做，觉得有些烦闷，这古代也没有电视电脑之类的娱乐活动，实在是无聊。怪不得青楼的生意如此火爆，除了人饱暖思淫欲的本性使然，最主要的还是吃饱了撑的，没别的事做。

　　我是个闲不住的人，闷得发疯，也会找这里的姑娘们聊天。她们白天一般歇息补觉，但是午膳过后，会有音律和舞蹈的教习来教姑娘们。我若是上午睡足了，下午也会本着艺不压身的想法过来凑个热闹，虽然大多数的姑娘跟我保持着客气的疏离，但是时间长了，一来二去的跟几位勤学技艺的有志姑娘也混了个脸熟。

　　其中一个叫月瑛的姑娘，脾气爽朗，快人快语，我们常常在一起。我喜欢月瑛是因为她身上有一种阳光乐观的精神，整天嘻嘻哈哈的，很快乐，不像有的姑娘那样愁眉苦脸，唉声叹气。

　　她也跟我投缘，对我说道："都道你一来就被西门堡主看上了一步登天，必是眼高于顶，不想你这么好相与。"

　　说得我很不好意思，脸都红了，嗫嚅道："同是天涯沦落人，大家姐妹一场，不要生分才好。我见楼里的姑娘们不愿理我，也很是烦心。"这句话说完，我自己觉得终于找到了在青楼里讨生活的感觉了。

她柳叶眉一扬，"嗨！有的姑娘是不敢跟你多语，怕落个巴结新贵的恶名，有的是妒忌你飞上高枝成凤凰了，心里泛酸呢！我月瑛可不在乎这些，只要你不嫌弃月瑛，咱们以后姐妹相称如何？"

我当然说好。我怎么会嫌弃她呢？人各有志，你可以不认同别人的处事之道，但也犯不着就觉得自己高人一等。

女人天性喜欢打听他人情事，月瑛也不例外，神秘地问我："我们在一起也常常说起你呢，说说看，西门堡主为何对你如此青睐？"

我苦笑一下，怎么跟她说呢？只好敷衍道："我也奇怪呢。大约他一时看走眼了也未可知。"

她扑哧笑出来，"这就叫各花入各眼，总归是你的造化。及早做了堡主的侍妾，随他回洛城，离了这个火坑才好。"

我恶寒了一下，做那个腹黑男的侍妾？还是第二十九房。就算他夜夜笙歌，雨露均分，那一个月最多也就轮到一天。跟几十个女人抢一个男人，太恐怖了吧？他简直比足球场上的那个球还抢手！再说他不过拿我做个幌子，现在我也没什么利用价值了，他没有卸磨杀驴是还没腾出手来。于是赶紧澄清道："我可高攀不起！那个西门庆华对我不过是一时新奇罢了！"

她拍了我一下，笑道："要死了，西门堡主的名讳哪能这么口无遮拦地说出来？不过别人说不得，你却说得，西门堡主从没招惹过这楼里的姑娘，却一眼看上了你。即便是一时新奇，也让这楼里的姑娘艳羡得眼珠子都快掉下来了。"

我不禁问月瑛："染香楼的姑娘都希望得到他的垂青吧？"

"也不能这么说，我月瑛心目中的良人就要是像端清王那样的男子。"

"谁？"我看到月瑛一脸小女人的憧憬，不禁很好奇。

"端清王你都不知道？"月瑛很是惊讶我的无知。"他是当今圣上的堂弟，世袭了老王爷的王位，自幼聪慧过人，文武双全，当年京城诗会，端清王五步作诗，震惊全场。加之相貌俊逸秀美，超凡出尘，年过二十，却因先帝驾崩，守丧三年而一直耽搁了婚亲，他可是京城多少女子的春闺梦里人！"

听明白了，整个一个超级钻石王老五。

月瑛依旧面带无限向往的微笑，"三年前，我还未被买入青楼，一日随我姨母去城外的寒亭寺上香还愿，偶遇端清王。那日大雨，他还邀我与姨母到他马车中躲雨，他却自己站在外面都淋湿了。世人都赞他'君子端方，清雅如风'，果真是名不虚传。"

我本无可无不可地听着，面上挂着礼貌的笑容，忽然听她说道"君子端方，清雅如风"，不觉一惊，好像在哪里听过？我凝眉细想，想起来了，在慎行司的天牢里听锦夜对长风说的。

我强压住惊呼，只觉得心跳如鼓，仿佛被人抽去力气一般，颤颤巍巍问道："那……端清王的名讳是……"

月瑛看看四下无人，方心醉沉迷地自朱唇中吐出几个字来，"端清王的名讳是'沐长风'。"

沐长风？！我觉得一阵天旋地转，伸手扶住桌子才没有摔倒，好在月瑛仍沉浸在自己的情绪中，没有注意到我的失态。

"月瑛，你知道他现在怎么样了吗？"我情急之下，一把抓住她的胳膊。

月瑛一脸黯然，"我也是听找我的一个客官说的，端清王刚直不阿，两个多月前上书痛斥内阁首辅高大人的十大罪状，被皇上判入慎行司的天牢，生死不明。唉，听说京城好多姑娘都跑到慎行司外哭去了，有的还以死明志撞了墙，不过没死成，医治好了接着去哭。"月瑛一脸的惆怅，"我若是出得了这里，也要到牢外痛哭一场……"

"那他什么时候能放出来？"这是我最关心的问题。

她无奈地摇摇头，"我那个客官喝醉了酒告诉我高阁老还一个劲儿地上奏说端清王陷害忠良，一定要严惩，以儆效尤。"

随即她想起什么似的回过神来，一脸严肃地拉着我，"这也就是咱们姐妹间闲聊，对着外人，可不敢妄论朝政。"她又逼着我指天发誓不将今日所说告诉别人，才放我走。

我失魂落魄，身上一阵阵发冷。沐长风？长风！你现在究竟怎么样了？他们又打你了吗？那个妖孽锦夜又来折磨你了吗？

我又见过西门庆华几面，他的神色是越来越轻松，谈笑风生，倒是夏妈妈神色凝重，虽然极力掩饰，但是大家都能看出她的紧张焦虑，坐立不安，仿佛要大祸临头一般。

这日上午，难得珍珠跟琥珀被夏妈妈叫到楼里去帮忙，我惦记着我的那个逃生洞已经挖到墙下了，再努努力，应该可以打通，于是连觉都不睡，爬起来就奔后院了。

我挖的洞两尺见方，很快就能挖到墙对面去了，我看到希望的曙光，越发干劲儿十足。正在挥汗如雨，腰间突然被一个锐器抵住。我回头赫然看到夏妈妈拿着一把匕首顶着我后腰，她面色苍白，眼里闪着几近疯狂的光芒，直勾勾地盯着我，吓得我浑身都僵住了。

我以为她发现我逃跑的意图，结结巴巴地此地无银三百两，"夏……夏妈妈，我听说沁茗轩的后院有财宝，闲着无事，挖挖看看，万一能发大财呢，咱俩就一人一半。"

说完自己也觉得心虚，咽了下口水。她依旧盯着我，冷冷地说："墙那边是威远镖局，也是风云堡的产业。"

我一下子如泄了气的皮球，这些日子累死累活，又白忙活了！最郁闷的还是被抓个现行，狡辩的机会都没有。

我垂头丧气，想着不知道夏妈妈会怎样惩罚我，腿都直打哆嗦。夏妈妈推了我一把，"跟我走。"

她手里有刀，我只能乖乖地跟她走，脚下跟跄着一直被她押着进了沁茗轩的正房里。她要我将手背到后面，从怀里掏出绳子来，我略一迟疑，她一掌已经打到我的背上，力道很大，我直接仆在了地上。她上来将我的手从背后捆绑住，冷哼了一声道："老娘胳膊上跑马那会儿，你还不知道在哪儿呢！"原来还是个练家子。

我忍住牙齿打战，小声地哀求，"夏妈妈，我再也不跑了，我这就把那个洞填平了还不行吗？"说着都快哭出来了，真是很没骨气。

她由着我躺在地上，自顾自地坐到椅子上，"晚了，我已经派人去请西门庆华了。没想到，你得到西门庆华的垂青，竟然还想逃跑。暂且不说染香楼的家法，你可知道被他知晓会如何处置你吗？"

我听她直呼西门庆华其名，并未尊称为堡主，有些奇怪。事到如今，也知道求饶也不顶用了，只能心一横，"我不稀罕他的什么垂青不垂青的，只要他不打死我，我还跑！"

夏妈妈略微惊讶，点了点头，"难得你还是个有气性的。只可惜，惹了那个瘟神，只怕会让你求生不得，求死不能。"

我虽然吓得浑身发软，但是她话里那丝赞许和惋惜还是听出来了，仿佛看到了一线生机，"那您能不能别告诉他？留我一条命，我也好在他面前替您美言几句。"

她冲着地面呸了一声，"跟他美言？我恨不得吃他的肉、喝他的血，你跑不跑跟我毫不相干。不过，现如今，你对我还有用，我自是要留着你。"

我听得一头雾水，她不是西门庆华的下属吗？叛变了？还这么恨他。我转转眼珠，"不知夏妈妈要我做什么？"

夏妈妈恨声道："我看西门庆华还真是有几分在意你，我要用你换我的昊郎。"

要说我还真是脑筋转得蛮快的，昊郎？不就是西门宏昊，西门庆华他六叔嘛！

明白了！这夏妈妈和西门宏昊是一对儿，说好听了是情人，不厚道地说就是姘头。西门庆华掌控了大局，必是已经将他六叔拿下，夏妈妈想救她的老相好，就把主意打到我身上了。

窦娥是怎么死的？冤死的！我现在就比窦娥还冤。

我差不多要哀号出来，"夏妈妈您抓我是抓错了，我就是西门庆华的一个幌子。他假意对我有情，才掩住众人耳目住在染香楼，他哪里会在乎我的死活？您当着他面杀了我，他也不会皱一下眉头的。"那个狐狸腹黑男，我都能想象得到他一脸风轻云淡的欠扁样子。

夏妈妈不为所动，挑挑细眉道："哦？是吗，既然你没什么用，我现在就杀了你。"

"别别别！"我吓得惊叫，"要不您试试也行，死马当成活马医，万一他真瞎了眼看上我，舍不得我死呢！"

夏妈妈一下子泄了力气，仿佛很疲倦，"西门庆华果真是心思缜密，是我们太低估他了，早该想到他怎么会突然对一个青楼里的丫头这么感兴趣！现在说什么也晚了，我只有孤注一掷，拼死一搏。如果能救下我的昊郎最好，救不了他，我就与西门庆华争个鱼死网破，黄泉路上与我的昊郎也好做个伴。"

她声音颤抖，却透出几许真情，让我也不禁对她心生怜悯。有谁会相信，青楼的一个鸨母竟是如此痴情的人。我不禁扪心自问，换作是我，我有没有这个勇气搭上自己的性命只为救心上人一命？不过现在不是考虑这个问题的时候，首要问题是我如何救自己一命。

不过两炷香的时间，西门庆华还真如约而至，穿着一身碧色的柳叶暗纹锦袍，手拿折扇，踱着方步进了屋。

夏妈妈警觉地一把将我从地上拽起来，用刀比住我的脖颈，我感到颈间一阵冰凉，吓得寒毛都竖起来了。

西门庆华好像没看见一样，悠闲地自己找了椅子坐了，伸手抚平了锦袍的下摆，又啪的一声打开折扇，闲散着扇着风，这才抬头冲着披头散发、魂飞魄散的我露齿一笑。我看到他好整以暇的笑容，一阵心凉，不知他葫芦里卖的什么药。

夏妈妈看到他来，感觉有了希望，颤声道："西门堡主果真来了，咱们打开天窗说亮话，我要用这丫头的命换西门宏昊的命。"

西门庆华一脸惊愕，随即笑了起来，仿佛遇到天下最好笑的事儿，都快笑抽掉了。直笑得夏妈妈沉下脸来，他才勉强止住笑意道："庆华今日前来，不过是因为好奇，想看看夏妈妈还有何良策，不想夏妈妈果真给了庆华一个惊喜，竟然挟持了这个丫头，还要用她来换六叔，哈哈哈……"他忍不住又笑了起来，笑够了才吐出两个字，"不行！"

我那个气呀！这不是过河拆桥、卸磨杀驴嘛！虽然我不会奢望他真的拿西门宏昊的命来换我，但也该作作秀，先假意答应了，救下我再翻脸不认账啊！好歹我也救过他，他却如此忘恩负义，我后悔不迭，狠瞪了他一眼，心中大骂：早知道我就不救你了，让你流血流死，喝酒喝死，被你叔叔害死……

此刻我都能感觉到夏妈妈的绝望，因为她拿着刀的手直发颤，我欲哭无泪，您老别这会儿哆嗦呀！这一失手，您不想杀我，我也死翘翘了。

夏妈妈仍不死心，破釜沉舟道："你若不答应，我就杀了这丫头。"说着拿刀的手往里一收，我感到颈间有些刺痛，吓得魂飞魄散。

西门庆华的桃花眼扫了夏妈妈一眼，缓缓直起身，用他一贯的声调装腔作势道："不是庆华不想，这个丫头虽然算不上绝色，倒也可心可意，我也舍不得啊！可是夏妈妈说的条件，庆华实难从命。你若杀她便杀，下不了手，庆华还可以帮你。不过麻烦你快点，庆华还赶着去给六叔料理后事呢！六叔一直替风云堡打理北方的生意，没有功劳也有苦劳，突然暴毙，庆华也是食难下咽，悲痛欲绝。这会儿分坛口的灵堂都搭上了，死者为大，庆华可不想落个不孝的恶名。"他说完抬腿就要走。

夏妈妈抖得跟筛糠一样，呆滞片刻后，方难以置信地失神道："昊郎……已经死了？你……你杀了他？"

西门庆华笑容可掬，"六叔他老人家想要我的命，庆华自是投之以桃，报之以李。"

夏妈妈凄厉地叫了一声："还我昊郎的命来！"说着放开我，举着刀向西门庆华扑了过去。可是她哪里是西门庆华的对手，西门庆华只轻巧地一伸手，就抓住她拿刀的手腕，向后一掰，就听咔嚓一声骨头断裂的声音，夏妈妈惨叫一声，刀掉到了地上。西门庆华反手一推，夏妈妈仆倒在地上，门外冲进来拿着刀剑的护卫，作势要砍向她。西门庆华懒洋洋地拦住众人，"先押起来。"

夏妈妈在众人的按压下，费力地抬着头，厉声叫："西门庆华，你不得好死！"

西门庆华笑得更开心了，"别不给自己留后路，现在不得好死的是你跟六叔这对苦命鸳鸯！"

夏妈妈仿佛被人抽去灵魂一般，绝望地悲叫道："杀了我吧！黄泉路上，我也要与昊郎一同走。"

西门庆华笑道："六叔毕竟是庆华的长辈，所以庆华给他留了个全尸。对你，庆华可不会如此好心。"接着淡然吩咐道："挑断她的手筋脚筋，关到柴房去，今日割一刀，明日再割一刀……记得将她嘴堵上，免得她咬舌自尽。"

说着他走到我身边，亲自为我解开绳子。我颤声道："杀人不过头点地，你何苦为难她。"

他看着我，"她差点要了你的命，你还替她求情吗？敢要挟我西门庆华的人，自然不会有好下场。"他伸手为我拂去粘在脸上的发丝，异常温柔道："先歇会儿，我忙完了过几天再来看你，刚才她想杀你，庆华也是吓出一身冷汗呢！"

我看他神清气爽，丝毫没有半分出汗的迹象，闷声问他："西门堡主，这大幕都落下来了，您还这么入戏呢！"

他做出一脸的忠厚相，"庆华可是认真的。只要桑妮愿意，庆华可以让你呼风唤雨。"

错过

西门庆华走后，我想了想，还是去柴房看了夏妈妈，毕竟刚才她也只是吓唬我，并没有真的要我的命。柴房前有护卫把守，见是我，只当我是西门庆华的新宠，没敢阻拦，放我进去了。

柴房里光线很暗，夏妈妈手脚瘫软地被绑在立柱上，鲜血顺着她的指尖淋漓而下，嘴里堵着一团破布。我知道从听见西门宏昊死讯的那一刻，她的心就死了，可是现在却已是废人，求生不得，求死不能。西门庆华那家伙，睚眦必报，心狠手辣，必定不会让她死得安逸。

一阵不忍心，我上前拿下她嘴里的布。她干咳了几声，才将呆滞的目光移到我脸上，须臾，声音嘶哑地喃喃道："谢谢你！"

我摇摇头，不知说什么好，不敢再看她，只能转身向门口走去。

"你只有一个机会。"身后传来她空洞的声音，我一下子顿住，耳听她接着说道："染香楼没有后门，但是有一条密道，在园子东南角的莹贞阁。那屋子平日是锁着的，只有清倌人初夜，为图个好彩头，才会用那间屋子。你掀开八仙桌下的地毯，就能看见密道的入口。"

夏妈妈在我走后就咬舌自尽，追随她的昊郎而去了。

我本来怕西门庆华得到消息后会怪罪我，不过等了几天，也不见他兴师问罪，我渐渐放下心来。染香楼新来了一个何妈妈，圆脸庞，一团和气的样子，但是一样的精明，见了我客客气气的，一口一个"桑妮姑娘"叫着。

西门宏昊头七过后，西门庆华一身素服来到沁茗轩，一进门就仰躺在床上，枕着手臂。我如小媳妇一样远远坐着，小心翼翼地问他："都完事了，你怎么还不回洛城？"心中真希望这个瘟神快些走。

他慢悠悠道："清理了门户，空出好多空缺来，百废待兴啊！"说着侧卧过来，面对着我，"这些天我忙着六叔丧事，又忙着打点锦公公，没回来看你，桑妮可觉得寂寞……"

我一听锦公公，是锦夜！不禁问他："你认识锦公公？"

"谁人不识大内总管锦公公啊！尤其现在高首辅一倒，他老人家更是如日中天。据说被皇上御封为'镇天威武大将军'，说句不怕掉脑袋的话，说他'一人之下，万人之上'都是委屈了他。"

一个太监都做了大将军了，太疯狂了！不过他就是当上玉皇大帝都不关我的事，我只高兴高首辅的倒台，惊喜得不敢相信自己的耳朵，"高首辅倒了？"

西门庆华懒洋洋地一笑，"哪里还有什么高首辅？听闻他结党营私，贪赃枉法，几个月前端清王上书揭露他的罪名，现如今他都坐实了。皇上治了他的罪，昨日已经抄家了，唉，可惜了我送给他的那些银子，都充了国库了。"

我懒得理他的抱怨，焦急地问："那端清王现在怎么样了？既然高首辅倒台，端清王该无罪释放了吧？"

"端清王？这个……没听说。"西门庆华斜了我一眼，"你对端清王的事很关心啊！也是慕他之名吗？"

"随便说说而已。"我慌忙掩饰，忽然念及一事，"端清王有多少堂兄？"

"当今圣上就是他的堂兄，还有瑞景王、乐庆王、昌南王、平东王……"

"行了，行了，算我没问！"我打断他，谁知道哪个娶了长风的心上人。

西门庆华一脸的兴致勃勃，"不说旁人了，说说咱俩的事吧！"

我吓了一跳，"咱俩有什么事？"

他一脸委屈，"都道庆华宠爱一个青楼女子，又有谁知道这些日子来，庆华夜夜有美陪伴却一直守身如玉（呸，别糟蹋这词了），枉担了这'沉迷声色'的恶名。"

听他那意思是要将罪名坐实了。我呆坐半晌，悲从中来，突然号啕出来，吓了他一跳，"我救也救你了、帮也帮你了，你不知恩图报将我放了，还如此没心没肺！"

我委屈地哭出声来，忍不住大骂他是忘恩负义的小人。他也不恼，依旧一脸的笑意，慢悠悠地说："庆华可从未说过自己是有恩必报的正人君子，你帮我也是为了自保，又何须庆华假意称谢？再者你帮了庆华不假，可是这一个月来，庆华也保住了你的清白，不然，你现在早就开门接客了，哪还有工夫跟我这里哭诉呢？"

他好心地下床，递了一方锦帕给我，虚情假意道："别哭了，再哭可不好看了。咱们两个也算是患难与共，互有恩惠，庆华都不提让你报恩之事，桑妮还说什么还不还的见外话！"

他如此一肚子歪理，让我哭得更凶了，一把抓过他手里的锦帕，很没形象地擤了鼻子，又掷还给他。自觉已经哭得披头散发，状如女鬼，难得他还装出一副情意绵绵的样子看着我。

我又抹了把眼泪，问他："你觉得我比你家里的侍妾美貌吗？"

他不想我有此一问，愣了一下，认真地打量我哭肿的脸，"这个……桑妮自有一番独特的韵味，让人怦然心动。"

"西门堡主不必如此委婉！直说你家的丫鬟比我都受看就行了。"

他哑然失笑，"桑妮何必妄自菲薄？你自己都不知道你身上有股魅力让人心醉痴迷……"

"行了，别夸我了，夸也夸不出个天仙来。"我打断他，"你缺女人吗？"

"不缺！"这回他答得干脆。

我愤然道："你又不缺女人，我又不是貌比天仙，你老打我主意做什么？"

"我西门庆华是不缺女人，可是我缺孩子他娘。"

"什么意思？"

"只有聪明的女子才能为我生儿育女，我虽有数不清的侍妾，但是并没有让我佩服的聪慧女子，如花美眷易得，知音一个难求。桑妮是第一个让我觉得才智堪与庆华匹敌的女人，你我的孩子必是世间少有的商业奇才。"

啊？原来是跑我这儿配种来了！我后悔死了在他面前口无遮拦、拼命地显摆现代的知识。

"西门堡主，咱们两个道不同不相为谋，我根本不是你想象中的聪慧女子，我的IQ也就是一般人的水平，从小就庸庸碌碌，当过的最大的官就是个班里的中队长。我出门就迷路，见人记不住名，不过是道听途说了一些生意上的事，还被我忘了大半。您还是及早打消这个念头吧！"

"这么说，你是不愿意嫁与庆华了？"他虽然还是慢声慢语，但是傻子也能听出他语气中的冷意。

我硬着头皮，不肯露出怯意来，"对！"

他伏下身来，高大的身影完全将我罩在阴影里。一只手轻抚我的面颊，拇指上的翡翠扳指闪着幽绿的光。他微笑着说："你别忘了，你是庆华花了三十两银子买来的！庆华可从来不做亏本买卖。"

他的笑容优雅而凉薄，明明笑靥如花，却让我一阵脊柱发凉，但我不愿意就这样毁了自己一生，只做他的生育工具，还要面对他那么多的妻妾，那绝对不是我想要的生活。

我想到莹贞阁的那条密道，孤注一掷，毅然道："我接客赚银子赎身。"

他站直了身体，退去了笑意，难以置信地看着我，"你宁愿接客，也不愿意跟随我？"

我低头不语。我知道我是把他彻底惹恼了，太伤他自尊心了。现在我只盼着他顾及我曾救过他，而放我一马，别对我赶尽杀绝。

他足足看了我几分钟，目光冰冷，不带一丝笑意，"庆华虽非善类，但还不至于强人所难，你不要后悔才好。"

我一听，还算他有点良心，心中窃喜不已，赶忙说："不后悔，不后悔。我还有一个条件，必须向外声称我是清倌人，我自有办法作假。这样我就能多赚银子及早赎身！"

西门庆华铁青着脸，转身拂袖而去，一直到两周后他离开京城，我都没有再见过他。

当天下午我就对何妈妈说我要假扮清倌人赚银子。何妈妈一副见了鬼似的神情看我，以为我脑子进水了。后来我听说她还屁颠屁颠地去找西门庆华请示，结果西门庆华见也没见她，只让人告诉她"由她去吧"就再无别话。何妈妈以为西门庆华是玩腻了，对我不再感兴趣，于是在染香楼贴出公告：清倌人桑妮姑娘开始接客，初夜的日子定为一个月后，届时价高者得。

我一下子成了染香楼的笑柄，尤其是曾经羡慕我飞上高枝的人此刻更是幸灾乐祸，都讥讽我被西门堡主甩了，如弃敝屣。还好我脸皮厚，并不在意，只一心一意等着逃跑的那一天。

这一个月，我也时不时地在晚上上客的时候，到楼里的客人面前露一小脸。

让人家掏银子，也得给人家看看货不是？好在为了端着清倌人的范儿，我也就是劝劝酒、跟人聊聊天什么的。何妈妈亲自在一边保驾护航，为我挡下不规矩的客人，"客官，我们桑妮姑娘还是清倌人，别吓到她。"此时我只要做娇羞状即可，对演技的要求不算高。

后来，何妈妈见人气不高，就让我站在台上，给演奏琴艺的姑娘打下手，增加一下出场率，试图混个脸熟。不时还跟客人介绍介绍，"我们染香楼的清倌人要接客了，客官们多多捧场！"

说实话，对这个过程，我是深恶痛绝，不堪回首的。待价而沽的感觉实在是让人崩溃，跟货物商品一样站在台上，让下面那群一脸淫亵猥琐的人，上下打量、评头品足。

"模样不错，挺俊的……"

"一把小蛮腰啊，握在手里肯定受用……"

"脸蛋儿是生得不赖，姑娘贵庚啊？"

我是个老实孩子，刚想实话实说，何妈妈在一旁替我答道："回齐三爷，刚满十六。"

我晕！生生砍掉六年的光阴，问题是我像吗？虽然我从不觉得我老，可是二十二和十六还是有很大的差距的，别的不说，看眼神就能看出来。

那个问话的人又仔细打量了我，"十六？这位姑娘还真是早慧，身量都长足了。说好了，不是清倌人，我们可是不给银子的。"

何妈妈在一边说："这个自然，我们染香楼从不做昧良心的生意。"我很鄙夷她，自古无商不奸，欺骗消费者啊！

此刻饶是我皮厚如墙，还是忍不住脸都红了。那客官色迷迷地看着我，"这娇羞的模样还真是讨人喜欢！姑娘是会唱曲啊，还是会弹琴啊？再不，跳个舞也成。"众人跟着起哄。

看来，今天本姑娘要是不拿出点儿真本事来，就真要砸在手里了。为了我的逃跑大计，我一咬牙，一跺脚，丢人现眼就这一回了！

我想了想，使用了排除法，弹琴？古代没有钢琴，其他的乐器我不会。吹口哨算吗？我跟萧然学过，能勉强吹一首。还是算了吧！到时候跟嘬嘴骡子似的，更没市场了。跳舞？不是长项，一会儿人家以为我抽风了，谁还敢出银子买我？那就只剩下唱曲了！

于是我站在台上说："小女子不才，为客官唱上两句吧！"众人叫好。

我上一次的登台经历是小学的毕业典礼上，大家合唱毕业歌，我就是那个光张嘴不出声，滥竽充数的。没想到穿到古代来挑大梁了。问题是唱什么呢？摇滚？想都别想，还不给当成疯婆子轰出去；流行歌曲？怕他们一群古人欣赏不了。得了，唱首老歌吧！

我清了清嗓子，清唱了一首《天涯歌女》："天涯呀海角，觅呀觅知音，小妹妹唱歌郎奏琴，郎呀咱们俩是一条心。哎呀哎呀郎呀，咱们俩是一条心……"

我有如神助地将三段都唱全了，我都快为自己鼓掌了。唱得好坏放一边，难得的是歌词我都记全了。本来我是从不记歌词的，向来只是随口哼哼几句。这次还真是超水平发挥。

我一曲唱完，紧张地等待众人的反应，毕竟是第一次登台演唱，还是很有压力的。难得众人轰然叫好，让我受宠若惊。

我微笑着在心中默念我的获奖感言：首先感谢我的父母，虽然我老爸唱歌走调，但是难得他们二位将我生得五音齐全。其次我要感谢我的小学老师，是他们的诲人不倦，辛勤努力教会了我人生第一首完整的歌《让我们荡起双桨》，从此我对自己有了信心。再次，我要感谢周璇，是她的金嗓子将这首歌唱红大江南北。最后，我要感谢李安导演，是他导演的旷世谍战爱情大片《色·戒》收录了《天涯歌女》这首经典名曲。（说来话长，我在电影院看了《色·戒》，删节版的，没看懂。回家又找了张盘，未删节版的，如此这般等于看了两遍，对佳芝这段边演边唱记忆犹新，所以就将歌词记住了。）

当然我也知道不是我唱得好，是歌好，那哥哥妹妹、郎情妾意的，在青楼里唱太应景了。后来这首歌成了染香楼的保留曲目，每日必唱。不过不是我唱，而是染香楼的百灵唱。

自那一曲之后，我的身价见涨，一月期满之日，已经有人出价五十两银子了。据说也就是个中等水平，不过我也知足了，总算没有砸手里。唯一让我郁闷的是，拔得头筹的是那个满脸横肉的朱八爷，我看到他那张够一桌人下酒的猪头脸就心中恶寒。不过想到不过是逃跑的跳板，也能忍着对他强颜欢笑。

最后一天的晚上，就是我第一次接客的大日子。大堂前面摆着一张桌子，桌上是一个小铜磬，旁边摆着一个小铜锤儿和朱八爷的五十两银子。只等时辰一到，一锤定音。

我打扮停当，穿着一件水红色绣百蝶穿花的罗衫，发髻上戴着赤金发簪，垂下来长长的流苏一扫一扫地蹭着我的面颊，很有几分新嫁娘的喜庆。我端坐在大堂里，紧张得手心都有些冒汗，终于要自由了，心中压抑不住的狂喜，让我看到朱八爷的那张油渍麻花的肥猪脸都不太想呕吐了。

我摸了摸藏在怀里的小瓶子，有两个，一个是刚才何妈妈给我的，告诉我："晚上云雨之时，记得一定要鬼喊鬼叫几声，然后趁客官不注意，将这个洒在床上，跟落红一模一样。"我翻了个白眼接过来，反正我用不着。

另一个是昨天下午我找月瑛要的迷药。我对月瑛装可怜，向她诉苦说怕遇到一个不懂得怜香惜玉的客人辣手摧花。月瑛掩口而笑，"看来西门堡主很是体贴温柔了！"

我当时脸都绿了，月瑛以为戳到我的痛处，自悔失言，赶忙将一个拇指大的小瓷瓶子放到我手心里，"只要放一点到茶水里，哄他喝了，凶神恶煞也能睡死过去。"

此刻我摸着那个救命的小瓶子，不禁对着猪头八爷嫣然一笑，喜得他眉开眼笑地看着我，口水都流出来了。

我只等着何妈妈拿起铜锤敲下去。就见两个龟爷抬上来一个盖着红布的托盘，放在前面的桌子上。何妈妈慢悠悠地站起来，上前戏剧化地掀掉托盘上的红布，竟然是满满一盘子的银锭。在众人的惊呼声中，不紧不慢地说道："有位客官出价五百两买桑妮姑娘的第一晚。"

我震惊之余看向何妈妈，她意味深长地看了我一眼。我一下明白了，是西门庆华！我说他怎么老老实实地销声匿迹了呢，原来早布好了局在这儿等着我呢！

一石激起千层浪，大堂里跟炸了锅似的，嗡嗡作响。

"五百两银子？金子铸的姑娘也不值这个钱！"

"五百两银子买姑娘一夜？谁人如此大手笔？"

……

整个大堂只有两个人一脸沮丧，如丧考妣。一个就是朱八爷，泪眼汪汪地看着我。另一个就是我，心中咬牙切齿地咒骂着：你个阴魂不散的西门庆华！竟然这么玩我！

我愤愤不平，悲从中来，若不是顾及在人前，都快失声痛哭出来了。完了，完了！一个月的强颜欢笑，委屈做戏，还厚着脸皮，丢人现眼地唱了在当时被归类为"淫词浪曲"的小曲，全都白忙活了！

眼看何妈妈拿起铜锤儿，喊声："时辰到！"作势敲下去，我已经绝望得闭上眼睛。

就在此时，台上忽然飞过来一个人，真的是飞过来的，因为众人只觉得眼前一花，那人已经站在台上了。一身中规中矩的暗色长衣，面目清冷，毫无表情，将一张银票放在桌子上，木然道："我家主人出一千两。"

此言一出，满屋子的人鸦雀无声，如空无一人一般。那人顺手从瞠目结舌的何妈妈手里拿过铜锤儿，敲到立着的铜罄上。

随着当的一声脆响，我如梦初醒。第一个念头是哪儿来这么个天上少有、地上无双、天字第一号的败家子啊！一千两银子，干点儿什么不好？钱多了烧得慌，可以救助贫苦百姓，再不办儿所希望学堂也好，实在没这个济世救人的善心，也可以扔在水里，还能听一晚上响声呢！竟然用来嫖妓，瞎了眼了，我值那么多银子吗？这不是折我的寿吗？

第二个念头当然是，苍天有眼，送来这个败家子。幸亏有他，我终于可以如愿以偿地逃脱生天了。

何妈妈脸上表情跟便秘差不多，一时大悲，肯定不知如何向西门庆华交代，一时大喜，毕竟见钱眼开。挣扎一番，眼看木已成舟，只能接受现实，她咬牙道："送桑妮姑娘去莹贞阁。"

敲罄的那人拦下，"我家主人想带桑妮姑娘走。"

别呀！我差点儿冲口而出，姑娘我不出台。

再碰个西门庆华那样的腹黑男，我岂不是出了虎口又入狼窝？我赶紧表白，"我哪儿也不去，就在染香楼。"

那人看向大堂角落里的包房，在金箔屏风后，隐约有个白色的身影点了点头。那人转回目光，神色颇为恭敬，"姑娘先请，我家主人随后就到。"

我终于来到了莹贞阁，坐在床上很是忐忑。屋里一色的淡粉轻纱，像闺中娇羞的少女，却又在清纯中带着一股做作的风尘味道。我来不及仔细打量，只盯着八仙桌看了一眼，桌子下面果真铺着一块地毯。

待送我的丫鬟出了门，我一跃而起，来到桌子前面，从茶壶里倒了一盏茶，又拿出月瑛给我的迷药，倒了些粉末进去，轻轻摇匀。

外面已经隐约传来脚步声，我闪身到窗前，往外一看，如墨的夜色下，几个小丫鬟挑着俏影红纱的风灯，刚才那个敲罄的人和好几个跟他一样穿着打扮的人簇拥着一个身穿白色长袍的人向莹贞阁走了过来。好家伙，逛青楼，还带着这么多的保镖。

那些保镖规规矩矩地站到门外，那个白衣人抬手推门走了进来。

我跳开几步，站到离门口很远的安全地方。那人还往里走，我一声令下，"站住！"

他闻言果真站住不动。他的脸隐在了门口的阴影里，我只能看到他一身白衣的身影，不算高大，但是很挺拔。

他似乎颇为激动，（还是个急色鬼！）一边上前又走了一步，一边说："我找了你很久……"

"你别动！"我再次喝住他。找我？那个朱八爷也是这么跟我说的："姑娘这样的美人，我寻寻觅觅好久了。"听听，都是嫖客们说烂了的话。不过，他的声音温和清越，似石上清泉，跟其他的嫖客很不一样。

我指了指桌子上的茶，"客官一路奔波，先将茶水喝了，咱们再说话。"

其实我没抱太大希望，他一进门就喝。我都准备好了，让他占点便宜，欲火焚身、口干舌燥之际，再以撒娇的口吻哄他喝下去。而此刻我不像在哄骗他，倒像在命令他。

我在心中暗暗警告自己，别着急，别着急，慢慢来。

不想，他竟然轻轻地应了，"好。"走到桌前，举起茶盏将茶喝了。

我目瞪口呆地看着他，一时不敢相信这么顺利，早知道他如此听话，我就直接让他拎着自己的头去撞墙，将自己撞晕得了。

要说月瑛给我的迷药也真不是盖的，他刚喝完就跟跄了一下，用手扶住桌子，才没摔倒。

我冷眼旁观，见他不像装的，是真的头晕目眩快晕过去了。赶紧走过去扶住他。一来他真摔倒有了响动会将屋外的人引进来，那我就功亏一篑了；二来，人家毕竟是花了银子的。坑了人家的钱，给人家下了药，再让他躺到地上，有点儿过分了，做人要厚道！

他斜倚在我身上，一股清新的兰花香味儿传入鼻端，很好闻。我拉过他的一只胳膊架在我肩上，扶着他往床的方向走。他脚步不稳有些跌跌撞撞，基本上重量都压在我身上了。我一阵后悔，早知道让他自己坐在床上再喝茶了。

不过，好在他还真不算太重，我搂着他腰的手能感到他其实挺瘦的，我都能摸到他的肋骨，硌着我的手。

就这身子骨，还来青楼嫖妓呢？本姑娘是急着走，不然就您了这小身子板儿还真不够本姑娘折腾的。有那银子，还不如多买点儿补品补补呢！

离床还有一米多远时，我就撒手了，伸手在他胸口处推了一把，他就嘭的一声仰面倒在了床上。我过去看了看，太好了，已经晕过去了。

我伸手去解他身上的衣服，嘴里小声念叨着，"你别害怕，我不是欺负你，就是拿你衣服用用，对不住了啊！"

我还没蠢到穿着女装逃出去。好在我有在天牢里给长风换衣服的经验，此刻三下五除二地就把他的外衣扒下来了。起身脱下自己身上的水红色的罗衫，将这件男子的外袍套在身上。虽然这个人身量较为纤细，但毕竟是男子，他的衣服我穿着还是宽大，尤其袖子很长，盖住了我的手指。不过有件男子衣服就不错了，我也不好再挑剔，想想若是那个朱八爷的衣服，还不得装我三个。而且这个人的衣服质地柔软轻盈，做工考究，又清爽好闻，带着淡淡的兰花的清香，穿在身上一点儿也不让人讨厌。

我又拆下满头的钗环首饰，随手扔在桌上，（后来悔得我肠子都青了，随便顺两个出去也能当钱使啊！）又打散了头发，胡乱梳成男子的发饰。

我走回到床边，伸手在他身上一通乱摸，须臾很泄气，别说银票了，连一块碎银子也没有。我恼羞成怒地拍了他一下，"逛青楼身上不带银子啊！"不过想想，门外的人管他叫"主人"，肯定他自己身上不用带钱的，自是有人替他掏钱。

我准备站起身走人的，一扭头看到他的头歪向里面，看不清面貌。我心一动，鬼使神差地伸手扳过他的脸，咱也看看这个千年不遇的败家子儿长什么模样。

看到他脸的刹那，我不禁怔住，根本没想到会是这样一张清逸俊秀的脸。秀挺的眉毛，微微蹙着眉头，让人恨不得伸手为他抹平，紧闭着双眼，纤长的睫毛在他的下眼睑投下弧度美好的阴影，挺直的鼻梁，微抿的嘴。整张脸温和而不失倔强，秀美中带着坚毅。天哪！长成这样，还要花银子嫖妓，这个世界太疯狂了！

心里不自觉地生出一个龌龊念头：要不，我先劫个色再走？

还是算了吧，逃命要紧！我颇为惋惜不舍地看了他最后一眼，毅然决然地来到八仙桌子那里。挪开桌子，掀起地毯，果真看见一块木板，打开后，一个层层石阶的幽深密道出现在我的眼前。我一阵狂喜，拿起桌上的一个燃着红烛的烛台，一矮身进了密道。

身后床上的人似乎嘟囔了一句什么，我也没听清，顺着密道往里走去。

很久之后我才知道，他当时说的是："你答应给我打八折的。"

第十章 · BI AN
QIAN YUAN

入宫

　　我沿着密道一直走，两炷香的工夫后，我从一个掩着枯枝烂草的洞口钻了出来，四周一片漆黑，我用手里的烛台粗略照了一下，发现竟然是一个破庙。怕染香楼的人发现我逃跑，顺着密道追过来，我赶紧扔掉烛台离开了这里。

　　就着如水的月色，我不辨方向地一通乱跑。马不停蹄地跑了一个多时辰，才觉得气喘如牛，快跑断气了，只能由跑改为走。看来人是有压力才有动力的，想我从小学到大学，体育课向来是堪堪及格，没想到今天为了逃命，一个马拉松都跑出来了。

　　我本来是想往郊外跑，找个农户暂时住下，再从长计议，可是我糟糕的方向感再一次戏弄了我，等我意识到自己站在铺着青石板的街道上时，已是晨光微露，街上已经有早起的路人。

　　我站在街口思忖了一下，真到了农户那里，我手不能提肩不能挑，还不如在城里混吃混喝。以我的聪明才智当个私塾先生还是够格的。我忽然想起一句话，叫"小隐隐于林，大隐隐于市。"千年沉淀留下的话都是至理名言啊！（我哪知道，就是那句名言害了我，可见名言警句也不都可信！）于是我决定留在城里，京城这么大，我隐姓埋名，女扮男装，我就不信染香楼的人能找到我。

我都开始憧憬美好的未来了。我无限向往着，等我有了钱，我也要开一所花楼，当然是高格调的，以风花雪月、陶冶情操为主旨，名字我都想好了，就叫"天上人间"！

我拦住一名路人问："请问这位大哥，染香楼怎么走？"

那位大哥上下打量了我一眼，好在我穿着男装，故作镇静。"小哥，这么早就出来了？花楼都还没开门迎客呢。"

这个我比你清楚，无奈中，我只好做出一脸急色表情，"我……这不睡不着吗，问明方位，到门口候着开门去。"

"哦！"他一脸的恍然大悟，故作神秘道："我知道有个地儿，只要有银子，姑娘们白天也接客。"

我赶紧跑了，都是什么人啊！

我又厚着脸皮问了几个人，还是一个大爷告诉我："小哥走错了，京城的花楼都在城东，你现在在城西，离得远着呢！"我道了谢，转身之际，听见大爷鄙夷地嘟囔，"年纪轻轻穿得人模狗样，一肚子……"

羞得我登时红了脸。其实我就是想问明白了方向，省得自己晕头晕脑又撞回去自投罗网。知道离得远，我也就放心了，只在城西这一带溜达。

事实证明，我过高估计了自己在古代的生存能力。古代不像现代有那么多的就业机会，随便打个工至少有饭吃。在这里，店家和商铺是不会随便雇佣伙计的，小伙计一般都是从老家带来的学徒，光干活，没工钱，干上几年才能出师。况且古代户籍制度森严，常有衙门的衙役拿着户籍簿挨门检查，看看有没有乱党逃犯。要说比现代的片儿警都仔细。更何况，我也怕一头撞到风云堡的商铺里去，再遇到那个西门庆华怎么办？我可是好不容易跑出来的。

至于摆摊做小买卖就更不可能了。一来我没有本钱，更重要的是古代重农轻商，对小商小贩极为苛刻，虽然不像现代发放执照，但常有衙役巡查。人们大多卖自家做的食品、工艺品、木制品。考虑到自身条件，我将这个行当也pass了。

我在街上游荡了两天，夜里就找个破庙胡乱歇息一下。我终于明白了，在现代看的小说和电视剧都是骗人的，随便一个人就可以在古代混得风生水起。事实是，在这里活下去的人只有三条路可走（除去坑蒙拐骗，偷盗抢劫）：第一，等死；第二，讨饭；（我倒霉就倒霉在这件衣服上，谁会施舍一个穿得跟公子哥儿似的人！）第三，找个大门大户，卖身为奴。

我很后悔那天晚上从染香楼没有顺出点东西来，哪怕一个珠花也能换几个馒头呀！母猪是怎么死的？笨死的！可是咱从小生长在父母耳提面命的教诲中，没有占小便宜的习惯。所以当时光想着从那败家子身上搜点银子出来，根本没想着顺手牵羊。

唯一值得庆幸的是，我好歹穿了一身男装，因为街上几乎看不见女人。在古代，女人是不可以随便抛头露脸的。我凭着那身做工精良的衣服，倒也没有人来找我麻烦，走到客栈门口，小伙计见了我还能客客气气地问："客官，您是打尖还是住店啊？"

我很想说："我吃面！"问题是我没钱。

城里看来是混不下去了，还是改走农村路线！乡下瓜果菜地颇多，不至于饿肚子。可是我已经饿得连走路的力气都快没有了。我第一次深切地体会到饥饿的感觉，已经不是"腹中空空如也"或是"前胸贴后背"可以形容的了。真的是一种疼，从胃里一直蔓延到全身，抽搐的疼痛，越来越强烈，以至于我看见别人嘴在动，都有以泪洗面的冲动。

我实在是太饿了，最后选了一家装饰最为华丽的酒楼大摇大摆地走了进去。店面大，应该不会计较我白吃。我准备好了，挨顿打，我也要吃霸王餐。吃饱了，好出城。

我坐到一张桌子前，掸掸身上月白色的锦衣，有点脏了，不过不仔细看还能唬一气，有点富家公子哥的样子。

店小二殷勤地跑过来，"客官，想吃点什么？要不要尝尝我们乐仙楼的招牌特色菜？有焖酥鸭、焦熘鹅掌、松鼠鳜鱼……"

"不用了，"我咽了咽口水打断他，光听名字就快受不了了，"给我来半斤包子。"还是吃便宜点吧，免得人家打太狠。

店小二高喊了一声："半斤包子，客官稍等。"

不一会儿，热气腾腾的包子就端上来了，我肚子一阵咕咕乱叫，可是强忍住扑过去的冲动，扬声唤来小二，鸡蛋里挑骨头，"这包子个儿太小了，怎么吃呀？"

小二面露难色，"要不给您换碗汤面？"

"好。"

小二已经没有好脸色了，不过开门做生意讲究笑脸迎客，所以他端走了包子，换了碗面端给我。碗足有小脸盆儿那么大，雪白的面条，汤上漂着一层油花，面条上面还摆着厚厚的几大片牛肉。

我哆嗦着拿起筷子，一阵风卷残云，自觉已经吃得颇为忍耐，尽量优雅，可是碗罩在脸上喝完最后一口汤，才发现周围的人都对我侧目而视，似乎在说，哪儿来的大老粗，饿死鬼投胎的。

本姑娘不跟他们一般见识，抹抹嘴，站起来就走。小二跑过来拦住我，"客官，客官，您还没付钱呢！"

我一阵脸发热，这会儿肚子填饱了，更为自己白吃白喝的行为感到羞耻，要不人都说仓廪实而知礼节呢！饿的时候，脸都可以不要。吃饱了，觉得不好意思了。

可是我吃也吃了，也吐不出来了，只能将没脸没皮进行到底。我装出一脸的茫然，"付什么账？"

"汤面的钱啊！十个大子。"小伙计一脸鄙夷，仿佛已经看穿我想骗吃骗喝。

我继续装傻充愣，"我没点汤面，那碗面是用包子换的。"

小二一愣，"那就付包子的钱。"

"包子我没吃，退给你了，凭什么付钱？"

小二彻底被我整迷糊了，站在那里掰着手指头，嘴里叨咕着，"包子换的汤面，这汤面、包子……"

这是个逻辑问题，他肯定没学过。趁他没琢磨过味来，我快点溜吧。

我前脚都跨出大门了，就听小伙计高喊："抓住他，别让他跑了，他还没给包子钱呢！"

随后我被旁边一张桌子上吃饭的人老鹰捉小鸡一样拎着脖领子给拎了回来。一声怒喝跟炸雷一样，在耳边响起，"不给钱就想跑？"

我扭头一看，是个铁塔一样的壮汉，长得跟癞蛤蟆似的，满脸横肉，绿豆眼，蒜头鼻。

旁边的小伙计义愤填膺地指着我，"蛤蟆爷，（还真叫蛤蟆！）就是他，要了包子，又换了汤面，吃了面，还不给包子钱！"

那蛤蟆爷一个爆栗敲在小伙计的脑袋上，"笨蛋，吃汤面当然给汤面钱，付什么包子钱？"

完了，碰上明白人了。其实我也心虚，长这么大没干过坑蒙拐骗的事，我是真的饿极了，才出此下策。

那个壮汉凶神恶煞一样盯着我，"这城西的酒楼都是爷我罩着的（原来是个地头蛇），这么多年了还没碰上一个吃饭不给钱的，看你的样子也不像个掏不出银子的主儿。乖乖地付了面钱和包子钱就放你走，不然拆了你的骨头喂狗！"

我自知理亏，哆哆嗦嗦地说："付面钱就付面钱，为什么还付包子钱？我包子又没吃！"

那大汉冲着我举起拳头，"包子也是你点的，没吃也要付钱。"

我无语，这真叫以其人之道还治其人之身，我是搬石头砸了自己的脚。看来人不能使坏心眼，否则是要遭报应的。

大堂里的食客都看热闹一样地看着我，有的已经开始议论，"看着是个年轻公子，怎么做这种事儿？"

"就是，人不可貌相啊！"

"一脸知书达理的样子，就为了一碗面，圣贤书都读到狗肚子里去了。"

……

太羞愧了，我红着脸小声告饶，"我没钱。对不起，我是太饿了，不是存心要骗人的。"

"你说什么？"蛤蟆爷猛地一瞪眼，绿豆变黄豆了，"没钱？看你穿得挺考究，不会是衣服也是偷的吧！（真让你说着了！）那就把你的衣服脱下来抵了饭钱，不然先问问爷的拳头答不答应！"

一件这么好的衣服，才抵一碗面？太欺负人了！可是毕竟是我没理在先。我犹豫着，那蛤蟆爷已经不耐烦地催我，"不留下衣服就别想走，快点，快点，爷们儿家的，比个大姑娘还磨叽，我帮你脱。"说着就来扯我的衣服。

我一惊，退后一步，衣襟被他扯开，露出里面的中衣。还好，那晚为了逃跑，我特意穿了一身裤装的中衣，没穿裙子，跟男子的中衣差不多，只是上裳略长些。饶是如此，仍然让我感觉很羞愤，不光是为了当众让人扯了衣服，更是为了自己骗吃骗喝被抓个正着，惭愧不已。于是自己将衣服脱下来递给他，"给你，我可以走了吧？"宁可不要衣服，也不能再丢人了。

谁知，他没有接衣服，一双小眼儿只一个劲儿地盯着我看，我低头打量了自己，哪儿也没露啊！

抬头再看看他的目光正色迷迷地盯着我的胸前，我一阵面红耳赤，男子的外裳宽大，看不出身形，此刻穿着女子的中衣，露出胸部的线条，很是玲珑。我一向以身材自傲，此刻却恨不得自己是个飞机场。

我不理会他，把衣服扔到他面前，扭头就跑。谁料他那么个笨重的身子，动作却很快，一转身，就挡在了我身前，一脸的猥琐笑容，"我说怎么长得这么白净，还细皮嫩肉的，原来是个姑娘！"

我对他怒目而视，"面钱也付了，怎么还不放我走？"

他将手里的衣服随手一扔，"爷不要这件衣服了，爷要别的。"

我戒备地退后几步，被桌子顶住后腰，退无可退，"你要什么？我没有其他东西给你了。"

他搓着两只蒲扇手，"爷要现在你身上穿的衣服。"

流氓！

没等我说话，有的食客已经看不过去了，"不就一碗面吗？面钱我替她付了。"

"就是，姑娘家肯定是受了委屈从家里跑出来了，天可怜见的，就算了吧！"

……

还是好人多，我都快热泪盈眶了。可那个蛤蟆爷根本不吃这一套，一拍手，站起来一群小喽啰，想来是跟着蛤蟆爷到这来白吃白喝的，此刻对着众人撸胳膊挽袖子。

众人不再敢多言，那蛤蟆爷得意道："你们也不去外面打听打听，我金蛤蟆也不是浪得虚名的，你们老老实实地吃你们的饭，不吃就滚蛋，别误了爷的好事。"

四周传来窃窃私语，"啊？他就是金蛤蟆啊！"

"是城西的一个霸王，欺男霸女的，谁也惹不起他！"

"嘘，小点声，别让他听见。"

"这姑娘是脱不了身了！"

"唉，就为了一碗面！"谁再提面，我跟谁急，我这辈子再也不吃面了！

金蛤蟆扎着两只手冲我走过来，"是不是从家里跑出来会情郎的？他把你甩了？没关系，看你的小模样这么水灵灵的，让人恨不得咬上一口，跟着爷保证让你吃香的喝辣的。"

旁边的小喽啰哄笑着，"跟着我们蛤蟆爷，保准把你喂得饱饱的。"

我吓得一转身，绕到桌子后面去。旁边的小喽啰们挡着我不让我往外跑，那个金蛤蟆一脸淫笑，步步紧逼。

我彻底慌了，左顾右盼，想找出突围之路，扭头之际，看见屋角的包房，珠帘后面隐约是一道红影，侧身而坐，自顾自地端着酒杯饮酒，大堂里鸡飞狗跳的仿佛跟他毫无关系。

一阵微风吹过，珠帘轻轻荡漾，发出细碎的响声，就在珠帘被风荡起的瞬间，我看到那人的侧脸，虽然只是惊鸿一瞥，但是那绝代的风华如一道艳丽的霞光映入我的眼底。

锦夜！

我大吃一惊，再也没想到会在这里遇到他。我看了看就要向我扑过来的金蛤蟆和一群面貌猥琐的小喽啰，一咬牙，转身向里跑，金蛤蟆他们一愣，没料到我不往外跑，往里跑。

在他们愣神的工夫，我已经一掀包房的珠帘，气喘吁吁地一屁股坐到锦夜旁边的椅子上。

锦夜没有动，一手端着酒盏，只侧过头来瞟了我一眼，眼波流转，虽然冰冷，却依旧勾魂摄魄，我被电得浑身一激灵，赶紧扯了一个无公害的笑容给他，眼中已经带上了求助的信号。虽说他远不是一个好的避风港，但是我已别无选择，这就叫以毒攻毒！

见他并不理我，我立刻想到他可能早就忘记了我的名字，我赶紧自报山门，"我是……那个……'猪'，'猪'你记得吧？"

"珠儿……"他喃喃，手里的酒杯抖了一下，绯红的酒液洒落在他如玉雕成的手上。

"对对对！"猪就猪吧，此刻他叫我什么我都答应。

金蛤蟆和他的手下已经冲了过来，最先进来的小喽啰豁着个牙，跟发现新大陆一样鬼哭狼嚎，"可了不得！爷快来看啊，这儿还有一个大美人哪！"

金蛤蟆呵斥道："鬼叫什么，眼皮子那么浅，什么美人爷没见过？那染香楼的牡丹……"

跟着进来的金蛤蟆一下子顿住，盯着锦夜发呆，跟失了魂魄一样喃喃道："乖乖，还真是个大美人，比牡丹还美上十倍！"

锦夜并不理他，仰头将杯中剩下的酒饮下，白皙修长的脖颈后仰，一头黑亮的头发也流水一样向后坠去，看得金蛤蟆和一干手下，咕嘟咕嘟地咽口水。

金蛤蟆一脸色迷迷的呆滞表情，看那模样，鼻血都快流出来了，痴看着锦夜的脸，连眼睛都舍不得眨，冲着旁边一挥手，"那个小美人归你们了，爷要这个大美人。"（看看，要不说男人不可靠呢，喜新厌旧、见异思迁！）

金蛤蟆说着，伸手向锦夜胸前探了过来，"也是女扮男装的吧！让爷验验……"

话音未落，我就觉得眼前红影一闪，耳听金蛤蟆杀猪一样的惨叫。再定睛看时，锦夜还是坐在那里，仿佛一直坐着，没有离开过椅子，正抬手为自己又倒了一杯酒。而那个金蛤蟆上半身仰躺在桌子上，一根筷子从他的掌心穿过，钉在了桌子上，他徒劳地扭动着，号叫不已。

旁边的小喽啰愣过之后，纷纷抽出身上的家伙，冲着我们砍过来，我看到一把大刀劈到我头顶，一时呆住不知如何躲闪，电光石火间，我觉得被旁边的人拉了一把，那刀顺着我的身体侧劈到桌上，我等于从鬼门关转了一圈，吓出一身冷汗。

之后，我什么也没看清，一方面脑子混沌，给吓得不好使了，另一方面锦夜的动作真的是太快了，我只看见一团红影上下翻飞。待他再次坐到椅子上时，四周那群小喽啰已经没有一个站着的了，全都趴在地上呻吟哀号。

金蛤蟆也认清了形势，嘶声哀求道："大爷，小的有眼不识泰山，瞎了狗眼，歪了心轴，小的再也不敢动您的女人了！"

锦夜本来端起酒盏正要饮酒，闻言又放下了，惊艳绝伦的脸上带着一抹迷惘，他似是问金蛤蟆，又像是自言自语，"我的……女人？"

金蛤蟆忙不迭地点头，"是是是，美女配英雄，小的一时色迷心窍，不知道这位姑娘是您的小娘子，您大人有大量，饶了小的这一回吧！"

锦夜缓缓站起身，身形颀高，如天神一般，俯视众生，神色清冷倨傲，贵不可言。

早有随行的太监侍从冲了进来，锦夜一摆手，冷漠地吩咐，"都押到慎行司的天牢去。"

那些人哭爹喊娘的，"大人饶命，大人饶命……"全被拖了出去。

我回过神来，我也赶紧溜吧！

站起来低着头，顺着墙根往外走，走到包房门口却撞到一堵红墙上，我顺着往上抬头一看，对上锦夜漆黑的眼眸，大惊之下，赶紧摆出近似痴呆的笑容，"谢锦公公救命之恩，他日定当涌泉相报。"说完就侧过身擦着他的肩膀向外挤。

锦夜站在门口，丝毫没有让开的意思，我被卡在他和门框之间，出也出不去，退也退不回来，心中害怕，发起抖来。

他站了一会儿，抬手脱下身上的红衣，我只觉得眼前一片红雾，闻到一股醉人的花香，那件衣服已经兜头盖脸地罩在我脸上。耳听他问他的手下："宫婢的人数都凑齐了吗？"

一个人恭恭敬敬答道："本来都齐了，不想今日一早暴毙了一个，属下正要再去寻一个来。"

锦夜漠然道："就是她吧。带她回宫，告诉给宫婢验身的姑姑，就说我说的，不用给她验了，直接带进去。"

我七手八脚地将衣服从脑袋上扯下来，已经不见了锦夜的身影。

我一时脑袋转不过弯来，迷迷糊糊地将他的衣服裹在身上。有人上来惊喜地跟我打招呼，"哟，这不是丫头吗？没想到在这遇见你！"

我抬头一看，故人啊！是马公公，"马公公怎么在这里？"

马公公揉着自己的腰，"咱家这不是跟着我爹他老人家身边当差嘛！刚才有几个市井泼皮惹了我爹生气，我来将他们押回大牢，谁知这一扭头竟然看见你了，两个月不见，越发标致了，你不是进了青楼了吗？"

我有些尴尬，"别提了，跑出来了。"心中一动，拽着他的袖子拉他到一边，避开众人小声问："那个天牢里的人，就是端清王，怎么样了？"

马公公抻着脖子左右看看，才跟我咬耳朵道："端清王总算是熬出头了，高阁老倒了，一个月前皇上圣旨下来就放了人，听闻出狱后一直在端清王府养伤呢，我爹他老人家亲自派人照料。那身伤够他躺三五个月的。"

我听了心中一阵狂喜，长风他总算是脱离苦海了。不过貌似仍在锦夜的控制中，不得自由，我又不禁为他担心起来。

马公公有些愁眉苦脸的，"丫头你说，等他养好了伤，会不会找咱家寻仇来啊？想当初，咱家可没跟他身上手软过。"没等我安慰他，他已经自己释怀了，"要说，我也是遵照我爹他老人家的旨意行事。端清王是个厚道善心的大好人，应该不会跟我计较。"

我哼了一声，知道是好人还变着花样地将人家往死里打？

马公公回过神来，一把抓住我的胳膊，"丫头，牢里的事儿可不能随便乱说，你只当是从没去过慎行司的天牢，没见过端清王，更不知道刑讯的事儿，明白吗？小心引来杀身之祸！"

他抬手冲着自己的脖子比画了一下砍头的动作，吓得我一个劲儿地点头，表示自己明白了，指天发誓决不说出去。马公公这才放心，"你是个聪明丫头，以后进了宫更要处处当心，那里可不比牢里由得你满嘴胡说，记住，管好你的嘴！不然的话，死都不知道怎么死的！"

合着宫里还不如牢里呢！我都快泪流满面了。

"姑娘快走吧！"一个老太监过来，神色颇为恭敬。

"哦！"我应了一声，"马公公我先走了，后会有期啊！"

马公公有些依依不舍地挥挥手，"丫头，一切自己当心，记住祸从口出！"

（我还真是倒霉就倒霉在这张嘴上了。）

告别了马公公，我梦游一样抬腿跟着那些人走。

我跟着一群十几岁的小姑娘一起被带到了皇宫。本以为会看到金碧辉煌、华丽巍峨的宫殿，结果被带到一个很小的院落里，只能从院墙上方眺望到远处的殿顶，飞檐卷翘，翡翠琉璃的碧瓦金砖在阳光下折射着炫目的光芒。而我们身处的小院，青砖灰瓦，毫不起眼，这里是新来的宫婢学习规矩的地方，说白了就是要进行岗前培训，一个月期满后，再看个人资质分到各处为婢。

站在这群小姑娘中间让我觉得自己很是突兀，都是十三四的小女孩啊！大多数身量还没有发育完全呢，瘦瘦小小的，比我矮一头的都有，就我显得人高马大。尤其是沐浴过后，换上统一的淡绿色的宫装，更显得我老黄瓜刷绿漆，伪嫩伪嫩的。

带我进宫的太监跟教习宫婢的孙姑姑耳语了一阵就走了。结果其他的女孩儿都被带到一间屋子里去检查，只有我傻大姐儿一样站在外边望天。

孙姑姑是个四十多岁的妇人，看上去很严厉（后来时间长了，知道她是个很和气的人），只淡淡地看了我一眼，"既然是锦大将军发话了（'锦大将军'，这个称呼可真够怪的，就是锦夜吧！看看，都不叫公公，改大将军了），姑娘就留下吧，不过既然在宫里当差，就要小心谨慎，出了差池，谁也救不了你。"

虽然她话里话外警告我不要以为有了靠山就可以恣意而为，但是我对她还是颇有好感，她没有奴颜婢膝地讨好锦夜，给我特殊优待，说明她是个公正不会徇私的人。

旁边一个拿着簿子登记的姑姑恭恭敬敬地问孙姑姑："这个林姑娘，给她登多大的年纪？"

孙姑姑面无表情道："十七吧！再小也没人信了。"

我听了差点儿崩溃，别的宫娥赶上皇恩浩荡的大恩之年还可以在二十五岁时出宫返乡，轮到我得三十了。我一个如花似玉的现代知识女青年跑到古代皇宫蹉跎岁月，浪费青春来了。离开这儿也是个大龄剩女，悲剧人生啊！

对于锦夜将我带进皇宫，我还是很郁闷的。虽然我感激他那日为我解围，可是他是个什么人，我再清楚不过了，我可没有天真到以为他对我存了什么好心眼。说实话我还是很怕他，作为现代人，我跟古人打交道多少还是有一定的优越感的，毕竟咱懂得多，随便说出点什么就能唬得他们一愣一愣的。就是对锦夜，没什么可显摆的，他老人家刀枪不入，油盐不进，我这个口无遮拦的人稍微一放松神经，就能冲着他说出句惹来杀身之祸的话，我能不害怕吗？

好在自那日一面后，我没再见过他，各路神仙保佑，让他忘了我吧，我可知道被他惦记是什么下场。看看长风吧，还是个正经王爷呢，都被打个半死不活，弄死我还不跟捻死个蚊子似的。

我跟十几个小姑娘挤在一间屋子的大通铺上，长这么大没跟这么多人同床共枕过，很不习惯。有的小女孩夜里还会哭着喊爹娘，一个哭，一屋子的人跟着哭，很凄惨。就剩我一个知心大姐了，哄了这个哄那个，比幼儿园阿姨还累。

白天我们要跟孙姑姑和其他姑姑学习宫里的规矩，如何走路，如何坐，如何站，如何行礼……教习姑姑的手里拿着藤条，谁做不对，一藤条抽过去，一道血痕就起来了。

一天下来我脑袋就大了，跪了不知多少次。最后我目光呆滞，神志不清，人家都跪下时，我还柱子一样杵着，人家站着时，我跪在地上爬不起。我终于明白了为什么宫婢要从娃娃抓起，我这个岁数已经过了学习受教的黄金时期，一切的习惯业已根深蒂固无法改变，更主要的是我也没那体力不停地跪下、起来，跪下、起来……

第一天傍晚，我数了数，身上有十八道印子，数字还挺吉利。这还是有的姑姑顾及我是锦夜特意嘱咐过的，下手已经轻了，不然我还真是得成斑马。

除了学规矩，其他空闲的时候，女孩们就坐在一起做女红，开始我还装模作样地拿块丝帕，在那里做样子。两天后，丝帕上只多出来两行歪七扭八的道道，让我想起自己在西门庆华肚皮上的杰作（不知道那家伙知道我跑了作何感想）。我意识到我还真不是这块料，于是彻底放弃。

我发挥了我的长项，给其他的女孩儿讲故事，常常听得一干小丫头如痴如醉，绣花都忘了，深更半夜还央求我，"溪儿姐姐，再讲个故事吧！姐姐的故事真好听。"她们常常都是在我的故事中进入梦乡，渐渐不会再在睡梦中哭着要爹娘，这也算是我发挥余热，做了件好事儿吧！

日子一天天过去，大家对我都很友好，尤其是那群小姑娘，我不讲故事，她们就不绣花，后来连姑姑们也站在门口听得忘神，都说："没想到溪儿这丫头做什么都学不会，倒是有个好口才。"

遗憾的是，直到一个月的教习期满我也没长多少记性。姑姑们都懒得再打我了，打也不管用。到最后，我已经是死猪不怕开水烫，孙姑姑无奈地对我说："你只要记住，不管是谁，你见到了低头跪下就行了。"

这话让我郁闷了一整天，我终于整明白我彻底混成最底层了。我站在院子里，仰望头顶四方的天空，心中悲愤不已。按说我不是个怨天尤人的人，但是此刻却止不住为自己的遭遇而不平。天牢、青楼、皇宫，虽然看上去我也是节节高升，但是说白了都是监狱，不过是从一处监狱换到另一处监狱。这个想法让我很沮丧，又开始思考人生的意义。我要被关在这个大笼子里多久？

翌日一大早，各宫的首领太监和主事儿的姑姑就来挑人了。大家都愿意要身家清白的新人，好使唤，易笼络，也不用提防会是别的主子的眼线卧底。挑剩下的人，各局各司再根据此人的手艺进行挑选，识文断字的进尚宫局，女红好的进宫里的织造局，心灵手巧的进司珍局，会做饭的进御膳房……都进不去的只能去辛者库或浣衣局做最苦最累的杂役。

各宫各局的公公姑姑们鱼贯而入，我们这群刚刚做完岗前培训的新宫婢一字排开等待挑选。我郁闷地耷拉着脑袋，等着剩到最后一个。我都想好了，不去爆室就是我的造化，辛者库还是浣衣局都无所谓了。

没想到，所有的公公和姑姑冲着我就扑过来了，"这个丫头，我们朝鸾宫要了。"

"一看就知道心灵手巧、蕙质兰心，去我们织造局吧！"

"谁说的，看这端庄的模样，我们尚宫局还缺个司记呢！"

……

我被众人揪胳膊揪腿，头发都被摇落下来，忍无可忍，怒喝一声，"都住手，我什么也不会！"

众人住了手，仍旧七嘴八舌，争着要我。由无人问津的垫底一跃成为炙手可热的香饽饽，落差太大了，我一时不能适应。忍不住问他们："各位公公、姑姑是不是认错人了？我真的什么也不会，连个跪拜礼都行不顺溜。"

众人又跟蛤蟆吵坑似的，"没错，没认错，就是林姑娘你。"

"我们也是慕名而来……"

"早就想来拜会您了，碍着宫里的规矩一直等到今日。"

我听得一头雾水，最后还是一位老公公一语中的，"错不了，你不就是锦大将军从外面酒楼里捡回来的那个姑娘吗？"（什么叫捡回来的？真是好事不出门，坏事传千里！）

我终于明白了，原来这些人都冲的是锦夜的面子。我心中乐开了花，这就叫老天爷饿不死瞎家雀儿，本姑娘福大命大呀！既然如此，我就挑个安逸闲散不用面对一干主子天天跪拜的地方。

我拢了拢被众人摇得散乱的头发，让他们将哪一宫、哪一局都做什么差事挨个报来。狐假虎威的感觉真是爽歪歪，大伙争先恐后地将自己的主子和差事夸得天花乱坠，连浣衣局都将自己说得跟西施浣纱似的。我仔细听着，这可关系着我未来十来年的命运。（十来年？一会儿没人时再哭。）

听完一圈后，我总结如下：朝鸾宫的贤贵妃缺一个贴身的婢女（优点：做贵妃的贴身侍女，等于飞上高枝；缺点：天天要跪着磕头）；织造局和司珍局各缺一个掌制姑姑，就是给后宫嫔妃做衣服、做首饰的（直接pass，我笨手笨脚连扣子都缝不好，更别提做珠花了，真攒出个"猪花"，有人敢戴吗？）；御膳房来召一个做膳食面点的宫婢（优点：天天有好吃的；缺点：我只会吃不会做）；浣衣局来要几个洗衣服的宫婢，不过浣衣局的姑姑说了，我去了她可以将副职的位置交给我（也pass了，我长这么大只洗过自己的衣服，让我给别人洗衣服有心理障碍）……

我不禁仰天长叹，偌大个后宫难道没有我的位置吗？我不想众星捧月，站在风口浪尖上，要知道人是站得越高，摔得越狠的。哪天被众人知道我跟那个锦公公连边都贴不上，我怎么下台呢？再说我也不想跟他老人家扯上什么关系，躲还躲不及呢！

当然以我好吃懒做、不学无术的作风，我也不能去那个受苦受累的地方。我就想找个安逸的，不用受累的，不干什么活的，不用天天跟主子嫔妃们跪拜的，自己有个小天地的……（若干条件的）地方（有这样的好地方吗？只能当皇上了！），就这么一眯，毫不起眼，不引人瞩目，再伺机寻找逃出去的机会。（还逃？那当然，我是贼心不死！真在这儿窝十来年？连个正经的男性都遇不着几个，苦闷！）

就在我快要绝望的时候，我看到叽叽喳喳的众人身后有一个面貌凄苦的年长的姑姑，四十过了吧，瘦瘦小小的，一副受气包样，就她没跟着众人挤在我面前。我伸手费力地拨开身前的人，探头问道："那位姑姑，您是哪个宫的？要什么差事的宫婢？"

那个姑姑愣了一下才知道我在问她，"我是凤仪宫的执事，皇后娘娘嗜好饮茶，掌茶的绿萍姑娘年长出宫了，所以再来找个宫女专门为娘娘司茶。"

她还没说完，旁边就有人嗤之以鼻道："虽说是皇后的凤仪宫，但是整天跟茶叶茶壶打交道，连主子的面也看不见，哪辈子能熬出头啊！咱们朝鸾宫的贤贵妃缺一个梳头侍女，天天跟在主子跟前，多大的体面……"

"就是，就是，光是看管个茶叶太委屈姑娘了，还是来……"

我已经没心思听众人新一轮的轮番轰炸，我一把抓住那个瘦小的姑姑，"我跟你走，我去管茶叶。"

众人目瞪口呆，都道我缺心眼，横挑竖拣竟然选了这么个不起眼的去处。只有我心中窃喜，皇后娘娘，位分最高，不会被人挤对。日日只与清茶香茗打交道，多么的诗情画意，高兴了还可以整点儿只有皇亲贵族才能喝的贡茶给自己泡一壶，哈哈！我很没有形象地傻笑了一番，引得要领走我的姑姑惊恐地看了我一眼。

我转身向孙姑姑拜别，心中很有些不舍，跟她说："孙姑姑，等我在那边落了脚就来看您。"

她颇为忧心忡忡地拉着我的手，"溪儿啊，宫里是非多，要少听，少看，少说。好好当差，不求有功，但求无祸，宫里的规矩可要记清了，别整天'我'、'我'的，要自称'奴婢'……"

我点头如捣蒜，"放心吧，孙姑姑，我记住了，别人夸我了，我就说都是孙姑姑您教导有方。"

"别别别，千万别提我教的你……"吓得孙姑姑一个劲儿地摆手，让我小郁闷了一下，太不看好我了吧！

我跟着凤仪宫的方姑姑，沿着长长的甬道往凤仪宫走，两边都是高高的朱红色的宫墙。走了有小半个时辰，我见到金碧辉煌的宫殿，高高的匾额上书写着"凤仪宫"几个大字，院落敞阔，看不见什么人影，只见古树参天，花深似海，在夏末时节显得异常的幽深静谧。

方姑姑向我解释，"皇后娘娘身子好的时候最爱这些花花草草，后来身子抱恙，这些花草也疏于打理了。娘娘刚喝完药，（还是个药罐子！）正歇着呢，等娘娘精神好些，我再带你去拜见娘娘。"

我点头称是，心中暗道，不见更好，见了还要跪，太不适应了。

方姑姑将我带到侧面的一间耳房，雨过天晴色的纱窗，窗外是一株西府海棠。推门而进时，一股茶叶的清香扑鼻而来。屋里的两面墙都是檀木的架子，一面架子上是大大小小的玉罐、瓷罐，还有木质和紫砂的罐子，罐子上面是鹅黄色的笺子，写着：峨眉竹叶青、南安石亭绿、仰天雪绿、休宁松萝、恩施玉露、敬亭绿雪、天尊贡芽、六安瓜片……另一面墙上是各式各样的茶壶茶具，紫砂的，瓷的，玉的，满满一架子。雕花的窗扇下是一张软榻，上面放着一张小茶桌。

我憧憬了一下，倚在软榻上看书品茗该有多享受啊！我环视一周，屋子不大，充满了茶香古韵，让我非常喜欢。看来这个皇后娘娘还真是风雅之人！

"溪儿姑娘先在这里歇息吧，娘娘一般午膳后，下午未时，再有晚膳后，都会宣茶，你仔细伺候着就行。时间长了就能摸清娘娘的喜好，她不说，也能知道她想要什么了。"

从此，我白天基本上就在茶房待着，晚上会到凤仪宫的宫婢们的睡房睡觉。一间大屋，两边是大通铺。除去当天值班守夜的，一共睡着二十来个姑娘。

没几天，我就将这个宫里的事儿整明白了。听凤仪宫的宫人说皇后娘娘在皇上还是太子的时候就是太子妃，皇上登基就名正言顺地成为皇后。她掌管六宫，为人娴雅谦和，公正而不徇私，深受各宫嫔妃的敬重，后宫之中一片祥和，甚少有邀宠倾轧之事。皇后娘娘对宫人也很体恤，礼贤下士，从无责骂，因而凤仪宫中之人无不感念皇后娘娘的恩德。

凤仪宫主事儿的太监是谭公公，三十多岁，看上去挺精明的，嘴也甜，很会来事儿。执掌的姑姑就是接我来的方姑姑，是皇后娘娘家带来的奶妈，对皇后娘娘忠心耿耿，为人胆小怕事，但是很和气，虽是皇后娘娘跟前的红人，却从没有作威作福，自大妄为，反而总是小心翼翼的，非常谨慎。娘娘贴身的侍女是慕兰、倚竹、寻菊几位姐姐（其实岁数都比我小），本来还有一个咏梅，年纪大了，年前放出宫去。因为皇后娘娘生性喜欢静，所以空缺一直没补。剩下的还有十来个看院子的小太监和二十来个干粗使活计的宫婢（包括我）。

我暂时压下自己蠢蠢欲动的逃跑心，我也看清形势了，想从宫里逃出去，比登天还难。于是死心塌地地开始了在古代宫中的宫婢生活。

一天只在固定的时间，有小宫女过来向我取要皇后娘娘宣的茶和配套的茶具。绝大多数时候，我就是闲人一个，观花赏月，坐着发呆。凤仪宫的人对我颇为礼遇。尤其是谭公公，一心想巴结锦夜，那日因为有事在身，没去教习姑姑那里领新人，对方姑姑将我这个炙手可热的人领回来了很是兴奋了一阵，后来发现我没什么道行，颇为失望，但是对我也算是礼让有加。

我来了近半个月，也没见过皇后娘娘，据说娘娘身子矜贵娇柔，病了多日，一直吃药调养。

皇上倒是几乎天天来看皇后，看来很是恩爱。虽然是看自己的老婆，但是每次来排场很大，带着内监和护驾的侍卫，有时还会留宿凤仪宫。像我这样的小角色自然是不用到大殿接驾的，别惊扰了圣驾就行。于是我每次都跪在茶室门口，偷偷抬眼，想看看这个真龙天子是怎样三头六臂的人物。很遗憾，别说正脸了，连个背影儿也被侍卫随从给遮得严严实实。

即便皇上人不来，一天几次的总有东西赏赐过来，南海的夜明珠、东岭的貂皮、江南的锦绣、蜀川的玉芙蓉……数不清的奇珍异宝流水一样地涌到凤仪宫，补品补药更是数不胜数。我都纳闷皇后一人吃得了、用得尽吗？虽然我还不至于虚荣到眼红人家的东西，但是身为女人，还是禁不住羡慕了一下皇后，能够得到一个男人，还是作为君王的男人的倾心宠爱，也真是不枉此生了。

重逢

这一天大清早小宫女翠喜过来叫我："溪儿姐姐，内务府说今年进贡的秋茶到了，烦劳姐姐去内务府领一下。"

我都快憋死了，终于有到凤仪宫外面转转的机会，于是我高高兴兴地领了差事，拿了凤仪宫的宫牌，问明内务府的方位，就出了门。

走在院里的回廊上，我扭头看去，秋日的阳光依旧明媚，阳光透过树叶照得一地斑驳的碎金。我从回廊的尽头拐到前院，被一片开得争奇斗妍的菊花吸引住，是内务府刚刚搬来的贡品，全都是叫不出名的名贵品种，有的我连见都没见过，于是忍不住走上前去驻足观看。

刚想着要不要摘下几朵跟刘姥姥似的插一脑袋，就听见大树后一个女子幽幽的叹息，"不知他现在怎样了？"声线柔和，很好听。

接话的是方姑姑，声音很小，我听不真切，只隐隐约约听到她说："娘娘别总挂心……病才会好，自从……娘娘忧心成疾……现如今……娘娘也该放宽心了……说不定过不了几日……就能到宫中来给娘娘请安了……"

又是女子的一声叹息，"他不会来见我的……"

我这个人好奇心一向很重，吃了多少亏也改不了，偷偷探头去看，就见树后的阴影中站着方姑姑和一名穿着淡青色衣服的女子。那女子二十多岁的年纪，很清瘦，身上无纹无饰，一头青丝随意地绾成发髻，只有发髻间一支流光溢彩的百鸟朝凤簪，显示着她尊贵的身份。她那张荷瓣一样小巧的脸上不施粉黛，下颌尖尖的，面色有些苍白，带着些许病态，但是越发显得眉如远山、眼若秋水，带着浓浓的书卷气，如一幅上好的水墨丹青。

我对人一向讲究眼缘的，眼前的这名女子，我一眼就喜欢上了，温婉恬静，超凡脱俗。看来，这就是皇后娘娘，本以为会是一个端庄高贵或是妩媚到凌厉的绝色美女，没想到竟然是这样一位诗情画意，好似不食人间烟火一样的柔弱女子。

耳听方姑姑小声地劝慰，"奴婢知道娘娘心里苦，可是娘娘还是要谨慎些，这宫里人多口杂，莫要让人看出来才好。外头风大，您还是回屋吧……"

说着两人渐渐走远，听不清说什么了。看来贵为皇后也有不为人知的烦心事儿。我忽然想起孙姑姑的告诫，宫里是非多，要少听，少看，少说。我还是该干什么干什么去吧，别一不小心听见了不该听见的事，小命丢了都不知道是怎么丢的。

我出了凤仪宫，沿着宫殿前面的莲池往内务府的方向走，此时莲花已凋零，只余莲蓬立于水面。按照翠喜说的，过了莲池向左拐，走过御花园，再过一条甬道就到了。翠喜拍着胸脯说很好找的，可是我不得不悲愤地说，我又迷路了。我在御花园里跟没头苍蝇一样乱撞，满眼只看见假山、树、花和迷宫一样的小径，大清早连个人影也没有，我跟谁问路去啊！

我转了一圈，又回到莲池。正想着回凤仪宫让翠喜带我一起去。就看见莲池边站着一人，一身银色的锦袍，临湖而立。我一阵狂喜就冲了过去，"敢问尊驾，内务府怎么走？"

他这才扭头看我，好像刚刚发现我一般，一双漆黑的雾蒙蒙的眼睛望着我，淡然道："你是新来的宫婢？"

他很瘦高，身上有种高贵疏离的气质，带着淡淡的忧郁，像个诗人。我赶紧点头，躬身行礼，"还不知尊驾如何称呼？奴婢是凤仪宫新来的掌茶宫女，正要去内务府给皇后娘娘领取今年新进贡的秋茶。"

那人点点头，"穿过御花园，在假山后面有一条通道，向左走就到了。记得多拿些枫丹白露，皇后最喜欢的。"

我费劲地在脑海中记录着路线，御花园、假山后面……没细琢磨他话里的深意。正要向他道谢，就见一个小太监从斜次里跑出来，手里还抱着什么东西，见到这个人一个急刹车，慌忙行礼。

小太监还没有跪稳呢，手里的东西就窜出来了，我只觉得眼一花，就见一道白影，像是一只猫，冲着池边的那个人就去了。那人脚下一踉跄，后退了一步，已到了莲池的边缘。

　　我下意识地叫了声："小心！"

　　只听扑通一声，池边已经不见了人影。掉下去了！那只惹祸的猫早不知到哪里去了，小太监吓傻了，张着嘴呆立着，不知如何是好。

　　就我反应快，先扯开喉咙叫了一声："来人啊，有人落水了！"接着推了那个小太监一把，"快叫人来！"

　　然后，我以百米冲刺的速度冲到莲池边，"你坚持一下，我来救你啊！"（这救死扶伤的事儿怎么总让我碰上？天将降大任于斯人啊！难不成我跑到古代当救世主来了？这个想法很让人振奋。）

　　我一下子顿住，因为我本以为会看见挣扎的水花，可是没想到，水面依旧平静，那男子此刻摊开手脚漂浮在水上。由于他身上的衣服质地厚密，一时没有被水浸透，所以人还没有沉入池中。他身上银色的锦袍随着微波荡漾飘散开来，像莲池中盛开的一朵雪莲，而墨黑的头发，水草一样漂浮在水中。在秋日的阳光下，他平躺在水面上，像一幅静止的画面。

　　更让我震惊的是，他脸色平和，不见丝毫的慌乱，甚至带着一抹超然的笑意，仿佛很享受目前的状况，又好像是得到解脱一般的满足。在我的注视下，他的衣服慢慢被水浸湿，人也缓缓沉入水中。可是他依旧保持着那个姿势，那个微笑，让我恍惚觉得这样死去就是他想要的归宿。

　　他的脸彻底埋入水中，一串气泡从他的嘴里冒出来，我突然回过神来，见死不救可不是本姑娘的作风。我想也没想跳入水中。说实话，我的游泳技术很差的，就会梗着脖子游蛙泳，最好的一次在游泳池里游了一个来回，之后在深水区，手脚一乱就沉底了。还是一同去的同学七手八脚地将我捞了上来。打那以后，我只敢在浅水区游，打死也不过深水区前的那道浮标。

　　而此刻，我一跃而下，却没有踩到池底，很是慌乱。水还挺凉的，一股寒意瞬间将我裹住，让我手脚僵直，差点儿抽筋。我略微调整一下，先将自己的身体在水面展开，然后笨拙地向他游去。还好，没游几下就到了他身前，我伸手一把抓住他的头发，将他的头拖出水面，他被水呛得咳嗽起来，本能地抓住我的手臂，我被他拽得也浸入水中，呛了口水。我挣扎着捣了他一拳，我是想打晕他来着，水中救人就怕被反拖入水中。可是很遗憾，我在岸上也没本事将一个男人打晕，更别提在水中了。

我只能费力地揪着他，保证我们两个人的脸，至少是鼻子都露在水面上，一边气喘吁吁地告诫他，"你……可别乱挣扎，不然咱俩都得死……摊开手脚……让自己浮在水面上……"

那人果真不再乱动，由着我一边划水，一边用一只手托着他的头，倒让我佩服起来。要知道，人在溺水的时候，是没有理智而言的，肯定会手里够着什么乱抓什么。难得这个人在这种情况下都能够保持头脑的冷静，甚至微微转动着眼珠，看着我，让我很是恼火，凶巴巴地冲他吼了一句，"看什么看，你想死，我可不想……"

想到我如花似玉的年纪，却穿到古代来领死来了，一时悲从中来，刚想再骂他两句，一分神，又呛了两口水，我挣扎着抬起头，咳嗽得差点儿吐了，可是抬着他脖颈的手却始终没敢放开，咳嗽间隙还不忘警告他，"你可挺住了……一会儿就来人救咱们了……你要是这会儿淹死了，我可白跳下来了……"

正说着，岸上已经跑过来大队人马，乌泱泱的满是人，喊着："救驾，快救驾！"噼里啪啦地跳下来好多人，那架势就跟要把池子填满似的。很快，我们就被赶来的人七手八脚地弄到岸上了，我浑身脱力地躺在池边的地上，又冷又累，身边嘈杂的人声仿佛近在耳旁，又仿佛远在天边，我只模模糊糊地听见，"快传御医……"、"皇上龙体要紧……"

我在将要晕过去的最后意识里想：乖乖，我救的是皇上吧！那可是天大的功劳一件！不好，我捣了他一拳，还骂了他，他不会要我小命吧？……

我很快就醒过来了，发现自己躺在凤仪宫的宫婢寝房里，我就是被吓着了，身体并无大碍，说是晕过去，其实跟小睡了一觉差不多。后来听说我救的那人真的就是当今圣上沐长卿。他一早来凤仪宫看望皇后，只带着贴身的内监，走到莲池那里想起来有西域进贡的补品忘记带了，于是让内监回宫去取，自己站在莲池边等候。巧的是当时御花园的守卫换岗，因而园中的守卫都聚集在御花园西侧，不在莲池这边。而那个抱着猫的小太监叫小布子，是碧润宫的，碧润宫的主位惠贵嫔养了只大白猫，一不留神，那只猫跑出了碧润宫，跑到御花园里了。小布子来捉猫，不想碰到皇上，一紧张，没抱住猫，让猫窜下来，惊了圣驾，皇上他老人家就直接掉池子里了。

我醒后，就被带到凤仪宫的主殿，规规矩矩地跪在众人后面。

因为离着凤仪宫最近，皇上就召御医到凤仪宫诊治。此刻他已换过衣服，坐在榻上，皇后站在一边。屋子里跪了一地的人。一个留山羊胡子的人正在说："微臣拟了药方，去寒安神，已交由太医院的司药煎熬。"

皇上挥挥手，神色依旧淡薄，"都下去吧，朕并无大碍。"

待御医躬身告退后，立于一旁的皇后柔声道："皇上乃真龙天子，区区池水自是无伤龙体，但是池水寒凉，皇上还是要以龙体为重。"

皇上看向皇后的目光温柔如春风一般，一扫刚才的清冷，轻声道："朕不碍事的，雪儿不必担心。倒是你越发清减了，这两天还咳吗？有没有好些？西域进贡了天山雪莲，最是润肺止咳的，今日急着来看你，竟忘记带了。朕已命人去取，每日煎服，比吃药好些，又不苦。"

皇后慌忙跪下，"臣妾失德，竟劳皇上如此挂心，臣妾愧不敢当。"

皇上伸手一把拉起她，脸上带着落寞的一丝苦笑，声音依旧温和，"在你的寝宫里，哪还需要这些虚礼？雪儿，你我夫妻何须如此客气？"

"臣妾不敢。"皇后低下头去，苍白的脸上泛起一抹红晕。

正说着，一道红影走了进来，大步来到皇上跟前，跪拜道："臣刚刚得到消息，急着赶来，幸见皇上龙体安泰，可见天佑吾皇，百病不侵。"

"爱卿快快请起，来人，看座。"

早有宫女搬了凳子来，那红衣人并未起身。我看着他的背影大吃一惊，是锦夜。我不吃惊他在这儿，他是总管太监，皇上落水，他理应前来。我吃惊的是他自称为臣，而不是奴才，皇上也称他为爱卿，还赐座给他。差点儿忘了，人家现在是大将军，果真比公公体面多了。

以前听说锦夜如何叱咤风云、位高权重，我一直不以为然。今日一见，连皇上都如此对他和颜悦色，礼遇有加。我一下子想起了西门庆华的话，"说他'一人之下，万人之上'都是辱没了他。"此刻我才知道此话的分量。太监做到这份儿上，也叫光耀门楣了。

这会儿的锦夜虽然跪在地上却身姿挺拔，不像内监，更像朝中重臣，神色恭敬，却不显谦卑，"今日之事是臣失职，请皇上责罚。"

皇上淡然道："爱卿协助朕处理国事，不辞辛劳，今日之事不过是个意外，爱卿不必自责。"

"宫中守卫向来由臣统管，皇上落水，守卫未及时赶到，自是臣的罪过，臣自请扣罚一年的俸禄，还望皇上成全。"

皇上又推托了一阵，抵不住锦夜一再坚持，只好应允。锦夜接着道："臣已将今日御花园的守卫以渎职之罪查办，御花园即日起加派人手，日夜巡逻，皇上大可放心，今日之事不会再有。"

皇上神色一僵，勉强道："御花园的守卫已是三步一岗，五步一哨，今日不过是正值换岗接班，才会不在跟前。朕的意思还是不用再加派守卫了。"

锦夜再次跪拜，"皇上龙体不容有任何闪失，请皇上成全臣的一片忠心。"

皇上颇为无奈，"那就这样吧！"见锦夜依旧跪着，皇上不禁问道："爱卿还有何事？"

"皇上的贴身内监张公公竟然留皇上一人在莲池边上等候，擅自离开，请皇上治其之罪。"

皇上愕然道："是朕让张公公回去取东西的，张公公何罪之有？"

锦夜依旧一脸的端肃，"张公公理应时刻守在皇上跟前听候差遣，取物之事本应让其他内监宫婢去做，他却如此不分轻重，陷皇上于危险之中。"

皇上脸上已隐有怒色，"张公公跟随朕多年，没有功劳，也有苦劳。"

锦夜不紧不慢，恭敬道："张公公入宫多年，年事已高，力竭心疲，臣已让他告老还乡了，内务府会挑选做事伶俐的内监伺候皇上。"

皇上好半天说不出话来，所有的人也都是大气都不敢出，须臾皇上疲惫道："有劳爱卿事事为朕着想。就依爱卿所言吧！"

"皇上圣明。"锦夜这才直起身坐到凳子上，侧头扫了众人一眼，目光与我相碰，我赶紧低头避开。心中有点儿同情这个皇上，怪不得想死呢，真够窝囊的。

门外有人禀报，"小布子带到。"

两个太监押着一个人进来，就是抱猫的那个小太监。进到殿内，他被按着跪在地上，披头散发，吓得浑身发抖，跪都跪不住，差不多是趴在地上，一副想哭又不敢哭的模样。我看了一眼，瘦瘦小小的，还是个孩子，也就十三四岁。

皇上有些不耐烦地挥挥手，"既是内监，锦爱卿酌情处理吧！"

锦夜冰冷的眼珠扫了地上瑟瑟发抖的小布子一眼，冷冷道："论例当凌迟处死。"

那孩子瘫软在地上。我吓得头皮发麻，凌迟啊！千刀万剐！罪不至此吧！

一个温婉的声音劝道："危害龙体，自是该处以极刑，但是念他年幼，又不是故意为之，还望皇上从轻发落。再者宫中祥和之地，重刑过于苛严，请皇上三思。"

皇上微微点头，"皇后所言极是，那就从轻发落，将冲撞朕者杖毙吧！"

锦夜起身跪拜，"皇上圣明，宽厚仁慈，实乃我龙耀百姓之福。"

那个小太监也带着哭腔哆嗦道："奴才谢主隆恩。"被拖了出去。

皇上想起什么似的说："今日朕跌落水中，是凤仪宫的一个宫女将朕救起，那个宫女可曾带到？"

有人恭敬道："回禀皇上，带到了。"

我一听，说我呢！赶紧起身走上前去，又跪下了，"奴婢凤仪宫宫婢若溪，当时情况危急，若有不敬之处，还望皇上恕罪。"

我低着头，感觉所有的人都看着我，一阵心虚，真希望皇上来个间歇性失忆什么的，光记着我救他就行了，可千万别记得我打过他骂过他。要不然，算我个功过相抵也成。

静默了一会儿，皇上发话了，"今日多亏了她。既是凤仪宫的宫婢，自是皇后调教有方，（切，关她什么事儿啊！）赏凤仪宫宫人绢百匹，纹银千两。"

一片磕头和"谢主隆恩"的声音。我因是新来的，比别人慢了半拍，余光看到别人都趴在地上了，才猛地一俯身。

待我直起来时，听到皇上问我："既是你救了朕，朕可以满足你一个心愿，你且说来听听，你想要什么赏赐？"

哇！整个一个灯神啊！可惜只有一个心愿。我眼睛转了几圈，我就想要离开这儿，我很想说，放我出宫吧。可是我忽然想到那个可怜的孩子，一时的无心之过却要枉送了性命，心一横，"救皇上于危难本是奴婢的本分，奴婢不过是恰巧在那里罢了。皇上问奴婢要什么，奴婢愧不敢当，如果可能的话……"我咬咬牙，还是说了出来，"请皇上下旨饶那个小布子，他也是无心的。"说完我就头都不敢抬了。

时间仿佛凝住一般，我感到冷汗都下来了。过了好久，我听见皇上的声音略微不悦道："我已下旨将他杖毙，君无戏言，你现在要我放了他，岂不是让朕出尔反尔？"

这个罪名太大了，我哆嗦了一下，语无伦次道："皇上乃真龙下凡，洪福齐天、寿与天齐，区区莲池如何能困住真龙天子，不过就是下水游玩一番。再者皇上刚才也说了将冲撞皇上龙体者杖毙。冲撞皇上的是那只猫，那只猫竟敢将皇上撞下水，罪该万死，只是杖毙，奴婢都觉得太轻饶了它。难得皇上宅心仁厚，要奴婢说就应该千刀万剐、曝尸街头……"

我做出一副义愤填膺状，抬头看见皇上黑着脸，锦夜面无表情，其他人都是小心地窥着他二人的神色。我吓得不敢再多说，心中悲鸣，又闯祸了，果真是祸从口出啊！

皇上冷哼了一声站起身，"传朕旨意，放了小布子，处死那只猫。"说着往外走，众人跪拜，"恭送皇上。"

我窥着皇上走了，才虚脱般地擦擦冷汗，想起来都后怕。皇后扶起我，神色和善，温言道："难得你不顾自己的性命救了那个孩子，今日皇上念你有救驾之功，不跟你计较。往后须谨言慎行，再不可冒失行事。"

我点头不已，惊魂未定地出了正殿，躲到院子里的大树底下，一屁股坐在地上，接接地气儿，给自己压惊。

正在喘息之际，眼前忽然出现一片朱红色的锦袍下摆，我顺着仰脸往上看去，赫然看到锦夜那张绝美的脸孔，漆黑的眼眸一眨不眨地盯着我。

是这个阎王！我第一个反应就是快点逃走！可是思想已经跑到几十米外了，身体还是坐在原地没动。还跑什么呀，我即便是孙猴子也逃不出他的掌心。这样一想，我就淡定了。今日受的惊吓和刺激太大，我都已经麻木了，也不在乎再多他一个。

见我脸上的表情由惊讶到惧怕到最后的呆滞可谓变化莫测、瞬息万变，他微微蹙了下眉头。我垂下眼帘，不再看他，天塌下来当被盖，由他去吧！

"一条贱命，救他做什么？"他忽然开口，吓了我一跳，只觉得他声音冷得像冰，"你以为你是救了他吗？不过是让他继续苟活，改变不了他卑贱的命运，还不如让他死了干净。"

我愣了一下，意识到他是在说小布子，他的观点我不敢苟同，忍不住分辩道："合着身份低微就活该死啊！不过是个孩子，又不是什么天大的罪过！就算宫里有王道，世上还有天道呢！人的命又没有贵命、贱命之分。都是人，高兴了会笑，伤心了会哭，没饭吃会饿，没水喝会渴，挨打了会疼，面对死亡会害怕，有什么不一样的……"

"你错了！"他冷冷地打断我，"生死自是天命，无可逆转。但有的人生来便高高在上，锦衣玉食，仆役如云。有的人却生来卑贱，如蝼蚁一般任人践踏。"

我意识到跟个古人，还是这么个食古不化的人讨论众生平等的问题，简直是太鸡同鸭讲了。本姑娘可没那兴致教化他，只想他快点走，一会儿说多了又不知哪句话惹恼了他，把我也践踏了怎么办？于是敷衍道："你眼里的贱命，却是他自己和家人的无价之宝。贵与贱只是个人的看法角度不同罢了。王侯将相宁有种乎！"说着，我站起来，拍拍身后的土，准备开溜。

走过他身边时，他扭头看我，眼中燃着两簇慑人的烈焰，"王侯将相宁有种乎？说得好，你倒是常常语出惊人，还有什么，说来听听！"

这是夸我呢！难得他会夸我，我一阵激动，受宠若惊之余，马上搜肠刮肚地想还有什么类似的豪言壮语，须臾一拍大腿，"舍得一身剐，敢把皇帝拉下马！"

他冷峻的脸上浮现出惊讶之色，跟看二百五一样看着我，"就凭你这句话就够千刀万剐的！"

我一把捂住自己的嘴，气得想抽自己，怎么这么不长记性？只能哭丧着脸求他，"那就当我什么也没说好了。"

他冷哼一声，负手而立，线条优美的下颌微微仰起，像不可一世的君王，傲气十足，"怕什么？说了便说了，倒是我听过的最痛快的一句话。"

难得我也有说对他心思的时候，心中很欣慰。这回可以放我走了吧！"那个……锦……大将军，我，啊不，是奴婢，还得去内务府取茶叶呢，您先忙着，奴婢告退了。"

说完我没等他点头就跑了，跑出好远还心有余悸地回头，见他兀自站在树下，绿叶成荫中独他一身的红衣，像团燃烧的火焰，却让人觉得没有一丝热度。

救了皇上的事没给我带来什么裨益，就这样不了了之，没奖也没罚，我已经很知足了。那个小布子捡了一条小命，听说被碧润宫的惠贵嫔打了几板子，撵到辛者库去当差。可怜的孩子，我想起锦夜的话，是的，我改变不了他悲惨的命运，但是我始终相信，活着才有希望，而死了就什么都没有了。

秋意渐浓，天气转凉。入宫以来我一直过我的清闲日子，没事讲讲故事什么的卖个嘴把式，倒也混得人缘不错。就是闷得难受啊！规矩又多，我也不敢满处乱跑，谁知道一不小心碰个什么主子的，让我吃不了兜着走。

这一日清晨，下起小雨，秋雨缠绵，淅淅沥沥。我枯坐在茶室里，听着外面的潺潺雨声，忽然想起李义山的"留得残荷听雨声"，一时心驰神往。

难得我这个思维大条的人忽然有了雅兴，还能应时应景地想出句诗来，我决定鼓励一下自己的这种小清新文艺范儿，于是瞧瞧院子里没人，便偷偷溜出了凤仪宫。我连伞也没打，淋着沾衣欲湿的小雨跑到了凤仪宫外的莲池边。莲池边空无一人，眼见满池的枯荷败叶，在如雾的细雨中微微摇曳。天地间都是水汽混着泥土的芬芳，让人神清气爽。我仰起头体验着美好的四十五度角，让细雨洒在脸上。额前的碎发沾了雨水，软软地贴在面颊上，酥酥的痒，让我不禁咯咯笑了起来。

站了一会儿，雨势渐大，我终于听到了"大珠小珠落玉盘"的声音。可是这会儿也不觉得诗意了。原来文艺女青年也不是那么好当的，还是赶紧跑吧！再不跑就成落汤鸡了。

我刚要抬腿，头顶上方出现一片无雨的天空。雨停了？没有啊！还下着呢！

我好奇地抬头，竟然看到一把竹伞，挡住了滴落的雨滴。猛地一回身，一个人举着伞站在我的身后，是个男人，一身质地轻软的白色长衣。

我条件反射地跳开。他看了我一眼，默默地将手中的伞递给我，我毫不客气地接过来，戒备地打量他。

他一身白衣被雨淋得半湿，却并不显得狼狈，反而有种飘逸出尘的清雅气度。一双似曾相识的眼眸隔着细雨温和地望着我。

在我充满戒备的注视下，他垂下眼帘，"你……不记得我了？"

我仔细看了看他的脸。记得、记得！烧成灰我都忘不了你。是那个在染香楼花一千两银子买我一晚上的败家子。看来还是个皇亲国戚，长得人模狗样，却去青楼嫖妓，真是知人知面不知心。

我决定来个死不认账，我拿迷药迷晕了他，又偷了他的衣服，他不会是来抓我的吧！于是梗着脖子说："尊驾认错人了。"

他抬眼看我，亮如星辰的眸光定在我的脸上，微微挑眉的样子让我没来由地心中一颤。"我一直在找你，后来听说你遇到锦公公，进了宫。"

我一听心中凉了半截，这么执着，还四处打听我，至于吗？看来装不熟是不管用了。我不禁退后几步，心虚地说："我可没有银子还给你，你的衣服也被我换吃的了。"

死猪不怕开水烫了，怎么着吧！

我说完赶紧跑，一看手里还拿着他的竹伞呢，又走回去塞到他手中。他被动地接过来，默不作声。

我又色厉内荏地威胁了他一番，"不许告诉别人你在青楼见过我，不然我就将你逛青楼的事儿抖搂出去，让你身败名裂、遭人耻笑。知道了吗？"

他竟然听话地点点头，识时务为俊杰啊！让我不禁想起青楼那晚我让他喝茶，他就乖乖喝了。这让我颇为好奇，忍不住狐疑地问他："你这么听话？"

他看着我，目光澄澈如秋水，"你的话，我从来都是听的。"

哇！秀逗了！白长个好模样，原来脑子不好使。我放下心来，"那就好，不许再找我！"

说完我扬长而去。

没走几步，就见迎面迤逦走来一队人，明黄色的华盖，不用说，肯定是皇上又来看皇后娘娘了。

我赶紧低着脑袋跪在路边，心中嘟囔着：大下雨天的，不好好在自己屋里待着，看老婆还整出这么大动静，害得我大雨天跪在地上，蹭了一身的泥。

那群人走过莲池，耳听皇上的声音，带着惊喜道："长风，你在这儿！身子可大好了？"

长风？我如被雷劈了一样，耳中嗡嗡作响，脑海中一片空白。猛然抬头，对上那白衣人比秋雨还要清润的眸光。

是的，他是长风，那个跟我在慎行司的天牢里朝夕共处了一个月的长风。我真是笨啊！纵然他养好了伤、嗓音也不再沙哑，但是除了他，谁会花一千两银子只为见我？谁会如此听我的话，我让他做什么他便做什么？又有谁会用这样温和专注的目光打量我？而我竟然认不出他，一次次与他擦肩而过。

我回过神来时，听到他清如泉水的声音，恭敬地对皇上说："臣弟并无大碍，只是休养了两个多月，今日进宫前来给太皇太后和皇兄请安。"

皇上的声音透着宽慰，"那就好，朕多次遣了御医去看你，可是锦夜都说你在静养，竟然不让御医前去你府中诊病。"（锦夜当然不敢让御医看长风，那一身的伤！）

皇上亲昵地拉着长风，"朕正要去看皇后，一起去吧，她见了你肯定高兴。"

长风恭敬地道："臣弟还要去拜见太皇太后，稍后再去给皇后娘娘请安。"

后来我才知道先帝和长风的父亲是一母同胞，太皇太后是他二人的嫡亲祖母。因而皇上与长风感情较其他堂兄弟都要好。

"那朕与你同去看望太皇太后。"说着，皇上吩咐随从，"摆驾慈安宫。"

一行人从我的眼前经过，我垂下头，只看到长风白色的袍角……

人都走远了，我才手脚并用地从地上站起来，跑回到凤仪宫的茶室，止不住连打了两个大大的喷嚏。赶紧脱下湿了的衣服，换上一身干净的。

我整个人还是有些痴呆，没有从见到长风的震惊中缓过劲儿来，对着窗外的雨丝发了半天的呆。

寻菊进来说皇后娘娘宣六安瓜片，我找出来交给她。她走后，我睡意上来了，便歪在软榻上，没一会儿竟然迷迷糊糊地睡着了。

我好像又回到了天牢，见到了满屋的刑具，而长风被绑在刑架上，遍体鳞伤。锦夜拿着鞭子从阴影里走过来，一脸阴寒，冲着我们，举起手中的鞭子就挥了下来。我吓得想叫却叫不出声音，眼见着鲜血四溅，却并不觉得疼痛。而长风好像丝毫不在意呼啸而来的鞭子，在我耳边轻声说："若溪，我一直在找你……"

锦夜手中的鞭子不知何时变成了长剑，我突然能出声音了，惊恐地大喊了声："长风！"

耳边传来一个温和清越的声音，"我在这儿。"

我一下子睁开眼睛，梦醒了，一时不知身在何处。只呆呆地看着面前那张俊秀如霁月清风的脸庞，仿佛刚才的梦境是真实的，而此刻才是梦境一般。

耳听外面有宫人扬声问："王爷找到茶了吗？要不要奴婢帮您？"

我赶紧从软榻上跳下来。

长风应了声，"找到了。"回身跟我说："随便拿个茶给我，我随皇兄来给皇嫂请安，借故说刚才的六安茶不合口味，才自己来挑选的。"

我随手从架子上给他拿了个罐子下来，递给他。他接过来，俯在我耳边轻声说："太皇太后留我在宫中住一阵，今夜二更时，我在莲池南面的树林等你。"

"啊？"我还在发愣呢，他已经走出了茶室……

整整一天我都魂不守舍的，不时地向外抬头看天，怎么还不黑呢？雨已经停了，更显得秋高气爽。我一直等到月上中天，才小心翼翼地溜出凤仪宫。夜风清凉，吹在脸上很是舒服。我一路躲避着巡夜的守卫，顺利地到达树林。好在这里地处皇宫的西南角，非常偏僻，没有什么守卫。

转过了一道假山，就见他背倚着一棵大树，微俯着头，站在夜色中。夜空像蓝黑色的丝绒，将树影假山都映成浅黑色的影影绰绰，而如水的月华照在他的白衣上，给他镶了一道淡淡的光晕，如梦如幻。

我本来是想雀跃着扑过去的，可是不知为什么，这一刻我却犹豫了。他不是我熟悉的长风，不是那个需要我照顾、需要我疗伤的可怜人。他是龙耀国的端清王，当今圣上的堂弟，高高在上的主子。他也不再是那个满身是伤、连相貌都看不出来的人，站在月色中的他，像是从云端走出的仙子，俊逸无匹，纤尘不染。

这个想法让我有些泄气。我忍不住甩甩头，心中鄙视了一下自己，看人家长得好看，自卑呀！不至于这么心理阴暗吧，非要人家躺在地上爬不起来才去展现一下廉价的同情心吗？再说好看难看的关我什么事儿啊！对着一个赏心悦目的人，总比对着一个丑八怪强吧！

批判完自己，我快步走了过去。觉察到我的到来，他抬起头看我，刹那间如水的月华都倒映到他的眼眸中，我又悲催了。

看到我并不热切的目光和一脸的痴呆表情，他垂下眼帘，看着地面，过了一会儿才低声道："难道非要我鼻青脸肿的，你才会认得我？"

我愣了一下，没想到他如此洞察我心，挠挠头道："我……就是一时有些不适应。本来咱俩是同一个牢房的监友，你面目全非，我一脸是灰；你浑身带伤，我破衣烂衫，谁也别嫌谁。现在你是王爷，我是小宫女，你长得这么好看，我扔人堆里就找不出来，咱俩由同一起跑线变成了一天上、一地上的差距。角色转换得太快了，我得慢慢适应。"

他诧异地挑起眉毛，"若溪怎么会如此想？你不奚落我是千年前的老古董，长风就心满意足了。至于相貌，若溪清秀可人，何必妄自菲薄。再者当初我面目全非的时候，若溪也没有心生鄙视，不过是皮囊而已，若溪生性洒脱，为何如此执着于外表？"

说得太深刻了，我痛心疾首地坦白道："我承认你说得有道理，是我自卑了，我肤浅，我以貌取人，我只看见现象，看不到本质……"

我正想进一步挖掘我的思想根源，他忽然打断我，"锦夜容貌绝世无双，每次见他，我不自卑。"

我被他逗得扑哧笑了出来，虽然此刻的他俊美得不像话，但是那种熟悉的感觉又回来了。仿佛还是在天牢里跟他侃大山，侃得云山雾罩、自鸣得意时，被他一句不鸣则已、一鸣惊人的话给打击了。

我轻快地来到他身边，上上下下地打量他，直看得他面露窘迫，才点头道："嗯，没想到你养好了伤，还真是好看得一塌糊涂，怪不得我听说好多姑娘都哭着喊着要嫁给你。我在染香楼的一个好姐妹三年前见过你一面，结果到现在都对你念念不忘，我还嘲笑她一番来着。今日一见，果真是超凡脱俗，不同凡响。幸亏你在牢里被打伤了脸，看不出本来的模样，要不然，我还不得为了你跟马公公他们拼了！"

我一通叽里呱啦地讲个不停，他安静地听着，等我好容易停住，他才抬起头来，脸上带着温和的笑意，"若溪，又见到你、听到你讲话，真好！"

他的语气真挚而诚恳，让我为刚才的一通调侃不好意思起来。我走到他身边，顺手折下一根带着几片树叶的枝条，在手里把玩，"我还以为再也见不到你呢！你今日怎么到宫里来了？"

"我从天牢里被放出来后，一直被锦夜拘禁在府中，他见我全好了，才解了幽禁，由着我进宫来给皇上请安。"

"那可不是，他做贼心虚，当然怕别人知道他对你做过什么。"我愤愤地揪掉手里树枝上的叶子，脑海中假想着在揪锦夜那小子的头发。忽然想起染香楼的事，心中疑惑，问长风："对了，你是怎么在染香楼找到我的？"

他徐徐说道："我被放出来后就一直暗中找你，又不敢大张旗鼓地打探你的下落，怕锦夜知道了加害于你。于是只能让手下出去到市井间悄然打探。可是当初买你的蔡妈妈去了乡下，没了音讯，所以一直没有找到你。后来我听一个侍卫回禀，染香楼有一个叫桑妮的姑娘待价而沽，年纪样貌很像我要找的人，我这才知道就是你。我早该想到的，你没用若溪这个名字，而用了那个阳光明媚的英名。"

我耐心地纠正他，"不是英名，是英文名！"接着又好奇道："那你直接告诉我是你不就完了吗？何必花那冤枉钱，一千两银子呢，全打水漂了！害得我还以为你是个嫖客，下药把你迷晕了。"

他晶亮的眼睛看着我，很有几分羞涩，"那晚，我也是骗过锦夜的人，从王府中偷跑出去的。见到你时太激动了，不知从何说起，结果还没来得及跟你说明白就直接晕过去了。"

我想起那晚的事也撑不住笑了，"不过还真是多亏你了，不然我现在就被西门庆华拐到洛城做他的第二十九房小妾去了。"

他黯然地低下头，静默了好一会儿才轻声道："你……吃了很多苦！是我害了你。"

"不苦，不苦！"我挥挥手毫不在意地说，见他又是一副自责得恨不得以死谢罪的模样，弄得我很不自在，于是将我离开天牢的境遇说给他听。

从我如何被当作有志准花魁被蔡妈妈带到染香楼讲起，在染香楼遇到遭他叔叔算计的西门庆华，如何被那只腹黑狐狸当作幌子，为了逃走又假冒清倌人待价而沽，蒙晕了他偷衣服逃走，讲到这里，我抱怨道："你说你身上怎么不带银子呢？我这上下一通乱搜……"我扔掉手里的树枝，两只手比画着，"结果一个铜钱也没摸到，害得我流落到街头骗吃骗喝。"

他很是羞赧地瞥了我一眼，我这才发现，我已经快比画到他身上了，有吃豆腐之嫌，赶忙把手规规矩矩地放回自己身上。不由脸孔发热，有些不好意思起来。我忽然意识到我们不可能跟在牢里一样。我记得最后一晚，我是睡在他怀里的，那种安全依赖的感觉几个月来一直温暖着我的心。而此刻，我连碰他都不敢碰他。

他敏感地感觉到我的尴尬，轻声问我："若溪也会骗吃骗喝？"

我一下子来了精神，不害臊地将包子换汤面、吃了面却不付包子钱的糗事讲给他听，一直讲到以毒攻毒地傍着锦夜摆脱了金蛤蟆，却被锦夜带回宫。最后我总结道："要说我也是福大命大，在牢里捡条活命，从青楼全身而退，白吃白喝没挨打，进了宫又落得个清闲差事。"

"若溪心地善良，自然是吉人自有天相。"他含笑看着我，带着欣慰和怜惜，像落花掉入我原本平静无波的心湖，荡起层层涟漪。我沉溺在他如水的眼波和暖如拂面春风的笑容中，半天回不过神来。

我赶紧甩甩头，让自己头脑清醒些，这是我今晚第二次甩头了，感觉有点儿头晕目眩，不禁暗叹，怪不得人说，色是刮骨钢刀呢！果真看了要长针眼的。我现在明白为什么那么多的姑娘稀罕他了，容貌俊美固然是原因之一，更主要的是他身上有一种让人心醉痴迷的魅力，瘦削见骨却不觉纤弱，明明不算高大却让人不敢轻视，谦谦有礼又坚毅不折，温润如玉又带着铮铮傲骨……那些本应对立矛盾的东西在他身上竟然得到完美而和谐的统一。

见我久久不语，他也不说话，凝神屏气地站在那里。我回过神来，见夜空中已是明月高悬，匆匆对他说："我要回去了，不然同屋的人要起疑心的。"他轻轻点点头。

"你也及早回去歇息吧！看你瘦得还没我肉多呢，得好好养养！"他又点点头。

我看着他，又控制不住地开始唠叨了，"有那银子到青楼打水漂，（还提那事儿呢！没看见长风脸又红了吗？）还不如去买些补品给自己补补！在宫里住上几日就快离开这个是非之地吧！尤其是一定要躲着点儿那个锦夜，他现在是锦大将军了，你可千万别'锦公公、锦公公'地称呼他，我听说前两天就因为一个小宫女叫他'锦公公'，结果被割了舌头。你也别再叫他'阿业'了，免得勾起以前的事，让他更加恼羞成怒。他人虽然不怎么样，'锦夜'这个名字还算顺耳，你懒得叫他'锦大将军'，干脆就叫他'锦夜'吧。还有，没事别在他面前晃悠，省得他见了你气不忿，哪天一不高兴找个由头又将你关牢里去……"

我絮絮叨叨地告诫他，我也不知道对着他我怎么话这么多，其实经过这两个月的宫中生活，我觉得我说起来嘴不停的毛病已经改善很多了，刚想四处传些八卦，"祸从口出"这四个大字就从天而降砸到我脑门上，我立刻就将几乎要喷薄而出的长篇大论咽回去。可是对着长风，我的老毛病又犯了。

好在他是个好听众，我说一句，他就点一下头，到最后，我都怕他点出脑震荡来，只好讷讷住口，"那……你自己当心，我走了啊。"

转身要走，他忽然拉住我的衣袖。我诧异地回头，他已经红着脸放开了，轻声道："明天，我还在这里等你。"

怎么跟夜半私会似的？不过我还是点点头，豪气干云地一挥手，"不见不散。"

我跑到树林边缘时，禁不住回头看向树林深处那道淡白色的朦胧身影，心中忽然充满柔柔的感动。能够再见到他，跟他说话，真好！

那夜之后，每隔一两天，我都会在夜深人静的时候溜出去见长风。为了遮人耳目，我借口失眠，自己搬到茶室去睡。那张软榻足够宽，够我一个人躺了。

每次出去我都很是小心警觉，毕竟在深宫中私会男人可是天大的罪过。好在那片树林非常僻静，都是几人方能合抱的参天大树，况且以长风的耳聪目明，任何一个细微的响动都逃不过他的耳朵。

有一次我正在手舞足蹈地侃大山，他忽然伸手一把抱住我，将我按得蹲在地上，随即一矮身蹲在我的身后，手臂依旧从后面环抱着我。一股兰香扑鼻而来，清幽芬芳，让我如同坠入兰花的海洋，我正要开口询问，他用另一只手捂住我的嘴。耳根感到一阵酥痒，是他凑到我耳边小声说："别出声，是巡夜的羽林卫。"

我不敢乱动，后背贴着他的胸膛，感受着他身上温热的体温和缓缓起伏的呼吸，饶是我皮厚如墙，仍止不住面飞红霞。只觉得心跳得怦怦直响，在寂静的夜里仿佛异常清晰，能被别人听见似的。

沙沙的脚步声由远而近，好在我们蹲在大树后，几人合抱的大树将我们完全掩在阴影里。一群人迈着整齐的步伐，从树的另一面走过，脚步声渐渐远了，树林里一片寂静，只闻几声夜莺啼叫，更衬得秋夜静谧。

我略略挣扎了一下，他这才发现还一直捂着我的嘴呢，赶忙尴尬地放开手，将我扶起来，自己垂首立于一边。月光下他羞赧的脸庞简直让我目眩神迷，不知身在何处。

其实我每次跟长风也就是闲侃一通，跟在牢里差不多。通常是我天马行空地想说什么说什么，他静静地听着，偶尔发表一下见解，在我都觉得自己聒噪的时候，适时地鼓励鼓励我，表达一下他非常感兴趣，耳朵继续受煎熬的意愿。

半个多月后，我在海阔天空地神侃一通之后，暂时停了嘴。长风望着我，忽然说："若溪，跟我走吧。"

他说得自然而然，我愣了一下，第一反应是：这小子不会对我日久生情了吧！我转转眼珠，心中开始打我的小算盘。长成这样，又是个王爷，还是个龙耀国闻名的钻石王老五，跟他不算吃亏。可是，我跟他最多也就是做个侍妾，将来他的正妃、侧妃的还不压死我，跟一群女人争男人的事儿我可做不来，他再好，我也只能忍痛割爱。

看着我一会儿乐不可支，一会儿又哭丧着脸，忽悲忽喜、瞬息万变的面部表情，他轻轻地解释，"到我府中，不会有人欺负你，我可以认你做义妹，你想做什么就做什么。"

啊？早说呀，害我白斗争半天。我放下心来，拍拍他的肩膀，"吓我一跳，我还以为……"我看着他清俊的面容，不禁咽了口口水，同时将那半句话给咽了回去。

"以为什么？"他不明就里地问，须臾认真地看着我，"我不会让你到我府中干活的。"

呆子！

我可压根就没想着给他当小丫鬟。不知为什么，突然有点儿心神不宁，烦躁不安。像是本来平静的湖面，忽然落入一粒石子。那感觉就像是大学里，坐在石阶上，等着在过往的人流里看到萧然一样。有些忐忑，有些落寞，又带着莫名的失望和卑微。我大惊失色，我不会是……不会是对着一个好几百年前的老古董产生情愫了吧？太可怕了，我自己先恶寒了一下。

先别说人家是否看得上我，即便为了报恩，委身于我，呃……不是，是让我委身于他，想想他一个王爷，将来妻妾如云的，我就是那个垫底的，整天还得到大老婆那里请安献媚，那我还不如去做西门庆华的第二十九房小妾呢，好歹不喜欢那个人就不会在意名分，不会在意自己在他心中的地位，而心中有了羁绊，就无法做到云淡风轻，毫不在意了。

我打消头脑中乱七八糟的念头，只能归结为自己二十大几，想男人了，思春了，偏偏他还长得这么让人浮想联翩，这是种正常的生理现象。

我开始认真考虑他的提议，一时眉开眼笑，心中乐开了花，做他的义妹，可比小妾要强多了，（还想呢？人家可没那打算！）不用看人脸色，也算半个主子，虽然咱没想过腐败了让别人伺候咱，但是更不想伺候别人啊！

我凑近他，两眼放光，满怀期待，"到了你府上，我要光吃饭，不干活。"

"好！"他答得很痛快。

"我不想整天跪来跪去，还不想遵守什么繁文缛节的破规矩。"

"好。"

"我还要游山玩水，看遍龙耀的大好河山。"

"好。"他带着笑意，宠溺地看着我，"你要什么都可以。"

圣诞老公公！我都快流泪了，时来运转啊！傍上大款了！我一下子想到我的终极梦想，如贪心的孩子一般索求无度，"我还要开一家京城最大的花楼，你出银子，做董事长，我做CEO。"

"好。"他惯性地点头，继而失神地问我："什么？"

我沉浸在对未来的憧憬里，开始向他鼓吹我的伟大梦想，"等我游山玩水玩够了，我就回京城来建一所花楼，雕梁画栋，堆金砌玉，纸醉金迷，日日笙歌。楼里有最醇的酒，最精美的菜肴，最华丽的歌舞，最有趣的新奇玩意儿。严格意义说，它不是个花楼，因为我不想做皮肉生意，我要把它打造成一个真正意义的夜总会，一个集娱乐、休闲、歌舞、美食于一体的场所，男人、女人，甚至老人和孩子都可以来消费，找到自己感兴趣的东西。长风，你说好不好？"

我眼睛贼亮地看着他，他被我吓住了，面色微白，神情呆滞，半天才咬牙道："若溪说好，就好！"

得到他的首肯，我更加得意非凡，资金有着落了，我兴奋地说："好，一言为定，娱乐城的名字我都想好了。"

"叫什么？"难得他还没有晕过去，扶着树干，勉强问道。

"就叫天上人间。"我意气风发，猛拍了一下树干，一只栖息在树上的乌鸦，哇的一声冲入夜空。

"为什么叫这个名字？"长风有气无力地问。

"这个……"我抓了抓头，没好意思告诉他是剽窃现代轰动一时的蚀骨温柔窝，故作镇定地说："有一句词，是我最喜欢的，'流水落花春去也，天上人间。'"

"果真好句。"他由衷赞道。

我遇到知音，更是兴奋，"对啊！如此清雅又哀婉的词句，用作花楼的名字简直是相得益彰，再合适不过了。"

"啊……"他低吟了一声，彻底无语了……

那日后，我很高兴，天天乐呵呵的。终于可以离开这个大笼子了，这里虽然清闲安逸，但是枯燥无聊、暗流涌动，我可不想将我的大好青春都浪费在这里。

对于我来说，生活一下子有了意义，充满了阳光，而长风就是那缕暖阳。相约的夜晚，我喜欢远远地看着他站在月色中的挺拔的身影，看他冲着凤仪宫的方向默默凝望，即便相隔得远，又有夜色的掩映，我仍能感受到他目光中的眷恋和痴缠。我顺着他目光看去，只能看见凤仪宫飞檐卷翘的殿顶，在墨蓝的夜空中凝成黑色的剪影。

以前还没什么感觉，可是自从那日他一句"若溪，跟我走吧"，虽然明明知道那一刻曲解了他的意思，但是每每回想起他的这句话，还是让我感到怦然心动。我自己都无法解释这种心境。只是知道，当我看见他凝视凤仪宫的时候，会一下子想起"似此星辰非昨夜，为谁风露立中宵"这样的诗句来。心中竟生出朦胧的喜欢，他的守候是为了我吗？

我在夜幕的掩映下出其不意地来到他身边，他扭头给了我一个会心的微笑，那笑意如此善意而温暖，像吹面不寒的春风，到达他的眼底，再漫上他的唇角。看得我发呆，宁愿此生都溺毙在他如一江春水般的笑靥里。

"若溪，"他见到我很高兴，"我跟太皇太后请辞，几日后就可以离宫了。"他看了我一眼，轻声道："明日我会与皇兄一同到皇后的凤仪宫，宣你奉茶，假装欣赏你的茶艺，再向皇后讨要你。"

"那皇后要是不放我怎么办？"我不无担心地问道。

他顿了一下，神色有些不自在，低声道："不会的。我开口，她会答应。"

"那就好。"我放下心来，没有在意他略微尴尬的神态。

"若溪可有什么好主意？你一向足智多谋。"

我听他夸奖我，不禁有些飘飘然，"我本想让你假装落水，命悬一线时，我来个美女救英雄，将你从水里捞上来。你感激涕零，为了报答我的救命之恩，向皇上提出来将我带回你府中，当姑奶奶一样供着。"

他凝神细想，一副很认真的表情，看得我赶紧扭头，心中怦怦乱跳，暗中掐了自己大腿一下。我让你花痴！

他思量着说道："倒是好计谋，只是若没有前些天你救皇兄一事，倒可一试。可是你刚救过落水的皇兄，我又落水了，你又救了我，恐怕别人会起疑心的。"

我有些不好意思，"我瞎说的，根本不可行。你肯跳水里，我还不见得再敢下去呢！我一时惜命，真把你给淹死了，你多亏得慌，再说我还指着你出宫养着我呢。还是你的计划好。就说你一喝我泡的茶，神清气爽，腰也不疼了，腿也不酸了，气也不短了，浑身都是劲。我看那皇上，是真的关心你，他和皇后一发话，把我直接赏给你了，就万事大吉了。就这么说定了啊！"

"一言为定！"他含笑看着我。

我赶紧又掐了一下大腿，用劲儿大了，疼得直咧嘴，眼圈都泛红了。

见我那神色，他关切地问道："若溪怎么了？"

我慌忙掩饰道："没……没什么，那个……我就是舍不得皇后，她人很好，很和气，也没有架子，好几次我拿错了茶，她也凑合喝了，没责怪我。"

我想到那个不食人间烟火般的女子，不禁真心为她叹了口气，"就是生了个多愁多病的身子，天天病歪歪的，我就没见她活蹦乱跳过。好在那个皇上对她宝贝得不得了，今天南疆补药、明天西域雪莲的，见天往凤仪宫里送，害得皇后娘娘吃药都能吃饱……"

我正说得起劲儿，见长风神色落寞，似是很疲惫，忙打住八卦，关切地说道："你累了吧，早点儿回去歇息。时辰不早了，我也该回去了。"

我走了两步又折回来，凑近他，"不过说好了，不管我泡什么茶，你都得咽下去，还得做出一副甘之如饴的表情，不许苦着一张脸，太没说服力了。"

他挑起眉毛，听话地点点头，大义凛然道："若溪就是给我杯黄连苦水，我也会视为玉液琼浆，一饮而尽。"

我笑了起来，跟他告别后，向回走。想着还要嘱咐他点儿什么，一回头，看见他望着凤仪宫的殿顶，兀自出神，他身上笼罩着淡淡的哀愁，像一团薄薄的淡紫色的烟雾。我心中一颤，移回目光，加快了脚步……

映雪

翌日，我早早起来，本想对镜梳妆一下。一想，还是算了吧，万一打扮得太漂亮了，皇上看上我了，舍不得把我送给长风怎么办？于是只洗了把脸，拣了一件干净的淡绿色宫装穿，叫过翠喜帮我绾起头发。翠喜看着我，大眼睛滴溜乱转的，"溪儿姐姐今天真好看，以前也觉得姐姐清丽，今日更是让人看不够！"

人都是爱听好话的，我看了看铜镜里的人，果然是嘴角噙笑，光彩照人。要不人说"人逢喜事精神爽"呢！心里高兴，自然是精神焕发。

上午时分，耳听外面通传，"皇上驾到！"

我偷偷挑起窗纱，见到蓝色的身影携着一抹白色的身影进到凤仪宫。皇后娘娘出殿迎驾，我也装模作样地跪到门口，感觉到一道温和的目光扫到我身上，我抬眼找时，他们一行人已经进了大殿。

不一会儿，皇后娘娘身边的倚竹到茶室告诉我，皇后宣了绿雪寒烟。接着倚竹又吩咐我，"端清王来给皇后娘娘请安，说起上回王爷来茶室挑选茶叶，你给他讲了许多饮茶之道，今日让你沏泡了茶，奉过去，王爷想接着与你评茶论道。"

我嘴上恭敬应着，心中哀叹，评茶论道？长风，你想害死我呀！我懂什么茶道，以前都是喝袋泡茶的。我倒是每次去饭店吃饭都要壶茶，服务员问我："小姐，要龙井，还是观音王？"我都镇定地说："上壶迎客茶。"因为是不花钱的，所以对着一壶茶叶沫子也能喝得有滋有味。

倚竹临走不忘嘱咐我，"第一次进正殿，一定要小心当差，莫要逾礼出了差错。"

我一一应了，等她走了，飞快地拿出那个绿雪寒烟，又拿过一柄羊脂白玉壶，将嫩如春芽的茶叶倒进去，在倒多少的问题上，我犹豫了一下，以往不用我沏茶，只将茶叶交给来取茶的宫女就行了，今日让我亲自沏泡，还真让我犯了难。得了，好吃多给，多来点吧！于是抓起一撮扔到壶里，用滚水沏了，将茶壶和几只白玉茶盏放在一个玛瑙缠丝托盘上。

我一路小心翼翼地将托盘端进去，在众人跟前身子僵直地跪下，眼都没敢抬，倒不是因为紧张，我就是一直盯着托盘，怕我毛手毛脚的，将壶摔了。口中恭敬道："奴婢溪儿，请皇上、皇后娘娘和端清王进茶。"

皇上回过头来，看了我一眼，"这不是那日救朕于莲池的宫女吗？"

皇后微笑道："皇上好记忆，正是此女。"

皇上哦了一声，"不想她对茶道还颇有造诣，竟让舌头挑剔的端清王都刮目相看。"

我心中嘀咕着，大话吹出去了，可千万别露馅啊！小心翼翼地将托盘放到桌子上，然后躬身退到一边。有老太监上来用银针试过，并倒了三盏，奉给他们三人。

我这才拿眼打量众人。皇上一身冰蓝色绣着海水纹和盘龙戏水的锦袍，还是那副高贵而忧郁的样子。皇后大病初愈，看上去气色不错，穿了件紫银色绣着缠绕花枝的罗衫，端庄飘逸，恍如仙子。而长风依旧一身简单的白衣，俊雅出尘，飘逸若仙。三个人俱是人中龙凤，看着都是赏心悦目。

我见皇上和皇后正在闲聊着绿雪寒烟为何名贵稀少，而长风已经端起一杯茶，于是趁人不备，冲着长风使了个眼色。长风垂下头看着手里的茶盏，嘴角上弯，抿出好看的弧度。

皇后扭头温婉地向长风道："端清王素来对清茗颇有嗜好，尝尝此茶可还入得了王爷的口？"

在我们一干人的注视下，长风将茶盏凑到嘴边，喝了一口，差点呛住，尴尬地咳了一声。

皇上问道："可是不合口味？"

"不是！"长风面露郑重的神色，"臣弟只是从来没有喝过如此清香爽冽的茶，一时忘形，望皇兄和皇嫂恕罪。"

"是吗？"皇上笑道，"这茶统共宫里也就得了不到一斤，雪儿一直留着，自己都没舍得喝几回。"说着，端起茶盏喝了一口，皱眉道："这茶……"

皇后娘娘见皇上面露难色，也以纤纤玉手举起一杯，饮啜一口，诧异地抬起头。我见长风飞快地扫了皇后一眼，仅仅就是一瞥，皇后怔了一下，掩饰地用手中的锦帕按按嘴角，娴静地说道："果真好茶，茶香清幽，入口回甘。"

"是吗？"皇上问道，见那两个人同时点头，只能打起精神，"朕再尝尝。"又喝下一口后，回味道："朕倒觉得还不如日常喝的。许是味道独特，朕品不出其精妙所在，你们二人是茶中之仙，既然交口称赞，这茶自是好的。"

"皇兄高见。"长风微微欠身，娓娓道来，"这绿雪寒烟生长在高山崖壁的背阴之地，极难采摘，只有清明前后的那几天可取其顶尖的嫩芽，且炒作工艺繁复，往往上百斤茶叶只能提炼出一两精品，因而名贵。本品应以沸水晾置片刻后冲泡（呀，我直接拿滚水泡的，没晾），茶汤淡绿，如笼轻烟，因而得名。"

我在一边细心地听，用心地记，这是长风给我补课呢，怕我一会儿露了马脚。

皇上看着手中的茶，点头道："如此说来，此茶倒是极品。"

"是。"长风恭敬道："今日此茶，更胜往昔，臣弟只觉得茶香缥缈，好似瑶池甘露，一杯入喉可让人心神为之一振，头脑为之一清，仿若置身青山翠岭之中，云山雾罩之所……"

太过火了吧，什么时候这人变得这么嘴碎，彻底把皇上忽悠得云山雾罩了，抬手给自己又倒了一杯，皱着眉头喝下去，仔细琢磨长风所鼓吹的意境。而皇后不动声色，只好奇地瞥了长风一眼。

看来长风这家伙还是很有忽悠人的潜质的，改天不做王爷了还可以到集市中摆地摊卖假药。

我赶紧给长风使了个眼色，让他差不多行了，别把一杯茶说得跟仙丹妙药、包治百病似的。长风接到我的眼风，话锋一转，"臣弟不禁很是疑惑，如何得来此等清新不俗、让人入口难忘的茶汤，可否请泡茶的宫女解释一二。"

该我上场了。我肃了肃脸上的神色，将刚刚听长风满口瞎话时那一脸牙疼的表情很好地掩饰掉，才端正地跪在几人面前。"回皇上、皇后和王爷，此茶清幽，茶叶千金难寻自是其一，然而更重要的是奴婢用来沏茶的水。"

"哦？"皇上也有些感兴趣地问道，"水有何不同，竟让皇后和端清王交口称赞。说来听听。"

"是。"我依礼半垂着头，天马行空道："这水不是普通的井水，也非江河湖泊之水，而是奴婢于夜半清晨，无人之时，到花园中采得百花上的秋露，收集到瓮中，再烧开煮沸用以泡茶。因而茶中自然凝聚了天地之精华，日月之魂魄，秋风秋雨之风骨，兼有菊花之清傲、兰花之幽芳、牡丹之国色天香……"我说到得意处，有些眉飞色舞，一抬眼看见长风略带警告的眼神，赶紧住嘴，毕恭毕敬地跪在地上。

"如此说来，倒难得你一番曲折心意。"皇上折服道，又续了一杯，徐徐饮下，终于点头，"细品之下，果真有股独特的味道。"（那是，茶叶放多了，水烧过头了，当然独特。）

这就叫众口铄金，小时候看的《皇帝的新装》绝对不是空穴来风。那哪是童话啊，简直就是活生生的生活实例。看看，贵为天子又怎么样，在我们一干人的忽悠下，还不是晕头转向，指鹿为马，拿着泡走了味的茶权当天下极品，喝得不亦乐乎！

长风惋惜地接口，"只可惜臣弟府中并无此等蕙质兰心之人。臣弟无其他风雅嗜好，就好品饮清茗，以后想喝个茶还得巴巴地进宫讨饶皇兄皇嫂，皇兄皇嫂不要嫌弃臣弟烦扰就好。"

皇后抬眼又看了长风一眼，并未接腔。倒是皇上漫不经心地挥手道："你进宫来，朕与雪儿都欢喜，说什么讨饶。不过你若中意这宫人的茶艺，朕就将她赏赐给你，你带她回府，便可日日喝到称心称意的清茶，闲时朕与你皇嫂也到你的端清王府品茶论道，岂不快哉？"

长风起身恭敬拜下，"谢皇上，臣弟却之不恭，（好样的长风，这招顺杆就上，值得我学习！）只是不知皇嫂是否舍得割爱。"

皇后注视他片刻，须臾点头，"王爷如此中意溪儿，本宫有什么舍不得的？就依皇上所言。"

我一听，大功告成，心中美得好像长了翅膀，已经飞出这深宫高墙，不禁欣喜地与长风对视了一眼。一扭头却发现皇后正若有所思地看着我，似要将我看穿一般，我赶紧低头，却感觉自己那点心思在她清幽的目光中无所遁形。

再抬头偷窥时，见皇后已移开眼眸看着长风。长风感受到皇后娘娘的目光，回望了她一眼，二人目光一碰，又迅速避开，长风略显尴尬，口中却恭敬道："谢皇后娘娘。"

皇后娴雅道："王爷多礼了。"

我正沉浸在对未来无尽的憧憬中，就听皇上笑言道："不过一个宫婢，你们兄妹何须如此客气。宫墙之内规矩虽多，却也不要失了亲情，长风你也常进宫来看看雪儿，不要得了那个精通茶艺的宫婢就整日待在府中，不进宫了。"

兄妹？雪儿？

江映雪！我一下子僵住。好像阴暗的天空突然一道强光闪电，将天地都照得雪亮。所有的疑惑顿然云开雾散，片片无法拾起的碎片此刻也凑成完整的拼图。皇后就是嫁给了长风堂兄的江映雪，长风的表妹，青梅竹马的恋人，那个让长风在天牢的睡梦中声声呼唤的人！多么显而易见的事，我却一直没有看破。

此刻我看着白衣的长风和紫衫的皇后，都是仙子一样超凡脱俗的人物，是如此的般配啊！只有皇后这样天仙化人的女子才配得上长风吧。

他们身上有那么多的共同点——同样的不染凡尘，同样的诗情画意，甚至有同样的爱好。而他们二人间又是如此的默契，一个眼神就足以准确地感悟对方的意思。那种心心相印、心有灵犀是旁人根本体会不到的。

我忽然想起长风在夜色中凝望凤仪宫的样子和他身上笼罩的那层淡淡的哀伤，"似此星辰非昨夜，为谁风露立中宵"，他是心心念着那个深宫中的梦中人，可笑我竟然一厢情愿地以为他在为我守候。

脸上火烧火燎地发涨，我心中翻江倒海，思绪起伏，所有的信息一下子都涌到脑海中，而我却失去了分析的能力，我无法解释自己是怎么了，只觉得内心有股深刻的失落以及自怨自艾，原来他在意的始终只有江映雪。

我呆立在一边，长风关切地看了我一眼，不明白我怎么忽然脸色发白。他起身请辞，我强压住心潮翻涌，依礼跟着告退，无论如何，先出了这皇宫再说。

耳听宫人通传，"锦大将军前来给皇后请安。"

锦夜！他怎么来了？我猛地抬头看向长风，恐惧涌上心头，让我喉咙发紧。长风神色紧张，冲我道："这里没你事了，先退下吧。"

在皇后宫中，他却喧宾夺主地对我发号施令，皇后脸上浮现出一抹诧异的神色，但是很快恢复了平静的面容，跟着简短地吩咐我，"先下去吧，收拾一下，跟王爷回府。"

我刚想起身开溜，就见锦夜已进到殿中，此刻起身更容易引起他的注意，我无奈地一低头，扎着脑袋，只希望他别注意我。虽然垂着头，我却已然感到大殿内的气压都因他的到来而降低了，他冰冷的目光扫到我的身上，让我不禁打了个寒战。

锦夜拜过帝后，看向长风，"不想端清王也在这里。多日不见，王爷可好？"

虽然锦夜的声音如常，但是我还是觉得他声调低沉，带着显而易见的压抑和挑衅，不禁心猛地一沉，为长风担心起来。

长风面无表情，"托锦大将军的福，还好。"

锦夜勾了勾嘴角，"当日为了堵住高老贼之口，皇上将王爷交由慎行司看押，锦夜分身乏术，多有照顾不周，得罪之处，还望王爷见谅。"

那叫照顾不周啊！差点将长风活活折磨死。我不禁愤愤地瞪了锦夜一眼，见他凤目斜扫着我，我赶紧低下头。

换了是我，早就跳起来问候锦夜他家先祖了，而长风只淡然说道："长风从慎行司捡条性命，一直在府中将养，还未及向锦大将军当面道谢。"

"那就不必了。"锦夜冷然道，丝毫不以为耻，"臣也是奉了皇上旨意，照顾王爷免入高老贼之手。都是皇上的洪福保佑王爷，臣不敢居功。皇上您说呢？"说着拜向皇上。

皇上静默了一会儿，开口道："多亏锦爱卿力挽狂澜，救龙耀于水火，又保住长风的性命，爱卿就不必推托了。"

我见他们几个人相谈甚欢，此时不走更待何时？于是悄悄地向后挪了挪，嘴里嘀咕了一句，"奴婢告退。"

在脑海中我已经开始飞奔了，像离弦的箭一样冲出了大殿，而现实是我只能一遍遍地告诫自己，"慢慢走，慢慢走"，压抑着走宫婢的小碎步。心里急得火烧火燎，偏偏大殿宽阔，离门口还有好长一段距离，只能看见大殿门口是一团光亮。

耳听身后皇后问锦夜道："锦大将军公务繁忙，今日为何来到本宫的凤仪宫？"

锦夜恭敬回道："是臣疏忽，连日来未能向皇后请安。今日听闻皇上和端清王都在凤仪宫品茶，特来凑个热闹。"

皇上声音清冷，"锦爱卿好快的消息，我们一壶茶还未喝尽，爱卿就来了。来人，给锦爱卿看茶。"

我听到水注入茶盏的声音，应该是太监上来给锦夜倒了一杯我那个秋露沏泡的绿雪寒烟。我已经看到大殿外的阳光了，不禁加快脚步。

身后的声音因为离得远了，有了回声，就听皇上问道："锦爱卿觉得如何？皇后和端清王可是赞不绝口。"

锦夜似乎冷笑了一声，方幽幽说道："好茶，不知何人沏泡？"

我前脚都跨出大殿高高的门槛了，结果就因为他这一句话又给带了回来，愁眉苦脸地重新跪到了几个人的面前。

皇上指着我道："此宫人是皇后宫中的司茶，端清王赞赏其茶艺，朕已将她赏赐给端清王。"

"哦？"锦夜一脸恍然大悟的表情，凤目依次在长风、皇后和我的脸上转了一圈，须臾面露玩味的笑意，"我说王爷今日怎么一大早就到了凤仪宫，原来是看上这个宫婢了。"

他将手中的茶盏放到桌上，接着道："幸亏臣及时赶到。此女行为不检，屡犯宫规，似有不可告人之事，臣正想将她带到内监处审问，不想皇上竟将她赐给了端清王。如此德行，如何能跟随端清王呢？"

我听得头皮发麻，一口气差点没背过去，这个死锦夜，简直就是我的克星，一跟长风沾边，他就不放过我。

皇上惊问："此话怎讲？"

"臣听宫中内监禀报，凤仪宫中的司茶宫婢时常夜半出凤仪宫的大门，再踏月而归，行为诡秘。"

天哪，原来宫中处处是锦夜的眼线，保不定这凤仪宫中就有卧底呢。长风也脸色发白，担忧地看了我一眼，嘴唇微抿。我一看他那神色就知道他又要跳出来将事情揽到自己身上。我不用想都知道他想说什么，无非是对我一见倾心、忍不住夜半私会之类的，太没有创意了。可是即便他贵为王爷，私会宫女也是有悖纲常的。

我看了锦夜一眼，他正专注地看着长风，目光阴狠，饱含恨意。小样儿，此刻，我看锦夜一看一准。我算准了他不想弄死我，他若想要我的小命，早就要了，不必等到今天。他不过就是借题发挥，说我行为不检点，不让长风如意带走我罢了。

可是如果这会儿长风承认我们俩夜半私会，那就正中了锦夜的下怀，到时候，再整个秽乱宫闱的大帽子，我小命保不住，长风也得不了好。

想到这儿，我一个眼神飞过去，拦下长风将要出口的话，接着一头磕到地上，"奴婢该死，奴婢只是去采百花上的秋露，用来沏泡清茶。奴婢未得皇后娘娘的旨意就私自出凤仪宫，请皇后娘娘治罪。"

皇后缓缓接口道："私自乱跑总是不对，不过难为你的一番奇巧心思，依臣妾的意思，就从轻发落吧。"

皇后说着看向皇上，皇上见心尖尖上的人开口，如何不允，点头道："皇后说得极是，锦爱卿尝尝这茶，是这宫人采百花上的秋露沏泡而成，味道清幽，芬芳天成。（皇上也跟着一起忽悠了。）"说着，转头斥责我道："这凤仪宫中繁花似锦，皆是仙树奇葩，还不够你采花露的吗？即便要出去，也应请了皇后的旨意，以后不可擅自妄为！"

"奴婢遵命。"我赶紧顺杆就上，跟长风学的。

"哦？"锦夜微挑秀眉，"果真是以秋露为水？没想到一个宫婢还有这番奇思妙想。"

为了证明确有此事，我胡编乱造道："回锦大将军，不仅是百花上的秋露，凡是无根之水，用来沏茶都是上好的。譬如春日里竹叶上的雾珠，夏日里莲叶上的雨滴，冬日里红梅上的落雪，收集起来，装入瓮中，埋在地下，想用了就取出来，都比井水清冽甘甜。"

锦夜闻言面露一抹了然于胸的冷笑，"倒是风雅有趣，只是未经皇后允许私自夜半在宫中游荡终是不成体统。"说着转向皇上，"皇上明鉴，有道是国有国法、家有家规。采露泡茶，当赏；私自游逛，当罚。功过相抵易让人心生倦怠，有损皇家威名，奖罚分明方是为君之道，治国之本。"

长风飞快接言，"皇上既已将此宫人赏赐给臣弟，就让臣弟将她带回府中管教吧！"

锦夜狭长激滟的凤目瞟了长风一眼，"王爷此言差矣，如此不循规守礼的宫婢如何能够侍奉王爷呢？若在王爷府中也这样没规没矩、胡作非为，岂不是让世人耻笑我龙耀皇宫纵容宫婢，治下不严？臣是宫中的内侍首领，到时候臣自是难辞其咎，只怕还会有损皇上的英名。"

我晕死，这大帽子扣的！值当吗？把我说得跟颗老鼠屎似的，搅和了皇宫这一锅汤，就差说我祸国殃民了，我有这么大的道行吗？

皇上面上已带了隐忍之色，"那依锦爱卿的意思，该如何奖又如何罚呢？"

锦夜恭敬道："臣以为，当赐金瓮一只令其收集无根之水，以奖其夜采秋露，为主泡茶之功。再杖责四十，以罚其逾越宫规，私自游逛之过。待她守得规矩，谨言慎行，再送到王爷府中侍候王爷。"

啊！杖责四十？到时候他再找两个五大三粗的太监狠狠地打一顿，我不死也得残，就剩下半口气了，我还去长风府上干什么去？等着他给我出殡啊？

我看了长风一眼，只盼着他千万别再张嘴为我求情了，他再说点什么，四十大板就变成八十，我就真死透了。好在长风在我的影响和熏陶下，这点明察秋毫的本领还是有的，虽然脸色发白却没有再争辩。只递了一个眼神给他表妹——皇后娘娘，目光中已经带了求助的信息。

要说他们两个从小一起长大，青梅竹马，心意相通还真不是盖的。皇后娘娘虽然一头雾水地看着长风对我处处维护，锦夜对我步步紧逼、欲置之死地而后快，但是接到老情人的求助信号后，立刻正襟危坐，端出了母仪天下的皇后风范来，"锦公公所言极是，有奖有罚，方能服众，这宫中的规矩自是不能破的。"

锦夜在听到锦公公几个字后，神色一滞，面上挂着的微笑也变得僵硬，唇角虽然还弯着，但是目光已经阴冷下来，自从他被封为"镇天威武大将军"后，还没有人再当面称呼他为"锦公公"。

只见皇后起身，向皇上盈盈拜倒，"臣妾统领六宫，却连自己宫中的宫人都没有管好，是臣妾失职，有负皇上的信任嘱托，臣妾自领扣罚宫俸半年，以儆效尤。"

皇上伸手扶她，"一个宫人偶尔犯错，你何必自罚？"

奈何皇后一再坚持，皇上只好无奈道："你刚刚病愈，地上凉，先起来再说。"

皇后道："谢皇上。"起身后踱步到我的跟前，"至于这个宫人，本宫倒喜欢她心思灵巧，聪慧不俗，起了爱才之心。正好年前咏梅放出宫了，本宫身边还缺一个贴身侍女，不如就让她留在本宫身边，由本宫亲自调教。什么时候锦公公觉得她知礼守则了，再送到端清王府。锦公公你看可好？"

锦夜就是不想长风称心如意，看不得长风有半点好，此刻见事已至此，皇后领了自罚，又将我留在宫中，便也不好再说处罚我之事，只能皮笑肉不笑道："皇后娘娘亲自调教宫人，自是她的福分，臣不敢有异议。"

众人一时无话，大殿中异常安静。皇上低头饮茶的工夫，锦夜微挑眉，看了长风一眼，又挑衅地看向依旧跪在地上的我，那目光仿佛在说："你再异想天开，我就杀了这个丫头。"

长风顺着他的目光看向我，眼中带着安抚，"暂且忍一忍，我再想办法。"我回了他一个眼神，"我很好，没关系。"锦夜看到我们互望，眼中寒光一凛，杀气腾腾。

长风不再理他，扭头跟皇后对视了一眼。他俩一个在问："能不能告诉我，这到底是怎么回事？"另一个回复，"稍后我再解释，先替我保住这个女子。"

天哪，全是玩眼神啊！虽然刚才我差点儿踏入鬼门关，现在还冒虚汗呢，但是这个场面真的是太好笑了。长风、江映雪、锦夜、我，四个人挤眉弄眼地满脸跑眉毛，虽然没说一句话，但是空气中就像是架了电线一样，各种讯息闪出噼里啪啦的火花。最令人称奇的是大家居然都能够准确无误地弄懂对方的意思，此时无声胜有声啊！

当皇上从茶盏上抬起头来时，大家同时收回目光，看向别处，跟没事人一样，空中的电流瞬间消失……

我都不知道那天是什么时候离开大殿的，也不知是皇上还是皇后说"下去吧！"，我就连滚带爬地跑了出去。

凤仪宫的宫人都纷纷向我道贺，说我刚一入宫就飞上枝头，堪称前无古人后无来者，翠喜更是忽闪着大眼睛艳羡道："终究是溪儿姐姐的福分大，今天一早就见姐姐印堂发亮，果真是喜事临门。"

我强打精神将他们都应酬走，一头栽倒在茶室的软榻上。环视我的小窝，悲从中来，从今以后，我就得睡在皇后娘娘暖阁外的过道里了，还得随时惊醒着听候差遣。

我在茶室里窝了一整天，宫人都道我欢喜疯了，连饭也吃不下，就没来打扰我，由得我一个人胡思乱想。傍晚时分，慕兰来告诉我，皇后发话了，准许我夜半去采花露，我不用怕再担上私自游逛的罪名，我听了微微放心。

月上柳梢时，我惯性地跳起来往外跑。到了约会的点了，可是没到门口又折了回来，颓然地倒在软榻上，呆呆地看着窗外夜幕低垂，月朗星稀。想象着长风一身白衣，长身玉立于月色中的样子，心中恻恻地痛。

我哀叹，流年不利啊！我这是冲撞了哪路的神仙？皇宫没出去，梦想中自由自在、作威作福的日子泡了汤，丢了司茶这个清闲的差事，成了随时随地要给人下跪的风口浪尖上的人，还成功地再次引起锦夜的关注和仇视……

然而这些都不及知道皇后就是长风的恋人江映雪给我的震撼大。仿佛晴天霹雳一般将我劈得从里焦到外，心中的失落和悲戚无法言语，让我心烦意乱。

趁着无人，我将自己的内心拿出来翻检，为什么？为什么我会如此在意？

终于，我不得不承认，原因只有一个：我喜欢长风，我喜欢和他月下闲谈，感受他温和的目光轻风一样抚在我身上。我受不了他凝望凤仪宫时眼中的遗憾和落寞，受不了他和江映雪深情对望又痛苦隐忍的样子，受不了他心目中对江映雪眷恋不舍这个不争的事实。

这种喜欢不知从什么时候开始已经驻扎在我心底，悄悄地生了根、发了芽。也许是在染香楼的莹贞阁第一次看到他秀美的容颜；也许是在莲池边他为我撑起竹伞挡住淅沥的秋雨；也许是夜幕中，他沐浴着月光等我到来；也许是他无意的那一句"若溪，跟我走吧"拨动了我的心弦；或者更早，在天牢里的时候，他温暖的怀抱就让我流连忘返，不知归途。

我不禁扪心自问，究竟是什么让我如此痴迷，是他清俊的面容，如水的目光，还是他的坚毅不折？我想了半天，泄气不已，我是无药可救了，因为我迷恋他的全部，甚至当我还不知道他的面貌，只看见他遍体鳞伤的时候，就已经为他的善良和坚韧所折服。

我曾经以为自己经历过与萧然的苦恋而练就了金刚不坏之身，现在才知道，爱情是没有免疫的，不代表你爱过一次、痛过一次就不会再为情所扰。还真应了那句话，"弃我去者，昨日之日不可留；乱我心者，今日之日多烦忧。"

一时烦闷，不知如何直抒胸臆，我起身找来纸笔，再一次施展了我的书法技艺，将这两句话写在纸上。本想摆在哪儿，每日瞻仰一下，但看着自己龙飞凤舞的"墨宝"，很有几分知耻近乎勇的脸红，枉我才高八斗，这字怎么就这么上不了台面呢？

一夜无眠，一直辗转到天明，略一蒙眬就看见长风月下的白色身影。

翌日清早起来，脸上已经顶上了两个黑眼圈，满面愁容，丝毫没有升了职、攀了高枝的喜色，反倒一脸丢了钱包、走了霉运的倒霉相。不管怎么说，今日我要走马上任，奔赴新的工作岗位。于是胡乱洗把脸，脱下下等宫婢的淡绿宫装，换上慕兰给我的一件月白上裳，水红色的百褶长裙，倒有几分喜庆模样。慕兰又亲自给我绾了头发，在我的发髻上插了一根蝴蝶银簪，走动时，蝴蝶的翅膀还会一颤一颤的。

打扮停当，慕兰带我去给皇后娘娘请安。皇后娘娘刚刚起床，倚竹和寻菊正在侍候她洗漱梳妆，为她换下寝衣，穿上一件杨妃色绣鸾鸟朝凤纹饰的广袖长裙。寻菊又将她过腰的长发，绾成高贵繁复的发髻，发髻上插上紫金翟凤珠钗，凤口衔着一粒红宝石垂到眉心，更显得她沉静雍容、端庄秀美。

皇后见我跪在地上，温言道："起来吧，我正要去慈安宫给太皇太后请安，你随我一同去。"接着又吩咐倚竹她们，"有溪儿一人服侍我即可，你们都留着宫中吧。"

倚竹微感诧异，还是恭敬道："是，娘娘。"

我起身，接过皇后娘娘的云水碧的锦缎披风，以备风大时给她披上。她扶着我的手，出了凤仪宫。

走在风景如画的御花园，地上的落叶虽然有宫人随时在扫，但是依旧赶不上树叶飘落的脚步，踩在上面发出枝茎断裂的轻微的响声。皇后一直默不作声，但是我知道她是有话要问我的，所以单独跟我出来。果然，走出宫人来来往往的御花园，到了一条林荫小路，见左右无人，皇后和悦地问我："你如何认识端清王？"

我其实一直等着她问呢，可是乍一听到，还是有些心惊，"回禀娘娘，几个月前，奴婢误入慎行司的天牢，偶遇端清王。"

"天牢？"皇后神色紧张，神经质似的一把抓住我的手，颤声问："他……有没有吃苦？"

我刚想实话实说，那罪可受大发了！可是一看到她那副泫然欲泣的样子，赶忙把将出口的话又咽了下去，她要是受了刺激又病了，我可罪过大了。再说，长风那么在意她，必定不愿她知道，跟着心痛。于是只能小心翼翼地回答："还……好，天牢中当然不如王府安逸，但也不愁吃喝。"我也不算骗她，要说慎行司的伙食还是不错的。

饶是如此仍让她眼眶泛红，"他那个性子，看着温和，实则执拗。那些日子我夜夜梦见他身受苦楚，常常哭醒。今日听你这么说，我也就放心了。"

她心有所扰，竟然在我面前自称我，而不是本宫，我暗自庆幸，幸亏没告诉她实话。她也意识到失态了，赶紧掩饰道："本宫的娘亲和王爷的娘亲是表姐妹，算起来端清王是本宫的表哥，故关心他的境遇。"

我低头，轻声道："奴婢明白。"

她扭头看我，有些酸涩地温言道："不想你与王爷这样有缘，竟在宫中重逢。而他又如此在意你，不惜妄称那绿雪寒烟是茶中极品。在本宫的印象中，他一直言语平实，从未像昨天这般夸大其词，本宫只好跟着将戏演到底。"

说得我有些脸红，是我把长风带坏了。不想她误会什么，解释道："王爷宅心仁厚，当日滴水之恩今当涌泉相报，还连累娘娘跟着做戏，奴婢愧不敢当。"

皇后叹息道："昨日若不是锦夜作梗，今日你都已身在王府了。"

想起昨日之事，禁不住又哆嗦了一下，"奴婢还没有谢娘娘昨日的救命之恩，若不是娘娘出言自罚，奴婢恐怕已经丢了性命被扔到乱石岗子上了。"

皇后微微一笑，"那锦夜很是嚣张，一心置你于死地，本宫也是看不过去。"又扭头温言嘱咐我，"你自己也要当心，不要再惹到他。"

一路闲谈，已到了慈安宫。我与皇后在宫人的通传声中到了侧殿太皇太后的日常寝室。太皇太后一直身体不好，有眩晕之症，而且眼睛花了，看不清楚事物，因而很少出宫。

跟着皇后行礼后，我站起来退到一边，这才抬眼打量当今龙耀国地位最尊贵的女人。太皇太后六十多岁的年纪，穿着石金色的家常衣服，面貌慈善，虽然年华已逝，但看得出年轻时也是个出众的美人。

太皇太后拉着皇后的手，"你这孩子，身子骨不好，就在宫里歇着，不用急着来给哀家请安，秋日里风凉，仔细别再着了风。"

皇后恭顺地回道："儿臣一直想来看望皇祖母，不知皇祖母的眩晕症好些没有。"

二人聊着家常。言谈间，太皇太后感叹，自己已是垂垂老矣，时日无多，向皇后娘娘道："哀家通共就两个儿子，两个儿子只给哀家添了两个孙子，现如今先帝和长风的爹都去了，哀家白发人送黑发人，早就恨不得随着去了……"说到这儿不禁用锦帕擦擦眼角，江映雪自是一番劝慰，太皇太后方好一些，叹气道："最让哀家人不省心还是长风那孩子，二十多了，身边却连个照顾的人都没有，更别提子嗣了。这个孩子，还真随了他爹，想当初他爹就是因为宠爱他娘不肯纳侧妃和侍妾，他娘去得早，他爹伤心欲绝跟着去了。没想到长风跟他爹一个脾气，说什么只求心心相印的女子为妻。哀家人老了，活不了几年，就盼着能够看到他娶妃生子。"

江映雪面色微红，垂头不语。太皇太后接着道："前几年，为先帝守丧，长风的婚事就一直耽搁下来，如今丧期已过，该是为他物色王妃的时候了。你这个做皇嫂的，也替他上上心，回头跟皇上也商量一下，看亲贵中有没有合适的女子，门楣低些都不要紧，只要人品端庄，知书达理，模样秉性配得上他就好。"

皇后恭顺道："儿臣记住了，回头就跟皇上商量此事，定为王爷选一位般配的王妃。"

太皇太后点头微笑，"那自是再好不过了。现如今皇上有三位帝姬，却一直没有皇子。皇后你也要及早为皇上开枝散叶，延绵龙脉，哀家日日吃斋念佛等着抱重孙子呢。"

皇后面飞红霞，声如蚊蚋，"儿臣谨记。"

我看着江映雪，不禁为她和长风难过，反而将自己那点心思收起来了。他们二人才是有情无分的苦命人，明明相爱却饱受命运的捉弄。一个已嫁为人妇，一个却要另娶他人，他们心中该是怎样的悲伤无奈？

我正叹息着想着心事，皇后身边的方姑姑过来说皇后娘娘该回宫喝药了，皇后起身拜别了太皇太后。我们出了慈安宫的大门，回到凤仪宫。

刚进宫门就有宫人禀报，"端清王求见。一直在凤仪宫等候娘娘回来。"

皇后意味深长地看了我一眼，轻声说："他定是为你而来。你随本宫一同见他吧。"

进了正殿，长风果然早已等候在那里。躬身向江映雪行礼，"拜见皇后娘娘，娘娘千岁，千千岁。"

他虽然依礼而行，但是我仍能听出他声音中的那抹难掩的苦涩。

江映雪屏退众人，只留下我在一边，这才柔声对长风说："没有外人，王爷就不必如此拘礼了。王爷今日可是为了溪儿而来？溪儿已经告诉本宫，你们曾在天牢中相遇。"

长风点点头，解释道："若溪对臣弟有救命之恩，臣弟本想带她回府，不想昨日横生变故。"

我在一边扭过头，对他而言，我不过是有恩于他。

江映雪苦笑道："王爷若是直接向本宫讨要她，本宫自会如你所愿，神不知鬼不觉地送她到王府，何必费神演戏，引来锦夜，还差点断送了溪儿的性命。"

长风面露羞愧，难堪地看了江映雪一眼，"是臣弟弄巧成拙，幸亏皇嫂昨日出言搭救，臣弟感激不尽。"

江映雪身形一震，低不可闻地喃喃自语，"表哥，你我竟然生分至此。"

长风闻言一时失神，定定地看着她。

江映雪很快扬起了头，又是那个端庄高贵的皇后娘娘，"昨日事发突变，锦夜步步紧逼，本宫只能留下溪儿在凤仪宫。王爷自可放心，溪儿在凤仪宫不会受委屈的。过段时间，等锦夜淡忘此事，本宫再让王爷带溪儿出宫。"

长风恭敬道："谢皇嫂成全。"

江映雪略一沉吟，"只是，本宫昨日刚应允亲自调教溪儿，若等本宫出言放她出宫可能还需假以时日。今日本宫去给太皇太后请安，还说起你娶妃之事，太皇太后颇为着急。不如你向太皇太后求要溪儿，她老人家必会答允。太皇太后威望高，与宫中和朝中老人都关系亲厚，有她老人家发话，锦夜即便不快，也不好阻拦。"

长风怔了一下，听闻太皇太后催促他娶妃，面上多了几分黯然，"多谢皇嫂提醒，臣弟待会儿给太皇太后请安时向她老人家提及此事。"

如此二人再无他话，长风躬身道："臣弟告退。"

嘴上说着告退，人却没有走，在江映雪诧异的目光注视下，长风略微尴尬道："臣弟可否请皇嫂身边的宫人借一步说话？"

江映雪点点头，也有些不自在，"王爷请便。"

长风随我一前一后回到茶室，我心潮翻涌，觉得有很多话要对他说，却不知从何说起。气氛一阵难堪，还是他率先打破僵局，腼腆道："昨夜我一直等你……你却没有来。"

我看了他一眼，看着也挺聪明一人，怎么这么死心眼儿呢？忍不住教育他，"我以为我就够傻大胆了，没想到你比我还不知死活。刚差点被锦夜逮个现行，还敢夜半约会哪？被他知道，我死就死了，反正孤魂野鬼一个，说不定又穿回去了，也算因祸得福。你可跑不了，他还不整死你。"

他低头轻声道："不用担心锦夜。他每晚回京城的府邸居住，不在宫中过夜。况且皇后娘娘已准许你采集秋露，不会因此再遭责罚。"

"怕他倒在其次，反正他发起飙来，也是冲着你，我就是个垫背跟着吃挂落的，我主要是……"我一下子住了嘴，是什么呢？是因为我心生嫌隙反而不敢再见他。这话我还真说不出口。

见我不语，他更加不知所措，一向云淡风轻的脸上现出迷茫的神色，急急地解释道："昨天吓到你了，是我不好，没料到锦夜会来得这样快，是我考虑不够周详，差点儿又害了你。"

我怎么会怪他？他那副自责的神情让我看了心疼，一阵心潮翻涌，只觉得胸口憋闷，仿佛压着巨石一般，深吸了一口气，我假装不在意道："哪的话？革命尚未成功，同志仍须努力，再找机会吧！不过看来我的游山玩水计划要再晚点实施了。"

他不明就里地问："什么是同志？"

"就是志同道合的一个战壕的战友。"我伸手想像以往那样拍他肩膀的，悬在半空，又缩了回来。

"若溪，"他看着我，目光真挚，"我希望我们还可以像以前一样。是……志同道合的朋友。"

心中有什么东西像被敲碎了一样，留下一地的碎片，无法拾起。他只当我是朋友。虽然一早明白这个事实，但是亲耳听见从他嘴里说出来还是让我无地自容。

我胡乱地应了句，"好，好，人生难得遇一知己。"

我掩饰着到茶桌旁倒了杯茶递给他，他正扭头看着软榻出神，并未接过我手中的茶盏。我好奇地凑过去看什么引他如此专注，一看之下大惊失色，竟然是我昨日一挥而就的"墨宝"，上面是龙飞凤舞的两行狗扒字，"弃我去者昨日之日不可留，乱我心者今日之日多烦忧"。

他那么聪慧，必能了然其中的含义。心中的秘密被他洞悉，让我一时面红耳赤，恼羞成怒地伸手将那张纸抓过来，团成一团扔在一边。

"若溪……"他欲言又止，抬眼看我时，被我凶悍的目光震慑住，哆嗦了一下，没敢再说什么。

他面上有可疑的红云，低头不敢再看我。一阵难堪的沉默后，他下定决心似的说："我会跟太皇太后求你，只要她老人家发话，锦夜也无计可施。"

我苦笑了一下，"再演一出秋露泡绿雪寒烟吗？我今日一早见到太皇太后了，她老人家可精明着呢，恐怕不会像昨天那么容易。"

"若溪……"他抬头扫了我一眼，又低头看向地面，"我会直接向太皇太后讨要你做我的侍妾。"他的声音很轻，轻得像飞舞在风中的落叶，可还是一字不漏地钻入我的耳朵。

"不要！"我差不多是惊跳起来。这算什么，刚还说做朋友呢，这会儿窥见我的心事，索性来个顺水推舟吗？

如若是昨天以前，我也许会欣然答允，先顶着这个名号出宫再说。但是现在正因为对他心生羁绊，"侍妾"这个称呼犹如一记响亮的耳光打在我的脸上。

对我的激烈反应，他略感惊讶，垂头片刻，歉然道："若溪，我只能以侍妾的名义去向太皇太后求你，皇族的婚配向来由皇上指婚，无法自己选择。跟着我，我不会让你受委屈。"

他显然是误会了我的回绝，以为我在意的是名分。不是的，不是这样，我在意的不是什么名分称号，我在意的是他心中根本没有我，却出于感恩，出于报答，甚至是出于友谊而要纳我为妾。然而对我而言，这是一种施舍，一种侮辱。

我无法跟他解释我的感受，他不会明白。我不怪他，这就是千年的代沟。我想他是尽心尽力了，甚至不惜牺牲自己来成全我，这大概可以称为男子版的以身相许吧！作为一个古人，他认为这已是对我最好的安排。

可是我不要。我是真的喜欢他，渴望跟他在一起，渴望成为他的妻子。正是因为这样，这份施舍来的感情我更加不能接受。

我看着他俊美的面庞，心中似被刀尖划过。我在他最失意、最凄惨的时候遇见他，互相鼓励，互相扶持，就像他曾经说过的，我是黑夜中的一道星光。然而当他做回万人瞩目的端清王，重新回到阳光下时，那抹微弱的星光便会隐退，在万丈光芒中，消失殆尽。

我深吸了一口气，挺直了脊背，看着他清润的眼眸，一个字一个字地说："长风，我不要做你的侍妾，我宁愿跟你做朋友。"

他有片刻的失神，须臾轻轻地点点头，低声道："我知道娶你为妾，是……辱没了你……可是我没有……轻贱你的意思，我只是想带你离开这里，保护你……"他的声音渐次低了下去，"若溪，是我不好。"

"你没有什么不好。"我打断他的自我反省，"不好的是我……"

他张了张嘴，却没有再说什么，在我固执的沉默不语中，默默地转身出了茶室。

我看着他瘦削但挺拔的背影，禁不住眼泪润湿了眼眶，有一句话我没有说出口，"不好的是我，是我不该明明知道你心有所属，还是爱上你……"

我也消沉了几日，毕竟又遭受了一次打击。不过我也怨不得别人，什么叫咎由自取？什么叫自作自受？什么叫剃头挑子一头热？看看本姑娘我就知道了。我也很纳闷，别的女子总是有一个候补梯队争着献殷勤，怎么我的情路就这么坎坷呢？我到这个时空也有半年了，数来数去，唯一对我表现出兴趣的就是那个花心大萝卜西门庆华，还是做他的第二十九房小妾，郁闷啊！看来我在古代是别想嫁出去了。

我在凤仪宫浑浑噩噩地过着标准宫女的生活。虽然荣升为皇后娘娘的贴身侍女，但是也就是个挂名候补的，皇后娘娘还是由倚竹她们几个伺候。白天虽然有时要在大殿里当差，晚上，皇后娘娘还是让我回到茶室去，也算给我的特殊优待。

皇后在那天晚上曾经叫我过去，对我说："端清王如此看重你，本宫可以去向太皇太后说辞，让太皇太后出面将你赐予端清王。"

"不必了。"我低头道，"王爷的心里没有奴婢，不过是在牢中相识一场。娘娘不必费心。"

"你果真不愿意吗？"皇后诧异地看着我，柔声劝慰我，"他那么好的人，是多少女子梦寐以求的。你可知道，他连一位侍妾也没有，却独独对你青眼有加。"

心中有针刺一样的痛，我看着一身宫装、天仙化人的江映雪，尽量保持着声音的平稳，"他是一个侍妾都没有，却不是为我守候。"

江映雪身子一颤，仿佛耐不住夜风的寒凉，抬手环抱住自己的肩膀，半晌方轻叹道："他待你终究是不同的。"

她信步走到雕花的窗扇前，看着外面秋夜静谧，明月高悬，单薄的身影在大殿的灯烛下越发显得风姿绰约，楚楚动人，幽幽的叹息似一道化不开的烟尘，"四年了，他从未单独踏入凤仪宫，今日却为你而来。"

长风没有再来凤仪宫给皇后请安，想来他和江映雪是相见不如不见，故意回避。皇后受太皇太后所嘱，开始给长风物色王妃人选，时不时地邀请亲贵家的适龄女子来凤仪宫，名为做客，实则暗中审视各女的性情品貌。其中不乏灵秀惠敏的女子。

晚上皇上来凤仪宫，二人一同用晚膳，倚竹跟慕兰沐浴去了，我在一边端着茶盏伺候着。皇后跟皇上娓娓道来，"太皇太后嘱咐臣妾给端清王物色王妃，今儿个，臣妾招了几位亲贵的闺秀来宫中做客。依臣妾看来，礼部尚书家的嫡女李雨彤，二八年华，知书达理，秀外慧中；再有刘侍郎家的次女，刘珍玉，年方十七，貌美如花，端庄沉稳，都是极好的。不知皇上意下如何？"

我真是佩服江映雪，给老情人挑老婆还这么尽心尽力，大公无私。换了是我，肯定将里面最丑的那个扔给长风，让他天天晚上做噩梦。这只能说明人家江映雪确实贤惠大度，而我就是个小肚鸡肠的人。

皇上就着皇后的手吃了一勺玫瑰羹，皱眉道："朕还是先探探长风的口风吧，他那个脾气，跟我皇叔逸轩王很像。当年皇叔娶了你表姨母后，便再也不肯纳娶别的女子，我皇祖父和皇祖母为这个没少生气，可是皇叔说，今生得一知心女子足矣。硬让他纳其他的女子，他只会认为义妹（天，又是义妹！是不是他们家的传统啊！）养在府中。后来皇祖父和皇祖母只好由他去。只可惜，王妃早逝，皇叔悲痛欲绝，竟也追随而去。"

皇上无奈地叹口气，"朕以前也曾问过长风，可是他说他爹娘一生恩爱，他愿效仿他爹，'愿得一心人，白首不相离'。虽然太皇太后一心想他娶妃，但是还是不要太逼迫他为好。"

皇后缓缓点头，失神道："只是他也年过二十了，总是一个人，也不像样，太皇太后催得又紧。"

"那朕改天劝劝他。"皇上安抚地拍拍皇后肩膀。皇后回过神来嗯了一声。整个晚上，尽管她竭力掩饰，甚至对皇上比以往更加恭顺，但是我还是看出她有些魂不守舍、心不在焉。她的心里必定也是不好受的吧！连我这个单恋长风的都心中猫抓狗咬的，更不用说曾经和长风青梅竹马、花前月下的她了。

为长风选妃的事吵了一个月，名门闺秀跟走马灯似的来凤仪宫报到，让我天天看美人看得审美疲劳，后来就不了了之了。我听皇上跟皇后说，长风态度坚决，一定要一个心意相通的女子为妻。江映雪听后久久不语。

我心中暗喜，没办法，小人心理又在作祟。反正，知道他不娶媳妇，我一高兴当天多吃了两碗饭。

第十三章 · BI AN
QIAN YUAN

卧底

　　秋去冬来，北风渐起，当树上最后一片黄叶飘落的时候，内务府给各宫送来新制的冬衣和过冬的木炭。这天，内务府又有一批给宫婢的棉衣棉袍，慕兰让我带着两个小宫女去取。我拿了凤仪宫的宫牌就带着翠喜和佩儿去了。

　　一路溜溜达达地穿过御花园，到了内务府，还没进门就听见人声鼎沸，我伸头往屋里看看，乖乖！堪比现代的商场周年店庆打折大血拼啊！看来从古至今，女人的天性是一直不变的。左比右较，挑东拣西，选花色，选款式，叽叽喳喳，不亦乐乎！内务府也是，就不能将各宫的衣服按照人数打包分好，交给各宫宫人拿走吗？非要弄得跟赶集一样。不过每季的衣饰发放就跟宫女的节日似的，给枯燥呆板的宫中生活增加了一抹亮色。

　　在现代我很喜欢逛街，逛街是女人的一种享受，但我一般只看不买，过过眼瘾就行，不求非得拥有。真买回家，穿不了两次就成旧衣服了，还不如让它挂在橱窗里永远是新的。

　　但是，真赶上店庆打折我就不去凑热闹了，我就怕人多，人一多我脑袋就大，往往跟风买回来一大堆便宜的没用货，进了家门就束之高阁。

　　跟来的翠喜和佩儿一脸的神往，"溪儿姐姐，再不进去，好的都被人家挑走了。"

我看着乱成一锅粥的内务府大院，那叫一个人头攒动，于是跟她们两个说："你们去挑吧，我在外面等你们。"

见她们喜滋滋地牵着手进去了，我就双手抱膝坐在院门口最高的一阶台阶上，望着天边的云卷云舒，一时看得出神。

冷不丁后腰被人踹了一脚。这是谁呀？我扭头之际，劈头盖脸地落下一堆棉衣，我还没搞明白是怎么回事呢，就身子一歪从台阶上骨碌下去了。那可是十几阶的台阶。慌乱中，我本能地用双手抱头。等我回过神来的时候，已经躺在台阶下面的石板地上呻吟，浑身都疼，一时也不知道伤了哪里。

将我一脚踹下来的，是秋瑞宫珍贵人的小宫女，此刻惊呼一声跑过来，对着躺在地上摔傻了的我一个劲地赔不是，"姐姐，你没事儿吧？萱儿不是成心的，你能起来吗？"我腹诽，你倒是拉我一把啊！

其实也不能怪她，她手里抱着一大捧衣服，挡住了视线，偏巧我挡道坐在大门口，结果，她抬腿迈门槛的时候踢到了我，一趔趄又掉了手里的棉衣砸到我头上，我就骨碌下来了。

那个萱儿也想扶我起来，可是她身材瘦小，根本拖不动我。不一会儿就围上来几个人，翠喜和佩儿也从里面跑了出来。在众人围观下，我躺在地上实在是有撒泼使赖之嫌，太有碍观瞻了，只能咬牙爬起来，翠喜和佩儿一左一右扶着我让我坐到旁边的台阶上。

我喘着粗气，才发现头没破、血没流，没事！大难不死，必有后福！我潇洒地冲众人挥挥手，"忙去吧，我没事了。"

大伙见我思维敏捷、言语清晰，都该干什么干什么去了。萱儿一脸孩子气，都快吓哭了，看我没有大碍，才放下心来。我对她说："你也抱着衣服快回去吧。耽搁了时间要挨骂的。"

萱儿冲我福了福，"谢谢姐姐。"抱起地上散落的衣服回去了。翠喜和佩儿扶我站起来，我的左脚刚一着地就感到钻心的疼。冷汗都冒出来了，一屁股又坐在地上，还差点带倒了她们两个人。

我撩起裙幅，褪下布袜才发现脚踝肿得跟馒头似的，引得翠喜和佩儿失声叫了出来。我看了看，应该只是脚踝脱臼了，我上学时有一次跳沙坑，结果跳得太近，连坑都没进，就跟这差不多的情形。

那两个还在鬼喊鬼叫，"不得了了，溪儿姐姐腿断了！"

我还得安慰她们，"别叫了，我的骨头结实着呢，轻易断不了的。"

她们两个这才止住叫声。

　　"先扶我回宫去。"我伸给她们一人一只手，她们两个架起我来，很是吃力。佩儿吭哧着，"溪儿姐姐，你真沉。"

　　哪壶不开提哪壶，雪上加霜啊！我没好气地伸手拍了她一下，她下意识一躲，又把我扔地上了。

　　我坐在地上不肯起来，"你们两个没劲，不顶用的，回宫去叫小齐子和小德子过来扶我。"

　　佩儿赶忙跑去叫人，翠喜愁容满面地问我："溪儿姐姐，疼吗？"

　　疼吗？疼啊！这会儿比刚才更疼了，有忍不住的趋势，疼得我龇牙咧嘴，快哭出来了，很没用地点点头。

　　一个清冷的声音自头顶上方传过来，"这就算疼了？"

　　谁这会儿还说风凉话？我愤然地抬头，竟然看见了锦夜那张美到极致的面孔。要说也怪了，看见他我竟然觉得脚也不那么疼了，纯粹是被吓得注意力转移了。

　　翠喜早就哆哆嗦嗦地起身行礼。锦夜看也没看她，面无表情地吩咐道："去找太医来！"

　　翠喜询问地看了我一眼，我使眼色让她赶紧去，她慌慌张张地跑走了。

　　锦夜突然俯身，一股花香兜头盖脸地笼罩过来，我还发愣呢，就发现他已经将我一把抱了起来，我挣扎了一下，他漆黑的眼珠斜睨了我一眼，简单地命令，"别动。"

　　我一时僵住，全身上下只有眼珠滴溜乱转。大脑罢工了，搞不清楚到底是什么状况。不清楚就不清楚吧，反正我自己这会儿也走不了路，就拿他当代步工具吧！问题是他要带我去哪儿呀？他要干什么呀？他会把我怎么样啊？

　　我还是别想了，人不能自己吓唬自己！

　　锦夜无视沿途宫人、内监诧异的目光和吃惊得快要掉下来的下巴，穿过原本熙熙攘攘，现在鸦雀无声的内务府大院，一路将我抱到里面的一间房间里，来到床边，一松手，我就直落在床榻上了。

　　他俯身蹲在我身前，低头脱去我的鞋袜，将我的脚握在掌中，从我的视线角度，只能看见他披散下来黑亮的头发和笔直白皙的鼻梁。他毫不怜香惜玉地转动我受伤的脚踝，我忍不住杀猪一样叫出来："轻点！"

　　他抬头看了我一眼，凤目中带着说不清道不明的情绪，冷哼道："这点小伤就受不了了？哪天我将你关回慎行司的天牢里，让你受尽那里的酷刑，你就知道这点儿疼根本算不了什么！"

我气得直翻白眼，我招你惹你了？一个多月了，我连长风的面都没见，怎么就又触了你的霉头？

我脚上疼，心里气，自然嘴里就没有好话，"锦大将军，我跟你有仇啊？我是烧了你房子了，还是挖了你家祖坟了？你几次三番恨不得我死！你弄死我就跟捻死个蚂蚁似的，有成就感吗？再说，我死了，对你有什么好处？我就是个最底层的小宫婢，我只想着老老实实混几年，熬到出宫，我跟你是井水不犯河水，你干什么总看我不顺眼？"

"这点你倒是说对了。"他慢悠悠地说，"我就是看你不顺眼，但我不会像捻死一只蚂蚁那样捻死你的，那样多无趣。"他的上半身向我凑过来，眼睛一眨不眨地盯着我，"你，休想逃出我的手心……"

在我愣神时，他手上一用力，脚踝上一阵剧痛传来，我啊地惨叫一声，扑倒在床上，顺手抓起床上的枕头冲着他那张妖孽的脸就扔过去了。

因为离得很近，他竟然没有躲开，那个枕头就真的拍在他脸上。

枕头落下后，我看到他面若寒冰的脸，激灵一下，好像一盆凉水当头浇下来，我这才意识到我又闯祸了，惊恐地跳到地上，夺门而逃。这才发现，咦，我的脚虽然还是疼，但是一瘸一拐地又能走路了。

我刚刚够到大门，一根红色的绸带凌空飞了过来，卷在我的腰上，我只觉得转了几圈，跟跳华尔兹似的，再停住时，就看见他在我面前放大的脸孔。我直愣愣地回瞪着他，不是我有多勇敢，而是此刻我吓傻了，牙齿打战，说不出话来。

他死盯着我，满眼的怒色，咬牙切齿道："再有下次，我就……"

"我保证没有下次了。"我赶紧拦下他的话，"再有下次，不用您说，我直接到慎行司的刑架上趴着去。"

他缓缓放开我，我窥视着他的脸色，虽然不至于转晴，但还好不算电闪雷鸣，貌似，我可以走了吧。我舔舔嘴唇，"锦……锦大将军，多谢您出手相助，奴婢的脚好多了，可以走了吧！"

"叫我锦夜。"他冷冷开口。

我哪儿敢啊！"不不不，您的大名，奴婢哪能随便叫。"

"我说叫得就叫得。"他依旧冷着个脸，跟我欠他似的。

我迟疑了一下，"是您让我叫的。您不会哪天一不高兴，把我……"我手比颈间，做了个抹脖子的动作。

"你这个脑袋我留着还有用，一时半会儿不会摘下来。"

那就行了，虽然不是长治久安，但是我已经很知足，人也轻松了不少，"谢谢，锦夜，你这个决定是正确的，你会发现我这个脑袋在某些时候还是挺管用的。"

我转身要走，就听他说："我不杀你，你如何报答？"

我诧异地回头，没天理啊！敢情他杀我是应该的，不杀我是有恩于我，我还得知恩图报。

当然我也惹不起他，只能郁闷地问："我身无长处，就是个最普通的小宫女，我能如何回报你呢？要不，我在皇后娘娘的茶室里给你供个长生牌位，日日烧香祷告你长命百岁。"

他面无表情地瞟了我一眼，"你这个脑袋还真不是一般的不好使。"（这话说得让我都没办法赞他英明。）

他负手走到窗前，看着窗外，背对着我，"国丈江贺之现在是内阁首辅，这个人顽固不化，比以前的高正勋还让人讨厌，我要你盯紧江映雪的一举一动，她见过什么人，说过什么话，尤其是皇上什么时候来过，跟她说了什么、做了什么，你通通记下来向我禀报。"

我说他今天怎么这么助人为乐，还以为他转性了呢，原来是黄鼠狼给鸡拜年，没安好心。让我当卧底，还要监视皇上皇后，听人家两口子壁角，太看得起我了！不过他什么眼光啊，竟然找到我头上来了，这事还真不是咱强项。

我只能以商量的口吻跟他推心置腹，"锦夜，承蒙你器重，问题是我压根不是这个材料，我心里装不住事，嘴上又没把门的，你要是让我做个小喇叭，四处鼓吹你的丰功伟业，这事靠谱。我保证不出半个月，全皇城的人都说你是天神下凡，到人间救苦救难来了。但是将探听密报这样的重任交给我，我真是恐难胜任。要不这样吧，回头找机会，我从背后推倚竹或慕兰一把，等她们谁扭了脚，你再试试她们，肯定比我强。"

我手心冒汗，诚惶诚恐地等着他的反应。他回过头来，很是无语地看着我，看得我心里发毛，半天才说："这可由不得你。"

正说着，门外传来翠喜颤巍巍的声音，"回锦大将军，太医到了。"

锦夜打开门，一言不发地扬长而去，弄得我和翠喜一脸茫然。

太医给我抓了些草药敷在肿痛处，一天过后我的脚踝渐渐消肿，已无大碍，只是还是疼痛，走路不太利索。皇后娘娘念我是工伤，让我在茶室中休养，不用到大殿伺候，这也算因祸得福。

锦夜没有再找我，我想他那天就是随口说说，并未当真，脑子进水的人才会找我做眼线，于是我乐得躺在茶室的软榻上享受难得的悠闲。

早上吃过早膳，小德子鬼鬼祟祟地进到茶室，交给我一个两寸高的玉瓶。小声告诉我，"溪儿姐姐，是端清王的随从让我转交给姐姐的，据说是专治跌打损伤的良药。"

我心一动，是长风，他这么快就得到消息了。我不动声色地道："先放下吧。"

小德子出去了，我拿起玉瓶，打开一看，是淡绿色的膏体，一股薄荷的清凉味道飘了出来。心中叹息，长风，你这样对我好，只会让我陷得更深，无法自拔。

心中有些自怨自艾，却舍不得辜负他的一番心意，将药膏涂在脚踝上，立刻觉得清凉舒爽，不那么疼了。带着迷迷糊糊的心事，我渐渐睡着了。

正睡得香呢，翠喜一阵风一样地跑进来，摇晃我，"溪儿姐姐，溪儿姐姐，快醒醒，出事了，吓死我了……"声音都带上了哭腔。

我蒙胧地睁开眼，坐起来，又发了会儿呆才醒过盹儿来，看她跟见了鬼似的，一副惊魂未定的模样，不禁大姐大上身，一拍胸脯道："别怕，有我呢！"

见我如此有底气，她微微松了一口气，"锦大将军上午找我，问我谁害得你受伤……"

我一听是锦夜，立刻气焰矮了一半，勉强问道："后来呢？"

"我就说是秋瑞宫的萱儿，他没说什么就放我回来了。可是我刚刚听说，萱儿被几位公公拖走，打断了双腿扔到爆室去了，溪儿姐姐你说，下一个不会是我吧……"

我的脑袋嗡的一声响，这个阴魂不散的锦夜，搞什么鬼？口中胡乱安慰着呜呜直哭的翠喜，"别哭了，挨个排着，也先轮到我，然后才是你呢。"谁知道，她哭得更厉害了。

我心事重重地放开她，让她自己先哭会儿。虽然我一向很懒，有时甚至懒得动脑子，但是现在却不得不静下心来仔细琢磨。这可关系到我的生死存亡，疏忽不得。首要的问题是，他到底要什么？真发展我做他的眼线？傻子都知道没有那么简单，凤仪宫不乏他的眼线，肯定个个都比我聪明，我看那个掌管太监康公公就脱不了干系，即便现在不是，只要锦夜勾勾手指头，也会摇着尾巴过去。锦夜他找我这么个二百五有什么用？

既然不是冲着我来的，那只有一种可能性，是冲着长风来的。高阁老倒台，锦夜既然不甘心就这样杀了长风也就只能放了他。就像是一个猫捉老鼠的游戏，于是又钳制着我要挟长风。我一拍大腿，就是这么回事，上次他见长风想带我回府，必定以为长风用情于我，所以想控制住我，进一步为难长风。

我不无自嘲地想，锦夜他聪明一世，也有看走眼的时候。不过无论如何，我也要去找他一趟，那个小姑娘萱儿只因为不小心踢了我一脚，就被打断双腿，生死不明，我不能让她小小年纪就为这么点小事白送了性命。

我下了软榻，拢了拢睡得鸟窝一样的头发，去见他就不用捯饬了，别说他老人家是个太监，不吃那一套，正常男人，我都没把握色诱成功。我又跟一把鼻涕一把眼泪的翠喜交代了一声，就急急火火地往外走。

不过两天没出茶室，外面已是换了番天地，我刚走到凤仪宫的花园里，就见康公公一路小跑地迎过来，一脸媚笑，"哟，溪儿姑娘，大好了？一直想去看你，又怕打扰你修养，这不，我特意去膳房吩咐他们熬碗骨头汤来，伤筋动骨喝了最是补的，待会儿我给你端过去。"

我愣了一会儿，很快反应过来，这是知道锦夜那日抱我进屋，赶着巴结我来了，"好，有劳康公公。"说完快走，懒得跟这种人废话，我的一贯宗旨是，把糖衣吃了，炮弹扔一边去。

说是快走，也快不了多少，还是有些风摆荷叶的。这一路，所有人都是扬着一张明媚的笑脸跟我打招呼，不禁感叹宫里的人情世故、世态炎凉。等哪天锦夜哪根筋错位了，又将我关进牢里，这些人肯定争先恐后地说不认识我。

一瘸一拐地来到内务府，真巧，锦夜还真在这儿。别人见我来了，识趣地走开，偌大的房间，就剩我们二人。我开门见山，"锦夜，那个萱儿，就是踢了我一脚那个，不怪她，是我坐得不是地方，她总不至于为了这点事送命吧！"

他扭过头来，看了我一会儿，漠然问道："你披头散发地过来，就是为了让我放了那个贱婢？我还以为你是来向我当面道谢的。"

我无心搭理他的奚落，莫名其妙道："她也不是成心的，再说她踹的是我，又不是你，你为什么打断她的腿？"

他冷哼了一声，傲然问我："自己都是泥菩萨过江自身难保，却还要救别人，你凭什么？在这宫中，我要她生便生，要她死便死。我锦夜想惩处的人不需要任何理由，也没人敢问我为什么。"

秀才遇到兵，有理讲不清，我很有些泄气，只能低声问："那要如何才能放了她？"

"你脑子不好使，不会记性也这么差吧？"锦夜幽幽地说。

又是让我当眼线那事。心中嘀咕，事到如今，我真是越来越搞不懂他，若说是为了不让长风好过，锦夜大可打断我的双腿再将我关到爆室去，为什么还为了收编我整出这么大个动静来？

让我来利用我愚钝的大脑分析一下：他处罚萱儿是在替我出气，再借这个邀买我，邀买不成又借机逼我就范。等我落入他的手心，他再利用我去对付长风……

貌似不太合乎逻辑。唉，太复杂了，不是我的智商能够想明白的。好在我这个人向来不求甚解，想不明白我索性就不想了，走一步说一步吧，先渡过眼前的难关再说。

谁说当卧底就一定要出卖自己人？《无间道》咱也不是白看的，我就要做那个"反"卧底，明里是锦夜的眼线，暗里观察锦夜，免得他对长风和江映雪不利。

想到这里，我大义凛然道："好，我做你的眼线，不过我有个条件，就是你马上放了萱儿，再找太医治好她的腿。"

"好，一言为定。"他答得异常爽快，"我想见你时自会让康允告诉你，你就到内务府来向我回报。"

那个康公公果真是他的人。我无奈地悲叫："你直接问康公公不就行了吗？他比我精明多了。"

他微愣了一下，仿佛才想到这个问题，须臾淡然道："我自然会问他，但你是皇后的贴身侍女，有些事你比他更清楚。"

虽然他的话有些牵强，但我也没有反驳。我跟他再无话可说，一拐一拐地走出了屋。

我的背后没长眼睛，不然我肯定能够看见他望着我背影的目光竟然渐渐柔和下来……

萱儿被放了回来，治好了腿伤，又活蹦乱跳的，只是落下后遗症，再也不敢迈门槛，非要人扶着才肯跨过去。可怜的孩子，不过总算是捡条活命。

康公公隔三岔五地来找我，告诉我锦夜要见我，我就寻个由头到内务府。坐在内务府的一间隐蔽的房间里，搜肠刮肚地掰着手指头，絮絮叨叨地说着：皇后娘娘晚上吃了几碗饭，喝了什么茶，穿了什么衣裳，戴了什么头花……皇上来看她，两个人说了哪些肉麻话，具体如下：皇上说，雪儿，后宫三千佳丽，不及你展颜一笑；皇后说，皇上还是要雨露均沾，不要总来臣妾的凤仪宫；皇上又说，不知为什么总觉得凤仪宫的膳食最为可口，看着雪儿比吃蜜还甜；皇后又娇羞地说……

难得锦夜耐性好，默不作声地听我唠叨那些没用的事。在我好不容易停下后，忍不住问我："他们就没说点别的吗？比如官员的升迁，朝中大事的决断？"

我挠了挠头，"没有啊，皇上和皇后娘娘两口子根本不议论朝中的事，就是家长里短地闲聊几句，再说亲密的话就把我们都轰出去了，我贴着窗根也没听见什么！"

锦夜沉默不语，让我心虚了一阵，我恐怕是最不称职的眼线，除了一堆废话，没有什么有意义有价值的情报。过了一会儿，他才淡淡说道："先回去吧，过几日再过来。"

我就如蒙大赦跑回凤仪宫。

日子久了，我也渐渐地在他面前自如许多，不再战战兢兢。虽然还是怕他，但主要是怕他大变身，那个阴狠毒辣、凶残嗜血的锦夜远比眼前这个面罩寒霜、冷峻沉默的锦夜要可怕多了。

我也看出来了，他的阴狠毒辣都用在长风身上，只要一看见长风，立刻恶魔上身，什么事都做得出来，恨不得生吞活剥了长风似的。但总的来说，他在我面前还算正常，没有发生突然大变身的情况，对我虽然冷冰冰的，没有一丝热度，但是也不会因为我的胡说八道而跳起来要我的小命。

说实话，我已经能够将他一分为二来看了。在我眼里，坐在我面前静静地听我唠叨的锦夜只是个美丽而孤单的可怜人。绝世的美貌、无上的权力都不能抚平他身上的孤独和创伤。那些伤痕划在他的身上，也划在他的心中，即便他用他的冷酷无情来掩饰，但是我还是能够感觉得到。

我承认我是个恩怨不分明的滥好人，基本属于那种人家打完我，我好了伤疤就忘了疼的那种人。让我认真去记恨一个人还真不是一件容易的事。我倒不是标榜我有多善良、心胸有多开阔。只是记恨一个人是需要恒心和毅力的，很遗憾，这两样我都没有。

真正的善良应该是长风那样的，我记得他在天牢里受尽苦刑，依然悲天悯人地叹息锦夜是个可怜人，依旧记挂着锦夜是以前的朋友。锦夜虽然也曾狠毒地对待过我，差点把我掐死，又把我逼入青楼，但是我宁愿记着他曾经从金蛤蟆手里救过我，曾经接上我脱臼的脚踝。对他，我恨不起来。

拒绝

当第一场冬雪飘落下来的时候，宫中传来喜讯，皇后娘娘怀上了龙嗣。

这一年的除夕因为皇后娘娘的身孕而办得异常热闹，简直就是普天同庆。凤仪宫更是喜气洋洋，每个人都笑逐颜开。凤仪宫中挂上大红色宫纱的帷幔，皇后的寝具也换上绣着百子图的锦被。

除夕之夜，连降了三日的大雪终于停了，众人都道是个"瑞雪兆丰年"的好兆头。皇上在云意殿设内廷家宴，一来庆祝新年，二来更主要的是庆贺皇后娘娘怀上龙嗣。

碰巧那天倚竹拉肚子，慕兰出风疹，于是我这个超级替补就跟寻菊一起随皇后出席了宴会。云意殿已经满是嫔妃亲贵，见到帝后携手而来都跪地三呼万岁。待皇上与皇后坐在大殿前面的龙椅上后，我垂手站在皇后身侧听候差遣。

太皇太后因眩晕症日重，未能出席，却也高兴地赏赐了皇后大量贺礼。什么紫金玉如意、八宝和田玉簪子、五子拜寿的玉屏风，一大堆的东西摆了满满一供桌。

我正垂头站着，耳听内监尖细的嗓音通报，"端清王到。"

抬头之际，看见长风自大殿外面不徐不疾地走进来，一身亲王的礼服，衬得他玉树临风，仿佛云中君子。那一刻，我感到满屋的人影都从我的眼前略去，我的眼中只有他挺拔俊逸的身影。

长风来到帝后面前，躬身行礼，恭敬道："臣弟恭贺皇嫂喜得麟儿，为皇兄延绵子嗣。"

他面色诚恳，态度真挚，守着一个王爷应有的礼仪。但是我知道，曾经山盟海誓的恋人已嫁为人妇，并将为人母，此刻的他内心会有多痛苦。心中眷恋着昔日的恋人，独自守候着一段注定无望的爱情，即使相见也只能装作云淡风轻，将那份相思蚀骨埋在不为人知的角落。这样的他是如此孤独寂寞，让人心疼。

皇上人逢喜事精神爽，一扫往日的忧郁，对长风说道："朕的第四个孩子就要出生了，你却还是一个人，看来我和你皇嫂真要为你好好寻一个王妃了。"

长风笑了一下，带着不易觉察的落寞，"臣弟没有皇兄的福分。"

一旁的江映雪有霎时的失神，很快温婉地接口道："王爷此言差矣，有道是天涯何处无芳草，王爷是人中龙凤，才冠古今，不知是多少闺中女子的春闺梦里人。王爷早日娶妃，也好了却太皇太后她老人家的一桩心愿。"

一席话冠冕堂皇，但是又句句带着劝鉴。我看着江映雪，禁不住感慨，这就是有缘无分吧。皇上对她那么好，即便江映雪深爱着长风，但日积月累也不由自主地被皇上执着的温情所感动，更何况现在她已有了皇上的子嗣，与长风的情缘也只能深藏心中了。

我这个榆木脑袋都听出来弦外之音，长风如何不知，于是复又拜下道："多谢皇嫂教诲，臣弟定当谨记。"

拜见过帝后，长风坐到大殿的角落里，两个月不见，他看上去略显消瘦。隔着贺喜的人群，我感到他温柔的目光带着无法掩饰的眷恋和爱意扫过江映雪含羞带喜的脸庞。江映雪正因皇上一句耳边低语羞红了脸颊，脸上带着初为人母的喜悦，嘴角噙着一抹娴静适然的微笑。

长风随即垂下眼帘，神色更加寂寥，在富丽堂皇的云意殿里，在喜庆喧嚣的包围中，他就像一潭静默的水，倒映着自己孤单的影子，让我的心跟着缩成一团。对江映雪，我第一次感觉从羡慕到了妒忌的地步。

从他进到云意殿，我的目光就无法离开他。三个月了，我以为我可以淡忘，可以冷静地面对他，但是我的理智在见到他的那一刻就已经土崩瓦解。我忘不了他，那份感情虽然被我暂时地压抑住了，但是对他的爱恋就像是休憩的火山一样，炙热的熔岩烙烫着我的心肺。

记得在现代的时候很喜欢张小娴的书，最爱的那本是《荷包里的单人床》，有一句话至今让我记忆犹新，"人与人最远的距离不是天涯海角，不是生离死别，而是我就站在你面前，你却不知道我爱你。"长风，请容我篡改一下，对我而言，最远的距离是我站在你的心门之外，仅一步之遥，却只能看见里面住着别的女子，任凭光阴荏苒、岁月蹉跎……

感受到我流连的目光，他抬起头来看向我，明亮的眸光似夜空中璀璨的星辰。我慌忙躲避开，眼角余光看到，他略带失落地再次垂头，仿佛月下的潮汐悄悄退离了海岸。

觥筹交错，欢歌笑语，众人都举杯祝贺帝后将得嫡子，龙耀江山延绵不绝。皇上龙颜大悦，大赦天下，免除了来年农田三成的赋税。

热闹非凡之际，一身红衣的锦夜进到云意殿来，从容行礼，"恭喜皇上，皇上万岁万万岁。"

今日本为家宴，但是锦夜作为内监总管前来，也不算逾礼。皇上微蹙了下眉头，还是虚抬下手，"锦爱卿免礼平身，宫中少有此喜事，朕也正要着人去请爱卿前来一同庆贺，不想爱卿非请即来，咱们君臣也真是心意相通。"

一席话明褒暗讽，锦夜只装作不觉，"中宫有喜，自当普天同庆，臣不请自来，还望皇上恕罪。"

锦夜脸上带着恭顺的笑意，倒让皇上无法发作，只冷哼了一声。锦夜接着不徐不疾道："皇上大婚四载有余，今日皇后娘娘终于怀上龙嗣，实属龙耀国天大的喜事一桩。臣今日前来，为贺皇上将得嫡子之喜，特为皇上献上一份薄礼，请皇上过目。"

说着一拍手，殿外款款走来两名女子，环佩叮咚作响，莲步微移，飘然而至，来到锦夜身旁俏生生地跪地行礼。

皇上面无表情道："起来吧。"

二人谢过起身，声音婉转，如出谷黄鹂。我站在皇后身后这个有利地形，正好将她们看个仔细。一位身姿曼妙高挑，容貌艳丽，雪肤花貌，宝石一样的眼睛，光彩夺目。另一位身材娇小玲珑，纤腰不盈一握，温柔得像青山里的一汪泉水，长了一对会说话的眼睛，不笑时都眼带笑意。

真难为锦夜从哪里找到这么两个美女来。殿中的嫔妃有的已沉不住气交头接耳起来。也难怪，这么两个美女送给皇上，那可是劲敌啊！再者皇后有孕在身，这会儿又送来两个美女，这不是给孕妇添堵吗？难得皇后依旧保持着雍容端庄的气度，面带微笑，仿佛不关她什么事儿似的。

皇上皱眉道："这两名女子就是爱卿献给朕的贺礼？"

锦夜恭敬答道："正是。此二姝是臣令地方官吏推举，又层层筛选而来，都是家世清白的女子。臣为宫中内监首领，略有耳闻皇上专宠皇后娘娘，冷落其他嫔妃。现如今，宫中只有三位帝姬，至今没有皇子，即便皇后娘娘一举得男，也是子嗣单薄。臣斗胆进谏，望皇上多宠幸其他娘娘，雨露均沾，方能为龙耀国开枝散叶。"

这话就太过火了，手也伸得太长了，管天管地，还管人家睡哪个老婆？皇上再好的性子，也气得手直发抖。我见皇后娘娘伸手按住皇上的手，一来有桌子挡着，二来，皇后娘娘的衣袖宽大，旁人看不出来。

皇上脸色不悦，却也没有当堂发作。皇后娴静道："难为锦大将军事无巨细，处处为皇上和社稷着想，有锦大将军这样的股肱之臣，实乃我龙耀之福，天下苍生之幸。"

夸过头了就是讽刺，锦夜不会听不出皇后的弦外之音，但依旧气定神闲，不以为意。

皇上在一边冷冷接口，"锦爱卿的这番心意，朕心领了。只是宫中已有众多妃嫔，爱卿还是带她们二人回去吧。"

锦夜不紧不慢道："人都带到宫中了，她们也没有颜面归乡返家。既然皇上不中意，就请皇上赐死她们吧！"

那两个女子已经忍不住低声饮泣。怨不得人都说红颜薄命呢，生得美貌还真不见得就是好事。

皇上脸上已带了隐忍的怒色，"皇后有孕，宫中大喜，如何能见血腥之事？"眼见锦夜一副不置可否的样子，面上虽然恭顺，骨子里却透着张狂。现如今他势力强大，皇上也无法与他当堂撕破脸。于是略一沉吟道："锦爱卿这番忠心难能可贵，朕也是不好推却。正好，这几日正在与皇后商量为端清王娶妃一事，王妃人选尚未确定，太皇太后一直催促。就将此二女赐予端清王为侍妾。一来成全了锦爱卿一番心意；二来太皇太后一高兴病也许会好几分，岂不又是锦爱卿功劳一件？皇后你说可好？"

一席话，震晕了大殿里的四个人，皇后、锦夜、长风和我，神色瞬息万变，煞是好看。

尴尬的沉默后，皇后垂头道："皇上的主意四角俱全，最是周详，臣妾自然没有异议。"

"好！"皇上龙颜大悦，"端清王听旨，朕赐名此二姝，一名'沉香'，一名'醉玉'，为端清王侍妾。"

两名美人眼见不用死了，喜极而泣，跪拜着谢恩。

话已至此，大堂之上君无戏言，长风再有何想法，也是无计可施，只能上前躬身道："多谢皇兄赏赐，臣弟领旨谢恩。"抬眼之际，疲惫无奈的目光看向失魂落魄的我。我一惊，赶紧低下头，头脑中仍是一片空白。

一走神，连皇上叫我为皇后添件衣裳都没听见，皇上不悦地回头看了我一眼，正在斟酒的寻菊赶紧推了我一把，低声说："将皇后娘娘的披风拿来。"我这才惊觉，手忙脚乱地将一件披风披在皇后身上。

做完后，我退到一边，接着发呆，眼见长风看了我一眼，似乎冲我使了个眼色。我哪还有那心思跟他对眼神，回瞪了他一眼，自觉目露凶光，回家抱着你的那两个白捡的侍妾乐去吧，跟我挤眉弄眼地得瑟什么？

再一扭头，看见锦夜一双迷人的凤目风起云涌，目中旋涡如黑色的风潮，让人看不透。我唯一能看出来是他又变身了，变成了那个恨不得置长风于死地的人。这就叫搬石头砸自己的脚。活该！本想送两个美女给皇上恶心恶心江映雪的，没想到却将两个美人便宜了长风，想来锦夜现的心情也好不到哪儿去。

不过锦夜看到长风一脸的木然、沉默不言，脸上又扬起一抹幸灾乐祸的笑容。好歹也算是达到了他恶心江映雪、打击长风的目的，于是躬身道："皇上圣明。"

看来这事就这样板上钉死了。抱着丝竹的宫廷乐师和身穿金色舞衣的舞姬鱼贯而入，献上精美的舞蹈。众人归座，长风被沉香和醉玉一左一右地夹在中间。那两个美人不停地为他添酒布菜，还真是温香暖玉抱满怀啊！

长风面色无奈地看着我，还在一个劲儿地跟我使眼色，气得我都快长针眼了！什么意思啊这是？是向我挑衅吗？"瞧，你不愿意做我的侍妾，我这儿一下子就白捡了两个！"长风应该不是这种人啊！

懒得再看他们，只能将目光转向别处，这才发现大殿里的人都在偷眼看皇后娘娘，有的还在交头接耳地说着什么。我移回目光打量了一下江映雪，不看不知道，一看之下大惊失色，差点把舌头咬下来。原来刚才我给她披上披风时，将披风弄反了，里子朝外，素白一片，彩凤的绣花都在里面呢。

大喜的日子却披着白被单，往轻了说是我玩忽职守，往重了说我就是意图不轨，诅咒皇后和龙嗣。这顶大帽子要是扣过来，我不死也得脱层皮。

我这才知道长风为什么冲我使眼色，他是想告诉我皇后的披风穿反了。我看看长风，用目光询问他：我该怎么办？他递个眼色到皇后身上，意思是让我趁人不备赶紧给她倒过来。

我见皇上皇后都在看着歌舞，于是颤颤巍巍地走过去。刚想伸手，乐曲戛然而止，堂上舞姬摆出飞天的姿势如雕塑一般。皇后微笑说道："赏。"小宫女将一盘子金锞子端给我。我无奈接过来，走下去递给舞姬的领队。在众人三呼万岁声中悄悄折回到皇后身后。

这时候，寻菊也发现披风反了，紧张地看了我一眼，赶紧拿过一件凤毛的孔雀金丝披风上前对皇后娘娘低声说："天气凉，奴婢给您换件厚实的。"

我刚要舒口气，就见锦夜笑了出来，貌似不经意道："皇后娘娘身上的披风真是别致。"

死锦夜，一见长风就恶魔上身，他不去找那对温香暖玉的麻烦，干吗总死盯着我不放啊！

寻菊的手顿在半空，所有人的目光都射向皇后娘娘，坐在皇后身侧的皇上也扭头看，一时大殿里一片安静。

躲是躲不过去了，寻菊刚要站出来，我赶紧拉了她一把。祸是我闯的，别再搭上她。上前两步，跪在帝后面前，"奴婢一时疏忽，将披风披反了。"

皇后低头看了一眼，温和道："起来吧，也不是什么大事，下次小心谨慎些就是了。"

还是皇后为人厚道。可偏偏有人不想放过我，就在我热泪盈眶地想要谢恩时，听见锦夜慢悠悠说道："这不是上回夜半私自在宫中游逛的宫婢吗？上次饶过她一回，皇后娘娘还说要亲自调教她，谁知她屡教不改，大殿之上，公然对皇后不敬，皇后娘娘身怀龙嗣，如此大喜的日子如何能够素衣加身？白衣在外，彩凤在内，实乃不祥之兆。"

小题大做，还扯出以前的事，这会儿他也忘了我还是他的眼线呢！他这变身变得太彻底，把我这个下属全然地当了炮灰。我虽然气愤却也无可奈何，只能复又磕头道："是奴婢失职，还望皇上和皇后娘娘恕罪。"

没等皇上和皇后开口，锦夜就抢先说道："屡犯宫规，行为不检，御前失宜，危害龙嗣，（这都是什么乱七八糟的罪名？我还够不上这个级别吧！）依臣之见，应当严惩不贷。"

我一听，心里拔凉拔凉的，至少又是个杖四十！

我跪在地上，眼睛的余光看见长风越众而出，徐徐说道："皇后娘娘福泽深厚，一件衣服岂会危及凤体？再者素衣于外，意味凤体无恙安康，彩凤于内，属意皇后娘娘身怀龙凤，实乃祥瑞之兆。锦大将军于大喜之日，却一口咬定不祥，不知有何居心？"

长风一番说辞，虽然牵强附会，但好歹解了殿上的尴尬，皇上点头道："端清王所言极是，皇后有孕，天降祥瑞。锦爱卿不必过于谨慎。"

不及锦夜接言，长风举起酒盏道："皇上圣明，臣弟以一杯水酒恭贺皇兄皇嫂将有嫡子之喜，愿诸位共饮此杯。"说完仰头一饮而尽。众人跟着举杯饮酒，大殿中气氛缓和下来。

我趁大家饮酒助兴，悄悄退回到皇后身后，心有余悸地偷看众人，就见大家都在饮酒，向帝后说着恭喜的吉祥话，只有锦夜把玩着酒盏，神色阴沉，目光在我和长风身上逡巡。

寻菊悄声告诉我，"回宫取皇后娘娘的手炉来。"我也知道她是借机支走我，感激地看了她一眼，从大殿侧门溜出云意殿。

刚出大殿就见倚竹拿着手炉过来。原来是她吃了药觉得好些了，见皇后没有带手炉就亲自送来。要说还是人家觉悟高，心又细。倚竹对我说："你先回去吧，我这会儿身上松爽了，我进去伺候皇后娘娘吧。"

我还客气着，"倚竹姐姐还没好利索呢，还是回去歇着吧！"

倚竹有些无可奈何地戳戳我脑门，"给你个台阶你就下吧，非让我说实话啊！"

我吐吐舌头，"倚竹姐姐真是料事如神，我刚闯完祸，正要出来避避呢。"于是将刚才披反了披风的事告诉了倚竹。倚竹听了也吓得脸色发白，"我说我刚才怎么右眼皮老跳呢，原来是你又惹祸了。小姑奶奶，你快回去吧，今天算你又白捡条小命。"

我想想也是，"那就辛苦姐姐了，反正我粗手笨脚，留着只能添乱，那我就回去了。"

"别得便宜卖乖了，雪路滑自己当心点儿，别再伤了腿脚，爷似的躺着不起来。"

我不好意思地笑了笑，辞别了倚竹，在月色星光的映照下向凤仪宫走去。

大雪初霁，天际的星子闪耀着微蓝色的光芒，清冷孤寒。虽是入冬的第一场雪，却下得很大，地上积了厚厚的一层，踩在上面，咯吱咯吱地响。空气干冷，却让人神清气爽，一扫刚才在大殿里的烦闷，心也渐渐安定下来。不管怎么说，我又躲过一劫，心中还是蛮欣慰的。

我信步来到御花园，走过一片梅林时不觉顿住了脚步，月光浮动下，红梅吐艳，衬着盈盈的白雪，美得让人忘记呼吸。一股清冷凛冽的梅香萦绕在寒冷的空气中，沁人心脾，闻之忘俗。

我一下子想起了小时候学过的歌谣，"好花采得贡瓶养，伴我书声琴韵共度好时光。"四下无人，我起了贼心，伸手擒向开得最艳的花枝。（我还真不是一般的少心没肺，刚才在大殿里为了长风郁闷得要死呢，还差点丢了小命，这会儿又觉得世事美好了。）虽说攀折花枝是不对的，但是这是古代，不会有戴着红箍的大爷杀出来罚钱。

刚折下一枝花枝，身后传来一个男人清越温润的声音，"刚历惊险，若溪就有月下折梅的好兴致，真是让人钦佩。"

我一转身，看到长风就站在我身后，目光潋潋一如天边的新月，丰神俊朗，恍若谪仙。我一时怔住，下意识地转动着手里的枝条，红梅上的聚雪纷纷摇落，落在我的裙裾上。

长风微蹙了眉头，上前替我掸掉身上的落雪，轻声道："小心沾湿了衣服，会生病的。"

虽说他刚才救了我一命，我可是一点也不感激，瞪了他一眼，"你怎么出来了？丢下你那两个如花似玉的美人，跑这儿吹冷风来了。"

他苦笑一下道："若溪就不要取笑我了。"他顿了一下，目光温和地看着我，"宫里不适合你，去我府上吧。"他的声音很轻，轻得像红梅上飘落的雪花，直飞入我的心中，被我滚烫的心融成一小渍冰水，微微寒凉。

我斜了他一眼，言语不经大脑地泻出我的唇齿，"怎么，嫌两个不够，还想多拐一个回去？"

"若溪……"他颇为委屈地唤我。

我这是怎么了？其实话一出口我就已经后悔了，那样刻薄的言语，对他，我怎么说得出来？我语无伦次地解释，"对不起，长风，是我口不择言，我只是，只是不理解你们这里的婚姻制度，你由钻石王老五一跃成为有妇之夫，我得慢慢适应。我……其实……"（唉，我也不知道我要说什么。）

"我知道你的心意。"他轻声打断我，"我也很……感激。"

感激？我一下子住了嘴，真是让人崩溃的词！

他脸色微红，言辞恳切，"请你……给我一个机会，让我来照顾你。"

他那么一个骄傲的人，如此低声下气地跟我说这些话，于他已是难得了。

见我不语，他困惑得不知如何是好，低头想了想，貌似突然醍醐灌顶，接着跟我说道："我知道你的顾虑，但请你相信，长风自问不是贪图美色之人。皇上御赐的人我无法推却，我会让她们到城郊的别院居住，颐养天年，不再见她们。在长风心中，你跟她们不同。"

我与她们不同吗？我不得不承认他的话让我怦然心动，心中燃起一丝遥远的希冀。

一阵风吹来，吹落了红梅上的落雪，我抬手托起一片六角的雪花，看着它在我白皙的掌心消融不见。

"那江映雪呢？"我忽然开口，声音干巴巴的，清冷得连自己都觉得陌生。

"什么？"他诧异地反问，一时不知我指的是什么。

我看着他俊美的面庞，心如刀绞，"我知道，你心中一直牵挂着她。"

他的神色黯然下来，"长风与皇后娘娘并无半分逾礼之处。"他看向地上的落雪，过了一会儿，又低声道："你说过的，有的感情要勇于放下。"

眼中忽然有了酸涩的感觉，我忍着唏嘘对他说："真正的放下不是不敢相见，只敢默默关注；不是面上云淡风轻，心中却在流血；更不是随便娶个不爱的女人来填补空缺，只在心里去祭奠那份感情。"我悲伤地看着雪地里一动不动的他，隔着一层水雾，他的身影跳动而模糊，"长风，你没有放下她。"

沉默了一会儿，他无力地分辩道："若溪，我并不是用你来填补空缺，跟你在一起我也很快乐。我可以带你离开这里，远离是非，让我们一起去游历山河，笑看红尘，不好吗？"

我闭上眼睛。心底一丝尚存的那一点点希望也在这一刻灰飞烟灭。跟他一起去游历山河，笑看红尘，对我而言有太大的诱惑，可是他并没有否认对江映雪无法释怀的眷恋。

心里虽然痛不可当，但我觉得我从没像现在这样清醒明白过。我一直是个稀里糊涂、得过且过的人。但是对感情，我不会这样。

我看着他，月下的他是如此美好，但是他却不属于我。

我深吸了一口气，干冷的空气瞬间冲进我的肺部，像吸入一团毛刺，胸口里扎得很疼，虽然明明知道有些话说出来就连朋友都没得做了，可是我还是管不住自己的嘴，"长风，我是喜欢你，喜欢跟你在一起，喜欢你静静地听我没完没了地啰唆。我想我是爱上你了，或者说我迷恋你。不是因为你是王爷，更不是因为你长得好看。我喜欢的是你这个人，你的坚强，你的善良，你的执着，我通通喜欢。我无法说出我爱你有多深厚，我只知道我跨过千年的时光，只是因为你在这里……"

"若溪……"他动容地看着我。

"可是我不跟你走，不做你的侍妾。不是因为我计较这个名分，在意你还有其他的女人。我在意的是我在你心中的分量。你的心中只有江映雪，没有我。"我硬逼回眼眶中的泪意，一眨不眨地看着他，"这样的你，配不上我。"

他脸上的震撼无以复加，怔怔地看着我。

耳听身后咻的一声，有人轻笑。长风回过神来，面色一寒，伸手握着我的手腕将我拉到他身后，以身体挡着我。我越过他的肩膀看到锦夜站在几步开外，一身红衣如红梅傲雪，在清冷的月光下，映出墨色般的凝重。

他冷笑道："王爷真是好兴致，不在席宴上搂着美人饮酒，却大冷天地跑到梅林来夜会宫婢，怎么，那两个侍妾入不得王爷的贵眼吗？"

长风护着我退后一步，我感到他的身体都绷直了，处于极度戒备的状态。他淡淡开口，"有兴致的何止本王一人，锦大将军不是也踏雪而来吗？"

锦夜冷哼了一声，"如此说来，王爷是嫌弃锦夜扰了兴致，锦夜这里告罪了，不过锦夜不来，如何能听到这丫头如此大言不惭、离经叛道的话呢？"

他向前走了两步，冲我淡然一笑，"现在我发现，你这个丫头是挺有趣的。他堂堂龙耀国的亲王，屈尊负就地好话说尽，就差求你了，而你明明喜欢他，却不肯应允他。为什么呢？"

我气得冲天翻了个白眼（没敢冲他翻），合着我们刚才的对话都被他听见了。我瞪了长风一眼，你不自诩自己耳聪目明吗？怎么没早发现锦夜？长风无奈地回头看了我一眼，一脸无辜。

这个问题我跟长风解释起来都那么费劲，就更别提跟锦夜解释清楚了。我正踌躇着不知如何说辞，锦夜自己倒替我回答了，"你喜欢他，他心里却没有你，即便守在他的身边，得到他的人，却得不到他的心，又有何用呢？那份苦楚和委屈，会像钝刀子一样，一下一下地将你割得体无完肤。"

月光照在他毫无瑕疵的脸上，我差点一巴掌拍到他的肩膀上，"我就是这个意思。"

看到我一脸遇到知音的感动，锦夜又笑了起来，"有一点她倒说对了，"锦夜凑近长风，"你是配不上她。她虽然蠢笨，却还清楚地知道自己喜欢谁，而你……连自己的心都看不明白……"

说完这句莫名其妙的话，他径直走了，不一会儿，就消失在夜色中。留下我与长风一头雾水，面面相觑。

远远传来云意殿的鼓乐声，华丽而欢畅，在寂静的夜里异常的响亮。我凝神听了一下，大约家宴快结束了，赶紧推了长风一把，"快回席吧！"

长风还在凝眉，我不禁问他，"怎么了。被那小子吓傻了？他的话没头没脑的，你不用搭理。"

长风惊醒过来，苦笑一下道："他的功力更加精进了，刚才我竟然没有听到他的脚步声。"长风一指脚下的雪地，"你看。"

我低头看去，惊惧地发现，刚才锦夜走过的地方，竟然只有极浅的脚印，根本没有踩到底，不禁一阵脊背发凉，乖乖，轻功踏雪无痕啊！

我很没用地咽了口口水，心有余悸地嘱咐长风："你可千万别惹他，没事别老往宫里跑，好好在家里练练功夫吧！不求能打赢他，至少打不过能跑。"

长风看了我一眼，想要争辩又无话可说，只能认命地点点头。

我忽然想起锦夜曾说过江贺之顽固不化，忙对长风说："有时间你告诉你姨夫……"

"谁？"他诧异地问。

"就是国丈，你表妹的爹，当朝首辅江贺之。"

"是我姨丈。"他恍然大悟。

"姨夫、姨丈都一样。锦夜要我做他的眼线，监视皇上和你表妹，还说，江贺之比以前的高正勋还讨厌，他那个人心思无常，指不定又动什么歪脑筋呢。"

长风一把抓住我的胳膊，蹙眉道："锦夜要你做他的眼线？他没有难为你吧？"

他的声音透出关切，神色也焦虑起来。我不着痕迹地拂掉他的手，"他只对你恨之入骨。看不见你的时候，他还比较正常，也没对我怎么样。"

对锦夜的所作所为，我也挺纳闷，只能含糊地说："我想他就是冲着你来的，他还以为你对我有意，所以找个借口看着我。其实是他误会了，你心里只有……（我这个不长脑子的，怎么又提这事？）所以说，他不会把我怎么样的。你还是赶紧告诉你姨丈，防着他点。"

长风略微放心，点头道："我会告诉姨丈对他多加小心。"他声音中透出惋惜，"以锦夜的才智，若能够倾力辅佐皇兄，一心为龙耀的百姓苍生，倒是个不可多得的股肱之臣。只可惜他如今心怀仇恨，变得喜怒无常。"

长风还真是厚道，锦夜曾经那么对他，也不见长风恨他恨得咬牙切齿。我觉得长风与我不同，我是属于好了伤疤忘了疼，惰性很强，嫌恨一个人太过劳神。而长风呢，他是那种能够忘掉自身的苦痛，置身事外，冷眼旁观的人，所以他仍能够客观地看到锦夜的优点和长处，更能体谅锦夜的所作所为。不过那样惨痛的经历，我不愿长风再想起，于是只胡乱地嗯了一声。

"若溪，刚才……我们……"长风沉默了一会儿，迟疑地开口。

我一听，还我们呢？别把话题再绕回去啊！该说的、不该说的我都说完了，再提"我们"这两个字，我都头疼。

这会儿我也没什么可讲的了，只简单地说了句："我走了。"

不等他答复就落荒而逃。走到梅林尽头拐弯的时候，我扭头看到，他仍然站在那里，一动不动，笔直的身形，像暗夜中的一抹剪影。

第十五章
情敌

因为天气寒凉，加之皇后身体本就虚弱，又头次怀胎，怀孕的反应很大，因而自除夕内廷家宴后，皇后就没有出过凤仪宫。皇上担心她寂寞，于是下旨将皇后的妹妹江映容接进宫中陪伴她。

我听说江映容是皇后同父异母的庶出妹妹，刚满十六岁。

知道妹妹可以进宫，江映雪很是高兴，孕中的不适也因这个喜讯而冲淡不少。连日指挥宫人收拾大殿东边的暖阁，给她妹妹住。看得出，江映雪对这个妹妹很疼爱。

这一日是江映容进宫的日子，听闻皇上让长风亲自去江府接江映容，有着江映雪这层表亲的关系，长风跟那个江映容自然熟络。

一大早，外面刮起北风来，虽然晴空万里，但是空气异常干冷。慕兰和寻菊去内务府领冬日的例俸，倚竹就让我跟她候在大殿中。皇后伸长脖子等着，连早膳都没心思用。她面带欣喜地对方姑姑说："家中姐妹五个，只有容儿跟我最亲厚。容儿小的时候不缠着她娘亲，也不缠着她奶娘，只喜欢整日跟着我，叫我大姐姐。"

"可不是吗！"方姑姑凑趣道："奴婢还记得皇后娘娘大婚那年，五小姐只有十一岁，哭了好大一鼻子，抱着娘娘的脖子不肯撒手，差点耽误了吉时。"两个人都笑了起来。

上午时分，未及宫人通传，一道靓丽的人影就从大殿外跑了进来，扑到江映雪的怀里，呜咽着说："大姐姐，想死容儿了。"

旁边的倚竹赶紧上前为那女子解下大红羽纱的斗篷，"五小姐刚从外面进来身子凉，暖过来再贴着皇后娘娘。"

看来她就是江映容了。我不由得仔细打量了她一下。身量比江映雪要略高些，虽然穿着胭脂色的棉衣，但是仍能看出曲线玲珑，健康而充满活力。从面上看，跟江映雪非常相像，一样的雪肤花貌，眉目如画。只是相同的眉眼在江映雪的脸上是端庄秀雅，观之忘俗，而在江映容脸上则是顾盼生辉，神采飞扬。到底年轻，十五六岁的年纪，仿佛刚刚抽条的柳枝，活力四射，娇俏可爱。

听了倚竹的话，江映容一下子弹开，瞪着乌溜溜的大眼睛，"对呀，容儿要做姨母了，可别冻到小外甥。"说着搓搓手，又搓搓冻得红苹果一样的脸蛋儿。

皇后宠溺地看着小妹妹，笑道："几个月不见，又长高了，就是还是那副小孩子脾气，毛毛躁躁的。"

江映容撒娇道："只有大姐姐还老拿容儿当成小孩子，容儿不小了，就快满十六了。"

皇后问向她妹妹："端清王呢？不是他去家里接的你吗？怎么不见进来？"

江映容大大咧咧地坐在椅子上，拿起桌上的一个苹果就啃，"长风哥哥在宫门口遇到皇上，我嫌他们一大堆人走得慢，着急见大姐姐就先跑进来了。"

皇后无奈地用手戳戳江映容光洁的脑门，"宫中不比家里，要守着规矩才行，以后要处处小心谨慎，不能这样随便。"

江映容放下苹果懊恼道："宫中的规矩太多了，要不是为了大姐姐要生小外甥了，我都不愿来呢。"

江映雪嗔怪道："不许胡说，皇上天大的恩典，才许你进宫陪伴。"

虽然绷着脸，但是江映雪面上见不到一丝怒意，依旧目光宠爱地看着江映容。

江映容站起来搂着她姐姐的肩膀，撒娇道："我也是天天想着大姐姐，想着将要出世的小外甥。虽然宫中不如家里自在，我还是老老实实地来了。"

皇后绷不住笑了，"你不必跟抹了蜜似的专拣好听的说。我听说了，你日日在家中散漫着，爹心疼你年幼总是宠着你，这会儿正好进宫来跟我这儿收收心，都十六了，也该给你找个婆家。"

江映容闻言，吐了吐舌头，"爹说了，我还小，再留我一两年。大姐姐必是嫌我烦，恨不得把我嫁出去，省得在大姐姐眼前招嫌呢。屋里热死了，我去换件衣服再过来。"说着就跑了，她带来的奶娘、小丫鬟和倚竹在后面追她一起去了。剩下江映雪和方姑姑相视而笑，"有了她，就再也不寂寞了。"

正说着，内监通报，"皇上驾到，端清王到。"

江映雪整整衣衫，正要行礼，却被大步进来的皇上一把扶住，"雪儿有了身孕，不必行礼了。"

皇上身后，长风跟着进来了，我们目光一碰，赶紧调开，看向别处。自从那个雪夜后，我们还没有见过面，此刻都觉得有些尴尬。

皇上扶皇后娘娘坐下，才抬头问："容儿那丫头呢？我在门口遇到她和长风，不过和长风说句话的工夫，她就跑没影了。"

江映容又一阵风似的跑进来，俏生生地跪地给皇上行礼，嘴里叽里呱啦地说着："容儿急着见姐姐就先跑过来了。其实刚才容儿已经给皇上行过礼了，就是皇上正跟长风哥说话，根本没看见容儿。"

江映容已经换上了一件浅樱色的薄夹袄，裹着年轻饱满的身体，裙幅上绣着落英缤纷的花朵，更显得她面若桃花，明眸皓齿。

皇后在一边轻声斥道："跟皇上说话哪能这么随便。"说着向皇上屈身行礼，"臣妾妹妹御前失仪，还望皇上恕罪。"

江映容不以为然地撇撇小嘴。皇上还没来得及接言呢，她那一双灵动的大眼睛已经转到长风身上，"长风哥哥，你刚才光顾得和皇上说话，都不管容儿了，皇上让你接容儿来的，容儿若跑丢了，都是你的过错。"

皇后娘娘口气严厉了些，"容儿，怎么这么不懂规矩？在宫里不能哥哥弟弟乱叫，应该称呼端清王。"

皇上笑道："容儿还小，别拿宫里的规矩拘着她了，她愿意怎样叫就怎样叫吧，叫长风哥哥都十几年了，你让她忽然改口她也改不过来。不是什么大事，雪儿不必如此谨慎。"

江映容见有人撑腰，越发得意，"本来就是一家人，非要称什么名号。就像皇上，要是在普通人家，容儿应该叫您一声'姐夫'的，可是在宫里还得见了您就跪，不能叫姐夫，只能叫皇上，听着多生分。"

皇后无奈地看着口无遮拦的妹妹，向皇上告罪道："臣妾这个妹妹从小被家人惯坏了，不知礼数。"

皇上笑道："朕倒觉得容儿天真烂漫，透着一家人的亲切，朕准了，她愿意怎么叫就怎么叫吧。"

江映容没等皇后说话就抢着道："容儿还是称您为皇上，省得姐姐说我没规矩，失礼数。不过长风哥哥容儿还是照旧叫总可以吧？！"

江映容伶牙俐齿，惹得皇上含笑点头，"可以，可以。你姐姐自从有孕，不能出门，朕一直怕她烦闷郁结，现如今有了你这个开心果，雪儿也可以开开心心的了。"

江映容娇笑道："皇上放心，容儿一定让姐姐天天笑口常开，来年生个白白胖胖的小皇子，容儿就做姨妈了。"

江映雪面飞红霞，不好意思起来。皇上揽着她的肩膀对江映容说："容儿说得对。那朕就把皇后托付给你了，一定要让你大姐姐心神舒畅。等皇后诞下麟儿，朕再封赏你这个小姨妈。"

江映容眼珠一转，噘起小嘴儿，"得皇上的封赏还得大半年呢，容儿有个条件，不知皇上能不能先答应。"

皇后摇头道："容儿，越说越不像话了，哪有跟皇上讲条件的？"

"不妨，说来听听。"皇上不以为忤，笑吟吟地说道。

江映容轻快地走到长风身边，拉起他的袖子轻摇着，"我要长风哥哥常常入宫来看我，将家里爹娘的情况告诉我。不然容儿会想家、想爹娘的。"说着眼圈就泛红了。

这样的女孩子和这样的要求是无法让人拒绝的。未等长风说话，皇上就替他应了。"好，就让长风时常到江府探望国丈，再来凤仪宫将江府的事讲给你们姐妹听。"

江映容眉开眼笑起来，皇后微微一怔，随即恭敬地向皇上道："谢皇上体恤臣妾与妹妹思家之情。"

长风躬身向皇上道："臣弟谨遵皇兄旨意。"

他们一家子叙着家常，皇后向她妹子问着家中爹娘的情况。我无所事事，待着也自觉难堪，于是偷偷告诉倚竹我头疼，便溜出正殿，回到茶室，歪在软榻上。

我正神游呢，门帘一掀，长风走了进来，带进来一股清新干冷的气息。我不得不起来，"你又是来亲自选茶叶的吗？要竹叶青，还是休宁松萝？"

他微俯着头站在茶室中央，半天才徐徐开口，"那晚之事是长风造次了，冒犯了若溪，若溪不要介意。"

我听他又提起那天的事儿，很是尴尬，当时厚着脸皮说也就说了，现在想起来恨不得找个地缝钻进去，挥挥手道："别提了，我还后悔呢，又在你面前丢人现眼一回。"

"无地自容的是长风。"他一脸愧色，"在你面前，长风自惭形秽。"

他自惭个什么呀！我这老脸还不知道往哪儿搁呢。本想把他轰出去，可是看到他那一脸的羞愧相，我又不忍心，谁让我喜欢人家呢。要说这事也怪我，不管不顾地说出来，没有充分考虑到他的接受能力，倒弄得他因为不能同样喜欢我，就跟欠了我似的。

事到如今，解铃还须系铃人，我只能舍下脸来开导他，"你要是老想着那晚上的事，咱俩连面都不能见了。权当那页翻过去了，你想着你的心上人，我想着我的，咱们还能算个同病相怜，惺惺相惜。最理想的状态是，我牺牲一下自我，咱们还当朋友交往，还可以互相开导一下，都别钻死牛犄角。当然，你要是觉得别扭，不好意思再见我，就先别来找我，什么时候我把你放下了，我再找你去，你看行吗？"

听了我的一通歪理，他由衷道："长风枉为男子，却远不如若溪豁达。"他抬眼看看我，鼓起勇气道："长风不敢再提冒犯若溪的言语，但我可以先助若溪离开宫中，只是委屈若溪仍要顶着那个名分，长风不会真的……"

咦？这个我倒没想过，假作他的侍妾，出了宫再海阔天空去，这个可行。我一时心驰神往，不过很快又垂头丧气起来，"不行，顶着你端清王侍妾这个名头，谁还敢娶我？我要是将来碰到一个看对眼的，他喜欢我，我也中意他，两情相悦了，你这不是耽误我吗？"

他彻底被我雷倒，有些哀怨地看了我一眼，尴尬得不再言语。

窗外忽然传来一个娇俏的声音，"长风哥哥，你找什么茶找了那么半天？"

长风反应可不如我快，我随手拿起桌上的一个带着黄笺的绿玉茶罐，塞到他手里，他低头照念，"我在找……恩施玉露。"

厚重的棉帘一挑，一抹樱粉色已经进到屋来。江映容冻得小脸通红，狐疑地看了我一眼，转向长风娇嗔道："找个茶要这么长时间，容儿都等着急了。"

长风掩饰地轻咳一声，举着手里的茶罐说："此茶冲泡前一定要在冰上镇一下，经沸水泡后才会激发出茶叶本身的清香。"

"哦。"江映容挑挑眉毛，过去拉住长风的胳膊，"长风哥哥快点回大殿吧，皇上和姐姐还有话跟你说呢。"

说着连拉带拽地将长风拖出茶室。临出门时，江映容扭头看了我一眼，乌黑如墨的瞳仁满含不屑和警告。我不禁哆嗦了一下，因为那实在不像一个十五六岁天真烂漫的少女的目光……

江映雪身子娇柔，又刚刚病愈没有多久，因此怀孕非常辛苦，吃不下东西，常常头晕目眩，还曾经晕过去一次，把整个皇宫吓得人仰马翻。太医都快将凤仪宫的门槛踢破了，开了一大堆的安胎补药，又嘱咐皇后卧床休息。皇上更是每天下朝都到凤仪宫来守着江映雪。

其实孕妇昏厥也挺常见，想当年我表姐怀孕，人高马大一个人，逛超市时突然一头栽向地上，幸亏我在旁边一把将她扶住。好在她只晕了一会儿就过去了。她自己吓得不行，健步如飞地向医院赶，害我一溜儿小跑跟着。到了医院，挂了急诊，没两分钟就让医生轰出来了，"孕妇都有暂时性的脑缺血，注意尽量减少一个人外出就行了。"

皇后整日卧床，倒便宜了我，不用候在大殿里听差，因为倚竹她们都信不过我，不用我贴身伺候皇后娘娘。我只每天在皇后娘娘床前转几圈，用我现代的照料孕妇的知识，指点一下倚竹她们。其实我懂得也不多，但是胜在理论基础雄厚，常常是一套一套的，再整两个新名词，唬得她们一愣一愣的，都拿我当专家。其他时候，没我什么事儿，我乐得在茶室里赏雪喝茶。

这一日下午，整个凤仪宫静悄悄的，我提着装着一盏燕窝的食篮，正要去皇后娘娘的寝殿，在院子里碰到刚踏进宫门的康公公。他笑容满面跟我打招呼，"溪儿姑娘，这几日锦大将军繁忙，很少在宫中逗留。咱家刚才遇到他老人家了，他还说起要姑娘留心凤仪宫内的事务，等他进宫向他禀报。"

我这才想起来，咱也是有组织的人啊！还肩负着重任呢！最近锦夜一直在宫外忙，鬼知道他忙些什么。我正高兴他忘了我呢，谁料，又把我想起来了。

我漫不经心地应了一声，"溪儿会留心的。"便跟在康公公身后踏上回廊。他突然一下子停住，让紧随其后的我差点撞到他身上。我诧异地抬头，却见是江映容面罩寒霜地站在回廊的拐角处，身后是她的奶娘，一个五大三粗、满脸横肉的妇人。

康公公已经拜了下去，"见过五小姐。"

我也胡乱地行了个礼，刚想离开，就听见她冷冰冰的声音，"站住。"

我与康公公一起停住，康公公赔笑道："不知五小姐有何吩咐？"

她的目光从康公公的身上移到我的身上，抬起青葱一样的玉手一指我，"你叫什么名字？"

"林若溪。"我规规矩矩地答道。

江映容向旁边使了个眼色,我还没明白是怎么回事呢,她的奶娘面无表情地说:"跟主子回话要自称奴婢。"言语间,蒲扇大的手冲着我的脸就挥过来了。

咱也不是吃素的,虽然事发突然,我还是有如神助地一侧身,她的巴掌带着呼啸的风声擦过我的脸颊,我额前的头发都呼扇得飞起来。这要是扇脸上,还不得成猪头?

眼见没打着,她二人恼羞成怒。康公公也蒙了,毕竟是老人,反应快,忙躬身道:"这丫头进宫时间不长,不懂规矩。五小姐息怒,皇后娘娘早前发话了要亲自调教她的,这打狗也要看主人不是……"什么话呀?我听着都快吐血了!

江映容面露鄙夷,柳眉一立,打断康公公,"可不就是两只狗,还是我大姐姐喂不熟的狗。我刚才可是听得清清楚楚,你们不是寻思着给锦夜告密去吗?不过是那个内监的走狗,打便打了。我这就告诉大姐姐去,让她把你们两个撵出凤仪宫,关到爆室去。"

第一次被人这么指着鼻子骂,太羞辱人了。我脸上火辣辣的,比挨了一巴掌还难受。不过这个五小姐也真是大胆泼辣,一口一个内监叫着,那可是锦夜的死门啊!我不禁为她担心起来,锦夜可不是好惹的,这丫头不要为了一时口舌之快,给她们江家惹麻烦。

康公公面上依旧带着恭敬,丝毫不见慌乱,"五小姐这是哪儿的话,锦大将军为宫内首领,见皇后娘娘有孕,甚为关心,可惜他老人家报效朝廷,公事繁忙,分身乏术,就让奴才及皇后娘娘身边的宫婢不时将皇后娘娘的状况报告给他,以便他随时知道皇后娘娘所需。不知奴才们何错之有?"康公公提到锦夜,神色倨傲起来,有了锦夜撑腰,明显不把五小姐放在眼里。

江映容恨声道:"他那是黄鼠狼给鸡拜年——没安好心。欺负我大姐姐有孕,顾不到管教宫里的人。别人怕他,我江映容可不怕,你们那点儿苟且行当还逃不过本小姐的眼睛。"

康公公不愧是老油条,不急不恼道:"五小姐真真是冤枉奴才了,奴才不过是听主子的话,替主子办事。五小姐若嫌弃奴才说话不周详,也可亲自将皇后娘娘的需求告诉锦大将军。"

"呸。"江映容冲地上啐了一口,"本小姐才懒得见那个奸佞小人。就是他将长风哥哥关到天牢里好几个月的,现如今还整天跟我爹作对,我见了他就恶心。"她略一斟酌,回头向她的奶娘吩咐道:"大姐姐有孕,别惊扰到她,你去请端清王来，就说这宫里有内奸，吃里爬外。"

这丫头还真是不知天高地厚，比我还二百五，我还知道个审时度势呢，虽然挨了骂，但是看到有比我还笨的人，我倒有几分欣慰。

康公公心里有底，并不惧怕，上前对江映容说道："五小姐别生气，今日之事就是个误会，请端清王前来解释清楚也好。"接着指着我，带着炫耀道："端清王对溪儿这丫头也颇有眼缘，还曾盛赞她精通茶艺。几个月前曾向皇上和皇后娘娘求要这丫头，要带回王府，后来皇后娘娘说爱惜她的才华，才留在身边的。"

他的本意不过是告诉江映容，长风来了也没用，不会把我们怎么样，可是我却看到江映容面色一沉，失神地问道："真的？"

得到康公公的首肯后，她低头思忖了一下，挥手道："今日之事，我暂且饶过你们，以后你们老老实实在宫里当差，若被我知道你们做对我大姐姐不利的事来，小心你们的皮。"

"奴才谨记。"康公公一脸恭敬地告退。

我也脚底抹油，想跟着走，却被江映容叫住，"你留下。"

我只得站住。她意味深长地上下打量我，"不想你一个不显山不露水的普通宫婢还有这等本领，让长风哥哥都出口讨要，倒是我小窥了你。"她一双清水妙目盯着我，"我倒要看看你有几斤几两。"说完，就扶着她奶娘的手走了，留下我一个人莫名其妙，我招她惹她了？

我提着食篮进到皇后娘娘的寝殿，江映雪正歪在床榻上，与她妹子聊天。江映容撒娇地笑着，大姐姐长、大姐姐短的，又是一副少女的娇憨模样，让我不禁怀疑她跟刚才那个刁蛮跋扈的小恶婆是一个人吗？

我依礼向她二人请安，倚竹上前接过食篮放在桌上。江映容忽然指着我，一派天真地向她姐姐道："大姐姐，我听说这位姐姐茶艺了得，不但得到长风哥哥的称赞，还差点将她要了去。"

江映雪不好说出实情，只能敷衍道："溪儿心思灵巧，秀外慧中，确得端清王的赏识。"

"哦？果真如此！"江映容低声自语，很快又换上了明快的语调，"能让长风哥哥称赞的人必定不同凡响。容儿也好饮茶，只是无人引导，不如让溪儿姐姐跟在容儿身边教教容儿吧。"听得我心直跳，直觉地感到她没安什么好心。

皇后是知道我有几把刷子的，只是苦于无法说破，为难道："这个……溪儿的茶艺标新立异，与普遍鉴赏的确有所不同。容儿若醉心茶艺，找大姐姐或是端清王请教是一样的。"

江映容拉着江映雪的手撒娇道："大姐姐怀着龙嗣，连皇上都恨不得把大姐姐捧在手心里，容儿哪能那么没眼色，还来劳烦大姐姐。长风哥哥又是隔几日才会来，根本没有时间向他问茶道之事。容儿此次进宫只带了奶娘、玲珑和璎珞来，又不敢老来打扰大姐姐，连个正经说话的人都没有呢！我看溪儿姐姐心灵手巧、为人和善，就让溪儿姐姐跟我做个伴吧！"

她说得可怜巴巴的，我眼见江映雪心疼妹妹，就要答应了，赶紧上前跪好，"奴婢笨手笨脚，恐怕侍候不好五小姐，还是跟在皇后娘娘身边吧，长点脑子再到五小姐那里当差。"

江映容眨巴着大眼睛看着我，手里绞着锦帕，"溪儿姐姐不是嫌弃容儿吧？容儿也知道，大姐姐心疼我，宫里的人也都对我好，可是容儿终究不过是寄住宫中，算不得正经主子。"说着眼里蓄满了泪珠儿，将流未流，越发惹人怜爱。若不是刚才回廊里的一幕太过惊悚，我都快自责了，怎么欺负人家小孩子呢？

皇后娘娘心疼地拍着她的手，"胡说什么，你是我亲妹子，谁会小窥了去？"

就凭着这演戏的功夫，我也知道这丫头不是个善茬。别看年纪比我小很多，道行绝对比我深，惹不起，我躲得起还不行吗？我一个头磕在地上，"奴婢不是不愿伺候五小姐，实在是舍不得皇后娘娘，奴婢自从进宫以来，一直受皇后娘娘关照，心中感激不尽。如今娘娘怀有身孕，奴婢好歹曾经伺候过家中姐姐怀孕生子（表姐让我做了两个月的免费保姆），还想着留在皇后娘娘身边尽心尽力呢。不如等皇后娘娘生下小皇子后，奴婢再去伺候五小姐（拖得一时是一时）。"

我说得声音哽咽，跟真事似的，想想眼中无泪，赶紧举袖假装拭泪。跟我斗演技？考大学时，要不是被某大学新闻系刷下来，说不定我现在也是颗露头露脸的小星星了。

江映容以手帕遮住半边脸，挡住江映雪的视线，眼中没有半分的泪意，不露痕迹地冲我冷笑了一下，又换上一副委委屈屈的小女孩相，"容儿又没让溪儿姐姐离开宫中，溪儿姐姐还是可以经常到大姐姐跟前来照应的。不过是陪陪容儿，省得容儿在这深宫大院里太寂寞，又不能时常回家看望爹娘。"

我心拔凉拔凉的，她一提爹娘，江映雪就扛不住了。果然，江映雪低头沉吟片刻道："溪儿跟在容儿身边也有好处，也免得锦夜老是盯着你。本宫这里，有方姑姑和倚竹她们，你不必挂心，就陪着容儿吧。她年纪小，初次离开家，难免思念爹娘，虽然有本宫这个姐姐在，但是本宫整日卧床，也不能多跟她调笑。你心思奇巧，就代本宫照料容儿，给她宽宽心。"

我欲哭无泪，就这么板上钉死了。江映容唇角挽上一抹得意的弧度，又腻在皇后身边，轻快地说："我就知道大姐姐最疼我，大姐姐放心，我肯定把溪儿姐姐当好姐妹来看待。"

江映雪宽慰地笑道："如此就再没有不妥了，端清王来宫中时，你也可以让溪儿陪在左右，她与王爷是旧识。"

她不说这句还好，说了这句简直让我麻烦上身。江映容听进耳里，扭头看我，目光凌厉，脸上似笑非笑，拖长声音说："哦，是吗？那容儿更要好好跟溪儿姐姐聊聊……"

江映雪孕期嗜睡，不一会儿就倦了，只留下倚竹在跟前，让我们都跪安了。我拖着沉重的脚步跟着江映容来到她住的偏殿暖阁。离开了江映雪的视线，江映容昂起了下巴，指着暖阁外的过道里一处狭小阴仄的角落，淡然吩咐道："以后，你就睡在这里吧。"

我愣了一下，未及答话，江映容已经笑意盈盈地凑近我的脸，"我夜里怕黑，喜欢让人在近前候着。怎么？不愿意啊？觉得委屈的话，去找我大姐姐说去。再不，找长风哥哥哭诉去也行。"

我这一口气憋在胸中，看了她身边满脸横肉的奶妈一眼，只能低头闷声道："不敢。"

我话音未落，一个巴掌就甩到我脸上，啪的一声脆响后，耳畔响来一声凶神恶煞样的怒喝，"跟主子回话，要自称奴婢！"

打得我那叫一个头昏眼花、眼冒金星。长这么大头一次被人打耳光，羞辱的感觉比疼痛更让人难以忍受。我捂着脸对江映容的奶娘怒目而视，好像是叫闫嬷嬷的，她这是报刚才在回廊里未打着之仇，所以未等我说完，就提前一步动手，让我连躲闪的时间都没有。

感受到我愤恨的目光，闫嬷嬷木然地看着我。旁边的江映容轻巧地笑了出来，"我大姐姐性格好，从不跟下人较真。我江映容可是眼里从不揉沙子的。如此不懂规矩，就当我替大姐姐管教管教你。"说着以手掩口打了个哈欠，"折腾这么一出，我也乏了，等有了精神再惩治你，你就在这过道里跪着思过吧，我不让你起来，就不许起来。"又扭头吩咐闫嬷嬷，"奶娘替我看着她，别让她偷懒耍滑。"

说完径直走回暖阁。我傻站着一时没回过神来，腿弯处被闫嬷嬷踹了一脚，我腿一软，扑通一声跪在地上，膝盖磕得生疼，以手撑地，一点一点地直起上半身。

虽然羞愤，但也无可奈何，只能直挺挺地跪在过道里。

过道的穿堂风很大，阴冷阴冷的，即便穿着棉衣，还是让我冻得直哆嗦。闫嬷嬷找了个背风的地方，搬了把椅子坐着，剔着指甲，喝着茶，悠闲地守着我。

因为是配殿角落的一处过道，很是偏僻，离皇后娘娘的寝殿有段距离，过往的并没有凤仪宫的人，只有江映容带来的两个丫鬟，全都面无表情、目不斜视地走过去，貌似见怪不怪。看来这个江映容还真是个难缠的主。

十分钟后，我还能忍……十五分钟后，我觉得腿开始疼……三十分钟后，我再咬牙忍……半个时辰后，我忍无可忍，每一分钟都是煎熬……

到后来我已经没有时间概念了，只觉得时间好像是凝固住了，而我被丢弃在外空间的阴暗角落，已经被遗忘。我的膝盖感受到尖锐的痛苦，好像跪在碎玻璃上似的疼得钻心，以至于我摇摇晃晃地无法支持自己的身体，好几次身子一歪，几欲倒在地上。勉强用手撑着地，辅助一下我可怜的膝盖，却被闫嬷嬷一脚踹在背上，"跪好了！"

在现代看过好多宫斗的电视剧和小说，往往这个时候女主就晕过去了，再来个帅哥英雄救美。很可惜，别说没有帅哥来救我，我强壮的身体根本不允许我昏过去。虽然跪得东倒西歪，我还是异常清醒，精神抖擞。闲着也是闲着，我开始认真思考，以转移自己聚集在膝盖上的注意力。

问题的中心是：为什么江映容这么整我？是真拿我当锦夜的奸细了，所以在替她大姐姐出气吗？貌似没这么简单，怎么不见她为难康公公呢？至少不是只有这个原因。

更主要的应该是妒忌吧！她"长风哥哥"长、"长风哥哥"短地叫得那么亲热，肯定是动了思春的情怀，这会儿知道长风对我不寻常，还曾动过讨要我的心念，更是打翻了她大小姐的醋坛子。

对于江映容迷恋长风我不稀奇，长风那样的男子，是多少少女的春闺梦中人，实在是招人喜欢。问题是我冤啊！说句不恰当的话，这就是没吃到鱼，反而惹了一身的腥。你江映容追不到长风，拿我撒什么气啊！我不也没追到吗！可是除了自我反省，我可没有迁怒于别人。这就是人与人之间的差距！

终于，江映容睡醒她的午觉了，从屋里懒洋洋地说道："把她带进来。"

闫嬷嬷恭敬地起身答道："是。"回头呵斥我，"起来！"

起来？我也想！问题是我起不来了。我挣扎着想站起来，可是腿都跪麻了，血液不流通，差点栽倒在地上，膝盖处也疼得我直冒冷汗，肯定是已经红肿了。闫嬷嬷皱着眉头，揪着我的脖领子，将我从地上拽起来。她还真是力气大，连拎带提地将我带进屋，我感觉我的脚都快离地了。

来到屋里，江映容已经起床，正由着玲珑为她梳头。闫嬷嬷将我扔在江映容脚边的地上。我腿一软，又轻车熟路地跪下了，反正腿也麻了，站也站不起来，跪就跪着吧！

江映容拿着黛笔，对着铜镜细心地描着眉毛，一下，一下，恨不得一根一根地画。旁边的丫鬟凝神屏气地站在一边，整个屋子里连一声声响也不闻。我本来想问问她，她到底要怎么样。不过话到嘴边又吞回去了，识时务者为俊杰，我还是老实点吧！

她画了足有一炷香的时间才放下黛笔，我偷眼看看，画了还不如不画呢，有点重，显得凶，反而失了少女的自然娇憨。当然，我不告诉她，让她自己美去吧！

她对着铜镜又看了半天，自己也不满意，吩咐道："打水，我要重新匀面。"

璎珞刚要去，却被江映容一个眼神给制止住了，她丢了一个眼神到我身上，"让她去。"

我费了半天劲从地上爬起来，在闫嬷嬷的监视下一瘸一拐地走到旁边的杂室里用铜盆打了水，端着又回到江映容的房间。这回闫嬷嬷没踹我腿弯，她也怕我把一盆水泼出去，只是声色俱厉地说道："跪下！"

我端着铜盆费力地跪下，那盆本身就沉，再加了水，不一会儿，我胳膊就酸了。不会是让我当盆架吧？一会儿她再嫌水凉、嫌水热的，多折腾我几次，我可就熟了。我想着这些电视剧里的恶俗桥段，自己先恶寒了一下。

好在她并未让我当盆架当很久，只淡淡地说了一声，"举高点！"我费力地将铜盆往上举，可我也不是练举重的，胳膊抖得跟筛糠似的，这个造型太强人所难了。

她斜了我一眼，冷哼道："这么没用！"

我那个气呀，要不你来试试！差点把盆扔在地上，可还是忍住了，我忍！不跟她小孩子一般见识！

她慢悠悠地就着盆，让玲珑伺候着洗了脸，支使璎珞去倒了水，让我依旧跪在地上，又拿起黛笔接着画她的眉毛。

终于，她满意了，放下笔回过身来对着我。我一看，还不如刚才呢！

她端过玲珑奉上的一碗茶，以杯盖轻划着杯盏，啜了一口，道："好茶，宫里进贡的茶果真是非民间可比。"

将茶盏递给候在一边的玲珑，才抬起头来打量我，"你倒也算生得清秀。不过我很是好奇，你一个宫中最末等的宫婢，如何引起长风哥哥的注目呢？听大姐姐说还是旧识。"

我可不敢提牢里的事，一来不想显得跟长风过于熟识，引起她的醋意，二来她要一口咬定我从牢里就是锦夜的眼线怎么办？我还真说不清楚了。于是避重就轻地说："端清王好饮茶，到茶室亲自挑选，奴婢（那一巴掌没白打，我还真长记性了）只与端清王有那一面之缘，将些浅薄的茶艺讲给王爷。王爷颇感兴趣，于是想将奴婢带回府中做司茶。后来因为奴婢愚钝顽劣，遂不了了之。"

江映容目光如炬地盯着我，面寒如冰，"你没讲实话！"

我闭嘴不言。

她缓缓站起身来，在屋中踱着步子，转了一圈又回到我面前，居高临下地俯视着我，"不说实话也没关系，左不过是你见了长风哥哥生了狐媚之心，恬不知耻地贴上去，妄图攀上高枝。"她伸手擒住我的下颌，让我抬起头来，对着她年轻明媚的脸，"你也真是自不量力，也不拿镜子照照，哪一点配得上我长风哥哥？长风哥哥为人宽厚，言语含蓄，不忍说破罢了，他怎么会看上你这样的丫头？别痴心妄想了！"

说着一甩手，将我的脸甩开。我感到有眼泪蓄在眼眶中。我一再告诫自己不要哭，在这个小丫头面前落泪比挨的那记耳光还让人丢脸。我别过脸去，羞耻的感觉随之从心底漫出来，不是因为此刻的侮辱，而是因为我知道虽然江映容言辞刻薄，但是她说得没错。

那天晚上，她没让我吃饭，也没让我回茶室，而是让我顶着装满水的铜盆站在过道里，美其名曰是让我练练力气。

寒冬腊月，我哆哆嗦嗦地站在阴风阵阵的过道里，头顶上铜盆里的水已经结了一层薄冰，更加沉重，开始我还举着，没有一会儿就靠在头顶上了，用脑袋支撑着，怪不得非洲妇女都用头顶坛子呢，果真这样要省力气得多。可是没站多久，我还是支撑不住了，不光胳膊受不了，脖子都快压断了。

我终于熬到看着我的闫嬷嬷困得不行睡觉去了。四下无人，我赶紧将盆放下来，一屁股坐到地上。

我该怎么办？谁可以帮助我？去找皇后娘娘吗？她会相信我吗？即便她相信，我不过是个小宫婢，她又怎么会因为一个不守规矩的宫婢受到责罚而责备她的亲妹妹？到时候，江映容撒个娇就能混过去，我的处境反而更加艰难。

去找长风吗？想到长风，我的心不可抑止地痛起来。我从不觉得自己是个自卑或是自怨自艾的人，但是江映容的话还是打击到了我。再强悍的人，当爱上一个不爱自己的人时，也无法不心生卑微。而此刻坐在过道地上吹着冷风，饥寒交迫的我，更是卑微到尘埃里。

后半夜，我坐在地上睡着了，梦中见到长风如清风逐月般的白色身影，我向他伸出双臂，却只看见他疏离的微笑，像晨曦前的星辰，淡泊高远，逐渐隐退⋯⋯

迷迷糊糊中，有人推我，我费力地睁开眼睛，天已经蒙蒙亮了。

推我的人是玲珑，她一边摇醒我一边机警地看着里面的屋门，压低声音说："溪儿姐姐快醒醒，一会儿闫嬷嬷就起来了。"

我感激地看了她一眼，赶紧从地上爬起来，这才感到一阵头昏脑涨，浑身冷得打战。饶是我身体健壮，还是被折腾病了。

我找到被我扔在一边的铜盆，里面的水已经冻成一个冰坨子，比昨晚更沉，我摇摇晃晃地将盆又顶在脑袋上，刚刚站稳，闫嬷嬷就打着哈欠出来了，见我顶着盆站着，满意地点点头，"算你老实，五小姐醒了，快进去伺候吧。"

我放下铜盆一步三摇地进了屋。屋里燃着三盆炭火，温暖如春，我从外面阴冷的过道里乍一进屋，很不适应，抖得更厉害了，额头上都出了一层虚汗，一阵天旋地转，手扶门框才没有跌倒。

江映容刚刚起床，正在铜镜前梳妆，身上还穿着绸缎的寝衣，淡粉色的，绣着浅红色的樱花，与她娇嫩明艳的容颜相得益彰。

她招手让我过去，指着梳妆台上的铜镜道："屋子里暗，我看不清，拿到窗台那里举着。"说着起身站到窗前的亮处。

我晕死，刚做了一晚上的盆架，又给她当镜架来了，整个一移动道具，她还有完没有？

话说人在屋檐下，不得不低头。我面无表情地拿起铜镜走到她面前。她照得很仔细，冬日的阳光透过厚厚的窗纸打在她年轻的脸上，使她的肌肤看上去白里带着粉，光洁细腻，一点儿瑕疵也没有。

她终于满意地收回目光，这才抬眼打量我，"怎么，溪儿姐姐一夜未眠吗？脸色这么差？"说着将我手里的铜镜转过来对着我的脸。虽然铜镜不如现代的镜子清晰，但我还是看到一张青白的脸，半边面颊还略有些肿。镜中之人头发散乱，目光呆滞，眼下一对黑眼圈跟国宝似的。说实话，我在牢里都没这么狼狈过。

这副尊容我自己都懒得看，索性别过脸去。江映容冷哼了一声，不屑一顾道：

"就凭你这副样子还敢不安分？老老实实点吧，别痴心妄想了，有用吗？"接着厌恶道："梳洗一下再过来，一身腌臜，脏了我的屋子。"

我都不知道自己是怎么出来的，一路回到茶室，还好没有遇到什么人。倒在茶室的软榻上，我浑身跟散了架一样，躺下就起不来。迷糊了一会儿觉得头更疼了，一跳一跳地疼。我也不敢多耽搁，只能咬牙起来。胡乱梳洗一下，换了一身衣服，硬着头皮出了茶室。

迎面见到寻菊，见了我，吓了一跳，过来拉着我的手，"怎么了这是？昨儿还活蹦乱跳的，一天的工夫怎么就脱了相儿了？"

我见了寻菊，跟流浪的苦孩子见到亲人一样，要不是嫌丢脸，我就抱住她痛哭流涕了。正在思想斗争着要不要开个诉苦大会，抬眼看见闫嬷嬷从大殿里走了出来，脸上一点表情都没有，"溪儿姑娘快点儿，五小姐等着你呢。"

只能别了寻菊，愁眉苦脸地跟着闫嬷嬷进了江映容的屋子。进了屋，闫嬷嬷从后面一推我，我就势跪倒在地上。江映容坐在桌子那里用早膳，玲珑和璎珞站在一边肃无声息地伺候着。打昨天下午我就没吃过东西，此刻看着她慢条斯理地喝着燕窝粥，肚子很没用地开始咕咕叫。

江映容眼都没抬，只问闫嬷嬷，"大姐姐醒了吗？"

"皇后娘娘还睡着呢，我问了皇后娘娘跟前的倚竹，娘娘昨晚一直腿疼，没睡安稳，所以早上没起来。"

江映容点点头，"等大姐姐醒了，立刻告诉我。"

"是。"闫嬷嬷恭恭敬敬地答道，又用手一指我，"老奴刚才在院子里，见到这丫头正跟寻菊姑娘诉苦呢，立刻将她带了进来。"

我那是还没来得及诉苦好不好？

江映容从粥碗上抬起头来，瞟了我一眼，冷笑道："胆子倒不小，是想让寻菊告诉我大姐姐，你在我这里受委屈了吗？"她慢悠悠地用丝帕按按嘴角，"我大姐姐还夸你秀外慧中，心思奇巧。可见你不过面上伶俐，内里却是个不长脑子的糊涂虫。你不想想，我大姐姐信你还是信我？看来昨天的盆还是没顶够，接着顶去吧，别在我屋里污了我的眼。"

我气得七窍生烟，加之本来就头昏脑涨，此刻不管不顾起来，仰头对着她，"五小姐，奴婢自问没有得罪你，为何你一再刁难？你若是看我不顺眼，自可把我打发走，撵出凤仪宫，何苦没完没了地折磨我？"

"放你走？你休想！"她看着我，目光凌厉怨毒，俯下身，凑近我的脸，"别以为我不知道，你不过是投其所好地狐媚我长风哥哥，你以为引起他的注意了吗？别痴心妄想了。"

碰上这种人还真是让人欲哭无泪，我已经不屑于跟她解释我跟长风的关系，她不会懂的。爱一个人不是占有，不是扫清所有的障碍，不是最后让他的身边只剩下自己一个人。江映容唯一的人生目标就是得到那个男人，谁敢挡她的路就见人杀人，见鬼杀鬼。可是她太年轻，不知道两情只有相悦方为爱恋，为一个不爱你的人做多少事都是无用。赶得走他身边的人，却赶不走他心里呵护的影子。更何况她还找错了对手，长风于我不过是知己好友。

见我不语，江映容越发得意，"你若知难而退，我还可以给你留条生路。你若一意孤行，不知死活，可别怪我手下无情。"

这是赤裸裸的威胁啊。我无奈地看着她，"奴婢与端清王不过君子之交，即便奴婢存了痴念，王爷也并无此意……"

我还未说完，江映容已经一掌拍在桌子上，"这么说你承认对长风哥哥痴心妄想了？好不要脸！"

喜欢一个人是件羞耻的事吗？我知道对着一个妒妇上身的古代大小姐，是无法探讨这个问题的，可是我也说不出违心的话，只能闷声道："喜欢一个人无所谓高低贵贱、尊卑美丑，也没有什么要不要脸的，我喜欢他，他不喜欢我，就这么简单。"

她略微诧异地看着我，"不想你倒是个敢作敢当的人。没有扭扭捏捏不敢承认，倒让我刮目相看。还算你明白，我长风哥哥什么样的人物，如何会多看你一眼？以后你只要老老实实地待在我这里，我也不会亏待你，你若还想着兴风作浪，就别怪我不容你。出去吧！"

可算完事了，我赶紧跑，回去先吃点儿东西再补一觉。没走两步就听见江映容在我身后阴阳怪气，"是赶着去找人哭诉吗？最好再传到我大姐姐或是长风哥哥的耳朵里。"

我忍着气，"奴婢不敢。"

"谅你也不敢。"她悠闲地站起身，纤纤玉指摆弄着条案上贡瓶里的蜡梅，"我让你出去，是到过道里接着顶盆思过去，看在你还算诚实的分上，就顶半盆水吧！"

当那个铜盆再次光荣地爬上我的头顶，一览众山小时，我只觉得世界末日不过如此……

闫嬷嬷尽忠职守地看着我，搬个椅子坐在我的对面，跟我大眼瞪小眼，连个茅厕都不上。还不时对我洗脑，"做奴婢就要守奴婢的本分，主子永远是高高在上的主子，奴婢永远是奴婢，主子的话要一丝不苟地去执行，主子的心思也要时刻揣摩。既然做奴婢，就必须跟主子一条心，主子让你往东，你就不能往西，主子让你投井，你就不能上吊（什么乱七八糟的？）……"

我以为我够唠叨了，没想到这个闫嬷嬷比我还唐僧。我那车轱辘话基本上是小半个时辰才轮一回，她倒好，跟念经似的，就"主子奴婢、奴婢主子"那一句，一点新意也没有。

我本来就病着，顶着个铜盆，还要被动地听她念咒，不一会儿更是头痛欲裂，浑身出虚汗，被过道的穿堂风一吹，抖得盆里的水都泼溅出来，浸湿了我的头发和肩膀的衣服。

闫嬷嬷铁面无私地拿着水瓢，将泼出的水量又原数倒进盆里，恨得我想把整个盆扔到她身上。不过看看她那五大三粗的身材，胳膊比我大腿都粗，也只是在脑海里演练了一遍。

午膳的时候，我头顶的盆终于被拿掉了，闫嬷嬷不耐烦地推着我，"五小姐用午膳，你也学着伺候着。"

我换过衣服，被带到侧殿，一股饭香让我都快哭出来了，虽然没什么食欲，但是饭菜的香味还是引得我空空如也的胃一阵痉挛。

有玲珑和璎珞在，也不用我做什么，就是人家坐着，我跪着，人家吃饭，我看着，心里一片的愁云惨雾，我怎么就混到这份上了呢？悲催啊……

耳听传报，"端清王到。"

江映容冲着地上的我使了个眼色，一旁的闫嬷嬷一把将我从地上拉起来，我差不多是靠在她身上才站住的。

江映容已经娇笑着迎到门口，"什么风把长风哥哥吹来了？大姐姐一直睡着不见人，容儿正闷呢。"

长风穿着米色的锦袍，式样普通，只在袖口衣襟，以银丝绣着如意云纹，不像富贵逼人的亲王，更像个文人墨客，越发显得他面如冠玉，眼如点漆。

江映容亲自上前接过他的大毛披风，挂在衣架上。长风扭头之际诧异地看到我也在，虽隐忍着未开口询问，却多看了我几眼。

我有气无力地看了他一眼。呆子，别看了，你想我死啊！

长风背对着江映容，自然没有看到她眼里要杀人的目光，我可是看个满眼，慌乱地低下头，别一会儿又扣我一个跟长风眉目传情的大帽子。

江映容回过神来，一边拉着长风坐下，一边笑着解释道："容儿在宫里闷得慌，又听说溪儿姐姐懂得茶艺，于是让溪儿姐姐来做伴的。溪儿姐姐正在给我讲茶道呢。"

长风询问的眼神看向，扶着我的闫嬷嬷适时地不露痕迹地在我胳膊上狠拧了一把。

"是！"我差不多尖叫出来，吓了长风一跳，蹙着眉头打量我。我头扎得更低，不愿他看到我一脸的狼狈倒霉相。

"快去给长风哥哥沏茶来。"江映容警告地看了我一眼。我只能拖着步子到一旁的桌子上烧水沏茶。虽然背对着他们，仍能感觉到长风关注的目光。

耳听他们说起江府的事儿来，江映容急切地问道："我爹好吗？"

长风清越的声音响起，"姨丈公务繁忙，每日回府都近半夜，非常辛劳，好在身体安泰，精神矍铄。"

江映容娇哼了一声，"都是那个锦夜兴风作浪，爹爹才会四处灭火，忙碌操劳，听闻他处处打压爹爹，与爹爹势同水火……"

"容儿！"长风喝住她，"不得胡说！"

江映容撒娇道："长风哥哥干什么对容儿这么凶？爹爹是当朝首辅，还怕那锦夜不成？"

长风耐下性子规劝她，"不要妄议朝政，你一个女孩儿家不懂得朝中之事的险恶，口不择言，易惹祸上身。"

江映雪不以为然道："见了那妖人我也是这话，大不了把我关牢里去。"

"容儿！"长风的声音带上责备，他一向和风细雨，我从未听他如此严厉，看来他也是真的关心江映容。

江映容也不敢再说，过了一会儿又换上了明快的语调，"长风哥哥不喜欢，容儿不乱说就是了，那长风哥哥说说看，牢里是什么样子的，好玩吗？"

好玩？我不禁扭头看了一眼江映容，一派的天真烂漫，也不知道是真傻，还是装可爱。问得长风哭笑不得，只柔声道："容儿永远不要知道才好。"

泡好了茶，我勉强端着来到他们面前，感觉头重脚轻，深一脚浅一脚，跟踩着棉花套子似的。来到他跟前，眼前一黑，手一歪，茶盘上的两个茶盏连水带杯子就掉到长风的腿上了。我惊跳起来，用手去扫他的衣摆，"烫到你了吗？"

长风顾不得腿被烫，下意识地起身抓住我的手，感觉到我的手冰凉，另一只手已探到我额上，惊问道："怎么这么烫？病了也不说一声吗？"

他如此自然而然，真情流露，让我一时愣住。满屋的人都目瞪口呆地看着我们，我这才发现，他还抓着我的手，紧张地看着我，很有几分执手相看泪眼的味道。

我虽然发烧，但脑子还没烧坏，还能审时度势地充分考虑自身的处境，江映容的眼睛都快冒火了，我要是一盆水，早开锅了，我要是个鸡蛋，也早熟了。于是我艰难地抽出我的手，"奴婢没事儿，偶感风寒而已。"

离开他的扶助，脚下不禁一趔趄，长风不由分说地一把将我打横抱起，大步向外走，头也不回地吩咐屋里依旧呆滞着的人，"去请太医来。"

我靠在他充满兰香的怀里，听着他稳健的心跳，隔着冬日的棉衣好像跟我的心跳到一起，心中感到无法言语的满足。我累了，倦了，浑身都疼，索性勾住他修长的脖颈。就让我沉沦吧，即便我知道他心中另有所爱。

我面带微笑地闭上眼睛，心情一放松，竟然真的晕过去了，晕之前脑海中只有一个念头：江映容肯定以为我是装的，在作秀。让那死丫头生气冒火去吧，即便过后她整死我，我也认了……

我在茶室昏昏沉沉地躺了两天，斗大的茶室里人来人往，有方姑姑，有倚竹她们，有太医，还有那个带着兰香的男子，我闭着眼睛都能感到他的存在。有那么几次，他微凉的手搭在我滚烫的额头上，我立刻觉得清凉舒爽，不那么难受了。

我完全清醒过来是在两天后的中午，好像睡了一大觉，身上松快了许多。睁开眼睛才看到茶室里站了一屋子的人，吓了我一大跳。第一个反应：不会是吊唁我的吧！看看自己躺在软榻上，不是木头匣子，放心一半，不禁笑了出来，小命还在呢。不过很快我就笑不出来了，这一屋子的人都是来观摩我睡觉的，郁闷。

先是慕兰念了句佛，"菩萨保佑，你可醒了。可吓死我们了，平日里那么壮实的人，怎么说病就病了？还病得这么凶险。"

"你醒了？"是长风的声音。碍于人前，他只能远远站在人墙外，虽然离得远，但他欣喜的声音还是真切地传入我的耳中。

"溪儿姐姐可醒了！"一个娇俏的声音响起，让刚醒过来的我差点又晕过去。江映容啊！

她走过来，坐在我的身边，一脸的伪真诚，看得我想吐。"溪儿姐姐不舒服，怎么不说出来呢？吓坏容儿了。都是容儿不好，让溪儿姐姐受委屈了。容儿这里给溪儿姐姐赔不是。"

说着眼泪都快下来了，跟真事儿似的，让慕兰都看不过去，"五小姐快不用这样，人吃五谷杂粮，哪能没个头疼脑热的。"（我可不是吃出来的，是顶盆顶出病来的。）

不是我吹牛，真要拼演技，我也不见得会输给这臭丫头，装可怜谁不会啊？可是我大病初愈，又二十大几，一把年纪了，懒得跟她个丫头片子斗法。所以说善于演戏的人，不但需要有说哭就哭、说笑就笑的过硬功底，最主要的还要脸皮厚，拉得下脸来扮痴装傻。我现在挺尸在床上，被一大群人围观，就不出这风头了，于是乐得看她一个人的独角戏。

她表达完惋惜自责之情后，又一个劲地责备跟来的闫嬷嬷和玲珑，"太医说溪儿姐姐是内急外感，受风寒所致。我一颗心扑在大姐姐身上，顾不得其他，怎么你们也这么不上心呢？见溪儿姐姐衣衫单薄，也不知道劝她加一件衣服。溪儿姐姐刚到我跟前，就生了场大病，让我如何跟大姐姐交代？快去，将我那件苏锦的棉袍和白狐皮的羽纱斗篷给溪儿姐姐拿来。"

（女配出场）闫嬷嬷哀求，"那件苏锦的棉袍是五小姐过生日时，大夫人送给五小姐的，白狐皮的大红羽纱斗篷是小姐的心爱之物，如何送得人？"

江映容一跺脚，"叫你去你就去。我与溪儿姐姐一见如故，几件衣服有什么打紧？"

至此，没有人再怀疑江映容的诚心，寻菊红了眼眶，"都道皇后主子是观音娘娘转世，现如今看来，她妹子一样的菩萨心肠，体恤下人。"

江映容谦逊地接受着众人的交口称赞，忘了还有我这么个活道具挺在床上。还是长风关心我，叫太医上前，再为我诊治。

太医捋着山羊胡子摇头晃脑地发表了一通什么体实寒侵，解表解里的高论。我也听不太明白，大概意思就是这病要是搁在别人身上就有可能翘辫子了，好在我身体底子好，再调养几天，喝几副他老人家开的灵丹妙药就又能活蹦乱跳如初。

江映容貌似舒了一口气，向长风轻快道："长风哥哥回去吧，这两天你也跑了好几趟，总待在宫人的卧房里也实属不妥。容儿会照料溪儿姐姐，回头我遣人到长风哥哥的府上回话。"

如此长风也不好再久留，只能隔着众人对我说："你好好养着，有什么需要尽管让容儿告诉我。"

我无可奈何地看着他转身离去的背影消失在门口。江映容又娇笑着赶走了慕兰她们，"几位姐姐也歇着去吧，回头还要在大姐姐跟前当差呢，溪儿姐姐这里有我们照顾就行了。"

众人在对江映容的感念中走得干干净净。

屋子里一下子安静下来，我回过头来对上江映容瞬间冰冷的双眸。这脸也变得太快了，跟锦夜有得一拼。

她盯着我看了一盏茶的工夫，才咬牙切齿道："我还真是看走了眼，只以为你不知廉耻，不承想你还有如此道行，整个凤仪宫的人都拿你当块宝，大姐姐还问起你，又赶着让太医来给你诊治。更不消说长风哥哥跟丢了魂似的，一天跑了好几趟来看你。可他从来没有那么紧张过我。"

她眼中现出迷茫的怒气，随即面色一沉，带着怨恨一字一字地对我说："我从八岁起，就一心想着要嫁给长风哥哥，你凭什么和我争？"

我闭上眼睛将头扭到里面，不愿再看她一眼。

想来她也是懒得再看我的，冷冷丢下一句，"敢跟我作对，没你的好下场，不信你就走着瞧吧。"起身向门外走去，出门前不忘吩咐闫嬷嬷，"奶娘好好看着她，不必对她精心，别让她死了就行。"说完扶着玲珑的手扬长而去。

我躺在榻上，听着她身上的环佩叮当作响，如细碎的风铃，渐行渐远，不禁感慨，这哪像是十五六岁的少女啊！这丫头不会也是穿过来的吧？！

很快我就没力气想这乱七八糟的事了，我口干舌燥，嗓子跟冒烟似的，试探着叫了一声，"给我点水。"

"没有！"闫嬷嬷面无表情。

"给碗粥也行。"

"也没有！"

我识相地闭了嘴，想起了《上甘岭》里的主题曲，"一条大河波浪宽，风吹稻花香两岸……"

穿过来半年多了，我这个少心没肺的人第一次想家想得泪眼汪汪，"老爸老妈，等女儿渴死了再穿回去孝敬你们吧！"

当然我没渴死，后半夜玲珑来换闫嬷嬷的岗，我总算是得到了人道待遇。作为穿越女中的小强，我的命是没那么容易挂的。

翻身

　　我又拖拖拉拉地躺了三天，才在一个天空阴霾的早晨从床上爬起来。本来还想着多赖几天的，可气的是那个闫嬷嬷火眼金睛，目光如炬，一眼看出我好利索了。还有那个山羊胡子的太医，不知道是不是收了江映容的贿赂，一口咬定我已痊愈，再躺着只会不利于血脉流通，于身体无益。

　　当然我也没得大病，不过是冻得发烧。烧退了，也就好了。好了就得接着到江映容那里当差。我凭着一股势将牢底坐穿的大无畏精神，再次跪到江映容面前。

　　她似笑非笑地看着我，"大好了？那就接着跪吧，也不必去道里，免得再冻到你，就在这屋子里跪着，我倒要看看在我眼皮子底下你还怎么耍花样。"

　　我窃笑了一下，我就知道她不会放过我，我也是有备而来。我在膝盖上绑了两个厚厚的棉垫子。跟现代风靡一时的《还珠格格》学的，我记得那个二百五小燕子还给这装备起了个贴切的名字，叫"跪得容易"，看这个电视剧时我还跟着傻笑一阵，没想到这么恶俗的东西自己还真派上了用场。

　　我神清气爽地跪了一上午，也未露疲态，"跪得容易"果真是跪得容易，效果不同凡响。我百无聊赖，开始天马行空，想着是否在宫中推广，再整个专利，广告我都想好了。

由小德子愁眉苦脸，揉着膝盖沮丧地说："咱们在宫里混底层的，天天下跪，腰酸腿疼膝盖痛。"

翠喜出场，手拿我发明的（对不起小燕子，剽窃一下）跪得容易，"不用怕，有'跪得容易'帮你忙。"

二人面露欣喜一同面对镜头，"跪得容易，跪得容易，宫廷必备，让你越跪越勇！"

江映容看过皇后娘娘从外边走进来时，正看见我精神抖擞，一脸神往。她冷哼了一声，"想什么呢？又做美梦呢吧！"

我从神游中回过神来，看了她一眼，低下头，还不许我苦中作乐一下？

江映容坐在椅子上，顺手抄起一把瓜子，有一搭无一搭地磕着，"不服气吗？你想也白想，我长风哥哥被你这样的下等宫婢整日惦记着，我都替他不值。"（关你什么事儿啊？）

其实我没惦记长风。我都尊严扫地地跪在这儿了，还想那闹心的事做什么？话说"饱暖思淫欲"，人都是先有物质食粮，才有精神食粮，我早饭中饭都还没吃，哪还有闲情逸致去风花雪月？

江映容吃得饱穿得暖，当然体会不到我的心情。她翘着指尖磕完一把瓜子。外面传来小内监欣喜的声音，"下雪了，下雪了。"

江映容起身来到窗前，推开雕花的窗扇向外观看，寒风卷着雪花从外面飞舞进来，一股冰寒清新的气流瞬间冲进暖如春日的房间。

江映容歪头想了想，唤来闫嬷嬷，"太皇太后有眩晕顽疾，一直卧病在床，我要去看望她老人家。闫嬷嬷准备些孝敬她老人家的见面礼，将我从府中带进宫的千年人参和那柄灵芝带上。"

低头又看看跪在脚下的我，"你也跟着，带上那罐恩施玉露。"

"恩施玉露？"我多了句嘴，"太皇太后饮茶容易心悸，所以素不饮茶。"

闫嬷嬷一脚飞过来，"主子说话要照办，哪有奴婢多嘴的道理？"

好心当成驴肝肺。我揉着被踢疼的腰，慢吞吞地从地上爬起来。

雪下得很大，片刻的工夫天地间已是一片素白，宫人们都缩在各自宫中，空旷的雪地上，一个人影也没有，只看见大片的雪花静静地堕下来，犹如坠入凡间的白色精灵，落在地上发出极轻的噗噗的声音。

江映容披一件白狐狸皮里子，大红羽纱面的斗篷（就是她曾说过送给我那件），闫嬷嬷一件茄紫的多罗呢的斗篷，走在前面。我一件淡蓝色的棉衣，手捧茶叶罐哆哆嗦嗦地跟在后面。

走到莲池的时候，江映容突然停住，拿过我手中的茶叶罐。我瞠目结舌地看到她将一罐的恩施玉露扬到已落了一层薄雪的冰面上。就算她是侯门千金，也犯不着这么糟蹋东西啊！

江映雪将空了的茶叶罐塞到我手中，莞尔一笑，"长风哥哥说过的，此茶定要在冰上镇一下，经沸水泡后才会激发出茶叶的清香。本小姐今日就想喝这个茶。我与奶妈去给太皇太后请安，你就在这里将茶叶捡回到罐中，一会儿等我们回来再领你回宫。"

她走了两步又折回来好心地提醒依旧呆若木鸡的我，"对了，忘记告诉你了，长风哥哥今日上朝，不会进宫，你也不必费力演戏了。手脚麻利些，捡不完连晚饭也没得吃。"说完才跟闫嬷嬷踏着白雪扬长而去。

我低头看着混在雪里的淡绿嫩芽，在白雪的映衬下异常的晶莹剔透，我却丝毫看不出美感来。这一大片，我得捡到什么时候啊！四周白茫茫的一片安静，只有我一人立于雪地上。新飘下来的雪花很快就将茶叶覆盖住，我蹲下身，徒劳地用手拂开冰面上的落雪，找寻埋在雪里的茶叶。

还没捡够一壶茶的剂量呢，我身上已经落了一层雪，手也冻僵了，根本捡不起比米粒还小的茶芽。我用冻得几近麻木的大脑思考，能不能利用现代的天文、地理、物理、化学、生物、艺术等知识将茶叶从雪地里分离出来？

一个人影挡在我面前，我伸手去拦那人的腿，"别踩，别踩……"

扶着那人的小腿，仰头往上看时，才发现是风华绝代的锦夜。单薄的红衣，在纷飞的大雪中不见丝毫的畏缩，依旧气定神闲，面色如常。反观我，一身粽子一样的臃肿装扮还冻得畏首畏尾，脸色青白。

他索性蹲下身子，红衣的衣摆拖于白雪之上却毫不在意，只用他漆黑的瞳仁盯着我的脸，过了一会儿才问："你在做什么？"声音是他惯常的清冷，却在寒冷雪天的比对下，带了一丝丝的热度。

我低头看看狼狈的自己，一时不知如何回答，吸吸鼻子才装作漫不经心地说："看雪景呢！"

"蹲在冰面上看？（这人怎么就这么不厚道呢？）"他挑了挑眉毛，露出略微诧异的神色，细微的表情却让他一向冷傲的脸生动而令人眩目，仿佛是雕像活了一般。

"这里……视野开阔！"我继续打肿脸充胖子，装模作样感慨道，"落了片白茫茫，大地真干净啊！"

他不再言语，目光向下，看向我冻得跟胡萝卜似的手指，手里拿着那个绿玉茶罐，上面还挂着笺子，写着"恩施玉露"。他手臂一摆，红色的衣袖拂过雪面，扫去表层的积雪，露出埋在里面的嫩绿茶叶来。他微蹙了秀眉，一副了然于胸的神色，让我脸发烧起来，雪落在脸颊上，觉得冰凉一片，浑身哆嗦得更厉害。

他伸手入怀，取出一个三寸高的瓶子，倒出一粒赤红的丹丸递给我，简单地命令，"吃了。"

我给冻得麻木，听话地接过来放到嘴里，嚼都没嚼就咽了下去。一股花香顺喉而下，腹中顿时觉得热烘烘的，那种暖意蔓延到四肢，浑身好像泡在温泉中，说不出的舒服。

"丹田是否升起一团热气？"他面无表情地问。

我老实地点点头，随即惊恐地抓住自己的喉咙，"毒药？"

他无可奈何地看着我，仿佛看一个不可救药的人，"对你，还用下毒？"

那倒也是，他伸手就能碾死我，浪费毒药做什么？

我刚刚放心，随即那种暖洋洋的感觉让我警惕起来，心又提到嗓子眼，颤声问他，"不是毒药，难道是春药？"（欲哭无泪啊，跟前就一个他，谁替我解药性呢？）

他的脸一下子气白了，眉头都拧在一起。我感到一股压迫感，赶紧蹲着往后蹭了几步，离他远点。他站起身，居高临下地看着我，恢复了清冷的神色，木然道："是暖香丸，可助你御寒。"

我也跟着起身，手抚胸口（那我就放心了），结结巴巴道："那个……多谢！"

他凑近我，近得可以闻见他身上的醉人的花香。"听说你病了。"

这他都知道！也是，他的眼线遍天下，"已经好了，多谢惦记。"

他扭头静静地看着面前的飞雪，看了好一会儿，我正考虑是溜走还是继续捡茶叶，他忽然开口道："我替你杀了她可好？"

没头没脑的一句话，说得我心惊肉跳，"杀谁？"

他挺直身姿，微仰着头，冷然道："刁难你的人。"

虽然我也恨江映容恨得牙根痒痒，可是这种买凶杀人的事咱可做不来。锦夜可是说得出就做得到的，于是赶紧摆手，"不用，不用，打打杀杀的多无趣。"

他瞥了我一眼，冷哼了一声，不屑道："懦弱无用的滥好人。"

我一时无语，我也不知道我是不是真的很没用，人家打了我的左脸，还要把右脸也伸过去。我只知道，虽然在心里早已将她打成猪头，诅咒她喝凉水都塞牙，但真让我付诸行动置一个人于死地，我还真没有这个胆量。

"你放心，她嚣张不了几天了。"他无声地冷笑了一下，"等着看她哭泣哀号吧！"

又是没头没脑的一句话，说完他就转身离去。

就着这会儿身子暖和，我接着捡我的茶叶吧，晚饭还没着落呢。

勉强捡了小半罐，看看还有一大半散落在雪里，被不断落下的雪花覆盖得严严实实。正在哀叹，冷不防后腰被人踢了一脚。闫嬷嬷的怒喝在身后响起，"发什么呆？就知道你在偷懒。"

我被踹傻了，茫然扭头，只看见闫嬷嬷铁塔一样插着腰站在雪地里，并未见江映容。闫嬷嬷蒲扇大手又搡了我一把，"五小姐还在太皇太后那里呢，让我过来盯着你，一来就见你偷懒。"说着夺过我手里的茶叶罐，低头看了看，凶神恶煞似的叫道："这么少？这可是御赐的茶叶，都被你这个贱婢糟蹋了。"（讲理吗？谁糟蹋的？）

她手一扬，我辛辛苦苦捡回的茶叶又都撒到雪地上，我血向上涌，气得直哆嗦，忍不住抬手指她，"你……"

脑子一时卡壳，连骂人都不会了。她飞起一脚，将我踹倒在雪地里，又揪着我的头发，把我的脸往雪里按，"给你一炷香的时间，重新捡回来……"

积雪掩住口鼻，我感到一阵的窒息，嘴里只能发出唔唔的声音。我费力地挣扎着，可是她的力气奇大。

就在我要绝望的时候，身上突然一轻，摆脱禁锢的我一下子跳起来，大口大口地吸着新鲜的空气。

胡乱抹抹脸上的雪，我才发现锦夜去而复返，面罩寒霜，在雪中岿然而立。而闫嬷嬷已经倒在我脚边的冰面上，跟死了一样的无声无息。

看来是锦夜救了我。顾不得对他言谢，我蹲下来，探了探闫嬷嬷的鼻息，没气啦！赶紧去按她的胸脯，有节奏地一下、两下……我大学学过简单的救护方法，CPR，也就是心脏起搏术，简单的救助方式还是知道的。按了几下，见她还是没有转醒的意思，一咬牙，我不入地狱谁入地狱！一手托起她的下颌，一手掐住她的鼻子，深吸了一口气，闭眼就凑了过去。

一直看着我一个人忙乎的锦夜大概实在看不下去了，伸手将我扯开，满头黑线地问："你在做什么？"

"救她啊！不能让她死了。"虽然她不是好人，又揪着我的头发往雪里按，但我也不能眼看着她死在雪地上。

锦夜略一凝眉，了然地点头道："让她这么死了确实太便宜她了，既然这刁妇刚才踢了你，那就断其手足，去眼，辉耳，削成人彘，关到慎行司的大牢里吧！"

哇！真是个狠主！他说得那么轻松，理所当然，让我不禁哆嗦了一下，脑子里飞快地转了一下，我最近没得罪他吧？别捎带脚地让我二进宫。

我又一转念，貌似他是在替我出气啊！这么一想，我就放心了。虽然他言语狠毒，但至少不是针对我。再看锦夜时，觉得他脑门一道金光，闪出"年度最佳老板"几个大字。看来做他的眼线也有好处，这家伙十足的护犊子！只要不当着长风的面，他还是拿我当自己人的。

不过，虽然闫嬷嬷助纣为虐的没少欺负我，但也不至于为这个断胳膊断腿，变成肉葫芦吧！我这一向讲究公道，不愿意被人欺负，也不想欺负别人。于是我舔舔嘴唇，喏嚅道："跺去闫嬷嬷的手脚，对你来说易如反掌，太没有挑战性。况且对一个刁妇下手，传出去，有损您锦大将军的威名，杀鸡焉用宰牛刀！这么一个人不值当让你出手，古人云不战而屈人之兵，方是兵家上策……"

"那你要如何？"锦夜冷冷地打断我，神色倨傲。

我转转眼珠，"若是能让她心甘情愿地让我踢回来，我就心满意足了。"

锦夜看了我足有一分钟，俯身抓起一把雪，按到闫嬷嬷的口鼻处，闫嬷嬷被呛到，咳嗽着苏醒过来。我再次感激地看了锦夜一眼，若不是他，刚才我在古代的初吻就要献给……我哆嗦了一下，恶寒啊！

闫嬷嬷醒过来癔症着看着锦夜，自语道："我怎么躺在雪地里了？"看来刚才锦夜动作快，闫嬷嬷还没明白怎么回事就倒下了。

她勉强起身，敷衍着冲锦夜行个礼，"锦大将军怎么在这儿？奴婢正在管教凤仪宫的宫婢。"

锦夜冷冷地看了她一眼，"宫里的人还轮不着你来管教。"虽然说得很慢，言语中的凉意却比冰封的湖水还要寒冷。

闫嬷嬷显然也意识到了，但仗着是江府五小姐的奶妈，依旧梗着脖子道："皇后娘娘将这贱婢送给五小姐使唤，奴婢管教的是五小姐的丫头。还望锦大将军明鉴。"

锦夜看着她，那神色跟看个死人一般无二，闫嬷嬷吓得咽了口口水，碍于脸面仍对峙着。

锦夜懒得再与她纠缠，随手一挥，身旁一棵比碗口还粗的树应声而倒，断面刀削一样的平，可是我压根也没看见锦夜拔剑，鬼知道他用什么砍断了树。

锦夜指着那棵拦腰而断的树，淡然问："你的脖子比它结实吗？"

闫嬷嬷吓得冷汗都冒出来了，匍匐在冰面上，冲着锦夜纳头便拜，"奴婢糊涂油子蒙了心，锦大将军饶命……"（欺软怕硬，让我很是鄙视了一下，不过我也是五十步笑百步，欺软咱做不来，怕硬那是有过之无不及。）

锦夜俯视着匍匐在他脚下的闫嬷嬷，不屑地冷哼一声，"抬起头来！"

闫嬷嬷不明就里地抬头看他，电光石火间，锦夜曲指将一粒红色的暖香丸射进她微张的嘴里。闫嬷嬷一惊，条件反射地咽下去，双手惊恐地抓着自己的喉咙，跟我刚才吞下药丸的表情差不多。

锦夜不着痕迹地瞟了我一眼，我突然聪明了，心领神会地在闫嬷嬷耳边，用呜咽飘忽的声音说："闫嬷嬷，你是不是觉得腹中有一团火，忽地一下子烧到全身，百骸俱焚？"

我说得煞有其事，闫嬷嬷感觉了一下，诧异地点点头，面上的神色更加惊惧。

"唉！"我冲着她的脖颈叹了口气，吓得她直缩脖子，"那是锦大将军独门的七杀夺命追魂丹，不出七日，就会肠穿肚烂，七窍流血而死。赶紧回去，想吃点什么就吃点什么吧！吃一口少一口了！"

我故作惋惜地摇摇头，做出一副悲悯的样子。闫嬷嬷手脚并用地爬到锦夜脚下，抓着锦夜的衣襟下摆，连声哀求，"锦大将军饶命，锦大将军饶命啊！"

锦夜厌恶地退后两步，一脸冷漠，"求我不管用。"（难得他还不笑场）

闫嬷嬷愣了一下，转过来又爬到我跟前，"溪儿姑娘救我！老奴冒犯了姑娘，姑娘您大人有大量，饶了老奴吧！"说着一把鼻涕一把眼泪痛哭出来。

我心里乐开了花，爽得要跳起来，趁她磕头的工夫，双手握拳冲天摇了几下。等她仰起哭得稀里哗啦的脸接着央求我时，又赶紧掩去脸上得意过瘾的表情，郑重道："这七杀夺命追魂丹乃火性顽石配合三十八种毒药炼制而成，毒性刚猛，渗入五脏六腑，却连医术最高明的太医都看不出中毒，七日暴毙，必死无疑。"

看着闫嬷嬷惨无人色的脸，我接着忽悠道："此毒没有解药，只能每日饮八杯冰水稍作缓解。若要根治，就要找一位腊月十八卯时十八分生的，命中带水、掌心带痣的奇女子，每日在你后腰两腰眼处踹两脚，方能以至阴之气克至阳之毒，打通你的任督二脉（我都不知道任督二脉在哪儿），保你延命不死。"

闫嬷嬷呆呆地听着，须臾哀号出来，"饮冰水不难，可是老奴上哪里找这女子去？"

我故弄玄虚地伸出左手，"此人远在天边，近在眼前。"

她一脸茫然地看着我，没听懂。

我只能指着自己手心比芝麻还小的一个小点，简单直白道："算你命不该绝，鄙人正是腊月十八卯时十八分生的，命中带水、掌心带痣的女子。"

闫嬷嬷面露怀疑地看着我。我干咳了一声，自己也觉得很没有说服力，但大话已经说出去了，只能演到底。我一指旁边的锦夜，"知道锦大将军为何如此器重我吗？"

闫嬷嬷摇摇头，"老奴不知道。"

我双手一拍，清脆的响声吓得她一哆嗦，"正是因为只有我才能解他的七杀夺命追魂丹。锦大将军英明神武，武功盖世（借机拍拍锦夜马屁），多少武林高手死在他的七杀夺命追魂丹下！近来锦大将军也觉得杀戮太重，于是找到我来破解此毒。来，你转过去，让我先踹两脚试试。"

闫嬷嬷将信将疑地转过身。我飞起腿冲着她后腰踹了两脚（那叫一个爽！我忍不住又举起双拳冲天挥舞了几下）。然后问她，"是不是不像刚才那样浑身滚烫了？反而有一种舒爽的感觉，如置身春日暖阳之中？"（灵感来自于经典的春晚小品《卖拐》，"我数一二三，你就往下跺……麻了没？"，"麻了！"，"他怎么真麻了呢？"，"你跺你也麻！"）

闫嬷嬷当然不懂得什么是心理暗示，仔细体会了一下，"是，确实不热了，还挺舒服的。"

于是再无怀疑，跪拜在我面前，心悦诚服道："多谢溪儿姑娘救命之恩，还请姑娘每日不吝赐老奴两脚。"

"不吝，不吝。"我义薄云天地一挥手，"救人一命胜造七级浮屠，本姑娘也是助锦大将军积德行善的。每日戌时找我，连踢一百八十天（江映雪生完孩子，江映容就该回府了吧！），就能彻底解毒。"

"溪儿姑娘菩萨济世，老奴感激不尽。"

我将她的感激照单全收，点头道："你先回去，饮过冰水就卧床休息，不要将此事告诉江映容，不然我就不替你解毒了。还有，记住，不得过于劳累，也不能生气动怒，更不能再跟别人耍狠使强（主要是别跟我！），不然热毒攻心，我踹多少脚都不顶用了。"

闫嬷嬷磕头不止，又拜别锦夜，回去喝凉水去了。我见她走远，终于忍不住哈哈大笑出来，差点在雪地上打滚儿。

笑够了才发现旁边还有人呢，肃穆的脸上一丝笑意都没有。我也不敢再笑，戏剧性地又换上一副呆若木鸡的表情，等候锦夜发落。

他静静地看了我一会儿，一言不发地往我手里塞了个东西，再次转身而去。我看着他鲜红的袍角卷起飞舞的雪花，在漫天的飞雪中渐行渐远，低头才发现手里是一个绿玉茶罐，满满的一罐新茶，茶罐上的鹅黄色笺子写着"恩施玉露"。

愕然抬头，雪地中只见远远的一个红点……

我存了个心眼，将整瓶的恩施玉露倒掉一小半。饶是如此，江映容对我将大半罐的茶叶都捡了回来还是颇为惊讶。闫嬷嬷虽然质疑，但是在我瞪了她一眼之后，也没敢言语。

闫嬷嬷对我的态度有了一百八十度的转变，虽然当着江映容还是一副色厉内荏的样子，满嘴的"主子奴婢，奴婢主子"。但是江映容前脚刚离开屋，去皇后的寝宫，闫嬷嬷立刻就会换上一副献媚讨好的笑容，比川剧的变脸还快，"溪儿姑娘快别跪着了，仔细腿疼，起来坐椅子上歇会儿，喝点茶。老奴到门口替你把门去，等小姐回来再跪。"

我便大模大样地站起来，掸掸身上的土，坐在椅子上，接过闫嬷嬷双手奉上的茶，"嗯，去门口看着吧！昨晚上替你疗伤时，运功伤了元气，我得先睡一会儿。"我就睡江映容床上，连鞋都不脱。

少了闫嬷嬷这个近身鹰犬，我的日子好过不少。但是江映容那个死丫头却是持续抽风型的。早上睁开两眼，第一句话就问："那贱婢呢？"晚上睡前也要招呼我一句，"到过道里跪着思过去，不到二更不许睡。"

自我病后，长风不时来凤仪宫探望。每次长风来，江映容就将我支开，让闫嬷嬷看着我到隔壁堆着杂物的屋子跪着面壁思过。

我只能在江映容的冷眼下进了隔壁的屋子，想出去，却被闫嬷嬷死哭活求地拦住，"姑娘只当是心疼老奴，若是让五小姐知道老奴放姑娘出来，肯定会将老奴逐出宫去的。"

我也不愿意让江映容知道我与闫嬷嬷的交易，而少了闫嬷嬷这个掩护，于是只能愤然作罢。闲极无聊，我趴到墙上，听隔壁的动静，二人的对话清晰地传入我的耳朵。无外是江映容嗲声嗲气地叫"长风哥哥"撒个娇什么的，长风则将江府的事讲给江映容听。

我听见长风多次询问我的去向，那死丫头就哄骗他，一会儿说我去茅厕了，一会儿说我沐浴去了，要不就说我去内务府找锦夜告密去了，反正就是不让长风见我。长风等不到我，只好告辞离开。

每次长风走后，江映容就会变本加厉地折腾我，不是罚跪，就是顶盆。她不知从哪儿找出个鸡毛掸子来，一端是二尺长的藤条棍，没事就让闫嬷嬷招呼我几下。闫嬷嬷自然不敢使劲打我，只是虚张声势地做做样子。赶上江映容心情好的时候，也会亲自上阵，她可不会手下留情，落在我身上就是一道青紫的印子。

后来，即便长风不来的日子，只要她一思念她的长风哥哥，就会殃及池鱼到我。我都快成了她的精神鸦片了。我寻思着要不要再找锦夜要个"七杀夺命追魂丹"哄她吃了，让她也加入闫嬷嬷的解毒行列。

不过，锦夜一直繁忙，好几天没进宫了，听闻与江贺之又斗得如火如荼。斗垮了高首辅，又来斗江首辅，整个一个小霸王其乐无穷，战斗力如此彪悍，真让人无语。

因为忧心家中的事，皇后娘娘心急挂念，太医说胎象不稳，要卧床静养，再不能惊怒。江映容则将一腔怒火转嫁到我身上，大骂我是锦夜的爪牙走狗（太抬举我了！闫嬷嬷倒是一副深以为然、心照不宣的样子），国恨家仇让她整治起我来更加不遗余力，我就是那个十足的炮灰。

日子长了，即便江映容每日都是在她的屋子里整治我，但凤仪宫中的人还是看出端倪，别的不说，就我一脸挂样的倒霉相，和暴瘦了好几斤，走路都发飘的身型，明眼人就能看出我的日子不好过。

虽然大家同情我，但是碍于皇后娘娘有孕在身，又卧床不起，谁也不敢去告状，只能暗中安慰我。

方姑姑和倚竹她们背着江映容常常拉着我的手长吁短叹，"挺结实个孩子，怎么折腾成这样？以前总是笑呵呵的，现如今整日苦着个小脸，看得人心疼。"

翠喜和佩儿她们常常接济我些吃的，趁人不备，将几块茯苓饼、桂花糕偷偷塞给我，让我没饭吃的时候垫下底。

小德子、小齐子他们几个小太监更是义愤填膺。不敢去惹江映容，只能拿闫嬷嬷撒气，有事没事给她使点绊子。见她走在院子里的大树下，就猛地去撞树干，落她一头一脸的残雪，气得闫嬷嬷满院子追，"小猴崽子，给老娘站住……"

当然追不上，连是谁撞的她都没看清。其实闫嬷嬷也很无辜，她还指着我日日给她解毒呢，私底下对我比对江映容还恭敬，不敢为难我。

第十七章 · BI AN QIAN YUAN

演戏

这一日，方姑姑过来请江映容去皇后的寝殿用早膳，正看见我一脸呆滞地跪在地上。她向江映容禀明来意后又恭敬道："奴婢有个不情之请。"

江映容笑道："方姑姑客气什么，折煞容儿了，尽管开口。"

方姑姑指着我，"让溪儿丫头帮我个忙，拿拿东西可好？这丫头有把子力气。"

方姑姑是凤仪宫的主事姑姑，江映容也不好驳她的面子，于是放我跟着方姑姑办差。

这些日子，因皇后不能亲自去给太皇太后请安，便不时让方姑姑带上燕窝和千年雪参等补品，代她去慈安宫给太皇太后请安。方姑姑可怜我在江映容那里受折磨，便带上我同去。

我抱着东西出了凤仪宫，离开江映容的视线，心情放飞，美得跟过节放假似的。方姑姑很是明察秋毫，摇头叹息道："可怜的孩子，端清王看中你的茶艺，倒是害你被五小姐嫉恨。"

一路走到慈安宫，进到大殿，里面点着好几盆炭火，温暖如春，屋里摆放着水仙花，散发着清凛的幽香。

太皇太后歪在榻上正跟长风说话。方姑姑恭恭敬敬地跪拜行礼，将来意说明，我也跟着跪下。长风见到我很是惊喜，亮如星子的眼睛一个劲地看着我。待看到我面黄肌瘦，一脸霉样，不禁蹙了眉头，越发上下打量起我来，目光中透着询问和关切。

太皇太后声音虚弱而苍老，"起来吧，回去告诉映雪那孩子，不必总惦记着哀家，她怀着龙嗣，自己身子要紧，你们下面的人一定要尽心侍候。"

方姑姑恭恭敬敬地答道："是，奴婢谨遵太皇太后旨意，一定尽心尽力。"

太皇太后道："你是皇后身边的老人了，老成持重，哀家自是放心的，只是那些年轻的宫婢，不懂生养之事，你要多嘱咐些，不要一惊一乍的，以免惊到皇后。"太皇太后看到方姑姑身后的我，"这个丫头就是皇后身边的人吧，倚竹、慕兰那几个丫头倒是常见，这个丫头哀家只在几月前见过一面。"

我一惊，太皇太后不是眼睛不好吗，如何认出我的面貌？而且她老人家脑子还这么好，对我这么个不起眼的小宫婢都记得这样清楚。几个月前我陪着江映雪来给她请过安，可不这次是第二次来慈安宫？

心中不禁对这位老人肃然起敬，能够做龙耀国的太皇太后，历经三朝，也真不是一般人啊！就凭这见过一面就能将人记住的本领，我就望尘莫及。

我赶紧上前跪好，"奴婢是皇后娘娘身边的侍女若溪。常听宫里的老人儿说太皇太后巾帼不让须眉，才思敏捷，记忆超群，今日一见，果真大家所言不虚。奴婢确实是第二次来慈安宫给您请安。"

太皇太后笑笑，"倒是个伶俐的孩子。"

太皇太后接着叮嘱我，"回去在你主子面前好好伺候着，你主子是有身子的人，不能着了惊怒，不能沾凉，要注意保暖，即便害喜口味重些，也要少食辛辣，饮食以清淡为宜……"

她老人家说了那些注意事项，我都快睡着了，勉强提着精神应承着。太皇太后终于停止了孕妇养生，叹气道："你们姑娘家哪懂这些，左右只要尽心就好了。你们主子近日饮食可好？"

"回太皇太后，奴婢在家时，家中的姐姐怀孕生子，都是奴婢伺候的（是表姐，使唤我好几个月），皇后娘娘现在日日不思饮食，只说吃下去就想呕出来。其实为了肚子里的小皇子也要强吃几口，只是不要吃得过饱，要少食多餐，每晚睡前饮杯牛乳，不但睡得安稳，将来小皇子生出来也白白胖胖的。"

一席话说得太皇太后眉开眼笑，惊喜地对我说："难得你这样明白，起来吧，回去好好伺候你主子，让她不要四处走动，静卧为宜，千万别动了胎气。"

我们低头应了，太皇太后说了这许多话，很是疲惫。慈安宫的宫人过来道："太皇太后该吃药了。"

太皇太后向长风抱怨，"日日吃药，都吃了几个月了，哀家这眩晕的老毛病还不见好，太医院的太医们光会开药，尽说些没用的话。"

我见太皇太后脸色潮红，所谓的眩晕之症不就是高血压吗？我奶奶也有这个毛病，不过不厉害，每天吃药维持得很好。想到奶奶，我一阵黯然，也不知道她老人家现在怎么样了。奶奶最疼我了，每次我爸妈骂我，我就跑到奶奶那里告状。

我记起奶奶的保健，便试探着对太皇太后说："太皇太后是否头晕耳鸣，睡眠不实、易惊醒，久坐站起之时就会眼冒金星，心跳如鼓，头痛欲裂，稍过会儿就能好些？"

太皇太后点头道："正是，你如何知道得这样清楚？"

"奴婢的祖母就有此症。每日以决明子、干菊花、山楂冲泡饮下，比吃药还好。日常多吃些蔬菜瓜果，少食肉类禽蛋。太皇太后还可以试试梅花粥，取粳米煮成粥，待粥将熟时，加洗净的白梅花五钱，白菊花六钱，稍煮即可。长期坚持就能减轻症状。"

太皇太后点头笑道："倒都简单易行，如此说来，哀家定要一试。"说着慈祥地看着我，"模样生得清丽，又乖巧可人，往后每隔几日你便来慈安殿将你主子的状况告诉哀家，也省得哀家担心。"

"是。"我禁不住一阵欣喜，来慈安宫办公差可以躲开江映容的魔爪。

与方姑姑一起拜别太皇太后，退出太后寝宫之时，听见长风向太皇太后请辞，太皇太后对长风说："你去吧。哀家也乏了，正要补一补眠。"

我跟方姑姑走出慈安宫，走到罕有人至的小径上时，长风赶了上来。方姑姑是过来人，看出端倪，向长风行礼道："奴婢先行告退。"

只剩下我们两人了，他情不自禁地上前扶住我的肩膀，急急地问："半月未见，如何消瘦憔悴成这样？是不是上次病后一直没有调养好？"

说得我眼泪都快落下来了。本来天天苦撑，已经麻木，此时却觉得委屈得不行。好像在外边受人欺负的孩子，在家人面前才会露出软弱。

我在要脸还是要命的问题上纠结着，拿不定主意是否告诉他实情。

见我不语，他略微尴尬地放下手，轻声道："若溪，我很怀念我们在牢里的那段时光，那时候的我们心意相连，无话不谈。而如今……"他愧疚地自责，"是长风辜负了你。"

天哪！什么叫辜负了我？真不知道古人的脑子里都是怎么想的。不会是以为我对他相思成疾吧？我是很喜欢他，但是为了一个人吃不下饭、睡不着觉还真不是本姑娘的作风。再说他压根也没对我怎么着。既没有勾搭引诱，又没有始乱终弃，不能回报我的感情就叫对不起我吗？

我忍不住白了他一眼，"别说得这么别扭，咱俩还到不了那层负不负的关系，撑死我就是个单相思。再说我也不是想你想得衣带渐宽，容颜憔悴的。你别跟着瞎掺和，不是自己的责任就不要乱往身上揽。"

长风脸腾地一下红了，喃喃道："是长风想多了……"

我很悲愤，"是你想少了。"

他不明就里地看着我，茫然的神色非常可爱。我决定了，命比脸重要。能救我的人只有他了，留在凤仪宫还不知道能不能熬到江映容回府那天。想到这里，我撸胳膊挽袖子，义愤填膺，"都是你那个表妹！"

"映雪？"他失神地问，疏忽之下都没有称呼皇后娘娘。

我无语啊，他心里只有那一个人。我都没工夫计较那些了，什么情啊爱啊的，先一边放放，小命要紧。

"不是皇后娘娘，是江映容那丫头。她一门心思想嫁给你，以为你看上我了，就看我不顺眼，糊弄着皇后说是跟我学茶道，其实是将我要到她身边，天天折腾我。不给我饭吃，不让我睡觉，没事就让我跪在地上顶铜盆，要不就是举着蜡烛给她当烛台，我上次生病就是在过道里顶盆顶出来的。跟她说话不自称奴婢就要挨打，开始还用手打呢，后来大约嫌手疼，要不就是觉得打得不够过瘾，最近都换鸡毛掸子了……"

我卷起袖子给他看我胳膊上一道道青紫的印子，看得他怔怔地发呆，我放下袖子，"别处不方便给你看，你自己发挥想象力吧！"

我的控诉大会开了足有半个时辰，所有的怨气都倾泻而出。我压根就没去想长风会不会怀疑我搬弄是非，夸大其词，会不会不信他那娇滴滴的小表妹是这样一个狠毒醢龊的人。我就是知道他会相信我。

长风听着我的血泪史，面色越来越凝重，抿着嘴，皱着眉。我终于说累了住了嘴，气喘吁吁地看着他。

他别过脸去，不忍再看我，一脸比自己挨打还难受的神色，沉声道："怪不得我每次去凤仪宫都见不到你，容儿总是说你有事不在，我还以为是你不愿见我，故意躲着我。"

"我躲着你干什么？我就跪在隔壁的杂室里呢，你们的对话我听得一清二楚。"

他胸膛起伏着，一向温和的脸庞也染上怒色，"我去找皇兄皇嫂，要你跟我回府，你等我。"

说完扭头就往凤仪宫走，被我一把拽了回来，"皇后娘娘这几日保胎呢，这事不能去麻烦她。皇上那里你更不能去，这宫里的宫婢从理论上来说，都是皇上的女人，哪有跟他直接要的？再者，若让锦夜知道了，我们连退路都没了。"

他停住，想了想，"那我这就去向太皇太后求要你，只是……"他迟疑了一下，羞涩地看了我一眼，"还得委屈你顶着我的侍妾这个名分。"

我都混到这份儿上了，还管是以什么名头出去的，只要能离开这里就行。忙不迭地点头，"就当我吃点儿亏，只要一离开皇宫，你就给我一纸休书放我走就成。"

他略不自在，还是点头道："好。"

我思忖了一下，沉吟道："这事不能着急，我还得在江映容那丫头那里再忍几日。太皇太后病着呢，你这就去求要侍妾，恐怕会落人口实，被锦夜知道了就不好办了。需静待她老人家身体好些再提出来带我出宫，只要她老人家发话，锦夜也无计可施。等我找机会在她老人家面前好好表现表现，拿出哄我奶奶的拿手绝活。她老人家一高兴，觉得我是个善解人意、温柔贤惠的人，你再适时敲敲边鼓，说你身边没有我这样可心可意的人，再表达一下对我的倾慕之意、爱慕之心。她心疼你这个孙子，肯定就把我赏给你了。"

"好。还是若溪考虑得周全。"

我还是有点信不过他，接着点化他，"你可得装得像一点儿。别跟锦夜塞给你那两个侍妾似的，老大不情愿。拿出你为了你表妹吃不下饭、睡不着觉那股子劲头来，才会有说服力！"（导演也不好当啊！）

"好。"他除了说好，也说不出别的来了。

我看看天色，着急道："我得快走了，一会儿你那小表妹又找我麻烦。"

我回到凤仪宫，冲进江映容的房间，那大小姐正坐在桌前喝茶。在她冷冷的目光鞭策下，我自觉地跪下了。

她站起身来，手里已多了那柄鸡毛掸子，用掸子柄轻敲着另一只手的掌心，发出啪啪的轻响声，听得我心惊肉跳，冷汗都下来了。

她绕着我转了两圈，用鸡毛掸子抬起我的下巴，迫我扬起脸来，才慢悠悠地说：“你胆子大了，什么事耽误了这么长时间？”

“我……”我还没说出来，她手里的掸子就带着呼啸的风声向我背上招呼过来。我闭上眼睛，浑身的肌肉都绷紧了，准备挨这一下。

预期的疼痛没有到达身上，我偷偷睁开眼，见长风不知何时进到屋里，抓住了江映容高举掸子的手腕儿，“是我留住了她。”

“长风哥哥。”江映容惊叫。

长风的声音里已带着少有的严厉，“容儿，体罚宫人，滥用私刑，岂是正人君子、名门淑女所为？”

江映容气恼地恨声道：“定是那贱婢向你搬弄是非，诽谤我。不知她用了什么狐媚手段，长风哥哥竟然信了。我去找大姐姐，我不信大姐姐不信我，信她。”

长风气得直摇头，“我们都道你年纪小，一直宠着你，还真是将你宠坏了，你若再如此刁蛮任性，我就将你的劣迹告诉皇兄皇嫂，将你送回江府，我倒要看看皇兄皇嫂会不会信我。”

“长风哥哥，”江映容大眼睛里蓄满泪水，顺着光洁的脸颊流下来，哽咽道，“你一直最疼容儿了，现如今，为了一个下贱的宫婢，你就这样骂容儿！她不但不知廉耻地对你痴心妄想，还是锦夜那妖人的眼线，躲在暗处伺机陷害大姐姐。容儿做错了什么？”

长风痛心道：“容儿，不是你想的那样，若溪心地纯良，向来与人为善，她不是锦夜的眼线，更不会加害皇嫂。”

江映容固执地昂起头，用手背抹了一把脸上的泪水，“长风哥哥是被那贱婢迷惑住了，可容儿不会。不过是一个下贱的宫婢，打死了又如何？”

意识到无法扭转江映容的观念，长风也寒凛了神色，冷言警告她，“容儿不要再任性妄为，要像你大姐姐那样待人谦和有礼，方能服众。不要再找若溪的麻烦，再有一次，我一定将你遣送回江府，让姨丈严加管教。”

说完不再看她，转身扶起地上的我，“若溪回茶室继续司茶，以后不用到五小姐这里当差了。皇后娘娘那里，本王会亲自去解释清楚。”

江映容看着我的眼睛带着如火的怨愤，原本娇美的五官也扭曲起来，跟要咬人似的。我承认我很小人，有了长风撑腰立刻得志起来，毫不畏惧地回看着她。

这一回合，我赢得很彻底。江映容气得半死，却无可奈何。我继续在皇后娘娘跟前当差，也不用我干什么，就是时不时地到皇后娘娘的寝殿露一小脸，看看有什么可以帮忙的。我也不知道长风跟江映雪说了什么，反正她不再提让我去江映容跟前的事，也没有问我任何问题。

其他时候，我接着在我的茶室里优哉游哉，睡觉喝茶。躺在茶室的软榻上，想着江映容那天气得走形的脸我就乐不可支，拍打着床铺笑出来。

当然我也没那么傻再去惹她，平日就龟缩在茶室里躲着她，她五小姐住的偏殿暖阁，方圆百米更是我的禁区。我知道江映容那丫头歹毒，不会善罢甘休的，由她兴风作浪去吧，等我出了皇宫，就再也不用怕她了。

为了增加在太皇太后面前的出镜率，让她发现我这个人才，我每隔两日就到慈安宫给她老人家请安。说说江映雪孕期的情况，聊聊她老人家的病情。让我很有成就感的是，我的那个降压茶和降压粥都取得很好的效果，太皇太后的病情逐渐稳定，照她老人家这个康复速度，我出宫的日子是指日可待了。

长风时常到慈安宫探望太皇太后，因此我们常会碰面，假装眉来眼去一下，用现代的术语叫"打窝"，免得长风过些日子开口讨要我时显得太突兀。从理论上讲，进了皇宫就都是皇上的女人，即便我只是个最末流的宫女，但也不是萝卜白菜似的，想要就能随便拿走的，也得找个合适的时机，才能得到她老人家首肯。

去的次数多了，跟太皇太后她老人家也建立了一些感情，说实话，我也不光是为了出宫才去讨好她的。我很想念我的奶奶，照顾照顾生病的老人，权当我为奶奶尽心尽力了。

其实太皇太后也挺寂寞的，就皇上和长风两个亲孙子，都不能整日陪着她，听闻还有几个孙女，也是嫁人的嫁人，和亲的和亲，都不在身边。所以，太皇太后见我去了也挺高兴，我还是颇得她老人家的眼缘的。当然，也是咱讨人喜欢。想当初我去敬老院做义工那会儿，敬老院的爷爷奶奶们都争着认我作干孙女！

这一日我照例去向太皇太后汇报江映雪的孕期情况。刚踏进慈安宫太皇太后的寝殿，就听见一阵银铃似的笑声。原来江映容也在这里。扭股糖似的腻在太皇太后床前，一口一个老祖宗，哄得太皇太后笑不住口。

不知怎么回事，这丫头最近总往太皇太后这里跑。我对她是有戒心的，前几次听慈安宫的宫人说她来请安，我扭头就回去了。这一次我忘记问慈安宫的宫人谁在殿里，结果进来才发现冤家路窄，在这儿碰了头，却也来不及再退出去。

我只当感觉不到江映容刀子一样能杀人的目光，依礼给太皇太后请安，并将皇后娘娘的情况通报给太皇太后。我刚说到皇后娘娘今日胃口挺好，嫌御膳房端来的东西清寡，没有滋味，想吃味道重的东西，江映容就笑着将话截了过去，"这些我已经跟老祖宗说了。"说着，扭头向太皇太后撒娇道："老祖宗，以后，姐姐的事就让容儿来跟您回吧，容儿肯定比底下的人尽心。"

太皇太后笑道："你年纪小，有些事不明白。溪儿这丫头在家中照顾过她姐姐，又通些药理，她说的那个治眩晕症的茶饮和食疗的方子，我用了就很管用。虽说宫中都有太医，但是哪比身边人照料得周到。"

江映容面上表情僵了一下，但马上又换上一脸明媚的笑意，"老祖宗说得是，以后容儿要多跟溪儿姐姐学学，才能好好照顾大姐姐。"接着，她以手托腮，一脸认真地问我："那溪儿姐姐说说，大姐姐总嫌膳食寡淡，是好还是不好呢？"

我恭敬地回复，"回五小姐，孕妇想吃味道重的东西很正常，都是这样的，没有什么好与不好，一般说来，只要不过食辛辣咸酸之物就没有关系，皇后娘娘喜欢吃什么就吃什么好了。只是，皇后娘娘近日食量虽好，但是极易疲倦，小腿略有水肿之症，虽然太医给开了药，但是药味腥苦，皇后娘娘常常会刚将药喝下去，又呕了出来。奴婢觉得，不如用赤豆熬汤，最是消肿的，也比药好吃。"

太皇太后听了，连声吩咐宫人给皇后娘娘熬红豆汤去，又跟我细细地聊了皇后其他的饮食起居，我将现代的孕妇护理知识尽量用古人能明白的方式告诉太皇太后。她听我说得头头是道，很是欣慰。倒把江映容晾在一边，插不上话，颇为尴尬。

那日出了慈安宫，走在回凤仪宫的路上时，江映容从后面走了过来，我退到一边，给她让开路。她却停在我面前，一副仇人相见分外眼红的神色，咬牙切齿道："都是你这个贱婢，面上装出一副可怜相，背地里使尽妖媚手段，让长风哥哥骂我。你以为你能得到长风哥哥的青睐，做他的侍妾吗？做你的黄粱美梦吧！"

说完气鼓鼓地看着我，恨不得用目光在我身上刺两个透明窟窿。我也死猪不怕开水烫地看着她，已经撕破脸了，我也不用再装孙子了。

我们两人对峙着，画面是静止的，却仿佛眼中飞出刀剑来在空中噼里啪啦地战在一起。

不一会儿我就看得眼睛发酸。这很像小时玩的游戏，两个人对视，谁先眨眼，谁就输了。玩游戏的时候，每次输的都是我。不是因为眨眼，而是因为我忍不住笑。就像现在这样，我又笑场了，大眼瞪小眼的场面实在是很滑稽。

我拼命忍着，憋笑差点憋出内伤来，心中一再警告自己，"严肃点，跟情敌斗法呢！"

江映容显然误会了我的忍俊不禁，恼怒道："不要得意得太早，我一早料到你会怂恿长风哥哥去向太皇太后讨要你，你的如意算盘打得太美，咱们看谁笑到最后！"

扔下这句硬邦邦的威胁，她便扶着闫嬷嬷的手匆匆而去。我这会儿也笑不出来了，这死丫头不会又出什么幺蛾子吧！我得赶紧找长风商量商量，我今日看太皇太后气色很好，看来病情也好得差不多了，事不宜迟，赶紧走吧，免得夜长梦多。

两天后的下午，我在慈安宫的门口碰到长风，我们避开众人，在角落里耳语。跟两个地下工作者对暗号似的。

"太皇太后日渐康泰，这几天心情也不错，就今天吧，我忍不了了。"

"容儿又为难你了？"他吃惊地问。

"那倒没有，不过我总觉那丫头憋着坏呢。"

"好，就今日。"

我们两个故意拉开距离，为了遮人耳目，一前一后进了慈安宫。那阵势让我想起了在现代看的八卦娱乐杂志，某某男星和某某女星"见到狗仔队后立刻各自戴上黑超（当时是半夜），假装不识，先后从酒店后门溜进去，至次日凌晨未见出来……"

到了太皇太后的寝殿，她老人家刚刚睡醒午觉，见了我絮絮地问了些皇后娘娘的情况。我告诉她皇后娘娘日日吃着太医院开的安胎药，胎象已见稳定，太医说已无大碍，长期卧床对身体和胎儿都不好，因此这两天皇后娘娘已经下床溜达了，不时散散步，很是悠闲。

太皇太后赶着念了声佛，"老天爷保佑，可算是好了，哀家这心一直悬在半空，如今总算是落了地。"复又叹息道："映雪这孩子，就是心思太重。又赶上朝堂上不安稳，自然是动了思虑，伤了身子。你们跟前也要多劝着些，朝上的事让他们男人去管吧，她只管肚子里的龙嗣就好。"

"是。奴婢一定劝慰皇后娘娘。"我恭顺道。

太皇太后欣慰地看着我，目光很是慈善，让我觉得今日之事成功在望。

正说着，长风进来了，给太皇太后请过安，便坐在椅子上，"皇祖母今日气色甚好，精神焕发，一扫前些日子的病态。"

太皇太后点头道："说起来还多亏了溪儿这丫头呢，那决明子茶和那梅花粥我喝着都很好，可见太医院的太医只知道开方子煎药，不如民间的偏方，省事又管用。"

长风看了我一眼，努力做出情意绵绵又略带羞涩的样子，"若溪姑娘还真是秀外慧中，兰心蕙质。那日有幸与姑娘评茶论道，已感觉姑娘心思灵巧，不同寻常，如今看来还颇通药理，兼有一副济世救人的好心地，实属难得。"

太皇太后并未接言，端起茶盏饮了几口，又缓缓放下。

长风见太皇太后没有识这个茬，只能再等机会。祖孙二人唠起家常。

过了会儿，太皇太后老生常谈，又催促起长风的终身大事来，"听闻那两个侍妾，你没留在府里，送到郊外的别院去了。你也不小了，却连一个侧妃也没有。哀家让你皇兄皇嫂帮你物色，你皇兄又总是说没有入得你的眼的，不愿意违了你的心意。男儿修身齐家治国平天下，总要身边有个人才好。满朝文武百官家的闺秀由你挑选，先立了正妃侧妃，有人照料，哀家才好放心。"

我一听，机会来了，忙不着痕迹地冲长风使个眼色，赶紧的，就坡下驴吧！

长风接到我的暗示，做娇羞状（萌啊！看得我两眼发直），"皇祖母教训得极是。其实并非孙儿心高气傲，只是官宦家的女子多刁蛮任性，骄纵不堪，还不如皇祖母跟前的宫人聪慧贤淑，知书达理。"

太皇太后听后笑而不语，索性闭目养神。

话都说到这份上了，她老人家还不表态，我心里一阵没底，紧张地跟长风交换了一个眼神。长风硬着头皮继续道："这些日来，在慈安宫常常能见到若溪姑娘，孙儿对她是……"

太皇太后忽然睁开眼睛，眼中精光一现，截下长风的话，"这丫头是不错，模样清丽，做事展样大方，心思细密，又会照顾人，哀家都离不开她了……"

"既然离不开溪儿姐姐，老祖宗更要将溪儿姐姐留在宫中。"一个脆生生的声音从大殿门口响起，人未到声先到。

太皇太后笑道："是容儿那丫头吧？来得正好，你长风哥哥也在呢。"

江映容一身霞粉色的宫装，艳丽如四月的桃花，俏生生地进得殿来，给太皇太后请安后，自然而然地坐在太皇太后身边，笑着说："还没进门就听见长风哥哥和老祖宗对溪儿姐姐交口称赞，别说长风哥哥和老祖宗了，我大姐姐也时常夸她聪明伶俐，识大体。凤仪宫上下也没有不赞她的。"

我狐疑地看着她，这丫头转性了？怎么倒夸起我来了，肯定没安好心啊！想把我夸得跟朵花儿似的，好让太皇太后舍不得放我走？

太皇太后亲昵地拍拍她的手，"你这丫头向来不服旁人，能让你夸奖，必是极好的。"

江映容似笑非笑地看了我一眼，看得我心中警铃大作。随即她扭头向太皇太后撒娇道："瞧老祖宗说的，容儿可没有那么小气，再说，溪儿姐姐是真的好，她还救过皇上，连皇上也夸她可心可意，如解语花一般！"

这话从哪儿说的？虽然救过皇上一次，他也没当回事儿，压根没有正眼看过我。

我看着江映容，觉得她笑得很诡异，阴险得像只小狐狸。我脑中灵光一闪，她不会是……

这个场合，没有我说话的份儿，我赶紧求助似的看向长风。他本是一脸的迷茫，大概我的神情跟见了鬼似的吓人，他琢磨过来，一下子变了颜色，急急地开口道："孙儿今日前来，是想向皇祖母求要……"

"长风！"太皇太后嗔怪着打断他，"我们娘几个聊聊家常，有你在反而拘束。你快去你皇兄那里吧，这会子他在御书房呢。"接着，扭头对着江映容，"这可奇了，皇上心里只有你大姐姐，可从来没有赞过别人。"

长风被晾在一边，一时走也不是，留也不是，很是尴尬，待要开口，却又被江映容抢先道："老祖宗，容儿有一个四角俱全的好主意。"

"哦？说来听听。"太皇太后颇为感兴趣。

"皇祖母……"长风顾不得礼仪，脱口而出。

"长风，"太皇太后再次打断他，面上已带了不悦之色，"你们男人家建功立业，理应干些正经事去。不用总守在哀家的慈安宫里。近日朝中局势紧迫，皇上也是愁眉不展。你快去吧！"

一句话说得长风面红耳赤，一张俊脸涨得通红。

江映容不给长风说话的机会，抢着道："容儿觉得，既然太皇太后和大姐姐都离不开溪儿姐姐，皇上又中意溪儿姐姐解语可人，不如就让皇上封溪儿姐姐做才女，这样溪儿姐姐就能一直在宫中了，还能继续伺候老祖宗和大姐姐。老祖宗您说，这是不是个好主意？"

我和长风瞠目结舌地对望了一眼。话已至此，长风都无法再提讨要我的事，哪有跟皇上争女人的。唯一的希望只能是太皇太后给否决掉。我们同时将目光调向太皇太后，只等她老人家一锤定音。

时间仿佛凝住，我们几个连大气都不敢出，整个大殿只听见沙漏细碎的漏沙声响，提醒着我们，时间还在继续。也许是过了一小会儿，也许是过了很长时间，太皇太后终于点头说道："果真是个四角俱全的好主意。"

我被彻底雷倒了，绝望地看了长风一眼，发现他也是脸色雪白。

江映容达到目的，不再恋战，轻巧地站起身，"容儿就不打扰老祖宗了，容儿这就回凤仪宫去，将这个好消息告诉宫里的人。大姐姐前些天一直卧床，宫里一片沉闷，虽然只是封个才女，但是也算是喜事一件，正好热闹热闹。"

经过我身边时，她露出一脸胜利得意的笑容，声音愉悦地向我道："恭喜溪儿姐姐，不知姐姐如何谢我这个媒人呢？"

恨得我想脱下鞋来扔她！

江映容走后，偌大的大殿一片寂静。太皇太后坐在床榻上，似是很累，挥手道："你们也去吧！"

长风没有走，声音中透着不解和受伤，"皇祖母，为什么？"

太皇太后脸色肃穆，用疲惫苍凉的声音缓缓道："哀家活了这一把年纪，什么看不出来？你的心思哀家一早就知道。哀家就是要断了你的念想。想当初你爹为了你娘，早早去了，只留下你一个儿子。"说到这里，太皇太后哽咽难言。

"哀家看得出，你喜欢溪儿这丫头，这丫头也确实招人喜欢，可是哀家不能让你走你爹的老路。"太皇太后看着长风，放缓了脸色，变得哀伤而慈爱，不再是高高在上的太皇太后，只是一个疼惜孙儿的普通老人，"哀家要你子孙满堂，益寿延年。"

长风一下子跪在太皇太后面前，"孙儿不求要若溪了，求皇祖母收回懿旨，不要让若溪做皇兄的才女。"

我也赶紧跪下表态，"奴婢不出宫了，奴婢愿意留在宫中一直伺候太皇太后和皇后娘娘，求太皇太后成全。皇上有皇后娘娘，有后宫三千，不需要奴婢。"

太皇太后向后靠到靠枕上，闭上眼睛，过了一会儿才说道："哀家倦了，你们跪安吧！"

失魂落魄地出了慈安宫，我一屁股坐在墙根。长风跟着出来，也是垂头丧气，这还真是叫赔了夫人又折兵。

他凝眉道："若溪，你别着急，我这就去找皇后娘娘，希望有一线生机。"

我压根没注意他说什么。我在深刻地自我反省，到底我们哪点做错了？

我一拍大腿，错就错在演过火了，让太皇太后真的以为长风对我情有独钟，用情至深，跟他爹对他娘似的，得了我一个，就再也不会要别的女人。这是我这个导演的失误。

总结经验教训可以放在以后再做，此时此刻我忽然想到一件迫在眉睫的事来。我试着将手放在嘴里，咬了一下自己手指头，太疼！自己咬自己，下不去嘴啊！

没办法开始浑身乱翻，看看荷包，里面没有针（我压根就不做女红）；摸摸头上簪子，是玉石的；耳环，今儿没带。

自己身上没有可用的东西，又开始琢磨长风身上的，"你身上有小刀之类的东西吗？带尖儿的暗器也行。"

　　长风忧心忡忡地看着我，焦急地劝解，"若溪，你别想不开。事情还没有走到绝路。"

　　我晕，我还没想着自尽呢！我只能耐心地跟这个榆木疙瘩解释，"我没想不开，我就是想着，要是被你皇兄发现，我不是黄花闺女，那可是砍头的死罪啊！我得造点假。"

　　长风半天没言语，好一会儿才憋出一句话来，"皇兄跟前，你什么也带不了。"

　　啊？不会真是光着，裹个毯子送进去吧？我哆嗦了一下，双手抱着脑袋哀鸣，"那我只能咬手指头了。"

封宫

宫里人多口杂，我与长风只能分开，我先一步回到凤仪宫，一下子就被大家的祝福雷倒。大家纷纷祝贺我，由一个小宫婢一跃成为皇上的女人，这是天大的造化。

众人拉着我沐浴更衣，梳妆打扮，我被大家一通揪来拽去，苦不堪言。

当我打扮一新被带到皇上的尚元殿时，皇上那里也得到了消息，啼笑皆非地看着跪在地上花枝招展的我。

皇上打量了我一下，开口问道："你叫什么名字？"

"奴婢林若溪，是凤仪宫皇后娘娘跟前的宫女。"

"林若溪？"皇上以手里的书卷敲敲脑袋，"朕想起来了，你就是于莲池中救过朕，又懂得茶艺的那个宫人。"

"正是奴婢。"

皇上很是好奇，"太皇太后如何晋了你的位分？她老人家向来是不管此事的，尤其又不是妃位嫔位，只是末等的才女。今日却特意让人来尚元殿告诉朕，让朕封赏你。"

"奴婢本是凤仪宫的司茶宫女，后来端清王因为欣赏奴婢的茶艺就想……锦大将军不同意，说奴婢不守宫规……皇后娘娘就将奴婢留在身边亲自调教……皇后娘娘怀孕后，害喜很严重，卧床养胎，不能给太皇太后请安，就让方姑姑代为谒见太皇太后……一次方姑姑让我帮着拿东西……太后问起皇后娘娘的情况，正好奴婢曾照顾过家中有孕的姐姐……太皇太后就夸奖奴婢……觉得奴婢……所以……"

我因为带着跪得容易，所以不觉劳累，絮絮叨叨地讲了好长时间，皇上都快睡着了。我见他面上带了厌倦之色，心下窃喜，"其实奴婢无才无貌，身无所长，在皇上跟前恐污了皇上的龙眼。还请皇上劝太皇太后收回成命，奴婢蒲柳之姿，不敢奢望天颜垂怜。皇后娘娘正在孕中，恳请皇上准许奴婢继续做皇后娘娘的侍女，伺候娘娘。"

我看皇上那意思是真恨不得将我立刻轰出去。他皱眉半晌道："朕虽无此意，但既然是太皇太后的意思，朕也不好推托。难得你对皇后娘娘忠心耿耿，朕恩准你继续留在皇后身边伺候。只是这位分……"

看上去皇上也有些难办。龙耀宫规，宫婢侍寝方能受封，太皇太后发话了，让皇上封我为才女，这不是将我往皇上龙床上送吗？别说我不乐意，皇上还老大不乐意呢！

皇上沉吟了一下，"朕姑且封你为才女，暂不用侍寝。"

"谢皇上！"我一个头磕下去，心悦诚服。不用侍寝已是最大的胜利，其他的再说吧！

皇上很是哭笑不得，"从未见过你这样的宫人，是谢朕不让你侍寝吗？"

我一时语塞，只能搪塞道："奴婢谢皇上让奴婢继续伺候皇后娘娘。"

皇上无可奈何地摇头，"以后在朕面前也不用自称奴婢了。既然朕封了你才女，可自称臣妾。朕虽然未宠幸你，但是你也算是朕的女人了。"

未及我回答，门口响起一个温婉而略微虚弱的声音，"臣妾不同意。"

皇上跟我一起惊讶地看向门口，江映雪披着雨过天晴色的凤毛斗篷，手扶门框站在那里。光线从她头顶上方悬挂的宫纱灯笼照射下来，使她纤瘦的人影沐浴在一片光晕中。她腹部微隆，面色平和，闪耀着母性而圣洁的光芒。

皇上快步向前，扶住她，低声责备道："刚好些，怎么不在床上躺着？想见朕，打发人来说一声就是了，哪需要你亲自过来？若是着了风，抑或磕碰到，朕心何安？"

江映雪看看跪在地上的我，缓缓道："听闻皇上新封一个才女，还是臣妾宫中的人，臣妾愚钝，竟然是最后一个知道的。臣妾斗胆，望皇上收回封赏。"说着盈盈拜下。

皇上赶紧拉住她，神色略不自在，"并非朕的心思，是太皇太后派人来说这丫头聪颖贤惠，让朕封的。"随即一边拉着江映雪坐在椅子上，一边笑道："也不是什么大事，不过是晋了你的一个宫人做才女。雪儿一向贤淑，管理六宫，还头次见雪儿开口让朕收回封赏的。"

江映雪目光幽幽地望着皇上，"皇上是龙耀的真龙天子，是天下苍生的皇上，臣妾是母仪天下的皇后，是这六宫的统领。可是在臣妾心中，皇上更是雪儿的夫君，是雪儿在这深宫里唯一的依靠。现如今，雪儿的夫君在雪儿有孕在身之时，纳娶了新人，还是雪儿的身边人，这让雪儿情何以堪啊！"

皇上脸上带了动容的神色，一把抓住江映雪的手，"雪儿，你我夫妻五年，一直举案齐眉，相敬如宾。我曾想，也许帝王的婚姻就是这样的，多了责任和规矩，却少了夫妻间的亲密和情意。今日我终于听到雪儿说这样的话，原来雪儿也会吃醋，会在心里这样在意长卿。"

江映雪娇羞地偏过头，脸上现出醉人的笑意，叹息道："这么多年，雪儿整日要做端庄贤淑的皇后，好辛苦。雪儿也是凡人，是皇上的妻子，更是皇上孩子的娘亲，就让雪儿任性一回，自私一回，吃醋一回。"

"雪儿。"皇上也是满足地一叹，抚着江映雪的面颊，"这样的你更让长卿珍爱，虽有三宫六院，但是长卿心中只有你一人，只有你才是长卿唯一的妻子。"

皇上感动得一塌糊涂，看着江映雪，满眼的柔情蜜意。两个人旁若无人地卿卿我我起来。皇上也不称朕了，皇后也不称臣妾了，都开始直呼其名，把我这个超级大电灯泡晾在一边。整得比琼瑶偶像剧还煽情，两个人都跟才发现对方似的，抱在一起不撒手，看得我直牙疼，老夫老妻了，值当的吗？我恨不得大声疾呼，"二位进里屋谈心去，先让我这个新晋小老婆起来行吗？"

两人好不容易分开，这才意识到旁边还有我这个免费观众呢！

皇上皱眉道："这宫人是太皇太后钦点的，朕只能将她封为才女，只是个虚位，朕见她粗通医理，又忠心耿耿，就让她继续在凤仪宫侍候你吧。"

江映雪摇摇头，"雪儿不要。溪儿虽好，但经过此事，雪儿一见她，心中就会无法释怀，雪儿不想与皇上之间有任何心结。"

此刻她就是要天上的月亮，皇上也能搬梯子去给她摘，更别提是我这个小宫女的去向。皇上脸上挂着宠溺的笑意，"好，雪儿说如何，都由你便是。"

江映雪看着我，目光清灵，轻启朱唇道："雪儿要皇上将她逐出宫去。"

皇上本来要过几日，寻个由头，说我不好，回明了太皇太后再将我撵出去的。可是江映雪却坚持让我连夜出宫，并说不必通过内务府。我知道她一番苦心，是怕锦夜得到消息，再来阻止我，心中对她很是感激。

皇上也有些犯愁，一来不知如何跟太皇太后交代，难得她老人家为他选个人，不满意也就罢了，还被他连夜轰出宫去，有些说不过去。二来，所有宫人在内务府都是记录在案的，驱逐宫人要经内务府画销名录。即便是皇上也不能说让我走，就让我走。

奈何江映雪一意孤行，坚持说看我一眼就心里有疙瘩，连想着我在宫中都睡不安稳。皇上心疼老婆，只能硬着头皮应允。只是当时天色已晚，宫门业已关闭，如若此时打开宫门，兴师动众，动静太大，容易引起旁人注意。江映雪迟疑了一下，答应让我明日一早出宫。

那晚我躺在茶室的软榻上翻来覆去睡不着，想着这是在宫里的最后一夜，明日就可以出宫了，心里简直乐开了花。我默默地记下这一天的日期，乾元三年二月初八，明日就是我林若溪的新生，我终于要自由了！

转天天刚蒙蒙亮，我早早地就起了床。梳洗过后，简单地收拾了行李，也就是一个包袱皮，包上几件衣服。走出茶室的时候吓了我一跳，凤仪宫的宫人都来为我送行，黑压压地堵着门口。

一行人拉着我有说不完的道别话。众人都道我才飞上枝头成凤凰就被打回了原形，更惨的是竟然被逐出了宫，丢尽颜面，于是竭力地安慰我。我也不好说破，只能苦着脸听着众人好心好意兼小心翼翼的劝慰话，还得做出一脸的悔恨交加的自责相，很辛苦。好在天色尚早，晨曦中众人也看不清楚我是哭呢还是笑呢。

其中哭得最凄惨的是闫嬷嬷，引得众人对她纷纷侧目。当然她不是因为有多舍不得我，她是怕我走后没人给她解七杀夺命追魂丹的毒。虽然我昨天晚上连踢了她N多脚，直踢得我腿抽筋，告诉她热毒一次解完，但她还是心里不踏实，生怕没解干净，哪日又热毒攻心。我无奈地允诺一到宫外，就托人将落脚的地址告诉她，她这才止住哭泣。

当最后一个跟我道别的翠喜扑上来抱着我的脖子哭时，已经是日上三竿。偏偏她还哭个没完没了，"溪儿姐姐，今日一别不知何时才能再见，我们大家去求求皇后娘娘，姐姐还是别走了。"

气得我恨不得给她一脚，我可是好不容易才盼到这一天。

我这人一向泪窝浅，见她哭，也泪流满面起来。我不是哭别的，我哭的是再不走，被江映容那丫头插一杠子，或是被锦夜那小子知道了摆我一道，我就真留下了。我一哭，惹得倚竹、慕兰她们几个老成持重的也跟着抹眼泪。

众人一通劝解，我将几乎要哭晕的翠喜交到方姑姑怀里，背了包袱，潇洒地跟大家告别，"诸位，山不转水转，水不转人转。溪儿今日出宫，他日指不定还有再会的时候。"

大踏步地走到凤仪宫的大门门口，刚要出门，就见门口聚集着里三层外三层的羽林卫，银色的铠甲在早春的阳光下发出耀眼的光芒，刺得人眼睛发花。

我一阵激动地迎上去，差点儿又落下泪来。谢谢大家啊，太客气了！平日里也不算熟络，这会儿都赶来送我了！

感谢的话还没来得及说出口，为首的将领迎面推了我一把，我噔噔噔后退几步，一屁股坐地上，搞不清什么状况，索性坐在地上没起来。

那长得跟铁塔一样的羽林卫首领面无表情地命令他的手下，"锦大将军有令，凤仪宫连只鸟也不许飞出去。"接着大手一挥，大喝一声："封宫！"

……

乾元三年二月初九子夜，锦夜带领京城守备兵将八千人，将首辅江贺之的府邸围得水泄不通。并从江府后院的密室内搜出两千副铠甲。江贺之以谋逆之罪被打入慎行司的大牢。府中家眷一律收监。

皇上得到消息，于凌晨召集群臣，并在金殿之上指责锦夜行事草率。锦夜呈上江贺之按了血手印的招供书。供书上有一道长长的暗红色的血痕，明眼人一看就知道是严刑逼供无果，硬拉着犯人的手按上去的。

江贺之招认了私藏兵甲、沟通外敌、伺机谋逆、篡位夺权等十大罪状。供书上还说，江贺之已找人算过，皇后娘娘此胎是皇子，他们筹划，待皇后产子之后，就与皇后江映雪里应外合，杀夫弑君，让小皇子登基称帝，江映雪垂帘听政，江贺之便可以外戚专权，把握龙耀国的朝政江山。

皇上自然不信，要求刑部再审此案。奈何锦夜做事严谨，滴水不漏，又找来江贺之的几名亲信、幕僚，当堂揭发检举，说得指天赌地、声泪俱下，生生将一门忠烈的江贺之说成个居心叵测、窥视皇权的奸佞小人。一时人证物证一应俱全，坐实了江贺之的罪名。以龙耀国律法，谋逆当处腰斩，诛九族。

朝堂之上，内阁次辅关度山越众而出，怒斥锦夜伪造证据，陷害忠良。

锦夜不紧不慢地拿出关度山写给江贺之的密信，反污其助纣为虐，为虎作伥，是江贺之的同谋，并让太监将关度山押回慎行司审问。

关度山仰天长叹，"神鬼进了你的慎行司，都得脱一层皮，老朽不愿毁了这一身的清白。"遂触柱而亡，血染朝堂，临死只留下"阉党当道，诬害忠良"的哀鸣。

几个太监上来将气绝身亡的关度山拖出大殿。锦夜冰冷的目光扫过群臣，众人噤若寒蝉，再无一人敢为江贺之申冤求情。

锦夜进一步逼迫皇上下旨，不但要处死江贺之及其家眷，连江映雪也不放过，扬言要皇上拟写废后的诏书，他要将江映雪一同押回慎行司监押。

皇上急怒攻心，一口鲜血喷了出来。

不可开交之际，长风赶到大殿，站在大殿中央对锦夜说道："不能将皇后娘娘关押入牢。就算皇后娘娘有罪，但是皇后腹中怀着皇上的骨血，龙嗣无罪。因此即便要处置皇后娘娘，也要等到她诞下龙嗣。"

一席话不但让大殿之上江贺之一派交口称是，连锦夜也无法辩驳。

于是便有了封宫一事。

……

我连大门还没出呢，就"水不转人转"地又转回来了。气得我爬起来，一个眼刀飞到已经吓傻了的翠喜身上，都是她这个乌鸦嘴，说什么"溪儿姐姐别走了"，果真是走不成了。

所有的宫人都是一脸的懵懂，不知道出了什么事情，连方姑姑这样的老人都不知所措，胆小的更是吓得直哭。龙耀开国二百余年，还从未出过封宫的事，尤其封的还是皇后娘娘的寝宫。

凤仪宫的两扇宫门缓缓合上，终于闭拢到看不见缝隙，隔断了与外面的一切联系，成了一个孤岛。偌大的宫殿只闻几名宫人压抑的啜泣声。刚刚还是皇恩浩荡，盛宠之下的凤仪宫此刻如一座冰冷的坟墓，肃穆得让人胆寒。

我站在院子当中，抬头看着天空，早春的太阳虽然明亮，却是苍白的，半死不活的让人感不到一丝暖意，一阵寒风吹过，呼啸的风声似离人的呜咽，让人从心底泛出凉意来。真正是春寒料峭。

凤仪宫内一片愁云惨雾，连大红色宫纱的帷幔此刻也不觉鲜艳，反而透出一股盛极而衰的颓败气息。幸亏有方姑姑和倚竹她们几个勉强支撑，才没有造成宫内的混乱。大家依旧各司其职，只是走动的时候，如行尸走肉一般，面上都带了对未知的恐惧和哀戚。

要说我跟这个皇宫还真是缘分不浅，几次想走都没走成。可是这会儿我也顾不得自己那点子事了，心中为江映雪担忧起来。

封宫只有两种可能：一是，皇后失德，皇上要废后，又顾念旧情未将皇后打入冷宫，因而封宫；二是皇后娘家犯事了，皇上念及夫妻一场，只处罚她的家人，不治皇后的罪，以封宫为惩戒。

皇上对江映雪那是"三千宠爱在一身"，显然不是第一种，那就是江贺之出事了，而且事还不小，都累及了皇后，八成是掉脑袋的罪名。

还没等我跟凤仪宫的宫人们一同表达誓死效忠皇后娘娘、一荣俱荣一损俱损的决心呢，江映容就把我绑了，提到江映雪的寝殿中。

我被反手双绑，以替罪羊的姿态跪在江映雪的床榻前，脖子上架着一柄长剑。拿着长剑的是气急败坏、一脸恨意的江映容。我向下看，都能看到泛着寒光的剑面上倒映着自己披头散发的脸。

江映雪半倚在榻上，身上搭着一件杏子红绣百子图的锦被，手指抓着锦被被头，直握得关节发白。腹部的地方将被子顶得隆起一个小包，配上她此刻惨白的面容，让人一阵心酸。

她并未看向我们。打我们一行人进来就没有换过姿势，眼神空洞洞地盯着前方雕刻着龙凤呈祥的床柱，似被掏空了一般地呓语道："放了她！"

江映容跺脚道："大姐姐，她是锦夜那厮的奸细，定是那妖人陷害大姐姐，在皇上跟前说大姐姐的坏话，皇上才会下令封宫的。"

说着长剑往前一递，直接挨着我的皮肤，气愤不已地对我说："哼，那个妖人以为能够害得了我大姐姐，实在是自不量力，我爹是当朝的内阁首辅，一品大员，位高权重，必定不会放过锦夜。你跟你那个卑鄙无耻的主子都不会有好下场……"

"爹出事了。"江映雪忽然出声打断她妹妹，转过脸来对着江映容，目光却是涣散的，没有交集。她声音喑哑，仿佛从远处传来似的，"皇上不会听信锦夜谗言而治罪于我。定是爹爹获罪。既然波及我，必定是诛九族的大罪，不知此刻是否已经下狱。"

江映容呆呆地听着，难以置信地扑到江映雪的床前，急急叫道："不会的，大姐姐，不会的，爹不会有事，爹爹是首辅啊，是朝廷的股肱之臣，更是对皇上忠心耿耿。这么多年来，爹爹一直倾力于朝政，每日都是半夜方回府，要不就是宿在内阁。爹爹这样的忠臣，怎么会下狱呢！"

江映雪抚着她妹子的头发，幽幽道："傻妹妹，忠臣又能如何？政绩斐然又有何用？爹一直跟锦夜势不两立，形同水火。那锦夜在朝中根基深厚，我一早劝过爹不要跟他明斗。端清王也告诫爹，锦夜要向爹下手，让爹小心。可是爹只道邪不压正，不以为意。现如今果真是着了锦夜的道了。没想到锦夜的动作这样快！"

江映容到底是十几岁的孩子，此刻忍不住呜呜地哭了起来，俯到江映雪的怀里，已经不会说别的，只固执地一个劲儿叫道："不会的，不会的，不会的……"

她们姐妹二人相拥而泣，看得我都鼻子酸酸的，忘了自己还被绑着，跪在地上，生死未卜呢。

半晌，江映容从皇后怀里抬起头来，年轻娇嫩的脸上犹挂着晶莹的泪珠，眼中却带着雪亮的恨意。她一言不发地站起来，抬手抹了把脸上的眼泪。从地上捡起刚才扔下的长剑，冲着我的心窝就作势要捅。

我吓得叫都叫不出来，我这是招谁惹谁了？她们家家破人亡的，咱也深表同情，可是拿我做垫背的干什么？

好在江映容的手肘被江映雪一把抓住。江映雪面色死灰，却异常坚定，以不容置疑的口吻向她妹子道："不关她的事！"

江映容目露杀气，一眨不眨地盯着我，"大姐姐不必心慈手软，我要杀了这个贱婢，将她的尸首扔给锦夜，让那妖人知道，咱们江家不是任人宰割的。"

江映雪摇头道："锦夜心思紧密，必是已有十足的把握才会向江家动手，我们江家此番恐怕是在劫难逃。你杀了溪儿也于事无补。况且溪儿善良仁厚，虽是锦夜的眼线（啊？她一直知道啊！），但是我相信她从未做过不利于凤仪宫的事儿，更没有助纣为虐，你不要滥杀无辜。"

"大姐姐！"江映容懊恼不已，"大姐姐是被这丫头的巧舌如簧给蒙蔽住了，她和那个康公公都是锦夜的走狗。你为何相信她没有背地里做过害咱们的勾当？"

江映雪深吸了一口气，沉声道："端清王信她，我便信她！"

我又逃过一劫，江映容虽然恨不得将我碎尸万段，但是她对她大姐姐十分尊重，不敢违背江映雪的意思。

封宫半个时辰后，羽林卫的首领带人进来抓走了江映容和随她一起进宫的闫嬷嬷、玲珑与璎珞。一行羽林卫将哭号的几人拖出凤仪宫的大殿，扔到院子里的地上。

玲珑与璎珞吓得只知道哭，闫嬷嬷已经昏过去了，被两个羽林卫揪着脖领子拖着往外走。

江映容钗环尽褪，披头散发的被五花大绑着，犹声色俱厉道："我是江家的五小姐，当今皇后的亲妹妹，你们凭什么抓我？"

铁塔样的羽林卫首领上来就是一记耳光，呵斥道："罪妇还敢胡言乱语，你们江家是满门抄斩的罪名，省点力气，见了阎王再去问吧！"

江映容年轻美丽的脸被打歪到一边，人也倒在地上，殷红的鲜血顺着她的嘴角蜿蜒而下，落到她胭脂色锦衣的前襟上。

她面色惨白，眼神直勾勾的，浑身抖得如秋天树枝上最后的一片落叶，忽然挣扎着扬起上身，歇斯底里道："你胡说，我江家对朝廷忠心耿耿，皇上又敬爱我大姐姐，怎么会将江家满门抄斩？定是听信了妖人的谗言，我要见皇上，为我江家申冤！"

羽林卫首领揪着她的头发将她从地上提起来，一边骂道："真是不知死活，来人，割了这个疯婆子的舌头，看她还敢说疯话！"

江映容的长发都被扯下来几绺，随风飘落到地上。院内的宫人都吓傻了，我赶紧上前，拦住那个头目，哆哆嗦嗦道："这位大哥高抬贵手，她就是吓傻了，说胡话，您别跟她一般见识。"

江映容丝毫不领我的情，冲着我啐了一口，"呸，林若溪，用不着你这贱婢猫哭耗子假慈悲！滚一边去，我江映容今日落难，倒让你这贱婢称心如意了！"

气得我差点儿抽她，真不知道这丫头怎么长这么大的。

一边的羽林卫首领听见她叫我的名字，上下打量了我一下，随手将江映容扔在地上，躬身向我一抱拳，吓得我退后一步，以为他要打我，却听他恭敬道："敢问这位是溪儿姑娘吧？"

我不明就里地点点头。

那人的神色越发谦顺，"锦大将军吩咐了，请溪儿姑娘出凤仪宫，即刻到内务府当差。"

啊？还有这事？我一时搞不清状况，只能傻傻地又点点头。

倒在地上，蹭了一脸尘土的江映容却扬起头来，死盯着我，眼中闪着几近疯狂的光芒，咬牙切齿道："我就知道，你这个贱婢早就跟锦夜那妖人勾结好了，蒙蔽了我大姐姐和长风哥哥，陷害我们江家。你不要得意得太早，我江映容做鬼都不会放过你！"

说着，她冲我扑了过来，虽然被反剪着双手绑着，但她拼死一扑，势头惊人，我向后躲去，踉跄着差点跌倒。幸亏旁边的羽林卫首领一把将她拽住，沙包大的拳头又招呼到她身上，冲着她一顿拳打脚踢。江映容花骨朵一样的少女哪里经得住这样的暴打，满地打滚地大声哭号起来，很是凄惨。

虽然我也曾背地里骂她是个小刁婆子，一肚子坏水，但此刻看到她如此落魄，受人欺凌，心中却没有丝毫报复的快感。我上前死死抱住羽林卫首领的胳膊，苦苦哀求道："她是朝廷的要犯，先将她跟家人一起押入牢中，等候皇上治罪吧！再者她是官家女子，自是熬不住打的，若一命呜呼，恐怕上头怪罪下来，军爷也不好交代，还是饶过她吧！"

羽林卫的首领这才住了手，抱拳向我道："多谢姑娘提醒。"扭头又吩咐手下，"将这罪妇带走，与江家其他人关在一处，看好她，将她手脚捆牢，嘴也堵上，免得她自尽，她的命要留到刑场上与她家人一同问斩的！"

江映容毕竟年轻，温室里的花朵没有经过风雨，此刻被打怕了，全无嚣张的气焰，呜咽着，再也不敢争辩，由着两个羽林卫驾着胳膊拖出了宫门。

我看着她哭泣着被人带走，忽然想起大雪纷飞之日锦夜曾说过，"等着看她哭泣哀号吧！"，不禁激灵灵地哆嗦了一下，原来锦夜一早成竹在胸，稳操胜券。

羽林卫首领上前一步，对我道："请溪儿姑娘现在就去内务府吧！"

众人围困之际，独独放过我。况且别处也就罢了，内务府一般由宫中的内监当差，鲜有宫女，把我弄去简直就是秃子脑袋上的虱子，明摆着。

这就等于坐实了我是锦夜安插的眼线这个罪名，让我百口莫辩。这下连倚竹她们也是对我侧目而视，满眼鄙夷。我感到自己脑门上已经写上了斗大的两个字："叛徒"！太悲催了，我恨不得找块豆腐磕死自己。

事已至此，我心知留下也帮不到江映雪，于是咬牙道："请容奴婢到大殿里跟皇后娘娘辞行。"

再次面对江映雪，我简直羞愧得无地自容。

江映雪已经从床上起来了，穿着一身杨妃色绣着百鸟朝凤纹样的织锦宫装，坐在椅子上，端庄肃穆，还是那个六宫之首的皇后娘娘。虽然脸色苍白，但是神情如常，不见震惊愤怒，更不见哀戚自伤。她一个深宫之中的弱女子，遭此变故却能够如此临危不乱，颇有泰山崩顶自岿然不动的气势，不禁让人肃然起敬。

我耷拉着脑袋跪在她面前，自惭形秽，喃喃着想开口解释，却又不知从何说起，刚挣扎着说了一句"皇后娘娘，我没有……"，就被她拦住了。

她抬手扶起我，目光信赖而笃定，"我知道！"

我一时感动得要流泪。她屏退众人，空旷的大殿中只剩下我跟她二人，更显得清冷萧瑟。

她缓缓开口道："你此番去内务府，可向他们禀明，皇上昨夜已经遣你出宫，让他们在宫人的名籍上销了你的名字，你便可以出宫去端清王府上了。"

我没想到她家道凋零、前途叵测之际，竟然还惦记着我这个小宫女出宫的事，一时感动得无以复加。心中感叹，这样一个诗情画意，又至纯至善的女子，难怪长风对她心心想念，无法忘怀。

我也知道，即便有皇上的口谕，但是那锦夜也不会这么简单地放我出宫的，只是一时无从向她解释锦夜、长风和我三个人之间那点子破事，于是只能胡乱应下。

江映雪目光殷切地看着我，"见了端清王，告诉他，千万不要为江家求情申冤，不要再蹚这个浑水。让他带着你离开京城，远走高飞，离开这块是非之地，过自在逍遥的日子吧！锦夜根基深厚，心狠手辣，一早视江家为眼中钉。表哥为人正直仁厚，一向厌恶权势之争，他斗不过锦夜的。"

我了解长风的为人，更知道他对江映雪的情意，只能苦笑道："恐怕他不会不闻不问地离开。"

江映雪轻轻道："你劝他，他会听你的话。"

江映雪沉默了片刻，从怀中掏出一个红色丝带编的同心结递给我，我接过来一看，做工十分精巧，垂下的缨络上还坠着光芒璀璨的明珠。

"是给长风的？"我问道。

江映雪微微一怔，随即明白过来，"看来表哥将我们早年的事也对你说了，他是真的信任你。"

她摇摇头，郑重道："如若你能见到皇上，就将这个交给他。"

她轻抚着隆起的腹部，目光柔得能够滴下水来，"就说，雪儿很好，会将我们的孩子平平安安地生下来。"

她叹息着，"对他说，是雪儿糊涂，浪费了五年的光阴。现如今雪儿终于想明白了，雪儿只要做个平凡而知足的妇人，皇上就是雪儿这辈子的归宿。雪儿要他好好珍重，不要跟锦夜硬碰。卧薪尝胆，静候时机，我们一家人会有团聚的一天。"

她的脸上挂着朦胧的笑意，像朵盛开的玫瑰，美得令人眩目。那份美丽是为了心爱的人才会绽放出来的。而此时此刻，她心爱的人是皇上，不再是长风。

她与长风确实有过刻骨铭心的爱恋，但是这些年来，皇上对她无微不至地关爱呵护，用情至深，终于打动了她，让她敞开心扉。昔日的恋情已如过往云烟，握在手心里的幸福才是弥足珍贵的。我知道，她已经将长风放下了。

我将那枚同心结收好，郑重道："皇后娘娘放心，溪儿一定将娘娘的同心结和心意都带给皇上。"

"时辰不早了，你去吧！"她站起身，一手支撑着腰，一手揽着腹部，以标准的孕妇姿势走到床榻前，拿起床榻上皇上的一件明黄色的寝衣，揽在怀中。

正午的太阳透过窗扇照射在她身上，一束束的光柱中，可见细微的粉尘飞扬，越发显得安详静谧。她的脸隐在阴影里，从我的角度只能看见她微俯着的头，鬓上的镏金宝石步摇轻轻晃动着，长长的珠玉流苏一下一下地扫着她白皙的脖颈。

心中漫过一阵悲凉，不知道前方会有什么样的艰辛磨难等着这个美丽善良的女子。我最后问她："娘娘对皇上还有什么话吗？"

她轻轻地摩挲着寝衣上绣着的龙纹，好像抚着心上人的脸颊，声音柔和地轻声诵道："告诉皇上，君当如磐石，妾当如蒲草，蒲草韧如丝，磐石无转移……"

紧闭的宫门打开一道，只容一人进出的缝，我侧着身子挤出去。在宫门关闭前，最后看了一眼寂静的凤仪宫。早有内务府的人恭恭敬敬地等在宫门外，一路点头哈腰地将我带到内务府的大院。

锦夜不在（后来才知道他正忙着四处抓捕江氏一党的同谋余孽呢），内务府的主管库公公翘首以盼地守在内务府门口，库公公是一个四十来岁的太监，圆胖的脸，鼻子眼睛都长在一起了，分不清楚，因为空着的地方太多，所以显得脸盘很大。

他见到我赶忙迎了上来，一脸献媚的假笑，"可把溪儿姑娘您给盼来了。锦大将军一早吩咐将姑娘接出凤仪宫，咱家马不停蹄地让人收拾出一间上好的房子来，以后，姑娘您就住这儿吧。"

我闷声问："库公公，我到这儿来当什么差呀？"我见库公公那么恭顺，索性连奴婢二字都省了，想来他也不会有异议。

谁料他听了，满脸的义愤填膺，忙不迭地嗔怪我，"溪儿姑娘，这说的是什么话？虽然姑娘是锦大将军亲点的，但是宫里的规矩还是要守的，姑娘不能一来就坏了内务府的规矩！"

吓我一跳，我就是个宫里最底层的小宫女，咱真惹不起他。刚想改口自称奴婢，他已换上了一副奴颜婢膝的嘴脸，接着道："溪儿姑娘，叫咱家什么库公公，姑娘是锦大将军指名要过来的，姑娘就叫咱家小库子就成了！"

小裤子？我看着他那张长了褶子的包子脸，实在是叫不出口，只能含糊着应了一声。他还在絮絮叨叨地说着，"锦大将军特意吩咐，要好好招待姑娘，姑娘要什么只管跟咱家说，这内务府里的一应采办，由着姑娘随便拿。"

我见他活脱脱又是一个慎行司马公公，忍不住问他，"你也认锦大将军当爹了？"

库公公一脸的无限神往，遗憾道："咱家哪有那样的造化？咱家若能认锦大将军做爷爷，就是咱家几世修来的福分了。"

哦！原来是孙子辈的人物。虽然我跟锦夜攀不上什么关系，但是跟马公公可是交情匪浅。这么算来，我比库公公辈大，一下子心里的优越感就出来了，小库子几个字也就顺嘴而出，"小库子，我先不用看你给我预备的房间了，你办事，我放心。我在宫里四处走走，你不用跟着我。"

说完，我就往外走，我还急着给皇上传话去呢。库公公跟在后面着急道："溪儿姑娘，宫里可不能乱跑，被锦大将军知道了，咱家可是要吃不了兜着走！"

我都长他一辈了，还在乎他？所以一溜烟儿跑了出去，将他甩在身后。出了内务府，我沿着宫墙往皇上的尚元殿走，不一会儿，在一个拐弯儿处，我发现身后远远地尾随着两个内务府的小太监，鬼鬼祟祟地跟着我，肯定是库公公派来的。我理都没理，爱跟就跟着吧，反正这宫里四处是锦夜的眼线，尚元殿里还不知道有多少个呢，我不在乎再多两个移动的。

到了尚元殿，门口的小太监将我拦住，瞪着眼睛问我，"哪个宫的？"

我心急如焚，但也只能赔着笑脸，"劳烦公公进去通报一声，奴婢是凤仪宫的宫女，要见皇上。"

"凤仪宫？"小太监狐疑地看着我，呵斥道："休得胡言乱语！江贺之获罪入狱，锦大将军奉旨命人封了凤仪宫，凤仪宫此刻连只鸟都休想飞出来，你又是如何跑出来的？"

"我真的是凤仪宫皇后娘娘跟前的！"我急急地解释，奈何那小太监毫不通融，还叫来羽林卫，要捉拿我。

情急中，我灵机一动，指着小太监的鼻子，大骂一句，"瞎了你的狗眼！我可是皇上昨日新封的才女，我见皇上天经地义，你赶紧进去传报！"

小太监见我昂首而立，下巴指着天，一副小人得志的丑恶嘴脸，一时也没了主张。吵闹声引来了皇上跟前的米公公，看了我一眼，纳闷道："咦！皇上不是遣你出宫了吗，你怎么还在这里？"接着不耐烦地挥手道："快走，快走，要不就赶紧到内务府销了名字出宫去，要不就进凤仪宫关着去，在这儿捣的什么乱？皇上刚吃了药歇着呢，哪有工夫见你？"

任务还没完成呢，我哪能就这么走了，我只能又将太皇太后搬出来压他们。双手叉腰，摆出一副泼妇骂街相，"太皇太后说了，我是她老人家看上的，下了懿旨要皇上封我为才女，没这么容易就轰出宫去。我要见皇上，太皇太后有话让我传给皇上。"

米公公听是太皇太后让我传话，只能无奈地对那个小太监说："咱家去禀报皇上，你给咱家看住了这宫婢，别让她乱跑。"

我松了一口气。不一会儿米公公出来了，"皇上要见你，随咱家进去吧。不过皇上病着，刚吃过药，你别惊了圣驾。"

我跟在米公公后面进了尚元殿，穿过御书房，一路来到皇上的寝殿。皇上脸色蜡黄地躺在挂着明黄色绣盘龙帷帐的龙榻上，不到一天的工夫，已是面色憔悴，神情黯淡。

未等我上前跪好，皇上已经探起身来，急急地问我道："雪儿可好？"

我安抚他道："皇后娘娘很好。"说着用眼神示意了一下。

皇上挥手遣走了大殿里伺候着的内监，焦急地等着我回复。我见四下无人，赶紧将藏于怀中的同心结交给皇上，"这是皇后娘娘让我交给您的，她说您不用挂心她，她会将孩子平安生下来。皇后娘娘还说，现如今她终于明白她心中的人是您，她只要在您的宠爱下做个快乐的妇人，您是她这一生的归宿，您和皇后娘娘还有小皇子一家人会团聚的。她还让您珍重，不要意气用事，有些事情就像您的病一样，要慢慢来，不能着急。"

我如背书一样一口气将话讲完。我也知道大殿的角落里，肯定有窃听的耳朵，所以尽量将话说得隐晦。皇上明白了我的意思，握着那只同心结，目光越来越温柔，泛出点点晶莹的光亮。

我不知道他是否知晓江映雪和长风的往事，但是现在对他而言，都已经不重要了。他爱的女子也深爱着他。只这一点已经足够。

我想起江映雪最后说的话，"皇后娘娘还让我告诉您，君当如磐石，妾当如蒲草，蒲草韧如丝，磐石无转移。"

皇上脸上露出难以言喻的喜悦和欣慰，嘴里喃喃地唤道："雪儿，雪儿！得你此番心意，夫复何求？"

他将那枚同心结放入怀中，贴身置于心口的位置，抬起脸时，面色已经多了几分生气。皇上推被下了龙榻，来到书桌前，手执狼毫，在一张宣纸上写下"死生契阔，与子成说。执子之手，与子偕老。"

皇上将那张纸仔细地折好，交给我，"你若能见到雪儿，就告诉她，朕明白她的心意，朕会等着跟她团聚的那一天……"

作为一个尽职尽责的信差兼传话员，我出了尚元殿就直奔凤仪宫。凤仪宫的大门由羽林卫严加把守，自然不会放我进去。我绕到凤仪宫的后墙，将皇上给江映雪的那张纸裹住石块，扔过宫墙，见四下无人，心一横，扯开嗓子冲里面喊："皇上说他明白了，他会等着团聚。"

喊完一句我就想跑来着，还没来得及拔腿就被寻声赶来的羽林卫抓了个正着，关押到宫里的监牢里。

交易

　　我在一间小黑屋里待了几个时辰，具体几个也不知道，我早已没有了时间概念。当库公公将我领回内务府时，天已经黑了下来。

　　早春的夜空里，繁星闪耀，银河像一条璀璨的玉带横在夜幕之中。星光下，一身红衣的锦夜倚着廊柱，坐在回廊的长凳上，一条腿垂在地上，一条腿蜷在长凳上，手臂随意地搭在膝盖处，红色的衣袖外露出修长白皙的手指。

　　他的头靠在廊柱上，微仰着美玉一样光洁的脸，我从侧面只能看到他挺直的鼻梁和弧度完美的下颌。他似在看着漫天的星斗，眸光倒映着繁星，却比任何一颗星子都更加闪亮。

　　虽然明明知道他是个杀人不眨眼的魔王，然而此时此刻，坐在星光下美到极致的他，却看不出丝毫的残暴血腥，他的周身笼罩着挥之不去的绝望和忧伤，让即便是天下最快乐无忧的人见了都忍不住想落泪。

　　库公公识趣地走开，只剩下我一人站在院子里，离他只有几步之遥。感觉到我的到来，他扭过头一言不发地看着我，神色依旧清冷孤寒，目光中却透露出一丝我所不能理解的热切。

　　他看了我好一会儿，忽然开口问道："你去给皇上和皇后传话了？"

我知道什么也瞒不过他，只能硬着头皮承认，"我……就是看皇后娘娘怀着身孕很可怜……"

锦夜没说话，我窥着他的神色，没有发飙的迹象，大着胆子道："皇后娘娘一向身子虚弱，胎象又不稳，能不能别将她幽禁在凤仪宫中？"

锦夜嘴角凝起一丝冷笑，慢悠悠道："他们江家犯的是谋逆篡位的大罪，江贺之供认了与江映雪勾结，只待孩子生出就弑君夺权，若不是端清王求情，江映雪此刻已经在我慎行司的天牢中了。"

我听得心惊肉跳，谋逆篡位可是砍头的罪过。长风，他一定为江映雪担心死了，心中为长风疼了起来，心上人身陷囹圄，他会怎样的寝食难安，心痛牵挂啊！

我急急地解释，"这里面肯定有误会，别的我不知道，但是皇后娘娘对皇上情深义重，她绝不会……"

锦夜目光冰冷地默不作声，我一下子住了嘴。我真是脑袋被驴踢了！江贺之没有谋逆，江映雪更不会弑君，一切的一切不过是锦夜的设计陷害。

我看着锦夜那张倾倒众生的脸，不胜唏嘘道："为什么是江映雪？她那样一个与世无争、温柔美好的女子，只想着跟皇上过平凡夫妻那样的恩爱日子。这样的命运对她太不公平。"

"公平？"锦夜冷哼了一声，"这个世上没有公平，有的只是成王败寇，你死我亡。"

他将头复又靠回到廊柱上，极为疲倦地闭上眼睛，低声道："若非我动作快江贺之一步，今日戴罪受审的就是我。江贺之不过是判了腰斩，若是我落在他们那些忠臣手上，只怕是千刀万剐、挫骨扬灰都不能消了他们的心头之恨。"

虽然我也知道他说的是事实，但我还是忍不住想劝劝他，"锦夜，这样一路杀下去何时是个尽头？你扳倒了高首辅，又出来这个江首辅，你将江首辅也扳倒了，还会出来张首辅、王首辅，你怎么杀得完呢？不如放江家一马，不要赶尽杀绝。权当给自己留个退路。众人也会感念你高抬贵手。"

"退路？"他睁开眼睛，自嘲地笑了一下，"我没有退路，他们那些人早就恨不得我死呢，即便我肯放他们一马，他们也断然不会放过我的。"

他落寞的笑容像坠在冰上的落花，凄美而冰冷。官场上的血雨腥风，你死我活自古使然。虽然同情无辜受难的江贺之和江映雪，但是此刻，我却能够体会锦夜的悲哀和无奈。

我忽然觉得对锦夜有深深的怜悯。绝世的容貌，至高无上的权力，对他而言不过都是强加在他身上的累赘。他早已无法停手，他的面前是一条无法回头的不归路，轨迹一早画好，通向深不见底的深渊。

我是那种喜怒哀乐都明明白白写在脸上的人，心中想着，脸上就带出悲悯来。

他盯着我看了一会儿，面上突然带上了烦躁的神色，手臂一挥，红色的衣袖似惊鸿掠过，"收起你那副令人生厌的嘴脸，我不需要！"

他仰起绝美的脸，一如藐视众生，不可一世的君王，"当年我李家家破人亡，我就告诉自己，我不但要报仇，还要得到至高无上的权力，让所有的人都匍匐在我脚下，没有人再可以随便轻贱于我。如今，宝座上的那个君王也不过是我的傀儡。顺我者昌，逆我者亡！胆敢跟我作对的人都没有好下场。我就是他们的催命阎王，我要他们三更死，就没人能活过五更天。"

我无话可说，任何的劝诫和安慰对他都不会起到作用。我只能挣扎着做最后的努力，"能不能让我到凤仪宫探望皇后娘娘？她怀着身孕，却被困深宫，我懂得一些医理，可以给她些建议。"

锦夜头靠在栏杆上，微微侧着头，漆黑的瞳仁似两道利剑让我无法遁形，我心中惶恐不安，手心都汗湿了。

就在我要绝望的时候，他抬手自怀中掏出一样东西向我掷来。我只觉得那个物件带着凌厉的一道劲风冲着我的脸就飞了过来，不会是暗器吧？吓得我腿发软，想跑却迈不开步子。

眼看就要砸到我脸上了，谁料那东西却突然下坠，哐当一声落在我面前的地上。我迟疑了一下，弯腰拾起来，握在手里凉冰冰的，是一块玄铁的令牌，色如黑金，闪着阴冷幽暗的光芒，令牌的正面有一个锦字。我握紧令牌，抬眼看他，由衷地说："谢谢你，锦夜。"

他并未理我，只仰头看着缀满繁星的夜空，像一幅静止的画。我不愿再打扰他，转身悄悄地离开。刚走了两步，身后传来他冰冷的声音，"跟我一起可好？"

跟他一起？什么意思？我回身疑惑地看着他。他也专注地看着我，"我要你留在我身边，看着我翻云覆雨，执掌乾坤。"

"你是说，让我嫁给你？"我脱口而出，震惊不已。

他眉心跳动了一下，声音中带了一丝不易觉察的苦涩，"是做我的对食。"

对食啊！这是无性婚姻啊！这也太前卫了！我虽然是从现代穿过来的，但我一向很传统，这么先锋的事，咱接受不了啊！

我不无悲愤地对他道："锦夜，就算是为了对付长风，也犯不着这么费事吧！

他对我不过是朋友的情意，你将我留在身边，也起不到报复他的目的。"

他望着我，目光竟然一点一点地柔和下来，像千年的寒冰，慢慢消融成一汪碧水，"你，就没有想过别的原因吗？"

我呆立当场，不知如何回应……

好在那晚后，锦夜没有再提对食之事。有了他的默许，隔天一早，我就凭着那块玄铁令牌，进到了凤仪宫，将皇上的情形和嘱托细细地说给江映雪。为了怕她担忧，我只将江家的事避重就轻地说了些，告诉她，江贺之确已收监，但还未定罪。江映雪冰雪聪明，如何不晓得其中利害，但让人钦佩的是，她并未点破，只默然不语地接受了我的一番说辞。

临走的时候，江映雪手书了一封信让我交给皇上。

我成了唯一能够自由进出凤仪宫的人，每日奔波在凤仪宫、尚元殿、慈安宫几处，尽心竭力地做着邮差、传话人外加运输小队长。太皇太后和皇上给江映雪的一应补品、衣物都是我肩扛手拎到凤仪宫的。

虽然我仍然觉得自己像一个临阵脱逃的逃兵那么尴尬，但是倚竹她们已经谅解了我，拉着我的手抹眼泪，"溪儿，是我们误会你了。没有你委曲求全，假意投靠锦大将军，皇后娘娘跟外头哪能通上话，又哪有这些个补品吃食？"

将我说得跟打入敌人内部的地下党似的（说句废话，《潜伏》中的余则成是我的偶像，我做梦都想当翠平），弄得我都不好意思了，"也是机缘巧合，阴差阳错。溪儿不能跟皇后娘娘和凤仪宫的宫人们同甘共苦，仅能为娘娘略尽绵薄之力。只盼着凤仪宫能够早日解了幽禁，皇后娘娘能顺利生下小皇子。"

几日后的黄昏，锦夜来到宫中，坐在内务府的院子里饮酒，我手执酒壶，在一边伺候着。他不说话，我更是像锯了嘴的葫芦，不敢言语，生怕他又提起让我做他对食一事，只小心翼翼地将他的酒盏注满。院落里静悄悄的，只见天边的晚霞染红了云朵。

掌灯时分，长风走进了内务府，白衣卷起风尘，几日不见，他看上去心力交瘁，眉头紧锁，满面焦虑。

锦夜并未看他，白皙的手指把玩着手中的碧玉酒盏，唇角勾起一抹了然的冷笑。

"愣着干什么，还不快给端清王倒酒？"锦夜忽然出声唤我。

我敏感地捕捉到锦夜周身的气场有了变化，仿佛一层杀气笼罩在他的四周，让人感觉冷飕飕，阴恻恻的。虽然他坐着没动，却像一把出鞘的剑，随时准备刺向对手。

长风与我对视了一眼，默不作声地与锦夜隔桌而坐。

我赶紧将一只酒杯放在他面前的桌子上，手执酒壶，绯红的酒液像天边的彩霞落入他的酒盏，空气中弥漫着一股清冽醇美的酒香，熏人欲醉。

锦夜端起酒杯，"王爷尝尝，这可是今年西域新进贡的葡萄酒，叫作胭脂醉。"

长风没有去碰那杯酒。锦夜也不十分劝，自顾自地饮下一杯，举手以红袖拭去唇角的酒液，方慢悠悠道："听闻王爷这几日一直奔走忙碌，想救江家于水火。我劝王爷还是省省气力吧！现如今朝中谁不是明哲保身，隔岸观火，躲还躲不及呢。即便有几个不知死活的言官想助王爷一臂之力，那也是螳臂当车，自不量力罢了。"

他说着扫了我一眼，我赶忙上前注满他的酒盏，他冷哼一声接着道："怎么王爷不接着纠集江氏一党的余孽跟我作对呢？走投无路地跑到这里找我来了，既然来了，就说些我爱听的求我，难不成还让我求你开口不成？"

长风深吸了一口气，声音喑哑，好似几日没进水米一般艰难开口，"江氏一门无辜受难，还望锦大将军饶过他们上下百口人的性命。"

锦夜闻言，不可抑止地仰头笑了起来，笑声中带着悲愤，"无辜？对呀，无辜又如何？当年我李氏一门惨遭灭门，又有哪个是罪有应得呢？"他的手因激愤而颤抖，勉强饮下一杯酒，方平复下来，又是那个稳操胜券、不可一世的大将军，幽幽说道："江贺之不是总说我'阉党当道，祸乱朝纲'吗？今日我还他个'奸臣谋逆，篡夺皇位'的罪名，也是礼尚往来。若不是当日朝堂之上，你替江映雪开脱，只怕此时，她已在监牢之中了。你坏了我将江家一网打尽的好事，我还没向你兴师问罪呢，你倒自己找上门来，替江家求情。"

他站起身，举起酒杯走到长风跟前，将酒递到长风的嘴边。长风略一偏头，酒洒了出来，落在他的白衣上，星星点点似淡红色的泪滴。

锦夜脸色一寒，扬手将杯中剩下的酒泼在长风脸上。事出突然，我不由啊的一声惊呼出来，胆战心惊地看着绯红的酒液顺着他秀挺的眉毛滴落下来。心疼他的受辱，却又无可奈何。

长风木然坐着，一动不动。

锦夜冷冷道："你也不好好想想，若是没有十足的把握，我也不会贸然出手。既然出手了，又怎么会给他们翻身的机会？"

长风面无表情地问他，"要如何你才肯放过江家？"

锦夜笑靥如花，樱色薄唇微启，"我若说，是要你死呢？"

"好！"长风沉声道，没有丝毫的犹豫。我心一沉，恨不得拦他。却不敢说话给他再惹麻烦，只能死死地咬住自己的嘴唇。

我知道锦夜又开始了猫捉老鼠的游戏，像是残忍的捕猎者，并不急于将猎物置于死地，而是耐心十足地慢慢逗弄，在猎物觉得自己已必死无疑时，又给它那么一丝希望。等到猎物心存了希望，对活命有了新的渴望时，再给予迎头痛击。此刻的锦夜就像是充分享受着涉猎过程的捕猎者；而长风，则是那个身不由己的猎物。

早料到了长风的答案，锦夜点头道："我知道为了江映雪，你不惜去死。"他仰头闭目，身体因快意而颤抖，"但是还不够，远远不够！"他睁开眼睛一眨不眨地看着长风，目光中带着说不出的凌厉，"虽然你愿意用你的命来换江映雪的，但是我不会让你就这么死。"

长风神色怆然，"锦夜，当年的事，我父亲也是身不由己，若你执意报仇，杀了我便是，何苦如此苦苦相逼？"

锦夜冷笑，"死？死太容易了，一了百了。你知道生不如死的那种绝望和痛苦吗？不，我不会杀你，我要你活着感受我加在你身上的痛苦，一如当年你们加在我身上的痛苦一样。"

他的话让我忍不住哆嗦了一下，不知道都到了这个地步，他还要怎么逼迫长风。谁料锦夜轻快地笑了起来，让人疑惑刚才他脸上的凌厉根本不曾出现过，好似他一直是如此开心一样。"这些日子，你奔走劳碌，是不是心中一直惦念江映雪？担心她身陷囹圄，受到苦楚，想及早救她出来？"

长风如木塑泥胎般坐在椅子上，却因锦夜的话语而脸色发白。

"你真的这么放不下她吗？"锦夜斜睨着凤目看他，一脸洞悉一切，成竹在胸的笑容。他伸出右手按放在长风的左胸上，"这里，痛吗？"锦夜轻声地问，嘴边带着一抹残忍，接着柔声道："你以为这就是痛了吗？"

他的神色瞬间恶毒起来，带着快意的狠辣，"我会让你知道什么是真正的痛彻心扉！"

即便身在内宫，但是朝中的事还是丝丝缕缕地传到我的耳朵里。

听闻在锦夜的一手操控下，刑部和慎行司联合上书皇上，要求将江贺之及其一党及早伏法。依龙耀律法，当判江贺之腰斩于世，株连九族。皇后江映雪因怀龙嗣，暂能留着性命，等到诞下龙嗣，再赐她七尺白绫，念她为皇上生子，赏她个全尸。

皇上因连日龙体有恙，病卧龙榻，不能上朝，因此朝政由刚刚走马上任的内阁首辅谢翼亭代掌。朝中无人不知，这谢翼亭是锦夜的亲信，一手提拔上来的，对锦夜言听计从。内阁会晤后，在刑部和慎行司联合上书的折子上，批了"准奏"二字。一时江家的判决板上钉钉。行刑的日子定在三月二十八，据江贺之谋逆案发，只有月余，这也是龙耀开国以来，时间最短的定罪行刑。

长风与朝中几名忠毅之臣继续与内阁周旋，据理力争，引用龙耀律法，士大夫定罪应会同六部三十二司，最终得皇上御笔亲判方能奏效。一时朝堂上纷争迭起，各不相让。

锦夜也不出手打压长风他们，继续玩着猫捉老鼠的游戏。看着长风为了江家奔走呼吁，使尽解数，仿佛蹲在一旁的猫，慵懒地看着想要逃出他掌心的猎物。

可悲的是，长风他们明明知道斗不过锦夜，却还是凭着一口气苦力支撑。

我的脑海中总是会浮现出长风笔直的白色身影，焦急的脸庞，孤注一掷的眼眸。也许在以前，我会嗔怪他是不识时务，以卵击石。但是因为知道他的正直，他的善良和他对江映雪的情意，此时此刻我更能深深地理解他。

明知不可为而为之。比起那些顺风倒的墙头草，和龟缩起来所谓保存实力的明哲保身的人，这是怎样一种慷慨赴死的悲壮？

锦夜曾经抚着长风的心，问他："痛吗？"

痛啊！我一直以为心痛只是一种臆想，是一种意念里的感受。而现在我知道，那真的是一种疼痛。在毫无防备的时候，当那个身影闯入脑海时，心就会针扎一样疼起来，让人无处躲藏，无法逃避。不同的是，我是为了他而心痛，而他为的是江映雪。

三月初的一天，我刚从凤仪宫回到内务府，意外地发现锦夜在我的房间里。他站在窗前，看着窗外院落里的繁花兀自出神。自那晚见过长风之后，他一直没有进宫，今日却突然出现在我的房间里，让我莫名地心生恐慌，不知他想做什么。

听见我进来，他扭过头，一时窗外的繁花似锦都在他绝世容颜的映衬下失去了颜色。他开门见山地问我："你想不想帮沐长风？"

虽然不知道他的意图，我还是赶紧点点头。

锦夜反而不再言语，让我恍然觉得刚才他的问话不过是我连日顾念长风的幻想。我不肯放过任何的机会，上赶着追问他，"怎么个帮法？"

锦夜看着我，目光似天际的流星，在夜空中划过璀璨的一道亮光，却终于归于黑暗，"你愿意为他做任何事吗？"

我又点点头，试探着问："你不会是想以我的命来抵江映雪的命吧？"

他哼了一声，"你的命还没有那么值钱。"

我放下心来，不是让我去死就成。人也轻松了许多，"那是要我做什么？"

他面色冷峻，沉声道："做我的对食，我便饶江映雪不死。"

啊？天雷滚滚，旧事重提。我被雷得外焦里嫩，魂飞魄散。

我颤颤巍巍地问他，"这宫里有的是比我心灵手巧、温柔贤惠的，你锦大将军什么人得不到？我不过是个不入流的小宫女，就想着熬到出宫落个自由身。你究竟看上我哪点了？"

他沉默了一会儿，冷然道："你对我还有些用处？"

是为了长风吗？我的心又痛了起来。锦夜固执地认为长风会在意我。我已无从解释什么，就让他这样以为好了。如果能够拿我的自由换出江映雪，让江映雪平静安逸地在这宫里继续做她的皇后娘娘，长风的心就不会痛了。

我紧张得双手紧抓着身体两侧的衣服，时间一分一秒地过去，锦夜并不出声，好似在耐心地等着我。我深吸了一口气，终于闷声应了："好！放了江映雪和江家的一门的性命，我做你的对食。"

我咬牙说完这句话，感觉整个人好像要虚脱了一样。忍不住眼里浮出一层泪光，泪光中是长风俊美无匹的面容，微蹙的眉头，哀戚而忧伤。长风，如果能够抚平你的愁颜，让我终生禁锢又有何妨？

我硬逼回眼里的泪意，对锦夜轻声道："不要将你我的交易告诉他。"

我了解长风，他那样一个心地善良的人，不会让我做出这样的决定。

锦夜看着我的目光带上某种怜惜的意味，如叹息一般地低语，"傻女人！"

宫里开始传得沸沸扬扬，锦大将军与原凤仪宫皇后娘娘身边的宫婢林若溪要结为对食，吉日定在四月初一。一时人尽皆知，所有的宫人看到我都笑开了花，见牙不见眼。那个库公公更是鞍前马后，如影随形地跟着我，整得我比后宫的娘娘们谱儿还大。更有甚者，有人开始当面称呼我为"将军夫人"，让我郁闷了好久，这是个什么不伦不类的称呼？

各宫、各局送来的奇珍异宝，绫罗绸缎满满地堆了我一屋子，除了床上还有一半空着让我睡觉以外，其他的地方都堆满了东西，连个下脚的地方都没有。每日我固定的娱乐项目就是翻看那些礼物，想着这个值几两银子，那样可以换多少钱。我发现，自己竟然由身无分文的无产阶级一下子跻身富人行列，颇为欣慰。

一日我刚从皇上的尚元殿传话出来，走到大门的拐角处时，被躲在暗处的长风一把抓住了手。我下意识地惊叫了一声，见是他，便住了嘴。

他也不说话，拉起我就走。他袍角生风，差不多是一路拖着我。我跌跌撞撞地跟着他。虽然他攥痛了我，但是我舍不得要他撒手。

一直到了御花园假山后的石洞里，他才猛地停住，我因惯性差点跌倒在他身上，他赶忙扶住我。我的额头撞到他的肩膀，微微疼痛，一股兰香沁人心肺，让我有将头靠在上面的冲动。我勉强压抑住自己，低着头挣扎了一下，他这才发现还一直拉着我的手呢。

他尴尬地放开我。离开他掌心的温暖，我只觉得一阵阵的天寒难耐。

他急急地问我，"我听说你跟锦夜……"他滞了一下，一向温和的面庞上罕有地现出怒气，胸膛起伏着，眉头都蹙在一起，咬牙道："是不是他逼你的？"

我摇摇头，不敢看他，只能看着地面，故作自然道："不是。只是他一个提议，我接受了。"

他一脸惊愕，难以置信地看着我，"若溪，你……"

仿佛难以启齿，但他还是挣扎道："锦夜……是个……太监，你如何能够……更何况他已不是当年的那个阿业，现如今他喜怒无常，心狠手辣，你跟着他，不会安乐。"

我硬着心肠道："好过做个任人欺凌的宫婢。"

他一时语塞，顿了好一会儿才低声说："我说过带你走……"

"那现在就走好了，我在这宫中一天都待不下去。"我步步紧逼，忍着心中的痛意，冷眼看着他在我面前越来越手足无措，如玉的额角都沁出薄汗来。

"若溪！"他艰难唤我，"我现在走不了，等我……等我办完手头的事，我一定带你离开，我们离开皇宫，离开京城，再不回来。"

我心如刀绞，面上却依然冷漠，连声逼问他，"你斗得过锦夜吗？救得出江家吗？锦夜会不闻不问地放我们走吗？……"我忍住几欲夺眶而出的眼泪，继续残忍道："不要再自欺欺人了，长风，你保护不了我，继续做你的闲散王爷吧！虽然锦夜不是个正常男人，但是跟着他，没有人再敢欺负我。"

长风身形晃了晃，闭上了眼睛。

话已至此，我已经狠狠地羞辱了他，让他颜面扫地，在我面前抬不起头来。他也知道我心意已决，无法扭转。

当他再次睁眼看我时，虽然神情狼狈而落寞，但是清润的眸光中满是温和的关切，不见丝毫责备，"若溪，长风惭愧，没能保护你，我尊重你的选择。如果，你需要我做什么，尽管告诉我，长风不才，但仍愿意为你赴汤蹈火，披荆斩棘。"他看着我，似有无限的眷恋，"你，多珍重！"

看着他黯然离去的背影，我的眼泪终于流了下来。

长风，我宁愿让你误会我，也不要你对我心生负疚……

乾元三年三月二十五日，皇上御笔亲判，江氏一门贬为庶民。江贺之，受黥刑，流放岭南，永不召回。其长子江文浩、次子江文沛流放渝西。其余家眷依旧住在江府之中。皇后江映雪贤良淑德，不知其父兄的劣行，况念其身怀龙嗣，免去其他责罚，只扣罚一年宫俸，予以警示。

至此，江家人虽然妻离子散，但是总算保住了性命。尘封了一个多月的凤仪宫终于重见天日。

第二十章 · BI AN
QIAN YUAN

真相

四月初一，下了一夜的春雨终于停了。一时间更显得草芽青绿，春意盎然。

一大早，就有锦府的大总管来内务府接我出宫。那人是一个四十多岁的汉子，身形干瘦，但是目露精光，一看就是个精明的人。他对我毕恭毕敬道："在下是锦府的管家薛仁平，现奉锦大将军之命前来接姑娘入府。"

我舍不得我那堆了一屋子的绫罗绸缎和古玩珍宝，想着搬走。可是那个薛总管低眉顺眼道："锦大将军吩咐了，姑娘不必带什么，这宫里的都是些入不得眼的东西，要了也无用。"

本着"嫁鸡随鸡，嫁狗随狗"的古训，我跺脚走了。只将做工精致的一块玉佩和几个金锞子藏在怀中（有了上次身无分文从染香楼逃跑的经历，这次我也学乖了）。剩下的告诉库公公替我看着，什么时候锦夜看我不顺眼，将我轰出来了，我还可以指着这屋子东西度日。

我终于出了皇宫，走出那朱墙围绕的天地，站在宫门外的我，只觉得浮生一梦，恍如隔世。

一顶四人抬的轿子已经等在宫门外。朱红色的轿帘，绣着大朵明艳的牡丹花，以金丝勾边，银线为蕊，花心缀着花生米大的圆润的珍珠，我又趁人不备，揪了两颗珍珠下来。

轿子里很宽敞，团花的软座，蝉翼薄纱的窗帘，随风轻摆，透过薄纱能够看到外面的街景，外面却看不清里面。轿子四个角垂下来比目玉佩，随着轿子的前进，轻轻晃动。我抓住一个仔细看了看，乖乖，上好的和田羊脂玉啊！本想将四个都揪下来，又觉得做人不能太贪心，所以只将里角的两个扯下来，一并揣进怀里。

要说这轿子除了速度慢点，比现代的汽车舒服多了。平稳中稍稍有规律性的颤动，让我很快就梦会周公了。

不知睡了多久，轿帘掀开，薛总管垂首而立，"姑娘，到了。"

我揉揉睡得僵硬的脖子，向外看去，只见一处院落，朱红色的大门敞开着，两边站着两排几十号家丁。从敞开的大门里隐见院内飞檐卷翘，殿宇楼阁在阳光下闪着金光。门前是几十阶汉白玉的台阶，门两边的院墙看不到尽头。

我一时恍惚，以为转了一圈又回到了宫里，仔细看时，发现大门上有一块方匾，上书两个烫金大字：锦府。这才知道是到了锦夜在京城的府邸。

我下了轿子，锦夜已经站到敞开的大门口，红色的衣衫随风轻舞，身后是湛蓝如洗的天空。

他下了台阶，走到我面前，不由分说地执起我的手，拉着我上了台阶。我被他拉着很不自在，再加上一夜春雨，台阶还有些湿滑，脚下一趔趄险些摔倒，身子一歪，怀里的东西洒落了一地，金锞子和我从轿帘上揪下的珍珠更是骨碌滚出老远。

我手忙脚乱地要去捡，却被锦夜一把拉住，面无表情地拉着我的手进到府中。虽然他脸上毫无笑意，但是绝代的风华比满园的春色更加明艳。我不禁咽了下口水，我要是有他一半好看，早就参加选美去了。随即又懊恼不已，这要是以后天天对着他这张脸，我还有照镜子的勇气吗？

一个两人抬的步辇落在我身边，我坐轿子坐得腿软，懒得再让人抬着走，"我那个……溜达着走吧。"

锦夜不语，放开我，自顾自地在前面走，我一路小跑地跟在后面，眼也没闲着，跟刘姥姥进大观园似的四处张望。这才发现园子中别有洞天，亭台楼阁，雕梁画栋，兼有假山奇石，凿泉引渠，途经一处半月形的池子，池水清澈碧绿，不比御花园旁边的那个莲池小，池上架着汉白玉的走廊。池边种着杨柳，新抽条的柳枝垂到水面，引来成群的锦鲤啄食嬉戏。园中遍植奇花异草，正值春季，百花盛开，引得蜂儿蝶儿翩翩而舞，好一个美不胜收的桃源仙境。

不知走了多久，我开始审美疲劳，兴致全无。后悔起来，谁知道这园子这么大啊！早知道就坐着步辇让人抬着走了。

终于，锦夜停在一处院落前，九曲回廊，绿瓦红栏，院内翠竹掩映，花深似海。院门上方悬挂着一方匾额，写着"遗珠苑"几个字。

早有四个穿着杏色衣裙、银红甲的姑娘迎了出来，拜过锦夜，又齐齐向我拜倒，口中喊着"夫人"。

我顿时一惊，哀怨地看了锦夜一眼。他不置可否，依旧面如止水，简单地吩咐，"你先住这儿吧，歇息一下，晚上府中宴请宾客。"说完转身就走了。

我发了会儿呆，一扭头，那几个女孩子还在地上跪着呢，我赶紧一个个地去拉，"起来，快起来。以后别跪我，我怕折了我的阳寿。"

年纪较大的那个，模样端正，观之可亲，"夫人折煞奴婢了，奴婢姐妹几个是在遗珠苑伺候夫人的。奴婢叫春痕，她们几个分别叫夏屏、秋画、冬凝。"她依次指着其他几个丫头，"夫人别站在外面了，里面请。"

一口一个夫人，直叫得我欲哭无泪，只得随她们几个进了院子。院落不大却异常精致，一间正房是给我住的，屋里布置清雅，雪白的墙壁，雨过天晴的纱窗，映着屋外的翠竹繁花，显得清幽怡人。

我一直心疼掉在门外台阶上的那些随手顺来的东西，此刻见到雕花大床的床帐中央悬挂的有小鸡蛋那么大的夜明珠，和一屋子的古董珍玩，立刻两眼放光，将怀里硕果仅存的两个金锞子、一颗珍珠和一个玉佩都掏出来，送给春痕她们几个做见面礼，"以后大家就是一家人了，我手脚健全，不用你们服侍，你们也别称我夫人。我叫林若溪，咱们姐妹相称即可。"

几个人吓得不敢应，又纷纷跪下，"奴婢们天大的胆子也不敢在夫人面前造次。"

我也无奈，这几个孩子是被万恶旧社会给害了，我只能退一步，"夫人就夫人吧！不过你们不要再自称奴婢，也不要动不动就跪。我是从宫里出来的，天天给主子下跪，自称奴婢，心里有阴影，你们就别再提醒我那段不堪回首的往事了。"

她们当然不知道什么是"心理阴影"，但是我的话还是明白的。春痕大着胆子说："既然夫人不愿听了刺耳，我们姐妹就依夫人所言不自称奴婢。只是若锦大将军或薛大总管他们怪罪下来，好歹请夫人替我们解释一二。"

"这个自然！"我拍拍胸脯，大包大揽。

吃过了一顿丰盛的午饭，我抚着肚子倚在窗前的软榻上发呆。春痕托着一个金盘进来，盘上是叠放整齐的一件大红色的锦服。喜庆的颜色灼痛了我的眼睛，我赶紧别过头去，闷声问："怎么还要穿凤冠霞帔吗？"

春痕窥着我的神色，小心道："不是凤冠霞帔，夫人……不用穿那个。这是织造局送来的一件礼服，锦大将军特意嘱咐制成红色，颜色喜庆。"

喜庆？我心里可没有半分喜悦。不是因为做了太监的对食，而是因为以后的岁月不能跟喜欢的人一起度过，连见他一面都成奢望。

因是结为对食，也可称为"菜户"，不是正经夫妻，所以不需要拜堂成亲的那一套繁文缛节。不过是宴请宾客，让一众赶着给锦夜溜须拍马的人得个机会表现一下罢了。

我听闻不用盖着红盖头迈火盆很是欣慰，再跟锦夜来个"夫妻对拜、送入洞房"什么的，我肯定当场晕死过去。

饶是如此，仍是沐浴梳妆了整整一下午。身上的锦衣是织造局的宫人制的，用上好的锦缎制成，轻薄香软，以五彩银丝绣着繁花似锦的图案，镶坠着宝石珍珠，雍容华贵。春痕她们将我的头发梳成繁复的发式，髻后对簪红宝石的双月押发。又在我脸上涂脂抹粉，说是当下流行的霞影妆。

我如牵线木偶一般由着她们一通捣鼓。妆成揽镜，看到镜中之人，大红的衣裙，雪白的小脸，鲜红的嘴唇，一脸的呆滞颓样，颇有鬼娃娃新娘的惊悚效果。这要是晚上叫人撞见，准能做噩梦。我懒得再看，随便吧，反正吓唬的也是别人，自己眼不见为净。

黄昏时分，府里开始有宾客前来，远远听到人声鼎沸。锦夜来到遗珠苑，他依旧穿着红色的衣服，与往日没有什么区别。我们两个往那一站，跟两个利是封似的。

他看到我时微微怔了一下，抬手为我将鬓边的珠花带正，目光中有抹朦胧的温柔，"红色的衣衫很配你，比园子里的凤仙花还要好看。"

他第一次这样和颜悦色地称赞我，让我颇不适应，我还是习惯冷冰冰、骂我脑子不中用的那个锦夜。

我随他一起来到府中的明珠堂，人群蜂拥而上，一通狂轰滥炸，说不尽的恭喜、道不完的祝福。一群人同时说话，根本听不清说的是什么，整个大堂里人声鼎沸，吵得我脑袋嗡嗡直响。

锦夜所到之处，人群自动左右分开，我们走到大堂前面平台上的主人座位处，锦夜拉着我的手坐下，台下的众人方归了座位。我这才看到，金碧辉煌的大堂中摆放着二十张大圆桌，每张桌前都坐满了穿着官服的达官显贵和有头脸的太监公公。人人脸上都挂着热情洋溢的笑容，貌似比自己娶媳妇还由衷地欣慰高兴。

觥筹交错，把酒言欢。我觉得这种形式跟现代的婚宴颇为相似，一对新人在人前露一小脸，吃顿饭热闹热闹就算礼成。唯一不同的是，现代婚礼是新郎新娘各桌敬酒，而如今是大家上前给我们两个敬酒。

精美的菜肴换上撤下，看得我眼花缭乱。梳妆了一下午，这会儿我也饿了，我无心去理那些溜须拍马的人，索性自顾自地吃起来。来人敬酒，不过虚举一下杯子，连头都不用抬。我也根本记不住这个尚书、那个侍郎的，貌似皆是有头有脸的人物，但是到了锦夜面前全都一副诚惶诚恐、受宠若惊的神色。

锦夜吃得很少，只是一杯接一杯地饮酒。我偷偷看了他一眼。喝醉了才好，我也憷头晚的"洞房花烛"。

不敢想，还是别想了，想了要吃不下饭的。

我正在跟一盘翡翠明虾鏖战，就听下面一人高声说道："祝锦大将军和夫人，百年好合，早生贵子！"

他声如洪钟，跟平地里一声响雷似的，生生将满堂的嘈杂压了下去。

跟个太监早生贵子，真当我是圣母玛利亚啊！

我一分神，一块虾肉没嚼就被我吞了下去。我从碗上抬起头来，见到下面一个身穿藏蓝色官服的人，貌似官位不算很高，手持酒盏，昂然而立，一脸的鄙夷和视死如归。

大堂里瞬间鸦雀无声，此时连掉根针都能听见。其余堂上众人跟被定格了一样，都保持着刚才的姿势，夹菜的依旧拿着筷子，喝酒的端着酒杯，谁也不敢动。大家面面相觑，气氛异常诡异尴尬。

我放下手中的碗，又偷窥了一眼身旁的锦夜，见他此时目光阴狠，面罩寒冰，周身散发着一股暴戾的杀气。堂内本无风，他红色的衣袖却轻轻摇摆，连他面前桌上的红烛也似被风吹到一样狂舞起来。

说实话，虽然我心中佩服那敬酒的人是条汉子，敢当着众人如此一针见血地奚落锦夜，实在需要过人的胆量。但是又不禁替锦夜难过起来，这可是锦夜的死门啊！如此血淋淋地被人揭开，胜过任何的羞辱。

锦夜虽然恼羞成怒，却也不好在他自己大喜的日子当堂发作，杀人泄愤。不过他看向那人的目光已经跟看个死人无异。

现如今我的身份很是难堪，跟锦夜属于一条绳子上的蚂蚱。那人奚落锦夜，却也将我捎进去了，因此我也是如坐针毡，浑身不自在，在众目睽睽之下，恨不得有道地缝钻进去。

正在不知如何收场之际，突然，一个人以百米冲刺的速度冲上台来，扑在锦夜脚下，两眼含泪，"父亲大人，儿子终于盼到这一天了。"说着纳头便拜，喜极而泣。

马公公！

马公公拜完锦夜又转向我。我看到他那张涕泪纵横的大饼脸，从心底泛出恐惧，有种想要跳起来逃跑的冲动。

还没等我站起来，他已经一记响头磕在地上，仰起脸时，面上带着如见到失散多年的亲人一般且惊且喜的神色，流泪欢呼道："母亲大人！"

我彻底被雷倒了。看着这个从天而降的"贵子"，心中哀鸣，我前世造了什么孽啊！这辈子嫁个太监不算，还白捡了这么一个宝贝儿子！

活脱脱的一出闹剧，却也解了堂上的尴尬，人们又恢复歌功颂德，献媚讨好。一时间库公公那样的孙子们也过来磕头，生生营造出一幅子孙满堂的繁荣温馨景象。

我再无心扮演这个老祖母的角色，满桌的美食也失去了魅力。锦夜也是意兴阑珊，神色倦怠。堂下众人，除了个别祝我早生贵子的人之外，其余人等都是察言观色的高手，于是纷纷起身告辞。几百人陆续走了大半。刚刚喧嚣的大堂，此刻安静了许多。

满桌的狼藉现出繁华后的颓败，锦夜坐着一动不动，眼睛直直地盯着大堂的门口。虽然他没有动，我却敏感地觉察出他周身的气场又变了，冷峻的神色变得凌厉，好像一把宝剑拔出了剑鞘，瞬间锋芒毕露，杀气袭人。连大堂里的空气都浓稠起来，仿佛有看不见的暗流涌动。

我顺着他的目光看去，门口的光亮处是一抹白色的身影，身后无尽的夜色漆黑如墨，更衬得那人白衣胜雪，不染纤尘……

堂上剩余的宾客无人不知长风与锦夜关系复杂，前有将长风下狱一事，后有二人朝廷上的刀光剑影。见他到来，都赶紧识趣地脚底抹油溜了。有的经过长风时，微微拱拱手，就算行礼了。有的干脆目不斜视地过去，生怕牵连到自己。而长风看着地面，头都没有抬。

满堂的人这会儿彻底走得干净。偌大的屋子里，只剩下我们三人，显得异常的空旷。长风走到大堂中央，择了一张桌子，缓缓坐下，自始至终低着头。

一个月来不见，他看上去苍白消瘦，面带憔悴。我心中一痛，不忍再看他，然而目光却像被磁石吸引一样，无法离开他的左右。

身旁的锦夜冷冷道："我就知道你会来，你放不下她。"说着锦夜起身，抓住我的手腕，将我一并拉起来。我难堪地挣扎了一下。他抓着我手腕的手指瞬间收紧，跟铁箍似的，我的手腕断了一样的疼，忍不住呻吟出来。

　　长风抬头扫了我一眼，目光中带着痛楚，随即又低下头，放在桌子上的手却攥紧了拳头，直攥得指节发白。

　　我咬住下唇，不敢再出声，由着锦夜将我拖到大堂中央，长风的面前。

　　锦夜手下一带，我扑到桌前，差点撞到长风身上。长风下意识地抬手扶我。

　　将要触到我之际，锦夜上来一把将我拉开，嗔怪道："王爷自重，如今溪儿已是锦夜的对食，虽不是正式夫妻，却也是两口子。王爷跟内子拉拉扯扯成何体统？"

　　长风因他的话而浑身一颤，伸出的手僵在半空。

　　锦夜故意做出一副宠爱我的模样，轻抚着我的鬓发，"王爷今日贵足踏贱地，真是让我这锦府蓬荜生辉，我跟溪儿更是受宠若惊。溪儿，快给王爷斟酒！"说着又在我的后背推了我一把，让我又差点趴在桌子上。

　　我拿起桌上一壶半满的酒，又择了一只无人用过的酒盏。抬手倒酒时，长风跟被定住一样看着我的手腕发呆。我向下一看，才发现手臂上的衣袖下滑，露出手腕上刚刚被锦夜抓的乌紫的一圈印记，跟戴个镯子似的，这臭小子，真下了死手了。

　　我手忙脚乱地拉下衣袖盖住伤痕，长风脸色一黯，别过脸去。

　　锦夜将一切尽收眼底，冷笑了一下，"王爷今日前来可是祝贺我与溪儿结为对食的？可惜你来晚了，错过了一场好戏，刚刚吏部侍郎杨同礼祝我与溪儿早生贵子，真真是有趣！王爷你来评评理，溪儿跟着我，不过是对食，如何能生出孩子来呢？"

　　此刻的锦夜毫不避讳自己太监的身份，为了打击长风，故意在长风面前一再强调。

　　锦夜斜眼看着长风的神色，见长风眉心抽动了一下，更加得意，"王爷不觉得奇怪吗？溪儿这丫头本来对你一往情深，为何突然做了我的菜户？"

　　"锦夜！"我惊慌地叫他，想阻止他说出真相。

　　锦夜身形飞快，我就见眼前红袖一晃，耳听啪的一声脆响，他一巴掌扇在我的脸上，我感觉自己腾空而起，整个人飞了出去，落在几米外的地上。浑身的骨头跟散了架一样，站不起来。脸上是火烧火燎的痛，不用摸，也知道半边脸肿成了猪头。锦夜他是用了真力气的。

　　长风惊跳起来，却被锦夜按坐在椅子上。锦夜虚情假意地哀叹，"你救得了她一时，救得了她一世吗？你就算知道她日日在我身边受尽折磨，又能做得了什么呢？"

　　锦夜目光一凛，"我想让她生，她便是生，想让她死，她便是死，我想让她生不如死，她便得日日活着苦挨。要说，这也怨不得旁人，要怪只能怪她对你情根深种，为了你，不惜答应做我的对食。"

　　长风吃惊地看着锦夜，又掉头看着依旧趴在地上还没来得及爬起来的我，一脸的迷茫。

　　"我就知道溪儿这丫头没有跟你说实话。"锦夜继续道，"你当我为什么痛痛快快地放过江氏一门，果真怕了你和那几个不中用的言官不成？哼！不是我网开一面，他们江家连同江映雪早就死无葬身之地了。事到如今，我不妨告诉你。是我找到溪儿，对她说，只要她答应做我的对食，我就放了江映雪。谁料，这个傻丫头竟然毫不犹豫地答应了，还央求我不要告诉你实情。"

　　锦夜叹息着，"她对你真的是情深义重。为了救你的旧情人，为了成全你对江映雪的情意，就这样毁了自己的一生。"

　　长风脸色惨白，"若溪"，他低吟着我的名字，我从未在他脸上看到过如此伤心欲绝的神色。

　　"随便你让我做什么，放了她吧！"长风放下骄傲，哑声恳求锦夜。他的卑微让我心痛欲死。

　　"放了她？"锦夜扬声反问，"我处心积虑地将她弄到身边，不惜放过江家人的性命，怎么会说放就放呢？"锦夜凑近长风，低声暧昧道："我不但不会放了她，我还要让她日日夜夜都不离我的左右。同桌而食，同枕而眠。王爷大可放心，我不会让她受委屈的。"

　　长风脸色刷白，浑身止不住地轻颤，艰难地继续求情，"若溪在朝中没有根基，没有背景，她对你毫无用处。"

　　"我可不这么看！"锦夜盯着他，一字一字道，"你对她的情意，就是她最大的价值。"

　　不但长风，连我都目瞪口呆地看着锦夜，不知道他在说什么。

　　"当日在慎行司的天牢，这丫头被卖进青楼之后，一天夜里，我去天牢看你，你睡梦中一直呼唤着一个女人的名字，你知道你叫的是谁吗？不是江映雪，你唤的是若溪。"

锦夜惋惜地摇头，"可叹王爷你自己都不明白自己的心。你被旧情蒙蔽了双眼，竟然错过了所爱之人。你以为你还一直惦记着江映雪，还对江映雪念念不忘吗？问问你的心吧，现如今你心里究竟是何人？"

一席话惊呆了我们两个，我与长风对视，目光纠缠在一起，再也分不开。他的目光由茫然无措，到痴缠眷恋，其中的爱意似铺天盖地的潮水席卷而来，将我淹没……

锦夜缓步绕到长风身后，俯在他的肩膀上，再次将手放在长风的胸口，"现在，我再来问你：痛吗？"

长风已经面如死灰，像一尊石化了的雕像。锦夜凑在他的耳边，体贴地问："是不是跟为江映雪焦虑担心不一样？"

锦夜唇边挽起快意决绝的笑容，"只有为了心上人，才会这般摘心挖肺一样疼。"

……

新婚之夜，我卸了妆，换上白色绸缎绣海棠图案的寝衣，顶着半边依旧肿胀的脸，走进锦夜住的锦珠阁，心潮翻涌，难以平复，眼前晃动的都是长风黯然的面容和带着刻骨痛意的双眸。

当锦夜笑着要将我拉走的时候，他飞身起来一把抓住了我的手，他手指冰凉，毫无热度。我感到他眷眷的情意和内心的恐惧，仿佛一撒手我就会被拖入暗无天日的地狱。

锦夜佯装恼怒，威胁道："王爷若再与内子拉拉扯扯、纠缠不清，我便剁了她的手脚，送给王爷。"

长风被吓住了，哆嗦着松了手。锦夜笑得得意非凡，"王爷还是回府吧，你若真为了溪儿着想，就远远地离开她。从今以后，你唯一能够为她做的事儿就是独饮苦酒，一个人躲起来伤心去，别再骚扰她，让她安安静静、老老实实地待在我身边。你也知道我锦夜不是什么善男信女，你若不再见她，我还能放她一条生路，你若再敢来找我，那就等着替她收尸吧！"

锦夜望着长风惨白的脸庞，继续刺激长风道："春宵一刻值千金，今日是我与溪儿的洞房花烛夜，王爷恕锦夜失陪了。"

他一挥手，大堂内悄无声息地多了几十个劲装侍卫，逼近长风，将他团团围住。个个都是以一当百的武林高手。

锦夜冷眼看着长风，"素闻王爷武功卓越，锦夜本想亲自招呼王爷，奈何不愿辜负这良辰美景，让佳人独守空闺。还望王爷见谅。"随即扭头吩咐他的侍卫道：

"恭送王爷出府，手下知道些轻重，别让他死在这里。"

说完留下侍卫与长风缠斗在一起，大笑着拉我出门。身后传来打斗的声音，我被拽到门口，手扶门框，忍不住回头去看。那抹白色的身影上下翻飞，翩若蛟龙，那群侍卫一时也近不了身。然而长风纵有一身武艺，却也难敌这么多人。

他与我眼神相碰之际，一个分神已被人当胸一拳打倒在地，鲜血顺着他的唇角滴落到他白色的衣襟上，点点殷红，触目惊心。而他浑然不觉，好似感觉不到落在他身上的拳脚，目光依然锁在我的身上，缠绵不去。那一刻，我分明听到他的心破碎的声音，仿佛花儿从枝头飘零，落在地上，被碾压成尘，碎成齑粉。

长风，你知道我多么盼望能够走进你的心扉，让你喜欢上我吗？让你因我的喜悦而微笑，为我的忧伤而蹙眉。如今我终于梦想成真了，原来你也像我爱你那样爱我，原来你早已在不知不觉中将我装进你的心中，把我当作你最想呵护的人。

可是那份喜悦却抵不过对你的心疼，我无法想象你是怀着怎样的担忧、怎样的痛苦看着我离开。长风，在这一刻，我宁愿你仍爱着江映雪，宁愿你没有对我情根深种，也好过看到你为我心痛，为我绝望……

当一个小丫鬟为我掀开门帘时，我才发现已经进了锦夜的寝室。小丫鬟退了下去。我打量着锦夜的屋子，没想到他的房间竟然异常简朴，与这个锦府的奢华格格不入。素白的墙，没有什么装饰，屋里只有一张雕花大床、一个衣柜、一张桌子和几把椅子，显得空荡荡的，也没有什么古玩摆设，连床上的寝具都非常素淡。

我扭头想跑，却又强迫自己站住。我还能往哪里跑呢？我已经没有退路。

我问自己，我恨锦夜吗？他将我禁锢在他身边，毁了我跟长风的幸福，又想尽各种办法折磨长风，从最初的毒刑拷打，到如今的心碎神伤。我应该恨他的，应该对他恨之入骨才对。可是，除了怜悯，我对他依旧没有恨意。

我忽然觉得我很能理解他。别人眼里那个风华绝代的锦夜，冷酷无情的锦夜，阴险嗜杀的锦夜，在我眼里只是个孤独绝望的人。

我有种感觉，也可以说是女人的直觉吧，那个正常的锦夜是不会为难我的，他救过我，也曾在星光下向我诉说他停不下来。一种微妙的感觉蔓延在我俩之间，让我无端地相信他不会伤害我。同时，我能够感觉到，他并不快乐，他在朝堂上呼风唤雨，无人匹敌，却依旧无法掩饰他的孤寂和痛苦。

而那个残暴的锦夜，把他的仇恨全部加注在长风身上。他伤害我只是为了伤害长风。既然他曾经跟长风是好友，自然最了解长风的脾气性情，因而他能准确无误地把握住长风的命门，知道怎样才能让长风最痛苦。从开始的酷刑虐身，到现在的虐心，他看着长风在痛苦中挣扎，乐此不疲。这样的他，身不由己，更像是在完成一个神圣的使命……

我正在胡思乱想，整理自己剪不断理还乱的思绪，锦夜已经在净房沐浴完，走了进来。据我观察，锦夜沐浴时一个下人都没叫，别看他刚沐浴过，却穿戴得异常整齐，将身上遮得严严实实。要不是湿漉漉的长发还滴着水，润湿了肩头的衣服，根本看不出他刚洗过澡。

我心中忐忑不安起来。同桌而食好办，同枕而眠怎么个眠法？他要是……我那个……我们两个……

这也太超出我的心理承受能力了，我紧张地抓紧自己的衣服，战战兢兢地不知往哪儿看才好。小心地抬眼窥视他，发现他自顾自地在换寝衣，我赶忙扭头，眼风却扫见了他精壮赤裸的身体。

虽然只是一扫而过，我5.2的眼睛还是看到了不该看的地方。

不……不会吧……我一定是眼花了，一定是，一定是！

揉眼之际，他已经套上了大红色的寝衣，重又将身体遮掩起来，只在领口处露出白皙的脖颈。

看错了，看错了。我在心中安慰自己，却发现他黝黑的眸子冰冷地看着我，毫无温度道："你看到了？"

我的大脑当机，下意识地点点头。

"说出去就是死！"轻飘飘的一句威胁，听在我耳朵里却犹如雷霆万钧。此刻我才明白过来，刚才不是我眼花，那确确实实是男性的特征。一万头奔马从我脑海里狂奔而过。我感到眼冒金星，忍不住伸手扶住了自己的脑袋。

额滴那个神啊！纯爷们儿！假太监啊！

我还未从这个晴天霹雳中回过神来，就见他已经向床走过去。一下子心提到了嗓子眼，刚才虽然为如何同床共枕发愁，但想到他的特殊体质，我还不是很担心。此刻知晓他是个如假包换的男人，我有种深深的受骗上当的感觉。我跟他的交易里，应该是只陪吃，不陪睡吧！这要是还得把自己搭上去，我岂不是吃大亏了！

我站在那里愁眉苦脸地天人交战，他看都不再看我一眼，好像我是个透明人，径直走到床前，将一个枕头，和一床被子扔在地上，冷冷地命令道："你睡地上。"

我如蒙大赦，屁颠屁颠地走过去将地上的被子、枕头拾起来，在离床很远的角落里铺好。这一天受的刺激太大，让我毫无睡意，又不敢乱动，只能挺尸一样躺在地上。

夜半辗转朦胧间，感觉有人轻抚我的面颊，沁人心脾的花香将我笼罩，让我仿佛醉卧花丛之中，一个声音在我耳边轻叹，"我终于得到你了……"

翌日早上我醒来的时候，发现自己躺在床上，我愣了一下，我怎么记得昨夜里我是打地铺来着？

我腾地坐起来，环视四周，锦夜已经走了，空旷的屋里只有我一个人。我很小人地看了看被子里的自己，衣衫齐整，只有腰上的带子松了一根，应该是我睡觉不老实自己挣开的。这个想法让我很是欣慰，同时对锦夜莫名地多了份感激。大半生的岁月要绑在一起，不要一上来就无法面对。

春痕和夏屏掀帘子走了进来，"夫人您醒了，锦大将军出府了，让奴婢们（我气冲冲地看了她们一眼，她们笑着改口）……让我们候在屋外，不要进来，等夫人醒了再过来招呼。夫人现在梳妆吗？"

我爬起来，在他的屋子里很是别扭，用手搓搓脸，让自己清醒点，才对她们二人道："还是回遗珠苑吧。"

回到遗珠苑，已是日上三竿。梳洗后春痕将我的头发梳成已婚妇人的发式，我对着镜子差点没哭出来：我怎么稀里糊涂就成了已婚人士了呢？

吃过早饭，我正式开始了锦府将军夫人的生涯。大管家薛仁平过来给我请安。我惦记长风，装作不经意地问他："昨日在明珠堂，端清王与锦大将军的侍卫动了手，有人受伤吗？"

薛仁平神色恭敬，躬身道："小人不知道。"

"那端清王怎么离开的？"

"小人不知道。"

我叹了口气，心中似被车轮碾过，只能安慰自己，锦夜即便有天大的胆子也不敢师出无名地对长风怎么样。我看了看一脸谦卑的薛大掌柜，有气无力地问："那你知道什么？"

"小人只知道，锦大将军有令，让夫人在府中静养，没有他的命令，不得私自出府。"

得，还真把我金屋藏娇关起来了，连大门都不让我出。旧社会，太万恶了，这女人还有地位吗？我正想发表一通妇女解放宣言，可是看看周围，龙潭虎穴啊！识时务者为俊杰，我还是先老实几天，等摸清情况再炸刺吧！

我看薛大掌柜面色虽然恭顺，却话里话外拿锦夜压我，明显不把我放在眼里。

我倒无所谓，咱是从宫里出来的，做了半年的奴婢，早已习惯别人的冷脸。他冷他的，我过我的，反正冻不死我。

昨夜没睡好，此刻困意上来，正想睡个回笼觉，薛大掌柜又将府中的账本拿来给我过目，"以前府里的账簿都是小人保管，每月向锦大将军汇报一次，现如今夫人是这府里的主事，账簿和一应事宜都交给夫人掌管吧！"

我拿过来随手翻了翻，一堆繁体字，还是竖着写的，跟天书似的，只看了一眼就头昏脑涨。刚想说"我不看了，你接着管吧"，但见薛大管家虽然低眉顺眼，但是面露之色，颇有一副幸灾乐祸的神色。他肯定是认为我不过是个宫婢，斗大的字都认不得一箩筐。

我最恨别人拿我当文盲，让我一肚子的才高八斗无处施展。于是硬着头皮装模作样地翻了几页，其实也没看进去，指着账簿上一处问他："月前，如何进了这么大一笔银子，却未写明来项？"

"回夫人，那是各地官员孝敬锦大将军的，小人另有详细记载，何年何月何人所送，那个账簿锁在小人的密室里，只有锦大将军能看。"

原来是灰色收入啊！各朝各代的贪官污吏们都是一样一样的。我懒得再问。一时兴起，将我大学学过的财会知识搬出来，好久没向别人显摆现代知识了，我心痒得很。又拿过纸笔，画了收支平衡表、资产负债表，并将各栏的内容细细地讲给薛大管家听。

他本是个极其机灵通透的人，听得两眼放光，看我的眼神也带着崇拜，"不想夫人懂得如许多。"

我打着哈哈，"我祖上是做生意的，所以对记账懂得一些，其实无论是生意买卖还是一个府上的收支用度，其根里都是一样的。"

"得夫人教诲，小人受益匪浅。夫人祖上必是做大买卖的，一般的小生意人家也不会对账簿如此有心得。不知祖上是做何生意的？小人跟龙耀国的生意买卖人也大多有些交情，能否告诉小人，也让小人攀攀亲、叙叙旧。"

显然他对我的出身是有质疑的。这个薛仁平也是精明的厉害角色，轻易糊弄不住。我的谎话已经说出去了，如何接着往下编呢？

我头脑中灵光一闪，不徐不疾道："我祖父是风云堡的二管家，专门替西门堡主记账。我自幼跟着祖父，耳濡目染地学了些。祖父本来说我虽是个女儿家，但是论起记账来，好多男子都多有不及。后来我祖父病逝，家道中落，因此进宫做了宫婢。"

一番说辞也不知道能不能打消他的疑虑，不过貌似他的神色越发恭敬，心悦诚服。

当了一上午老师，我也累了，于是对薛大管家道："日常的账簿仍交由你来掌管，你既然每月给锦夜过目，就每半月先拿来给我看一眼，我也好对这府里的收支有个大概了解。"

他不敢再有异议，躬身称是。薛大管家走后，我闷得发慌，起身到园子里逛逛，春痕和秋画她们几个亦步亦趋地跟着我。

走到昨日看到的那个半月形的湖边，我见到一块大石上刻着"念珠湖"几个绿色的大字，于是问春痕："这湖叫念珠湖？"

"回夫人，是叫念珠湖。"

怎么这府里的地名都叫珠呢？"遗珠苑"、"锦珠阁"、"明珠堂"，这又来个"念珠湖"。我怎么记得有种细菌，还是妇科病的，就叫念珠呢？心中别扭，随口道："不好听，还不如叫'杨柳岸晓风残月'呢，虽然名字长，但配着这湖边的柳树倒也应景。"

走到府院的东南角，我见到一片凤仙花，红艳艳的，像天边的彩霞，不禁感慨，"这园子里的花真好看，就是少了活物，若是在这里搭个房子那么大的铁笼子，放些珍禽鸟雀在里头，也能让这园子多些生气。"

我是说完就忘，回去吃饭睡午觉了。谁料，下午我再到园子里散步的时候，赫然发现，湖边已经立了一块二人高的大石，上面写着"杨柳岸晓风残月"。我正在看着发愣，就听见一阵鸟啼，婉转清脆。循声而往，才看到原来的那片凤仙花上，已经立起一个巨大的笼子，白孔雀在悠然地散着步，翠羽鹦鹉站在铁栏上梳理羽毛，笼中更是飞舞着我叫不出名的色彩绚丽的小鸟。

我简直不敢相信自己的眼睛，结结巴巴地问春痕："这，这是怎么回事儿？"

"回夫人，都是照您的吩咐做的。夫人可是有什么不满意？"春痕一脸的无辜。

太强悍了，我不过随口一说，这两样东西就从天而降，这也忒神速了吧！

我也不敢再多说什么，别一时嘴快，再整出其他的幺蛾子来。还是打道回府吧。回到遗珠苑，我开始琢磨过味来，闹了半天，以后我就可以在这府里作威作福了！

傍晚，春痕她们几个将晚膳端到遗珠苑的外间，摆了满满一桌子，我对着满桌的美食琢磨着，还用等锦夜一起吃饭吗？对食、对食，就是坐在一张桌子上对着吃饭啊！贤妻良母是当不了，饭托我还是能胜任的。

等到掌灯时分，锦夜还没有回来，我饿得前胸贴后背。下定决心不等了，虽然说是叫"对食"，但也不一定顿顿一起吃，说不定他对着我还没食欲呢。我安慰完自己，便拿起筷子大快朵颐起来。

正塞了一嘴的胭脂烤鸡，锦夜一掀竹帘，一阵风一样地冲进遗珠苑。我就见红影一闪，他已经站在我面前了，铁青着脸，一副兴师问罪的模样。唬得春痕她们慌忙跪下，低着脑袋直哆嗦。

锦夜看也不看她们一眼，冷冰冰吐出两个字，"下去！"她们几个颤巍巍地站起，逃似的出了屋。

屋里就剩我们两人，我一时搞不清什么状况。除去在慎行司的天牢里，我还没见过他如此的一脸怒色，不会是嫌我没等他就自己吃了吧？

我抻脖咽下嘴里塞着的食物，做贼心虚地将面前的一盘清蒸鱼推给他，口齿不清道："吃了吗？一起吃吧！"

他猛地一挥手，将我面前的桌子掀翻了，满桌的菜肴，稀里哗啦地洒落了一地。我目瞪口呆地看着一地的狼藉，不明白他是怎么了。就算"咱家"有银子（没办法，见钱眼开，背地里骂锦夜强娶了我，可是一沾银子，就成"咱家"的了），也犯不着跟满桌美食过不去吧！我不明就里，只能莫名其妙地看着他发飙。

锦夜上来直逼着我的脸问："那湖边立的石头是不是你改的字？还有那片凤仙花是不是你给改成鸟笼的？"

我一向敢作敢当，傻愣愣地点点头，"是我。"

他脸上的怒色更甚，仿佛即将爆发的火山，跟要吃了我一样地咬牙切齿道："谁允许你这样做的？"

我的脸刚消了肿，怕他再扇我，吓得退后一步，尽量离这魔王远点，结结巴巴地说："我只是随便说说而已，谁料你府上的人办事效率这么高。我中午说的，他们下午就改过来了。"我心虚气短，勉强分辩道："再者不过是个名字和一片花，物件而已，你若舍不得再换过来就是了，何必为了这个掀桌子，发脾气？"

"你根本不懂！"他气得身子发抖，"对我而言，珠儿不是什么物件……"他一下子住了嘴，仿佛自悔失言，又仿佛是被自己说出的话给哽住了。

"什么猪？"我诧异地问。

锦夜默然不语，须臾像泄了气的皮球，一下子坐在椅子上，失去了刚才的怒火，此刻的他看起来孤寂而疲惫。

我看着他，忽然意识到那个名字和那片凤仙花一定对他很重要，才会让他这般在意。也许跟一个叫"珠儿"的女孩子有关，怪不得这府里各个地方的名字都带一个"珠"字，那一定是一段甜美的回忆。

想到这儿，我心中很是过意不去，我才来了一天就改了人家湖的名字，又拔秃了人家的花。于是赶忙向他道歉，"对不起啊，锦夜，我不是成心的，我不知道那些对你很重要，是你珍爱的东西。"

"珍爱？"锦夜忽然笑了起来，眼中是浓郁得化不开的落寞和痛楚，"不过是个念想罢了。"

他的哀伤和悲戚感染了我。"锦夜！"我迟疑地叫了他一声，想问又不敢深问，此刻的他褪去了一身的凌厉和骄傲，看上去是那样的孤单无助。我那记吃不记打的圣母心又泛滥了，忍不住走过去，扶住他的肩膀，想问问他怎么了。谁料他顺势抱住我的腰，将脸埋在我的胸前。我僵硬了一下，伸出手臂僵在半空，须臾还是放下了，终究没忍心推开他。

屋内灯光昏黄，为他的影子镶上温暖的光晕，不知过了多久，他忽然没头没脑地说了一句："你很像她，连身上的味道都跟她一样。"

"谁？"我有些莫名其妙，突然醍醐灌顶般明白过来，"珠儿吗？"还记得天牢里他就曾叫过我珠儿，可笑的是，当时我还以为他骂我是猪。

"她就死在我的面前。"他的声音因为闷在我怀中而显得模糊，如哽咽一般，"爹娘死了，哥哥们死了，大嫂和侄儿也死了，他们都死了。只剩下我，剩下我一个人……"

这是他第一次在我面前提起他的家人，第一次露出如此脆弱的一面。那样深入骨髓的哀痛，让我言语贫乏，不知如何安慰，只能环起胳膊搂住了他的后背。

仿佛受到惊吓一般，他将我一把推开。

"锦夜……"我张口唤他。

他抬手制止了我，脸上已恢复了一贯的冷漠与平静，淡然道："夜了，早些安寝吧！"说完他起身走出了遗珠苑。

翌日，我找到在锦府侍弄花草的花匠，让他们将昨日刨出来的凤仙花都栽到锦夜住的锦珠阁前面的花圃里。红艳艳的花朵云蒸霞蔚，灿烂似锦，像一片红毯，环绕着青瓦白墙的锦珠阁，给素淡的锦珠阁平添了艳丽的色彩和勃勃的生气。

我正用一个葫芦瓢儿，舀着木桶里的清水，细心地浇到花上的时候，锦夜回来了。

感觉到他的到来，我回过头看他，他诧异地看着铺天盖地的红花。我手里依旧拿着浇花的水瓢，诚心诚意地向他说道："只要心中有凤仙花，开在哪里都是一样的。"

夕阳下，他的红衣映着天边的晚霞，似一团燃烧的火焰，比成片的凤仙花还艳丽夺目，却不知为何在那艳红的色彩中却总是带着一抹寂寥和悲伤。

不会是我又好心办坏事了吧？我心虚地溜走，经过他身边时，听到他喃喃说道："你就是我的凤仙花。"

彼岸千缘

清清楚楚 作品

下册

青岛出版社
QINGDAO PUBLISHING HOUSE

图书在版编目（CIP）数据

彼岸千缘 / 清清楚楚著. -- 青岛 ：青岛出版社,
2018.6
ISBN 978-7-5552-6629-7

Ⅰ．①彼… Ⅱ．①清… Ⅲ．①言情小说－中国－当代
Ⅳ．①I247.5

中国版本图书馆CIP数据核字(2018)第012597号

书　　名	彼岸千缘
著　　者	清清楚楚
出版发行	青岛出版社
社　　址	青岛市海尔路182号（266061）
本社网址	http://www.qdpub.com
邮购电话	010-85787680-8015　13335059110
	0532-85814750（传真）　0532-68068026
责任编辑	郭林祥
责任校对	耿道川
特约编辑	伊艳蝶
装帧设计	苏　涛
印　　刷	三河市南阳印刷有限公司
出版日期	2018年6月第1版　2018年6月第1次印刷
开　　本	16开（700mm×980mm）
印　　张	36
字　　数	460千字
书　　号	ISBN 978-7-5552-6629-7
定　　价	99.80元（全二册）

编校印装质量、盗版监督服务电话　4006532017　0532-68068638
建议陈列类别：畅销·古代言情

令牌

一般来说，锦夜很忙，几乎没有天黑之前回过府，也是个鞠躬尽瘁的人物，这要是把能量都花在办正事上，而不是整人上，他也真算得上是个国家栋梁了。难得他有早回来的时候，就会跟我一起用晚膳，做个名副其实的对食，有时在我的遗珠苑，有时在他的锦珠阁。吃过饭，各回各地睡觉去，除去第一晚我在他屋里打地铺，我们基本上是井水不犯河水。

这两天我闭着眼过我的悠闲日子，种花养鸟，提前步入退休养老阶段。要不就翻翻账本，看看我们家有多少银子。从一个侧面来说，我也算过上了我梦寐以求的生活：早上睡到自然醒，衣食无忧，吃穿不愁，生活闲逸，唯一动脑子的活动就是数钱。锦夜这小子真是富得流油，这已经不是数钱数到手软的问题了，是压根就数不过来。

但是不敢去想，不代表问题不存在。我要一辈子这么过吗？做一只被关在笼中的小鸟？锦夜曾警告长风，敢再见我就杀了我。这个威胁真的是按住了长风的命门。为了我的安危，他也只能将对我的爱恋和思念埋藏在心里。我不知道我们怎么会走到今天这一步，明明相爱，却无法相守。我似乎看到了我的宿命，就是与我的心上人天各一方，永无交集。

虽然身在锦府，但凭借我包打听的本事，宫中的事还是有一些传到我的耳朵里。听闻皇上一直缠绵病榻，朝政都交给内阁打理，内阁首辅一人、次辅两人俱是锦夜的亲信，可以说，现如今真正把持朝政，手握龙耀大权的是锦夜，皇上彻底成了一个架空的摆设。

而长风自那日回府后，这两天一直未在朝堂中露面。人们风传端清王经过江家一事，已厌倦了朝中党派之争，看破红尘，云游四海。

我想，若果真如此，真的是再好不过了。以长风温和谦礼的性子，又是那样一个与世无争的人，官场上的权力倾轧真的不适合他。江家的事已经尘埃落定，是他全身而退的时候，离开京城，浪迹天涯。只是他曾说过要带着我踏遍龙耀的大好河山，而如今却只能形单影只，带着对我的无限牵挂孤身上路。

白天的我嘻嘻哈哈，跟府中人打成一片。而晚上独卧床榻上时，却忍不住思念起长风来。那份思念像一只锲而不舍的蚕，一点一点地蚕食着我的心。我常常会在睡梦中看到长风俊美的脸庞，听到他忧伤的叹息，"若溪，我竟然错过了你。"

惊醒时，只见到无边的黑暗。我与他终究是错过了的……

三日后，按说是新嫁娘回门的日子。我算不上新嫁娘，更无门可回。百无聊赖之际，一时兴起便教一只通体雪白，只有嘴巴是红颜色的鹦鹉说话。到最后，我自己口干舌燥，声音沙哑，那只据说异常聪明的鹦鹉，翻来覆去就一句话："母亲大人吉祥！母亲大人吉祥！"跟念我的紧箍咒一样。不用问也知道，是马公公送的。我悲催地想，原来我的子嗣已经跨越了人畜两界。

我不愿意跟只鸟一般见识，倒在床榻上午睡，谁知那只鹦鹉越发没完没了起来，一成串的"母亲大人吉祥"倾泻而出，跟上了发条似的。

我睡不着只能爬起来，正想到账房数银子去。薛仁平进来告诉我，又有人送银子来了。第一次直面赤裸裸的行贿，我很是兴奋，想看看送礼的人是何等的嘴脸。于是告诉薛大管家，"本夫人要亲自接见。"

薛仁平虽然诧异，还是恭恭敬敬道："请夫人到明珠堂。"

我到了明珠堂，刚刚在主座上坐稳，就见一个人自大堂外走了进来，一步三摇，很是闲逸，跟在他自家花园散步一样。一身碧绿色的衣袍用料考究，做工上乘，行走间仿佛碧水波澜……

怎么觉得这么眼熟呢？

那人走近，一双桃花眼肆无忌惮地向我打量。我们两个一打照面，双双倒吸了一口凉气。我直勾勾地瞪着他，他也是一副见了鬼的神色，瞠目结舌地看着我。

我怎么也没想到会是他，西门庆华，西门大官人。

还是西门庆华反应快，略微欠了欠身，嘴角已经扬起一丝欠扁的笑意，"在下是风云堡的堡主西门庆华，得知锦大将军与夫人的喜事，特来相贺。怎奈洛城到京城千里之遥，庆华虽马不停蹄，日夜兼程，还是晚来三天，未能赶上吉日。望夫人恕罪！"

虽然他言辞恭敬，但是声调还是那种懒洋洋的声调，让人听了反而跟受了嘲讽似的不舒服。我可没忘当初在染香楼他是如何给我下套的，现如今，他站着，我坐着，他送银子，我收银子，这就是翻身农奴把歌唱。

我怪笑了一声，问道："不知西门堡主送来多少贺礼啊？"

他不料我如此直白，微微一愣，继而笑道："来得仓促，不曾备有厚礼，只带了十万两银票，还望夫人笑纳。"

十万两银子？我差点从椅子上滑到地上，扳着手指头飞速地算了一下：十万两？按一两约合一千块钱算，那就是一亿人民币，就是一千六百万美金，是一千多万欧元，是十二亿日元……我都算到泰铢了，数太大，两只手的手指头都不够用的，只好作罢。

抬头见西门庆华立于堂上，嘴上说着客气话，神态中却带了怡然自得之色，将"我很低调"几个大字写在了脑门上。当然，他风云堡掌握着龙耀国的经济命脉，在朝中也是根深蒂固，自然有骄傲的资本。更何况我在宫中也听见过风言风语，说锦夜厉兵秣马，都是找风云堡征的银子。用现代的话说，风云堡就是当权者身后的那个大财团。

我就看不惯他那一脸的得瑟相，明明来送礼的，却整得跟爷似的。于是捏着嗓子，尖声怪叫出来，"十万两？还不够我们锦府一年的花销。西门堡主以为我们上上下下都是喝西北风过日子呢！"

如此大言不惭，贪得无厌，让一边的薛仁平也面露惊讶之色。他不着痕迹地看了西门庆华一眼，虽然只是一瞥，却还是被我看个清楚，不禁看向薛仁平，只怕他早被西门庆华喂饱了。

反观西门庆华，依旧是气定神闲，"夫人明鉴，在下与夫人的夫君是故友，逢年过节都会到府上叙叙旧，今日夫人的夫君不在府中，可否能让庆华先在府中静候，等夫人的夫君回来？"

他连锦大将军都不叫了，一口一个"夫人的夫君"，气得我直翻白眼，这不是当着盲人偏说瞎吗？我与锦夜并无夫妻之实，撑死是个对食，还不是顿顿饭都一起吃，却被他说成夫君了。我有哪门子的夫君？

眼里冒出火来，我对一边的薛仁贵和春痕说："你们先下去，本夫人与西门堡主是故交，就银两问题要单独与堡主商榷一下。"

二人虽然一脸莫名，但慑于我这个夫人的头衔，还是乖乖地走了。那个薛仁平经过西门庆华时又看了他一眼，越发证实了我的猜测，这个薛仁平肯定收了西门庆华不少好处。

大堂上就剩下我跟西门庆华两个人，我噌地站起来，对他怒目而视，西门庆华却悠闲地自己找个椅子坐了，装腔作势地叹了口气，"唉！桑妮，自你从染香楼消失之后，庆华是日思夜想，食难下咽，派了风云堡的人马四处去寻你，却偏偏音讯全无。谁料你竟然进了宫，还嫁给了锦大将军。庆华自问一片真心待你，此情可昭天地日月。你却对庆华如此薄情寡义，始乱终弃……"

我听他越说越不堪，连"始乱终弃"都出来了，很是气恼，我怎么对他乱来了？不禁皱眉道："西门堡主不必如此惺惺作态，当日咱们两个就是个互相利用的关系，事完了，幕落了，也就散伙了。你走你的阳关道，我过我的独木桥，咱们两不相欠！"

西门庆华一脸的受伤与难以置信，"桑妮，你我二人肝胆相照，患难与共，竟被你说得如此不堪，庆华真心错付，痛不可当啊！"

我无可奈何地看着他，这个人怎么就这么不放过任何一个演戏的机会呢？闷声跟他说道："那十万两银子我就笑纳了，您也可以走了，我就不留您吃午膳了，您还是'马不停蹄、日夜兼程'地再赶回去吧！"

"不急，不急。"他啪的一声打开折扇，好整以暇地扇着风，"这银子都送了，也不能打水漂。庆华打算在京城多住几日，借机在京城多建立几家银号。桑妮有关银号的高论，庆华可是记忆犹新，正好借着给你们夫妇二人贺喜的当口，在京城疏通疏通关系，扩展一下风云堡在北地的生意。"

他还不走了！我没好气地扫了他一眼。他犹自不觉，接着说道："不想今日在京城偶遇桑妮，也真是让庆华惊喜非凡。这以后庆华少不了来锦府做客，便能时常见到桑妮了。看来咱们二人缘分未尽，如今是再续前缘啊！"

谁跟他有缘分？我懒得再理他，"西门堡主请便吧，走也行，在这儿候着，等我那夫君回来也行，妾身先行告退了！"

说完向外走，却被他一把抓住手臂。我诧异地回头，挣脱了他的手。他面上露出进门以来最为正经的神色，皱眉问我道："你果真嫁给了锦大将军？"

虽然他一直言辞轻浮，但此刻我还是从他的话语中听出一丝关切。我沉默着点点头，不知从何说起。

他惋惜地摇摇头，"还不如当日跟着我呢！庆华虽然不才，但是个货真价实的男子。"

果真是狗嘴里吐不出象牙来！我对他的那点感激之情荡然无存，横眉冷对道："嫁给锦夜，也好过做你的第二十九房小妾。"

"不！现如今是第三十三房！"他笑吟吟地更正我。

傍晚的时候，锦夜还没有回来，我不喜欢一个人吃饭，便拉了春痕、夏屏、秋画、冬凝她们四个坐一桌。她们本不肯，耐不住我的威逼利诱，一起坐了。只是她们吃得很少，忙着给我布菜，我不好意思推辞，都塞了下去，结果吃得太多，撑得弯不下腰。

饭后，我为了消食，便到园中散步，顾及春痕她们在我面前太过拘谨，便告诉她们不要跟着我，我想一个人走走。

虽然白天天气渐渐热了起来，而傍晚时分的夜风依旧清凉，吹在身上很是舒爽，园子里不时可见穿梭而过的仆役和巡夜的护卫，见了我都是毕恭毕敬，躬身行礼。我受不惯这种待遇，只想一个人静心走一走，便择了一条幽深的小径，缓缓而行。

一边走，一边琢磨着怎么花那十万两银子。锦夜这么有钱，放着也是白放，我得替他消耗消耗。是买房子置地呢？还是投资开个酒楼商号呢？

我发现，钱多到一定程度的时候，就无法引起人的兴奋感和满足感了，反正怎么花也花不完。我开始理解为什么富人总是搞慈善募捐，当物质条件积累到一定的程度，人更需要满足的是精神上的成就感。

当然，我很钦佩那些做善事的人，不会理所当然地认为有钱就是该捐出来，毕竟怎么花自己的钱是一个人的自由，他就是将钱扔水里听响，别人也管不着，只能说他吃饱了撑的，为富不仁，下辈子活该让他变成穷光蛋。

我决定了，这笔钱我要用来赈济灾民，建桥铺路。既然是不义之财，还是用在老百姓身上好，就当替锦夜行善积德了……

我正想得不亦乐乎呢，一抬头见到小径的尽头竟然是锦夜的锦珠阁。此刻天色暗了，阁内一片漆黑，空无一人。锦夜素来喜静，不喜欢跟前有人，加之他老人家自身的秘密不愿为人知晓，所以锦珠阁里只有几个打扫院落的下人，还都住在锦珠阁后面的杂役屋内。此刻锦夜应该还没有回来。

我正准备转身离开，忽听左前方的阴影里，一阵树叶的沙沙响动声，我扬声问："谁？"

一只手捂住了我的嘴，同时颈上也感到一片冰凉。我都有经验了，肯定是又让人拿刀比着脖子了。

一个女人的声音在我耳边低声警告道："别出声！不然我杀了你！"

我点点头，表示我不会乱来。她放开捂着我嘴的手，小声道："跟我进去！"

我顺从地跟她走，主要是因为那柄刀还一直架在我脖子上。借着初升的明月，我看到挟持我的人是个身量瘦高的女子，一身劲装。此刻，我虽然害怕，却也是很好奇，锦府铜墙铁壁，有数不清的家丁护卫，若说严密，不逊皇宫，她一个女子是如何神不知鬼不觉地进来的呢？她又是来做什么的呢？肯定是来寻仇的吧！我可别做了替死鬼！

那女子押着我进了锦珠阁，辨别了一下方向，径直来到锦夜的寝室。进了屋后，掏出带来的绳索，将我捆个结实，扔在地上。接着她从身上拿出火折子，嗤一声点亮。跳动的火光下，我见她是个三十上下的少妇，说不上很漂亮，但是眉宇间洒脱爽利，不像一般的官宦女子，倒像行走江湖的侠女一般，只是面色凝重，紧锁着眉头。

她不再理会地上的我，走到锦夜床前，将枕头被子都翻了个遍，神色越来越焦急。她在屋里翻了好一会儿，显然没有找到要找的东西。

我这个人一向好管闲事，虽然被捆得像粽子一样躺在地上，还是不由开口问她："这位姐姐，你找什么呢？"

她随手从地上将我抓起来，仔细打量我。我向来在梳妆打扮上不上心，因此身上就是一件烟紫色的素衣，头发在吃饭前刚刚洗过，胡乱用一根玉簪绾在脑后。

那女子见我装扮普通，眼中戒备之色大减，声音中透出急切，"你不必害怕，我只是来找东西，不会伤害你的，你可是这锦珠阁里的丫鬟？你知不知道锦夜的令牌放在何处？"

我摇摇头。她颇为失望地松开我，开始新一轮翻找，连犄角旮旯也不放过，还不时敲敲墙面和地板，搜查有没有暗格。

正在此时，房门吱的一声打开，进来一个身影，虽然天黑，但是我还是看出来是春痕，大惊之下，顾不得自己，向她喊道："有刺客，春痕快跑！"

那女子一惊，下意识地伸手抓我，我本能地挣扎，乱动之中，她手里的匕首划过我的手腕，我感到一阵刺痛，有温热的液体顺着手肘流了下来。好在她并不想杀我，因而虽然疼痛，但我却能感觉出来，伤得并不严重。

春痕并未跑，反而迎了上来，焦急道："杨夫人，别伤了我家夫人。"

我目瞪口呆地看着春痕，不敢相信，她竟然与这个女子相识。

那个杨夫人恼怒地用刀比着我，眼里似要喷出火来，恨声道："原来她就是锦夜新娶的夫人，与那阉人一路的自然不是好人，我便杀了她，让她与锦夜阴曹地府里去做鸳鸯。"

春痕大惊失色，小声替我哀求，"夫人是好人，杨夫人不要伤害她。"

我赶紧表态，"冤有头，债有主，我可没做过对不起你的事。"

杨夫人思忖了一下，放缓了神色，感慨道："想来你也是个苦命人，不然哪个女子会心甘情愿地嫁给一个太监。"

我慌忙点头，要不是还顾着点脸面，真恨不得把自己说成白毛女。她叹息一声，撤下比在我身上的刀。看得出，她不是个坏人。

杨夫人将手里的匕首递给春痕，交代道："我再去隔壁的书房找找。你看好她，若有人进来便杀了她，免得她知道了你我的关系，连累了你。"

春痕担忧道："杨夫人不要冒险，这府里到处是侍卫，锦大将军也是随时会回来。春痕恐怕杨夫人会有危险。"

杨夫人凄然一笑，"大不了一死，随老爷去了也好。"说完便出了门。

我动弹不得，只能歪在地上。春痕走到我跟前，蹲着在我身边蹲下，似有无限的羞愧，低着头不敢看我，半晌才喃喃道："夫人，春痕对不起你。可是杨夫人对我有恩，当年我娘病重，我想卖身到杨府为奴为婢，是杨夫人给了我银子让我救我娘。后来，我娘还是病故了，我辗转到了锦府做婢女。谁知数日前杨大人得罪了锦大将军，被打入大牢。机缘巧合，我见到了为救杨大人日夜守候在锦府门口的杨夫人，便偷偷带着她混进府里。"春痕的声音渐次低下去，"对不起夫人，我只是想报杨夫人当年之恩，再者我见杨夫人实在可怜，就……我没想到会连累夫人的。"

　　春痕呜呜地哭了出来，让我这个被捆在地上动不了的人还得反过头来安慰她，"我明白你的心，你想帮你的恩人没有错，不知杨夫人的夫君，那个杨大人如何得罪咱家那位爷了？"

　　春痕抹抹眼泪，"杨大人是吏部侍郎杨同礼大人，官位四品。杨大人几天前曾出席了锦大将军和夫人结为对食的宴会。"春痕小心地看了我一眼，踌躇了一下还是说了出来，声音低不可闻，"在宴会上，曾祝锦大将军和夫人早生贵子。"

　　我想起来了，是有这么回事，当时挺尴尬的，后来被马公公他们一搅和就过去了。我大概明白了，锦夜是个睚眦必报的人，那样的羞辱，自然不会善罢甘休，看来那个杨同礼一早被锦夜抓了起来。

　　"杨夫人打算如何救杨大人？"

　　"杨大人被关到了慎刑司，听说受尽酷刑，已经被打残了，命在旦夕。那慎刑司的天牢如铜墙铁壁一般，闲杂人等根本不可能进去，只有手持锦大将军的令牌才能进入牢中。杨夫人想盗取锦大将军的令牌，进到天牢里救杨大人。"

　　我叹息一声，不禁想起初遇长风的情景。他被绑缚在刑柱上，阳光照耀在他遍体鳞伤的躯体上，苦难中带着圣洁的光辉。心下起了恻隐之心，那个杨夫人为救夫君甘冒这样的风险，也实在是让人敬佩。

　　不一会儿，杨夫人闪身进来，一脸的沮丧。她来到我身边，抓过春痕手里的刀对着我的脸，"你是锦夜那厮的夫人，自然知道他的令牌藏在哪里！"

　　我冤啊，我是真不知道。我见她神情激动，手直发颤，生怕她想到她那命悬一线的夫君拿我泄愤，为求自保，赶忙问她："那个令牌长什么样的？若知道样子，可以找工匠伪造一个。"

　　一边的春痕紧张地接口道："锦大将军的令牌只有两个，见令牌如见锦大将军。听闻一个他自己随身带着，用以公务调遣；另一个收于府中，却不知放在哪里了。据见过的人说，那令牌是千年玄铁所铸，色如黑金，花纹繁复，极难仿造，中间是个锦字……"

　　我心念一动，我有啊！

　　当日在宫中，锦夜曾给过我这么一个令牌，我拿着招摇撞骗，进出被羽林卫层层包围的凤仪宫如入无人之境，让我很是得瑟了一阵子。后来，凤仪宫解禁，我见这个东西这么好使，便偷偷藏下来了，没有还给锦夜，他也没找我要。

　　我赶紧说，"我有那么一块黑乎乎的令牌，中间是有一个锦字。"我扭头看向春痕，"你还记得我有一个放杂物的匣子吗？你去翻翻，我记得我随手放在里头了。"（我这种行为，有一个词可以概括，就是吃里爬外。锦夜：你知道就好！）

春痕急急地回遗珠苑找令牌，剩下杨夫人看着我。

不过一炷香的时间，春痕就回来了，气喘吁吁地将一个令牌交到杨夫人手里，"杨夫人，就是这个！"

杨夫人接过令牌，眼睛一亮，很是激动，她将令牌紧紧地握在手心，仿佛握着她丈夫的性命，抬头看我时，颤声问："我差点杀你，你为何帮我？"

说实话，我也不知道为什么会帮她，是因为敬佩杨大人的勇气，是因为被她冒死救夫的行为所打动，还是慎刑司的天牢让我想起了与长风的初遇，我说不清楚，大约都有吧。无法向她解释什么，只能祝福她，"希望你能救出你的夫君，与他远走高飞吧！"

她沉默了一会儿，轻声道："谢谢你！"

她起身向门外走去，未及触到大门，就见两扇雕花木门随着嘭的一声巨响，四分五裂，飞向两边。

洞开的大门口，锦夜负手而立，长发红衣在夜风中飞扬，衬着身后的夜色星光，犹如天神下凡，不可一世。

杨夫人微微错愕，手举利刃向锦夜刺去，离锦夜尚有一米远的距离，锦夜轻抬手臂，衣袖卷起一个红色的旋涡，而杨夫人已经仰面飞了出去，咚的一声，落在离我不远处的地上，口吐鲜血，倒地不起。

锦夜疾步走进屋来，连我都感到一股慑人的压力，禁不住瑟瑟发抖起来，更何况受伤倒地的杨夫人。但是杨夫人是个刚强的女子，并未退缩求饶，反而倔强地对锦夜怒目而视。

锦夜并未理她，径直来到我的跟前，手一挥，我身上的绳子就松垮下来。我还没明白怎么回事呢，就被他一把抱在怀里。下颌顶着我的头顶。我大惊失色地被他紧拥着，贴在他精壮的胸口上，耳听他的声音在胸腔里回荡，异常的浑厚，"溪儿莫怕！"（大哥，我怕的就是你好不好！）

我挣扎了一下，碰到手臂上的伤口，不禁哎哟了一声，锦夜惊觉，放开我，略一打量，看到我腕上已经干涸的血迹。

锦夜容颜大变，一把抱起我，将我放到他的床上，见我伤得不重，才放下心来。他亲自为我清洗了伤口，敷上锦府的天香续肌膏，用白布包扎好，又细心地拉过被子盖在我的身上。

回身之际，已换上冷如寒冰的面色，目光阴沉。他缓步走到依旧匍匐在地的杨夫人身前，俯身拾起落在她身侧的令牌，声音不带一丝温度地问道："杨夫人深夜来访，不知所为何事？"

杨夫人咳了一声，痛苦地又吐出一口血来，哑声道："明知故问，难道我还是来拜访你锦大将军不成？"

锦夜丝毫不理会她的奚落，"锦夜自是知道你为何而来。杨夫人不惜夜探我府，盗取令牌，一个女子为了夫君，如此不畏艰险，锦夜也是敬佩至极。锦夜好奇，杨夫人如何进到我府上的。"

说着，瞟了春痕一眼，春痕抖如筛糠，腿一软跪倒在地上，哆嗦着说道："锦大将军饶命，锦大将军饶命！"

我怕将春痕牵扯出来，便开口将事情揽在我身上，"我听闻杨夫人来访，很是好奇，便让春痕带她进府一叙。"

锦夜看向杨夫人，"是这样吗？"

杨夫人迟疑地点点头。锦夜沉默了一会儿，并未深究，只悠悠向她道："若只是进府盗取令牌，念你救夫心切，我还能饶你一命。可是你伤了内子，锦夜便饶不得你了。"

杨夫人很是刚烈，凛然道："我今日既然敢来，就是抱了必死的决心，死在你手里的冤魂也不在乎多我一个！"

锦夜唇边泛起一丝冷笑，勾魂摄魄，"恭敬不如从命，就如杨夫人所愿。锦夜向来是受人滴水之恩，当涌泉相报，你伤内子一刀，我便还你千刀！"

他红袖一摆，冲着屋外扬声道："来人。"

我在一边听得心惊胆战，抖成一团。看见锦夜叫人，知道若等锦夜发话，那杨夫人必是凶多吉少，于是顾不得害怕，从床上一跃而起，抢在锦夜前面向冲进来的侍卫大声道："这妇人着实可恶，将她押入大牢，与杨同礼关在一处，让他们天牢里做鸳鸯去！"

侍卫不料我发号施令，迟疑地齐齐看向锦夜。锦夜看了我一眼，冲他的侍卫微微点头，那些人拖着杨夫人出去了。我回身对依旧跪在地上发抖的春痕道："你先下去。"

春痕牙齿打战地说了声"是"，才哆哆嗦嗦地从地上爬起来，跌跌撞撞地出了门。

屋里只剩下我跟锦夜。锦夜看向我的目光带着无奈，"你又要来做好人，那杨家的女子明明伤了你，你却一再替她遮掩，还暗中助她。"

　　我见锦夜如此洞悉分毫，心中升起惧意，嗫嚅着，"杨夫人刚才也是救夫心切，不是故意伤我，若她有心，恐怕我已经没命了。"

　　锦夜微一蹙眉，忽然伸手揽住我。我被禁锢在他的胸前，吓得僵直着手脚，不敢动弹，只感觉他的心跳震得我耳朵发麻。

　　我勉强推开他，心中仍想着为杨大人和杨夫人求情，于是窥着锦夜的神色小心翼翼地开口道："锦夜，我知道你恼恨当日堂上杨同礼辱你之事，不过，既然你身康体健的，又何必在意别人怎么看、怎么说呢？那些侮辱你的话就当是笑话听好了。"我的意思是，既然你是个假太监，怕什么断子绝孙。当然，咱不能说这么直白。

　　锦夜无奈地看了我一眼，"当年我假冒太监入宫，知情人只有以前的太监总管王长福。后来他也死了，我的秘密便无人知晓。这么多年来，总是有人借此羞辱我，我早就习以为常。只是那个杨同礼公然当众藐视于我，如此挑衅，我自然不能放任。况且，我心中一直有个疑团未解，因而借此机会抓他入牢审问。"

　　"什么疑团？"我八卦上身，两眼放光。

　　锦夜蹙紧了眉头，面容因回忆而显得异常严峻，"当年，我家获罪，十二岁以上的男丁都处斩了，唯独我活了下来。而我明明已经过了十二岁的生辰，不知是谁做了手脚，修改了我的生辰日期。我曾翻遍刑部的档案，发现我那页文书曾被人调出来过。而有能力调出档案的只有当时的刑部尚书刘景林。可惜刘景林已死，这件事便断了线索。杨同礼当年还只是刑部的一个小小郎中，分管刑部的档案，我一直想从他身上得知真相。正好他如今撞到我手上，也算该着。只是那杨同礼骨头硬得很，一问三不知。也不知道他是真不知道，还是有意隐瞒。"

　　我听着觉得有些不对劲，虽然推理不是咱强项，但还是觉得事情的逻辑性有误，于是纳闷道："不对啊！当年偷偷修改你生辰的人，肯定是为了救你，你怎么还刑讯杨大人？你这不是……"我没好意思当着他的面说出恩将仇报几个字来。

　　阴郁的雾霾弥漫在他眼底，"你是想说恩将仇报吗？"（得，他自己替我说出来了。）他冷笑一声，目光瞬间凌厉，"你知道我有多恨那个改我生辰的人吗？午夜梦回，我只想着有朝一日亲手杀了他。"

　　我一下子被噎住，以我正常人的思维已经理解不了锦夜，不由争辩道："即便你位高权重，也不能如此颠倒黑白。修改文书也不是举手之劳，凭什么人家费尽心机救了你，你不思感激，还恨不得杀了人家？换了我，肯定会后悔当初救了你这个白眼狼。"我一时义愤，加之最近跟他相熟，不再那么怕他，因而口无遮拦地冲口而出。

我怕他会生气，赶忙偷偷看了他一眼。还好，他虽然神色不悦，但眉心眼底更多是忧伤落寞，仿佛自嘲一般地苦笑道："感激？当年我的家人一个一个死在我的面前，只剩下我一个人孤零零地苟活在这个世上。我的人生中早已不再有感激二字。"

我的心里因为他的话而充斥着满满的忧伤，仓促间只能用苍白的语言安慰他，"过去的就让它过去吧！凡事要往前看，你总是活在过去当中，就不会快乐。有道是退一步海阔天空，你这样活得太累，太辛苦，你被仇恨蒙蔽了双眼，你的家人在天有灵，也不愿看到你这个样子……"

他的眼中瞬间弥漫起一层血雾，面部也扭曲在一起，分不清是愤怒还是痛苦，声音嘶哑道："住口！"

他的反应如此激烈，如一头受伤的野兽。我被吓住了，禁不住向后退去，他步步紧逼，猩红的眼眸一眨不眨地盯着我，咬牙切齿道："你只是个不知天高地厚的女子，到处施舍你那点毫无用处的同情心。你尝过痛失亲人的滋味吗？你知道看着你的家人在你面前被打得体无完肤是什么感觉吗？关爱你的人都死了，只有你一个人像狗一样活在世上，那种日子你有过吗？你不会明白，有的伤口不会痊愈，即便经过再长的时间，即便裹上层层纱布，依旧会溃烂流脓。"

我后背顶到墙壁，已经退无可退，他的脸离我越来越近，在离我不到几寸远的地方停住，近到我都能感到他一起一伏剧烈喘息的胸膛顶到了我的身上。他恶狠狠地盯着我看了半天，突然转过身，将后背对着我，从牙缝里挤出一个字，"滚！"

我张张嘴，却连道歉的话也说不出来，只能就这样"滚"回了遗珠苑。

我本来是个沾枕头就着，不会失眠的人，而那一夜却躺在床上跟翻烙饼一样睡不着觉。脑海中全是锦夜悲愤受伤的脸。他说得没错，我确实是在向他展现我那份廉价的同情心，以一种居高临下的姿态教化他。在我的潜意识里，他是一个可怜虫，需要我怜悯，需要我开导劝慰。我没有设身处地地为他着想，甚至埋怨他放不下仇恨，我那一番站着说话不腰疼的义正词严何尝不是在他的伤口上又撒了一把盐。对于锦夜，他的伤口无从医治，他的痛苦无法抚平……

一直到晨曦微露，天光放亮，我才迷迷糊糊地睡了一会儿。

早膳后，锦夜派人到遗珠苑送来消息，今日是太皇太后六十五岁的寿辰。龙耀国举国同庆，宫中更是举办了寿宴，邀文武百官前去为太皇太后贺寿。他让我梳妆一下，随他进宫。

春痕昨晚逃过一劫，对我感恩戴德，越发对我尽心竭力，忙着招呼夏屏、秋画和冬凝几个人为我梳妆。我不想太过扎眼，只择了一袭鹅黄色的衣裙，裙摆绣着茜红的海棠花朵。淡扫了妆容，又挑了一个海棠花样的紫金钗插在发髻上就算了事。

正要出门，锦夜进来了，冲着春痕她们一挥手，她们几个识趣地出去了。我站在屋子当中，很是尴尬，都不知道对他说什么好。好在他神色冷漠，没有再提昨夜之事，只扫了我一眼，淡淡道："我锦府出来的人怎么穿得连个婢女都不如！"

我气结，低头看看自己，虽不华贵，但也清丽，他不会让我穿成个地主婆才称心吧？

他也没再说什么，拉着我的手径直走到衣橱前，草草翻了翻，扯出一件水红色的锦衣罗裙，扔在我身上。我傻愣着站在那里，不知所措。他半歪着头，漆黑的眼珠盯着我，不耐烦地问道："你不会等着我替你更衣吧？"

"不用，不用，我自己来！"我手忙脚乱地抓起衣服进了内室。穿好后才发现身上的衣裙质地轻软，不知以何物织成，水红色的面料流光溢彩，绣着缠绕花枝，无论从哪个角度看，都折映出浅淡的金银光芒，华贵艳丽，整个人似一道旖旎的霞光。

锦夜抬手扯下我头上的海棠发钗，随手拿起一只镶满各色宝石的凤钗插在我的头上，凤口衔着长长的流苏。

我一惊，忍不住提醒他，"只有宫中的娘娘才可以插戴凤钗，草民滥用属大不敬，是要掉脑袋的。"

锦夜置若罔闻，斜睨了我一眼，过了一会儿才悠悠说道："你的脑袋是我的，别人还拿不走。"

他又拉着我的手，将我拉到妆台前，从妆台上拿起黛笔。我躲闪了一下，他伸手搛住我的下颌，将我的脸固定住，一笔一笔为我画眉。他神色异常专注，带着花香的气息轻拂着我的脸，拿着黛笔的手指也不时触碰到我的面颊。

本是旖旎浪漫的画眉，却让我如芒在背，紧张得大气都不敢出，只剩下一双眼睛在乱转。他这是又唱的哪一出啊？他一会儿犹如凶神恶煞，一会儿又为我择衣画眉，一半是火焰，一半是海水的，让我摸不着头脑。

画好后，他后退一步，就着窗外照进的阳光，仔细地打量我的脸，目光中竟有温柔的波光。又拿起胭脂，在我的面颊上淡淡地扫了一层，才满意地将我拉到铜镜前。我看着镜中的艳光四射的自己，一时信心大增。

旁边的锦夜对着镜中的我点头道："这般甚好！"言罢展颜一笑，本来冷峻的面容如云开见日，仿佛满园的鲜花霎时绽放。我的气焰一下子又矮了下去。有他这么个参照物，立马就把我这个新晋美女给比下去了。

锦夜拿出天香续肌膏，细心地为我腕上的伤口换了药。锦府的药果真是天下极品，不但不痛了，伤口也已经愈合，不再渗血。当然，我伤得也不厉害。

重新用干净的白布包好后，他又将花纹繁复的衣袖放下，遮住我腕上的伤痕，才直起身，"走吧，不要误了时辰。"他携着我的手，向门外走去。忽然想起什么似的停止，从怀中掏出昨晚我给杨夫人的玄铁令牌，放到我的手心，"这个你收好，不要轻易给人。"

我一阵脸发烧，喃喃道："谢……谢谢。"我鼓起勇气向他道歉，"昨晚的事儿对不起，是我不该不顾你的感受胡乱劝你。"

他看着我，精致的唇角旋起一抹笑意，烟花一样的美丽，却落寞得比哭更让人难受，"至少你是真心地怜惜我……"

赌局

　　宫中张灯结彩，一派喜庆，云意殿中，太皇太后身穿暗紫金色绣百鸟朝凤纹样的吉服，接受百官拜寿。皇上自当日为江家的事急怒攻心，落下了吐血的病症，虽已经太医诊治，但依旧缠绵病榻，连太皇太后的寿宴也未出席。倒是身怀六甲的江映雪，一身宫装，坐于太皇太后身旁，虽然清瘦，面上却露出历经风浪后的淡定平和，波澜不惊。

　　锦夜和我的到来引来众人纷纷行礼，竟然比给太皇太后和皇后娘娘行礼还毕恭毕敬。虽在宫中，众人却并不掩饰对锦夜的阿谀奉承，卑躬屈膝。

　　我与锦夜带来为太皇太后贺寿的一尊尺高白玉观音，也被放在大殿前供桌上的中央位置，在众人进奉的寿礼中，并不出众，却引来众人的啧啧惊叹。我冷眼看着众人使尽浑身解数，讨好锦夜，只觉得世态炎凉，甚是无趣。

　　我环视一周，没有看见长风的身影，虽然失望，却也微微松了口气，看来他是真的离开了京城。他那样淡泊名利的人，如一块不染杂质的水晶，见到百官的奴颜婢膝，只会污了他的双眼。

　　宫中宴会，我只能随女眷坐于偏殿，在一群命妇官眷之中，我很不自在。每一个人都对我笑脸相迎，说不尽的客气奉承话，仿佛我才是今日寿宴的主角，就差祝我万寿无疆了。而在她们笑逐颜开的眉眼后，我却能看到她们的鄙薄和憎恶，仿佛我是一坨垃圾，她们却因惧怕锦夜的权势而不敢掩鼻。

精美的菜肴流水一样地端上撤下，我却食不知味，味如嚼蜡。看腻了众人的虚伪嘴脸，我只说去更衣，便告歉离席，众人也是松了一口气，想来她们也是不愿意应承我的。

我逃似的从侧门溜出大殿。离开了喧嚣的大殿，外面空气清新，暮春的暖风吹在身上，熏人欲醉。

信步走到莲池边的树林，此时宫中人都聚集在云意殿为太皇太后庆寿，树林中空无一人。

头上的凤钗压得我脖子酸痛，凤口衔下的宝石一扫一扫地碰着我的面颊，宝石冷硬，磕得我微微发疼。我抬手拔下凤钗，随手扔在脚下的草丛里，满头的秀发倾泻而下。头上没了束缚，顿觉轻松。我背倚在一棵几人围抱的大树树干上，仰头望着枝繁叶茂的树冠，阳光穿透树叶的缝隙，逸出了缕缕金色的光芒。

我忆起在宫中与长风重逢后便夜夜于此会面，谈笑风生。他曾经了躲避巡夜的羽林卫将我揽在怀中，让我仿佛坠入兰花的海洋；他还曾经对我说过，"若溪，跟我走吧！"那一刻怦然心动的感觉，至今依然让我记忆犹新。脑海中全是对他的记忆：他挺拔的身影，俊秀的面庞，温柔的眼眸……

面前忽然出现一个人影，挡住了阳光。我费力地将仰得僵直的脖子调整回来。平视之际，愕然对上长风温润深情的双眼。他站在我的身前，静静地看着我，仿佛一个最美好的梦。

我一时不知身在何处，动也不敢动，生怕一动，梦就醒了，而他也会如飞雨逐花一般，消失隐退。

随着一声幽绵的叹息，他修长的手抚上我的面颊，微凉的手指轻扫着我的皮肤，引起微微的战栗，让我知道这不是梦，泪忍不住就这样落了下来，滴在他手上，他仿佛被烫了似的缩回手，却在下一瞬间一把将我紧紧搂在怀中。我靠在他瘦削的肩头，缓缓闭上眼睛，涌出的泪水打湿了他肩膀的衣服，晕染成一片泪渍。

他拥着我，喃喃的呓语带着蚀骨的心痛与怜惜在我耳边响起，"若溪，若溪……"

我怕我的眼泪会让他误会我处境艰难，于是勉强止住呜咽，从他怀中抬起头，他抬手拭去我脸上的泪痕，焦急地问："你过得好吗？锦夜他……"

我知道他想问又不敢问，赶忙口齿不清地说："他对我很好！"

长风明显不信，只怜惜地拥着我，"若溪，你总是这样让人心疼。长风夜夜难以成眠，闭上眼睛就是你的身影。"他叹息着自责，"是长风害了你！"

"我真的很好，锦夜其实……没对我怎么样，他不过是说说狠话让你担心罢了。"我没敢将锦夜是假太监的事告诉长风，一来这是锦夜的隐私，我答应过他不说出去；二来，我也是怕长风更担心我。

长风默然不语，满脸的心碎神伤。锦夜在他面前一直是个暴虐狠毒的人，为了打击长风，屡次对我出手，长风不会理解那个早上为我画眉的锦夜。我不知如何向他解释，我只知道，我说得越多，他越会觉得我只是在故作轻松地安慰他。

我不愿再让他担心难过，便问他："你怎么还在京城？不是说你云游去了吗？"

他温和地望着我，声音中却透出笃定，"你在这里，长风哪儿也不去。"

我跺脚埋怨，"朝中已是锦夜的天下，你留下来只怕凶多吉少！再说锦夜一看见你，又该变身发飙了。他对我也就是吓唬吓唬，对你可不会手下留情。咱们两个还是要安全第一，留得青山在，不愁没柴烧。"我眼珠一转，拉起他的手，"要不咱们两个私奔吧！做对亡命鸳鸯，隐姓埋名，让他找不到咱们。"（怎么听着跟诱拐长风似的？）

长风苦笑着摇头，"以锦夜如今的权势，天地之大恐怕都没有我们的容身之处。"

我一想，倒也是，锦夜还不得掘地三尺地找我们，逃亡的生活又有什么安定幸福可言呢？一时垂头丧气起来。

长风幽幽道："再者长风也不愿那样辱没你，我要与你光明正大地在一起，娶你做我的妻子，并肩于人前。"

啊？我看着长风，都说恋爱中的女人智商降为零，原来恋爱中的男人也会头脑发热地冒傻气。

我不忍打击长风，可还是忍不住提醒他，"你……也打不过他，要不找个世外高人拜师学艺去，十年八年的我等你！再不行，咱们两个练了鸳鸯剑什么的，珠联璧合一下？"（等我练成了，头发都白了）

长风轻抚着我的长发，"长风但求你平安无事，剩下的事让我去做。"

我还是搞不明白，他要怎样和我光明正大地在一起。天地广阔，大路条条，却偏偏没有我与他并肩共行的那条路。这个想法让我很绝望。我不愿他身犯险境，再惹怒锦夜，不禁唏嘘着，"长风，有的时候我们没办法左右我们的命运，既然无法改变，就只能接受现实。"

他神色坚定，"你说过，有的感情要勇于追求，有的感情要敢于放下。若溪，你就是长风要不惜一切去追求的人。"

他痴看着我的脸，仿佛看不够一般，须臾将我的脸压在他的胸口，我俯在他的胸前，感受着他沉稳的心跳撞击着我的耳膜，他的声音带着绵绵的爱意徐徐闯入我的耳内，"长风已经错过你一次，不会再错过第二次。"

我心潮翻涌，感慨难言，只抬手环住他修长的脖颈。就让我们一起沉沦吧，哪怕只有片刻的温存……

时间仿佛凝住，天地间只剩下我们二人……

不知过了多久，长风轻轻将我放开，我一把抱紧他，含糊着说："别走！"

"嗯！"他温柔地回应，依旧揽着我，声音轻柔得像不忍叫醒酣睡中的爱侣似的，在我耳边说道："锦夜来了。"

"哦！"我应了一声，脑子迷迷糊糊的，根本没去想是怎么一回事，从他的胸前像没睡醒一样慢吞吞地抬起头来，这才赫然发现锦夜就站在几步之外的地方，面罩寒霜地看着我们。明媚的阳光、鲜艳的红衣都掩不住他身上的肃杀之气。

大惊之下，我一下子撤回双手，想起锦夜曾经的威胁，不禁发起抖来，他不会真的剁手剁脚地把我剁成肉葫芦吧！我暗下决心，若我能逃过此劫，一定手书"色是刮骨钢刀"几个大字，挂在床头，日夜瞻仰，警钟长鸣。

长风将我揽到他的身后，神色不见丝毫的惊慌。

锦夜冷如冰霜一样的目光扫了我一眼，我哆嗦了一下，不敢再看他，长风感到我的恐惧，安抚地握住我的手。我挣扎了一下，他反而握得更紧。

在长风面前，锦夜不再是平日里的锦夜，此刻他身上笼罩着浓雾般的杀气，目光中透出一种歇斯底里的疯狂，"原来王爷在此。锦夜得到消息，王爷这几日神龙见首不见尾，一直密会朝中老臣，似在筹划什么事，今日怎么得空在宫中现身了？"

不待长风回答，他又道："我本是出来寻找内子，不想竟然撞到如此不堪的一幕。王爷身边自然不缺娇花美眷，不想却在林中与内子勾搭成奸。都道王爷君子端方，谁料竟然是个满腹淫欲的登徒子，这寿宴还未结束呢，就急不可待地林中私会来了。若被世人知晓，岂不是毁了王爷的一世清誉，背上了沾染人妻的奸夫恶名？"

锦夜有意将长风说得如此下作，听得我心惊肉跳。锦夜了解长风，当然知道长风最看重的是什么，长风谦谦君子，爱惜名誉胜过性命，如此羞辱，定会让他无地自容，尴尬羞愧。我紧张地看了长风一眼，不想他面如止水，不见丝毫波澜，淡然道："长风担下这个罪名又如何？"

　　不但我目瞪口呆，连锦夜也是一脸的难以置信，失声问道："为了她，你竟然连奸夫的罪名也敢担下？"

　　随即锦夜面色一凛，我眼前只见红光一闪，他已欺身上前，长风护着我退后一步，一只手仍握着我的手，单手与锦夜战在一起。

　　虽然长风用身体挡着我，但我还是能感到他们呼呼的掌风扫在我的身上，我披散的长发也飞散开来，一阵阵窒息，压得我喘不过气来。

　　电光石火间，锦夜已经抓住我的另一只手腕。两个人同时住手。身上的压力骤然消失，我急剧地喘息着，他二人倒是身不晃，气不喘，仿佛根本没有交过手一般。

　　他们两个一人抓住我的一只手，静止下来，只见漫天的树叶飞舞，如雨落下，都是刚才被二人掌风震下来的。

　　锦夜冷笑道："素闻王爷武艺高强，却未交过手，锦夜一直引以为憾。今日过招，方知果真是真人不露相，王爷功力竟已如此精进，单手都可以接上锦夜三招。只是王爷虽然武艺高强，却招式不够狠辣，处处留有余地，若锦夜当真想取王爷性命，恐怕王爷终不是锦夜的对手。"

　　长风也不否认，"若论武功，长风确实不是锦大将军对手。"

　　锦夜哼了一声，手下一带，将我往他怀里拽去，"跟我回去！"

　　我踉跄一下，长风却没有松手。锦夜看着长风，貌似好心地提醒道："王爷还抓着内子的手呢！"他咬重内子两个字，满意地看到长风神色一凝。

　　长风沉声道："不错，确实是长风抓着她不让她离开，今日之事与她无关，你不要难为她。"

　　锦夜哈哈大笑，直笑出了眼泪，"溪儿是我锦夜的对食，世人都知道她是我的娘子，我府上上下下也都称她为夫人，王爷你凭什么不放手？"

　　锦夜手指一收，正握在我腕上的伤口上，一阵火辣辣的疼让我忍不住失声叫了出来。长风一惊，抓着我的手不自觉地松开，我被锦夜一扯，跌入他的怀里。

　　锦夜抓住我的手腕，举起来给长风看。腕上的伤口已经裂开，鲜血从包着伤口的白布中渗出来，殷红一片。长风神色一滞，脸色一下子变得惨白，温和的脸上现出惊怒的神色，咬牙道："锦夜，你竟然对一名弱女子行如此卑劣的手段！"

锦夜恶毒道："怎么？王爷心疼了？你心疼她又能做什么？她是我的对食，我高兴怎么对她就能怎么对她，你只看见她这一处伤痕，便如此震惊，要不要脱光她身上的衣服让你看个仔细？"锦夜手抚胸口，故作惊惧，"只怕你见了，会恨不得杀了我呢！"

见长风气得身子发抖，锦夜越发笑得得意。我心知锦夜故意激怒长风，让他难过，不禁小声向锦夜哀求他不要再说了，刚叫了一声"锦夜……"，就被他冰冷中带着警告的眼风扫视了一眼。我哆嗦了一下，意识到此时的锦夜不是早上那个为我画眉换药的锦夜，为了刺激长风，他什么事都做得出来。我只能闭上嘴，不忍去看长风痛苦的脸，只能看向地面。

锦夜略一欠身，"王爷若没有别的事，锦夜先行告退了。内子有悖妇德，公然背着我勾三搭四，我可是自问从未亏待她。如此绿云蔽日，让我颜面尽失，我还得回去对她严加管教。"

说完拖起我就走，我被他拽得一个趔趄差点摔倒，跌跌撞撞地跟着他。

"等等。"长风开口拦住锦夜。

锦夜停住，不屑道："王爷还有何吩咐？若是为了这丫头求情就不必费神了。"

长风苦笑一下，"我求你只会让你更加为难若溪。"

锦夜粲然一笑，"不想王爷竟是锦夜的知己，如此洞悉锦夜。锦夜不妨告诉你，无论你是否开口为溪儿求情，我都不会轻饶了她。"他的表情在一瞬间变得恶毒，"你根本救不了她！"

长风神色凝重，沉声道："你敢不敢与本王赌一局？"

锦夜不动声色，"王爷要如何赌法？锦夜洗耳恭听。"

长风负手而立站在林中，身姿笔直，"皇兄病重，难理朝政，本王要做摄政王，监理国事，给我三年的时间，我必能扳倒你。"

此言一出，我与锦夜都呆立当场。

我简直不敢相信自己的耳朵，失声唤他，"长风……"

长风安抚的目光拂过我，随即目光坚定地看着锦夜。天啊，他要做什么？

锦夜的瞳孔猛地一缩，眯起了眼睛，露出危险的光芒，他森冷地问："王爷可知道自己在说什么？是要公然挑战锦夜吗？"

"对！"长风毫不畏惧，直视着面带暴戾怒色的锦夜，"本王正是此意！"

锦夜冷哼一声，不屑道："王爷不觉得自不量力吗？现如今，朝堂之上都是我的亲信近臣，王爷有什么资格跟我斗？"

长风丝毫不理会锦夜的奚落，"所以我要做监国摄政王，才有权势与你抗衡。"长风停顿了一下，坦然地看着锦夜，"这件事只有你能办到。"

锦夜一脸的惊讶，难以置信道："你是让我扶植你做龙耀的监国摄政王，好让你有资格与我为敌？"他看着长风，仿佛看着一个精神失常的人，"王爷岂不是痴人说梦？锦夜怎会愚蠢至此？"

长风不紧不慢道："锦大将军可是惧怕本王得势，对你构成威胁？"

锦夜盯着长风，冷峻的脸上慢慢浮现出一抹笑意，眼中升腾起属于男人的那种对战斗的渴望，他的身体因为激动而微微发颤，仿佛听见战前的号角，血液都开始沸腾，"有趣，自从江氏一党倒台，朝中都是阿谀奉承之人，锦夜一早看腻了他们的嘴脸，王爷竟有如此胆识与锦夜抗衡，倒让我刮目相看。怪不得这几日王爷一直密会朝臣，原来是存了与锦夜为敌之心。我是一直想置你于死地的，但你束手就擒，毫无斗志的样子实在是窝囊无趣至极。这样就比较有意思了，虽然明知是王爷的激将法，可锦夜还是忍不住欣然应战。"

锦夜一仰头，神情倨傲道："就如你所愿，我便让你做摄政王。锦夜也想看看王爷能掀起多大的风浪。"

"本王还有一个条件。"

锦夜冷笑，"王爷的条件还真不少。但说无妨，如此有趣的赌局，锦夜不在意多下些赌本。"

长风温柔的目光扫向我的脸庞，对锦夜道："这是你我之战，这三年内，你不能伤害难为若溪。否则长风投鼠忌器，心有牵绊，无法放开手脚与你周旋。"

锦夜瞟了身旁的我一眼，握着我手腕的手指不着痕迹地向上移了移，避开了我的伤口，又调回目光看着长风，"说到底，王爷就是为了一个女子，不惜赔上性命。"

长风平淡无波道："鹿死谁手还犹未可知，锦大将军也并非稳操胜券。"

锦夜仰天长笑，"王爷好胆魄。锦夜应下了。既是你我两个人的争斗，便不会牵扯旁人。溪儿虽在锦夜府中，但锦夜保她毫发无伤。咱们就以三年为期，届时若你扳不倒我当如何？"

长风的声音异常平静，"长风若三年内不能扳倒你，便对你俯首称臣，任由你发落。"

"好！一言为定。"锦夜说完拉起我，转身就走。

"若我能将你拉下马呢？"长风在身后不徐不疾地问道。

锦夜根本没有料到长风有此一问，在他心中压根没想过长风会赢，他诧异地回过头，随即挥挥手，毫不在意道："王爷若果真有此本领，便将这龙耀的江山和锦夜的身家性命一同拿去。"

长风摇摇头，"我不要龙耀的江山，也不要你的身家性命，我只要若溪。"

我跟着脸色铁青的锦夜回到锦府，被他拖着一路跟跄地进了遗珠苑。他遣去众人，寂静的屋内只剩下我们两个。

我披头散发地低着脑袋，心中的震撼还没有退去，不知如何面对锦夜。现如今，我的地位十分微妙与尴尬。长风为了我不惜赌上性命与锦夜拼搏，而我是锦夜的对食，在这三年中要待在锦夜身边，看着他们争斗。做个不太恰当的比方，我的身份就是敌国质子与战利品的混合物。

他看了我一会儿，伸手抬起我的下颌，迫我抬起头来，让我不得不直视着他的脸。他绝美的容颜在我眼前渐渐放大，我惊慌地往后躲去，却被他伸手将我的后腰扣住，让我无法躲闪。

他捏着我下颌的手骤然收紧，痛得我眼泪都流出来了。在他的眼中，我看到了羞愤和痛苦，十足是一个男人遭到背叛的眼神。他一眨不眨地注视我的脸，咬牙切齿道："你好大的胆子，你可知道背叛我的人都是什么下场？"

我承认我也心虚，我与锦夜虽然没有夫妻之实，但是毕竟是对食的关系，此刻我跟红杏出墙的妻子被丈夫捉奸在床一般的难堪。

"对不起，锦夜……"我泪眼婆娑地道歉，"我知道我是你的对食，我也明白自己的身份地位。可是我不愿意骗你。我喜欢他，我就是喜欢他，我一看见他就情难自禁，管不住自己。你说我不守妇道也好，说我背叛你也罢，你杀了我，我都还是这句话，我喜欢他，只要我活着一天，我就放不下他！"

锦夜一下子怔住，手里的力道也卸了几分。

"好个情难自禁！"他苦笑道，放开钳制我下颌的手，神色动容，似在沉思一般低声自语，"谁又能管住自己的心呢？"

他沉默了片刻，再看向我时，目光冰冷中夹杂着难言的痛楚，冷冷地警告我，

"不要再有下次。这三年中，你要老老实实地待在我身边，做我的女人。我答应沐长风保你周全，你不要逼我食言。再敢单独见他，我就剁碎了你，丢给沐长风。"

我哆嗦了一下，赶紧点点头。昨晚我就没怎么睡，今天又受了一天的刺激，此刻再被他这么一吓唬，禁不住身子摇晃了一下，眼前一黑，向地上栽去。

锦夜一把拉住我下滑的身体，不由分说将我抱起，大步走到床榻前，将我放在床上。身体下落时，碰到腕上的伤口，我不禁皱眉呻吟了一声。

他坐在我的身边，托起我受伤的手腕，抬手去解被血浸透的白布，我畏缩了一下，不自觉地感到恐惧，想把手收回来，又不敢，禁不住瑟瑟发抖。

见到我惧怕的神色，他眼中闪过一抹不易觉察的伤痛，出声警告道："别动！"声音虽然清冷严厉，手中的动作却并不粗暴。

他仔细地检查了我腕上裂开的伤口，重新涂上药又包扎起来，才放下我的手臂，不发一言地起身走出了门。

乾元三年春，皇上已经卧病数月未上朝理政，锦夜一党只手遮天，朝中忠义之士纷纷遭到迫害打压。四月十八日，端清王沐长风被封为摄政王，协同内阁监理龙耀朝政。消息传出，一石激起千层浪。朝中老臣欢欣鼓舞，奔走相告。长风的端清王府也改为摄政王府，每日慕名而至的人川流不息，摄政王府的灯火常常通宵达旦地亮着。

春日的清晨，我一身淡紫纱衣，坐在残月湖（就是我改的那个名字"杨柳岸晓风残月"，府上人嫌拗口，便简称为"残月湖"）上的白玉回廊处，趴在栏杆上，将手里的馒头掰碎喂湖中的锦鲤。

薛大管家站在一边将府内外的事回禀给我听，当听到"昨天朝堂之上，端清王被加封为摄政王，即日起监理朝中大小事务，与内阁一同议政"时，我手一抖，大半个馒头落入湖中，引得成群的锦鲤争抢。锦夜他果然是雷厉风行，不过数日，他已将此事办妥。

薛大管家见我神色不快，识趣地躬身告退。我呆看着水面，脸上忽然有痒痒的感觉，泪水如断线的珠子落在湖中。心中忍不住恻恻地痛起来，似被利剑贯穿，痛不可当。

云淡风轻的长风，淡泊名利的长风，厌恶官场争斗的长风，却将自己置于这样的旋涡之中。他面前的将是怎样一条荆棘丛生、艰辛坎坷的路？

我将头无力地靠在汉白玉的石栏上，泪眼蒙胧中却看到长风一身白衣的身影，目光中深情几许，似乎在对我说，"若溪，等着我。"

他从未说过爱我，却用他的行动向我表达了最深沉的爱意。

一个人来到我身后，有醉人的花香萦绕，不用看，我也知道是锦夜，自太皇太后寿宴那日之后，我还没有见过他。

身后的锦夜静默许久，忽然伸手握着我的胳膊将我拽起来。我满脸的泪痕自然没有逃过他的眼睛，他冷漠地开口说道："哭什么？他还没死呢！"

我瞪了他一眼，乌鸦嘴！

不过他的话也点醒了我。眼泪有什么用呢？长风不惜豁出性命为我们的未来打拼，我的悲伤消沉只会辜负他的心意，削弱他的斗志。虽然我没有能力同长风并肩而战，但是知道我活得很好，也可以让他放心，集中精力打赢这场仗。

我用手背抹了把脸，说不哭就不哭了。我相信长风能赢，相信他会带我远走高飞，相信我们能过上神仙眷侣一样的生活。心念至此，一时又觉得世事美好起来，到处是灿烂的阳光。

锦夜盯着我的脸，见我变脸比变天还快，刚才还梨花带雨呢，这会儿又春光明媚了，忍不住嘟囔了一句，"唯女子与小人难养也！"

我这才想到，长风赢，就是锦夜输，一时尴尬，不知说什么好。对锦夜，我的感情非常复杂。他正常的时候，我觉得自己身在曹营心在汉，很对不起他。虽然我们是因为交易而结为对食，但毕竟，周围人都"夫人，夫人"地叫着，即便不是正经夫妻，也让我生出几分为人妻的自觉性。他面对长风时，就会变成一个狠毒残忍的人，那个时候的锦夜是不可理喻的，我又觉得怕他，只恨不得离他越远越好。我觉得我自己都快精神分裂了，一时对他愧疚怜悯，一时又避之唯恐不及。

见我一脸的痴呆相，锦夜冷声吩咐道："换身男子的装束，随我去内阁议政厅。"

我不明就里地问："为什么带我去？"

锦夜收紧了胳膊，我差不多被他拽进怀里，他凑近我的脸，傲然道："我要你亲眼看着我如何让沐长风一败涂地。"

我还是不明白他为何让我旁观，不禁面露疑惑地看着他。他深吸了一口气，语气异常的郑重，"这样，三年之后，你才会心甘情愿地留在我身边。"

第二十三章·BI AN QIAN YUAN

故地

　　我回到遗珠苑，拆去头上珠环，脱下身上的锦衣。春痕为我换上一身男装，海蓝的锦缎，以银线绣着竹叶的花纹，立起的领子挡到颈间，掩住了没有喉结的脖颈，腰间是藏蓝色的腰带，头发也束了起来，结成男子的发髻。唯一的麻烦是我的身材太过傲人，在轻薄的衣料下无法遁形，无奈又脱下外衣，在胸前缠了层层白布，这才不那么扎眼。我照了照镜子，很有几分英气，竟然比女装顺眼很多。不仔细看，还真以为我是个面貌清俊的男子。

　　我出了遗珠苑的院门，锦夜已经在门口等我，见到我时，冷眼看着我，过了会儿，才点头道："时辰不早了，走吧！"说着自然而然地拖起我的手。

　　我一把将他甩开，仰头道："哪有两个大男人手拉手的！"

　　他没有生气，反而哑然失笑，在阳光的照耀下，仿佛金子般熠熠生辉。我悲催地意识到，单看我也算是人五人六，跟在他身旁，整个就是个跟班似的，撑死是个幕僚师爷类的角色。

　　我不愿跟在他后面，大模大样地冲他一抱拳，"兄台不走的话，愚弟先行了。"

　　他眼看着我朝花园的纵深处走去，经过他身边时，他面无表情地一把抓住我的胳膊将我拖回来，"是这边！"

汗，半个多月了，我连大门朝哪边开还不知道呢，于是只能老老实实地跟着他。

出了大门，我正左顾右盼地找马车呢，就见锦夜的侍卫牵过两匹马来。一匹我认识，是锦夜的"暗影"，那是匹健硕的黑马，通体墨黑，油亮亮的，像一匹上好的黑色锦缎，据说日行千里，连风都追不上它。

另一匹是身形纤细些的白马，雪白干净，一双温顺的眼睛，似通人性一般望着我。我惊喜得差不多要跳起来，忍不住上前轻抚着白马的头，它打了声响鼻，吓得我往后退了一步，被身后的锦夜一把扶住。

锦夜冲我伸出手，我见他手心里竟然是两块松子糖，于是毫不客气地一把抓过来，一块直接塞进了自己的嘴里，另一块托在手心喂给白马。白马低下硕大的头颅，闻了闻，将糖衔走了，粗糙温热的舌头舔着我的掌心，酥酥的痒，让我忍不住躲闪着咯咯笑了起来。

我拍拍白马的大脑袋，嘴里含着糖对同样在吃糖的它呜呜噜噜地说："以后，咱们两个就是一个战壕的战友了，要有福同享，有糖同吃，有难你要驮着我快跑。我叫林若溪，是你的姐姐，当然，在人前你要认我做哥哥。你就是我妹妹，我比你大，所以你要听我的话，我让你往东，你就不能往西，我让你直着走，你就不能画八字……"

锦夜皱着眉头听我一个人胡说八道。我终于停住对白马的教育，扭头问锦夜，"这马有名字吗？"

"白昼。"锦夜简短地答复。

"啊？白粥？"我摇头叹息，"如此白痴的名字你怎么受得了？"

白马适时地冲天打了声响鼻，仿佛对我的话深有同感。我受到鼓舞，更加高兴，"我要给你起个新的名字，要够威风、够响亮才行。"

在白马殷殷目光的注视下，我开始冥思苦想起来，起名字不是我强项啊！旁边的锦夜提醒我，"该出发了。"

我一拍手，得了，直接剽窃吧！我郑重地看着白马，"从今后，你就叫悍马。"（那可是我的梦想啊！）

锦夜忍无可忍，"悍马？是个马的名字吗？还不及白昼。"

我白了锦夜一眼，"你叫夜，它叫昼，你们岂不成了一家子？"

锦夜听了，脸都青了，眯着眼睛看着我，吓得我一哆嗦，赶紧说："要不我再想一个名字？"

锦夜抬头看看日光，一把将我抱起来放在马背上，瓮声说："随你起什么名字吧！只要不叫白昼就行！"

很快锦夜就后悔骑马了，咬牙切齿地说："你怎么不早说你不会骑马？下次出门，你坐马车！"

我在悍马背上哼哼唧唧，"下次？下次我就会骑马了！"

我一路是被锦夜牵着走的，他的侍卫跟在后面保驾护航。只要他稍微快一点，我就喊救命，引得路人纷纷侧目。

一直到晌午，接近吃午饭的时候，我们一行人才溜达到内阁议政厅。一个身穿官服的人早已翘首以盼地等在门口，见到锦夜忙不迭地上来行礼。

我连滚带爬地从马背上下来，两腿发软，差点没坐在地上，手扶着腰，一步一步往里挪着走。那个大官以为我是锦夜的跟班，一脸关切地问道："这位小兄弟可是受伤了？"

我不好意思说我是骑马骑的，只能敷衍道："这个……我是清早起来有些腹痛。大人是……"

那人神色颇为倨傲，"鄙人是内阁首辅谢翼亭。"

泻立停啊！我点点头，"听了大人的名字，我肚子立马就不疼了。"

待进得大厅，十几个官员已经恭恭敬敬地候着了。我从官服上大致看了一下，除了内阁的首辅、次辅，貌似朝中几位重臣也都在座。

锦夜目不斜视地径直走到主座上坐下，不避讳地一拉我，我直接跌坐在他旁边。众人开始以为我只是个随从，此刻方知我身份不同，不禁仔细打量起我，脑子灵光的口中诵着"将军夫人"拜了下去。

我偷眼看看锦夜，他已神色平常地开始询问朝中要事。众官员呼啦将锦夜围住，七嘴八舌起来，我在一旁只听见"户部启奏……""南方大旱……""今年的税银……""北部边陲……"

貌似那些个官吏都在等锦夜拿主意，锦夜从容不迫，条理清晰，思维敏捷，一件一件都处理得当。我不禁感慨，锦夜也真不容易，这就是一个国家的中流砥柱啊！

告一段落之后，谢翼亭捧着一叠书稿向锦夜道："清晨卯时，端清王，啊不，是摄政王来到内阁，将奏章都批阅了一遍，并将他的意见手书一封，说要交给锦大将军。"

锦夜微微一怔，不以为意道："他这么快就走马上任了？倒是勤于政务。"

说着接过厚厚的一叠纸。我伸脖一看，字体清逸，如远山秋水，却在字间隐见一身傲骨，正是长风的笔迹。锦夜开始尚草草翻看，不料看了两页之后便神色凝重起来，从头到尾细致阅读，竟看了小半个时辰。阅完后，他放下信稿，凝眉不语。

谢翼亭一脸义愤道："端清王刚刚被加封为摄政王，第二天竟然就对朝政横加干涉，不过是书生意气，他懂什么朝政！"

不少人随声附和，纷纷说长风不懂政务，妄加评论。我余光见到三两朝臣面露不齿，远远站着，也有几人保持中立，面无表情。我心中一黯，为长风担心起来，大臣中壁垒分明，锦夜一党占绝对优势，长风的这场仗不好打啊！

锦夜打断众人，冷冷道："摄政王所议的朝务你们再去仔细查证，尤其是摄政王指出朝廷给南方旱情的赈灾银两尚未到位，还有豫东的营私舞弊案更要速去调查清楚，回来后向我汇报。"

众人不料锦夜如此行事，竟然替长风说话，面面相觑起来。锦夜遣走众臣，只留下谢翼亭在跟前，谢翼亭见大家走了，立刻凑上来，诚惶诚恐道："锦大将军还有何吩咐？"

锦夜起身负手而立，在屋中踱步，"不想摄政王对朝中之事明察秋毫，了然于胸，且引经据典，分析得当，倒是锦夜以前小觑了他。"锦夜无声地笑了一下，"这样更好，他手段高强，我们二人方是棋逢对手，赌局才更有意思。有朝一日看他一败涂地，俯首称臣，也才更能解我心头之恨。"

锦夜扭身对一头雾水的谢翼亭吩咐道："从今日起，你要盯住摄政王，然后向我汇报，我要知道他见过什么人，做过什么事，说过什么话。"

"是。"谢翼亭恭敬答道。

"除了信稿上的事，今天摄政王还跟你们议过其他事项吗？"

谢翼亭困惑道："议的都是朝中大事，奏章上也都有。"他凝眉苦想了一下，"臣想起来了，摄政王问了杨同礼的案子。下官告诉他，杨同礼贪赃枉法，与其夫人沆瀣一气，按龙耀律法判了斩首，秋后执行。"

我心一惊，是杨大人和杨夫人。

"他怎么说？"锦夜冷冷问道。

谢翼亭窥着锦夜的神色，小心翼翼道："摄政王下令重审杨同礼一案，还拿走了杨同礼的罪状。离开内阁议政厅后，摄政王去了宫里面见圣上，据探报，皇上已经赐他尚方宝剑。"

锦夜面色一寒，"你怎么早不说？"

"这个……下官觉得杨同礼一个四品官吏，不过小事一件，若不是锦大将军问起，下官都想不起来了。"

"废物！"锦夜呵斥道，声音不大，却寒气逼人。那谢翼亭鼻尖儿都聚出汗来，哆嗦道："锦大将军息怒……"

锦夜略一沉吟，"倒是个机会，让本将军先跟摄政王过过招。"说着不去理呆立一旁、瑟瑟发抖的谢翼亭，走到我跟前，将我一把拉起来，"咱们去慎刑司的大牢走一趟。"

出了内阁议政厅，锦夜懒得再跟我磨叽，飞身上马，那暗影终于可以放蹄狂奔，仰天嘶鸣后，似一只离弦的箭冲了出去，只留下烟尘滚滚，让我望洋兴叹，羡慕不已。

锦夜留下他的侍卫跟着我。我第二次上了马背，有了些经验，不像一早那么狼狈，悍马也能小步颠着跑了。

半个时辰后，我们到了慎刑司的大门口，我一见到青黑色巨石砌成的堡垒就浑身哆嗦，没办法，有心理阴影啊！

我在门口逡巡了一下，见里面戒备森严，本想多拉几个垫背的一起进去壮胆。回头看看锦夜的那些侍卫木头人一样地杵在门口，压根儿没有要进去的意思。

我问为首的那个人，"你们怎么不进去？"

那人躬身行礼道："回夫人，这慎刑司的大牢只有手持锦大将军的令牌才能入内。"

早说啊，我没带在身上。我犹豫了一下，惦记着不知杨大人和杨夫人怎么样了，只能硬着头皮往里闯。

把门的很快将我拦住，铁门后探出一张大饼脸来，声色俱厉道："什么人活腻烦了，敢闯慎刑司的大牢？有锦大将军的令牌吗？"

我一看，是我那白捡的宝贝儿子。我急着进去，只能拍着他的肩膀，"乖儿子，为娘不跟你多叙旧了，我得追你爹去！"

马公公仔细看看我的脸，立刻换上一副惊喜交加的神色，亲昵道："母亲大

人，您怎么穿上男装了，儿子都没认出您来。父亲大人一早进去了，吩咐儿子在这
儿等您，儿子给您老带路！"

说着就孝子贤孙上身，过来挽我。我一阵恶寒，甩开他，"我自己走就行。"

马公公一脸对着高堂的恭顺爱戴，"那您老小心点，别磕着绊着。"

我有这么老吗？我翻了个白眼大步往里走去。

我又走上了那条幽深阴冷的走廊，那股充满血腥和死亡的气息一下子把我包围
住。离我穿到这个世上差不多整整一年了，旧地重游，感慨万千。

走廊尽头，我习惯性地向左拐，在尽头的牢房里，我与长风曾经共处了一个
月。马公公赶紧提醒我，"母亲大人，在右边，左边的牢房父亲大人吩咐过要给摄
政王留着。"

我气结地狠瞪了他一眼，转身向右走，一时仿佛进入地狱一般。左边一排阴暗
潮湿的牢房，右边石壁上的火把忽明忽暗，长长的甬道散发着血腥和发霉的味道，
充斥着呻吟和叫喊声。一只满是血污、没有指甲只见惨白指尖的手突然从铁栏中伸
出来，差点抓到我，如鬼魅的声音低哑着呼喊，"放我出去……"

我猝不及防惊叫出来，马公公手持皮鞭挥过去，啪的一声，鲜血飞溅，那人惨
叫着缩回手去。我吓得两腿发软，赶紧走到马公公的另一边，让他厚实的身躯挡着
我。马公公拍着胸脯，细声安慰，"母亲大人不用害怕，有儿子在，他们别想伤到
您老人家。"

我颤声问："这些人都犯了什么罪？"

马公公义愤填膺，咬牙切齿，"都是些无知狂妄的奸佞小人，敢跟我父亲大人
公然作对的，全都落不得好下场。"

我对这个大孝子实在是无语，只能闷头往里走。差不多到了甬道的尽头，一间
牢房牢门打开。我没敢进去，站在外面向里面探头。适应了一下昏暗的光线才看见
阴暗的牢房里锦夜昂然而立，而杨同礼和他夫人倚靠在对面的墙壁上，身下是发霉
的烂草。杨夫人挽着她丈夫，两个人破衣烂衫，容颜憔悴。杨夫人还好，没受什么
刑，但是杨大人就很苦楚了，遍体鳞伤，一条腿都被打残了，反拧着拖在地上，股
上可见惨白的腿骨，不知挨了多少板子。一只眼睛也打瞎了，满是血痂。好在在杨
夫人的精心照料下，身上还算整洁，此刻他的头靠在墙壁上，闭目养神，好像面前
的人都不存在一般。

锦夜正悠悠说道："不想杨大人与如今的摄政王还是旧识，竟然让摄政王开口

要刑部重审大人的案子，倒让锦夜颇为惊讶，不知杨大人与摄政王如何勾结在一起的。"锦夜顿了一下，继续游说道："只要你说出摄政王与你的案子有瓜葛，是他指使你收受贿银，侵占官田，本将军就可以饶你不死。"

坐在地上的杨同礼闷声道："杨某不知道谁是摄政王。"

锦夜耐着性子解释，"端清王昨日被皇上封为摄政王。"

杨同礼依旧闭着眼睛，"端清王一向洁身自好，是正人君子，不知如何招惹到锦大将军。子虚乌有的罪名，还让杨某人拖端清王下水，锦大将军真是看得起杨某。杨某一直仰慕端清王，却无缘得见，说是受王爷指使，真是天大的笑话！"

锦夜眼中寒光一现，"即便杨大人视死如归，不爱惜自己的性命，难道不顾念杨夫人？她为了你不惜夜盗锦府，你果真舍得她陪你一起死吗？"

杨同礼睁开一只眼睛，目光依旧凌厉，对锦夜怒目而视，"要杀要剐悉听尊便，扯上无辜妇人，非男儿所为。"

锦夜面若冰封，紧抿的嘴角下弯，目中露出骇人的杀气。杨同礼不经意的一句"非男儿所为"又戳到了锦夜的痛脚，锦夜是个男子，却顶着一个太监的尴尬身份，最恨别人拿这个说事。如果说刚才锦夜还有威胁杨同礼、陷害长风之意，现在却是恨不得生吞了他。

"好！"锦夜的声音能让流水成冰，"本将军便遂了你的心愿。当日杨夫人到锦府盗取令牌还伤了内子，这笔账今日就一并向你们夫妇二人讨算。来人，将他们绑到刑室去。"

马公公指挥着几个太监上来拖走了杨大人和杨夫人。我傻愣了一会儿，跟着跑，却被锦夜一把拉了回来，"你别去。"

他拉着我走过甬道，将我向门口处一推，冷言道："外面等着。"

我是胆子小，不过不知锦夜要如何对付杨大人和杨夫人，心中惦记，转了一圈还是回去了。锦夜见我哆哆嗦嗦地进了刑室，也不再赶我，只说了一句，"一会儿可别吓破了胆。"

我腿一软，差点坐地上。

杨大人和杨夫人已经被面对面地绑在两个刑柱上。马公公摩拳擦掌，"父亲大人，您看是用炮烙呢，还是用鞭刑？"

"凌迟。"锦夜薄唇微启，冷冷吐出这两个字来。

杨夫人吃惊过后，破口大骂，"阉人，你残害忠良，阴狠暴虐，难怪老天让你

断子绝孙！"（这两口子还真是志同道合，骂人的方向都保持着高度的一致）

锦夜冷冷道："杨大人不是跟杨夫人伉俪情深吗？我便让人用同一把刀，割杨大人一刀，再割杨夫人一刀，交替往复，三两天后你二人同时归西，也好到阴曹地府里生儿育女去。"

马公公得了指令，"父亲大人英明。"说完便到刑架上选家伙去了。我吓得魂飞魄散，比绑在架子上的那两位还腿软，情急之下，拉住锦夜的袖子，"不是说秋后问斩吗？现在才夏天！"

锦夜微仰着头，"我要杀的人，还等什么季节时辰？你若看不得这血腥，便出去。"

言语间，马公公已经拿来一柄柳叶刀，薄薄的刀刃闪着寒光，"父亲大人，先从谁开始？"

刑架上的二人绝望地对望一眼，杨同礼黯然道："阿梧，是我连累了你。"

杨夫人抖着嘴唇，"官人何出此言，你我夫妻一场，能够死在一起也是福分。"

我不忍看这凄惨场面，差不多是哭着求锦夜，"放了他们吧！哪怕是秋后问斩，也好过眼睁睁看着心爱的人千刀万剐！"

锦夜面无表情地吩咐牢中狱卒，"将她带出去。"

几个狱卒上来拉我，我扒着门口的栅栏不肯走。

正在闹得不可开交之时，走廊里一阵喧哗，竟然有人闯进大牢，这个是真来劫狱的吧！

我好奇地向走廊看去，竟然看见长风手持一把宝剑大步而来。他一反常态地没有穿白色的衣裳，一身玄黑的摄政王朝服，华贵而威严，让一贯云淡风轻、温文尔雅的他，透出不怒自威的气势来。

马公公第一个跳出去，刚想声色俱厉地开骂，待看清来人，不禁愣了一下，"是摄政王驾到！"随即想到锦夜在近旁，为了表现一下，梗着脖子道："即便是摄政王也不能擅闯这慎刑司天牢。"

长风冲着马公公一举手中宝剑，沉声道："本王有皇上御赐的尚方宝剑，阻拦本王者，杀无赦！"

马公公咽下口水，撤后一步，嗖的一下子躲到锦夜身后，心有余悸地探头看向长风。

314

长风发现我也在，正手扒门框呢。他微微错愕，随即星眸熠熠地注视着我，眼中满是无法掩饰的关切和蚀骨的相思。

锦夜伸出手抓着我的手腕将我拉到自己身边，"王爷今日真是繁忙，一早去批阅奏章，监理朝政，又去宫中请来尚方宝剑，还真是鞠躬尽瘁，恪尽职守。王爷现在又来这天牢故地重游，不知所为何事？"

长风并未理会锦夜的奚落，直视着锦夜道："见此剑如见皇上亲临，锦大将军为何不跪？"

锦夜眉头一蹙，脸上染上了恼怒之色，对长风直呼其名，"沐长风，你不要以为拿了皇上的尚方宝剑就可以为所欲为，你跟我斗，根基尚浅！"

长风也没有进一步跟锦夜纠缠，抬手从怀中拿出杨同礼的供状，"本王今早在内阁阅看公文，竟然看到杨同礼大人的供状和秋后问斩的判决。供状上说杨大人贪赃枉法，媚上欺下，收受贿银，侵占良田，欺男霸女，逼良为娼。（嚯！这要都是真的，让他死八遍都富余）可是本王却早有耳闻，杨大人为官清廉，两袖清风，口碑极佳。此份供状，漏洞百出，现如今，仅凭这份供状就要治杨大人和杨夫人的罪，本王认为有草菅人命之嫌，因而要将杨大人及夫人带回刑部重审此案。"

锦夜瞟了供状一眼，不紧不慢道："犯人业已签字画押，认罪伏法。本案已结，无需重审。"

长风温润的脸上现出义愤之色，指着刑架上的杨大人道："严刑逼供，屈打成招，杨大人一身铁骨，不肯认罪，便被狱卒毒打致残。说什么'本案已结，无需重审'，本王眼里，这就是一桩冤假错案。"

锦夜冷笑，"王爷对慎刑司的手段知道得是一清二楚啊！真是没有白待那几个月。"他凑近长风，压低声音道："放心吧，那边那间死囚室，我还给王爷留着呢！"

我离得近，听个满耳，不禁担心地看了长风一眼。长风并不惧怕，淡然回应，"三年之内，即便锦大将军想关押本王，也要师出有名。"

刑架上的杨同礼这会儿睁开一只眼睛，满不在乎道："端清王不必为下官费心了。锦大将军一向是欲加之罪何患无辞。现如今朝堂之上奸佞小人当道，杨某人响当当的一条汉子，耻于与之为伍。不如清清白白地死了，落得一身干净。"

杨同礼在如此境况中，面对锦夜却毫不畏缩，依旧敢言。破旧的囚服，残败的身躯都掩不住他的一身正气，不禁赞了一句，"好，'我自横刀向天笑，去留肝胆两昆仑'，杨大人有气魄。"

杨同礼一只眼睛扫到我身上，"这位小兄弟目光清灵，豪气干云，只是身形纤细，是个女子吧！"

我吃了一惊，不想他一只眼睛却如此犀利独到。对面的杨夫人小声提醒杨同礼，"是锦大将军的夫人。"

杨同礼上下打量我一下，叹道："可惜了……"

说完这句，便闭目不再言语。锦夜气得七窍生烟，未等发作，一旁的马公公已经飞起一脚冲杨同礼身上踢去，"你可惜个屁呀！我爹跟我娘天作之合，郎才女貌（汗死，还是说郎貌女才吧！），轮得着你说三道四？难不成你看上我娘了？我告诉你，你还是老老实实地跟你那刁婆子一起挨刀子吧！我爹娘恩爱，情比金坚，你想我娘也是白想……"

他絮絮不止地一边打，一边骂，雷倒了一屋子的人，连锦夜都一头黑线地看着这个活宝。

长风一把拉开上蹿下跳的马公公，劝解杨同礼道："求死易，求生难。杨大人既抱有必死的决心，为何没有匡复朝纲的斗志？"

杨同礼叹道："端清王的话下官也明白，只是朝堂上俱是诰命臣工，盘根错节，整日里不思如何报效朝廷，让百姓安居乐业，只想着谋己私利，中饱私囊，为保头上乌纱，不惜奴颜婢膝，颠倒黑白。下官是寒了心了，宁愿不做这官，也不愿意与他们同流合污，但愿以一死惊醒世人，博得天地清明……"

我余光看到锦夜面色阴寒，马公公也是义愤填膺，若不是被长风隔开，手里的刀子早就招呼到杨同礼身上了。我怕锦夜与长风剑拔弩张，越来越僵持，只能赶紧把话头接过来，"杨大人说得在理，诰命之臣，都是世袭官位，老爹死了儿子继承，儿子死了，孙子继承。现在的征西将军就是当年开国元勋的重重重重孙子，从未带过兵、打过仗，兵书都没有看过，手无缚鸡之力，整日声色犬马，醉卧烟花柳巷，却偏偏顶着征西将军的头衔，简直就是玷污了先祖用性命搏来的荣耀。"

我转头向锦夜，"方才在内阁之中，大家争相向你汇报各地政务，只是按你说的下去照办，没有一个人有自己的观点意见，不过就是个传话筒，这样的朝廷大臣太过好当，找个八哥鹦鹉都能胜任，却吃着皇粮，领着官俸，朝廷养着他们做什么？"

锦夜待要反驳，我赶紧说句好听的堵住他的嘴，"你锦大将军就算是天神下凡，三头六臂，累死自己也做不了这许多事来……"

马公公无限感慨地附和着，"父亲大人为了朝政真是日理万机，鞠躬尽瘁啊！可恨那些人受了父亲大人的恩惠，却不知替父亲大人分忧解难！"

我一指马公公，"说得好！"我接着发表我的鸿篇大论，"一个国家，若只有三两个官员肯为朝廷效力，为百姓排忧，如何能实现国家的强盛，民众的富足？现如今南方大旱、灾民遍地，除了开国库赈济，那些朝臣可曾想出别的行之有效的法子了？北部边陲告急，蛮人入侵，那个只会逛窑子的征西将军，朝廷可放心让他带兵征讨，将一国的安危交在他的手中？……"

我将一串问题抛给锦夜，锦夜默然不语。长风温和地看着我，让我一阵心猿意马，都忘了该说什么。倒是依旧捆着的杨同礼叹服道："夫人巾帼不让须眉，竟有如此见识，杨某实在是佩服之极……"

还没说完，就被马公公冲上来又是一脚，"还说你不是觊觎我娘……"

杨同礼挨了一脚，龇牙咧嘴，仍挣扎着问："敢问夫人……对解决之道可有高见……哎呀……"又挨了马公公一脚！

我赶紧指挥长风将护母心切的马公公拉开，"看住他，别让他再踢人！"

我见一个牢房的人都看着我，一阵心虚，我就是信口一说，我哪有什么解决之道啊！如今骑虎难下，没有也得硬编，"这解决之道嘛……有道是：工欲善其事，必先利其器。朝廷现如今最缺的是什么？"

我眼光扫过众人，别人都默不作声，唯有马公公跟比赛抢答似的喊出来，"银子！"

"不对！"我不敢问锦夜和长风，只能一指杨同礼，"你说！"

杨同礼思量着，"朝中缺少浩然正气。"

我一挥手，"也不对！满脑子浩然正气，呆板迂腐。人都要死了，光要正气又有什么用？况且被别人泼了一身污水，死后也落不下好名声。说你遗臭万年还抬举你了，你还没冤到那个地步，不过你们杨家就别指望你光宗耀祖了，死了也是白死！"

我不待别人发言，一拍双手，"现如今朝廷缺的是——人才！（向《天下无贼》里的葛大爷致敬！）千军易得，良将难求。没有具备执行力（现代词啊！）的人，安邦富民的宏图伟业就无法得以施展。现在朝中官员主要靠世袭得来，外省地方官吏靠士大夫举荐，说白了就是谁会溜须拍马，谁就有机会当官。这些人中大多是不学无术之人，更有甚者，斗大的字不识一箩筐，不过手里有方官印，就敢发号施令。问题的症结是，人才在哪里？谁是人才？是那些世袭的爵爷吗？是那些只知道搂银子却不顾百姓疾苦的士大夫吗？是那些只懂得钻营官场，巴结权贵，钩心斗角，结党营私，连句真话都不敢说的朝廷命官吗？"

杨同礼也是个痴人，听到我的一番高论，连自己被绑着就要千刀万剐都忘了，向我问道："那夫人觉得，朝廷如何方能得到人才？"

"这个问题问得好，"我对他的求知好学表示肯定，"所谓人才应是那些学富五车的有识之士，兼有报效朝廷、造福苍生的宏图大愿。朝廷可以通过科举考试，广纳贤才，参与朝政。考题由翰林院统一拟定，待考试当天发放。题目可以是时政，也可是治国之道，甚至是国家面临的政要问题，限时由考生作答。再由专人批阅考卷，选取答题见解独到、立意高远的才俊。"

"龙耀全国人口众多，如何举办全国大考？"这回问我的是长风。

我看了他一眼，见他晶亮的眼睛也注视着我，神情专注。我赶紧扭头，稳稳心神，凭借对古代科举制度的那点儿了解，接着搜肠刮肚道："我在一本《奇闻异事录》上曾看到过可行的科考制度。科考可分为乡试、会试、殿试三级。乡试为地方考试，在各府县举办，每两年一次，考中者称举子，有资格参加转年的会试。会试是全国考试，于乡试的第二年举行。全国举子在京城会试，考中的称贡士。最后一级是殿试，在会试后当年举行。殿试由皇帝亲自主持，只考时务一道，当堂口试。殿试毕，次日放榜。录取分三甲：一甲三名，赐进士及第，第一名称状元，二名榜眼，三名探花，合称三鼎甲。二甲赐进士出身，三甲赐同进士出身。这些人也可称为天子门生，无党无派，经历练后，视其见识专长，再分派到各部或地方为官。此举可以解决国家近期的人才问题。当然，常言道：'十年育树，百年育人'，若要长远打算，还是要广开学馆，普及教育，让百姓的子女都有机会识文断字，上通天文，下晓地理……"

我一下子住了嘴，怎么扯到义务教育上去了呢？抬头见大家都盯着我不说话，心虚地补充道："我就是提个建议，其中具体的运作细节，还有待商榷细究。"

"好！"杨同礼第一个喊好，"如此一来，便能收录天下有学识、有抱负的人入朝为官。这些人可能来自城镇乡野，自是了解百姓疾苦，受朝廷重用，必会感恩戴德，鞠躬尽瘁。况且，如此选官，各人良莠一视可知，不会让不学无术的人得便宜。入朝为官者俱为天子门生，也不会有党派之分，能够秉公办理朝政。夫人一席话，醍醐灌顶，让杨某茅塞顿开啊！"

我微微一笑，"杨大人不一心求死了？"

杨同礼仰天长叹，"杨某愿留下残躯为朝廷略尽绵薄之力。"

"杨大人高义，生死只在一念之间。然而死有重于泰山，也有轻于鸿毛，古人有云：'人生自古谁无死，留取丹心照汗青'，杨大人肯将一腔碧血丹心效忠朝廷，造福苍生，实乃龙耀之福，若溪替龙耀百姓谢过杨大人。"

杨同礼若不是捆着呢，早就拜下去了，"多谢夫人点醒，杨某愧不敢当。"

马公公看看我，看看杨同礼，看看长风，又看看依旧阴着脸的锦夜，纳闷道："怎么说不死就不用死了？这事是由他自己定的吗？我爹他老人家还未发话呢！"

对啊，那阎王还一直没有说话呢！我有种感觉，锦夜将我的话听进去了，不然他不会一直由着我喋喋不休而不加阻拦。说到底，锦夜把持着朝政，朝中多少弊病他比谁都清楚，那些溜须拍马却不干实事的朝官，他也一早感到厌恶。他只是不愿就这样放过杨同礼。

锦夜看看我，思索道："科考选官确实是奇思妙想，闻所未闻。"

长风接口，"杨大人的案子尚有不实之处，不宜草草定罪。朝廷此时正是用人之际，既然杨大人一心报效朝廷，必能秉公执法，不会徇私舞弊，便由杨大人任今年科考的主考官。额定秋季完成乡试，明年春季完成会试。"

锦夜冷笑道："王爷倒是避重就轻。那就请摄政王督办此事。至于杨大人……若办差得力，便饶你不死，若搅得人心惶惶，举国不定，便数罪并罚，判你与你夫人一同问斩。摄政王可有异议？"

长风审时度势，缓缓点头道："本王没有异议。"说着，上前去解杨同礼身上的绳子。

"慢！"锦夜出言制止。"我还有一事要问杨大人，还请杨大人直言相告。"

杨同礼颇为无奈，"下官说过多次了，对于当年之事，我真的是毫不知情。我只知道，当年的刑部尚书刘景林刘大人确实曾提调抚远将军李明放幼子的档案文书，其他的就一无所知了。"

锦夜蹙紧了眉头，"刘景林已是死无对证。杨大人还是再费神想想吧，除了刘景林还有谁动过文书。如若说不出个所以然，还请杨大人在我这慎刑司里再多待几日。"

长风一直默不作声，此刻让人解下杨同礼夫妇，连同其他人退下。锦夜未加阻止，冷眼旁观，等牢房里只剩下我们三人时，长风坦然看着锦夜道："你别难为杨大人了。当年是我让刘景林调出你的档案文书，更改了你的生辰。"

"果然是你！"锦夜有些失魂落魄，"怪不得，刘景林与我毫不相干，怎会救我！我早该想到是你。"继而他挑衅地看着长风，语气讽刺，"如今你承认是你做的，是不是想告诉我，你曾施恩于我，救过我的命，让我对你感激涕零？"

我忽然想起锦夜曾说过恨不得杀了救他的人，不禁替长风捏了一把汗，貌似在锦夜心中，长风又罪加一等了。

长风轻轻摇摇头，"我只是希望你不要再逼迫杨同礼杨大人，他真的对此事一无所知。我也不是向你邀功。我们曾是最好的朋友，当时若换了是我身处险境，你一样会想方设法地救我的。我知道你对我父亲恨之入骨，所以一直没有告诉你。"长风闭上眼睛，痛心道："锦夜，我不知道，我们为何走到今天这一步。世事弄人，那场战乱让你的家人都命丧黄泉，而我的父母也都不在了。我父亲临终时告诫我'远离朝堂，不问政事'，正是因为他对争斗感到厌倦，一场宫变，血流成河，卷入其中的人都是身不由己。我不是请求你原谅我的父亲，我只想请求你放过你自己。"

长风言辞恳切，锦夜有片刻的动容，随即他甩甩头，似要将听到耳朵里的话甩出去，再度抬起脸时，神情已被愤怒和执着所取代，"你的父亲是因为愧疚而死，而我的亲人却一个个惨死在我的面前。这不是你一句云淡风轻的请求原谅就可以抹杀的。沐长风，我答应过我爹不报此仇誓不为人，所以我此生注定与你缠斗不休。你以为你曾救了我，我就会感激你吗？你错了！你知道我活得有多厌倦吗？我恨不得当时能够跟随我父亲一起上刑场！可你救了我，留下我来向你讨债，这不正是因果循环的报应吗？总有一天，我要让你后悔当初救下我的性命，让你经历我所经历的痛苦，让你眼睁睁地看着你所珍爱的人在你面前受苦，让你生不如死，活在无尽无休的地狱般的折磨里！"

说到最后，锦夜差不多是呐喊出来的，他抓起我的手腕，示威般地举起来给长风看，"你爹告诫过你远离朝堂，可你为了这个女人还是违背了你爹的遗言。看来我把她弄在身边还真是做对了。不要忘记我们的赌约，好好经营你的势力吧！朝中都是我的亲信，我还真怕三年不到就将你整死了。我便给你个机会让你培植自己的人马，如此才更加有趣。三年后我会让你一败涂地，心服口服地输掉你的女人！我都等不及看你那时候的嘴脸了！"

说完他不等长风回话，便拉起我往牢外走。我被拽得脚不沾地，百忙中回头冲着长风展颜一笑。看到我的笑脸，他也微微牵了牵嘴角，眼中的眷恋像阳春三月的一江春水脉脉流淌。

科考之事在朝中掀起轩然大波，我每日在内阁都能看到有关科考的奏章和批文。朝中老臣纷纷抨击科考会紊乱朝纲，公开表态耻于与乡野村夫、市井小民同朝为官。更有甚者扬言要将妖言惑众者揪出来，让我惧怕了许久，每次去内阁都吓吓唧唧的。偶尔锦夜不在跟前，我还假装义愤填膺地跟着他们一起声讨一下，生怕别人知道科考的起源都是我一时的信口开河。

长风顶着巨大的压力从中周旋，他每日都是深夜在内阁批阅折子，白天要奔波在皇宫、各个部司和翰林院之间，我很少能见到他，即便见了也是远远地匆匆一瞥，不是他被一干朝臣团团围住，就是我被锦夜拉走。但虽然仅仅是一个眼神的交流，也让我们脉动的心跳到一起，诉说着地老天荒的誓言。

每天在内阁，我最大的乐趣就是看长风写的奏章批复，条理清晰，字字珠玑。他的文章跟他的人竟然有很大的不同，针砭时弊，文笔犀利，很难想象这样的文字竟然出自他那么一个温润如玉的人。这让我看到另外一面的长风，不畏艰险，百折不挠。

在长风的不懈努力和推动下，龙耀三年的乡试按部就班地进行着。杨同礼被任命为首次科考的主考官，从此翰林院多了一位拄着拐杖的独眼学士，披星戴月，斗志昂扬。

朝廷发放了科考公文，各地张贴了告示。举国上下的百姓见到有学识的便可以为官，实现治国的抱负，一时龙耀国学习之风大盛，各乡县报名参加科考的人逾万。

·第二十四章

作秀

盛夏之际，宫中传来喜讯，皇后娘娘诞下一位皇子，病榻上的皇上龙颜大悦，大赦天下。依龙耀国历，第十二代子孙，为"辰"字辈，于是皇上为小皇子取名为沐辰宇。听到这个消息，我很高兴，江映雪历经万难，终于平安生下了她和皇上的孩子。那个崭新的小生命，承载着巨大的欢欣和喜悦。

这日清晨我因吃坏了肚子，没有随锦夜去内阁。中午时分，我喝了两碗粥，感觉好了许多，在府里待得特闷，便要出去溜达溜达。当然也不是自己溜达，还得带着二十几个保镖呢。

我换上一身天水蓝色的男装，因昨日大雨，添了几分秋意，便又披上一件宝蓝色的软缎披风。

牵着我的悍马出府的时候，薛大管家跟了过来。我想起赈济灾民的事，便问他："上回让你捐给南方旱灾的那笔银子送到江南知府那里了吗？"

薛大管家毕恭毕敬道："回夫人，在下已让妥靠之人将银子送到江南，并按照夫人的嘱托，说是锦大将军特拨的款项。"

我点点头，"虽说做好事不留名，但是不拿咱家爷的名号压一压，恐怕那些官吏贪了那笔银子，中饱私囊，不用在老百姓身上。"

薛大管家苦着脸，"夫人想得周全，只是锦大将军若追查起这笔银子的去向，在下如何交代？"

"没关系，打着他的名号行善，他有什么好生气的？他若发现，你只推到我身上便是。"

正说着，就听一声嗤笑，"你倒会拿你夫君的银子打水漂。"

我一抬头，就见西门庆华胜似闲庭信步地走了过来。一身暗碧色的薄纱锦衣，蜜色的肌肤若隐若现，乍一看吓了我一跳，以为他穿的是透视装呢。仔细看时才发现，纱衣上以墨绿色的丝线绣着落英缤纷的图案，花纹的地方是深色的，而薄纱的地方却是半透不透的。

自那日送过十万两银子之后，西门庆华来过几次，说是拜会锦大将军而来，却专拣我在而锦夜不在府中的时候。对于这点我也不奇怪，这府里肯定有他的眼线，给他通风报信。

他每次来都送些古玩珍宝，这要是能让我捎回到现代一两样，我就发了，随便一件都是价值连城。我这个人眼皮子浅，为了那些东西也能忍着不轰走他，还点化他一些现代的经商之道。我因连日跟着锦夜四处跑，倒也有多日没见他。今日不承想他又来了。

薛大管家恭敬地向他行过礼，识趣地退到一边去。我见躲不过，只能冲他一抱拳，"西门堡主，多日不见。"

他咧嘴一笑，"你夫君将你看得紧啊！庆华日思夜想，单独见你一面都难。"

我哼哼了一声，也就是锦夜这会儿不在，要不然听见这话还不定怎么想呢。我懒得跟他在想不想的问题上多纠缠，于是问他："又给我夫君送银子来了？"

"给你银子，你也是去送人情。早知道你这么败家……"

"行了，行了！"我打断他，"败家也没有败你的，你只管往这儿送就行了，管我怎么花？"

他叹息着摇头，一副恨铁不成钢的神情，"要不说你就会拿你夫君的银子打水漂呢！"

我听着怎么这么别扭呢，想了半天才明白过来，又被他占了便宜。我恶狠狠地瞪了他一眼，"不在家守着你那三十几个媳妇，上我跟前碍眼来了！"

"女人啊，就是善妒。庆华可是'弱水三千只取一瓢饮，沧海万顷唯系一江潮'。"

水仙不开花，装什么蒜啊！把自己说得跟个情圣似的。我被他雷到，哀怨地看了他一眼，"西门堡主不必无病呻吟，您是无事不登三宝殿，有什么话直说吧，用不着绕这弯子。"

西门庆华用手中的折扇一拍掌心，"还是咱们两个心有灵犀，庆华还未开口，桑妮就知道我的心意。"

我哭丧着脸，我知道个什么呀？

好在西门庆华没等我进一步问，自顾自地将问题说出来，"南方大旱，灾民四起，强盗劫匪渐众，锦大将军下令关闭了商道，南北货物无法互运，此举让风云堡损失惨重啊！"

这事我也知道，我天天到内阁坐班，朝中大小事摸个门儿清，当日锦夜下令关闭商道，我还曾提出质疑，龙耀疆域广阔，横贯南北，关闭商道会影响商贸，于民不利。只是天灾当前，各地劫匪盛行，杀人越货不胜枚举，官府也是顾此失彼，应接不暇，因此只能关闭商道，阻断贸易，也实属无奈之举。

我只能向西门庆华解释，"西门堡主，你风云堡的商队有镖师护卫押运，一众抢匪自是奈何你们不得。但是那些小商队就没这么幸运了。每日各地报上来的商道遭抢的案子数不胜数。朝廷也是不得已才封了商道。等到灾情过去，自然会重开商道的。"

西门庆华凝眉道："商贸在于把握先机，先不说商家的损失，你可知道关闭商道一个月，朝廷少收了多少税银。况且很多货物不易长久保存，多少商家倾家荡产，走投无路。"

我也知道他说的是实情，"那西门堡主可有解决之法？"

他思索着道："短期来看，可让朝廷增派兵员，驻守商道。长期来说，则要安抚灾民，富民强国，百姓安居乐业，自然国家兴盛。"

难得他有一本正经的时候，我不禁多看了他几眼，"西门堡主说得不错。只是今日北部边境也不太平，龙耀国力虽强，却一直不注重兵力。此时北方吃紧，哪有多余兵力驻守商道？"

他挑眉一笑，神色轻浮，"所以庆华来找桑妮，桑妮跟锦大将军吹吹枕边风，不就事半功倍了吗？"

我气得牙齿打战，哆哆嗦嗦上马就走，没跑两步，西门庆华一声口哨，悍马猛地一掉头，向回跑，我在马背上往后一仰，差点从马上掉下来，手忙脚乱地抓住缰绳才稳住身子。

悍马到了西门庆华身前，收蹄停住，温顺地俯下头，用鼻子蹭着西门庆华伸出的手。我拍了一下悍马的脑袋，气哼哼地骂它，"花痴啊！发情啊！没见过男人！还是你被西门堡主收为第三十三房小妾了？"

西门庆华听着我指桑骂槐也不生气，依旧笑得闲逸优雅。悍马不好意思地低下头，但仍止不住地往西门庆华身上蹭。

我看看悍马，又看看西门庆华，恍然大悟，"难不成，这马也收了你的贿赂？"

西门庆华笑而不语，一直候在一边的薛大官家忍不住出言道："这马是几个月前，西门堡主赠予锦大将军的。"

怪不得悍马胳膊肘往外拐呢。我继续教育它，"既然跟了我，就得认我做姐姐，别理那不三不四的男人，嘴上一笼筐的好话，其实一肚子的坏水，整天想着如何利用你，根本就是没安好心眼。"

西门庆华斜了我一眼，"这话说得，真是冷人心肠，庆华对你可是一片真心，多日不见，心中挂念你是否安乐。"

我刚想张嘴骂回去，见他漆黑的眼珠看着我，竟然带着几分关切，没有丝毫的浮夸之色，倒让我一时语塞，骂不出口。

我低着头，双腿一夹马肚，缓缓向门口走，心中一动，扭头对他说："旱路运输挑费大，时间长，所需人手也多。况且途经山路乡村，极易被歹人所劫。西门堡主可曾想过开凿运河，改走水路？"

西门庆华思忖道："水路自是快捷方便，多有裨益。只是开凿运河为朝廷所为，庆华一个商人，尚没有这个特权。"

"去找摄政王沐长风，晓以利弊，如此利国利民的事，他会考虑。"

"开凿运河，所耗巨资从何而来？摄政王首要想的必是银两问题。"

"你风云堡出一部分，朝廷出一部分，不就成了？"

西门庆华如遭雷劈，愕然道："朝廷兴修运河，为何让我出银子？"

我语重心长道："开通河运，功在千秋万代，如此殊荣，西门堡主就不要拱手让人了。"

西门庆华挥挥手，"开凿运河那也是远水解不了近渴，以后再议，当下南北贸易中断该如何处理？"

"朝廷关闭商道，是因为灾民众多，占山为王。若风云堡肯开仓赈灾，救济灾民，不就迎刃而解了吗？"

西门庆华哼了一声，"灾民万众，我风云堡又不是粮仓银库，哪里救济得过来？"

我瞟了他一眼，"有道是'天下兴亡，匹夫有责'。龙耀的商贾莫不是以你风云堡马首是瞻。若能集结各地商贾捐银赈灾，再以此作为功绩，让朝廷开通官道暂为商用。"我莞尔一笑接着道："反正你也没事拿银子向朝廷众臣四处发散，不如物尽其用，将银子使在刀刃上。你若能带动商贾捐银，解了朝廷燃眉之急，朝廷才能投桃报李，官道民用，便利商贾。"

西门庆华想了想，面露微笑道："左右是哄着我出银子罢了。若果真能够开通官道，暂为商用，庆华倒也不吝啬这些许钱财。"

我笑而不答，拍拍悍马，"悍马，我们走！"

西门庆华诧异道："这马并非汗血宝马，为何叫汗马？"

我耐心地解释，"不是汗血宝马的汗，是彪悍的悍。"

西门庆华闻言乐不可支，忍不住赞道："好名字！"

这么久了，第一次有人夸奖悍马的名字取得好。我如得到老师表扬的小学生一样开心，兴奋道："你也觉得悍马这个名字取得贴切？"

"贴切，贴切！"他轻摇折扇，点头感叹道，"悍妇配悍马，真是相得益彰啊！"

我人在马上，忍不住飞起一脚向他踢去，他一抬手，手中折扇轻松将我的腿架住，笑盈盈道："庆华早就说过，只有像你这样的女子才堪与庆华匹配！"

出了府门，我双腿一夹马肚，悍马撒欢地跑起来。如今我的骑术已经很说得过去了，虽谈不上精湛，但是拿马当个代步工具还是能够胜任的。

二十几个护卫骑着马，自发自觉地跟在我的马后，亦步亦趋。我策马奔腾，他们也跟着扬鞭飞驰；我小步溜达，他们也慢下来如影随形。这些人都是锦夜精挑细选，以一当百的精壮汉子，一色的墨蓝长衣，腰挂佩刀，面色清冷，就差一副黑超，不然真跟现代保镖有得一拼。

我为了图快，赶超近道，在一狭窄的小巷子里，与一顶二人抬的轿子迎面碰上。我想往回退，可是后面的护卫已经将路堵死。护卫的首领一扬手中的马鞭，向对面的轿夫呵斥道："退回去，莫要挡了我们将军夫人的路。"

如此恃强凌弱，颐指气使，让我很不好意思，赶紧向那侍卫道："还是我们退回去吧，人家轿子两条腿，慢，咱们骑马四条腿，要快些。"

正说着，对面轿帘一掀，婷婷袅袅地下来一人。半新不旧的橘粉色裙子，裙上绣着淡粉色的杜鹃花，因为旧了，颜色不再鲜亮，有点灰蒙蒙的。头上几样银钗，也是乌突突的，浑身上下很是素净。我定睛一瞧，这不是江映容吗！

我呆立的当口，江映容已经莲步微移走了过来，微仰着依旧年轻美丽的脸看着马上的我。

旁边的侍卫首领低呵一声，"找死！"手里的马鞭已经挥过去了。

我下意识地伸手一拦，马鞭越过我的手，在我掌心留下一道红红的印子，火辣辣地疼。虽然被我挡了一下，鞭子还是甩在了江映容的肩膀上。她负痛地啊了一声，捂着自己的肩膀，蜷下身子。

我顾不得自己的手，赶紧跳下马，伸手扶起她，"没事吧？"

她水汪汪的大眼睛里蓄满泪花，却没让眼泪落下来，摇头道："没事的，溪儿姐姐不必担心。"说着放下捂着肩膀的手，我看到她肩头的衣服被鞭子抽破了一个十几公分的口子，露出细白如瓷的肩膀，好在伤得并不厉害，只有浅浅的一道红印。

我略微放心，解下身上的披风披在她肩上，挡住破损的衣服。回头对那个打人的侍卫怒目而视，"对个弱女子也要挥鞭子吗？"

那个侍卫翻身下马诚惶诚恐道："夫人恕罪！"

倒是江映容拦住了我，"溪儿姐姐不要责怪侍卫大哥，是容儿挡了姐姐的路，这位大哥又不认识容儿，自然是要保护姐姐的。"

我愣了一下，这是江映容吗？脱胎换骨了？我仔细盯着她的脸看了看，一时对如此温言细语、体恤他人的江映容颇不适应。在她那里我可是没少吃苦头，咱不能好了伤疤忘了疼。

江映容凄婉地一笑，"溪儿姐姐是不是奇怪，容儿怎么跟以前不一样了？家道中落，父兄都流放在外，不得相见。母亲也重病缠身，家中的仆役遣去大半，虽有大姐姐和长风哥哥时常接济，但是一干官府杂役谁不是捧高踩低，时不时地来府中骚扰？我与府中女眷就靠做些针线女红，贴补家用。"

我听得眼泪都快流下来了。她一个侯门千金，却混得这样凄惨，真是让人唏嘘。我忍不住问她，"家里的事跟皇后娘娘说过没有？"

江映容摇摇头，蕴含在眼里的泪水终于顺着光洁的脸颊滚落下来，"不敢告诉大姐姐的，大姐姐刚刚诞下小皇子，还未满月，容儿怎敢让她挂心！"

"那长风呢？"我忍不住问，"他总可以帮到你们。"

江映容低下头，声如蚊蚋，"长风哥哥监理朝政，日理万机。见了他，容儿也总是说一切都好，不用他费心。他够累了，哪能还让他为江府的小事操劳。"

真是三日不见，当刮目相看。如此深明大义，委曲求全，快跟她大姐姐皇后娘娘有一拼了。我不禁感叹突遭巨变真的可以让人一夜长大。不过她本来对我恨得牙根痒痒，现如今突然低眉顺眼，让我还真是一时难以适应。

正在胡思乱想之际，就听江映容问我，"溪儿姐姐这是要去哪里？"

"我要去内阁议政厅。五小姐这是要到哪儿去？"

江映容垂首道："容儿要去找长风哥哥。刚才去了摄政王府，府里人说，他去了兵部。所以，容儿正要赶往兵部。"

她要去找长风，我也不好说什么的，只能提醒她，"兵部守备森严，闲杂人等是靠不得前的。"

她瞟了我身上的男装一眼，自伤地一笑，"容儿自是不能跟溪儿姐姐一样，手持锦大将军的令牌，哪里进不得。容儿不过是守在门口等长风哥哥罢了。"她举袖拭泪，"听闻二哥哥在滇西流放之地染了疫病，母亲焦急挂念二哥哥也一病不起。容儿担心死了，走投无路，只好去找长风哥哥讨个对策。"

说着她上前执起我的手，碰到我掌心的伤痕，我痛叫出来。她马上撒开了手，又是一副梨花带雨的模样，"溪儿姐姐还是不肯原谅容儿吗？当时容儿年纪小，被家人宠惯了，不知轻重，得罪了姐姐。后来身陷囹圄，家人失散，方知世态炎凉，人情冷暖。姐姐就念在容儿年幼无知的分上，原谅容儿吧！"

说得我一阵汗颜，跟欺负人家小孩子似的。我小心地握着自己受伤的手，将功折罪道："这样吧，我送你去兵部找摄政王。"

江映容破涕为笑，亲昵地挽起我的胳膊，离得近了，她身上一阵香甜馥郁，若有似无的香味儿传来，很是好闻。她娇俏地笑道："那就谢过溪儿姐姐了。有姐姐在，到哪里都是通行无阻。"

上次在凤仪宫我们两个还掐得跟乌眼鸡似的呢，如今她却待我亲如姐妹，让我颇为尴尬，不自在地抽出胳膊，"你坐轿，我骑马跟着。"

"好！容儿都听溪儿姐姐的。"她笑得无比真诚，天真灿烂，让我又自责了一番，怎么这么小肚鸡肠地记仇呢？人家孩子真是痛改前非了啊！

到了兵部，我让江映容和一干侍卫等在外面，自己拿着锦夜的令牌，进了兵部大院。花白胡子的兵部尚书刘一寿迎了出来，见到我错愕道："原来是将军夫人驾到，下官有失远迎，万望恕罪。"

"刘大人不必多礼。"

刘一寿恭敬道："锦大将军不在兵部，不知夫人前来有何赐教？"

"我是来找摄政王的，王爷现下可在此处？"

"摄政王？"刘一寿迟疑问道。

"对，江府五小姐在外面等他，麻烦通报一下。"

正在此时，长风听到动静从兵部的大堂里走了出来，神色惊喜，看着我的脸，竟然移不开目光。

我意识到兵部刘尚书还在一旁站着呢，忙不着痕迹地使了个眼色。长风会意过来，对刘一寿道："刘大人请先进大堂等候本王，本王即刻便回。"

见刘一寿走了，长风才一把拉起我，将我拉到兵部大院的角落里。虽然几个月来也不时能见他一面，但也只能远远看一眼，如此近距离地面对面却是绝无仅有的。我感觉到他清浅的呼吸拂到我的脸上，一阵兰香萦绕，让我恍然如在梦中。千言万语竟然不知从何说起，只能痴看着他俊美的面庞。

他目光晶亮地看着我，"刚刚听到你的声音，我还以为是自己思念成疾的臆想，不料果真是你。"他神色中带上忧虑，"你这样跑来找我，若被锦夜知道……"

"长风。"我打断他，有些话我要跟他说清楚，免得他日夜担忧，"锦夜真的没有伤害过我，他只是在你面前才会发飙。因为他对你的仇恨，所以他一见到你，就跟变了一个人一样，甚至为了让你难过，会故意在你面前欺负我。但平日里，他不是这样的，他对我很好，你不在的时候，他没有为难过我。上次我的手臂受伤也是杨同礼夫人夜盗锦府留下的，跟锦夜没关系。你真的不必为我担心。"

长风凝眉思量，眉间有化不去的担忧。为了安慰我，他还是点点头，抬手轻轻为我拂去贴在脸颊上的碎发，"即便锦夜不会苛待你，你自己还是要一切当心。这样贸然找我，终是太过冒险。"

我扑哧笑了出来，"我可不是特意找你来的，是你的那个小表妹非要见你，我就带她来了。"

长风面上飞起红云，很是窘迫，"原来是长风自作多情了。"

他脸红的样子实在是引人犯罪，我忍不住……我还是得忍住，色乃刮骨钢刀啊！我深吸一口气，压制住自己的蠢蠢欲动，实话实说道："我固然是帮江映容一个忙，但我也是借这个机会名正言顺地来看你。"

他嘴角上弯，露出浅浅笑容，如风吹湖面荡起的层层涟漪，笑得我大脑一阵麻痹，赶紧甩甩头，"长风，拜托你不要这样冲我笑，我意志力很不坚定的。"

他愣了一下，羞涩地垂下眼帘，长长的睫毛小扇子一样，让我又是一阵天旋地转。我拉起他，"快走吧，你那个小表妹等你呢。"

他好脾气地由着我拉着他，忍不住问："她如何会找到你？"

"我们在路上遇见的，她要到兵部找你，我便带她来了。"

长风沉默了一会儿，"若溪，你真的不记恨她？"

我想了想，"要说完全没有戒心是不可能的，不过记恨一个人很累，我人懒，能不记恨就不记恨了。况且我也想明白了，当日就是没有她在一边敲边鼓，太皇太后也不会把我许给你，结局是一样的。就不用她背这个黑锅了。"

长风叹息着，"若溪的心胸非一般人可比，连长风都自叹不如。我每次去江府看望姨母，见到容儿还觉得心有芥蒂。"

一路说着走到大门口，我这才不舍地放下长风的手。江映容站在门外翘首以待，见到我跟长风并排出来，眼中光芒一闪，低下头去，再抬头时已是未语泪先流，她哽咽着，"长风哥哥！"

长风见她那模样吓了一跳，"怎么了容儿？是姨母有什么事吗？"

江映容抽抽搭搭，"长风哥哥，你也不管容儿了吗？容儿年纪小，以前做过错事，对不起你和溪儿姐姐，容儿也很后悔。可容儿仍是你的妹妹啊。"

说得长风不自在起来，俊脸抱憾，"以前的事不必再提了，是我一直公务繁忙，最近都没有到江府看望姨母。府中一切可都好？"

"听闻二哥哥在流放苦地染了时疫，娘一下子就病倒了，让容儿找长风哥哥问问，能否找人关照二哥哥。"

长风听说是她二哥的事，放松了神色，安慰江映容道："这个你放心，我早已告诉滇西的知县，将文沛接到医馆医治，听闻文沛已无大碍。现如今你大哥和二哥在一起，虽是流放却也衣食无忧。岭南那边，我也吩咐下去了，要他们好好照顾姨丈。昨日岭南知府进京述职，见到我时还将姨丈亲笔手书的家信转交于我。我正想忙完今日就送到江府，不想你先来了。"

"如此容儿就放心了。"江映容收起眼泪，换上一张明媚的笑脸，如三春的桃花，灿烂夺目。我在一旁纳闷，这换脸换得也太快了吧？

江映容擦擦额头，"太阳地里站着，都出汗了呢。"说着将身上的披肩解下来，自然而然地递还给我。

我抬头看看，乌云蔽日啊！一阵无语，只能伸手接了过来。

长风自然看见了江映容肩头的红痕，皱眉道："怎么伤到了？"

江映容一把抢过我手上的披肩，手忙脚乱地披在肩上，却只将衣服完好的那边肩膀遮住，破了个口子的那边肩头依然露在外面，慌乱地掩饰道："没……没什么的，不小心刮了一下。"

她越是如此，长风越是关注，皱眉道："怎么像是被什么东西抽到了？"

江映容可怜巴巴地看了我一眼，小嘴一扁，又要哭，低头叹息道："这点伤又算什么呢？慎刑司的天牢我也去过了。当年容儿年幼，还曾笑问过长风哥哥天牢好不好玩，如今容儿知道了，一点也不好玩的。"

长风心肠软，听她提起天牢，看着这个小妹妹，目光中已带了怜惜之色。

我冷眼看着江映容作秀，暗自叹了口气，心里跟明镜似的。我说这丫头怎么改好了呢！江山易改，本性难移，只是她的演技更加精湛，差点连我都被骗了。

我不给她继续演戏的机会，扬起手，露出掌心的伤痕，已经肿起老高，比她肩头的红印儿看着吓人多了。"是跟着我的侍卫用马鞭抽的，我挡了一下没拦住，鞭子还是扫到五小姐身上了。"

长风情急下，不避嫌地抓住我的手，目光中满是心疼，"我带你到兵部上点金疮药。"

我斜眼看着江映容扭曲着小脸，眼里满是怨毒，不过一瞬，又恢复了一副小心谨慎的受气包相，故作惊讶道："呀，溪儿姐姐也受伤了，疼不疼？"说着拿过我的手，作势要吹气。

我赶紧将手抽出来，"不疼了。看见五小姐这样辛苦，我连疼都忘了。"

江映容看到我已将她识破，冷笑了一下，挑衅地看了我一眼。扭过头对着长风又是一副我见犹怜的模样，"时辰不早了，容儿要回府去，不然母亲要担心的。况且今天的活计还没有做完呢。"

长风愣了一下，"府中度日艰难吗？我让人送去的银子还是不够？"

江映容笑得凄凉，"长风哥哥不必记挂，府中虽不比以前锦衣玉食，但还够温饱，只是母亲牵挂流放在外的爹爹和哥哥，近日病倒了。"

长风恻然，沉吟道："我与你同回江府看望姨母，正好将姨丈的信函交给姨母。"

江映容点头，"母亲看见你肯定高兴，再见到爹爹的信，说不定病就能好了大半。"

长风看向我，柔声道："若溪先回去吧，一切当心，记得受伤的手不要沾水。"又对江映容道："你先坐轿子回去，我安排完兵部的政务，随后就到。"

江映容乖巧地应了，大眼睛一忽闪，"坐轿子太慢了，容儿也想骑马。"

长风笑道："这有何难？兵部里有的是马，我让人牵一匹出来给你。"

江映容摇摇头，"算了吧，兵部的马太高，容儿骑着害怕。"说着娇俏地看着我，"还是溪儿姐姐的马好，听闻是风云堡的堡主送给姐姐的良驹。万里挑一呢！"

我更正了她一下，"是送给锦府的。"

江映容歪着头，貌似不经意地说："那个西门堡主对溪儿姐姐也算是有心了。"

我怔了一下，听她说得别扭，却不好反驳，有越描越黑之嫌。抬眼看看长风，长风对我跟西门庆华的过往一清二楚，自是不以为意，况且以他的为人和我们二人的情意，即便江映容暗里挑拨，也不会将事情想歪。

于是我只淡淡笑笑，柔声对长风道："兵部的人还等着你呢，先将公务处理完再去江府。"

等长风的身影消失在兵部的大门口，我才扭过头来看着江映容。她依旧是一脸谦恭甜美的笑意，"溪儿姐姐也去江府一叙吧，容儿常常跟母亲提起姐姐，母亲见了姐姐也一定……"

"不必了！"我抬手打断她，"这儿就咱们两个，犯不着再演戏，你不嫌累，我还嫌烦呢！"

江映容收起脸上的笑意，在瞬间严肃了脸上的神色。眼中浮现出凌厉的恨意，带着蔑视和怨毒，冷笑道："溪儿姐姐还没遭天谴，容儿这戏就还得演下去。"

我知道她不但怨恨长风对我的爱恋，恐怕将他们江家受难也一并算到我头上了。我懒得再跟她解释什么，跟她，我永远无法沟通。"以后咱们两个打开天窗说亮话，五小姐犯不着跟我装可怜。"

江映容不以为意道："我这不是看你手上有令牌，可以省些时间吗？要不然谁有那闲工夫跟你演戏？"

我摇摇头，"五小姐演戏的功夫还是不到家，这么快就在我面前露馅了，你也就糊弄糊弄你长风哥哥。其实，刚才你若不是急着拿这鞭伤的事作秀，我也不会这么快就识破你，你又何必这么沉不住气呢？"

江映容向前走了两步，那股香甜馥郁的香味儿徐徐传入我的鼻端，此刻不觉好闻，只觉得甜得发腻。她扶扶头上的银钗，不屑道："我可没那闲心要博得你的信任，咱们两个就像是前世带来的宿怨（得，跟她整出个前世今生来，太郁闷了！），有你没我。我不过是试探一下你在长风哥哥心目中的地位，不想他果真对你一片痴心。"她怨愤中夹杂着妒忌，"真正演技高明的是你，容儿差之千里。"

我叹口气，有一点她还真是说对了，芸芸众生中，就是有人跟你一见如故，引为知己。同样的，也有人跟你没有眼缘，一面之下，就能认作宿敌，再多的沟通甚至讨好，都不管用。我与江映容应该属于后者。她小小年纪能够看透这一点，也真是不简单。

但现如今我也不是宫里垫底的宫婢了，这就叫"十年河东转河西，莫笑穷人穿破衣"。我禁不住得瑟了一把，好歹我还顶着一个将军夫人的称号，比她江府五小姐可威风多了。我忍不住问她："五小姐如此直白地与我为敌，你不怕我对你不利？"

她轻蔑地看了我一眼，"现如今我江府家眷已经被贬为庶民，你还能拿我怎么样呢？杀了我吗？就凭你，你有这本事吗？"

没错，光脚不怕穿鞋的。他们家妻离子散，已经混到最底层，我也没有再使坏的空间了。更何况我不得不承认，我也没有杀人的本事。

"你不怕我告诉你长风哥哥吗？"

她娇笑着，"朝中谁人不知，锦大将军跟摄政王形同水火，若不是今天我给你个台阶让你到兵部找长风哥哥，你敢单独见他吗？"

我想起锦夜的威胁，认命地想，我是不敢。虽然我与锦夜没有夫妻之实，但是公然给他锦大将军戴顶绿帽子，我还没有那个胆量。

我不死心，"那你不怕我告诉锦大将军，将你们江家赶尽杀绝吗？"（把那个魔王搬出来，吓吓她！）

"你不会！"她说得很笃定（这么信任我？），见我不明就里地看着她，她耐心地解释，"江家已经风雨飘摇了，你们若赶尽杀绝，长风哥哥必然不会置之不理，你舍得我长风哥哥再为江家跟锦夜那妖人拼命吗？"

我哆嗦了一下，我还真舍不得。

这丫头是长大了，看问题比我都透彻。今时今日，历经风霜，已经是油盐不进，练得五毒俱全，一路高歌着在通往害人精的康庄大道上一骑绝尘。我林若溪甘拜下风。

惹不起，我躲得起，"五小姐自便，恕不奉陪，咱们后会无期。"

说完，我跳上悍马，逃也似的跑了。身后传来她得意的笑声，好像阵阵凉风向我袭来……

诬陷

中秋时节，皇上皇后在云意殿设宴，邀请朝中众臣一同赏月。这是自皇上病后第一次设宴，再加上小皇子百岁，普天同庆，因而办得异常热闹。

我穿上杨妃色绣蝶恋花纹饰的广袖宫服随锦夜进宫赴宴，大殿之上，远远见到皇上大病初愈，虽然消瘦，但精神很好，执着皇后娘娘的手，面带笑意。江映雪一身朱红色绣丹凤朝阳纹饰的皇后礼服，头戴凤冠，端庄沉静，与皇上对望时，满眼的柔情蜜意。

我与命妇官眷坐于偏殿的宴席，隔着珠帘，意外地看见了主殿里的西门庆华，恣意闲散，一介平民在百官中却依旧谈笑风生，拿皇宫大殿当他家热炕头一样，坐得怡然舒适。周围臣工对他也是恭敬有加，不见丝毫怠慢。我不由叹气，这些朝廷重臣不知收了他多少银子呢！

我正奇怪为何今日皇上宴请百官，西门庆华却来赴宴，就听皇上说道："众位爱卿，今日设宴，一来时值中秋，咱们君臣同赏明月；二来皇子百岁，朕欲与列位臣工一同庆贺；三来朕卧病多日，朝中多倚靠众位爱卿操心国事，朕特摆宫宴予以答谢；这四来嘛，今年南方大旱，农田减收，多亏朝臣与商贾联手捐银赈灾，方使国中稳固，灾民平安，不至于流离失所。朕今日要论功行赏，告示天下。"

大家起身跪拜，三呼万岁，齐声道："皇上天纵英才，方保国泰民安，臣等不敢居功。"

我这才明白为什么西门庆华会在宫宴现身，这就是一个优秀企业家代表啊！他联合商贾，捐献银两粮食的事，我在内阁也是有所耳闻，官道也早已开通，为商贾运送货物所用。只是没想到，他整出的动静这么大，都跑到皇宫来论功行赏了。

再次落座之后，西门庆华隔着众人，笑得懒散邪肆，遥遥冲我举杯。我微微一笑，举起面前酒杯轻啜了一口。一抬头看到坐在皇上下首左边的锦夜正在看我，目光深邃，跟X光似的，能将我穿透。我赶忙放下酒杯，掩饰地跟旁边的首辅夫人没话找话。

宫宴过半，长风才匆匆赶来，向皇上皇后谢罪道："臣弟来迟了，万望皇上恕罪。"

皇上面带微笑从龙椅上走下来，亲自将长风扶起，"摄政王日理万机，为朝政操劳，何来怪罪一说。"

说着将长风引到龙椅下首的位置，与锦夜相对而坐。我远远与长风对视一眼。虽然只是匆匆一瞥，却有无尽的相思尽在其中。

怕把持不住自己，不敢再看他，只能百无聊赖地看着大殿之上一派君臣和谐的盛世景象。然而觥筹交错、欢声笑语仍挡不住两派势力的刀光剑影、暗潮汹涌。两派壁垒分明，我放眼望去，都能看到谁对谁是真心笑，谁对谁是假意应酬。今时今日，锦夜的势力仍无法撼动，但长风监理朝政近半年，身边有一干忠义老臣，今年的秋闱，长风亲阅了部分试卷，未等明年的春闱会考，便破格提拔了几名官员。虽然官职不高，但也为朝廷注入了新鲜的血液。再加上皇上久病初愈，重整朝纲，如此一来，长风已有资本跟锦夜抗衡。

皇上开始犒赏百官，先高度赞扬了锦夜，封赏了千亩良田。我那赈灾的银子可是打着锦大将军的名号捐的，谁承想，朝中唯锦夜马首是瞻者，以为这又是个溜须拍马的好机会，纷纷自掏腰包，慷慨解囊，争着抢着捐银作秀，如此一来，倒也是有利于民，做了件好事。

只是锦夜受了封赏，却面无表情，隔着众人瞪了我一眼，我吐吐舌头一缩脖子，只当没看见。

皇上表扬完群臣，又拎出西门庆华这个商贾代表，给他戴了不少高帽子，还手书了"善行天下"龙飞凤舞几个大字，让内务府制成匾额送给西门庆华。西门庆华微笑着照单全收，又说了几句"天下兴亡，匹夫有责"（剽窃我当日的话，当然我也是剽窃来的）之类的豪言壮语，越发显得形象高大，让群臣都需仰视才见。

我酒量很差，经不住旁边的首辅夫人一再劝，多饮了两杯，这会儿开始有些头晕。再加上平日里，我一直以利落的男装打扮，今天穿着这么一身繁复笨重的宫装，很不自在，头上的金钗玉环更是压得我抬不起头来，脖子都疼。忙告了歉，起身到殿外透透气。

殿外一轮明月当空，月华如水，给巍峨的大殿和参天的古树都蒙上一层薄纱。我在微风中伫立，举头望着天上的银盘，思念着近在咫尺，却不得相见的长风，一时如水的月华都化成他深情的眸光，不禁对着月亮轻声诵出："人有悲欢离合，月有阴晴圆缺，此事古难全。但愿人长久，千里共婵娟。"

正感到夜风微凉，想回到殿中，转身之际看到一人立于我身后，一阵清冽的酒香传来，耳听那人拖着软软的声调轻声调笑，"真乃千古佳句，听之忘俗。桑妮好雅兴，躲到这里来吟诗作赋。"

我站定，看着西门庆华高大的身影，打趣道："西门堡主不借这个机会在百官中游刃有余，套套近乎，怎么也跑到外面赏月来了？"

西门庆华一脸的无可奈何，"庆华自负酒量了得，众位大人都向我敬酒，已经喝晕了八个，还有的要跟我干杯。我怕大人们酒后于御前失仪，所以跟摄政王出来聊聊天。"

我这才看到，长风跟在后面，玄色的长袍在夜色下如隐身一般，只有面上温暖的笑意如吹面不寒的杨柳春风，让我一阵目眩神迷，脸上越发觉得滚烫起来。毕竟西门庆华还在边上，忙稳住心神，躬身见礼道："见过摄政王。"虽然依礼而行，声音却不自由主地轻柔下来。

西门庆华摇着头啧啧称奇，"原来桑妮也有如此贤淑温柔的一面！倒让庆华好生陌生。"

我瞪了他一眼，他呵呵笑着不以为意。

长风的声音像林中的清风一般悦耳，"刚才本王和西门堡主正说到开凿运河之事。听闻还是若溪给出的主意。如果真能够以运河连通南北，倒真是件利国利民的事。本王已经知会工部观看河道，将开凿运河的工程和所需银两报拟成文。"

工部可调配多少银子我心里还是有点数的，于是皱眉道："工程上应该不是问题，只是国库中若一下子拿出这么大笔银子，也有些吃紧。"我一个眼风荡到西门庆华身上，唬得他惊惧地看着我。我如诱拐良家妇女的人贩，蛊惑道："不如，西门堡主再捐点银子吧！"

西门庆华脸皱得跟苦瓜似的，"那是一点银子能解决的吗？"

我晓之以理，动之以情，"西门堡主刚得皇上嘉奖，御赐了善行天下的匾额，如果再捐银开河，更是功在万代，造福苍生，到时候让摄政王向皇上请奏，再给你手书个'天下第一大善人'的匾额如何？"

西门庆华连连摇头，避之唯恐不及，"庆华不过商人，从未想过做什么善人，桑妮不用给庆华戴高帽子。"

长风微笑着看我们两个斗嘴，徐徐道："即便开通了运河，朝廷也没有多余的人手掌管运河商运。若各地商贾自建商船，必会造成河道拥堵，互相倾轧，不利掌控，反而违背了顺畅南北运输的初衷。若西门堡主能够组建船队，运筹帷幄，统管商运，自然是朝廷和风云堡互惠互利之举。"

还是长风脑子快，能够让西门庆华心甘情愿地掏银子。我赶紧推推西门庆华，跟着敲边鼓道："果真是摄政王金口一开，财源滚滚来。若是朝廷肯将运河商船的运输权交给风云堡，让风云堡一家掌控商货水运，再拿出一定的比例作为税银交给朝廷，西门堡主可算过，一年可给风云堡带来多少收益？"

西门庆华多精明的人，脑子也是转得奇快。不过略想想便笑道："如此说来还有些意思，庆华从不做亏本的生意。"随即看向我跟长风，手抚下巴，一脸研究之色，"我怎么觉得二位一唱一和的，就是引庆华就范呢？"

我与长风都笑起来。我们三个一时就运河的开凿和经营问题聊得不亦乐乎，我将现代的水利知识和经营模式讲给他们听，又搬出来现代物流业的运作理念，把他们侃得云山雾罩。其实我也就知道点皮毛，幸好他二人才思敏捷，触类旁通，渐渐聊得深入，倒将我这个抛砖引玉者晾到一边。

正说得热火朝天，只见皇后与江映容款款而来。皇后一身的珠光宝气，雍容富贵，头上的凤冠在黑夜中闪烁着炫目的光芒。

我们依礼见过皇后。皇后笑道："本宫听闻妹妹来了，出来相见，不想遇到几位月下共谈。众位真是关心国事，中秋赏月也不忘商讨朝政。"又过来亲切地执起我的手，"当日一别，一直未曾相见，见到溪儿一切都好，本宫也就放心了。"

我一阵唏嘘，"多谢皇后娘娘。"

随着一阵甜软的香气扑鼻而至，江映容从皇后身后绕出来，依旧是一身半新不旧的家常衣服，象牙色的百褶长裙，外罩浅藕色外裳，妆容素淡，很有几分邻家女孩的清新气质，娇笑如花道："溪儿姐姐，别来无恙啊！"

我一口气没背过去，怎么就躲不开这丫头了呢？嘴里还得说着场面上的话，"有劳五小姐惦记，原来五小姐也在宫中。"

江映容的笑容带上几分落寞和苦涩，"罪臣之女，自是没有资格进宫的，容儿不过是赶来看看小外甥。小皇子百岁，容儿这个做姨妈的也没有什么拿得出手，就将容儿小时候的长命百岁锁送给小外甥吧。"说着从怀中掏出一把银锁，因为时间长了，有些发黑，乌里八涂的，"大姐姐不要嫌弃才好。"

江映雪将银锁握在手心，眼中差点滚下泪来，"傻妹妹，说什么呢！你这份心意，姐姐怎会嫌弃？"

要不是那天江映容给我上了一课，我都快跟着流眼泪了。我冷眼看着升级版的江映容越来越入戏。以前还是装小可爱呢，现在改扮小可怜了。不禁感叹，就她这演技，已经从偶像派向实力派平稳过渡。

江映雪拉着她妹子的手不禁嗔怪道："手这么凉！"情急之下，握着江映容的肩膀，"你怎么穿得这样单薄？"说着将自己的披肩解下来，不顾江映容的推阻，硬披在她身上，叹声问："可是家中度日艰难？"

长风见她姐妹二人如此，也颇为自责，"长风惭愧，未能照顾好江家。"

江映容强忍住夺眶而出的眼泪，一双妙目盈盈地看着长风，摇头道："长风哥哥说哪里的话？长风哥哥常常到江府探望，又总是遣人送银子，送吃穿用品。皇上和大姐姐也时常接济江府，府里够吃够用了。只是自从家道落魄，容儿被关到大牢里才醒悟，以前生活富贵奢华，容儿的一件衣服也抵得上小门小户几个月的开销。现如今，容儿知道要以勤俭为道，清粥淡饭，布衣布裙便可度日。容儿每日不分昼夜，跟着家中女眷学习针线，虽然还做不好，但是勉强卖了银子也好捐给朝廷赈灾。不求像西门堡主这样一掷千金，只求为了苍生尽一番绵薄之力。"

一席话，说得深明大义，江映雪拥着她，哽咽道："好妹妹，你终于长大了！爹远在岭南，也会感到欣慰。"

西门庆华在一旁点头赞叹道："五小姐闺中女子竟有如此心胸，本是侯门千金，如今竟然做女红捐助灾民，真让庆华眼眶发酸，差点落下男儿泪。"

我好奇地看了西门庆华一眼，想看看男儿泪是什么样的，可是他神色自如，哪有半分要落泪的迹象。

西门庆华继续虚情假意道："只是没想到，五小姐指若春葱，留着长甲还能拿捏针线，如此高超的女红技艺实在是让庆华佩服之极！"

我向下一看，果真，江映容嫩白的手指上留着一寸来长的指甲，染着鲜红的蔻丹，美丽妖娆。手指光滑，皮肤细嫩，哪有半分日夜操劳、勤学女红的样子？况且正如西门庆华所说，十指都留着长甲，她是如何捏针的呢？

江映容不动声色地将手缩到袖子里，低头不语。

西门庆华一拱手，面色诚挚，言辞恳切，"庆华愿搭高台，请五小姐飞针走线，并将绣品当场拍卖。庆华本人出银千两购买小姐绣品一幅，连同拍卖所得一同捐给朝廷，赈济灾民，以成全五小姐一片忠君爱民之心，让天下人都知道五小姐的高义。"

江映容小脸一阵发青，"容儿谢过西门堡主一片成全之心，只是容儿如今女红技艺不精，尚在勤学苦练，不敢献丑人前。等容儿精于此道，再搭台绣花。"

西门庆华了然一笑，不再言语。

江映容眨巴眨巴大眼睛看着西门庆华，"原来尊驾就是西门堡主！早闻西门堡主大名，如雷贯耳，今日得见，容儿实在是三生有幸。容儿听闻西门堡主与溪儿姐姐是旧识，交情匪浅，溪儿姐姐曾化名桑妮，与堡主颇有渊源。"

我看了江映容一眼，这丫头闲着没事打听起我来了。难为她竟然连我换了名字，藏身染香楼都打听得到。

江映容继续一脸天真无邪，"只可惜，后来溪儿姐姐被人出千金买走，与西门堡主失散，今日二位在宫中重逢，也真是有如天助。"

小丫头片子！我心中冷笑，她不过是借此事奚落我曾入青楼，让长风鄙夷我的人品。可是她再怎么打听也不可能知道我为何会被卖入青楼，更不会知道当日出千金买我的正是她的长风哥哥。况且我与西门庆华的过往，我一早告诉了长风，知我若他，又怎会轻视我。

心中笃定，便神态自若，懒得争辩。我与长风交换了一下眼神，见他因旧事重提，看向我的目光中满是温柔的怜惜，心中一暖，冲他微微一笑。

西门庆华故作惊讶，"五小姐这都知道？看来五小姐虽在深闺，这江湖市井上三教九流的朋友倒是结交了不少，连染香楼里的事都打听得出来。"

江映容一时语塞，她一个千金小姐，虽说落了难，但是与青楼闲言碎语沾上边，也实在是面上无光。

长风出言解释，"当日若溪落难，得西门堡主相救，因而得识。"他看向江映容，即便当着皇后的面，语气中仍带着不满和严厉，"市井上关于染香楼的流言蜚语多有不实。容儿一闺中女子，不要道听途说，跟着散布谣言。"

江映雪身居深宫，自然不知道染香楼，只是见长风言辞严厉，也跟着蹙眉向江映容道："现如今父亲不在家中，容儿更要照料好母亲，操持家务，深居简出，恪守闺德，不要轻易出门，更不可乱结损友，沾染市井流言，毁人清誉。"

江映容面容一僵，敛了神色，随即乖巧道："容儿知错了，一定听大姐姐和长风哥哥的话。不过是偶尔府中来人，听到的闲言碎语罢了，一时好奇，就随便问问。容儿再也不敢了。"说着大眼睛里蓄满泪水，我见犹怜。

江映雪也不好再责备她，转向西门庆华，端庄娴静道："舍妹年幼，不知轻重，让西门堡主见笑了。西门堡主原来还救过溪儿，堡主义薄云天，善行天下当之无愧。"

西门庆华笑容可掬，大言不惭道："皇后娘娘过奖了，庆华不过谨记圣人古训'日行一善，焉无福至'。若天下臣民都能够'勿以善小而不为，勿以恶小而为之'，则天地清明，再无业乱。"

形象太高大了！连江映雪都快热泪盈眶了，"西门堡主身在江湖，却怀此高义，堪为世人楷模！"

我看着西门庆华一脸的伪谦逊，不胜唏嘘道："西门堡主一腔忠义，那就多给朝廷捐些银两吧！"

西门庆华哀怨地看了我一眼，"还是桑妮拿捏得住庆华的命门。"

一个宫人从大殿中走出来，及到跟前行礼道："娘娘和摄政王原来在殿外，刚才皇上还找娘娘和王爷呢！"

江映雪点头道："本宫正要回到殿中。摄政王、西门堡主和溪儿也一起归宴吧！"

"我还想与溪儿姐姐说几句体己话。"江映容截下话头。

我跟她能有什么体己话？本想一口回绝，但看看长风，又怕跟他一起回去，被锦夜看见会误以为我们两个跑出去私会了，他一变脸，指不定又掀起什么风浪呢。于是便站着没动，"恭送皇后娘娘与摄政王，若溪随后就到。"

一边的西门庆华抬手指指天上明月，"宫中的月色如此美妙（月亮还分宫里宫外？），容草民再多看几眼。"

江映雪娴雅笑道："西门堡主自便。"又嘱咐她妹子，"早点儿回凤仪宫歇息，不要让朝中大臣看见你。"

江映雪和长风随宫人走后，江映容面无表情地看了看西门庆华，"西门堡主继续赏月吧，容儿与溪儿姐姐有话说。"

话里的意思明显是让西门庆华哪儿凉快哪儿待着去。西门庆华仍不改懒散好色的做派，一双桃花眼毫不避讳地在江映容脸上打转，忽然凑到江映容跟前，伸头闭目，深深一嗅，陶醉道："好香！"

江映容毕竟是年轻女子，被他如此轻薄，脸腾地就红了，不由自主地退后一步。偏偏西门庆华生得仪表非凡，比王孙贵族更显高贵优雅，江映容一时怔住，不知所措，待要发作，又不好张口，神色颇为尴尬。

西门庆华用带着翡翠扳指的手指扫扫自己的鼻子，懒洋洋地笑道："是豆蔻天香吧！此香出自天竺，以百种香料蒸制而成，其味馥郁香甜，最适合闺中娇女。不过就庆华所知，此香价比黄金，没料到江府已经节衣缩食，却还用得起这种名贵香料。五小姐效仿勤俭，其志可嘉，只是下次，记得用些街市上贩卖的普通香料，会更可信一些！"

江映容脸上红一阵，白一阵，气得柳眉立起。我在一边没忍住，扑哧笑了出来。这就是一物降一物啊！若论演戏，江映容在西门庆华面前就是关公门前耍大刀，小徒孙拜见祖师爷！

江映容斗不过西门庆华，扭头对我怒目而视，"早听说你们两个关系非比寻常，揪扯不清，如今看来果真是一丘之貉。可气的是长风哥哥还是信你，不信我！"

我愣了一下，这话从何说起呢？我就是在一边拾个乐，怎么就成了一丘之貉了呢？

正在愣神的当口，一件披风披在我肩上，花香萦绕，将江映容身上的豆蔻天香的甜香都盖住了。一个声音在我耳边道："秋日夜风沁凉，回去吧！"

我扭头，看见面色清冷的锦夜站在我身后。不知是不是我的错觉，对面的江映容竟然神色一松，虽然看向我的目光依旧充满挑衅和恶毒，嘴角却勾起了得意的弧度。

"锦大将军，幸会！"西门庆华拱手行礼。

"原来西门堡主也在这里！"锦夜淡淡地点点头，拉着我欲走，明显不愿多谈。

"锦大将军留步。"江映容忽然叫住锦夜。

锦夜停住，却连头也懒得回，"今日中秋佳节，本将军不欲治罪于五小姐。既是罪臣之女，还是快回江府吧，别在宫中徒惹是非，让人生厌。"

锦夜声音冰冷，江映容却毫无畏惧，冷笑道："若不是容儿进宫，还看不到像西门堡主和林若溪这样胆大包天，公然借着宫宴跑出来私会的男女。他们二人行苟且之事，锦大将军还一直被蒙在鼓里！"

我听得魂飞魄散，这死丫头又开始抽风了。眼前一花，只觉一阵风吹过，锦夜欺身到江映容的跟前，手已经掐住江映容纤细的脖子，阴狠地问："你说什么？"

江映容被掐得喉头咯咯作响，仍挣扎着断断续续地说："当日，在染香楼里，林若溪曾被西门庆华包养了一个月，二人同住在染香楼的沁茗轩，锦大将军尽可以去打听，此事无人不知，无人不晓。青楼中盛传，西门庆华会纳娶林若溪为侍妾，后来不了了之。没想到，他二人前缘未尽，藕断丝连，又勾搭在一起，西门庆华多次入锦府与你夫人私会。（冤死我了，总共才见了他没几面，还都是大白天见的，这也叫私会？）"

江映容勉强说完，手都无力地垂下来，在空中晃荡着。我冷汗都冒出来了，偷眼看看西门庆华，见他虽然微微错愕，不过很快又换上了一副迷死人不偿命的笑脸，也不急着争辩，只气定神闲地站在一边，仿佛江映容说的是别人，跟他没有丝毫关系似的。

锦夜一松手，江映容像个布袋子一样落在地上，好半天才悠悠醒转过来。锦夜居高临下地俯视着躺在地上面若金纸，一个劲捯气的她，"你费尽心机打探溪儿的事，究竟有何居心？"锦夜又冷冷地警告道："你最好说实话，否则，今日就别想活着离开这里。"

江映容因声带受损而声音嘶哑，却带着令人胆寒的凄厉，"有何居心？我是为了长风哥哥，我要让长风哥哥看清她的嘴脸，不再被她迷惑，我要让所有被她那副虚伪外表骗过的人都知道她背后的肮脏。锦大将军一世英名，就甘心被这贱婢蒙蔽吗？"

我默然无语，她是恨我入骨的，甚至超过了恨令她们江家一败涂地、妻离子散的锦夜。

江映容挣扎着从地上坐起来，娇美的面孔在怨愤的驱使下扭曲着，仍倔强地对着锦夜诅咒道："我说的句句属实，若有一句假话，让我天打雷劈，不得好死。"

锦夜厌恶地看着她，"滚！杀你脏了我的手，不要让我再看见你！"

江映容怨毒地看了我一眼，爬起来跌跌撞撞地蹒跚而去。

此时锦夜绝美的容颜似冰雕一般毫无表情，我却看见他漆黑的瞳仁里卷起的旋涡，带着痛苦和愤怒。

我心一凛，只觉得遍体寒凉，再加上心理素质向来不强，此刻更是禁不住微微发抖起来。虽说是"没做亏心事，不怕鬼敲门"，但江映容的话无疑攻进了锦夜的内心，起到了一箭双雕的效果。锦夜最恨身边人的背叛，也最忌讳男女风月之事。

他容忍长风，是因为一直对我们两个的关系清清楚楚，更是利用了我对长风的感情，要挟我为对食。然而对西门庆华，他可不会那么宽容，更不会容忍我与西门庆华有丝毫见不得人的关系。他要是信了江映容那个臭丫头的话，我跟西门庆华就真是要结伴同游黄泉地府了，还是单程票，有去无回那种。问题是，跟西门大官人一起上路，我冤不冤啊！

锦夜没有看我，却转向西门庆华，木然问："西门堡主可否解释一二？"声音没有波澜，却越发让人胆战心惊。

"这个……让庆华怎么说呢？"西门庆华摊摊手，一脸的无辜。

锦夜目光一寒，带上了凌厉的杀气，一时间，轻柔的月光都变得惨淡苍白，"西门堡主不说，我也能查得一清二楚。"

我禁不住用手拢紧身上的披风，想开口替西门庆华抵挡，勉强叫了一声，"锦夜……"

锦夜闻声，冰冷的眼眸扫了我一眼，冷冷道："我问的是他，不是你。"

说实话，跟他这么久，他还是第一次用这种眼光看我，我吓得噤声，不敢再说话，只能站在那里，大气都不敢出。

难得西门庆华不见丝毫惧色，跟拉家常一样，露出一脸的忠厚相与锦夜推心置腹，"锦大将军是冤枉夫人了。当日夫人落难，被卖入染香楼中。正巧庆华在场，有道是'窈窕淑女，君子好逑'（我无语，都什么时候了，还拽文呐？），庆华见夫人气韵高华，风姿卓越，如出水芙蓉怡然独立，又如世外仙葩不染纤尘，一见之下只觉五雷轰顶（我偷瞟了西门庆华一眼，怎没轰死他呢？说瞎话都说得这么声情并茂），顿起了爱恋之心，倾慕之意。为免夫人受辱青楼之中，便腾出染香楼的沁茗轩让夫人居住。庆华本想纳娶夫人为妾，奈何夫人坚决不允。庆华一时龌龊，便威胁夫人说'你是我花银子买来的，庆华可不能做亏本生意，你若不从了庆华，便只能接客赚银子了'。谁料夫人竟然宁愿接客，也不愿跟随庆华，庆华伤心之下黯然离开了京城。后来得知，夫人聪慧机敏，竟然使计从密道中逃出了染香楼。"

西门庆华一番说辞真假虚实，略去了我们二人互相利用的一段隐情，想来他也不愿让人洞悉风云堡内部的倾轧。西门庆华又诚恳道："庆华与夫人一清二白，可昭日月。若关系暧昧，夫人又怎会出逃？再者庆华虽是一介布衣，家中也不在乎多添一双筷子，断不会让自己的女人流落街头。"

锦夜听罢，必是想到了当日他在街头遇到我骗吃骗喝、被人欺负时的情景，倒也信了大半，只冷言道："以前的事，本将军自是会查证清楚，若果真如你所言，我也不会再追究。只是今时今日，溪儿已是我锦夜的夫人，你屡次到府上骚扰，又是为何？"

西门庆华装模作样地叹了口气，"庆华不过是偶尔到府中拜会将军，将军不在，便将献给将军的物品交予夫人。庆华确有私心，见伊人一面也好解心中思念。只是伊人已是有夫之妇，庆华纵然心中放不下，又能如何呢？锦大将军应该比庆华更了解夫人，夫人乃重情重义之人，当日在青楼中都与庆华毫无瓜葛，如今贵为将军夫人，又怎会与庆华有苟且之事？"

西门庆华一席话说得入情入理，在高度赞扬我的同时，也将自己塑造成一个失意的痴情人。若不是了解他的为人和演技，我都要被感动得一塌糊涂了。

锦夜苦笑一下，低声自语道："她确是重情重义，却不是为我。"

西门庆华接嘴接得飞快，"也肯定不是为我！"

一时二人竟然有了惺惺相惜、互相慰藉之意。

一阵风吹过，吹落了树上的黄叶，在空中片片飞舞。锦夜不再言语，拉起我，没有回云意殿，而是径直向宫外走去。

回到锦府，已是月上中天，锦夜拉着我进了他的锦珠阁，我畏缩着嘟囔了一句，"我……困了……想回去睡觉。"

他默然不语，手上一用力，我直接跌进他的书房里。

"让薛仁平来见我。"锦夜冷冷地吩咐跟进来的丫鬟。声音中不带一丝温度，虽未震怒，却让人没来由地胆寒。

不消片刻，薛仁平低着头进来，向我二人见过礼后，诚惶诚恐地问："不知锦大将军深夜召小人到此，所为何事？”

锦夜犀利的目光让薛仁平无处躲藏，额头上冷汗都淌了下来，双腿也止不住地打战。

"西门庆华是否常来府中？"漫长的沉默后，锦夜忽然开口问道。

薛仁平怔了一下，擦擦额头的冷汗，小心翼翼地说道："西门堡主确实来过几次。送了些礼品，没有等到您就走了。"

锦夜淡淡地问了一句，"既是来送礼的，为何专拣我不在的时候来？"

薛仁平吓得腿一软跪在地上，不敢再有任何隐瞒，"小人是收了西门堡主银子，告诉他何时夫人单独在府中。那西门堡主每次前来，不过跟夫人略聊两句，就被夫人打发走了，小人一直守在一边。小人就是一时贪财，但真没做过背叛主子、吃里爬外的事。"说着磕头如捣蒜，额头都磕出血来。

锦夜仰起头，目光孤傲，藐视众生，声音却依旧不起波澜，"看在你跟随我多年的分上，就给你留个全尸吧！"

我大惊失色，失声叫了他一声，"锦夜……"

他如寒冰一样的眼睛看着我，似慢动作一般向我伸出如整块美玉雕成的手，修长白皙的手指缓缓擒住我的脖子，虽然没有发力，却让我求情的话卡在嗓子里，竟然跟被噤声了一样说不出话来。

几个侍卫上来不由分说地将薛仁平拖走，薛仁平声嘶力竭叫道："锦大将军饶命，锦大将军饶命啊！"声音渐远，终于听不见了，一切归于平静，却平静得让人从心底泛出恐惧来。

那是一条鲜活的人命啊！就这样归于无声无息。虽然我跟薛仁平谈不上多有交情，但毕竟是我认识的人，此刻不禁为他感到难过悲伤。这是我第一次直面一个生命的凋零，竟然如此的脆弱，如此的卑微。我看着面前地狱修罗一样的锦夜，禁不住浑身抖作一团。

锦夜的手指轻抚着我颈上的肌肤，我都能感受到，我的血管在他的指腹下脉动。他看着我惊惧的脸，慢慢地收紧手指。我感到喉咙似被铁钳钳住，大脑渐渐缺氧，想叫却叫不出来。

窒息的痛苦使我心底生出濒临死亡的恐惧。虽然意识渐渐模糊，但眼前他那深如古井的双眸却异常的清晰。眸中满是冷酷的愤怒，因为离得近，我在那层愤怒后面看到了隐匿的痛苦和哀伤，他面色阴郁地问我："你们的过往我可以不追究，但是现今为何背着我跟西门庆华来往？"

我伸手去扒他掐着我脖子的手，艰难地争辩，"我……我没有……我跟西门庆华……从没有丝毫不轨之举……"

他冷冷地看着我涨红的面颊，"集合商贾捐银开官道，找沐长风修凿运河，这些事，你敢说不是你出的主意？"

"是……是我出的……我就是……一时才思泉涌冒出来的……再说……我也不是为了帮他……这也是利国利民的事……"

他丝毫不为所动，一字一顿地说："不要一再地考验我的耐性，我说过的，没有人，可以在我面前使手段。你不要以为我答应了沐长风，就不敢杀你。我若想要你的命，便是任谁也救不了你。"

"我知道……我知道！你想要我的命……就能要我的命，我就是你手上的一颗棋子……是你的人质……你的筹码……"我断断续续地说着，感觉力气正从身体中消失殆尽，"你能……先放开我吗？我这个棋子……真的要……被你掐死了……"

他手一松，我掉到地上，一边咳嗽，一边大口大口地喘着气，刚刚从鬼门关转了一圈，此刻我浑身软绵绵的，根本爬不起来。

锦夜向前走了一步，我艰难地以手撑地往后挪了挪，一边躲避他，一边挣扎着说："锦夜，你要是因为我跟长风的关系而杀我，我不冤枉，死也死得值了。我承认，我喜欢他，死了都不后悔。可是我跟西门庆华真的没有瓜葛，充其量也就算个谈得来的朋友，你要为了这个杀我，我死不瞑目，做鬼都得找你喊冤来。"

他居高临下地看着我，脸上已不见愤怒，只有深深的哀凉，"我知道，你与西门庆华没有不轨之处，我若是不信你，在宫中就会杀了你们两个。"

他蹲下来，抬手替我拂去被冷汗沾在额角的发丝，他手指的触碰让我感到恐惧，禁不住又发起抖来。

他看着我的脸，声音中是无法掩饰的妒忌和落寞，仿佛自语般喃喃道："在你的心中，连他都是你的朋友，而我不过是利用你，拿你当一颗棋子，借以摆布沐长风。"

我不知道怎么回答。说实话，大多数的时候，他对我可以说是很好了。那样清冷孤寒的一个人，却不时对我表现出耐心和包容，说不感动是假的。只是我无法面对这个阴晴不定、喜怒无常的锦夜。他可以在前一分钟对我体贴细心，后一分钟却掐住我的脖子，要我的小命。这样的他让我害怕，由衷地感到恐惧，以至于时刻提心吊胆，处在生死线上的我无法去认真体会他的心境。

面前的他沉默了一会儿，忽然笑了，绚烂夺目，好像天际的流星，美得让人窒息，声音平静得不带一丝起伏，"你说对了，你不过是我的筹码，有你，才有我跟沐长风的赌局。所以，你要老老实实地待在我身边，别再耍什么花样，不然的话，伤心失意、痛不欲生的可是你那心上人沐长风。"

言罢，他直起身，转过身去，仿佛要躲避什么似的，不再看我。

"谢谢你又饶过我一次，我一定老实，一定老实！"我表完决心，手脚并用向屋外爬去。

身后传来锦夜冰冷的声音，"今晚你就宿在这儿吧！"

"啊？什么？"我以为自己听错了，诧异地扭头看他。

他回过身来，面上看不出任何表情，"从今以后，我要日夜看牢你，不但同桌而食，更要同枕而眠。"

平地一声炸雷，我差点没晕死过去。这这这……我今天倒霉催的，背到家了。没招谁没惹谁的就给自己整出个床伴来。

满腔的悲愤无处发泄，我想骂人都不知骂谁，最后只能在心里骂江映容那个臭丫头，吃饱了撑的没事做，天天跟我过不去。她上嘴皮一碰下嘴皮，碰进去薛仁平一条人命，又给我碰出个陪睡来。

我决定了，我以后不犯懒了，我要勤勤快快地记恨她。死丫头片子，看我不玩个狠的，我治不了你，我给你找个厉害的主。我让西门庆华收你做第三十三房小老婆！

"一个小老婆、两个小老婆、三个小老婆……"我都将江映容排到第一千二百五十四个小老婆了，依旧双眼烁烁放光，毫无困意。（西门庆华飘忽着爬上来，面色青白地哀怨道：那我就真的精尽而亡了！）

窗外明月高悬，浅如蝉翼薄纱的月光照进屋来，映得一屋清清冷冷。身边的锦夜向里侧卧着，呼吸均匀，他还真睡得着（当然，他要是睡不着，我更害怕）。我直挺挺地躺着，瞪眼看着空无一物的帐顶，一动也不敢动。

夜半时分，我偷偷扭头看锦夜，月光下，他挺拔优美的肩部曲线随着呼吸极轻地起伏着，应该是睡熟了。我不放心地又用手戳了戳他的肩膀。没反应！我一阵大喜。幸亏临睡前我存了个心眼，睡在了床靠外面这一边。我轻轻地坐起来，蹑手蹑脚地想下床。趁他睡得深沉，我溜吧！

脚还没落地呢，手腕就被抓住了。我吓了一跳，见他依旧面向里，连头都没回。一时心虚，我嗫嚅着，"那个……你这儿被子薄，我冷，我想去拿床厚被子……"

　　他也不说话，手下一带，我已经倒在床上。他伸出手来，一手从我的颈下穿过，一手搂着我的腰，我整个人八爪鱼一样地趴在他花香四溢的怀里。我勉强用手挡在我俩身体之间，触手是他温热的丝绸一样的肌肤，光滑细腻，韧性十足。

　　大脑一片空白，我连思维的能力都没有了。他的唇抵在我的耳边，仍闭着眼睛，声音却是清醒的，"还冷吗？"

　　我热！

　　他身上那种属于男子的勃勃热气炙烤着我，我汗都下来了。从来没有跟他如此接近过，仅仅隔了薄薄的两层寝衣，离坦诚相见也就一步之遥。让我跟个大男人抱在一块睡觉，还不是自己心爱的人，我那个别扭啊！只想着快些逃跑。

　　我在他的禁锢中试着动了动，他的手臂箍在我身上，虽然不算紧缚，但是异常执着，让我没有逃脱的可能。扭动间蹭着他身上的寝衣沙沙作响。他的呼吸一下子炙热起来，喷在我的脖颈上，手臂也收紧了，我被挤在他健硕的胸膛前，本能地感到危险，不顾一切地挣扎起来，想要推开他。

　　"别动！"他在我耳边低声警告我，"我只是抱着你，不会对你做什么。"

　　他声音清冷，虽是警告，我却听出了痛楚，甚至有一丝恳求的味道。我不敢再动，认命地由着他抱着我，就拿他当被子使吧！

　　长夜未央，嘴里只能接着数，"一千二百五十五个小老婆，一千二百五十六个小老婆，一千二百五十七个小老婆……"（西门庆华：你还是杀了我吧！）

贺礼

中秋过后，天气转凉，秋风瑟瑟，卷落了树上的黄叶，漫天飞舞。朝中局势日益紧张，大有剑拔弩张之势。我在内阁已经看到了公开指责锦夜干政的折子。写折子的那个人是晋州知府宋岚，不出两日就在家中暴毙了。据说人死在书房里，坐在书桌前的椅子上，似在批阅公文，胸口上插着一支金翅乌羽箭。

宋岚双目圆睁，死不瞑目，竟拼着最后的力气，在面前的纸上写下"阉党祸乱，天道不容"几个大字，笔迹凌乱却遒劲有力，纸上字间染上点点鲜血，仿佛雪地红梅，动人心魄。一时间，此事传得沸沸扬扬，群臣激愤，整个朝廷都为之动容。

此案交给刑部审理，刑部尚书李正阳是锦夜亲信，对锦夜言听计从。刑部侍郎柳释儒是今年科考凭一篇《兴国三十二论》被长风破格提拔上来的，在御书院待了三个月，赶上原刑部侍郎付静礼回家丁忧，这柳释儒就被皇上在金殿之上御笔一批，升为刑部侍郎，升官速度之快，让人大跌眼镜，瞠目结舌。

众臣心里跟明镜似的，此案是锦夜一党犯下的无疑。所谓审案，不过是过场。谁料这柳释儒从外表看也就是个文弱书生，一阵风刮来都能给吹跑，却偏偏是个刚猛执着的人。孤家寡人一个，父母早逝，没有手足，又尚未娶妻，因而油盐不进，软硬不吃，顶着威胁利诱，凭着一股不撞南墙不回头的劲头，硬是啃下这根硬骨头，将湖广巡抚周浩广揪了出来。世人皆知，此人官位二品，心狠手辣，颇有计谋，是锦夜的心腹，很得锦夜重用。

柳释儒以迅雷之速收集了人证物证，坐实了周浩广买凶杀人、残害朝臣的罪名。一份奏折未通过内阁，直接送到摄政王手里。长风于当日上朝时当着众臣的面将案情禀报了皇上。如此明目张胆的罪恶行径让朝臣激愤不已。锦夜有心偏袒，与长风在朝廷上针锋相对，各不相让。

皇上让刑部将人犯周浩广关押起来，严审幕后主谋。当晚在刑部大牢内，有人给周浩广送去一杯毒酒。周浩广心知难逃一死，哆嗦着饮下，不消一时三刻，七窍流血，毒发身亡。刑部只断了周浩广畏罪自杀。

此案虽然没有牵连到锦夜，但是死了周浩广这个爪牙，锦夜一党莫不心虚气短。一时朝堂上长风势头渐长，"还政于皇上"的呼声不绝于耳。

十二月十八，是我的生辰。朝中巴结锦夜者大有人在，一传十，十传百，于我生辰当天纷纷带着贺礼前来祝贺。虽然寒冬腊月，锦府张灯结彩，异常热闹隆重。

宴席仍摆在明珠堂内，一边是男客，一边是女宾。堂前扎着戏台，台上唱的是《西厢记》。

我老妈最爱昆曲，只要她在家，就把着客厅里的电视，泪眼婆娑地听昆曲。我耳濡目染，也能背下大段的唱词。在古代，我闲来无事，凭着对《西厢记》《牡丹亭》等昆曲的记忆，写成了戏文，交给名伶演唱。曲调虽与昆曲不同，却也婉转哀怨，缠绵悱恻，听得堂下众人如痴如醉，一众命妇女眷更是泪眼蒙眬，手里的锦帕就没离开过眼睛。

我招呼完客人，独坐到戏台前的房间里。这间屋子是我特意吩咐府中人预备的，屋里只有一桌，屋外回廊正对着戏台，离堂中宾客较远，只能隐隐听到明珠堂里的喧哗。

我要安安静静地过这个生日，我可不想在这个长尾巴的日子还要堆着一脸假笑在众人面前接受溜须拍马。不一会儿，锦夜也跟了进来，坐在我旁边的椅子上，"你倒会躲清闲！"

我不着痕迹地往旁边挪了挪。自那晚之后，我一直很怕这个魔王，谁知道他哪天一发飙，就让我跟薛仁平做伴去了。虽然每夜睡在一张床上，我也是尽量只占据一小块地方，对他避之唯恐不及。此刻见他面色和缓，不禁大着胆子问："整天对着那些人，你不烦啊？"

他默然一笑，恍如鲜花绽放，抬手执起桌上的玉壶，为我倒下一杯清茶，飘袅的热气徐徐散开，散出一屋子的茶香。

正在听戏，刑部尚书李正阳从外面急急地进来。李正阳四十多岁，留着山羊胡子，见过礼后，先祝贺了我这个寿星一下，毕恭毕敬地献上了一串珍珠项链，颗颗浑圆，如拇指一般大小，最让人称奇的是，莹润的珠光中竟透出淡淡的粉色，宛若少女的面颊，白里透红，一看就知道价值不菲。我淡然一笑收过来，反正是他搜刮的民脂民膏，有什么好跟他客气的。

那李正阳送过礼后，并未离开，而是垂手立于跟前。我看看那架势是有事要禀报锦夜，好歹拿了人家东西，这点儿觉悟是有的，便识趣儿地离开。刚刚起身，就听锦夜说："有什么话就说吧！不必避着内子。"

我又坐回去了，接着喝茶听戏。

李正阳低头称是，恭敬道："下官已将柳释儒监押在刑部大牢，特来向锦大将军请示，是就地神不知鬼不觉地让他死在牢里，还是三堂会审，让他死个明白？"

我一听吓了一跳，柳释儒刚刚办了周浩广的案子，正在追查周浩广致死原因，怎么就下了大狱，朝不保夕了呢？心中忐忑，忙端起茶盏压惊。

锦夜起身，手负在背后，在屋内踱步，神色莫测。须臾他停住，阴着脸道："周浩广的案子闹得朝野上下，人尽皆知，摄政王这步棋走得高妙，不但周浩广和他的门生一损俱损，还险些牵连到我。来而不往非礼也，咱们就在柳释儒身上做文章，斩断摄政王的左膀右臂。"

"是，锦大将军。现如今摄政王一派气焰嚣张，没少给下官出难题。这回正好利用柳释儒消消他们的锐气。"李正阳一脸的邀功请赏，"下官已经照锦大将军的意思都安排好了，今日京城的衙门已接到民女甄如花和甄似玉的诉状，状告柳释儒奸污了她们姐妹二人。"

我正喝茶呢，闻言，一口茶喷了出来，杏花春雨的香襦裙上湿了一小片。那柳释儒我见过，白面书生一个，长得跟麻秆似的，还没我壮实呢，未到小寒节气就恨不得穿上三层棉衣。平日里指点江山，慷慨激昂，一见女的，就脸红脖子粗，说不出话来，比大姑娘还腼腆。说他奸污民女，还一气奸俩，太抬举他了！

锦夜也颇为惊愕，皱眉问："怎么寻了这么个罪名？"

李正阳依旧一脸得色，"下官也斟酌了许久。他家里家徒四壁，说他收受贿银，恐无人相信；若说他办事不力，假公济私，一时三刻又不好定罪；杀人行凶又没有动机。唯有奸淫民女，断刑快，只要那两个女子一口咬定，那柳释儒就是跳进黄河也洗不清。此罪论龙耀国律当游街后斩首示众，如此一来，不但柳释儒名声败坏，那提拔他的摄政王也肯定是面上无光。"

难为他还考虑得这样周详。古代医学不发达，自然没有DNA测试，若两个大姑娘说被人强暴，人犯通常是百口莫辩的，诬陷起来很容易。况且龙耀一向民风严谨，男女大防，柳释儒犯下此等大罪，大家不但会说他品行败坏，只怕连同一直支持柳释儒的长风也难逃世人诟病。

只是这个栽赃也太龌龊了，锦夜也沉吟不语。须臾无奈道："既然已递了诉状，就让京城府衙尽快结了此案。"

"是！"李正阳恭敬退下。

朝中政事，只要没有问到我，我一般是只看，只听，不做评论。尤其两派之争，我立场微妙，此时开口替柳释儒求情，只会惹恼锦夜，使他的处境更糟。可是不说什么，我又憋得难受，只能旁敲侧击，"柳释儒好歹是朝中重臣，若是以此罪论处，他本人身败名裂不说，于朝廷的威望也有影响。"

锦夜修长的手指敲击着太师椅的椅背，发出"笃、笃"的响声，过了会儿，他才悠悠说道："你不用拐弯抹角地为他求情，会有人替他出头的。"

正说着，门外侍卫通传，"摄政王前来府上拜会锦大将军。"

锦夜了然地冷笑一声，"他来得倒快！"随即吩咐，"就请摄政王来明珠堂一叙。"

长风来了！我心一阵乱跳，掩饰着看向戏台，《西厢记》唱完了，这会儿唱的是《牡丹亭》。杜丽娘正唱道："是哪处曾相见？相看俨然，早难道好处相逢无一言……"就见珠帘一掀，随着一股清新凛冽的寒气，长风已进到屋内。许是来得匆忙，并未着亲王服饰，只一身月色长袍，衣襟袖口露出银色镂空云纹的镶边，长身玉立，风姿卓越，如云中君子一般清雅无双。

一见长风，锦夜的面容瞬间冷峻下来，比川剧的变脸还快，目光中已难掩杀气凛凛，"王爷是来给内子贺寿吗？"

长风看了我一眼，怜惜的眼波似水天一色的碧涛，碍于锦夜在跟前，也不好表白，生怕连累到我。他即便有心为我庆生，也不敢如此明目张胆地招惹锦夜。于是只端正了神色，垂眉敛目道："若溪芳辰，长风未带贺礼，还望见谅，但祝若溪身体康健，心想事成。"

我会意地点头微笑，我的心愿不就是跟他在一起吗！我与他早已心意相通，一切尽在不言中。

锦夜看着我们两个，冷哼了一声，"王爷既不是专程为内子而来，那又是所为何事呢？"

长风正色道："刑部侍郎柳释儒今日被收押进刑部大牢，柳侍郎正在审理周浩广指凶杀人一案，此时获罪入狱，锦大将军不觉蹊跷吗？明显是有人要杀人灭口，阻挠柳侍郎办案。即便朝权相争，也不至于使如此卑劣的手段草菅人命，毁人清誉。"

锦夜红袖翻飞，如玉的手指端起一只碧玉茶盏，通透的蓝田玉映得他的手跟透明的一样。他轻啜了一口，缓缓放下才道："原来是为了这事，那柳释儒蒙王爷器重，又得皇上提拔，不思报效朝廷，竟然做下如此禽兽行径，确是让人不齿。王爷找我来兴师问罪又有何用，还是去衙门那里先看看两名民妇的供状吧！"

长风面色沉郁，"本王已让人彻查清楚，那两名女子不过是今秋从安槐乡迁居到京城的暗妓，向衙门递完诉状后，就被刑部尚书李正阳秘密看管起来，不见了踪影。"

锦夜没有料到长风动作这样快，已将幕后之事调查得一清二楚，微微一怔，随即冷哼道："王爷不知从哪里得来的讯息？李大人怕她二人受此侮辱想不开，又怕有人杀人灭口，毁尸灭迹，于是将她姐妹保护起来，有何不妥？"

明摆着就是李正阳栽赃陷害，仗着他们的权势，一手遮天，却偏偏还是这么个让人百口莫辩的案子。就算知道子虚乌有，却也只能是哑巴吃黄连。

长风冷然向锦夜道："好，明日开堂审理此案，本王自会出席，我倒要看看你们如何能颠倒黑白，混淆视听。也请锦大将军告诉那李正阳，堂审之日，让那两名女子到场，当堂对质。"

锦夜仰头而笑，"王爷要亲自去听审案，实在有趣，到时候，锦夜与溪儿也会一同前往，真是看戏一样的热闹。"

我在一边不敢插言，见到锦夜处处跟长风针锋相对，就知道他又大变身了。有了前几次的惨痛经历，我心知肚明留下来没有我的好果子吃，对长风也会不利，于是趁他二人不备，脚底抹油准备开溜。

刚走到门口，腰上就多了一道乌龙细鞭，将我卷住。锦夜手上轻轻一带，我还没明白怎么回事呢，就落在了他的怀中。我脸都吓白了，虽然他向长风保证过会保我毫发无伤，但是眼下这个满脸杀气的锦夜，为了打击长风可是什么事都做得出来的，要是他为了刺激长风再抽我几鞭子怎么办？

长风一惊，上前一步，劈手夺下锦夜手里的鞭柄，将我解开。他出手快如闪电，锦夜不防，竟让他将鞭柄从手中夺走，一时怒色染上眉梢，面色更加阴冷，"没想到王爷日日忙于朝政，这功夫倒也没撂下。"

长风也担心锦夜为难我，不着痕迹地将我挡在身后，并反手轻推了我一下，让我出去。

我多聪明的人，此时不跑更待何时。留下来只能让锦夜更发飙，让长风更痛心。我趁着他们两个对峙的当口，低着头冲到门外，迎头撞到一人胸膛上。

那人夸张地哎哟了一声，我抬头对上西门庆华戏谑的眸子，即便当着锦夜与长风，他依旧冲着我眼泛桃花，我一阵气短，他怎么来了？

西门庆华全然无视屋内的紧张气氛，信步走了进来，"正想着让人通报，不想夫人一头冲了出来。"说着冲我拱手一揖，"庆华恭祝夫人芳华永驻，仙福永享。"又拜见了锦夜，接着冲长风行礼道："原来摄政王也在！"

他的到来让屋里锦夜与长风的剑拔弩张顿然撤去，我窥着锦夜的神色，已经不似刚才那般狠毒，微微放心。

锦夜上前执起我的手，拉我入座，"既是西门堡主来了，便一起坐吧！"

西门庆华笑笑，"客随主便！庆华讨饶了。"便随意地坐在我左手边的椅子上。

锦夜坐在我右手边，又扭头向长风咬牙切齿道："王爷干什么一直站着，坐下来说话可好？"

长风碍于人前，只担忧地看了我一眼，无言地坐在我的对面。

西门庆华的到来让屋里的气氛变得十分微妙。一时寂静，四个人都不说话。长风低着头看面前的茶盏，锦夜双目如电地盯着长风，我仔细观察着锦夜面上的细微变化，而西门庆华咧着嘴看看这个，看看那个，目光依次在我们三个人的脸上逡巡，好整以暇，似乎无比开心。

为了防止锦夜与长风再争辩，我只能硬着头皮没话找话。我见西门庆华空着手来的，很是闲散，便恬不知耻地问："西门堡主前来可备了寿礼？"

"备下了！还请夫人过目。"他笑吟吟地答道。

"好，妾身急不可待，想看看西门堡主的寿礼是何新巧物件。"我站起来就往外走。

却被西门庆华伸手拦住，"夫人留步！"

他慢悠悠地从怀里掏出一张银票，放在桌上，"锦府什么珍奇的古玩珠宝没有？庆华不想流于俗套。庆华思来想去，夫人巾帼不让须眉，且怀有悲天悯人的胸怀，与其送那些吃不得用不得的珠宝，不如送银子（我流泪，原来送银子不俗！），夫人还可以用来拯救苍生，为民谋福。"

我向来跟银子不结仇，探头看了看，竟然是十万两的银票，不禁眉开眼笑。我拿过银票来爱不释手地看了又看，幻想着这要是换成元宝能摆一屋子吧！一时高兴，连自身的处境都忘了。

锦夜淡淡道："西门堡主出手豪放，真是大手笔。"

他伸手轻拢着我的肩膀，"眼见西门堡主送上如此大礼，为夫真是惭愧，竟不知送溪儿什么好。"

我想说"你也直接送我银子吧"，又觉得不太合适，况且当着长风的面被他揽着，让我十分不自在，只能讷讷道："咱们……自己人……不用那虚礼……"

锦夜闻言笑了起来，面带得色瞟向长风。对面长风神色一黯，似有无限幽怨，抬头看了我一眼，又垂下眼帘。这小子吃醋了！

西门庆华多通透的人物，将一切尽收眼底，低头饮茶，但笑不语。

锦夜见长风神色寂寥，更加快意，自顾自地说："为夫倒要好好想想，给溪儿一个惊喜。"

说着眼波一荡，竟然荡到西门庆华身上。西门庆华一口水差点没喷出来，好在他城府深，涵养好，恶寒过后依旧维持着一脸优雅的笑意。

锦夜手中把玩着茶盏，悠悠问道："风云堡做天下买卖，只要这世上有的，风云堡都有涉及，连风月生意也有染指。听闻京城第一销金蚀骨的温柔乡染香楼就是风云堡的产业，生意一向可好？"

西门庆华谦逊一笑，"托锦大将军的福。染香楼有天威庇佑，又得锦大将军和摄政王的照拂（这话说的，锦夜和长风何时照拂染香楼的生意了？），生意还过得去。"

"染香楼可有小倌？"锦夜貌似不经意地问道。

在座的非富即贵，都是这龙耀国跺脚乱颤的人物，锦夜忽然问了这样一个粗俗的问题，让所有人都大吃一惊。

　　西门庆华一怔，很快笑容满面地据实以答，"染香楼不做断袖的生意，因而只有姑娘，没有小倌。"

　　"哦。"锦夜挑挑眉毛，似乎有些失望，随即以手托腮，对着西门庆华上下打量，目光颇为炙热，"锦夜有所耳闻，西门堡主有三十二房侍妾，个个都是貌美如花、惊艳绝伦的佳人。西门堡主终日有美相随，夜夜欢歌，乐此不疲，是否精于此道，功夫了得？"

　　这话问得也太有创意了，让西门庆华想谦虚客气一下都不行。西门庆华不徐不疾地饮了口茶，才面不改色地笑道："还过得去。"

　　锦夜毫无征兆地伸手，嗖地从我的手里将银票抽走，我伸手去抢，却远没有他手快，只能愤懑地看着他将银票拿在手里，抖得唰唰作响。

　　锦夜将银票放在桌上，缓缓推到西门庆华面前，"西门堡主人中龙凤，锦夜一直甚为仰慕，今日锦夜可否请堡主在锦府留宿一夜？"

　　一语惊呆了所有的人。这是让堂堂西门堡主做相公啊！我看着西门庆华一向满不在乎的脸上此刻满是愕然，心中差点笑抽过去，若不是顾及人前，早就地上打滚了。连长风看向西门庆华的目光都带上了悲悯。

　　西门庆华VS锦夜，一个风流倜傥，高大健壮，一个容颜绝世，雪肤花貌。绝配啊！怎么看都是天造地设的一对。我很不厚道地开始在脑海中涌现出"被翻红浪"、"一帐旖旎"、"长发委于君臂"、"低吟浅语最销魂"……这些让人遐想翩翩、脸红心跳的字眼来。

　　西门庆华歪着脑袋苦笑道："承蒙锦大将军厚爱，本是却之不恭。只是庆华一向于男风上并无建树，恐难令锦大将军满意。还是改日送十名清俊的孩子到锦府，聊以谢罪。"

　　锦夜闻言煞白了一张脸，额角青筋直跳，坐在那里运了半天的气，方勉强压住怒火道："西门堡主误会锦夜的意思了。锦夜不能给溪儿一份完整的恩爱，一直引以为憾，今日就以这十万白银，买西门堡主一夜（天价啊！），陪内子共度良宵，权当给溪儿的生辰贺礼。"

　　啊？是给我预备的？这回轮到我一脸呆滞了。

　　西门庆华微微一愣，已换上了一脸灿烂的笑容，从善如流道："庆华恭敬不如从命！"得意中不忘冲我眨眨眼睛。

长风脸色刷白，噌地一下子站起来，气得发抖，如玉的额角也是青筋直绽，脸色跟锦夜有得一拼，"锦夜，你信誓旦旦要保若溪平安，如今竟敢如此折辱她……"

锦夜一脸无辜地看着长风，"王爷发的这是哪门子的无名火？锦夜答应过王爷保溪儿三年平安。现如今溪儿毫发无损，我不过是体谅溪儿跟着我受苦，不惜花银万两，为她买一夜春宵，王爷有何埋怨？"

我本是个脸皮厚的人，现在都禁不住红了脸。长风的愤慨更让我无地自容，恨不得找个地缝钻进去。我一跺脚往外跑，却被锦夜抓住手腕。我怒向胆边生，回身扇了他一记耳光，他的眼睛一直看着长风，猝不及防被我打个正着，啪的一声脆响，他白皙如玉的面颊上印出个五指山来。

锦夜面色一寒，将我推向西门庆华，恶狠狠道："我可是付了银子的，你就好好享用吧！"

我跌到西门庆华臂弯里，一时羞愤难当，一把推开他，向外跑。

西门庆华叫了我一声，"夫人，等等……"刚想追来，却被长风飞身过来拦住去路。锦夜见长风出手，红袖翻飞，闪电惊雷般一掌拍向长风胸口……

乱了，乱了，也不知道谁打谁了！我顾不得细看，逃命似的跑开。

我一口气跑回了遗珠苑，遣走了屋里的丫鬟，一头扑倒在床上，脑袋里嗡嗡直响，一跳一跳地疼。刚才的一幕不停地在脑海中回放，锦夜这小子还真是捏得准长风的软肋，他借着西门庆华这么羞辱我，让长风比自己受辱还难受。长风就算明知我跟西门庆华不会有瓜葛，还是一样气得差点吐血。

正在喘气的工夫，就见西门庆华碧色的长衣一晃，人已经悠闲地进了遗珠苑的正房。虽然以我对西门庆华的了解，知道他这个生日礼物不会把我怎么样，但是他那一脸得意欠扁的笑容还是让我又羞又气。我一个枕头飞过去，怒问道："你怎么跑出来了？"

西门庆华自顾自地坐在椅子上，用懒洋洋的声调说："你的夫君跟你那老情人打起来了，就把我这个娈夫给放出来了。"

我一头黑线，这都是什么乱七八糟的关系？

心中惦记长风，便不由问他，"谁占了上风？"

西门庆华漆黑的瞳仁斜睨了我一眼，"我出门的时候，还看不出胜负，不过锦大将军貌似技高一筹，这样打下去，恐怕摄政王不是敌手。庆华本想混个热闹，拉个偏手，又不知拉谁好。惦记着美人独守空闱，便前来探望……"

"啊？"我听到长风恐不敌锦夜，失神地叫出来。西门庆华后面的胡说八道便没有听进耳朵。

西门庆华笑笑道："你也不必担心你那老情人，如今人家是摄政王，虽说跟你有染，偷了锦大将军的老婆，但锦大将军也不敢让他在锦府出事。"

我听他说得戏谑，对他怒目而视，"别瞎说！"

西门庆华不以为意，"当日在染香楼，出纹银千两买你一夜的便是摄政王吧？"

我一阵脸红，反问他："你怎么知道？"

西门庆华了然一笑，"他对你的情意绵绵都写在脸上了，想赖都赖不掉。除了他又有谁会出银千两买你一夜？庆华只是奇怪，你当日怎么将他蒙晕了逃走呢？"

我很是尴尬，挥手道："别提了，那晚我没认出他来！"

"哦？怪不得！庆华困惑很久，终于被桑妮一语点破。"他叹息着摇头，神色颇为惋惜，"要不是他，现如今你早已是庆华的人了，又怎用得着花十万两银子跟庆华一度春宵。"

哪壶不开提哪壶啊！我差点没背过气去，哆哆嗦嗦地指着他，"你再提那十万两银子，别怪我跟你翻脸！"

西门庆华一脸的哀怨，"你也从没给过我好脸色啊！得、得、得，看在那十万两银子的分上，庆华就忍了！"

"你……你……还提……"我气得话都说不出来了。

西门庆华见我真生气了，赶忙摆手投降道："好好好，不提了，不提了！"

我舒了一口气。

西门庆华斜倚在椅子上，用手指敲着跷起的二郎腿，感慨道："怪不得锦大将军如此生气，夫人红杏出墙，绿云蔽日啊……"

我从床上直接滚到地上，爬起来对着他低头作揖。西门庆华诧异道："你我之间何须如此客气，桑妮有话直说便是。"

我求饶道："西门堡主，咱们还是接着说说那十万两银子的事吧！"

他呵呵笑了起来。

趁他笑的工夫，我抓起另一只枕头冲他砸了过去。

他伸手轻松地接住枕头放在桌上，神色颇为委屈，"要说庆华也是替你解围，你可想过，若不是庆华忍辱负重地应下来（忍辱负重？真让我崩溃！），锦大将军换个旁人送给你，可不会像庆华这样对你怜香惜玉，不忍心辣手摧花。"

我也知道西门庆华说得对，但我可不想值他这个情，瞟了他一眼道："你也就这会儿在我跟前得瑟得瑟，待会儿锦夜琢磨过味来，还指不定怎么收拾你呢！"

西门庆华难得显得稍微正经了点，不解地问："这锦大将军今日很是奇怪，我怎么觉得他一见摄政王整个人都不一样了呢？"

我没料到他目光如此犀利，一般人意识不到锦夜的变身，而他竟然一眼看出锦夜的不同。只是我不知如何解释，倒是西门庆华自问自答，"难不成是跟摄政王有仇？恨他不死？"

我吃惊地看着他，连这他都看出来了？太厉害了，西门庆华也真不是一般人物。

西门庆华耸耸肩膀道："有仇就有仇吧，只要别扯上庆华就行。"再看我时，又是一脸的灿烂，"由他们打去吧，咱们两个难得一聚，正好说说话。"

我扭过头，懒得理他。他也不在意，问我道："听闻锦大将军处死了薛仁平，可是为了你我在府中私会之事？"

我忍无可忍，"谁跟你私会了？这话千万别让锦夜听见，不然咱们两个都得吃不了兜着走，一起去见薛仁平。那兄弟死得冤枉，正恨不得找人做伴呢！"

提起薛仁平，我也是神色黯然。耳畔似乎还响着他凄厉的呼喊。那晚的事，跟做梦似的，没有真实感，我都无法相信薛仁平已经命丧黄泉了。我向西门庆华气闷道："锦夜心狠手辣，最恨身边的人吃里爬外，你是把薛仁平给害了。"

西门庆华摇头叹气，"可惜我送给薛大管家的银子了。"

我想起这件事就恼火，忍不住一捶床榻，"都是江映容那个臭丫头挑拨是非。要不是她胡说八道，薛仁平也不至于平白丢掉一条命。"

西门庆华微蹙着眉头，咂嘴道："江家的五小姐貌似跟你结下很大的梁子啊，是为了你那老情人吧。最近她又找过你麻烦吗？"

"她现在顾不上我。听闻她一直在宫中陪伴皇后娘娘，害得我想去看望皇后娘娘和小皇子都不敢进宫。"我又捶了一下床榻，色厉内荏道："别让我碰见她，不然……"

西门庆华嗤地笑出来，拖着声调问道："不然怎样？杀人你下不去手，扮可怜演戏又演不过人家，还投鼠忌器地顾忌你那老情人和皇后娘娘。你能做什么？"

他的话让我泄气不已。看来我是指不上自己了。我一时起了贼心，开始打量起他来：面貌英俊不凡，身材颀高，宽肩窄腰，能让每个思春的少女和思第二春的少妇都心如擂鼓，口干舌燥。以前我也没好好看过他，这一仔细看不打紧，一时间"丰神俊朗、英俊潇洒、倜傥不群……"这些好词都贴到他身上了，再加上一身闲逸而优雅的迷人气度，怎么看都是男色中的极品啊！

他被我赤裸裸的目光看得发毛，攥着自己的衣襟惊恐道："你别这么看着我！庆华虽然收了银子，但也是第一次做这皮肉生意。咱们也得先聊聊天，培养培养情绪吧！"（想什么呢？）

我沉浸在自己展望的美好前景中，两眼放光，媒婆上身道："佛说：我不入地狱，谁入地狱。西门堡主已是龙耀举国闻名的西门大善人，你就好人做到底，本着舍身饲虎的精神，再大公无私一把，把江映容那丫头收为三十三房侍妾吧！那丫头长得那叫标致水灵，跟朵带刺的玫瑰花似的，也不算辱没你。"

西门庆华吓得直摆手，"算了吧，还是将五小姐留给她那个长风哥哥吧！她对你那个老情人可不一般。庆华是无福消受啊！那丫头外表娇俏，内里一肚子坏水，若不是她躲在宫中，庆华都想找人做了她。小小年纪就心肠歹毒，手段高强，假以时日，都能修炼成精了。庆华家中三十二个娇妻美眷，可经不起她去祸害。"

我听他说得刻薄，忍不住笑出来。西门庆华就是江映容的克星。别看她在别人面前再要风得风，要雨得雨，到了西门庆华面前，立即现原形，小狐狸尾巴想藏都藏不住。

"不过，她那大姐姐实在是天姿国色，端庄脱俗，惹人遐想啊！"西门庆华手抚下巴，无限惆怅地叹息着。

连皇后娘娘他都敢垂涎，我对他的钦佩又多了几分。为了表达我滔滔江水般的敬仰，我将床上最后一个枕头也冲他扔了过去。

西门庆华正在遐想中，未及躲闪，终于被我一个枕头砸在脸上。他无奈地拿下枕头，悻悻道："想想都不让我想，妒妇！"

我无语地瞪着他，天大地大，都没见过几个他这样的。当之无愧的色胆包天，若论花心腹黑，皮厚如墙，他认第二，就没人敢认第一。

西门庆华无视我的目光，站起来，踱步到雕花窗扇前，将窗扇打开一道细缝儿，向外张望，自语道："那二位该分出胜负了吧！"

"那你还不快走?"我又瞪了他一眼,提醒道,"一会儿哪个过来都没你好果子吃。"

"庆华不正看着呢吗!看哪个打赢了先过来救你。(我悲催,那他们两个还打个什么打?)"西门庆华接着张望。

"有区别吗?"我一头雾水,忍不住问他,"若是摄政王呢?"

"他来,我就离你远远的,宁可不赚那银子。你那老情人满脑子的礼义仁孝,对你又一往情深,庆华若表现得老老实实,他必会感念我是正人君子,品行端正,到时候掏心窝子,跟我拜了把子,结成异姓兄弟都难说。"

他倒把长风看得透彻。

"若是锦大将军呢?"

"你夫君最恨别人在他面前使手腕,阳奉阴违,两面三刀。若是他过来,庆华就得勤快勤快,别让他说我白拿了银子不干活。"

正说着,他转身向我走来。我惊问:"谁来了?"

他伸手扯开自己的衣襟,露出棱角分明的健硕胸膛,反问道:"你说呢?"

言语间已来到床前,一片蜜色绸缎一样的肌肤在碧色衣衫的映衬下,异常诱人,让我两眼发直,很没用地咽了下口水。

他拔掉我头上的玉簪随手扔在地上,我的头发瀑布一样披散下来。我还没明白怎么回事儿呢,就被他按压在床上。

我被他压在身下动弹不得,面红耳赤地奋力挣扎,衣襟也散开了。忍不住咬牙切齿地骂他,"西门庆华,你个挨千刀的泼皮!"

他软绵绵地笑着,炙热的呼吸吹拂在我的脸颊上,眼中桃花朵朵,向我俯下头来。

我吓得直闭眼,一偏头,他的薄唇擦着我的脸颊落在我的鬓发上,他在我的耳畔轻声调笑,"算你欠我的,下次一并还我。"

说着大掌在我腰上捏了一把,我猝不及防,失声尖叫出来。

突然身上一轻,西门庆华已经被掀飞出去,落在几米外的地上。

我睁眼看去,一身红衣的锦夜,立于床前,一脸的紧张和愤怒(还真是他赢了)。他看到我胸前衣襟敞开,露出雪白的一段脖颈,忙伸手为我掩住,顺势将我拉起抱在怀里,头也不回地对西门庆华冷冷道:"在我没杀你之前,滚出去!"

西门庆华从地上爬起来,不紧不慢地系好自己的衣服,抱拳向锦夜道:"庆华惭愧，未能完成锦大将军所托，奈何夫人丝毫不配合，庆华也不好太过使强。这次庆华分文不取，下次必当尽心竭力。（做梦吧！还有下次？）"

说完也不理会锦夜被气得七窍生烟，气定神闲、从容不迫地走出门去，在门口还不忘对匆匆赶来，气喘吁吁的长风拱手一揖，"摄政王慢坐，草民先行告退。"

锦夜紧紧地抱着我，带着痛意和决绝的声音在我耳边响起，"你是我的，谁也休想跟我争……"

我呆住，锦夜表现出如此强烈的占有欲让我无比吃惊，比刚才被西门庆华压在身下更加窘迫。

越过锦夜的肩膀，我与长风绝望地对视着……

晚上，依旧与锦夜同枕而眠的我却怎么也睡不着，我听他呼吸绵长，似乎已睡熟，便悄悄地又往边上靠了靠，忍不住轻轻地呼出口气来。这个生日过得险象环生，哪里是庆生，简直就是折我寿来的。

黑暗中，一只手伸过来，修长的手指握住我的手，我哆嗦了一下，一把甩掉。旁边一下子没了声音，连呼吸声也屏住了。过了好久，才听到锦夜干巴巴地说："对不起！"

我翻身背对着他，不愿多言，只听他自言自语一般继续说："我也不知道是怎么了，那个时候就好像有人控制了我的身体，让我说出那样的话，做出那样的事。等我清醒过来，才发现你跟西门庆华都不在屋里，我……"

他的声音渐低，似乎不知怎样说下去。其实他不说，我也知道那不是他的本意。况且，他打败长风后，立即赶回来救我。只是他每次面对长风时，都会做出超出常理的举动，那个时候的锦夜丝毫不会顾惜我，他不惜以各种形式来打击长风，而我只是那个让长风痛苦的工具。这次是利用西门庆华来作践我，下次呢？等待我的又会是什么？

见我依旧不语，他更加不知所措，一伸手，就搭到了我的腰上，我抓起他的胳膊，正要扔回去，忽然感到触感有异。锦夜皮肤光滑细致得让我都觉得妒忌，可此刻手下的皮肤却凹凸不平。我忍不住坐起来，举起他的手臂，借着月光细看，一看之下，大惊失色，他的小臂上满是纵横交错的刀疤，丑陋而诡异，有的一看便知年代已久，有的却是新添的，依旧红肿。跟他一起这么久，我还没注意过他的这条胳膊伤得这么厉害，不禁颤声问他，"你这是……谁伤的？"

他淡淡地说："每次想到我爹娘兄长的惨死，都会睡不着，我就划自己一刀，身上痛了，反而就能睡着了。"

我一下子心酸起来，当年的宫变我也知道一些，无非是锦夜的爹站错了队，战役中又败给长风的老爹，于是一家人都死了，只留下锦夜一人。我知道锦夜有痛，有恨，这些时时刻刻折磨着他，他走不出自己的心结。

我拉下他的袖子，遮住他手臂上的伤疤，轻声说道："自古以来，每一次帝位之争都以鲜血洗礼，那至高无上的宝座都是人骨堆出来的。历朝历代，多少人枉死，又有多少人无辜受难。在帝位的争斗中，说不上谁对谁错，没有好人，也没有恶人。"

过了很久，他才开口道："我明白你想说什么，成者王侯败者贼，这个道理我懂。只是，你可以置身事外地劝慰我，那是因为你没有亲眼看见你的亲人一个个地惨死在你的面前。而我不能，我一闭上眼睛就看见他们。我本该跟我爹一起问斩的，可是沐长风更改了我的生辰，使我活了下来。我爹死前要我替家人报仇，不能让沐澜澈和他的儿子好活，我答应我爹此仇不报誓不为人。可是沐澜澈死了，这个仇我只能找沐长风来报。我也曾问老天爷，为什么是他？为什么一定是他？他，曾是我最好的朋友……"

锦夜说着抖成了一团，任何安慰的言语在此刻都是苍白无力的。我忽然明白，也许他并不真的那么恨长风，但是他需要去恨一个人。他活着就是为了复仇，他必须为自己找一个仇人，尤其不幸的是，这个人恰恰是他的好友。于是痛苦的锦夜将自己分裂成了两个人：一个是正常的，生活在对亲人的追念和哀思之中；另一个是残暴的，每当看到长风，那个暴虐嗜杀，不可理喻的锦夜就会出来寻仇。

这一刻，我忘了自身的哀怨，忘了那个锦夜对我的羞辱。看着此时此刻如此痛苦的他，我只痛恨自己无法帮助他。

第二十七章 · BI AN
QIAN YUAN

过堂

第二天上午，在京城的府衙里，开堂审理了柳释儒强奸民女的案子。因涉及朝中官员，当日主审坐堂的是京城知府卫敏琦卫大人和刑部尚书李正阳。

李正阳不用说了，是锦夜的人。而卫敏琦，却非锦夜一党，我在内阁对此人也耳闻颇多，据说此人任京城知府已有八年。自打他上任，京城的江洋大盗都不敢在本地作恶，而是流窜到外省。卫敏琦八年里断案无数，均有理有据，颇得民心，黎民百姓送他"卫青天"的称号，以誉其公正严明。

卫敏琦无党无派，在京城官吏中也属异数。锦夜一党也早有心拉拢他，明示暗示都递过去了，却得不到卫大人的回应。如此不识抬举，若不是念他是个人才，锦夜一早要拿他开刀了。

长风作为摄政王，朝中重臣犯了大案，也亲自赶往府衙。听闻长风果真去了，锦夜让我扮了男装也一同前往。

卫敏琦和李正阳见锦夜和长风都来了，忙下了座，迎到门口拜见。李正阳我见过，卫敏琦却是第一次见。我本在心里勾画出一个"铁面无私包大人"的形象，高大威猛，一脸正气，见了面才知道，是个五官平淡、貌不惊人的人，四十多岁，属于扔在人堆里找不出来的那种。只有偶尔凝眉时，方觉他眼中精光一现，随即又归于平凡，仿佛锋利的宝剑，只有遇到对手时才会显出锋芒，而平日要藏在剑鞘中一般。

他二人本要将两个主审的座位让给锦夜和长风。长风沉声道："本王与锦大将军此次前来只是堂内听审，此案涉及朝臣，关系重大，还望二位大人秉公执法，切勿徇私。"

二人不敢应，又齐等锦夜发话，锦夜点头道："就依摄政王所言。二位大人就不必推托了。"

于是，二人重新坐在公堂前桌案的主审座位上。长风坐在桌案案左手下方。我与锦夜坐在右手下方。两侧是两排手握杀威棍的衙役。

长风扭头看我，目光眷眷，难掩关切。锦夜冷冷地瞪了长风一眼，眼中都能飞出冰溜子来，长风只能压抑着调转头。

有锦夜在，我跟长风连个眼神都不敢交流。难受得我跟饿了八天的人，好容易见了肥肉却吃不到嘴似的。（怎么把长风比成"肥肉"了？）

李正阳一拍惊堂木，啪的一声脆响，在畅阔的大堂里显出回声。我正在臆想长风和肥肉的问题，突然一声，吓得我一哆嗦，耳听他扬声道："带人犯！"

李正阳与卫敏琦本同是三品大员，况且又是在京城衙门之中，本应由卫敏琦主审。但李正阳自恃有锦夜撑腰，于是喧宾夺主，拿起惊堂木乱拍。卫敏琦面上未见丝毫不愉，仿佛理应如此一般坐在旁边当陪衬。

一阵铁索镣声传来，一身囚服的柳释儒被带了上来。他见到长风和锦夜都在，颇为震惊，随即缓缓跪在大堂之上。

那柳释儒身上倒没有刑伤，但是看来在牢里也很受了些折磨，头发乱蓬蓬的，脸色青白，更显得一身瘦骨伶仃的很可怜，跪在那里都摇摇欲坠，看得我恨不得将自己的椅子给他搬过去。

李正阳又一拍惊堂木，"柳释儒你可知罪？"（他还拍上瘾了！）

那柳释儒虽然狼狈落魄却难掩一身正气，"下官不明大人所指何事。"

"大胆！"李正阳一声怒喝，"犯下滔天罪孽还敢自称下官。"说着拿起案上的供状，"民女甄如花、甄似玉姐妹二人，状告你腊月十六日深夜夜闯民宅，奸污了她二人，可有此事？"

柳释儒摇头，义愤道："子虚乌有，尽数不实。在下根本不认识甄氏姐妹。"

李正阳冷笑道："行凶作恶之人哪一个肯承认呢！诉状上写得清清楚楚。两名受害女子俱指摘你刑部侍郎柳释儒的大名，还呈上你的亵裤一条。人证物证俱在，你还如何抵赖！看来不用刑你是不肯招供的了。"随即吩咐衙役，"大刑伺候。"

啊？审了还没两分钟呢，就大刑伺候了！咱是从二十一世纪过来的，从小见惯了电视中公安叔叔光辉高大的形象，也听惯了美国警察"你有权保持沉默，从现在起，你说的每一句话都将作为呈堂证供……"的过场宣言。现如今，看到审案大人问都不问清楚就要开打，真是让我这个现代人嗤之以鼻。

长风一蹙眉头，已经出言拦下，"衙门只接到诉状，不能单凭一面之词就定了柳释儒的罪。依龙耀国律法，应传递交诉状之人辨认人犯，当堂对质，方能定罪。"

李正阳赔上恭顺的笑脸，"回摄政王，王爷说得没错，龙耀律法确是如此，只是，受害的女子受此奇耻大辱，几次三番欲自尽，幸被家人救下，自是羞于抛头露面，对簿公堂。还望摄政王海涵，体谅那两名女子的苦衷。"

李正阳仗着有锦夜撑腰，面上虽然对长风恭敬，言语中却挤兑长风，倒把长风说成不近人情、欲揭人伤疤的小人。

长风自然知道这件案子不过是栽赃陷害，借着柳释儒整他罢了，审判的结果就是杀了柳释儒，让长风失去得力干将，顺便搞垮长风的名声。只是长风一个大男人，坚持让两个遭到强暴的女子现身人前，于法虽然有依，于情却是说不过去的。

眼见衙役将一副夹棍扔在了柳释儒脚边，几个人上去就要动刑，长风顾不得尴尬，起身怒道："李大人尚未问明案情就刑讯，不怕屈打成招吗？我堂堂龙耀国，律法公正严明，不会放过一个恶人，更不会冤枉一个好人。兹事重大，事关一人的性命清誉，还望二位大人传那两名女子到堂上对质。那甄氏姐妹既然递上诉状，自然是希望将真正的罪犯绳之以法。若是李代桃僵，错判了柳释儒，而让真正的作恶之人逍遥法外，又将坑害多少无辜女子？甄氏姐妹的冤情得不到昭雪，余生又怎会安乐？律法不明，有失公允，又如何上对得起皇上，下对得起黎民百姓？"

长风将一串的问题抛出来。李正阳一时语塞，不知如何回答。

倒是一直不言不语的卫敏琦此刻仿佛睡醒了一般，上来打圆场，"摄政王所言极是，国有国法，家有家规，不能因人情而囿顾。李大人慈悲为怀，体恤弱女，如此心胸也实在让下官敬佩！"（他倒谁也不得罪！）

说完和稀泥的话，卫敏琦话锋一转，"下官觉得这柳释儒做下此等伤天害理的事，自是不肯认罪的，若是因熬不住刑而招认，他日必会喊冤。传扬开去，有损我龙耀的天威国策。下官以为，就让两名受辱女子上得堂来，辨认人犯。那柳释儒见到苦主，自会无地自容，羞愧难当，如此也能让他心服口服，认下罪孽。"

卫敏琦明里贬损柳释儒，暗里却力荐两名女子上堂。李正阳想反驳，又惹不起长风，只能偷偷瞟向锦夜，等他定夺。

锦夜端起桌上的茶盏，饮了一口，不置可否。锦夜是胸有成竹的，这种案子，两名女子咬死了柳释儒辣手摧花，柳释儒如何说得清？此时的锦夜不过是想将事情搞得更大，让长风更加难堪罢了。我瞥见锦夜拿着茶杯，手指的关节握得发白，杯子都要被捏出水来，就知道他老人家又异灵附体了，此刻天人交战，正恨不得掀桌子砸向长风呢！根本没顾得看李正阳对着他挤眉弄眼。

为了转移锦夜对长风的注意力，我硬着头皮把话茬接过来，"卫大人言之有理，在下也认为，为了查清此案，还是得让两位受害的女子指认清楚。事后给予受害女子抚恤，让她们隐姓埋名，离开京城，便可以躲开流言蜚语。"

"还请尊驾考虑周详。"李正阳认得我，却不敢当堂称我为夫人。他见我开口，便理所当然地认定我代表的是锦夜的意思，于是提高声音吩咐道："传民女甄如花、甄似玉。"

"等等！"我开口拦下。

李正阳不解道："尊驾还有何吩咐？"

我看着跪在堂下的柳释儒，一会儿两个女子上来，伸出纤纤玉手一指，"就是他！"他可就真翻不了身了。

我忽然想起美国电影里的受害人辨认罪犯的做法，于是一手托腮，故作天真无知状，"堂上就他一人，那受害的甄氏姐妹只能选他，如何叫作'辨认'呢？"

李正阳为难道："那依尊驾的意思，该如何呢？"

"找五名犯人，一字排开，让甄氏姐妹从中挑选作恶的人，方能称为辨认。"

未等他人开口，卫敏琦已经面露不屑地笑了出来，挖苦道："尊驾不知什么来头，是第一次到大堂上看审案吧！这可是龙耀京城的大衙，不是戏园子！"

一句话说得我面红耳赤，我招他惹他了这是！

那卫敏琦依旧不依不饶，挑衅地看着我，神色颇为轻蔑，"下官任京城的父母官八年之久，还从未见过如此荒唐的堂审。竟然让几名明明知道不是此案罪犯的人与人犯同跪一处，任人指点。这位大人的奇思妙想也实在是引人赞叹。"

他笑着耸耸肩膀，"不过尊驾既然想看戏，咱们就勉为其难地演一出。来人！"他扬声吩咐站在堂上的衙役，"去大牢里随便提两个人犯上来，还有……"他抬手一指下面的两个五大三粗的衙役，"你们两个，下去穿上囚服，装扮一下，待会儿一同跪在柳释儒旁边。"

几个人应声而去。那李正阳见卫敏琦奚落我，害怕锦夜发怒连累到他自己，于是向卫敏琦小声道："卫大人看仔细了，那位是将军夫人。休要言辞不恭！"

卫敏琦貌似认真地打量我，须臾，诚惶诚恐地下了座位，小颠着步子到我跟前，一揖到地，"下官有眼无珠，竟然没认出将军夫人，还望夫人见谅恕罪！"

我也不傻，心念一转，明白过来他为何奚落我。既然是演戏，就演到底吧！我装作义愤，狠瞪了他一眼，"卫大人何罪之有？是妾身胡言乱语，骚扰公堂，卫大人别跟我这无知的妇道人家一般见识才好！只放开手段审案吧，妾身倒想看看卫大人有何高招妙计。"

卫敏琦闻言抬头看我，目中光亮一闪，仿佛被镜子反射的阳光，一晃而过。我再细心看时，他已经低下头，唯唯诺诺道："下官惭愧，万望夫人海涵！"

不一会儿，打扮好的衙役和大牢里新提出来的犯人都一字排开，跪在柳释儒左右。一排五个人很是壮观。那两个衙役一身正气，目露威严，跪得直挺挺的。而那两个犯人就很苦楚了，不知自己怎么又上了堂，蔫头耷脑地跪在地上叹气。

随着两声凄厉的哭号，"各位大人，要为小女子做主啊！！！"

两个身穿绫罗绸缎的女人从洞开的衙门大门外冲了进来，进门就扑倒在地上，以头抢地，捶胸顿足。

一边哭一边掏出帕子拭泪，我眼尖，一眼看到两人并无眼泪，不过干号，拿帕子掩饰罢了。

李正阳皱眉道："公堂之上，不得逾礼。"

那两个女子这才停住哭号，哭声戛然而止，不想她二人已将痛哭流涕练习到如此收放自如的境界，让我好生敬佩了一下。

二人放下遮在脸上的帕子，露出脸来。我一看之下，吓了一跳。二人都是二十左右的年纪，花红柳绿，涂脂抹粉。左手边的女子穿粉色上衫，石榴红百褶长裙，头上是赤金闹蛾，随着她夸张的动作，一颤一颤的。我坐在台子上，向下看，能看见她的鼻孔，再往下看到她的龅牙。

跪在右边那位穿翠绿的衣裙，外罩一件嫣红色绣花的长坎，即便肤色黧黑，仍能看出一脸的麻子，一层厚粉都盖不住，摇头间但见白粉纷飞。脑袋上还簪着一朵大红牡丹。长得五大三粗，那身量比男人还壮硕。

李正阳打着官腔问道："下跪何人，报上名来。"

龅牙妹说道："民女甄如花。"又一指旁边的麻子妹，"这是奴家的妹子甄似玉。"

卫敏琦伸手一指，"你二人看仔细，那边可是施暴之人？"

那对"如花似玉"的姐妹顺着卫敏琦的手指方向看去，赫然看到跪在一边的一溜五个人，一下子目瞪口呆。

两个人踟蹰了一会儿，又交换一个眼神，甄如花方愁眉苦脸道："大人，是一个挨千刀的淫贼夺了我们姐妹二人的清白，不是五个。若是这五个轮番上来，我们姐妹早就吹灯拔蜡了，哪里还有命来告官呢？"

我差点笑喷了，这位如花姑娘也真是泼辣，实在不像个受了侮辱的黄花姑娘。

李正阳无奈地一拍惊堂木，"闲话少说，召你二人上堂来就是辨认一下，这五人中，哪一个是奸污你姐妹之人。"

如花、似玉这才认真打量跪着的五人，目光在五个人的身上逡巡，须臾同时将视线调向李正阳，目光中带着询问。李正阳不敢有大动作，只能挤鼻子弄眼地往柳释儒身上瞟。那如花、似玉不得要领，仍是一脸的茫然。

一边的卫敏琦悠悠道："让你们二人指认人犯，你们看李大人干什么？李大人脑门上又没写着谁是犯人。你们姐妹的诉状里写得可是有鼻子有眼，若是这会儿认不出来，本官就以诬陷罪押你们进大牢。往那边看，到底是谁？"

如花、似玉听闻要坐牢，吓得直哆嗦，二人同时伸出手来，闭眼一指，"是他！"

结果如花指的是长得最魁梧的那位衙役大哥，一脸的络腮胡子，长得跟李逵似的。那大哥受此奇耻大辱，怒不可遏，瞪着一对铜铃大的眼，破口大骂："放屁！也不看看你们两个婆娘的那副尊容，老子宁可奸母猪去，也懒得在你们身上费力气！"

被似玉指到的是从牢里刚提出来的一个犯人，贼眉鼠眼，相貌猥琐，此刻瘫软在地，声嘶力竭地哀号，"我招，我招！是我偷的邻居郭家柱子媳妇的肚兜。可小的真没奸淫女子。小的要是有那胆量，还偷得哪门子的肚兜啊！"

我憋笑快憋出内伤来，不敢笑出声，只能低着头，肩膀却忍不住地一耸一耸地抖动。难得堂上那四人仍是一脸的端肃，明显忍功一流。

那甄氏姐妹眼见不对，不知如何收场。

长风冷着脸对李正阳道："连认人都能认错，如此荒诞，可见不过是陷害栽赃。"

李正阳汗都下来了，抬手用衣袖沾了沾额头，求助似的看向锦夜。

锦夜这会儿适应了仇人相见分外眼红的心理状态，已将心思放在了公堂上，冷笑了一下，悠悠道："当时是半夜，月黑风高，没有看清楚也是有的。女子在受辱之下，又如何有闲情逸致看清谁在作恶呢？王爷是个大男人，自然体会不到女子受辱时的心境。"

一句话把长风堵得严严的。如花赶紧说："对对对，大人明鉴。当时奴家姐妹吓破了胆，哪里顾得看清那淫贼的模样。我们姐妹再认。"

如花似玉姐妹两个复又看向那五人。两个衙役同气连枝，一同对她们怒目而视。而两个人犯心虚气短，都瘫在了地上，只有柳释儒直挺挺地跪着，脸上惨白，低头看着地面。

这次，那甄氏姐妹很有默契地同时用手指向柳释儒。

李正阳如释重负，不待其他人发言，扬声道："人犯已认出，其余闲杂人等离开大堂。"

两名衙役气哼哼地站起来，顺手一人抓起一个犯人退下去了。只剩下柳释儒一个人跪在那里，摇摇欲坠。

李正阳很是得意，"柳释儒，受害女子已将你认出，你还有什么话说？若认下罪来，本官念你初犯，又是朝中重臣，还能给你个从轻发落，若再不认罪伏法，本官可要大刑伺候了。"

那柳释儒抖作一团，脸色苍白，似下了很大的决心，抬起头来看着长风，哑声道："下官愚钝，竟落入圈套，遭人设计，辜负了摄政王的信任，下官唯有以一死证明清白。"

说着挣扎着站起身，一脑袋向堂上的立柱撞去。

长风急道："释儒不可！"

幸好旁边的衙役一把拉住了他，将他扔回到地上。长风痛心道："案件尚在审理当中，还未定案。本王始终相信，清即是清，浊即是浊。你信本王，定不会让黑白颠倒，善恶不分。"

长风眼见李正阳处处刁难，而卫敏琦此刻闭目养神，跟老僧入定一样，貌似又睡着了，只能起身踱步到两名女子跟前，沉声问道："本王问你们，你们二人在受辱那日之前可见过堂下所跪之人？"

二人摇头，"并不相识。"

"既然不识，那为何在供状中指名点姓，连柳释儒的官职都一清二楚？"

甄如花、甄似玉见了长风身穿玄袍、俊美无双的样子已经是浑身酥软，只盯着长风的脸看，眼中好似飞出无数个小钩子。甄如花媚眼如丝，拉长声调嗲声嗲气叫了一声："王爷……"

堂上众人莫不恶寒不已。我更是气得眼里能飞出刀剑来，将射向长风的小钩子噼里啪啦地打落在地。

那甄如花接着腻声道："是那淫贼自报山门，我们姐妹才得以知晓。"

长风敛眉，紧跟着问："他是如何说的？"

甄如花手指头绞着手帕，转着眼珠道："那柳大人说了，'两位姑娘真是美人！让小生销魂得很！'"说着用眼瞟了甄似玉一眼，"是不是啊，妹子？"

那甄似玉一直未开口，都是甄如花一个人说话，此刻见她姐姐问她，赶紧点头，声如洪钟，瓮声瓮气道："对！他还说，牡丹花下死，做鬼也风流。"

长风很是尴尬，只能耐着性子直白地又问了她们一遍，"本王是问，那恶人离开前，如何自曝名姓？"

甄如花一扬手里的帕子，长风站在她跟前，差点被打中衣袍的下摆，赶紧退后了两步，站到安全距离。

那甄如花装腔作势道："当时奴家受辱，那淫贼摸进我姐妹的闺房，就着天黑绑了我们姐妹二人，一龙双凤，好不逍遥快活！奴家死去活来的，哪里还记得他怎么说的？妹妹，你说呢？"

甄似玉眨巴眨巴小眼睛，也跟着道："对！（反正甄如玉说什么，她都喊对！）我跟姐姐哭得快要昏死过去，那淫贼反而更得了兴致，一点也不懂得怜香惜玉！上来就亲嘴，还……"

长风脸皮薄，听她们说得如此露骨淫猥，早已羞得俊脸通红，赶紧打断她们，声音中透出王者的威严，"既然记不得，如何在供状中指明是柳释儒？那柳释儒既然作恶，又怎会自报名姓，授人以柄？"

长风心思缜密，洞察秋毫，一下子抓住了供词里的漏洞。一旁的锦夜面无表情地瞟了李正阳一眼。李正阳哆嗦了一下，缩着脖子，不敢搭茬。

甄如花冲着长风眨眼睛，貌似在努力回想，"奴家再想想！"须臾做娇羞状，"许是他癫狂时喊出来的。"

说着用手中帕子捂住嘴，痴痴地笑了起来，"王爷俊雅如仙，府中肯定有不少如花似玉的妻妾，自然会知道，男人在那种时候爹娘老子都忘了是谁了，满口的心肝宝贝混叫着，什么话说不出口。"

如此露骨的言语挑逗，不但我，连锦夜也阴沉了脸，皱着眉头看着堂下跪着的这两个姐妹花。

敢调戏我男人？

我再也忍不住了，噌地站起来，火车头一样冲到堂下，来势之猛，将长风撞到一边。我站在甄氏姐妹面前对着她们二人怒目而视。如花、似玉肆无忌惮地打量我的脸，须臾冲我抛了一个媚眼，笑道："这位大人好俊秀的模样，不知大人要问什么？"

我可没有丝毫的怜香惜玉之心，恶声恶气道："规规矩矩回答摄政王的问话，哪里那么多没用的胡说八道！"

长风担心我出头会惹怒锦夜，于我不利，蹙眉道："本王还未审问完。"见我站着不动，又低声道："若溪，你不要插手，这里没有你的事，先下去。"

没我的事？你人都是我林若溪的，这如花、似玉如此调戏你，敢说没我的事？

我瞪了长风一眼，目光很是彪悍。

锦夜看到堂中变故已不在李正阳的掌控之中，救场道："摄政王就当时的细节询问受辱女子，恐怕不妥吧！岂不是在受害女子的伤口上再撒一把盐？实非君子所为。"

长风正色道："国有国法，必不使一个好人蒙冤受难，也不会让一个坏人逍遥法外。此案疑点重重，明显有人背后作乱。如此卑鄙的行径却要一味地遮掩，只看表面，不求真相，陷害忠良，排除异己，难道这就是锦大将军口中的君子所为吗？"

锦夜眼里现出凛然的凌厉，黑如点漆的瞳仁卷起巨大的旋涡，阴冷地盯着长风，面部的线条也硬朗起来，嘴角下弯，霸气十足。我偷偷看了他一眼，完了，他这是忍无可忍，终于要发飙了！

长风毫不退缩地与锦夜对视，二人势同水火，大堂上气氛一时非常紧张，如山雨欲来，乌云蔽日般压抑，让一个大堂的人都喘不过气来。我站在长风和锦夜之间，眼见他们又是一场针锋较量，一时不知如何是好。

卫敏琦忽然睁开眼睛，貌似又睡醒了，干咳两声道："摄政王万金之体，如何能屈尊俯就与这两名民妇对质？锦大将军也是威名显赫，自然不屑过问此等腌臜之事。下官与李大人审过无数案件，但这当堂对质奸污一案，还是从未碰到过。说白了咱们四个大男人，对案情细节自是难于启齿相问。那甄氏姐妹也耻于细说分明。（我怎么没看出来她们二人害臊来！）"

卫敏琦说到这里停顿了一下，捻须不语。我环视一周，咦？他把审案和观审的四人都排除了，怎么貌似就剩下我一个了呢？

果然，卫敏琦慢悠悠地接着说道："不如劳烦将军夫人就此案向两名受害女子问个清楚，夫人身为女子自然可以体谅受害人的心境。夫人提问，甄氏姐妹也不会尴尬，方能知无不言，言无不尽。"

这个老狐狸，他心知肚明锦夜和长风的对立，更知道李正阳一面倒，迫不及待地要定柳释儒的罪，长风此时处处受制，而他自己虽然有心维护公正，却是得罪不起锦夜和李正阳的。

刚才我出主意让五个人犯跪作一排由甄氏姐妹辨认，必是让他洞悉了我心里的倾向。若是由我出头说放了柳释儒，锦夜和李正阳必定怪罪不到他头上，于是他就将这块烫手的山芋扔给我了。

锦夜尚未发话，长风先冲口而出，"不可！"他看着我，满眼的焦虑，他知道我出言肯定会针对甄氏姐妹，力救柳释儒，如此一来就惹怒了锦夜，于是直接替我拦下，"公堂之上，哪有女子审案之理。"

我感念他维护我的心意，偷偷冲他挑了挑眉毛，嘴里却大包大揽下来，"摄政王此话差矣！虽然我朝历来女子不能入仕为官，但辨善恶、分忠奸、保天地清明却不仅仅是男儿的职责。若溪不才，却愿为朝廷社稷、为黎民百姓出一分力。虽然若溪不及列位大人断案无数，明察秋毫，但将过程事情问个明白还是能胜任的。"

长风秀眉一扬，刚要制止我，旁边的卫敏琦却已喝起彩来，"好，夫人巾帼不让须眉，一片忠肝义胆，下官实在是敬佩。就请夫人问个清楚，下官与李大人也好断案。"

我给了长风一个安抚的眼神，又扭头看向锦夜，"让我审问可以，只是若溪没什么章法，随口瞎问，若有不当之处，众位不要怪罪才好。"说到底，他点头才行。这会儿说得轻松，一会儿我真问出什么来，他跟我秋后算账怎么办？

卫敏琦心领神会，"审案之道自是公正严明，夫人只管问，若柳释儒果真作奸犯科，自当论罪伏法，若他是受人冤枉，自是应该还他清白。无论结果如何，公道自在人心。相信堂上诸位都希望真相大白于天下。"说着又起身冲锦夜作揖道："下官斗胆，借夫人金口审问甄氏姐妹，还望锦大将军成全。"

锦夜冷眼看看我，又看看长风，沉声道："好，既然卫大人开口，本将军也没有什么不同意的。溪儿问吧，本将军也想看看溪儿如何审案！"

有他这句话就行，我松了一口气，向长风一抱拳，"王爷先请入座。"

那卫敏琦也下了座位，快步走到长风跟前，伸手相请，"锦大将军都首肯了夫人审案，王爷就不要再阻拦了，但请入座，一同观看审讯。"

话已至此，长风也不好再一味拦着。他担忧地看了我一眼，方坐回原座。

我调回目光看着如花似玉两姐妹，她们二人见卫敏琦称我为夫人，也明白过来，我是个女子，因此收起了刚才的媚眼，看向别处，一脸的意兴阑珊，明显对我不感兴趣。

我看着她们二人，心中感慨，难为李正阳找来这么一对夜叉，我向来不爱以貌取人，这世上像锦夜那样得天独厚的又有几个？终究是平凡的面孔居多。可是这二位，明明长得就够对不起大家的，还非要端着一副自恃美貌的风范，就很让人作呕。是否有个漂亮的脸蛋并不重要，那毕竟是爸妈给的，没得挑选，但人的内心和修养却可以左右相貌的美丑。

其实，我也不知道该问什么，咱也没干过这事。在现代的时候最多在电视里看到过针锋相对的庭辩，觉得那些律师简直酷极了，当时还很是向往了一阵，立志投身司法界。当然人贵在自知，就我一紧张就胡说八道的这个毛病，得害死多少原告被告！所以也就是想想，没敢考政法大学，去祸害人。

现如今，我竟然成了一堂主审，这也是圆了我的一个梦想，心中也小激动了一下，清清嗓子，向如花、似玉道："二位姑娘如花似玉，绮年玉貌，有此遭遇真是让人痛心疾首，难得二位姑娘受此大辱仍然直面惨痛，笑对人生，穿红戴绿，搽胭脂抹粉，一样都没耽误，如此心胸实在是让若溪佩服至极。"

二人开始听我夸她们如花似玉还颇为自得，待听到后面，便黑了脸。甄如花斜瞟了我一眼，"我姐妹二人遭人奸污本想一死了之，可是又舍不得爹娘，只能忍辱偷生，平日里更是不敢在家中哭，怕爹娘见了伤心，只能穿戴齐整些，爹娘见了也宽心。我与妹妹不过是打掉牙往肚里咽，强颜欢笑罢了！"

说着又拿帕子遮住脸，假哭。那甄似玉见她姐姐装哭，也跟着号起来，底气十足，震得空气中都嗡嗡作响，吓了我一跳。

我赶紧安慰她们，"二位姑娘做得对，高高兴兴是一辈子，哭哭啼啼也是一辈子，事已至此，还是要看开些，只要将真凶缉拿归案，便可为二位姑娘洗冤昭雪。"

二人闻言，放下手帕，又是雨过天晴，甄如花向着我眉开眼笑，"夫人明鉴，竟然说到奴家心里去了，可不是高高兴兴一辈子，哭哭啼啼也是一辈子嘛！麻烦夫人快些问，审完了，我姐妹还要赶紧回家呢！"

我略一思量，已经有了办法。咱在现代看过电视，刑讯过程中，最怕的是犯人串供。因此在结案前，同谋共犯不允许见面，更不允许串供词。古代刑讯也是如此，但是审讯的一般是犯人，对原告主要是看供状里的内容。今天我要对如花似玉两个姐妹各个击破，逼她们现出原形。

于是我假意叹息道："如此辱人的事，本夫人问起来也觉张不开口，二位姑娘也肯定羞愧难言。这样吧，若溪一个一个地问，免得另一个听了勾起不堪回首和痛不欲生的往事。"

说完，我不等她们两个反应过来，便一指站在第一个的衙役大哥，就是刚才被甄如花指认为淫贼的那个，这会儿换过衣服又上来了。"这位大哥，麻烦你将甄似玉小姐带下去，到堂后的耳房休息片刻。"

那位李逵大哥很是不情愿，拿眼看着卫敏琦，等他发话，卫敏琦捋着颌下的胡子轻轻点了点头。那大哥瞪着眼过来，一把提起甄似玉，那甄似玉本也五大三粗，此刻却被那虎背熊腰的大哥像老鹰捉小鸡似的提起来，脚不沾地地拽进后堂。

就剩下甄如花一个人跪在地上，因为不知我葫芦里卖的什么药，一脸的疑惑。我对大堂一旁书案后面的师爷说："她说的每一句话都要一字不落地记下来。"

那师爷点点头，在桌上重新铺上一叠纸，在砚台里蘸蘸笔，提笔等我问话。

我回过头来，看着甄如花，"如花小姐可否叙述一下，那淫贼是如何进到你房间的呢？是跳窗进来的？还是撬门进来的，是先进的你妹子的房间，还是先进的你的房间？"

"这个……"甄如花踌躇着不知如何说。

我冷眼看着她，"别又说你想不起来了，你的脑子这么不好使，我干脆让衙役大哥打你几板子，保准你什么都能想起来。"

甄如花吓得"花"容失色，勉强道："夫人，这开堂审案，只有打人犯的道理，哪有打原告苦主的道理？"

我一瞪眼，蛮不讲理道："本夫人审案，就是要原告被告一起打，你若不从实招来，我一样打得你皮开肉绽。快说，他是怎么进来的？"

甄如花知道碰到不讲理的人了，哆哆嗦嗦道："是……跳窗进来的吧？"

"什么叫'吧'？是我问你，还是你问我啊？当时我又没在你屋里。到底怎么进来的？"我声色俱厉，不给她思考的时间。

甄如花下定决心，闭眼道："跳窗！是跳窗进来的，我与我妹子同在一间屋里，他进来就绑了我们两个。"

"先绑谁？"我不依不饶。

"奴家跟妹子都在睡觉，不知先绑谁，反正醒了就都被绑上了。"

"好，先绑谁，你不知道，那先奸谁，你总该知道吧！你，还是你妹子？"

甄如花不料我问得如此直白，苦着脸想了半天，试探着说："奸……奸的奴家，然后是奴家的妹子。"

"哦，那你就详细说说看，他是怎么奸的你。"我一副打破砂锅问到底的嘴脸。

堂下已经有衙役别过脸去，跪在地上的柳释儒都快晕死过去了。李正阳忍不住出言相劝，"夫人，这……如此直白露骨，实在是有辱斯文啊！"

我不敢去看锦夜和长风什么表情，只能瞪着李正阳，"李大人，性命攸关的事，还苛求什么斯文不斯文？李大人审案难道只讲颜面，不讲公允吗？再者，若溪一介女流，都没觉得脸红，大人堂堂三品大员，难不成比若溪还腼腆？"

说得李正阳直抹汗，无法再言语。

我进一步挤兑甄如花，"说啊，一点都不许遗漏！"

那甄如花的汗也下来了，一张脸显得油花花的，此时她已彻底明白了我的意图，就是要分别审问她和甄似玉，再对口供。甄如花想了半天，怕她妹子胡说，对不上，于是自作聪明道："那淫贼……手段歹毒，奴家……奴家一上来就晕过去……后面的事真的什么也不知道了……"

我等的就是她这句话，终于报了刚才她调戏长风的仇，于是冷笑一声逼问道："是吗？晕了啊？晕了又怎么记得那淫贼在癫狂中自报名姓呢？"

甄如花面如死灰，傻愣着，却说不出话来。

我不欲再与她多纠缠，吩咐衙役，"带她到内堂，将她妹子甄似玉带上来。"

甄如花结结巴巴地哀求，"奴家的妹子笨嘴拙舌，脑子也不大灵光，夫人问奴家就行了，不用再审奴家的妹子了！"

我挥挥手，有衙役上来拖走了她。不一会儿五大三粗的甄似玉被衙役大哥拖出来，扔到大堂的地上。

甄似玉爬起来，头发散乱，头上的花歪到了一边，一脸的懵懂。

"似玉姑娘，我就问几个简单的问题，你只要照实来说就行。"我和颜悦色说道。甄似玉脑筋简单，用哄劝的方式更易奏效。

那甄似玉因她姐姐不在，很是心虚，左看看，右看看，胆怯道："刚才姐姐说什么就是什么。"

我依旧笑容满面，跟哄孩子似的对她说："似玉姑娘，你姐姐说你最是聪慧，当晚的事她都记不得了，她说你脑子好，一定记得住，所以让我来问你。"

甄似玉受了夸奖很高兴，拍拍胸脯，跟个老爷们似的瓮声道："夫人只管问！"

"那晚，那个淫贼是如何进的你们姐妹的房间？是先进你的房间，还是先进的你姐姐的房间？"我问甄似玉的，跟问甄如花的问题一模一样。

那甄似玉想都不想，"那淫贼一脚踢开了奴家的房门，把奴家绑了，扛到肩上（我看了看五大三粗的甄似玉，又看了看豆芽菜一样的柳释儒，谁扛谁啊！），又一脚踢开隔壁姐姐的房门，将我们姐妹并排放在床上。"

"哦，是破门而入，还是先进了你的闺房，又进了你姐姐的闺房。那个淫贼如何奸的你们姐妹，先奸谁？后奸谁？"

没有甄如花在场，甄似玉第一次做了主角，很是兴奋，口若悬河起来，"那淫贼可不是一般人，当时……然后……到最后……"她直说得山河变色，日月无辉。我也是硬着头皮听完，这似玉小姐虽然愚笨，但很有写禁书的潜质，细节描写非常到位。

她终于毒害完了众人的耳朵，最后总结发言道："那淫贼大笑说道，'小生就是江湖上让人闻风丧胆的采花大盗柳释儒，今日遇到二位美人，小生三生有幸，无以相送，就将亵裤一条给姑娘们留作纪念。'"

我晕死，整得跟说评书的似的。我问了她最后一个问题，"你姐姐是晕死过去了，还是一直醒着？"

"醒着呢，奴家和姐姐一直大哭，淫贼却一点也不懂得怜香惜玉……"

我一听，她还要再叨叨一遍啊！赶紧让她闭嘴，又吩咐衙役，"将甄如花带上来。"

姐妹俩重新在堂上跪好，甄似玉依旧一脸得色，甄如花已经是面如土色，哆嗦成一团了。

我走到师爷那里，拿起两个人的口供，交给了桌案后面的李正阳和卫敏琦。"两位大人，若溪问完了。甄氏姐妹二人的口供完全相悖，漏洞百出。若溪不懂审案，却也看出奸污一事子虚乌有，柳大人是冤枉的。"

卫敏琦眼中精光一现，微微露出赞许的笑意。

李正阳面上阴晴不定，他本以为此次陷害手到擒来，因而做得并不严密，结果让我钻了空子。他抓过惊堂木猛地一拍，向甄氏姐妹道："大胆刁妇，竟敢诬告朝廷命官，来人，各打五十大板，关押入牢。"

那甄氏姐妹哭号着"大人饶命，大人饶命！"，被衙役拖了下去。

这李正阳为官多年也是伶俐，见事已至此，躲不过去了，索性先声夺人，将陷害的罪过推到甄氏姐妹头上，摘清自己。

处置了甄氏姐妹，李正阳起身大步走到依旧跪在堂上的柳释儒身前，让衙役拿过来钥匙，亲自给柳释儒解开镣铐。他抓着柳释儒的手，一脸的悔恨交加，就差老泪纵横了，"释儒贤弟，你受委屈了，都是愚兄没能及早看破那两个刁妇的歹毒用心，让贤弟你受苦了！"

柳释儒默然不语，挣脱了李正阳的手，缓缓起身，来到我面前，双腿一曲跪了下去，声音沙哑道："多谢夫人！"

我一把拉起他，"柳大人不必言谢，正如摄政王所说，清者自清，浊者自浊。柳大人洁身自好，为国尽忠，自是不必惧怕那些流言蜚语，诬陷栽赃。"

李正阳还在絮絮不止地说着"夫人心细如尘，巾帼不让须眉。下官是敬佩之极……"之类的废话。

我也懒得再理他。我的任务已经完成，证明了柳释儒的清白。至于甄氏姐妹幕后的主使是谁，我没有去进一步问。穷寇莫追的道理我还是懂的。当堂逼急了李正阳，反而容易适得其反。再者我也有顾虑，毕竟我不敢一串审下去，追到锦夜头上。我可还住在锦府，夜夜与他同眠共枕呢！我还不敢把事做绝，惹祸上身。

功德圆满，我与长风对视一眼，长风眼中满是关切，我知道他为我的处境担忧。我冲他笑笑，让他不必担心。锦夜虽然阴狠，对我还是很宽容的，况且他并非不辨是非，这样下作的陷害，他也不齿。

锦夜一言不发，面冷如冰，起身向外走去。我赶紧小媳妇上身，快步跟过去。

柳释儒被当堂释放，却没有官复原职。长风为了保住柳释儒，将他调离了刑部，让他到兵部任职。虽没有贬职，但是已无权插手周浩广的案子。周浩广的案子在锦夜一党的严防打压下，还是不了了之了。

我小心翼翼地等了两天，锦夜竟然没有再提此事。倒是听闻李正阳被降了官阶，调出京城，委任到湖广做知县去了。

噩耗

　　龙耀三年的冬天，各地灾情都已过去，国泰民安，天下太平。朝中政务很大一部分都压在了长风肩上，他整日穿梭于内阁、各部和皇宫之间，还要严防锦夜一党的打压。我几次在内阁见他，都感觉他消瘦清癯，神情严肃，只有在看到我时，才会散发出美玉一样柔和的光芒。

　　然而安定是短暂的。龙耀三年除夕刚过，北部战事爆发，龙耀北境是延绵的雪屏山，山峦陡峭，常年积雪，成为天然的屏障。雪屏山北面是图真国。图真是游牧民族，两国本来数十年相安无事。但是自从阿齐勒登上汗位后，图真国在其铁血统治下日益强大，不时越过雪屏山骚扰龙耀北部边境。

　　如今，他们已经不满足小打小闹地抢东西，今冬以二十万铁骑越过雪屏山，大举攻进龙耀国，在龙耀北部境内燃起战火。一时边境的百姓生灵涂炭，家园尽毁。图真铁骑骁勇善战，迅速占领了龙耀北方的几座城池，烧杀抢夺，无恶不作，并大言不惭地让龙耀割地，让出北部五个城池，还要龙耀皇帝面北称臣，以白银一百万两作为岁贡，否则就要一路南下，直捣龙耀国都。

　　八百里加急战报传来，朝中紧急议政。一部分的朝臣主和，龙耀向来重文轻武，兵力不足，不如破财免灾；另一部分主战，要誓死捍卫龙耀江山，不让寸土寸金。两派人争得不可开交。

这日我与锦夜刚进内阁，就见一干朝廷重臣噤若寒蝉，大气都不敢出，地上扔着一个被撕碎的奏折，锦夜皱眉问："出了什么事？"

谢翼亭战战兢兢地说："刚才摄政王来议政，见到主和割地赔银的奏折，盛怒下将奏折撕得粉碎扔在地上。并说，哪一个再敢说想跟图真议和求降，便以通敌叛国论处。"

谢翼亭紧张地等着锦夜的指示。锦夜低头沉默片刻，沉声问道："写奏折的为何人？"

"回锦大将军，是钦天监监正阮怀章，说昨夜观天象，见北方天狼星占据天宫主位。天狼星属邪煞星，主大凶，我朝不宜出征，否则战事必败，因而恳奏朝廷与图真议和。"

锦夜秀眉一蹙，拧着眉头吩咐道："将阮怀章斩首示众，曝尸三日。"

谢翼亭哆嗦了一下，小声提醒道："这阮怀章是锦大将军门生。再者刚过新年，皇上大赦天下，不宜处斩朝廷命官。"

锦夜面无表情，冷冷吐出几个字，"妖言惑众，扰乱民心，当杀！"

锦夜冰冷的眼珠扫过众人，"再有议和求降者，当如摄政王所言以通敌叛国论处，凌迟处死，株连九族。"

乾元四年初，龙耀与图真交战。国难当头，锦夜和长风放下个人恩怨，第一次联手。虽然二人几乎没有直接碰面，但是两派人马已不再形同水火，互相倾轧。大敌当前，唯有万众一心方能抵御外敌，保护家园。

朝廷派骠骑将军带兵三十万赴北方作战，两个月后，战报传来，我军大败。三十万大军只余十余万，退守惠州。图真铁骑一路南下，前锋兵马已打到距离京城不足八百里的地方，一时间，朝中一片恐慌，京城百姓也人心惶惶，有胆小者舍家弃业，举族南迁。

龙耀向来以仁政治国，国力鼎盛，却兵力不足，虽然近年图真屡犯龙耀北境，朝中已意识到兵力的重要性，早在长风监国之初就致力于征兵选将，充盈武力。但千兵易得，良将难求，精通兵法又有威望的将军不是一朝一夕就能培养的，如今朝中已派不出德高望重的将军。

风雨飘摇之际，摄政王沐长风于朝堂上请战，亲自挂帅出征，并立下军令状，不击退图真，誓不回朝。

乾元四年四月初二，在长风任摄政王将满一年之际，他带领二十万大军，北上迎战。出征之日，皇上亲自在龙华门外为大军送行。

二十万的铁甲将士，整齐肃穆。一面黑色滚金边的帅旗，在风中猎猎飘扬，上面是笔画苍劲的一个大大的"沐"字。

长风身穿银色铠甲，腰悬主帅佩剑，单膝跪于皇上面前。皇上亲捧一碗水酒，"朕以此酒祝我天朝大军旗开得胜，早日凯旋。"

长风接过酒碗，朗声道："臣弟定不负皇上重望！"

言罢仰头一饮而尽，随手将空的酒碗抛于肩后，酒碗应声落地，摔得粉碎。长风起身上马，犹如天将下凡，银色铠甲在阳光下发出耀眼的光芒，晃得人睁不开眼睛。他抽出佩剑，高举过头，闪着寒芒的剑尖直指天空。

"出发！"

随着他一声断喝，胯下披甲战马仰头咆嘶，怒蹄狂奔。身后的铁甲将士随之而动，声势浩大，如黑色的浪潮。

我立于夹道欢呼的百姓之后，远远地看着长风银白色的身影。他策马从我面前一晃而过，却在电光石火间捕捉到我的双眸。只此一眼，天翻地覆，海枯石烂。

几天前，我在内阁得知他于朝堂上自请出征，震惊之余，向锦夜谎称我不舒服，要回府休息。出了内阁，骑马悍马一路飞驰，径直到了兵部，我也不理会锦夜的侍卫尾随其后，反正他们进不去兵部大门，只能守在外面。

兵部大堂里，长风正在点将备兵。我顾不得刘一寿他们诧异的目光，差不多是扑到他的怀中。他惊讶于我的到来，却也开心得像个孩子，赶忙遣走了屋里的大臣。

待屋里只剩下我们两人的时候，他急急地从怀中掏出一个小巧的用上好的羊脂玉雕成的匣子，献宝似的给我，红着脸轻声道："送你的生辰贺礼，我一直带在身上，却没有机会给你。不想今日终于得偿心愿。"

我接过玉盒，一阵心酸。我和他之间明明相爱，却连单独见一面都是如此艰难。锦盒上还带着他的体温。距我的生日整整四个月了，他将给我的礼物就这样揣在怀中四个月。

我慌忙低头掩住眼中泪意，轻轻打开匣子，匣子中是比指甲大不了多少的两排棋子，一色的玻璃底翡翠雕成，碧绿温润，散发着莹莹碧色的光芒，似笼着一层薄雾。这竟然是一副象棋，打开的匣子翻过来就是一副棋盘，上面还刻着楚河汉界。

我抬头看他，见他微垂着眼帘，神色带着几分期盼，几分紧张，似乎忐忑不安，"我自己刻的字，不知你会不会喜欢。"

我用力地点点头，差不多要喜极而泣，"喜欢，我喜欢，这是我收到的最好的生日礼物。"

他抬起眼来看我，星眸熠熠，神采焕然。玉样的脸颊，微弯的唇角，看得我一阵意乱情迷，忍不住将头凑上去……正想干点什么，他煞风景地忽然一把拉住我，神色焦虑，"快回去吧，让锦夜知道你来找我，又要难为你了。"

我泄气地顿住，不解风情啊！他出征在即，我哪里还顾得其他，我就是抱着他不肯撒手。

他叹息着，每次心跳、每次呼吸都诉说着他的爱恋和担忧，"我不在时，你自己一定要当心。"

我乖巧地点头，"锦夜不曾苛待我，你放心。再说你不在，他不会变，不会为难我的。"

"锦夜如今喜怒无常，捉摸不定，即便他平日待你还好，但长风担心，他还是会伤害你。"他顿了一下，愁绪涌上眉头，"三年的时间太长，虽然他答应保你平安，但长风终究是放心不下。国难当头，长风只能暂将儿女私情放一放。等我回来再从长计议。"

我点头应下。长风依旧不放心，揉揉我的头发，嘱咐道："如果锦夜为难你，你就去找风云堡的西门兄救援。"（啊？都西门兄了？难不成真拜了把子？）

我撇撇嘴，"我才不找西门庆华呢，他那种人，把我卖了，我还替他数钱呢！"

长风哑然失笑，"西门兄外表洒脱不羁，却是个值得信赖的人。长风跟他畅谈几次，便觉他心胸宽广，睿智风趣，处世圆滑而不失原则。况且上次你生辰那日，也让长风看到他是个襟怀坦荡的君子，长风不在时，也只有他能帮到你。"

我只能又点点头，那个狐狸男，不知给长风灌了什么迷魂汤，我怎么没看出他襟怀坦荡，值得信赖呢？一个时常变身的锦夜就够我头大的了，我还再惹西门庆华那个腹黑狐狸去？

长风看看外面的天色，叹了口气，"时辰不早了，快走吧。"

我意识到分离在即，这一别少则几月，多则几年，更何况战场上杀戮血腥，生死难料，我忍不住一把抱紧了他，"长风，答应我一定要回来！"

他抚着我的长发，在我耳边坚定地说："若溪，我答应你，我一定活着回来！"

他温柔而笃定的目光让我目眩神迷。我知道，这种时候，我不能拖累他，让他为我担心。虽然我惧怕与他分离，惧怕他所面临的刀枪箭雨，但是我强忍着不让自己落下泪来。

我抓住他的胳膊，不让他乱动。踮起脚尖，将唇轻轻印在他的唇上，他浑身颤抖了一下，略带茫然与羞涩的神情实在是可爱。我不舍地离开他的唇，看着他的眼睛郑重说道："我要将你给我的誓言封在你的口中，你不可以对我食言。"

他看着我点点头，在下一秒钟俯下头吻住了我。仿佛一股电流流过我的全身，让我浑身酥软得站立不稳，抬手勾住他修长的脖颈。他的唇如此柔软而甜蜜，带着兰花的芬芳，让我忍不住一尝再尝，与他在唇齿间抵死缠绵……时间仿佛停驻，天地为之变色，我们跌入巨大的旋涡之中，无法自拔……

此刻站在人群后，我看着他从我面前像一道银色的闪电飞驰而过，渐行渐远。忍了许久的泪终于滑落我的脸颊。透过泪光，他的银甲在春日的阳光下耀成一个耀眼的光点。他亲手雕刻的棋子在我的怀中紧贴着我的肌肤，他让我等他回来的誓言犹萦绕耳边，他唇上的热度依旧炙烤着我的心肺。我在心中默念，"长风，我等你回来……"

一个月后，捷报传来，长风集结了退守惠州的十万兵将，加上他带的二十万大军，大败图真于钦州境内，图真第一猛将金大勇被斩于马前，其麾下八万铁骑死伤过半。长风一战成名，威名远震，朝中上下无不欢欣鼓舞，士气大振。

每日我在内阁之中最关注的就是战报的折子。长风果真没让龙耀失望，战报上记载了他的赫赫战功。每天我看完战报总是犹觉不足，常常偷偷抄下来，一读再读。锦夜忙于朝中政务，又要筹措运往战地的粮草辎重，因而根本顾不上我。

春花开了又谢，树叶绿了又黄，至十月上旬，长风带兵出征已有半年，斩杀图真十八员大将，俘虏万人，夺回丢失的城池，将图真铁骑赶过雪屏山以北。同时重设边防，加固城池，设重兵把守，以防图真再犯。边境再现安泰，百姓重建家园。

据战报称，北境战患已除，图真大帝阿齐勒也在最后的围攻战役中，身中一箭，带领残兵退回雪屏山以北六百里外的国都上漠。图真元气大伤，再无南下作乱的兵力。

此时虽然京城尚是秋天，而雪屏山脉已然飘雪。图真人常年居住于苦寒之地，已经适应了当地恶劣的气候，而龙耀士兵多来自南方，不宜在严寒中作战，因而摄政王下令驻守雪屏山，于冬季不再苦追穷寇，只带领将士斩杀躲藏在雪屏山上的小股图真余孽，力保边境太平无忧。战报上最后说，今冬严寒，不同往年，需朝中加紧筹备士兵越冬的棉衣。

冬衣的事被西门庆华揽过去了，声称风云堡愿为社稷苍生出一份力，赶制二十万套冬衣，由他西门堡主亲自送到北境，给驻守边城的将士。西门庆华自然又得到皇上的嘉奖。当然他一心为国，值得称赞，不过这往脸上贴金擦粉儿的事总少不了他就是了。

我掐着手指算长风何日班师回朝，想他想得快发疯，连梦中都是他的身影，深情的眼眸望着我，在我耳边诉说着无尽的相思和不老的誓言。

这日夜里，我做了一个噩梦，我梦见我来到一片空旷的山谷，四周弥漫着厚重湿冷的雾气，面前的迷雾似烟如纱，将我笼罩其中，遮住了我的视线。因为什么也看不见，我不辨方向地到处乱走，心中越来越恐慌。

忽然，前方打亮了一束光柱，驱散了层层迷雾，光束下飘落着片片晶莹的雪花，雪花落在一个人身上，他一身白衣，像迷雾幻化出的一朵白莲。即便看不清他的脸，我依然知道那是我的长风。他低垂着头，看上去虚弱而疲惫，仿佛已经走了很远的路，再多走一步都会倒下，再也起不来。

我心急如焚地叫，"长风，长风……"

他在我的惊呼中缓缓抬起头来，苍白的脸上带着圣洁的光芒，轻声而坚定地对我说："若溪，等我……"

我哭喊着惊醒，锦夜拍着我的后背，"不怕，溪儿，做梦而已……"

我出了一身的冷汗，却没敢对他说我梦见什么。心中只觉得不祥，睁着眼睛再也睡不着。

清晨，我无精打采地与锦夜一起用早膳。府中丫鬟通报，西门堡主求见。我小心地看了一眼锦夜，自上次我生辰那日西门庆华被锦夜从府中赶走，我还未见过他。西门庆华这小子也真是的，还敢来锦府，到锦夜面前碍眼来。

锦夜看着碗里的粥，头也不抬，冷声道："有请！"

不一会儿，西门庆华大摇大摆地进来了，大冷天的手里还拿着一把扇子，一脸欠扁的笑意，"锦大将军，夫人，多日不见。"

锦夜因上次西门庆华将我压在床上之事对他心有芥蒂，冷着脸不愿理他。西门庆华犹自不觉，向锦夜道："冬衣已赶制完毕，今日将由风云堡的车马运往北境。只是商道迂回，道路不平，若走商道则至少要一个月方能到达北方的边境城池，恐延误时间。而如若能够走官道，则会快捷许多，至少可节省十天的路程。因此庆华特来向锦大将军请示，能否开通官道，运送棉衣。"

锦夜面无表情地点点头，"棉衣虽然是由风云堡赶制的，却是为朝廷兵将所用，理应走官道运送。"

正说着，锦夜的侍卫大步进来通报，"锦大将军，北线八百里加急战报。"

我心突突地跳，一丝恐惧似缠绕的藤蔓爬上心头。北面战事已稳定，还能有什么加急战报？

锦夜眉头一蹙，沉声道："念！"

侍卫恭敬答是，打开战报，用干巴巴的声音念道："十一月二日，摄政王带兵到雪屏山上追剿图真余孽，天降百年不遇的暴雪，山上雪崩，摄政王与其一名贴身侍卫与大军失散。暴雪后，大军于山谷中找到摄政王和其侍卫的战马，均已摔得粉身碎骨。然未见王爷的踪迹，只在战马尸首百米外捡到王爷的佩剑和头盔。摄政王下落不明，数日未归，恐已遭不测……"

我头中轰的一声响，只看见侍卫的嘴一张一合，却听不到他下面念的战报，耳中仿佛山谷里的回声一样反复回荡着一句话，"已遭不测……已遭不测……"

我感到在我的脚下，大地裂开成一道深谷，我缓缓堕入其中，直到黑暗的谷底。仰头看时，但见头顶的山崖慢慢合拢，终于合并在一起，不见一丝的亮光。

"不会的，他答应过我，会活着回来，他不会骗我的……"我跳起来，一把抓过侍卫手中的战报扔在地上，"摄政王没有死，再派人去找！"

锦夜呆坐着，星子样的眼眸中看不出任何的情绪，喃喃道："死了？他竟然死了？"

我过去摇撼他的胳膊，"你下令，让将士接着去找，一定可以找到他的！他没有死，真的，我昨天晚上还梦见他，他说让我等他，他不会死的……"

锦夜扭头看着我，在他的眼中我看到了没有掩饰的哀伤，像在悼念骤然离世的好友。

就在此时，我发现他的瞳仁慢慢起了变化，仿佛突然有人进驻了他的身体。原本如潭水般深邃忧伤的眼眸忽然似一阵飓风吹过海面，掀起惊涛骇浪，哀伤的眸光变得狠辣凌厉。这种变化就像是青石上忽然长出树藤一样，突兀而诡异，让人不寒而栗。

我吃惊地看着他的变化，禁不住叫了他一声，"锦夜……"

他没有理会我，目光中充满了暴戾和绝望，他向前走了几步，慢慢佝偻下身子，声音也变得粗嘎，咬牙切齿道："沐长风，为什么你没有死在我的手里，却死在了冰天雪地的雪屏山？"他一手掀翻了旁边的桌子，桌上的碗碟稀里哗啦碎了一地。锦夜颓然倒地，被碎瓷片割破了手而毫不自知，此刻他满脸痛楚，状似疯癫，"爹，孩儿没用，有负您所托，没能亲手杀了仇人，为爹娘和哥哥们报仇。孩儿本想让仇人受尽折磨而死，不想未及实现，便让仇人为他人所杀……"

我傻呆呆地看着他，不知该如何是好。一边的西门庆华也是一脸茫然。

我伸手去拉锦夜，"长风没死，他还等着我们去救他！"

锦夜抬头直勾勾地盯着我，忽然如发现新大陆一般笑了起来，直笑得我毛骨悚然，"对，我差点忘了。他死了，还有你！杀了你也是一样的。你是他最珍爱的人，为了你，他甘愿卷入这朝堂的旋涡里来。杀了你，他黄泉路上都会走得不安心……"

说着，他慢慢地直起身，脸色惨白。我吓得后退了一步，牙齿直打战，说不出一句完整的话来。我的恐惧并不是因为他想要我的命，而是我第一次见他在没有长风在场的时候变身。报仇是一直以来支撑他活下去的动力，而长风的死讯让他骤然没有了目标，仓促间只能拿我垫背。

我每退一步，他就跟进一步，缓缓从腰间抽出长剑，寒光乍现，剑气如霜，他以剑尖对着我的胸膛，眼中带着疯狂的光芒，喃喃道："等我手刃了仇人，就可以下去找我爹娘，就可以跟亲人团聚了！"

我后背抵到了墙上，退无可退，眼看着他手上的剑尖抵着我的心口，隔着薄薄的衣服，感到微微的疼。慌乱中，我握住他拿着剑的手，颤声求他，"锦夜，我不能死，因为他没死，你信我，长风他真的没死！"

他置若罔闻，手中的长剑缓缓加力，就要刺进我的心窝。就在我感到绝望的时候，突然眼前绿影一晃，有人拽着我的手臂将我拖了过去。我惊魂未定地喘着粗气，看到西门庆华已跟锦夜缠斗在一起。锦夜手中的长剑挽出朵朵剑花，人与长剑融为一体，只见一片剑气寒光，分不清人在哪里，剑又刺向何方。而西门庆华只以手中折扇为兵器，闪转腾挪，一身翠衣似流动的碧水，在锦夜长剑的强攻猛掠下，竟然毫发无伤。

几个回合后，西门庆华跃出锦夜长剑的封锁，懒洋洋地一抱拳，"锦大将军好功夫，庆华甘拜下风！"

西门庆华虽然自认不敌，却也神清气爽，不见丝毫狼狈。

被他这么一打岔，锦夜的神志恢复了一些，冷哼一声，"西门堡主好俊的身手。这么快认输，不觉丢脸吗？"

西门庆华无所谓地耸耸肩膀，"庆华与锦大将军过了十招便知不是锦大将军的对手，又何必硬撑几百招，身上多几个透明窟窿时再认输呢？"

锦夜咬牙道："西门堡主倒是识时务。"

西门庆华挑眉笑笑，"庆华一身毛病，优点不多，若论这识时务，勉强能算一个。"

锦夜盯着西门庆华，目光中透着缕缕寒意，"那你为何还出手搭救她？我杀我的仇人，要你多管闲事！"

西门庆华愣了一下，仿佛也难以自圆其说。好在西门庆华思维敏捷，快于常人，露齿一笑的工夫，答对的话已经脱口而出，"庆华还惦记着赚夫人的银子呢，上次庆华没得手，一直引以为憾。夫人若被锦大将军杀了，庆华上哪里当这个十万银两一夜的相公去？"

苍天啊，大地啊！我无语啊！看来今天他那三十几个小老婆都要当寡妇了。

西门庆华这句话，竟然生生将锦夜给气回来了。锦夜脸色一寒，神情愤怒，看向西门庆华的目光犀利如剑，如同看一个情敌一样。手中长剑一挽，再次向西门庆华刺去。

此番锦夜攻势凌厉，招招毙命地刺向西门庆华的要害。西门庆华用手中的折扇一挡，折扇被长剑削断，有半截飞了出来，差点砸在我脑门上。我赶紧后退了一步，两位大哥慢慢打，别殃及我这个池鱼行吗？

西门庆华突然飞身越出锦夜长剑的屏障，一把抓过我来当挡箭牌，眼见锦夜手中长剑来不及转向，直直地冲我刺过来，我的瞳孔里映出了雪亮的剑尖，吓得叫都叫不出来。

锦夜勉强撤了剑势，长剑擦着我的面颊而过，饶是如此，仍然削掉我一缕头发。

西门庆华趁着锦夜愣神的当口，在我耳边用只有我们两个人能听见的音量低低地调笑道："你又欠我一次人情。"

锦夜回过神来，对西门庆华怒目而视，厉声道："你再不放开她，我将你碎尸万段。"

西门庆华从我背后伸出头来，悻悻道："庆华都认输了，还打！"

锦夜两眼能喷出火来，咬牙切齿地看着他，"你出言侮辱内子，锦夜便饶不了你，今日你休想活着离开这里。"

西门庆华这才从我身后慢悠悠地踱步出来，以半截断扇敲着手心，依旧是一副懒散不羁的派头。我紧张地看了他一眼，想让他老实点，惹了锦夜，还这么得瑟，这不真是找死吗？

西门庆华貌似诚恳地向锦夜一揖，"锦大将军息怒，庆华并无侮辱夫人之意。只是刚才锦大将军乍闻摄政王罹难的战报，感念摄政王匡扶社稷的忠肝义胆，一时悲痛，差点误伤了夫人，庆华不过是出言点醒将军。锦大将军与夫人夫唱妇随，恩爱有加，听了庆华几句戏言，便如此震怒，恨不得杀了庆华泄愤。若是无心伤了夫人，岂不更是会懊悔自责？因而庆华口出狂言，宁可让锦大将军误会庆华是淫徒浪子，觊觎夫人，也不愿将军伤害夫人，悔恨终身。"

我是彻底服了西门庆华了，三言两语就起到四两拨千斤的效果，不但化解了锦夜的仇视，还将自己说得处处为锦夜着想，忍辱负重，义薄云天。

锦夜呆站半天，神色莫辨，过了好一会儿才落寞疲惫地挥手向西门庆华道："你走吧！别让我再看见你。"

"那启用官道，送寒衣的事……"西门庆华不知死活还站着不走，跟锦夜搭话，摆出一副"我是来办正事"的模样。

连锦夜都无可奈何地看着他，此时若给锦夜配个画外音，一定是："被你斗败了！"

为了打发走西门庆华，锦夜不得不也摆出公事公办的嘴脸，"西门堡主放心，本将军会吩咐下去，让兵部的人护送风云堡的车马上官道。"锦夜勉强道貌岸然地说完，随即面色一凛，咬牙切齿道："西门堡主可以走了吧！"

西门庆华一拱手，满脸的仰慕，"锦大将军心系社稷，实在是让庆华敬佩。庆华一定不辜负锦大将军厚望，即刻起程，快马加鞭，亲自将棉衣尽早送到……"

没等他说完，锦夜已经忍无可忍，"送客……"

眼见西门庆华一步三摇地晃荡走了，我畏缩了一下，也想溜走，却被锦夜上前一步揽在怀中。他俯下头，将脸埋在我的肩窝，声音因堵住而显得呜咽不清，"溪儿，他刚才差点杀了你，我好怕……"

我开始以为他说的是西门庆华，正想反驳，西门庆华要我的命没用。忽然我意识到，他说的不是西门庆华，而是他自己，或者说是那个衍生出的自己，我不禁哆嗦了一下，感觉到我的颤抖，他叹息一声，将我搂得更紧……

我与锦夜匆匆赶到内阁，内阁议政厅中已是一片愁云惨雾。宫中也得到消息，皇上口谕下来，不惜一切代价，派兵到雪屏山上搜寻，翻遍整个山头，也要找到摄政王。

锦夜神色寂寥，沉默不语，此刻他的脸上不见半分大仇得报的喜悦。我无从知晓他此刻的心境，恐怕他自己也是说不清道不明的。但是即便他以冷漠来武装自己，但是眼底那股化之不去的忧伤却出卖了他。

大臣们纷纷小声议论，"冰封千里，飞雪漫天，摄政王至今未归，恐怕凶多吉少啊！"

另一个应道："可是这活要见人，死要见尸……"

一老臣叹息，"埋在冰雪之中，只能等明年开春，冰雪化了，才能迎摄政王遗体回朝了……"

几名老臣不觉拭泪，"摄政王匡扶社稷，力挽狂澜，谁承想竟然英年早逝，可见是天妒英才……"

我再也听不下去了，噌地站起来，心中只有一个念头：长风，没有死，他答应我的，绝不会骗我！

我连招呼也不打，起身向外走，不一会儿，锦夜追了出来，在我身后说："天意如此，不可逆转，伤心失意也无法让逝去的人起死回生，只能让亡魂牵挂，不得安宁。"他声音虽然清冷孤寒，但我还是听出一丝劝慰。

我扭头看他，却觉得他红衣的身影跳动模糊，看不清楚，我这才知道，不知何时，我已是泪流满面，我伸手抹掉眼泪，平静道："他没有死。"

锦夜沉默了一会儿，柔声道："我让人送你回府休息。"

"不用，我想自己走走！"说完，不等他回话，我就从内阁的后门跑了出去。

锦夜的侍卫都在正门外面候着呢，所以没人跟着我。我骑上悍马，将斗篷的风帽遮在头上，掩去面容。双腿一夹马肚，"悍马，快跑！"

悍马仿佛体会到了我焦急的心情，放蹄狂奔。我没有回锦府，却一路骑到了风云堡在京城的分坛口。我四下看看，确认没有人跟着我，才到大门口让门卫通报进去，"我是异国钱庄的掌柜，来找西门堡主！"

不一会儿，有人将我领进去，穿过三进堂院，进到了最里面的院子里。西门庆华从内堂里走出来，手里又换了一把新扇子。他挥手让所有的人都退下，眼泛桃花地看着我，拖着懒洋洋的声调问："怎么，桑妮这么快就找庆华报恩来了？"

我不理他的调侃，开门见山问他，"往北境运送棉衣的车马何时起程？"

"即刻起程。"他悠闲答道。

"带上我！"

西门庆华诧异地挑挑眉毛，"去给老情人哭丧啊？你夫君首肯了吗？"

我气得眼泪都快流出来了，恶狠狠地瞪了他一眼，"他没死！"

见西门庆华不语，我一跺脚，"你不带着我，我自己去。"

我赌气扭身而去，西门庆华从背后悠悠地叫住我，"虽说你有锦大将军的令牌，可是他一旦知晓你出城，很快就能将你捉回来。"

我当然知道，我即便能凭他的令牌出城，也跑不了多远。要不然我也不会来找他。

见我站着不动，西门庆华更加怡然自得，"再者你分得清东南西北吗？等你辗转折腾到那里也春暖花开了，正好赶上摄政王的灵柩启棺回京。"

"你……"我回身指着他痛哭失声，抽抽搭搭地说不出一句完整的话来，"你……惹不起锦夜……不敢带着我……就算了……为什么……还戳我的心……"

西门庆华走过来，递给我一方素丝的锦帕，面色凝重，不见丝毫的浮夸，"眼泪是最无用的东西。庆华倒不是怕了锦大将军，只是想让你明白，希望越大，失望也会越大。庆华只是不愿你抱着希望去，却再伤心失意一次。"

我对着锦夜哭了一通，又在西门庆华面前痛哭流涕，自己也觉得很丢脸。拿过他的丝帕抹了脸，又掷还给他，口齿不清地问："你果真不怕锦夜？"

西门庆华呵呵地笑，"我死了，谁给他送银子去？再者这龙耀国每年的税银有一半都是风云堡的产业交的。"

"别臭美了！"我瞪了他一眼，"锦夜发起飙来，可不管银子不银子的！"

西门庆华心有余悸地点点头，"今天我可知道他是怎么发飙的了！"

"怕了吧！"

西门庆华没理我，静默了一会儿，忽然问我，"若我不在，他真会杀你吗？"

我摇摇头，实话实说道："我也不知道，他以前只是在见到长风时变变身，吓唬吓唬我，今日大概被战报给刺激到了。我也第一次见他这样。"

西门庆华又是一脸玩世不恭的笑意，"那还是跟着庆华走吧！免得锦大将军哪天想起你那老情人来，又想让你殉葬。庆华最多是贪图你的美色，不想要你的命。"

虽然他语气调侃，却让我异常感动，我难以置信道："你果真愿意带上我？"我不厚道地又打击了他一下，"你不怕锦夜找你的麻烦？你也打不过他呀！"

西门庆华一副恨铁不成钢的神色斜眼看着我，"庆华干什么非得打过他？只有江湖莽夫才会在武功上斗输赢。"

太深刻了，我心悦诚服地点头，"谢谢啊，西门堡主，您真是义薄云天，如此不计较私利，不畏惧强权……"

"唉……"西门庆华摆手打断我，"庆华是个商人，自有商家的考虑！"

见我一脸的茫然，他耐心地教化我，"现如今，朝中摄政王声望如日中天，呼声甚高，若果真他福大命大，像你说的没有死，庆华助你寻他回来，那就是天大的功劳一件。以后庆华进摄政王府如履平地，连敲门的银子都不用带。就算找不回他，这龙耀国终究是皇族沐家的天下，锦大将军再专权，却没有子嗣（他当然不会知道锦夜的秘密），不可能承大统，庆华是风云堡的堡主，自然要为风云堡今后的百年做打算。风云堡叱咤几百年，历经数朝数代，凭的就是将眼光放远。"

高瞻远瞩啊！我恭恭敬敬地向他鞠了一躬，"西门堡主，若溪今日是真的佩服您了，听君一席话，胜读十年书！"

西门庆华一脸谦逊，"桑妮太客气了，于庆华的私心里，也是愿意与佳人同游北国风光，增进一下感情的。若你那老情人真找不回来了，庆华斗胆自荐补他个空缺可好？"

我实在是无话可说了，只能认命地点点头，闷声说："好，长风若果真……（呸呸呸，童言无忌！）锦夜又一心想要我的命，我就做你的第三十三房小老婆去。"

我见他笑而不语，大惊失色地问："不会名次又往后排了吧！"

"没有，没有！"他赶紧安慰我，"就算有，我也将她们从第三十四房往后排，将这第三十三房的位置给你留着！"

西门庆华心细如发，不但给我换了粗布衣服，让我扮成押运马车的伙计，连悍马也涂上墨汁，让它由匹通体雪白的马变成了奶牛一样的花马，跟其他的马一起套上马车。

悍马蔫头耷脑的很不情愿，我只能拍拍它的大脑袋安慰它，"咱们两个是人在屋檐下，不得不低头啊！忍忍吧，出了城，上了官道，咱们就不用化妆易容了。"

押运棉衣的车队足有近百辆，浩浩荡荡的，很是壮观。西门庆华并不骑马，而是让风云堡的人给他套了一辆马车，墨蓝的车棚一点也不起眼，由八匹身强体壮的高头大马拉车。我敲了敲，外壳竟是铁铸的，这就是一辆防弹车啊！

我再探头往里看了看，吓了一跳。马车里面很是畅阔，镶金嵌玉，极尽奢华。外面已是初冬的天气，寒风瑟瑟，马车里却温暖如春，香气清袅。

我忍不住啧啧惊叹，"西门堡主，您这哪里是为边防将士送寒衣啊？整个一个豪华自驾游！"

西门庆华笑容可掬，"桑妮的话总是这样风趣又富含深意，庆华也是怕佳人受不了路途艰苦，才让人备下马车的。"

我看看自己那一身土褐色的粗布衣服，"别了，我进去太埋汰您这辆车了，我还是在外面跟着押车吧！"

西门庆华摇摇头，"出城时，会有兵部的人前来相送，必会检查。兵部的人大多见过你，你还得躲一躲。"说着将我领到中间位置的一辆马车前，将外层的棉衣搬开，腾出一个仅容一人待的空隙，让我半躺下。

他伸手拍拍我的面颊，"乖乖睡一会儿，等出了城门，上了官道我再叫你出来！"说着将层层棉衣盖在我身上，将我遮盖严实。

不一会儿马车咕噜噜地开始向前走，虽然有些颠簸，但好在我四周都是棉衣，倒也躺得挺舒服。不到半个时辰，便到了京城的北面城门。耳听人声喧哗，车队停住。

我凝神屏气地倾耳细听，好像是兵部的大人前来送行，西门庆华正与其寒暄，一边聊着，一面带着兵部的人巡视车上的棉衣。

谈话声越来越近，一人对西门庆华说："西门堡主慷慨解囊，赶制棉衣，又亲自护送寒衣到边境，实在是让本官敬佩。"

咦，声音挺耳熟的，却一时想不起是谁了。

西门庆华说了几句"国家危难，将士浴血沙场，草民理当尽绵薄之力"之类的客气话。我也没有仔细听，光顾得琢磨刚才那个说话的人是谁了。

二人一路聊着，好像到了我这辆马车跟前，我一阵心慌，越发连大气都不敢出。

394

耳听那当官的说："本官看了寒衣样例，风云堡赶制的棉衣，面料细密，内里厚实，真是无可挑剔，可见风云堡为了朝廷社稷尽心竭力。"

那人说着随手一拍我藏身的这辆马车，落掌地方的棉衣后面，正是我的脸。（太巧了吧！）因为怕闷死我，西门庆华只在我身上盖了几层棉衣，那一掌呼在脸上还是挺疼的。事发突然，我吃痛地哼出声。出了声方后悔，赶紧用手捂住嘴。

那人察觉，警惕道："西门堡主不介意本官随便翻看一下吧！"

西门庆华笑道："大人尽管翻看，这边请，前方的马车庆华未让人捆得太牢，方便查看。"

西门庆华想将那当官儿的引走，不想那人还很执着，"不必了，本官就看这辆马车上的棉衣。"

脸上的棉衣突然被人以迅雷不及掩耳之速揭开，我一下子暴露在阳光下。出于条件反射，同时也是因为被吓傻了，大脑屏蔽，我直勾勾地瞪着面前的人。

眼见棉衣下躺着个大活人，那人也面露惊异地瞪着我。饶是西门庆华机敏伶俐，处变不惊，这会儿也无可奈何地看着我们两个大眼瞪小眼。

那人盯着我看了一会儿，伸手拽过旁边的一大摞棉衣，将我严严实实地遮挡起来，"分发给将士们的棉衣质地做工与呈给兵部的棉衣样例一模一样，毫无偷工减料，本官会禀报朝廷。时辰不早了，出北城门就是通往北境的官道，西门堡主及早起程吧！"

四周又是一片黑暗，我虚脱般地嘘出一口气来。怪不得这个人的声音这么耳熟，原来是柳释儒。当日衙门里我舍掉老脸救他，今日他投桃报李放我一马，看来人还是要行善积德。

柳释儒将车队一直领到城外通往北境的官道上，才打马回去。

出了城门又走了几十里，四周安静，只闻马车轱辘的声音。我放下心来，从棉衣堆里爬了出来，仰头倒在棉衣堆上，看着初冬湛蓝的天空发呆。

车队一路向北走，只在驿站打尖歇马。虽是商队，仗着车好马壮，丝毫不比行军的士兵走得慢，每日只在夜间休息几个时辰，天不亮就又上路了。

西门庆华邀我到马车里，我没敢去，跟他在那么个密闭的空间里待着，多压抑！西门庆华也不十分劝，只悠闲地在马车里品茶看书，不时出来溜达溜达。

几天后，我自觉自愿地钻进西门庆华的豪华马车。没办法，太冷了！越往北走，天气越恶劣，吹在脸上的风跟小刀子割肉似的，生疼。我躲在棉衣堆里，仍觉得四处漏风，牙齿打战，抖成一团。我这个人又特别地畏寒，比一般人都怕冷，感觉好像一条腿已经迈进了棺材里，随时都会冻死。我这条命还得留着去见长风，可不能这么在半路就挂了！

我哆哆嗦嗦地爬上马车，车内燃着无烟的银炭，暖如盛春，将寒凉的天气隔在马车外。西门庆华正悠闲地看手里的书卷，见我面色青白地进来，只无声地一笑，自顾自地继续抬手给自己倒了一杯茶。

我伸手抢过来，倒进自己的嘴里，热热的茶顺着咽喉进入腹中，才觉得还了阳。我倚坐在软榻那张白熊皮上，又顺手扯过一件纯白色的貂皮披风披在身上当被子。这件披风，通体雪白，不见一丝杂色，毛色油亮，柔软厚密，盖在身上轻若无物，却比几床棉被还暖和。虽然我对貂皮不懂行，但也知道不是凡品，必定价值千金。

西门庆华指着那件貂皮披风，"那是我的……"

我凶悍地瞪了他一眼，"你不是口口声声说要娶我做第三十三房小老婆吗？穿你件衣服怎么了？冻死我，谁嫁给你去？"

他一脸被吃定的无奈，悻悻道："都说妻子如衣服，可是庆华老婆还没到手呢，先赔上一件衣服。"

我很小人地鸠占鹊巢，对西门庆华挥手说："叨扰一下，你可以权当我是透明人！"

西门庆华以手托腮，迷人的桃花眼肆无忌惮地看我，"有美在旁，庆华如何能安心看书？"

我闭着眼，"西门堡主，书中自有黄金屋，书中自有颜如玉，您接着看书吧，还能多看出几个小老婆来！"

他哑然失笑，起身坐到我旁边。

"你干什么？"我睁开眼睛警惕地看着他。

他一脸无辜，"这话庆华该问你才对，庆华想小眠一下，你却占了庆华的床。"

我有锦夜那一个床伴就够了，可不敢再整一个出来，于是慌忙跳起来，"你睡你的，我看书！"

他摇摇头，似是很无趣，"庆华家中三十多个妻妾，莫不以跟庆华同床共枕为荣，只有你对庆华避之唯恐不及。让庆华好生挫败。"

我听着怎么把我也划归到那三十几位之中了呢？虽说我占了第三十三号的位置，可是只能算个候补小妾，也没有既成事实啊！刚想反唇相讥，但想想毕竟是在人家的马车里，只好忍下这口气，小声嘟囔了一句："等我到了越州，再过河拆桥。"

不想西门庆华耳聪目明，我很小的声音竟被他听到了，摇头叹息道："为了老情人，你不惜抛夫私奔，这会儿让你拿命去换你的老情人，你都得乐着把刀架脖子上。可是庆华一片痴心待你，你不图回报就算了，还对庆华处处提防，真让庆华寒心。"

他真真假假说得我不好意思起来，不禁诚恳道："我知道西门堡主带着我冒了多大的风险，若被锦夜知道了是你带我逃出京城的，肯定会恨死你了，轻者拿你撒气，重者对风云堡都会不利。"

他不以为意地一笑，"风云堡有数百年的根基，桑妮自不必担心。不过……"他微蹙了眉头，"庆华倒是担心桑妮你，你脑袋瓜一热，跑出来了，可想过锦大将军这会儿不见了老婆，会怎么大发雷霆呢？"

我叹了口气，老实道："不敢想，走一步是一步吧，我无法在京城坐等消息，我要去找长风，我不死心。"我看着他，"无论如何都要谢谢你，说实话，我都没料到你会这么痛快地带我出来。"

他苦笑了一下，"就算是为了让自己死心吧！"

我愣神的工夫，他已坐回到书案前，扬扬手里的书卷，"你躺着吧，庆华书里会美人去了。"

他如此，我倒不知说什么好。西门庆华这个人玩世不恭，又行事狠辣，但诚如长风所言，却是个可以信赖的人。

他忽然问我："你为什么那么笃定你那老情人还活着呢？"

我裹紧身上的貂皮披风，"我梦见长风了，他还活着，他需要我。"

西门庆华以手扶额，哀叹，"女人啊！就因为一个梦！跑出几千里地来，那能靠谱吗？"

我凝眉看向车窗外，枯树枝在萧瑟的寒风中摇曳，"靠不靠谱都是我最后的希望。"

碧渊

又过了十九天，我们终于到达龙耀国最北面，雪屏山脚下的越州城池。那日，长风正是从这里带兵出发到雪屏山上围剿图真余寇，一去不返。此时，距离那日已经整整过去三十五天。

守城的范南平范将军亲自来迎接我们。拱手向西门庆华道："西门堡主远道送寒衣而来，本将有失远迎，还望见谅。"

这范将军貌似跟西门庆华很是熟络，让我不禁看向西门庆华，这朝中的文官武将，怎么没有不认识他的呢？我顾不得跟范将军说客套话，上来就问他，"找到摄政王了吗？"

他戒备地打量了我一下，旁边的西门庆华赶紧说道："这位是摄政王的旧识。"

好在我已换回我的男装，又披着那件貂皮斗篷，看着也是非富即贵的人。范将军这才说道："摄政王三日前已回到营中，现正修养。"

"啊！"我惊喜得如在梦中，虽然我一直坚信他还活着，可是乍一听到这个消息，还是让我不敢相信自己的耳朵。

过了好一会儿，我才激动地又哭又笑出来，"我知道，我就知道，他还活着，不会丢下我的。"我扭头看向西门庆华，他也是一脸的笑意，"果真是桑妮情可动天。"

我情急下拉住范将军，"快带我去见他。"

范将军一脸的黯然，"摄政王身受重伤，军中郎中也是一筹莫展。"

如五雷轰顶，我像溺水的人刚从水里冒出头来，又被打沉了。不带这么打击人的！

西门庆华叹口气向范将军解释道："这位姑娘是摄政王的故友，长途跋涉不远万里来寻摄政王，摄政王既然伤重，说不定见了她会好转。"

范将军又仔细打量我，目光中带着探究，忽然问道："姑娘是若溪？"

他叫得如此熟稔，让我颇为惊讶，下意识地点点头。

范将军脸上闪过一抹欣慰，长叹道："若溪姑娘请随本将来，王爷在昏迷中一直唤着姑娘的名字！"于是一路将我和西门庆华领到兵营中的主帅营房。

我跌跌撞撞地进了屋，屋里站了好几个人，有军中的郎中，也有穿着铠甲的兵将。屋子中央是一张床榻。我顾不得满屋人诧异的眼光，差不多是扑到床榻前，引得郎中和守护的侍卫纷纷起身相拦，刚要说话却被范将军举手制止。

我的眼里只有面前这个我深爱的男子。他躺在床上，瘦得形销骨立，颧骨都突出来了，脸色灰白，透出隐隐的淡紫色，嘴唇也是灰紫色的，只有在棉被下隐约起伏的胸膛让人知道他还活着。

我颤抖着握住长风露在被子外面的一只手，他的手依旧是我记忆中的触感，只是很凉，仿佛生命正从他的身体里悄悄地流失，他的血液已经无法为他的身体提供热量。

"长风……"我呼唤着他，"我是若溪，你睁开眼睛看看我……"

我的眼泪扑簌而下，将脸埋在他的肩窝，他单薄的肩膀硌痛了我的脸，我伸手去抱他，却被旁边的郎中拦住，"王爷身上有伤，不可碰到他。"

我愣了片刻，哆哆嗦嗦地缓缓拉下他身上的被子。一看之下，不禁倒吸了口凉气，他赤裸的胸膛上包扎着层层白布，隐隐渗出血水来，看得出满是伤痕。颈下的锁骨处赫然嵌着两枚铁环，一边一个刺进他的皮肉，穿过他的锁骨，像锁头一样，锁在他的锁骨上。铁环发出幽幽的蓝光，衬在他苍白的颈间，显得非常诡异。铁环进出的地方，已经溃烂发黑，还在流血，只是流出的血不是红色的，竟是黑紫色的。

我吓得后仰，眼前一黑，差点晕倒，幸亏跟在后面的西门庆华扶了我一把。

"这……这是……"我震惊得说不出话来。

一边的侍卫潸然泪下，"当日于雪屏山上遭遇雪崩，我跟摄政王与大军失散，遇到图真的余孽数百人，一番奋战，却难以敌众。我怕王爷被俘受辱，落在图真人手里必是求生不得，求死不能，于是劝王爷与我跳崖。王爷却说答应过一个人，一定要活着回去。王爷弃剑被擒。我们被图真人带到雪屏山以北的国都上漠。那些蛮人恨死了王爷，日日拷打折磨他，又用这个喂了毒药的金刚锁魂环穿在王爷锁骨处，用绳索穿过此环将王爷吊在半空毒打，几近将王爷活活打死。王爷咬牙忍下所有的折磨，我们趁图真守卫不备逃了出来，一路向南，躲避图真蛮人的追剿，每日只以雪水为食，在冰天雪地里走了十余天方翻过雪屏山，回到龙耀。"

短短的一段话却惊心动魄，我简直不敢想象这一个多月，他都经历了什么。连西门庆华都摇头感叹，"摄政王能支撑到现在，实属不易，非常人能及。"

郎中叹道："王爷一身是伤，毒侵入体，毒发时如虫蛇啮骨，又在冰天雪地里跋涉十余日，仅凭了一口气提着，全因心有所系，方能熬到现在。"

"长风……"我抓起他的手，放在我的脸颊上，心痛得像要死掉，"你受了多少的苦？"

我的泪滴落在他的脸上，一点一点，似落下的雨珠，顺着他的脸颊流到他的唇角。似是品尝到我泪的苦涩，他蹙了眉头，低不可闻地呻吟了一声，微微睁开了眼睛。他难以置信地痴看着我的脸，费力地想抬手抚我的面颊，却连举起胳膊的力气都没有。他断断续续地低语，"若溪……我不是……在梦中吧！"

"不是的，长风，不是梦。是我，是我！"我急切地握住他的手，贴在自己的脸上，用我的泪温暖他冰凉的手。

旁边的郎中和侍卫惊呼，"王爷醒了！"

一抹满足的微笑浮现在长风毫无生气的脸上，他叹息着，"能够……见到你……真好！"

我不忍再看他，向旁边的郎中道："这什么金刚环的……倒是给他弄下来呀！"

郎中叹气不已，"此环非金非铁，由图真的一种特殊材质所炼造，工艺奇巧，一经锁上，就根本打不开，刀剑都斩不断，况且在颈下胸口处，怕伤了王爷，不敢用铁锤猛砸。"

西门庆华走过来，看了看，凝眉道："王爷身上的伤势是图真蛮人毒打所致，虽然骇人，倒都是皮外伤，尚不致命。只是这环上喂了毒药，伤口已经溃烂，毒性入体，若再不取下来，王爷性命堪忧。"

"是啊！"郎中愁眉不展，"在下虽然已用银针和草药暂时封住毒性，但若不取下此环，终是要毒发攻心。只是，寻常的刀剑根本砍不动这锁魂环。实在不行，只能锯开王爷的锁骨取下此环。"郎中摇头叹气道："只怕王爷是经不住骨断了。"

西门庆华从袖笼中抽出一把短剑，乌金的剑鞘上镶着祖母绿的宝石。拔出剑时，只觉碧光一闪，寒气扑面，映出一屋子的森然，站在屋角的人都能感觉出剑上如冰的冷意。

一旁的范将军忍不住出声赞道："好剑！"

西门庆华缓缓道："这是祖上传下的碧渊剑，千年前以一十八名铸剑师的骨血铸炼而成，削金如泥，无钢不断。"

"那你快试试！"仿佛看到了希望，我一把将他拽到床前。

范将军和一屋子的郎中侍卫大惊失色，"西门堡主慎重！切莫再伤到王爷！"

西门庆华神色也有些犹豫。长风安静地看着他，声音虚弱，却异常的平静，"有希望……总好过……坐以待毙。西门兄……可是对家传的宝剑……没有信心？"

西门庆华闻言怔了一下，随即勾起唇角，笑得很是优雅自负，"普天之下，没有比碧渊剑更快的利刃。"

话音未停，手起剑落，耳听铠的一声响，嗡鸣不绝，长风颈间的铁环上迸出火花，众人啊的一声惊叫。待西门庆华撤回刀，围观看去，只见左面的一只铁环锁扣上多了一道两毫米深的豁口，环却没有断。长风受剑气的冲创，一时出气多、进气少，吓得郎中赶上来施针喂药。

一通忙乎之后，长风捯了一口气，微微缓了过来。

我吓得魂飞魄散，说不出话。范将军也舒了出一口气，"果真好剑，竟然连这金刚锁魂环也能斩动。再斩两剑，必能斩断！"

西门庆华缓缓道："庆华刚才只用了六分真力，若用全力，一击必断。"

郎中脸都吓白了，一个劲儿地摆手，"王爷身中剧毒，若再受剑气冲撞，毒性就会侵入五脏六腑，到时候华佗再世也救不了他。"

我听了差点崩溃，合着斩环也是死，不斩也是死！

长风幽幽醒转，费力道："西门兄……但斩无妨……长风经得住。"

众人都看向西门庆华。西门庆华神色凝重，犹豫了一下，似是下定决心道："倒有一法，只需三成的力气便可斩断锁魂环。"

郎中点头，"果真如此的话，三成的力气倒伤不到王爷的心肺。"

我紧绷的神经一松，"还好有办法？怎么不早说？"

西门庆华扬起手中的短剑，剑身映得他须发皆碧，"碧渊剑性至寒，遇火方能发挥其无坚不摧的威力。"

我愣了一下，"你是说将剑烧红了再砍？"

西门庆华摇摇头，"不。不是烧剑，是烧锁魂，将环烧热之后，再以碧渊剑斩断此环。"

所有的人都大惊失色，那环还嵌在长风身上呢，如果要烧热它，岂不是……

"不行！绝对不行！"我冲口而出，那样残酷的事，我不要长风以身亲尝。

一屋子的人默然不语，寂静中，长风闭目轻声道："取炭火来。"

"长风……"我失声叫他。

他睁开眼睛看着我，目光澄澈如三月的春水，"长风答应过你……一定……要活下来……便不会食言。"

我一时呆住。他是在用他的骨和血来维护给我的誓言。四目相交，我在他的眼中看到坚定的信念和深沉的爱意。

时间仿佛凝住，不知过了多久，我缓缓点点头，沉声道："好，如果这是唯一能让你活下来的办法，就让我们来赌一把。"

一盆烧得火红的炙炭被放到床榻前，西门庆华又让人备来一盆冰水。屋里的人有的已经别过头去不忍看。

长风看着炭火，向我道："你……先出去……"

我摇摇头，"不，我不出去。"我极轻地，却不容置疑地拉起他的手，"你答应过我的，要娶我为妻，要带我游遍龙耀的山河，要与我并肩看庭院里的花开花落。现如今，你还一样都没有做到。我不出去，我要在这里盯着你，让你不敢忘记对我说过的话。你若敢抛下我，碧落黄泉我也要追着你讨还。"

长风闻言动容地看着我，我的心意，他再明白不过，他郑重地点点头，目光深邃而坚定，轻声道："长风答应你的……一定会做到……"

西门庆华忍不住一脸牙疼的表情，嘟囔了一句，"肉麻的话还是等你好了再说吧！什么碧落黄泉的，这么信不过我？"说着吩咐左右的人，"两边的锁魂环一起加热，保持热度一致，省得他受二茬罪。"

我拿起一块锦帕，递到长风嘴边，他听话地微微张嘴咬住。范将军上前，亲自用铁钳夹起一块燃烧的木炭，又拽过长风的贴身侍卫，将另一个铁钳塞到他手里，两人同时将燃着火苗的炙炭贴近长风颈下，以火焰烧灼露在外面的锁魂环。

我紧张地盯着长风，浑身发抖，仿佛那烈焰炙烤的是我的皮肉。不过半盏茶的时间，长风额上渗出一层细密的汗珠，他浑身不可抑止地轻颤，却依然面带微笑地看着我。

随着加热，锁魂环逐渐变红，环进出的肌肤间冒起了缕缕白烟，一股皮肉烧焦的味道散了出来。这是怎样一种酷刑啊，直接烙烫都好过这种循序渐进的加热，直到从里到外都焦烂。慢慢烧红的铁环，逐渐加剧的痛苦，仿佛坠入深渊，身在半空却不知何时才会掉落谷底，在折磨肉体的同时，更是折磨人的心志。而我的长风，竟然要身受这样惨烈的摧残。

我默默地流着泪，透过泪眼看到长风浑身都绷直了，没有握着我的那只手一把抓住了床栏，直握得关节发白，似要将床栏扭断一般。他的头向后仰，无助地左右摇摆，胸膛向上挺起，仿佛砧板上打挺的鱼。范将军和那个侍卫不得不含泪用空着的那只手一左一右压住他的肩膀，不让他乱动。压抑的呻吟从他被堵住的口中溢了出来，渐渐变成嘶声的痛叫。即便如此，他握我的那只手，却始终没有用力，只是呵护般地将我的手轻轻地攥在手心……

我脑海中一片空白，一秒钟都有一个世纪那么漫长，我差不多要开口求他们放弃，让他们不要再这样折磨他。就在我快要绝望崩溃的时候，西门庆华果断道："可以了！"

那二人迅速撤开，西门庆华上前，举剑劈向长风颈间烧得通红的锁魂环，剑光似闪电，咔的一声响，我还没有看清楚，西门庆华已经抓起那盆冰水泼到长风身上，伴随着一阵刺刺啦啦的声音，白烟四起。

我扑过去，睁大眼睛，紧张得大气也不敢出。白烟逐渐散去，才看见两个环锁扣的地方已经裂开，而长风的颈间环进出的地方赫然是四块焦黑。

郎中赶紧上前将续命的丹丸塞在长风口中，这才小心地自长风锁骨处抽出锁魂环，环上还粘连着他烧焦的皮肉，我扭头不敢看，只握着长风的手，泪如雨下。

待郎中上前为长风包扎伤口后，西门庆华从怀中掏出两个玲珑剔透的小瓶子给我，一个是翡翠雕的，碧绿通透，一个是羊脂白玉雕的，细腻油润。他嘱咐道：

"这个白玉瓶装的是玉凝膏，去腐生肌，是外伤的良药。这个翠玉瓶的是'九转天机丹'，可解世间百毒，每两个时辰给他吃下一丸，两日后，若能退去毒素，便性命无忧了。"

我低头接过，千言万语只能化作一句，"谢谢！"

一屋子人呼啦啦跪了一地，为首的范将军双眼含泪，抱拳道："西门堡主的大恩大德，末将永记在心，若能回报万一，赴汤蹈火，在所不辞。"

西门庆华抬手扶起范将军，"庆华愧不敢当。诸位都起来出去吧，你们王爷有这位姑娘照顾肯定舍不得死了。"

那两天漫长而又短暂。长风昏迷着，辗转呻吟。我坐在床边，握着他的手，即便在郎中为他换药的时候也不松开。他身上的伤痕骇人，新伤与在慎刑司天牢里留下的旧伤疤交错在一起，惨不忍睹，每次看到都让我泪如泉涌。为什么，他这样一个善良美好的人，却一次次地要经受这样的折磨？

夜半无人时，我半倚在他身边，不敢触碰到他的伤口，只能将他轻轻揽在怀里，我抚着他瘦削的面颊，用指尖划过他秀挺的眉毛，纤长浓密的睫毛，挺直的鼻梁，一直到他微抿着的形状美好的嘴唇，心中的怜惜似要满溢出来。除去天牢里的时光，我从来都没有机会这样与他贴近，这样拥他入怀，这样仔细地打量他。

我觉得我对他的爱恋几近狂热，我向来是个胆小怕死的人。可是现在，如果有刀剑飞向他，我会毫不犹豫地用我的血肉之躯去抵挡，如果有人要伤害他，我会举起利刃刺向那人的咽喉。我愿为他而勇敢，为他而坚强，为他做任何事情。

昏黄的灯光下，他的脸笼罩着柔和的光芒，虽然憔悴，却是如此的俊美，虚弱得让人心生爱怜，却又坚毅得让人不得不钦佩。我忍不住一遍遍地亲吻他，将我的唇印在他干燥开裂的唇上。我哽咽难言，"长风，为什么你总是要让我心疼？快好起来吧，不要再这么吓我。"

好像是听到了我的话，昏迷中的他轻轻嗯了一声，我的泪又涌了出来，通过吻，流入他的嘴里。

我就这样抱了他两个晚上，只在给他喂药喝水的时候，才会离开他，虽然只有片刻，却让我感觉不安，只有再次拥他入怀时，才觉得踏实。他在我的怀抱中满足得像个孩子，虽然周身的伤痛折磨着他，他却始终面色平和安详。

到了第三天，长风已经睡得安稳，呼吸均匀，脸上隐隐的紫色褪去，虽然苍白却已现出生机。

傍晚时分，范将军、长风的侍卫和郎中鱼贯而入。郎中仔细检查了长风的伤势，又打开长风颈下缠着的白布，锁骨处的灼伤依旧惨不忍睹，然而渗出的血已是鲜红色的，不再黑紫。

郎中向范将军欣喜道："回禀范将军，王爷气息平和，脉象稳定，锁魂环的毒也已退去，只要好好调养，便可康复。"

我终于松了一口气，紧绷的心弦松弛下来，连日来日夜兼程地赶路，担惊受怕，又守护了长风两日，眼都不敢闭一下。此刻我头晕眼花，摇摇欲坠，只说了一句"太好了……"，便委顿到地上，什么也不知道了……

我醒过来的时候，室内燃着烛火，看来我睡了一天。我睡得头昏昏的，不知身在何处，癔症了一会儿，忽然想起长风，惦记他的安危挣扎着要起身。有人轻轻地按住我的肩膀，一个温柔的声音在耳边响起，"快躺下！"

扭头竟然看到长风的眼眸，温柔如水，跳动的烛光映在他的眼眸中，像天边的皎月莹然生辉。

我欣慰地看到他面色虽然依旧苍白，但精神矍铄，眼神清亮。满身还缠着白布，却已不是那日垂死的模样。我怕碰到他的伤口，往外挪了挪，这才发现，自己竟然躺在他的床上，被他半搂在怀里。

我怎么记得是我搂着他来着，现在成了他抱着我了。感觉有点吃亏，刚想把魔爪伸向他，肚子很煞风景地一阵咕咕叫，让我泄气地住了手。（等我吃饱了再采花吧。）

长风轻笑，难掩满目的怜惜，"我让人将吃的东西摆在桌上了，你先吃点东西，有力气才好欺负我。"

他的声音还是很虚弱，没有底气，仿佛是叹息一般的轻言，但是已经能够说成一个整句子。我没想到被他一下子就看穿心计，很有几分不好意思。

桌上摆了满满一桌子的东西，有糕点，也有热在砂锅里的粥饭。一阵食物的香味让我忍不住跳下床，抓起一块点心塞到嘴里，被噎得一边吃，一边捶打胸口。

长风爱怜地看着我，"慢点吃，先喝点水。"

我抓起水罐喝下几口，方觉将点心顺了下去。一手一个又抓起两块点心，坐回到床边，一边吃一边忍不住问他，"我怎么觉得我跟好几天没吃东西似的呢？"

他半倚在床上，伸手抚着我披散下来的长发，"你睡了整整两天，叫都叫不醒。"

我竟然睡了这么久！怪不得我这么饿，而长风他也看上去精神了许多。为了掩饰自己狼吞虎咽毫无淑女风范的吃相，我只能一边吃，一边此地无银道："你也知道的，我最怕饿，一顿不吃都受不了。"

他宠溺地笑着，"我知道，所以我让他们将吃的都摆在桌上，只等你醒过来。"

我吓了一跳，"我一直躺在你屋里？"

他点点头，"有人进来时，我就让仆妇用纱幔将你隔开。西门兄来过一次，见你在，转身就走了。"

"这个……"我抓抓头，不知怎么澄清一下。

他不等我说话，紧接着道："我知道，西门兄是真正的君子。"

我哈哈一笑，接着吃我的东西。君子坦荡荡，小人长戚戚。有些事情无需解释。

吃饱喝足，觉得好几天没有洗澡了，身上不大舒服。我扶着长风躺在床上，"先睡一会儿，我去沐浴一下，等着我！"

见到长风苍白的面容上升起两团红云，低垂着眼帘，不敢看我。我才惊觉，我说的话怎么有调戏长风之嫌呢？赶紧掩饰地咳嗽了一声，"有仆妇的衣服吗？"

"穿我的，在那边的衣柜里。"他说得自然而然，天经地义。

我来到衣柜前，打开衣柜，一阵兰香萦绕，清幽芬芳，就是他身上的那种味道，让我闻着异常亲切。左边挂着摄政王的朝服、战袍和正式见客的衣服，右边是家常的长衫。我拿起一件月白色的长衫，上面绣着简单的纹饰，质地柔软，正好当睡衣穿。

扭头之际，见他正面带笑意地看着我，眼神专注。我忆起当年在染香楼我迷晕了他，脱下他身上的外衣，也是这么一件月白色的。我冲他扬了扬手里的长衫，"这是我第二次穿你的衣服，不过我还是喜欢从你身上脱下来的，带着你的体温。"

长风面露羞涩，我这才发现自己又说错了话。不禁吐了吐舌头，一溜烟跑出了长风的卧房。

我来到隔壁的浴室，一名四十多岁的仆妇帮我烧了热水提过来，放了满满的一大桶。我痛痛快快地洗了一个澡，只洗到差点又虚脱才从大木桶里爬出来。穿上长风的干净衣服，又打了一盆干净的温水，才端着盆，腿脚发飘地回到他的房间。

他安静地躺在床上，见我端着盆进来，已经猜到我要做什么，羞涩地将头转向里面。凝神屏气，大气都不敢出似的。

我将盆放在床旁边的椅子上，拧了湿布，细心地擦他的脸，就像我曾经在牢里做过的那样。擦过之后，我伸手去撩他身上的被子，他用手揪住，脸红得可疑。

我冲他挑挑眉毛，真想说：大爷你就从了小妞吧！怕吓到他，话到嘴边，只能又咽了回去，换成一句比较委婉的，"我又不是没见过！"

长风的脸彻底成了红布，缓缓放开抓紧的被子。说实话，他身上实在没什么露着的地方好擦的，基本都缠着绷带呢，都快缠成木乃伊了。

他都惨成了这个样子，我也不好怎么轻薄他，咱不干那落井下石的事。

把他擦干抹净，将水倒掉，又喂他喝了点儿水，才轻手轻脚地爬到床上，躺到他身边，驾轻就熟地将他搂在怀里。他满足地嗯了一声，想抱住我，被我及时地制止了，"小心你的伤。"

他神色颇为委屈，我赶紧将功折罪地亲吻他，捧着他的脸郑重道："你要快点好起来，不能老赖在床上，我只给你一个月的时间，你要将自己养好，好可以让我辣手摧花。在此之前，不许轻举妄动，不许惹得我心烦意乱睡不着觉、内分泌失调脑门起包。"

他飞快地抬眼看了我一眼，眸光生辉，好似一斗夜明珠，复又垂下眼帘，点头道："我听你的话，尽快好起来，好到让你可以……"他住了口，挣扎一会儿才轻声说出来，"可以为所欲为……"

他那副欲语还羞的样子让我心跳加快，手心冒汗。我老人家二十多了，清心寡欲了这几年，实在是受不了这种男色的诱惑，忍不住吻住他。他被我的唇堵住，说不出话来，低声的呢喃都化作喉间的嗯叹……

我沉沦在他的唇齿间，止不住地浑身轻颤。我猛地停住，强迫自己离开他甜美的嘴唇，将他的头按在我的肩膀上，恶狠狠道："老实睡觉！"

他浅笑了起来，温热的气息拂过我的脖颈，酥酥的痒，激得我寒毛都立了起来。他费力地将一只手臂穿过我的颈下，学我的样子将我的头按在他的肩膀上，温柔地在我耳边道："睡吧！"

我哪儿还睡得着，跟自己的意志力搏斗了一晚上。清晨起来，看到清白仍在的长风，我简直要为自己鼓掌了，我就是古代女版的柳下惠啊！

我每日与长风相伴，过的简直是神仙一般的生活。除了每次他换药的时候，露出一身的伤痕，让我止不住泪眼蒙眬外，其他的时候，我们就一起腻在床上，抱在一起说话，当然主要是我说，他听。我对他说起我的那个梦，梦中的迷雾和光束下的飞雪，说起我焦急地呼唤他的名字。

他颇为惊讶，告诉我，他做了同样的梦。当他与侍卫逃出图真的大牢，在冰天雪地里翻越雪屏山时，力竭地倒在雪地上，四周漆黑，朔风刺骨，呼啸的寒风卷起团团的雪花，只要不动，片刻就能将人掩埋。他觉得自己就要不行了，昏昏沉沉地只想闭上眼睛。就在这个时候，漆黑的天空中一道柔亮的光打了下来，光束中的我几近透明，满面焦虑地叫着他的名字，于是他又站了起来，继续在风雪中前行。

他温和的声音叙述着那晚的经历，听不出惊心动魄的波澜，仿佛只是在讲述一次旅行。但我知道那是怎样濒死的挣扎，他又是凭着什么样的毅力和坚持，带着一身伤痕回到我的身边。

我心中酸楚，抱紧了他，仿佛抱着我的全部，我的生命，我存在的唯一价值。他在我的怀中轻叹，"若溪，因为有你，长风不敢言死。"

他的话让我心中感触，潸然泪下。在人们相爱之初，浓情蜜意时总是会将"为了你，我可以不惜牺牲我的生命"这句话当作最忠诚的誓言。然而只有爱过才会知道，真正的爱，不是慷慨赴死，而是为了心中的那个人，可以直面所有的危险、所有的磨难，用血肉之躯去呵护爱人那颗脆弱的心脏。为了爱，我们可以忍受分离，忍受痛苦，在生不如死的境地里依然选择活下去。因为，只有活着才有希望，才能见到心爱的人脸上荡起的温暖的笑容。

就像现在这样，他没有舍我而去，没有弃我于不顾，他活着回来了，活生生躺在我的怀里，这是件多么美好的事！我的吻落在他的眉梢，沿着他的眼睛，吻上他纤长的睫毛，又顺着他如玉的面颊一直到达他精致的唇角。他的唇让我永远都不会厌倦，他热烈地回吻着我，我从不知道，一个吻就可以让我如此的满足，如此的欣慰，如此的幸福。那份爱意冲破了所有的阻碍，冲破了所有的禁忌，到达我们心中，让我们的灵魂缠绕在一起，仿佛从宇宙洪荒，就已经存在……

他恢复得很快，在我的精心照料和威逼利诱下（威胁他让我及早得手），几日后，他已经能坐起来了，甚至能让我扶着，在屋里走一圈。

我将每一日与他相聚的时光都当作生命中的最后一天来过。不是不担心，不害怕，却不敢，也不愿在他面前露出来，只把最明媚的笑脸给他。

我是那种想得开的人，天塌下来都能当被盖，得过且过，今朝有酒今朝醉。能够与长风共度这些天，于我已然是心满意足，懒得再去顾及明天会发生什么。明天的事明天再哭去吧。

让我奇怪的是长风，他是那种心思缜密、运筹帷幄的人，却也对我们的状况只字不提，每日只安心地与我相伴。其实我们都心知肚明，锦夜不会对我们置之不理，听之任之。他会怎样行动，又会怎么对付我们？我们这种相守的时光又能维持多久？光想想都够哭一鼻子的。

长风不提，我更不提。仿佛我们两个人就是会这样理所当然地在一起，一路携手走下去，不会有任何人来打扰。

这一日早上，长风已然能够坐到桌子前自己吃饭。我给他添了满满一碗的粥，他只吃下一半就面露难色。我一瞪眼睛，恶婆上身，"不行，一定要吃完这一碗。看你多瘦，一身的骨头，抱着你都嫌硌得慌。"

他哑然失笑，听话地将另一半粥勉强咽下去。有他在身边我可是食欲大振，都说秀色可餐，我看着他就不知不觉地吃掉了两个包子和一碗粥。

我抓第三个包子时，西门庆华懒懒散散地走了进来，向长风拱拱手，"王爷今日的气色很好，神清气爽，精神焕发。"

长风放下手中的茶盏，在我的搀扶下站起来，"多谢西门兄的救命之恩，西门兄快请坐。"

西门庆华大大咧咧地坐下，斜了我一眼，懒洋洋道："王爷快坐吧，把您累到了，有人会找庆华拼命的。"

我冲西门庆华龇龇牙，将手里的那个包子递给他，"吃早饭了吗？没吃就一起吃吧，也好堵住您的嘴。"

西门庆华没有接那个包子，摇头叹道："心里堵得慌，吃不下啊！"

"爱吃不吃。"我将包子塞进自己嘴里。

我吃我的包子，长风跟西门庆华聊起天来。西门庆华道："庆华出来有一阵了，商队也已休整，重新补给了粮草，今日将起程回京城，特来向王爷和桑妮告别。"

原来他是来辞行的。这次多亏了他帮忙，冒着风险带我来边陲，又救了长风一命。听闻他要走，我连包子都吃不下去了。

长风微蹙了眉头，沉吟道："西门兄不如在边陲多待些时日，此时回京城，只怕……"

我知道长风担心什么，多日来隐藏心底的愁虑涌上心头。西门庆华笑笑，喝茶不语，依旧是一副无所谓的神情。

正说着，有侍卫进来通报，"禀摄政王，有京城来人要见摄政王，说是锦大将军的随从。"

我一惊，手里的包子都骨碌到地上。我条件反射地跳起来，差点钻到桌子底下去，又一想，桌子底下怎么藏人？赶紧向长风和西门庆华丢下一句，"我先躲躲，你们两个应付吧！"

说完就跟没头苍蝇一样往里跑，却被长风拉住，拽了回来，面不改色地向我温言道："坐吧，没事的。"

我心惊胆战地坐下，止不住地牙齿打战，没用地咽了一口口水，一扭头见西门庆华笑得闲逸，很是气恼，外强中干道："我……不是怕他，锦夜也不会将我怎样，我是担心西门堡主你的安危，若是让锦夜知道是你带我来的，肯定让你吃不了兜着走，看你到时候还笑不笑得出来！"

长风爱怜地看着我，看透了我的伪装。他轻轻握起我的手，毫不在意西门庆华就在旁边。

我在他的安抚下渐渐平静，该来的总是会来，怕又有什么用？这么一想，我又淡定了。

长风语气平淡地吩咐他的侍卫，"将那两人关押到军营的监牢里。"

他的侍卫应声而去。

我吃惊地看着长风，忍不住开口劝他，"长风，锦夜在朝中的权势根深蒂固，你关押了他的随从，易落下口实，他必不会善罢甘休。"

长风扭头看我，目光深邃，充满爱意，"他们是寻你而来，无论如何，我都不会让你再回到他的身边。"

我恍然大悟，怪不得这些天他从不与我商讨应对的对策。原来他压根就没想让我回去，就是要留我在身边，不再让我离开。我心中感动，带泪而笑。

长风回给我一个温暖的微笑。

西门庆华以手托腮，无可奈何地看着我们，叹息道："自古英雄难过美人关，王爷为了佳人倾尽所有，庆华自愧不如，甘拜下风，输得心服口服。"

他随即劝说我道："桑妮，你就老老实实地待在王爷身边吧，寸步不离才好，那锦大将军可是随时会要你的命的。"

长风吃了一惊，握着我的手都收紧了，"他想杀你？"

我踌躇了一下，"一般来说，也不会，他虽然对别人狠毒，对我真的很好，不会杀我的。只是，他一受你的刺激，转变了角色，就不认得我是谁了。"

听我说不明白，西门庆华接口向长风解释道："那日，庆华去锦府向锦大将军建议启用官道运送棉衣，正赶上王爷失踪的战报传来，锦大将军好像变了一个人一样，拿剑要杀桑妮，说是拿她当作仇人。后来被庆华拦下。"

想到当日，我还是心有余悸地哆嗦了一下。长风听罢脸色发白，过了好一会儿，才嘘出一口气来，敛了神色，起身向西门庆华恭敬一揖，西门庆华赶紧站起身扶住长风，"王爷折煞庆华了。"

长风郑重道："西门兄义薄云天，多次出手相救，长风没齿难忘。大恩不言谢，但请受长风一拜。"说着复又拜下。

西门庆华无奈地叹道："王爷不必言谢，庆华心系美人，存了私心，自是舍不得佳人香消玉殒。"

倒让长风不好再说谢他，长风感慨，"西门兄襟怀坦荡，光明磊落，实在让长风钦佩。"

二人复又坐下，长风继续道："现如今锦夜的人已然赶到越州，说明他早已料到若溪在这里。我已下令，封锁了若溪来越州的消息。但即便如此，锦夜也肯定会想到若溪是随西门兄你跑出来的。如若他追查起来，必会对西门兄不利，西门兄还是不要急着回去。"

西门庆华耸耸肩膀，"王爷不用为庆华担心，风云堡得以在龙耀扎根，自有自保之法。锦大将军虽是喜怒无常，但为人谨慎，不会肆意妄为。再者，庆华生性散漫，不像诸位整日为了情爱，要死要活，庆华可不愿受此牵绊。"

我与长风对视一下，无奈地苦笑，他说得还真是让人无从反驳。长风与我，还有锦夜，都是执着的人，认定了一个人、一件事，便会义无反顾，死不悔改，但是正是因为执着便容易伤人伤己。而西门庆华，他是真正洒脱的人，拿得起，放得下，我们所有的人都不如他豁达。

西门庆华接着道："倒是王爷，在这边陲之地，拥兵三十万，是不用惧怕锦大将军，不过王爷终是要班师回朝的，到了京城就又是锦大将军的势力占有优势，更不消说，京城周边的大营和皇城禁卫军都是锦大将军的人。王爷打算如何安置桑妮呢？"

长风点头道："西门兄说得不错，长风不可能驻守边陲不回京城，朝廷和皇上那里还需要长风进献绵力。只是若溪……"他扭头怜惜地看了我一眼，"锦夜既要杀若溪，长风更不会让她回去。我已让越州城内见过若溪的人严守秘密，也请西门堡主告诉手下不要泄露若溪的行踪。起程回京之时，我会秘密将若溪安置在一个地方，让锦夜找不到她，只当她已失踪。"

西门庆华摇头，"锦大将军不会轻信，势必掘地三尺，找到桑妮。"

长风沉声道："这只是权宜之计，我与他有三年的赌约，现已过半。三年期满，长风胜过他之日，就是若溪再也不用躲避之时。"

西门庆华想了想，说道："其实，若要锦大将军放弃追寻桑妮的下落，也有其他方法。"

我与长风同时出声问道："什么方法？"

西门庆华笑得高深莫测，"只要能让锦大将军亲眼看见桑妮一缕香魂，香消玉殒，他还追查个死人做什么？"

啊？是让我死啊！我白了他一眼，出的什么馊主意！

长风也颇为震惊，失声道："西门兄……"

西门庆华悠悠道："王爷可听说过有种丹药，服下后可令人心跳停止，气息全无，跟死人无异，两日后又能魂魄回归，起死回生？"

长风思忖着，"西门兄说的是可令人假死的龟息丹？长风倒是听闻十几年前，江湖上有一人称李无常的神医鬼才，曾配置了此种丹药。只是当年的传闻不知是否属实，这李无常也已过世多年，药方从此失传，再也没有现身于江湖。"

西门庆华微微一笑，"不想王爷身在朝堂，却对江湖中事知之甚清。不错，李无常一生醉心于炼毒解毒，性格怪僻乖张，一边医人，一边杀人，惹了很多的仇家，于是他潜心研制了龟息丹，但求遮人耳目，逃离追杀。谁料龟息丹研制成了，他却因呕心沥血而亡。而外人有所不知的是，其一，李无常早年曾得风云堡的恩惠，家父从仇家手里救过他一命。其二，这李无常虽未娶妻，却有一独子，跟随李无常行医炼毒，颇得其父真传。李无常自知死期将至，为恐仇家寻仇到他儿子头上，便将他儿子托付给了风云堡。当年家父集结了不少武林高手，杀死了李无常的仇家，方保他儿子太平。"

我忍不住插言，"原来李无常的儿子小无常有龟息丹的秘方，他人现在何处？"

"在皇宫中。"

"啊？"我与长风都异常惊讶。

西门庆华解释道："李无常的儿子化名李治善，与他父亲一样对医药痴迷。因宫中多有珍稀草药和各地奉上的奇花异草，他便入宫做了太医，潜心研制药物。"

"是皇后娘娘跟前的李太医？"长风难以置信地问道，"李太医只是宫中的寻常太医，为皇后娘娘司药，未见显山露水。"

"这正是他父亲李无常给他留下的遗训。李无常临死嘱咐他儿子再不可使毒害人，落得跟他一样的下场，只让他儿子做个平凡的医者，藏匿锋芒，隐姓埋名。因而虽然李治善身在宫中却故意藏巧，于无人时再偷偷配药。这龟息丹也因此得以保存秘方。"

我仿佛看到了希望，开心道："那我就去找李太医要一丸龟息丹，吃下去装死，两日后再诈尸还魂，从此就悠哉乐哉，不用怕锦夜找我了。"

我忽然想起来什么似的问道："这个龟息丹保险吗？不会吃了醒不过来吧？那我不亏大了！"

西门庆华笑道："李无常的丹药，从不失手。当年家父仙逝，我几个叔叔为了争夺风云堡的堡主之位，曾陷害于我，我就是靠这个龟息丹假死躲过他们的阴谋诡计，于两日后又活了过来，将他们一举拿下的。"

我更加兴奋，"原来西门堡主曾经以身试药，你到现在还活蹦乱跳的，那我就更放心了。这个法子好，一劳永逸。"

长风看看我，眼中闪过忧虑，"确是妙计，只是终是太过冒险，稍有差池，后果不堪设想。"

我知道他是担心我，舍不得我受一点危险，心中一暖，面带微笑地看着他。

西门庆华摇摇头，小声嘀咕道："妇人之仁。"

说着从袖笼里拿出那日曾斩断长风颈下锁魂环的碧渊剑，"就当有备无患吧，如果桑妮需要龟息丹，可凭此剑去找李治善，他见此剑，必会对你有求必应。不过，龟息丹需要约一个月的配制时间，记得提前打算。"

我拿过那把剑来爱不释手，倒是长风替我拦下，动容道："这是风云堡家传的宝剑，价值连城，意义非凡，西门兄怎可轻易赠人？"

西门庆华斜睨了长风一眼，吊儿郎当地说道："王爷可是担心桑妮见此剑如见庆华一般，睹物思人，无法忘怀？"

说得长风都忍不住笑了出来，"西门兄高义，洒脱不羁，如此心胸，长风自叹不如。"

西门庆华懒洋洋地一拱手，"时候不早了，庆华告辞，今日一别，不知何日再见，王爷自己珍重。"

长风点点头，"恕长风无法出门相送。"他扭头对我道："若溪替我送送西门兄。"

西门庆华也不推托，"还是王爷大度，比锦大将军强多了，我跟桑妮说两句体己话，他都提着剑追着我，恨不得在庆华身上刺几个窟窿才解恨……"

我听他又胡说八道，赶紧揪着他出了屋。

外面干冷，北风呼啸，我裹紧身上的白貂皮的披风，骑着悍马，与西门并排而行。我见西门庆华碧色的锦服外披着一件纯黑色的貂皮大氅，一时财迷心窍，跟他商量，"你有件黑的了，这件白的披风借我穿穿，回头回了京城再还你行吗？"

西门庆华装腔作势道："庆华一颗心都扑在你身上了，又怎会吝啬一件衣服。"

虽然他油腔滑调，可是我一点也不觉得讨厌。忍不住掏出碧渊剑把玩，"这个，你真送给我了？"

"嗯。庆华也希望你用不上，只备不时之需吧！"他在马上慢悠悠地说道，"记得每日拿出来看两眼，让你那老情人心惊肉跳一下。"

我忍不住扑哧笑了出来。一路到了城门口。我们勒马停住，一时气氛带上了离别的感伤。西门庆华看着我，挥挥手里的马鞭，"回去吧，自己当心，跟紧你那老情人，他是真的会舍命护你，庆华自问比不上他。"

"嗯。"我第一次在他面前如此听话，"送君千里，终须一别。我刚才看到商队已经起程回京了，你快去追他们吧。"

西门庆华摆手，"我不跟他们一路。"他用马鞭指向西面，"庆华要向西行，到西域去勘察商情，看看有没有开通贸易的可能。"

我一愣，点头称是，"先躲躲锦夜也好，风声过去再回京城。"

西门庆华哑然失笑，他漆黑的瞳仁看着我，目光中满是宠溺，伸手为我将掠到身后的披风拉过来，动作自然，"女人，太聪明了，不好！"

我忍住唏嘘，低声道："只有你觉得我聪明。"

他呵呵笑了起来，双腿一夹马肚，策马而驰，跑出老远方顺着风声向我大声说道："那个空位，庆华给你留着。"

一阵泪意漫过眼底。我将手围在嘴边，冲着他越来越远的身影喊："好！记住后面进门的得叫我姐姐！"

回京

二十天后，长风已然好得差不多了，虽然还是消瘦羸弱，但面颊已恢复了些许红润，能够走出房门，与我在屋外携手散步。

这日中午下起雪来，片片雪花好似堕入凡间的精灵，自天空中安静坠下，虽然冷，却无风，因而越发显得雪景静谧，让人心生向往。

因为下雪无法出门，我与长风便待在屋里，依偎在一起，同看一本书卷。靠得近了，他身上的兰香萦绕在鼻端，清爽幽香，闻之忘俗。屋内燃着两盆炭火，温暖如春，让我觉得身上一阵阵的燥热，禁不住起身脱去棉袄，只余下贴身的薄夹袍，素白的锦缎，无纹无饰，是他的衣服，穿在我身上有些宽大。

我重新坐在他怀里，倚靠在他的肩头，却明显地感到他身上一僵，清浅均匀的呼吸都变得深厚绵长，仿佛乱了节拍。我的手有意无意地轻抚着他的脊背，自己都分不清是无心之举，还是情难自禁。

我的手指划过他线条优美的肩胛骨，一直到他瘦长纤韧的腰上，他一下子挺直了脊背，手臂自然地环上我的腰，我感到他掌心发烫，炙烤着我腰上的皮肤。心中轰的一下燃起一个火球，忍耐多日的欲望像挣脱牢笼的小兽，狂蹿出来。我扳住他的肩膀，见他半垂着眼帘，长长的睫毛遮住了眼中的波光，脸色微红，唇色娇艳，一副任君采摘的模样。我忍不住欺身吻了过去，手也不规矩起来，隔着棉袍在他身上游走。

感觉到他身上某个部位起了变化，我用残存的最后的意志力将自己从他身上拉开，喘息着问："你行吗？"

他脸红得好像要沁出血来，吻上我的脖颈，在我耳边低声呢喃，"小觑我！"

那个火球迅速地燃遍我的全身，烧得我百骸俱焚，头晕目眩，眼前是他如玉的面颊，带着润泽的红色，连耳郭和玉样的耳垂也烧得通红，像玛瑙一样晶莹剔透，我俯头吻住他，他浑身轻颤，压抑的低吟溢出他的唇角，听得我口干舌燥，手也探到他的棉袍里面，抚上他的胸膛，感受着掌下他身上凹凸的伤痕，心中漫过无尽的怜惜……

门外传来敲门声，"王爷，该换药了……"

我从来没像现在这样恨死那个郎中。我气急败坏地喘息着，恶声恶气地对屋外喊道："等着，王爷更衣呢！"

长风依旧安静地躺着，面颊酡红，眼中弥漫着朦胧的水雾，嘴唇被我吻得微肿，娇艳欲滴，让人沉醉情迷。我在他耳边暧昧道："先放过你。"

他嗯了一声，"给你留着……晚上……"

我吃惊地看着他，长本事了，调戏我？我又深吻了他一下，才恋恋不舍地离开他，起身穿起棉袄，去开门。

郎中在屋外等了这老半天，急匆匆地进来，先将汤药给长风喝了，又恭敬道："烦劳王爷解开衣服，让在下看看王爷身上的伤痕是否已然痊愈。"

我闻言上前，解开长风的衣襟，手触到他腰上的带子时，他飞快地抬眼看了我一眼，我背对着郎中，冲他眨眨眼睛，他垂下眼帘，唇角上弯，抿出好看的弧度。

他的衣衫尽开，身上早已不用再缠绷带，露出满身的新伤旧痕。虽然每天换药都会看到，但是每次见，还是触目惊心，他受了那么多的苦，我心下悲戚，不敢再欺负他。

郎中仔细检查了他的伤口，又在较为严重的地方涂上药膏。要说西门庆华留下的玉凝膏，真是天下极品，长风身上的大部分吓人的伤口已经愈合，伤痂脱落，只留下淡红色的伤疤。清凌凌的锁骨上，灼伤处也长出新肉，只是金刚锁魂环进出的地方，四块皮肤扭皱着，像打了四个补丁。

处理完长风的伤痕，郎中面带喜色道："王爷已经大好了，照此康复的速度，再调养数日，便可起程回朝。"

我听了一阵高兴，他的身体终于康复得差不多了。随即又落寞下来，我也知道，北境已经安泰，他既然好了就要回京城。这样朝夕相处，耳鬓厮磨的日子就要结束了。天知道回到京城之后，又会是怎样一番情景。

长风见我忽喜忽悲，自然知道我心中所想，于是遣走了郎中，拉着我的手道："跟我一起走，我会让锦夜找不到你。三年期满，皇兄执掌朝政，大权回握之时，我们便离开京城，游历山河，再择一处山清水秀的地方住下来，种菜养花，生儿育女。"

他说得自然平静，那么美好的未来如一幅醉人的画卷展现在我的面前，与他携手过温馨安乐的日子，我追着憨憨胖胖的小儿子满地乱跑，他抱着瓷娃娃一样漂亮的小女儿安静地看书……那是我不敢奢望的幸福，却如此生动而真实。

我禁不住眼眶发热，含泪对着他扬起笑脸……

范将军一头冲了进来，连门都没敲，"启禀王爷……"

待看到我们执手相看泪眼的样子，他一下子顿住，很是尴尬，又扭头往外跑。

我赶紧直起身，老老实实地坐到一边，掩饰地端起一杯茶，向落荒逃到屋外的范将军道："将军进来吧！"心中有些好奇，范将军一向沉稳，连长风都赞他有"大将之风"，不知今日为何如此惊慌。

范南平蹭进来，眼睛都不知看哪里好，搔搔头，结结巴巴道："末将……看到郎中刚出去……以为就摄政王一人……这个……一时心急……望王爷恕罪……"

长风神色如常，打断范将军，"所禀何事？"

范将军这才想起来要禀报的事，一副活见了鬼的神情，急急道："王爷……锦……锦大将军来了，现已到军营外，说是……要王爷……交出他的……"范将军一脸的匪夷所思，迟疑了一下还是说了出来，"夫人！"

锦夜？

我一惊之下，手里的茶盏应声落地，摔得粉碎，飞溅的水渍进到我的衣袍下摆，我知道我的脸孔一定在瞬间变得雪白。

他来了，他果真来了！

范将军瞟了我一眼，他朦胧猜出我就是锦夜的夫人，呆站着不知所措。

长风面上依旧不起波澜，只有眼神如潭水般深邃，淡然地问："他可带了兵马？"

范将军摇头，"锦大将军只带了几十个侍卫，未带大队兵马。"范将军犹豫了一下，"锦大将军此番前来必是不善，既然未带兵马，不如……"

长风目色一凛，"不带兵马？看来他是有恃无恐的。不可妄动，传我的令，有请锦大将军入营一叙。"

范将军得令而去，长风才起身揽着我柔声道："不用怕，你就待在屋内，不要出去。"

我点点头，强压下心中的不安，冲他笑了笑。他拍拍我的手，自己换了一身会客的衣服，出了门。

我在屋中坐立不安，只能来回地走动，以宣泄紧张的情绪。长风说得没错，锦夜只带了几十个侍卫，并未大军压境，明摆着是有备而来，并不在乎长风手里的大军。

我想得头痛，觉得快要窒息了，心一横，走出屋门。我知道大营里的会客堂有一个后门，能够进到一间耳房中，那间屋子是主帅用来休息用的，与会客堂相通，仅一门之隔。

我一路小心，顺利地到了会客大堂后门，闪身进了耳房，好在没有碰到什么人。耳房中空无一人，隐隐听到会客大堂里的人声，因大堂空旷而带着回音。

我凑过去，顺着门缝张望，赫然看见一身红衣的锦夜走进大堂，肩膀上和头发上落着一层雪花，他绝色无双的面颊比雪还要白皙，在红衣的映衬下，发出莹白的光芒，美得耀眼。发上的雪花经堂内暖如春日的气息一烘，迅速融化，微湿的长发，像匹锦缎一样的油亮，闪着迷人的光泽。

锦夜看着长风，"王爷果真没有死。听战报说，王爷曾被图真生擒，受尽磨难，九死一生，方回到龙耀。大难而不死，真乃奇人奇事。当日听闻你的死讯，溪儿那丫头死活不信，我还差点杀了她，让她为你殉葬，谁料竟然让她说中了。"

虽然长风知道当日锦夜差点杀了我，但是此刻听锦夜自己说出来还是禁不住哆嗦了一下，手里的茶盏和杯盖都磕碰在一起，发出清脆的响声。锦夜看着长风真情流露，冷笑不已，"我不过说说就把你吓成这样，那个丫头不是千山万水地找你来了吗？她人现如今就在你的大营里吧？！"

长风放下手中的茶盏，面无表情道："长风不知锦大将军在说什么。本王未见过若溪。"

锦夜冷哼了一声，眉梢染怒，"明人不说暗话，王爷谦谦君子，怎么也学那市井无赖，言而不实呢？你我尚有三年的赌约，这三年中溪儿要跟在我身边，王爷若届时胜了我，方能带走溪儿。现如今时间刚刚过半，鹿死谁手还是未知，王爷就想悔约，不守信用吗？"

长风如锥的目光看着锦夜，"本王记得锦大将军也曾答应长风不伤若溪分毫，可你刚刚也说到，差点杀了她。她为保命，方逃离了锦府，长风这边还想向你锦大将军要人呢！"

锦夜面色一寒，"看来王爷是铁了心要藏匿溪儿了，难怪之前拘禁了我的侍卫。王爷不是一向言辞平实，不做妄语吗？谁料为了那丫头，连礼义廉耻都可以弃之不顾，向我要人这种话都说得出口！不过，你不承认也没关系，我不用想都知道，那丫头一定来找你了。我也知道，没人见她出城，铁定是风云堡的西门庆华带她一路来的。西门那厮竟有如此胆量，敢劫走我的爱妻，我当日就该将他一并杀了！"

锦夜上前两步，倨傲道："锦夜此番前来，就是要接溪儿回去的。不管怎么说，溪儿始终是我的对食，王爷还是痛痛快快地将她交出来吧！也免得锦夜与你为难。"

面对锦夜的奚落，长风依旧面不改色，大有一副死猪不怕开水烫的阵势，对于锦夜的推断既不肯定，也不否定，只淡淡道："随便锦大将军如何去想，长风交不出若溪。锦大将军请回吧。"

锦夜的目光透出森冷的气息，"锦夜知道，王爷在这边陲之地，手握重兵，自是对锦夜毫无忌惮。但是锦夜既然敢只身前来，便算准了王爷会乖乖地将那丫头还给我。"

长风俊美的脸上看不出任何的情绪，"锦大将军何以有如此把握？"

锦夜笑得有恃无恐，"王爷可知，皇上得知你没死，有多高兴。锦夜离开京城，又担心皇上和皇后娘娘的安危，便让禁卫军将皇宫围住，日夜看护着皇上，以防不测。"

长风惊愕后，脸上现出震怒的神情，噌地站起来，"锦夜，你竟敢派兵围了皇宫？"

锦夜反问："我为什么不敢？"

长风怒道："锦夜，本王虽然与你政见相左，各成一派，但念你一心为了朝廷和天下苍生，尚能与你同朝为政。现如今你竟然胆敢围困皇上，起谋逆之心，如此行径，天道不容。"

锦夜站在屋子中央，仰头而立，天神般不可一世，"拦我路者，就得死！说什么天道不容？我便是天道！皇上也不过是我手中的棋子。我知道你现在恨不得杀我泄愤，不过，你杀了我，你那皇宫里的皇兄就没得救了。我日日给禁卫军密令，你若敢杀我，围着皇宫的禁卫军得不到我的密函，便立即有所行动。所以，我劝你还是乖乖地将那丫头交给我，咱们回到京城，继续那个三年的赌局。如若不然，大不了锦夜与你，还有你皇兄、皇嫂，斗个鱼死网破，共赴黄泉。锦夜不过孤家寡人一个，除了这条性命身无长物。你那皇兄皇嫂还有小皇侄，可是金枝玉叶，天潢贵胄。王爷说说看，两败俱伤下，是谁吃了亏，又是谁占了便宜呢？"

长风声音中带着悲悯，"锦夜，你不要越走越远，当真不给自己退路吗？"

锦夜看着长风，目光似水哀凉，"从我走出死囚大牢那天起，我就早没了退路。"

长风沉默了一会儿，苦笑道："就是为了向我寻仇，让你不惜与天下为敌吗？"

"对！"锦夜沉声道，绝世无双的脸上写满刻骨的恨意，"这是我活下去的唯一理由，你可知道得知你没有死，我有多高兴吗？因为你只能死在我的手里。"

长风闭目，疲惫道："你要杀我便动手吧，何苦这样处心积虑，累人累己？"

锦夜冷笑，"想以死求得解脱？哪有那么便宜的事？总有一天，我会让你知道，活着比死了更可怕。可现在，我只想要回溪儿。"

长风沉声道："你想利用若溪牵制住我吗？别打她的主意了。既然我是你的仇人，何必牵扯旁约。本王会班师回京，与你继续三年的赌约。至于若溪，让她一个人安静地过日子。三年期满，若锦大将军能胜过本王，再来向本王要人吧！"

长风言罢起身，"本王还要整顿将士，备足粮草，明日起程回朝，就请锦大将军在城中下榻，多有怠慢，还望锦大将军恕罪。"

"你是不肯交出溪儿了？"锦夜神色瞬间阴寒，凤目中似要喷出火来，身形也变得笔直，他声音低沉，几近沙哑，"王爷还是考虑清楚再给锦夜回话吧。至于溪儿，我要定了！"

锦夜说完头也不回地出了军营大堂。

我见锦夜走了，捂着自己扑通乱跳的小心肝，正想再偷偷溜回去。就听长风轻声道："若溪出来吧。"

我一惊，他知道我在偷听？于是只能老老实实地走了出来，趁着大堂里空无一人，直接坐进他怀里。

他温热的手握着我的肩膀，责备道："怎么穿得这么少？出来也不知道加件衣服。"

我皱眉嘟囔道："耳朵怎么这么灵？我大气都不敢出，还是被你听见了。"随即哀叹，"完了，你都知道我在隔壁偷听，锦夜耳朵那么尖，肯定也知道了。"

长风安抚地抚着我的背，"他既然来了，就是知道你的下落。即便没听见你在隔壁，也会料到你在军营之中。"

我担心地问："锦夜派兵围困了皇宫，会不会对皇上、皇后和小皇子不利？"

长风蹙眉，"锦夜虽然专横跋扈，却并未觊觎过皇位，他不过是利用皇兄，让长风有所忌惮，投鼠忌器，不能在边陲有所动作。"

"他是来找我的，既然已经知道我在这里，又怎会善罢甘休？"我一下子很是泄气。

长风拥着我，温暖的怀抱让我感到非常的安全，他在我耳边笃定道："不用担心。他带不走你的。"

我想起出门前锦夜差点杀了我，也禁不住哆嗦了一下，反手将长风抱得更紧。

长风叹气道："知己知彼，百战不殆。现在，我真是越来越看不透锦夜。他勤于朝政，却从未染指江山；飞扬跋扈，却也不觊觎皇权。他若是想要长风的性命，当日在慎刑司里就能杀了我，可如今他却乐于跟我玩这种猫捉老鼠的游戏，真不知道我怎样做才能平了他心头之恨，才算是报了他的仇。"

对于锦夜，我比长风了解得更深刻，"江山皇位于锦夜无用，他若是想要，也不会等到今日。他活着的唯一目标就是复仇，除此之外，别无乐趣。他的痛苦太深沉，以至于无法自拔，他恨你是因为他必须恨一个人，他需要一个仇人，需要一个报复的对象，很不幸，这个人是你。我能感觉到从他本心来讲，他忘不了曾经跟你的友谊，当刚刚接到你的死讯时，他眼中的哀伤也不是假装的。所以他幻化出了另外一个人，一个恨你入骨的人，一个以折磨你为乐的恶魔，甚至不惜折磨你身边的人，让你痛苦，让你也经历他所承受过的噩梦。"

"怎么会这样？"长风难以置信地问。

我试着向长风解释，"用我们那个时代的医学知识来说，这是一种精神上的分裂，当人在极度痛苦中难以承受的时候，就会衍生出另外一个人来代替自己受苦，去做本来的那个自己所不愿意做的事。"

长风皱眉，神色苦楚，喃喃地叫了一声，"阿业……"好半天，才平复下来，思索着问道："那如何能让他恢复正常？"

我也很无奈，"这个……我也不是学医的。他心结很重，已结成了死扣，恐怕是只能等到他觉得大仇得报，才能将分裂的另一个锦夜赶走。"

长风不禁唏嘘，"我一直不知道阿业为什么跟变了一个人一样，今日才明白原来是这么回事。我真希望以前的那个阿业回来。他曾经是那样一个灿若朝阳的少年。当年的宫变害得他全家遭难，我只恨我没有能力帮助他。这些年他吃了很多苦，现在无论我做什么，也无法弥补他受到的伤害和失去亲人的痛苦。"长风握住我的手，苦恼得不能自已，"尤其当我知道他入宫做了太监……我……更是痛恨我自己没有早一步找到他。"

我迟疑了一下，还是将实情说了出来，"太监这事，你可以释怀了。他是个假太监，当年引他入宫的王长福曾受过他爹的恩惠，所以让锦夜假扮太监。"

"真的？那太好了！"长风喜极，神色欣慰，"这件事一直是我的一块心病，每次都不知如何面对他，更不敢去祭拜他的父亲李明放将军。苍天有眼，总算没有让阿业受这样的侮辱。"

我心念一动，不禁问："锦夜的父亲是个什么样的人？"

长风道："李将军曾率领大军多次打败番邦蛮夷，守护龙耀寸土不失，战场上身先士卒，刚毅勇猛，深受将领的爱戴。他为人光明磊落，襟怀坦荡，当年我父亲也敬佩他的为人，可惜靖贞末年的那场宫变让一代将星陨落，此乃龙耀国最大的损失。若李将军还在，图真人哪敢轻易冒犯龙耀边境？"

我听着长风述说他所认知的李明放，一个模糊的念头从心底一纵而过，正待细想，长风已对我说道："我不会放弃阿业，我始终相信阿业本质善良。我要将这个锦夜打败，让阿业回来。但是现在的这个锦夜已身不由己，你也说了，他不是阿业，他会为了复仇不惜做任何事儿，所以在他身边是很危险的，你不能回去。"

我收回心思，明白长风一时无法理解人格分裂到底是怎么回事，阿业和锦夜既是一个人，也不是一个人，对于一个古代人来说，这件事是匪夷所思的，这并不是他想的那样简单，打败了一个，另一个就会回来。

我无法向长风进一步解释，为了说服长风，只能争辩道："锦夜不惜挟持皇上皇后要我回去，不过是利用我，加深你的痛苦，看你难受罢了。你放心，既是利用我，就不会轻易杀了我。再者，他只有变身的时候才会吓吓我，正常的时候，他对我知礼守节，还是很好的。"我试着说服长风，"即便你有三十万兵马，但是除去留下来驻守边陲的兵力，最多带走二十万人。而京城那边，周边的大营和禁卫军都在锦夜掌控之中。他又挟持了皇上和皇后娘娘，你现在与他在京城正面冲突，不占优势。再说你与他三年赌约未满，朝中还多是他的势力。现如今，尚不是与他一决雌雄的时候。不如暂且稳住，再从长计议。"

"若溪！"长风打断我，知我若他，自然是明白我心里所想。他收紧了勒在我腰上的手臂，正色道："若溪，无论如何，我不会拿你的安危去做交换。朝中的事，让长风来处理。你只要待在长风身边，长风便能安心去与锦夜周旋。"

他抱紧我，将头埋在我的肩窝，"若溪，长风再也不要与你分离。"

我慢慢地靠在他的肩膀上，环抱他的时候，碰到了袖笼里西门庆华给我的碧渊剑，心念一动，已然有了计划。我紧紧回抱住他，说给他，更是说给自己，"我要永远与你在一起！"

下午，长风一直与范将军他们商讨明日开拔回京城的事，大军将行，需要部署粮草兵马，虽然一早有所准备，但仍需为翌日的行军筹划。

我一个人等得无聊，便到隔壁浴室里烧了一大桶水，舒舒服服地洗了个热水澡，然后换上长风的衣服，坐在屋里等他。

长风直到掌灯时分才拖着疲惫的身躯回来，他本来就没有完全康复，又费神了一天，神色很是憔悴，话都说得很少。他简单地与我一同吃了点东西，沐浴过后，躺在床上。

我侧躺着，用手肘撑着上半身，心疼地看着他发白的脸，"郎中说你身子虚弱，还没好利索呢，要再休养些日子的。明天就起程，一路风餐露宿，舟车劳顿的，你的身体受得了吗？"

他拉下我，将头枕在我的肩窝上，闭目轻声道："又小觑我。"

他的话一下子勾起我的欲念，让我想起白天未完成的事业。一时口干舌燥，心中似有一个小鼓在敲，咚咚咚，震得我汗都冒出来了。

他不再说话，只伸出手臂搂住我的腰。白天燃起的那个火球又死灰复燃，在我脑海中劈里啪啦地烧了起来，直烧得我头昏眼花，止不住地浑身轻颤。

他紧紧搂着我，水晶一样清澈的眼眸染上了欲念的迷离凝视着我，似在欣赏一道美景，又好像一个孩子得到心仪已久的礼物，终于梦想成真了反而不知如何下手。

我看着眼前美好的他，心中涌起异样的情愫，既对他充满了爱意和欲望，又觉得庄严而神圣。身体的结合于我们而言不但是情到浓时的真情流露，更是一个仪式，宣告我们身心的合二为一，地老天荒。一时间仿佛有漫天的星辰在我眼前飞旋，化作流光萤火，将我们围绕，渐渐汇成一片亮闪闪的光带，托起我们，直到云端。我们脱离了身体的禁锢，在广袤无垠的苍穹中感受着爱与被爱，体验着灵魂与灵魂的碰撞……

激情过后，他力竭地瘫软在我身上，却依旧支撑着手臂，生怕压到我。我从高空中回落到地上，心满意足地抚着他满是汗水的脊背。虽然浑身柔若无骨，没有一丝力气，却挣扎起身再次抱住他。他瘦削的胸膛剧烈起伏着，遍布伤痕的身体上闪着晶莹的汗珠，热气腾腾地泛出潮红，让我赞叹不已，爱不释手。

他略为诧异地看着我，随即被我温柔的目光所打动，听话地躺着不动，由着我吻遍他身上每一道伤痕。他颈窝处的灼伤，胸口上的鞭痕，优美的手腕上被镣铐磨破的痕迹……那一道道的伤疤刻画在他的身上，也印刻在我的心里。

虽然心疼他受伤后初愈，舍不得他再费力，但想到心里的计划，心一横，俯在他的耳边，唔咬着他的耳垂儿含糊着问他："还行不行？"

他脸羞得通红，却依旧面带笑意，轻声地嗯了一声，不像是应允，更像是邀请。

我衔住他玫瑰花瓣一样诱人的嘴唇，低声诱惑，"那就证明给我看……"

这一次真的将他累惨了。他俯在我的身上就睡着了，温暖中带着兰香的鼻息拂在我的脸颊上。

我轻轻扶他躺在床上，他迷迷糊糊地呓语了一句，"若溪……"

"我在！"我温柔地回应，他满足地嗯了一声，睡得更沉。

我将锦被盖在他身上，才拖着疲惫的身体下了床。我强撑着穿上我自己的那身衣服，又裹上披风。将一封刚才等他时写好的信放在桌子上。信中告诉他，我会去宫中找李治善要龟息丹。两个月后，在京城第一佛寺寒烟寺的后堂灵房里接我。

我最后来到床前，看着熟睡中的他，心中爱意翻滚，吻上他樱色的嘴唇，同时将一句誓言送入他的口中，"等我，我要与你永远在一起。"

我来到屋外，雪已经停了，只是天空依旧阴霾。我到马棚牵上我的悍马，骑着它向军营外走。天地间的白雪在暗夜中映成了幽幽的暗蓝色，配上远处淡黑色的雪屏山的轮廓，静谧而安详。四周一片寂寥，只闻悍马的马蹄声声，踏碎了这雪夜的宁静。

军营门口有人将我拦住，是巡夜检查的范将军，见到我很是惊讶，"大半夜的，林姑娘这是要去哪里？摄政王知道吗？"

我想着睡得像孩子一样酣甜的长风，摇摇头，"摄政王安寝了，我是偷着跑出来的。"

范将军张着嘴，惊愕得语无伦次，"那……这……您……不能出营，容末将先去禀报摄政王……"

我从怀中掏出锦夜的令牌，"我要去找锦大将军，请范将军打开营门。"

范将军对我的身份已然知晓，自然知道事态的严重，因而神色不定，似乎左右为难。

我不敢多耽搁时间，只能向他道："锦大将军找不到我，不会善罢甘休。若溪不过一个平凡女子，不愿为了我一人而掀起不必要的争斗。"

范将军默想片刻，缓缓点头，亲自打开了营门，"姑娘自己当心。"

我冲他点点头，驱马出了大营，走了几步又回头向范将军道："明天给摄政王备辆马车，别让他骑马了。"

范将军愣了一下，点头应道："末将知道了。"

我顺利地找到越州城内的官府院落，锦夜一行人就下榻在了这里。凭着锦夜的令牌，我畅通无阻地到了锦夜歇息的屋子。

我站在门外进行了一番激烈的心理斗争，一个声音冒出来，"进去啊，再站着，天都亮了！"

另一个声音幽幽一叹，"他要是怒火中烧，要杀你怎么办？"

又有一个声音插进来，"说点好听的呗，你那口吐莲花的本事哪去了？怎么到了他面前就成哑巴了呢？"

"别站着说话不腰疼，换了你，一样……"

我赶紧抬手去推门，因为我悲催地发现，再多站一会儿，我也要分裂了，还指不定分出几个来呢！

我差不多是冲进屋的，心理压力过大，加上腿软（这是多方面造成的，害怕、紧张、骑马、纵欲过度，都有），差点扑倒在地上。

坐在桌前的锦夜吃惊地看着我跟颗炮弹似的落入他屋里。我们两个大眼瞪小眼，足足互看了好几分钟。

我对着他那张倾倒众生的脸，咽了下口水，大脑一片空白，只能惯性地开口，"长夜漫漫，无心睡眠，我出来赏雪，见这屋里灯亮着，一时好奇就进来看看。没想到竟然碰到你，这个世界太小了，真是应了'人生何处不相逢'这句话啊！"

他面无表情地看着我。我装模作样，故作恍惚状四处打量，"咦，我不是在做梦吧……"（我真希望自己是在做梦）

锦夜缓缓站起身，屋内的烛光将他的身影映在墙壁上，那道黑色的剪影异常高大，洪水猛兽一般，显得颇为狰狞。我条件反射地伸手抱住脑袋，语无伦次道："打两下差不多撒气就行了，好歹给我留口气，打死我，你就白来了……"

预想中的家暴没有到达我的身上，我却在下一秒钟跌入他花香满溢的怀抱。

我大脑僵住，搞不清什么状况，紧张得不敢乱动。他在我耳边叹息，"我还以为……再也见不到你了！"

他若是打我，骂我，掐我脖子或是拿剑比着我，我都能理解，他如此告白反而让我一头雾水，不知所措。

虽然吓得半死，我还是挣脱了他的怀抱。我的身上还带着长风的留恋和长风的气息，这样的我，不愿意被别的男人抱着。

我离开他一段距离，小心翼翼地觑着他的神色，见他美如明珠的脸上没有发飙的迹象，也不见阴狠，反而有抹欣慰的柔光。

我来不及去深想，只是庆幸自己小命又保住了，还幸运地没挨打。我看看外面的天色，一把拉起他，"快走吧！"

他看着我的脸，仿佛舍不得移开目光，轻声问："去哪？"声音竟是从未有过的温柔。

"回家！"我冲口而出。在锦府住了快两年了，我已经习惯性地拿那里当家。

他浑身一震，喃喃反问，"回家？"

一丝浅浅的笑意像风吹湖面荡起的涟漪浮现在他完美无缺的脸上，使他整个人如美玉般璀璨夺目，光彩照人。

我看着他这副样子，实在是很心虚，太反常了，不会是被我气得糊涂了吧！一会儿琢磨过来了，再变本加厉地收拾我，我还不如现在就老实交代，坦白从宽呢！

我硬着头皮跟他解释，"我知道我偷偷跑出来，没有告诉你一声是不对的，我当时心急如焚，我头脑一热，我……"

"溪儿！"他一把握住了我的手，顺势又把我带到他怀中，曲线优美的下颌抵着我的额角，"我只要你回到我身边……"

我彻底惊呆了，朦朦胧胧中第一次意识到他的情感。

我的心一直以来都放在了长风身上，将锦夜所做的一切都理所当然地认作是他利用我迫害长风，让长风痛苦。没错，那个仇恨长风的锦夜是那样的，可是面前的这个锦夜不是。

那些被我忽视的点点滴滴骤然涌入我的脑海，他一次次地放过我；嘴上说着狠话，却始终不曾真的伤害我；他对我的容忍，对西门庆华的妒忌；他隐匿而不敢表白的心意；那些个与我同床共枕的夜晚……

我不敢再想下去了，自己先惊出了一身冷汗。

"不要，锦夜……不要……"我的声音虚弱无力。我想说的是不要对我这么好，却终究没有说出口……

我随着锦夜和他的侍卫连夜起程，一路向南，策马狂奔。基本上歇马不歇人，一日后，我的悍马和他的暗影也都留在了沿途的驿站，换了驿站的军马继续赶路。

两日后的中午，我们一行几十个人，狂骑了四个时辰后，终于见到了下一处驿站。那一刻我都快失声哭出来。我差不多是滚落下马背的，跌跌撞撞地进了驿站的大堂，浑身跟散了架似的，感觉胳膊腿都不是自己的了。

我跟一摊烂泥似的趴在驿站大堂里唯一的一张八仙桌上，死活不肯再起来。即便坐在椅子上，我还感觉一颠一颠的，好像还骑在马背上一样，腿也止不住地抽筋痉挛，让我不得不把腿缠在桌子腿上，手也扒着桌沿，跟桌子来个最亲密的接触。不仔细看，还以为我是块桌布呢！

锦夜和他的侍卫虽然也疲倦，却比我强多了，虽然风尘仆仆，面带倦色，但依旧动作自如，行走如风。我无奈地哀叹：人和人的差距怎么就这么大呢？

驻守驿站的官兵毕恭毕敬地备上一桌丰盛的酒菜。那盘炖肘子就摆在我的脑袋旁边，离我鼻子不过两寸之处。虽然肉香阵阵，萦绕鼻端，可我累得连饭都吃不下。

锦夜过来坐在我旁边的椅子上，看我半死不活的样子，默默地倒了一杯水递给我。我哼哼了一声，连举起胳膊接水的力气都没有。

他探身过来，如水黑亮的长发垂在我的肩膀上，将杯子凑在我的唇边。

这是要喂我？我猛地一躲（看来离"累死"还有一定距离），碰翻了杯子，水洒了锦夜一袖子，他皎洁如月的面颊上也被溅上几滴水，似月下花瓣上的露珠。

我手忙脚乱地用我的袖子在他脸上一通揉搓，"对不起啊，我不是成心的，我真不是成心的……"

越擦越觉得胆寒，只能停住，小心翼翼地挪开我的手臂。衣袖后，他那张光芒四射的脸露了出来，虽然美得让人眩目，却面无表情。我没用地哆嗦了一下，只能又躺到桌上装死。

正在发抖中，身上忽然一暖，竟是他将自己的披风解下来盖在我的肩头，"这样骑马赶路，辛苦你了。"

声音是他一贯的清冷，说得我一时愣住，赶忙睁眼摆手道："不苦，不苦！"

"你是怎么来的？"他沉默了一会儿，忽然开口问。

"这个……"我支支吾吾，不敢说是坐着西门庆华的豪华马车来的。

倒是锦夜别过头，微微一哂，自嘲道："西门庆华自会准备周详。不像跟着我，逃命一般落魄。"

正在此时，探路的侍卫过来禀报，"摄政王带兵追过来了，离此处驿站不过百里。"

我倒吸了一口凉气，我们两日没怎么停歇，长风还是这么快就追上来了。这小子，那日被我整得脱力，还这么玩命骑马？我顾不得自己累到散架，勉强爬起来，拽着锦夜的胳膊，"快走啊！以他的速度，三个时辰就能赶到这里。"

锦夜冷哼了一声，神色恼怒，一拳砸在桌子上，桌子在他手下咔嚓一声应声而碎，满桌的碟碟碗碗稀里哗啦地落了一地。我看着地上汤汤水水的菜肴，悲催得想哭，我还一口都没吃呢！

锦夜犹不解恨，咬牙切齿道："沐长风！算你狠！我锦夜还从来没有如此狼狈过，如丧家之犬一般被人一路追着跑。我倒要看看你是何等的三头六臂。"

侍卫小心翼翼地上来禀报，"锦大将军，马已备好，可以即刻起程。"

锦夜面带倨傲，又是那个不可一世的无敌的锦夜，"不走了！我就在这里等着沐长风。他休想从我身边将溪儿带走。皇宫内外被我的禁卫军围得水泄不通，沐长风有本事就带领他的军队跟我到京城决一死战。"

我一惊，京城中若起战事，将累及多少无辜的百姓。再者长风不会弃皇上皇后于不顾，也肯定舍不得我跟锦夜回去。我不要长风面对那样两难的选择，我急急地劝他，"锦夜，你挟持了皇上皇后，必会落下千古骂名，就此收手吧，不要让矛盾再扩大了。你与长风的三年赌约未满，何必现在就图穷匕见，搞得两败俱伤？再说你身为朝廷重臣，即便不为朝廷着想，也要为天下苍生着想，不能为了个人恩怨而引发战乱，致使生灵涂炭，百姓遭殃。"

锦夜漆黑的瞳仁看着我，似旋涡般深邃，让我无处遁形，他的脸慢慢恢复平静，看不出任何表情，却没来由地让人感到忧伤，他静静地开口，"我知道，你做的所有的事都是为了他。为了他做我的对食；为了他不远千里，跋山涉水；也是为了他，才会深夜来找我，要跟我回去。"

锦夜闭上了眼睛，声音低不可闻，"可是即便如此，我依然高兴你能够回到我身边。我可以不计较你的离开，也不计较你的归来。"他睁开眼睛，一眨不眨地看着我，"我再最后成全你一次。但是你记住，不要，再背叛我！"

我想点头，但袖笼里的碧渊剑贴着我的手臂，想到我的终极逃跑计划，竟然觉得脖子僵硬，跟被上了枷锁一样动不了，只能傻愣愣地站着。

好在他并没有追究，也没有逼我点头，叹息一声起身，拉着我出了驿站。

在岔路口，锦夜吩咐他的侍卫，"你们十人继续沿着官道向南，中途不要停歇。"又指着另外十人道："你们向东走，迂回到贵东，再回京城。"

他的侍卫得令而去，锦夜带着我，连同剩下的十几名侍卫离开官道，抄近路辗转回京。

十余日后的傍晚，我们与长风差不多是前后脚到的京城。我们刚到城外，就见城门大开，礼炮轰鸣，前来庆贺摄政王凯旋的朝臣聚集到城门口，翘首以待。锦夜目如寒冰，沉着脸拉我站在朝臣中间。

地平线上残阳如血，忽闻一阵马蹄雷鸣，远远看见天际卷起滚滚的烟尘，一队铁骑似从残阳中浴血冲杀出来一样，黑色滚金边的帅旗在飞扬的尘埃中猎猎而舞。不消片刻，那队铁骑疾驰而来，如天兵神将般到达众人眼前。为首一人身穿银色铠甲，虽不再鲜亮如新，但沾染着沙场的仆仆征尘，更觉凛冽肃杀。他身后跟着侍卫和先头骑兵，大部队的步行兵还未赶到。

早有朝臣迎了上去，恭敬拜下。长风勒停了战马，目光扫过人群，准确地捕捉到我的身影。我赶紧咧嘴给了他一个大大的微笑。

第一次，在我笑的时候，他没有回报我以会心的笑容。隔着众人，他定定地看着我，面无表情，端坐在马背上的身影仿佛一柄长剑般笔直……

利用

　　锦夜撤销了对皇宫的围禁，朝堂上又恢复了平静，但是那平静只是表面上的，实则暗潮涌动，一触即发。长风一回来就投入无尽无休的朝政之中，比出征前更加繁忙操劳，我知道他是想加快进程，尽快结束跟锦夜的赌局，一则是可以不让我再留在锦夜身边，二则是为了打败这个锦夜，让以前的阿业回来。

　　经此一役，长风声望更高，朝中势力已成锦夜和长风二人鼎立之势，互相掣肘，不分高下。

　　为了防止我再见到长风，锦夜不再让我出门，更不让我再去议政厅，只让我待在府里养花斗鸟。我记得西门庆华说过，龟息丹不能长久保存，时间长了药效会不稳定，因而每次使用都是即时炼制。因为所需的药种繁多，制作过程又繁复，所以一般需要一个月左右的炼制时间。我计算着，离我与长风的两个月的约定还有一个多月，我得抓紧啊！

　　我试探了锦夜几次，理由分别是：我要进宫、我真的要进宫、我好久没见太皇太后了、我要见皇后娘娘、我还没看见过小皇子、我甚至都说我想江映容那丫头了，锦夜还是不应允我出门。眼见时间一天天地过去，急得我百爪挠心，像热锅上的蚂蚁一样坐立不安。

几日后宫中为长风得胜凯旋举办了庆功宴。锦夜没让我去，将我留在府中，让我气闷了一整天。

庆功宴当晚，锦夜推门进了锦珠阁的寝室，也没搭理我，草草洗漱后自顾自地脱掉外衣，躺到床上，在床中间闭目侧卧。昏黄的灯光下，他白皙如玉的脸颊微微红润，竟如染了胭脂一般。空气中除了他身上那股醉人的花香外，还有一股清凛的酒香，想来是他宫宴上推托不过喝多了。

我睡不着，托着下颌坐在窗前，看着屋外的明月发呆。只觉得如水的月华都化作长风波光粼粼的眼眸，对他的思念似澎湃的江河。自当日城门外的惊鸿一瞥，我已经好几天没有见到他，虽不过数日，却觉得已然有几个世纪那么长，心中对他的思念与日俱增。我将窗棂打开一道缝，清风袭来，吹到身上像他对我的爱意拂过我的身体，让我想起那晚的缠绵，不禁面带微笑地脸红起来。

床上的锦夜翻了一个身，好像睡得很不安稳，似乎有什么事让他颇为烦躁。他忽然压低声音道："这么晚了，怎么还不安寝？"声音不大，却带着压抑的隐忍。

我可不敢等他老人家下床来揪我，再说我身上只穿着一件水蓝色的寝衣，薄薄的丝绸也耐不住夜晚的寒凉。我赶紧关上了窗户，又吹熄了蜡烛。

屋里并不很黑，月光透进屋里，照得一地的银辉。我衣上银白色的刺绣在月光中闪着光芒，似月夜中波光粼粼的一汪清泉，裙摆扫着赤裸的脚踝，发出极轻的沙沙的响声。我蹭到床边，小心翼翼地躺在锦夜身旁，悄无声息地拉起脚下的锦被盖在身上。

身旁的锦夜呼出的气息于芬芳的花香中带着酒香。我敏感地察觉到他的气息有些纷乱。也许是醉酒的缘故吧，不似平日里的平稳幽绵。

我往外挪了挪身子，只占据了床沿一角。干躺了一会儿，渐渐困意上来，朦胧中翻了个身，差点掉下床去，我一下子吓醒了，发现锦夜的一只手臂已经勾住了我的腰。

我一惊，人也醒透了，与他同床共枕了这么久，一直相安无事，我已经惯性地将他划归为被子、枕头一类的床上寝具。可是今天这个寝具感觉很不一样，他的手臂没有丝毫拿下来的意思。

我困意顿消，这可不是无意间的触碰，我感到他火热的手掌隔着薄薄的寝衣摩挲着我的腰肢，力道渐重，轻抚改为揉捻，且范围也有扩张的趋势。我想都没想，啪的一声打落他的手，声音在寂静的夜里显得非常清脆，甚至带上回声，可见我羞愤之下使了多大的力气。

打完他，我也有些害怕，正想着赶紧溜走，他已经扳过我的肩膀，让我仰面躺着。我直愣愣地看着他漆黑的瞳仁，一时不知所措。他也这样看着我，倾倒众生的脸上看不出丝毫的情绪，只有一双寒冰样的眼眸，在与我的对视中仿佛渐渐融化，融成一江春水，随即竟然向我俯下头来。

我大惊失色，用手臂撑住他精壮的肩膀，他顿在我的上方，凤目中满是受伤和悲凉，醉意让他不管不顾地说出他从不曾说出口的话，"你的心中只有他吗？难道不能留给我哪怕一个小小的角落？这么多年，我孤身一人，我曾以为我会一个人孤单地死去，可我遇见了你，你让我感到我不再是孤魂野鬼，感到我终于又有了一个家。"说到最后，他的呼吸炙热了起来，搂住我腰肢的手臂也骤然收紧，差不多是在恳求我，喃喃低语，"忘了他吧，好不好！"

我震惊于他如此直白的表白，虽然感动，却无法接受他的情意。在我的认知里，我不苛求一生只爱一个人，但是至少我要做到不在同一时期内脚踩两只船，这是个原则问题。我奋力推开他，"锦夜，你疯了吗？快放开我！"

我的反抗更加刺激了他，他仿佛失去了耐心，呼吸也更加粗重，伸出没有搂着我的那只手将我的双臂拉到我的头顶上方，以一只手掌固定住。

他一向对我颇为守礼，即便睡在一张床上，也是井水不犯河水，曾经有那么一两次抱过我，我也能感到那样的拥抱更多的是慰藉，不带丝毫欲念，再加上他一直以太监的身份示于人前，以至于我基本上都忘了他的性别。而此刻的他，彰显出如此露骨的男性欲望，让我感到陌生而害怕。

我的手被按住了，但腿还能动，我疯了一样地去踢他，他下意识地躲闪了一下，床上地方小，毕竟他还没有对我下狠手，所以一时也无法再继续下去。

挣扎中我见他伸手扯过系床帐用的绳子，一阵恐惧划过心底，这要是被绳子绑上，我就彻底完了。我差不多是哭着求他，"别……锦夜……别……"

他的眼中漫过一抹猩红，浑身因欲望而轻颤，对我的哭求充耳不闻，利落地用绳子将我的手腕捆在床栏上。这才空出手来对付我乱踢乱踹的两条腿。

我不要命一样地挣扎，手腕被绳子磨破了，鲜血顺着手臂蜿蜒而下，身上也在扭打中现出几块瘀青，可我却觉不出疼痛。我不要，不要他碰我，不光是为长风守节，更是因为心中有了那个温暖的影子，我不能容忍别的男人触碰。

我的衣襟已经在挣扎中裂开，皮肤裸露在微寒的空气中，在如水的月光下现出莹白一片。他闷哼了一声，俯下头啃咬我的锁骨，我全身都被他禁锢住，绝望地放弃挣扎，只是抖成一团，语不成声道："锦夜……不要……让我……恨你……"

　　他一下子愣住，从我身上抬起头来，呆呆看着衣衫半敞、一身狼狈的我，目光痛楚而茫然。我在他的注视下瑟瑟发抖，泪流满面。静谧的屋子里只听见我压抑的抽泣声。

　　不知过了多久，他默不作声地伸手将我的手腕从床栏上解了下来，我的腕间一片猩红，温热的液体，粘在他的手上。他低头看着自己的手，突然似负伤的野兽一般，跌跌撞撞地翻身下了床。

　　随着啪的一声关门的声音，我才如梦初醒，哆哆嗦嗦地抓过身旁的锦被将自己裹住，忍不住失声痛哭……

　　第二天我就搬回了遗珠苑，锦夜也没有阻拦我。我不恨他，只是无法再面对他。不管怎么说，毕竟我们没有走到最糟糕的一步，他在最后关头，还是放过了我。

　　五日后的清晨，我真的不能再等了。天刚蒙蒙亮我就起来，让春痕和秋画带着早膳跟我一起到了锦珠阁。我豁出去了，即便使美人计（让我想想，应该说是"怀柔政策"更准确一些），我今天也一定要进宫。

　　锦夜刚刚起来，洗漱完正在更衣，见到我进去颇为惊讶。

　　春痕她们把早膳摆在桌子上后就识趣地出去了。气氛一时很是尴尬，我硬着头皮率先坐在桌前，用绘着岁寒三友的骨瓷碗盛了一碗香米粥，将冒着热气和清香的粥放在桌上，勉强挤出一个笑容，以尽量平稳的声线对他说："一起用早膳吧！"

　　他默不作声地坐下，抬眼看了看我，又很快垂下眼帘，伸出比骨瓷还细腻莹白的手，拿起勺子，舀了一勺粥，慢慢地送进嘴里。那顿饭吃得无比艰辛，我没话找话地说得口干舌燥，从天气渐暖，一直侃到锦府的池塘里多了几尾锦鲤。他不过偶尔嗯一声，跟锯了嘴的葫芦似的，让我没来由地心虚气短，很有几分"无事献殷勤，非奸即盗"的感觉。

　　好不容易吃完了饭，他就要出门，丢下一句，"我走了。"

　　"等等！"我叫住他。

　　他手已经搭在门上，听我叫他，迟疑地站住，却没有回过身。

　　"我要进宫。你整天将我关在府里，跟蹲监狱似的，我快憋死了，我就去皇宫溜达溜达，只见见太皇太后、皇后娘娘和小皇子。你要是不放心，就多找些侍卫跟着我。”

我一鼓作气说出来，大气都不敢出，紧张地等着他的回复，都能听见自己的心脏扑通扑通直跳。

终于他点点头，干巴巴道："去吧！"

我一阵欣喜，面上却不敢显得太过高兴，只淡淡地说了一句，"谢谢你！"

他滞了一下，没有再说话，径直打开门走了出去。

我向后一靠，跌到椅背上，心中雀跃，差点跳起来。刚刚喜形于色，只听房门一响，锦夜去而复返，我来不及掩去一脸的兴奋，僵在脸上，很有几分喜剧效果。好在他垂头站在门口，并未抬眼看我。

"下午我去宫中接你。"他低声说完这句话，再次转身离去。

我看着洞开的大门口，兴奋全无，难言的感觉涌上心头，我终究还是利用了他，利用他对我的愧疚，对我的好。

有些事情我无法去深究，我只知道，我无法再面对锦夜，只有离去，让自己从他面前消失，于他我都是有利无害。

我收拾了一下，换上一身云水碧的宫装，锦夜的侍卫因有宫中的腰牌一直将我送到凤仪宫门口。当然，宫中到处都是锦夜的眼线，我也不敢四处乱逛，自己闯到太医院去，只能再找江映雪帮忙了。

进了凤仪宫，方姑姑和倚竹她们看到我很高兴，算算离宫已近两年，我也非常想念她们。

江映雪正在凤仪宫中逗小皇子玩，见我去了，很是惊喜，拉着我的手嘘寒问暖。江映雪是个明白人，虽然皇上还有她们江家跟锦夜势同水火，但是她并没有迁怒于我，对我依旧很亲昵。

我则对着一岁多的小皇子爱得错不开眼珠。那个小家伙白白胖胖的，眉眼很像江映雪，长大不知会迷倒多少小女生。这会儿咯咯笑着在地上跑，唬得一众宫女和嬷嬷跟在后面。

江映雪将他抱过来，怜爱地用锦帕擦着他额角上被汗水濡湿的头发，向我道："宇儿一刻也不得闲，最是调皮。"言辞中虽带着薄嗔，却难掩语气中的宠爱。

江映雪又指着我向小皇子道："这是你溪儿姑姑。"

小皇子眼神晶亮，好奇地看着我。我冲他眨眨眼睛，他咧开小嘴，眼睛弯成了两个月牙。小孩子的眼睛最好看，黑眼珠大，跟两粒大大的葡萄珠似的。笑够了，才奶声奶气地叫我，"溪儿姑姑好。"

最后一个"好"字声调拖得长长的，还拐了好几道弯，让我忍俊不禁，也学着他的调调说："宇儿好。"

他又咯咯笑了起来，声音清脆得像风铃一样，真是个爱笑的孩子。他一边笑，一边冲我伸出胖胖的小胳膊。连江映雪也啧啧称奇，"宇儿从不让陌生人抱，看来很喜欢溪儿姑姑！"

我受宠若惊地抱过他来，让他壮实的小身体靠在我身上，一阵婴儿特有的奶香传过来，心中不禁漫过柔柔的冲动。

所有的女人都有做母亲的渴望，我也不例外。此刻抱着这个小家伙，我简直对江映雪羡慕到了妒忌的份上。能够做一个母亲，拥着自己的宝贝，该是一件多么幸福美好的事！

我一边跟宇儿扮鬼脸逗他，一边紧张地四下看看，没有见到江映容的身影，于是小心翼翼地问："怎么不见五小姐？"

江映雪道："容儿去太皇太后的慈安宫了，老人家寂寞，便留她多聊聊，用过午膳，总要下午了，才会放她回来。太皇太后前两天还说起你呢，说多亏了你的那些个食疗偏方，她老人家如今身体好了许多。不如本宫与你一同前去慈安宫热闹热闹，太皇太后肯定欢喜。"

听闻那臭丫头不在，我很是欣慰，面上也带了笑容，"若溪也想太皇太后呢，既然五小姐在陪着她老人家，若溪就过会儿等五小姐回来了再去，这样，太皇太后那里既不会太热闹，让她老人家头疼，也不会太冷清，让她老人家闷得慌。"

江映雪笑了起来，"若溪心思灵巧，想法总是与众不同。"

我跟宇儿玩得不亦乐乎，一大一小都快骨碌到地上了，小家伙被我逗得哈哈大笑，直撒欢儿。连江映雪都摇头叹气地笑道："一个小的就够顽皮了，来了大的，越发玩到一处。"

小皇子的乳母过来，"皇子该喝奶小眠一会儿了。"

小家伙扭着，"不，我不睡，我要跟溪儿姑姑玩！"说着打了个大大的哈欠，明显的心有余力不足。我抚着他的小脑壳，"乖乖听话哦，姑姑不走，等你睡醒了再一起玩。来，拉钩钩！"

宇儿跟我拉了钩钩才恋恋不舍地被乳母抱走了。我一拍脑门，这才想起来有正经事要办，光顾得玩了，好不容易进宫一趟，不能无功而返啊！

"皇后娘娘，若溪有近两年未进宫了，还真是攒了好多的话要对娘娘倾诉。"说着，我不着痕迹地递了个眼色给江映雪。

江映雪冰雪聪明，会意过来，于是遣走了跟前的宫人，"先下去吧，本宫跟溪儿多日不见，聊聊姐妹间的体己话。"

众人应声而去，我见人都走了，赶紧说明来意，"若溪今日前来，有一事相求，我想见见为皇后娘娘侍药的李治善李太医。"

"李太医？"江映雪略为惊讶，"李太医常年侍药，只与草药打交道。溪儿若是有什么地方不舒服，不如让一直为本宫请脉诊病的章太医替你瞧瞧。"

"若溪确有私事找他，还望皇后娘娘成全。"

"好！本宫即刻就宣李太医过来。"江映雪点头应允，并不深问，让我越发感念她的宅心仁厚。

我由衷谢道："多谢皇后娘娘。就请李太医到茶室，若溪在那里等他。"说完，我赶紧又加了一句，"万望娘娘替若溪保守秘密，不要告诉任何人。也不要让五小姐知晓此事。"（我可是怕了那丫头了）

江映雪虽然不明就里，还是娴雅地笑道："溪儿尽管放心，溪儿在凤仪宫中突觉心悸，因而本宫宣李太医过来为你诊病，开拟药方，并无其他。"

我一颗心落了地，忍不住微笑起来，"还是皇后娘娘考虑周详。"

我在茶室里摸摸各个茶罐、茶壶，感觉很是亲切。不消一炷香的时间，一个三十岁上下的人走了进来，穿着藏蓝色的太医官服，略为清瘦。那人上前行礼道："拜见将军夫人，听闻夫人有心悸的毛病，下官特来为夫人诊脉。"

我对着那人左看看，右看看，见他眉目清朗，面色沉静，还真有几分道骨仙风的模样，身上带着草药淡苦的味道，很是清爽。

我开门见山道："若溪并非心悸，不过是找个借口求见大人罢了。"

他微微错愕，"下官只是太医馆普通的司药，不知如何能为将军夫人效犬马之劳？"

我抚着袖笼中的碧渊剑，都要抽出来了，但转念一想，眼前这个人不知是否谨慎缜密，此事事关重大，若有任何的闪失，我自己的死活先放在一边，如果连累到江映雪、长风或西门庆华他们，就麻烦大了，我不能冒这个险。穿过来三年了，我也学聪明不少，于是我放开碧渊剑，目光灼灼地看着他道："若溪前来是想找一个人。"

"不知夫人要找的人，下官是否认识？"

"你当然认识。"我移步来到茶桌前，缓缓坐下，"我要找李无常的后人。"

他凝神屏气，木然道："下官不知将军夫人说什么，江湖传闻李无常早已死了，他终身未娶，没有子嗣。"

我微微一笑，"若溪有耳闻，李无常还有一个儿子，潜心制药，入宫做了太医。"

他很是惊惧，下意识地抬眼四下看了看，想看看周围是否还有他人，待确认只有我一人时，神色骤然一凛，带上了隐隐的杀机，声调虽然还是平稳无波，却透出冷意来，"真是闻所未闻的奇事，下官在太医院司药十载，却不知道李无常的儿子也在宫中，不如夫人指点一二，下官也可以去向那李无常的后人讨教药理。"

我举起桌上的茶盏，低头笑道："若溪既然知道那李无常的儿子人在宫中，自然也知道是谁，这里只有你我二人，李大人明人不做暗事，何必遮遮掩掩？"

眼见李治善眼底波涛暗涌，悄然无息地向我走来，脸上已不复刚才的恭顺，森然隐现，"在下不过是想在宫中钻研医药，不想重归江湖的血雨腥风。不知将军夫人从何处得来的讯息？"

言语间，他一直缩在袖笼中的左手伸了出来，停在我脸前几寸的地方。我看见他的左手异常白皙，比一般的女子还要柔细，指尖是淡绿色的，泛着幽幽的荧光。

他冷冷道："我手上的毒叫作枯骨红颜，一经沾染到皮肤上，就会中毒。发作起来痛如万蚁啮骨，中毒者不消一时三刻就会化为白骨。夫人雪肤花貌，想来也不愿红颜转眼变枯骨。希望夫人据实以答，究竟是何人泄露了在下的行踪，又还有什么人知道此事。"

我虽然被他那只泛着绿光的手吓得头皮发麻，不过倒是放下心来。他胆敢向我这个将军夫人下毒，必是因为他隐匿极深，不愿被人知晓，看来这宫里果真是没人知道他的来历。

我也不说话，直接从袖笼中掏出碧渊剑拿在手里。要说还是要感谢我这个将军夫人的名号，一般人进宫是绝对不允许带利器的，而我顶着这个名号，狐假虎威，愣是大摇大摆地带着碧渊剑进了宫，没人敢搜我的身。

李治善见到那把剑，很是错愕，须臾恭敬拜下，"原来是风云堡的西门堡主告诉夫人实情，西门堡主于在下恩同再造，普天之下只有他一人知晓在下的隐情。刚才多有冒犯，万望夫人恕罪，夫人有何吩咐，尽管开口，在下赴汤蹈火，在所不辞。"

哇！果真这么好用！

我用手抚着剑鞘上的祖母绿宝石，"若溪与风云堡的西门堡主是挚友，今日进宫是来请先生为若溪配制龟息丹。"

"好！"他毫不犹豫地答应，"既是西门堡主的朋友，就是在下的恩人。龟息丹配制过程繁复，请夫人静候一个月。"

我凝眉，"一个月太长了，能否缩短一些？"

李治善想了想，"再少，在下也需要二十日的光景。"

我心一松，"好，若溪多谢李大人。"

李治善颇为不解，"夫人既有风云堡的碧渊剑，如何刚才一进门的时候不拿出来，让在下误解了夫人是江湖中人，前来打探在下的下落，为求自保，还差点毒伤了夫人。"

我正色道："此事事关重大，若溪一己之命是小，但如若被别人知道，恐怕牵连到旁人，所以若溪不得不小心，故意没有说出实情，以试探大人。现如今见李大人如此谨慎，若溪也就放心了。"

李治善恭敬拜下，"夫人聪慧谨慎，下官实在是钦佩。您尽可放心，宫中没有人知晓在下的身份，在下躲在宫中，一来为了潜心研究药理，二来为了远离江湖。若被江湖门派得知在下是李无常的儿子，定会前来骚扰，索要毒方、药方。"

我点头，"我明白。大人若被封为新一代的鬼医无常，不知要掀起多大的江湖风浪！"

我见时候不早，已近中午，便向李治善道："烦劳大人了，若溪二十日后会进宫再见大人。"

李治善称是而去。正好翠喜过来告诉我皇后让我过去一起吃午膳，望着李太医的背影道："那不是为皇后娘娘司药的李太医吗？我们背地里都叫他'李药罐'，整日与草药打交道，溪儿姐姐若是身上不舒服，为何不找其他太医诊治？"

我挽起翠喜的手，敷衍道："就是点小毛病，找李太医讨些药吃。"

翠喜单纯，深信不疑，便不再多问。

回到凤仪宫的主殿，与皇后一起用过午膳。小皇子也醒了，过来又与我腻在一起。

正在玩耍间，就见一道霞光一闪，一身玫粉色软罗衣裙的江映容俏生生地走进大殿，见我竟然在大殿里，一下子怔住，很快扬起一脸明媚的笑容，声音中透出惊喜和亲昵，"一大早就听见喜鹊在枝头喳喳地叫，就知道今日有贵客盈门，果不其然，是溪儿姐姐来了。溪儿姐姐怎么不让人去慈安宫告诉容儿一声，容儿若知道姐姐来了，肯定一早就赶回凤仪宫。"

听她叽叽喳喳地讲完一堆话，我只能敷衍道："五小姐陪着太皇太后呢，若溪哪能那么没眼色，跟太皇太后争人？既然五小姐回来了，若溪也要去拜见太皇太后她老人家了。"

说完便向皇后请辞，"若溪还要去拜见太皇太后，娘娘多保重身体，若溪过一阵再来宫中向您请安。"

江映容娇笑着，"这是怎么说话的？容儿刚进门，溪儿姐姐就要走吗？倒像是溪儿姐姐不待见容儿，懒得与容儿同处一室似的。容儿可是日夜惦念着溪儿姐姐！"

我一见这丫头就脑仁儿疼，连话都懒得跟她多说，却不得不应酬一下，"五小姐说笑了，若溪确是急着去见太皇太后，失礼之处，还望五小姐恕罪。"

"那容儿就送送溪儿姐姐吧！"江映容一脸的天真，亲昵地过来挽起我的手臂。我一阵恶寒，差点甩开她，可是碍于皇后在跟前，忍了忍还是忍住了。

江映雪点头笑道："还是容儿想得周到。本宫本想与溪儿同去，不巧这会儿事忙，就由容儿陪着溪儿去慈安宫吧。"

我无奈，只能由着江映容挽着我出了凤仪宫。脱离了江映雪的视线，我厌恶地一把甩开她。我也知道自己演技不如她，我这个人喜怒哀乐皆形于色，装一会儿还行，长时间肯定忍不住，单凭这点，就不是她的对手。

江映容也不生气，只哼了一声，悠悠道："你闲着没事儿跑到宫里来了，我怎么看都觉得你是黄鼠狼给鸡拜年——没安好心。"她一边说，还一边掏出丝帕仔细地擦手。

我一下子想起了周总理会晤外国首脑的伟大桥段。输人不输阵，我赶紧依葫芦画瓢，浑身上下找手帕，想擦完手再华丽地扔到地上。可惜摸了半天竟然没带帕子，眼见江映容看我的眼神带着疑惑和鄙薄，我一咬牙摘下臂上挽的轻纱，擦完手，直接扔在地上。

"你！"江映容瞠目结舌地看着我，弄懂我的意思，一时怒气冲天。我不甘示弱地回瞪着她。

她哆哆嗦嗦地抬手指着我的鼻子，"林若溪，你不过是个下贱的宫婢，本小姐不嫌你就不错了，你还敢嫌我？"

我也不想泼妇骂街似的跟她较劲儿，犯不着！被狗咬了，总不至于也咬狗去吧。可是她也实在太嚣张了，我一时气不忿，故意掩鼻，"五小姐恕罪，我只是受不了您身上那股胭脂俗粉的味道，你倒是学乖了，没用豆蔻天香，改用市井上的便宜货了！"

江映容气得眼中都喷出火来，"你不过是做了阉人的老婆，终日守活寡，有什么了不起的？竟敢对本小姐出言不逊！"

这么恶毒的话她都骂得出口。以前她还含蓄点，叫锦夜妖人，现如今撕破脸了，连阉人这么直有所指的话都脱口而出，还说我是守活寡，实在不像是个未出阁的千金小姐该说的话。

我一时给憋住了，别看我平日里满嘴跑火车，废话一箩筐，真到了冲锋陷阵的时候，就不顶用了。此刻被她骂得毫无还嘴的余地，搜肠刮肚地也想不出一句比守活寡更有威力、更厉害的骂人话来。

我很没用地偃旗息鼓，"行啊，反正你也还没嫁出去呢，咱们半斤八两，谁也别笑话谁，你走你的阳关道，我过我的独木桥，你我话不投机半句多，还是少见面为好！"

我刚想走，却被她拽住胳膊，她咬牙切齿向我道："林若溪，你敢咒我？我就是不嫁人，也好过你夜夜睡在一个阉人身边！只能做那虚龙假凤的勾当！"

我目瞪口呆地看着她，脑子里转了一个弯才明白她言语里的龌龊，一时脸上红一阵白一阵。说实话，我倒没有因为她说的话而为自己感到有多羞辱，反而是为她难堪，她堂堂江府五小姐，比市井泼妇更加毒辣下作。

呆立的当口，只闻一声低喝，"容儿，你胡说什么？"

江映容一脸惊愕和惧怕，嗫嚅唤道："长风哥哥……"

我这才看到，长风不知何时站在我们面前，长身玉立，一脸的震怒。

见了长风，江映容也是颇为懊悔，啜泣道："是容儿一时口不择言。"

长风声色严厉，"枉你还是名门闺秀，如此辱人的话都能说得出口，你……"

长风也是个嘴笨的，还不及我呢，此时急怒攻心，虽然气得直哆嗦，却骂不出狠话来，只能吩咐跟过来的侍卫，"来人，送五小姐回凤仪宫闭门思过，没有我的命令不得放她出来！"

"长风哥哥……"江映容一边流泪一边可怜兮兮地求饶认错，"容儿错了，容儿再也不敢了……"

长风扭过头不再看她，挥挥手，让侍卫将她带走。江映容哭着跑走了。

见跟着的侍卫也都追了过去，长风这才叹口气，拉我到大殿后面的无人之处，将我紧紧抱在怀里，半天不说话。

我能感受到他的心痛，挣扎着说了一句，"锦夜没有……"

腰上的手臂一下子收紧了，他似要把我勒进身体里，带着痛意和愧疚的声音在耳边响起，"长风枉为男儿，竟然保护不了你……"

"长风！"我紧紧回抱着他，无法向他诉说我的感动。一路走来，我们经历了多少的艰辛，多少的困苦，多少的折磨。在强大执着的锦夜面前，我们是那么的渺小而不堪一击，可是即便如此，长风依然从来没有放弃对我的呵护。天牢里他用遍体鳞伤的身躯为我挡住呼啸的鞭子；在我认为走投无路的时候，是他为了我的安危和未来与锦夜定下三年的赌约，从而将自己置身于倾轧争斗之中；冰天雪地里，他忍受着刑伤和剧毒的折磨，跋涉了十余日，只为守住对我的承诺……一点一滴涌上心头，我把脸埋在他的胸前，哽咽难言，"不要这么说，你已经为我做得太多太多了……"

"若溪……"长风在我耳边呢喃，声音中带着心有余悸的担忧，"是你为长风付出了太多。为了救皇上皇后，不让我为难，你自己回到锦夜身边。你知道吗，那日清晨不见了你，长风都快急疯了。一路追去，只想着早日见到你。"

我忽然想起一事，一把拉开他，上下打量，"那日你骑马狂追我们，身体没事吧！"（这要是真把他累残了，我可亏大了！）

他冷哼了一声，闷声道："有事！"

"啊？"我吓了一跳，赶忙问他，"哪里有事？"

他抓住我的手放在胸口心脏的位置，"这里！"

我松了一口气，不是别处就好。我见他因当日的事而面带责备，暗自吐了吐舌头，不敢再与他纠缠此事，赶紧转移话题，"你怎么来凤仪宫了，真是与我心有灵犀吗？"

他老实地答道："是皇后娘娘派人告诉我你在宫中。"

"皇后娘娘真是观音转世！"我不禁感慨，"与她那个宝贝妹妹相比一天上，一地下。"

听我提到江映容，长风也是怒色染上眉梢，痛心道："我真没想到容儿如此恶毒！"

我叹口气，"去年中秋你那个小表妹在锦夜面前诬陷我跟西门庆华有染，锦夜一气之下杀了管家薛仁平。"

"啊？"长风失声道，"你怎么没有早告诉我！"

我摇摇头，"都过去了，幸亏锦夜没信她。你也不必再难为她，毕竟她是皇后娘娘的亲妹妹，即便是看在皇后娘娘的分上，也放她一马。再说，我一直相信一句话：'人在做，天在看'，由她做去吧！"

"不成，再怎么说她也是我的表妹，我这个当哥哥的不能由着她胡作非为，我找她去！"

长风依旧义愤填膺，拔腿就要走，被我一把拉住。长风他还是厚道，终究存了治病救人之心，我却知道，这丫头是没救了，犯不着跟她多费唇舌。手里拦住他，嘴上说着，"难得我们见一面，不如好好待会儿！为了旁人的事上什么火！"

长风闻言放缓了神色，叹气道："现如今，锦夜不让你去内阁，想见你一面真的太难了。"

我想到我刚见了李治善，逃跑大计有了着落，不禁面上带了几分得色，冲他扬扬手里的碧渊剑，"这回你就听我的吧。咱们来个暗度陈仓，一劳永逸，再也不用偷偷摸摸了，我改名换姓，你直接将我金屋藏娇就行了！"

长风蹙眉，毫不拖泥带水地断然拒绝，"不行，太冒险了。"

我不敢对他说锦夜那晚差点强要了我，此刻我留在锦夜身边更冒险，只能故作满不在乎道："放心吧，万无一失，我已经与那个李治善接上头了，果真是个道骨仙风的药痴，他二十日后就能配好药，你只按照我给你的时间到寒烟寺接我就行。"

长风摇头，刚要再制止我，忽闻凤仪宫的偏殿内，人声纷沓，熙熙攘攘，有人凄厉地惨叫，"不好了，五小姐上吊了！"

我晕，这丫头还真是不消停！

又是一场江映容自编自导的好戏。她当然没有死成，当我与长风赶到偏殿时，她正伏在江映雪的怀中哭得肝肠寸断，气息凝噎。江映雪跟着抹眼泪，迭声说着，"傻妹妹，什么事情想不开，只管跟大姐姐说，干什么跟自己过不去？你若有个三长两短，让我怎么跟爹娘交代？你这不是戳姐姐的心肺吗？"

她们姐妹二人抱头痛哭，我与长风无奈地对视了一眼。我实在无力应付这种局面，只能不厚道地将长风推上去，"你来处理这个烂摊子吧，我先去看太皇太后了。"

说完赶紧脚底抹油开溜。人们都说最危险的敌人是那种表面对你笑，好得掏心窝子，将你迷惑住，背地里使绊子、动刀子的人。但是自从认识了江映容，领教了她五小姐的手段后，我才发现，相比那种背后动刀子的，这种明面上动刀子的人更可怕，她的可怕在于你明明知道她在陷害你，却偏偏无能为力。

当然我也怨不得别人，我只能说，是我，还有长风，我们这种人不够狠，不够毒，骨子里还有一副拯救众生、悲天悯人的情怀和不屑于与这种小人争斗的傲骨。其实我知道，我想害她也很容易，只要将她今天说我守活寡的话给锦夜透个风，锦夜肯定得活剥了她的皮。但是那种损人不利己的害人事，我还真做不出来，做了会厌弃自己，因为我不想将自己降低到跟她同一个水平线上。

这就是一个人的性格决定他的所作所为。我相信如果换了锦夜，他会毫不犹豫地杀了与他作对的人。如果换了西门庆华，他会玩着猫捉老鼠的游戏，将与这种人斗法视为一种消遣乐趣。可是我只能冷眼看着她耍把戏，阿Q地说一句，"等着老天惩罚你吧！"我不知道这是不是一种无为的宿命论，是不是姑息养奸，是不是在为自己的软弱可欺找借口。但我始终相信我们的一言一行、一举一动最终会主导我们的命运。正所谓"善有善报，恶有恶报，不是不报，时辰未到，时辰一到，报应就到"。

我去慈安宫拜见了太皇太后。太皇太后看上去精神尚好，只是显得比以前衰老了许多，本来只是黑发中偶有白发，现如今已经全都白了，看得人一阵心酸。朝堂多变，她老人家也跟着操心，担惊受怕。

聊了不一会儿就到了太皇太后午睡的时间，我拜别了太皇太后，出了慈安宫，发现锦夜站在宫门外，果真是来接我了。

他背倚着大树，微微垂着头，午后的阳光照在他身上，使他整个人看上去像块熠熠生辉的红宝石，折射出璀璨的光芒。锦夜一向眼高于顶，目空一切，很少会有这种俯头看地的姿势。感觉到我的到来，他抬眼飞快地扫了我一眼，复又垂下眼帘看向地面。

他这个样子，让我也有些尴尬，顺手将太皇太后赏赐我的一柄金镶八宝玉如意递给他，"帮我拿着点。"

他默不作声地接过去，亦步亦趋地跟在我后面。行走间，花坛的枝蔓钩住了我的裙角，好似有只小手牵住我，不让我离开。我低头伸手去揪裙子，身后的锦夜已经俯下身，替我将裙角从枝藤上摘下来。他直起身后，依旧站在我身后，自始至终都没有触碰到我。

我心里一阵不忍，不管他怎么对我，正常的那个他始终对我没有恶意。我可以感觉到他的愧疚和难堪，那样霸气十足的人此刻却像个小媳妇似的，让人看着不知怎么办才好。

我作势伸手去挽他，手在空中却顿住。心里挣扎，有两个小人在打架。一个说，对他好点吧，反正你要永远地离开他；另一个说，既然要离开他，就更不要去招惹他。

我还是放下了手。早上的时候，我已经利用了他一次，那样的利用我不要再做第二次。心软并不是善良，有时反而会更伤人。如果我在这个时候怜悯他，给他最后的温暖，我就是天底下最卑鄙虚伪的人。

我头也不回地径直往前走，感觉他在我身后默默跟随，如影随形……

第三十二章 · BI AN
QIAN YUAN

惊变

二十日后，我只说是皇后娘娘召见我，如约进了宫。我进了凤仪宫见过江映雪后，又厚着脸皮说自己心悸，让江映雪将李治善帮我召来。听闻江映容自那日一哭二闹三上吊后，老实了许多，身居偏殿中，很少出来见人，我微微放心，想来那丫头也是不愿意见到我的。

正在茶室里等李治善的时候，翠喜一头扎了进来，脸色灰白，本来就大的眼睛，此刻更是睁得溜圆，眼中写满惊惧不安。她一把抓住我的手，哆嗦着语不成声，"溪儿姐姐，我好怕！"

我颇为诧异，安抚地拍着她的手问道："怕什么？"又大包大揽地拍着胸脯，"别怕，有我呢，有什么事，我替你跟皇后娘娘说去！"

翠喜摇着我的手，带着哭腔道："溪儿姐姐，救我！我谁都没敢告诉的……"

我很是奇怪，什么事情把她吓成这样？不过这丫头胆子一直小，动不动就能哭出一缸的眼泪来。我揽着她的肩膀，安慰道："到底是什么事？是打破娘娘的首饰爱物了，还是冲撞到哪位主子了？"

翠喜咬咬牙，仿佛下定决心般地，在我耳旁低语，"溪儿姐姐，那日我看见……"

茶室的门帘突然一掀，江映容走了进来，一个眼刀飞到翠喜身上，屋里的温度骤然下降了几度。我揽着翠喜瘦小的肩膀，都能感到她哆嗦不已，继而小脸变得刷白。

江映容笑意盎然，"溪儿姐姐来了，怎么不在大殿里坐，跑到这小小茶室来了呢？"

这下连我也哆嗦了，要是这死丫头发现李治善来见我，还不定怎么兴风作浪呢。我故作不在意，"我不过是故地重游，回忆一下当年在茶室司茶的情景。正好，我也要出去转转。"

说着就拉着翠喜出了茶室，谁料江映容跟着出来了，"溪儿姐姐，容儿陪你一起逛逛吧！"

翠喜浑身抖个不停，颤声道："溪儿姐姐，我先回去了，您跟五小姐慢慢聊……"

翠喜头也不回地跑走了。我想着她刚才想说而没说完的话，冲着她落荒而逃的背影扬声道："翠喜，我一会儿去找你！"

回过头来，我盯着江映容，"五小姐，你还是少跟着我吧，别一会儿又碰到谁，回来寻死觅活！一哭二闹三上吊的，搅得宫里都不得安宁。"

江映容气得仰倒，柳眉倒立，待要破口大骂，又勉强忍住，只咬牙切齿道："走着瞧吧，看谁笑到最后！"说完，竟然扭身回了大殿。我顾不得多想，我也快点溜吧！

我出了凤仪宫，向太医院的方向走去，我可不敢在凤仪宫里等李治善。经过凤仪宫外的莲池时，我下意识地看了一眼，已是初春，莲池中只有靠近边缘的地方还留着残冰，池中央早已是一汪碧水。不知为什么，我忽然觉得静谧的莲池一片死寂，仿佛张着大嘴等待觅食的怪兽，没来由地让人胆寒。我甩甩头，甩掉这种莫名其妙的想法，快步走入御花园。

我在御花园里远远地看见了李治善，忙闪身到假山后面。李治善穿着一身干净的太医服饰，挺括合身，神色轻松愉悦，似乎沉浸在无比的欢欣中，经过一片在早春的料峭春寒中最后盛开的梅花时，竟然驻足下来，小心翼翼地采摘下最娇俏的一朵，面上带着朦胧的笑意，将红艳艳的花朵收到袖笼中。

他经过假山时，我从山石后踱步出来，他本是个极其敏锐的人，而此刻似在想着心事，竟然猝不及防，差点撞到我的身上，待看清是我，才舒了一口气，恭敬拜下，"原来是夫人，不是说好在茶室等在下吗？"

我左右看看没有人，赶紧将他拉到假山后面，"凤仪宫人多眼杂，我怕不安全，故而来迎大人。"

他了然地点头，"夫人真是心细如发！"说着从袖笼里掏出一个精致的锦盒，打开来，里面是一颗珍珠一样莹莹润润的白色丹丸。

李治善对我道："这便是龟息丹，夫人以清水送服，便可隐去心脉呼吸，体温也会下降，跟死人无异，两日后回魂还阳，神不知鬼不觉，犹如新生。"

我双手接过来，仿佛捧着自己的命运，自己的未来。

李治善又叮嘱我，"夫人切记一定要在二十日内吃下此药。"

虽然离我跟长风的约定还有十日，肯定不会超过二十日的时限，但我还是好奇地问："为什么？难道超过二十日，就会失了药性？"

李治善神色严肃，"不会，此药药性刚猛，二十日后，药性不但不会减弱，反而加强数倍，人若吃下，便如活死人一般，再也无法复原。保命之药变成了毒药，这也是为何龟息丹只能即时炼制，无法保存的原因。"

哇，那不成植物人了！我吓得吐吐舌头，忙不迭地点头，表示自己明白了。原来过了二十日，龟息丹就真成"归西丹"了。

我不知为何总觉得心里不踏实，忍不住问李治善，"此事，大人没有告诉别人吧？"

他神色一僵，有些不自在，"夫人放心，在下保证不会出意外的。"

我以为他是生气我信不过他，赶紧道歉，"不是我怀疑您，实在是关系重大，若溪不敢有任何闪失。"

他点头，眼睛看向旁边，"在下明白！"

我松了一口气，看来是我太紧张，都快得强迫症了。我惦记着翠喜，便向李治善告辞道："多谢李大人。时候不早了，若溪要回去了。"

我往凤仪宫的方向走，走了几步，发现李治善竟然跟着我，让我有些奇怪，"李大人不回太医院吗？"

他脸色微红，"下官去凤仪宫给皇后娘娘送药。"

"哦！"我没作他想，"那正好同路。不过咱们还是一前一后分头走，不要让人看到才好。"

李治善躬身行礼，让我先行。我别过他，率先出了御花园。远远就见前方莲池边聚集着许多人，黑压压的一片。还不断有宫人往那边跑，我好奇地抓住一个从我身边经过的小宫女问道："出什么事了？"

那个小宫女气喘吁吁地，"是……凤仪宫的……翠喜……溺毙在莲池里了！"

我脑袋嗡的一声响，一个趔趄差点栽到地上，咬牙跑到莲池边，已是上气不接下气。有人认识我，自动向两边分开，给我让出路来。我的心被揪成了一团，恐惧得想要闭上眼睛，可是面前的景象却让我有种灵魂出窍的不真实感。我难以置信地看到翠喜躺在地上，除了浑身湿漉漉的以外，看不出任何异样，跟睡着了一样。

我哆哆嗦嗦地蹲下，用手去抚贴在她脸颊上的湿发，触手一片冰凉，没有一丝的热度。我的喉咙仿佛被扼住，张大嘴喘了好几口气才声嘶力竭地喊出来，"来人啊，救她，快，救她啊！"

此时方走到莲池边的李治善也蹲下，伸手探了探翠喜的鼻息，黯然向我道："来不及了，夫人节哀！"

仿佛有满天的星星在眼前飞旋，惊得我差点晕过去，不可能，不可能的！就在刚才，我还揽着她，告诉她不要害怕，她单薄的肩膀仿佛还在我的手下颤抖。我无法想象，此刻她竟然躺在冰冷的地上，浑身像冰块一样没有温度。我无法接受这个事实，茫然抬眼四下搜寻，谁能告诉我这究竟是怎么回事？为什么一个活蹦乱跳的小姑娘，顷刻便了无声息地躺在这儿？

周围的宫人都面色悲戚地垂着头，越过众人的头顶，我看到江映容站在众人身后，似笑非笑地看着我，神色轻蔑。

回到凤仪宫，江映雪得知此事也很是悲戚，"好好的孩子，刚才还在我跟前描花样，怎么就这么去了呢？到底是怎么回事儿？"

一旁的方姑姑抹着眼泪解释道："也不知是怎么回事，翠喜那丫头就掉到莲池里了，当时碰巧莲池周围没有人，等路过的小齐子发现池子里有人，打捞上来，已经断了气。"

江映容用帕子捂着脸，泣不成声，"翠喜天天笑呵呵的，最是惹人怜爱，我只见她追着溪儿姐姐出去，结果……却再也回不来了。呜呜呜……"

我冷冷地看着江映容，直觉感到此事与她脱不开关系，却苦于没有丝毫的证据，我总不能说"我看见五小姐瞪了翠喜一眼"吧！

江映容放下手里的帕子，顾盼生辉的大眼睛里满是泪水，"溪儿姐姐，你出了凤仪宫干什么去了？"

虽然气得手指发凉，我还是勉强道："我是去御花园里散散步。"

江映雪颇为不解，"翠喜怎么追你而去？她是有什么事情找你吗？"

江映容不着痕迹地冷笑了一下，不等我开口便继续哭诉道："刚才在茶室里我见到翠喜向溪儿姐姐说她看见了什么，还说什么不会告诉别人的，容儿也没有听真切，只觉得翠喜很害怕，好像很怕溪儿姐姐似的。"

我一口气差点没有背过去，可恨的是她还倒打一耙，说得好像是我为了杀人灭口，害死了翠喜。我稳了稳心神，告诉自己不要冲动，才开口道："翠喜是很害怕，但不是怕我，她好像看到了什么人的秘密，想要告诉我，但是没来得及说就被五小姐打断了。后来我出了凤仪宫，在御花园里赏梅，并未看见翠喜找我，我是在回凤仪宫的路上看到莲池边聚满了人，方知道翠喜溺毙了。"

我木然地说着事实，却感到脸上痒痒的，原来泪水已经滑了下来。心中的痛意汹涌而来。翠喜，她还那么年轻！

江映容"好心"地递给我一方丝帕。我厌恶之极，没有接过来，只伸手抹了一把脸。江映容托腮问我："那溪儿姐姐可曾遇到了什么人，可以证明你当时在御花园，不在莲池边吗？"

李治善的名字差点从我嘴里脱口而出，却在最后关头被我咬住舌尖，死死地咽了回去。即便我不怕江映雪知道我是见到了李治善，但是大殿里这么多人，万一传出去，后果不堪设想。我只能摇摇头，干涩道："没有，就我一人。"

江映容用手帕沾了沾面颊，貌似不经意地道："如此说来，便没有人能证明溪儿姐姐的清白了。"

我对她怒目而视，"清白自在人心，五小姐别忘了，人在做，天在看，举头三尺有神明，即便能昧着自己的良心，却无法躲过天道报应。"

江映容微微变色，看向我的眼神毒辣怨愤，似吐着毒芯的蛇，躲在暗处伺机而动。

正在此时，有人通报，"锦大将军到！"

我只觉身上一暖，已被锦夜带着花香的披风裹住，我扭头见是他，不觉又落下泪来，心中有种奇怪的感觉，刚才我一个人在凤仪宫是孤立无援的，而此刻我竟然觉得不再紧张害怕。

锦夜微微一怔，抬手为我擦去面颊上的眼泪，再看向江映容时，面色已然冷若冰霜，目光阴狠似箭。江映容畏缩了一下，向江映雪身后躲去。

锦夜挥手，冷冷道："来人，将五小姐带回去！"

上来几个侍卫拖起江映容就走，事出突然，一边的江映雪变了脸色，怒道："锦大将军，你捉走舍妹也要师出有名，给本宫个合理解释！"

锦夜瞟了江映雪一眼，自进了凤仪宫的大门，他还未向她行礼，此刻他面色傲然，声音平静无波，仿佛只是在陈述一个事实，"五小姐得罪内子，便是死罪。"

"你！"江映雪失声怒喝，脸色刷白。须臾，勉强压住怒火，以求助的目光看向我，"溪儿，舍妹没有冒犯你的意思，还请你向锦大将军解释清楚。"

江映雪有恩于我，她几次救过我的命，对我可以说是恩重如山。现如今，她贵为皇后，却如此低声下气地跟我说话，我也是万分的为难。可是，我想到了无辜凋零的翠喜，一条人命啊！就这样死得不明不白。我分明感觉到她要告诉我的事跟江映容有关，而江映容看向翠喜的那个警告的眼神和翠喜对她的惧怕，让我坚信翠喜的暴毙跟江映容脱不开关系。

我痛恨我自己，是我纵容了江映容，一直对她姑息，明知道她坏得流油，却一再对她放任自流，我甚至阻止了长风将她监禁起来。现在我明白了，对坏人姑息就是等同于助纣为虐。如果是江映容导致了翠喜的死亡，我不会再放过她。说什么天网恢恢，什么"时辰一到，报应就到"，如果江映容的手上真的沾了翠喜的鲜血，就让我做那个复仇的人。

我直挺挺地扑通一声跪在江映雪跟前，江映雪下意识地退后了一步，锦夜也是颇为惊讶。来到古代三年了，我一直不习惯向人下跪，而此时，我跪在江映雪面前，向她郑重道："皇后娘娘，翠喜死得不明不白，若溪只想查明真相，不是故意为难五小姐。娘娘请放心，若溪愿以项上人头担保，绝对不会刑囚虐待五小姐。若此事与五小姐无关，五小姐即刻就能回宫。"

说着一个头磕下去，匍匐在地上等江映雪发话。江映雪颇为震惊地看着我，须臾深吸了一口气，恢复了母仪天下的皇后风范，不再是那个只关心妹妹的姐姐，"本宫并非偏袒妹妹，我可以告诉你，翠喜出去前在本宫跟前描花样，是容儿进来说你找她，将她带了出去。"

我不禁抬起头，无比震撼地看着江映雪，心中对她的感激和敬佩更深了一层。江映雪看着我，"本宫将容儿交给你了，我相信溪儿会彻查清楚，既不让翠喜枉死，也不会让无辜之人蒙冤。"

一阵泪意涌出，我哽咽着，"皇后娘娘深明大义，若溪定不负所托。"

锦夜上前扶起我。我轻轻挣脱锦夜，"我不走，我要留下来问问凤仪宫内外的宫人，看看有什么线索。"

锦夜见我神色坚决，也不好再坚持，只点头道："我将侍卫留下来保护你。"

锦夜向江映雪微微点头算是行礼，"臣告退。"

"锦夜！"我叫住他，"暂时将五小姐看管在锦府，不要为难她。"

锦夜看着我，目光温柔中带着无奈，"好！"

我见他答应，放下心来，"天黑前我一定回去。"

一抹温暖的笑意荡漾在他绝美的脸上，他极轻地点下头，"我等你一起用晚膳。"说完，转身离开了凤仪宫。

锦夜刚走，长风就匆匆赶了过来。我和江映雪见到长风前来也都松了一口气，江映雪颔首道："由摄政王来协助审理此事，本宫就再没有什么不放心的了。"

长风与我在方姑姑、倚竹和内务府库公公的陪同下，逐一询问了宫人。询问的结果颇让人质疑，翠喜是被江映容叫出去的，说是我找翠喜，在凤仪宫外等她。凤仪宫的小太监小苇子见到翠喜和江映容一起出了凤仪宫，江映容声色俱厉，一路推搡着翠喜，而翠喜掩面哭泣，很是惊惧。水映宫的宫女纤桃当时正好经过凤仪宫外的莲池，看见江映容和翠喜在莲池边谈话，当时江映容面色阴狠，似在呵斥威胁翠喜。再后来宫女珞瑜见到江映容只身一个人回到凤仪宫。最后是小齐子去内务府领东西，经过莲池看见池内漂浮着一物，喊人过来打捞上来，才发现是已经溺毙的翠喜。

至于翠喜是如何落入池中，究竟是被何人推下去的还是另有隐情，则无人看见。

我们眼见日头西斜，只能暂且告一段落。当我们将今日询问的结果交给江映雪时，她也非常震惊，看着众人签字画押的证词，止不住地浑身哆嗦，难以置信道："容儿……怎么会？容儿一直是乖巧可人的，连只蚂蚁都舍不得踩死，她怎么会……"

长风凝眉，据实以告，"皇后娘娘，容儿外表乖巧，实际颇有心机，臣弟亲眼所见她体罚宫人，挑拨是非。"长风叹了口气，"臣弟知道娘娘不愿相信自己的妹妹是这样的人。臣弟一直没将容儿的为人和所作所为告诉娘娘，也是怕娘娘知道了伤心失意。只是此次人命关天，臣弟不敢再有所隐瞒。"

"容儿！"江映雪眼中滚下泪来，痛心疾首道："是我这个做姐姐的没有尽到责任，竟然让她走得这么远！"

虽然差不多已经认定是江映容干的，但我受现代的法律断案影响，还是力求公允道："此事尚有漏洞，并未有人亲眼看见翠喜是如何落入水中，也尚不知晓翠喜究竟无意中探知了五小姐什么秘密，所以还不能即刻就定了五小姐的罪。容若溪回府询问五小姐，断不使无辜之人蒙冤。"

长风赞赏地看着我，目光澹澹若天边皎月，"我陪你一起去。"

我吓得摆手，锦夜见到我与长风一起回去，还不得气疯了，"五小姐现下在锦府，若溪先一人询问便好，明日一早再带五小姐回宫中，请皇后娘娘和摄政王亲自询问。"

长风无奈，只能嘱咐道："你自己当心。"

我对上他春水般的目光，心中温暖，碍于皇后在跟前却无法表白。我摸了摸袖笼中的龟息丹，冲他轻言只有我们两人才能懂的话，"十日，等我十日。"

他微凛了眉头，神色严肃。我怕他骂我，赶紧拜别了皇后一溜烟地跑掉。

当我赶回锦府，天已擦黑，天边新月初升，洒下浅淡的月光。听府里的丫鬟说，锦夜在锦珠阁的书房里，于是我一口气跑到锦夜书房，门都没敲就一脑袋扎进去。

屋内一团漆黑，并未点灯，显得有些死气沉沉，让我急躁的心情仿佛落在冰面上的火花，顿然被熄灭，提不起热度。角落里隐隐有个淡黑色的人影，一动不动，似风干的雕像，孤独寂寞。

"锦夜！"我迟疑地叫了一声，却得不到回音。我摸黑走到桌前，点亮蜡烛，这才发现，锦夜坐在角落的椅子上，跳动的烛火映衬得他容颜绝美的脸忽明忽暗，谜一样的难懂。我看不清他的表情，只能举着烛台向他走过去。

我走到他跟前，他抬起一只手遮住眼睛，仿佛被我手里的烛光刺痛双眼一样。我用没有拿烛台的那只手轻推了他肩膀一下，"锦夜，怎么了？怎么坐在这里，连灯都不点？"

他缓缓放下自己的手，目光却看着地面，没有看我，声音干涩，似破竹一般，"你回来了？"

我愣了一下，敏感地觉察到他与刚才在宫中时很不一样，却不敢再问他，只能点点头，"是。"

他不再说话，那种沉闷的气氛让我感觉异常的压抑，仿佛被禁锢在水下，喘不上气来一样。为了缓和一下气氛，我只能硬着头皮说话，"刚才，我们询问了宫中的宫婢和内监，有人看见江映容和翠喜在湖边说话争执，只是还不知道原因，也没有人确切看到江映容推翠喜下水，但是事情明摆着跟她脱不开干系。所以我要连夜询问一下江映容，明日一早再带她入宫跟皇后娘娘回话。"

"不必了！"他干巴巴道。

"什么？"我一时没有听清，追问了一句。

"我说不必了。"锦夜抬眼看我，昏暗中，他的眼睛像夜空中的星子一样闪亮，却带着千年寒冰般的冷意和落寞。"我已经遣人送她回宫！"

我大惊失色，冲口而出，"为什么？所有的迹象都指向江映容，翠喜的死与她关系重大，就算不是她所为，肯定也与她有关联！"

锦夜的声音呆板得像是在念叨，"我已查明，翠喜是一个人在湖边时，脚一滑自己掉下去的，是个意外，没有人杀她。"

"有人证吗？谁看见的？"我忍不住质问。

锦夜面无表情，"你要人证，便有人证！"

我倒吸了一口凉气，这算什么回答？是说他可以轻而易举地找出几个做伪证的人吗？

我不明白锦夜为什么突然帮着江映容，但我不愿就这么放过那个坏丫头，"那翠喜究竟看见了什么，让她这么害怕，江映容还威胁警告她？"

锦夜沉默了一会儿，木然道："江映容去求太皇太后指婚，她想嫁给沐长风！不料被翠喜撞见，江映容怕传出去有损声誉，便威胁翠喜不要说出去。"

这倒也说得过去，江映容对长风的心意无人不知，她整日往慈安宫跑，未必不是存了这个心思。虽然听上去并无漏洞，但又总觉得什么地方对不上，感觉怪怪的，我不禁问锦夜，"是她自己这么说的？你倒真信了她！"

锦夜看着我，目光似要将我穿透一般，让我激灵灵打了个冷战。他缓缓开口，"这个世上，又有谁，是可以信赖的呢？"

我一时语塞，不知如何接言。江映容既然已被锦夜放了回去，只能再从长计议。我叹了口气，"既然你相信她，必然有你的道理。不早了，我让春痕她们将晚膳摆上吧！"

"你自己吃吧！"他向后靠在椅背上，闭上了眼睛，仿佛疲倦已极，声音轻得像一片羽毛，"我累了，想一个人待会儿。"

锦夜的态度很让人莫名，我感觉他有事情瞒着我。回到遗珠苑，我心中一直想着这件事儿，一夜辗转，几乎没有睡着。

等待

　　第二天早上，听丫鬟们说，锦夜一早就离府了。没有得到他的许可，我也不敢随便出府，去宫中继续追问此事。想着翠喜的暴毙和江映容的嘴脸，我只感觉气闷不已，仿佛有一口浊气，郁结在胸中呼不出去。我强压下心头的烦躁感，暗自劝解自己，暂且静观其变，看锦夜和那死丫头葫芦里卖的什么药！

　　这日下午，天气宜人，草地隐隐可见青绿的嫩芽，很是喜人。一丛丛的迎春花也开得热闹，一扫冬日的冷清。我心中烦闷，便到园子里散步。经过残月湖时，见到岸边柳枝抽出鹅黄色的新芽，便折下一条柳枝，当作鱼竿，垂在湖中。因刚过完冬日，锦鲤畏寒都聚在湖底，湖面上只有柳枝轻点水面荡出的层层涟漪。涟漪忽然化作翠喜娇憨的笑脸，我一惊，手中的柳枝落入湖中，搅碎了一池的波光。

　　胸口越发憋闷得难受，我快步来到锦夜的锦珠阁。锦珠阁里寂静无声，锦夜还没有回来，我推门进了锦夜的书房，屋内清爽整洁，带着锦夜身上的花香。我一直觉得憋气，便打开了窗户，早春依旧寒气逼人的冷风灌进屋来，让我觉得稍微舒服了一些。我就在这里等他，问问清楚到底怎么回事。

　　刚在椅子上坐定，忽听一阵嘈杂。从打开的窗扇向外看，一群侍卫押着一个五花大绑的人走进了锦珠阁，那人身穿暗碧色的华美锦衣，却有些皱巴巴，显然经过一番打斗。

是……是……他？！

我以为自己眼花了，使劲揉了揉，睁眼再看，是他！再揉，再看，还是他！

西门庆华！

我吃惊地张大嘴巴，并保持着这个姿势一直到那群人走进屋来。我如活见了鬼一般地看着在众侍卫簇拥下的西门庆华。离得近了，看到他脸上有几块青肿，唇角眉梢也破损了，几缕头发从碧玉的发冠中斜逸出来，颇为狼狈，但仍挡不住他的桃花眼在我面前闪烁。

他见到我颇为惊喜，笑得很是阳光灿烂，"桑妮，又见面了，别来无恙啊！"

身后的侍卫推了他一把，呵斥道："老实点！"

我语无伦次地问侍卫首领："这……这……这是怎么回事？"

没等侍卫开口，西门庆华就委屈道："庆华不过是在茶肆跟几位京城的商贾喝茶，锦大将军突然从天而降，跟见了仇人似的不问青红皂白就让他的侍卫绑了庆华！庆华也很是莫名啊！"

不问青红皂白？那还用问吗？肯定是为了他带我去北境找长风的事。锦夜没当场杀了他已经算是人品爆发，宅心仁厚了。

我实在是无语，担心他的处境，只能向那些侍卫问道："锦大将军说如何处置他了吗？"

侍卫首领向我恭敬道："回夫人，锦大将军本来要押他去慎刑司的，后来又改变主意让属下押他回府。"

我吓得魂飞魄散，牙齿打战，慎刑司啊！真进去了，不死也要脱层皮。我赶紧挥手对那些侍卫道："你们先下去吧！这个人交给我了。"

那些侍卫踌躇着不敢走，"锦大将军吩咐了，他过会儿就回来亲自审问此人！"

我眉毛一立，"在外头，你们是锦夜的侍卫，自然应该对他唯命是从。可这府里头都尊我是将军夫人，怎么我的话就这么不管用吗？"

那几名侍卫唯唯诺诺，不敢再坚持，只能躬身退下。

我见人都走了，赶紧关严了门窗，扭头发现，西门庆华已经自己坐在椅子上，半歪着身子，龇牙咧嘴道："你那夫君可真没跟庆华客气，上来就打，还是群殴，庆华都没来得及还手就被绑了。"

我一边焦急地查看他的伤势，一边埋怨，"你还敢想着还手？你看看你这张脸，都被打破了相了！看你今后还怎么勾搭漂亮姑娘。"

西门庆华不以为然地摇摇头，"向来都是姑娘勾搭庆华的，再者庆华真是要勾搭姑娘，也不指这张脸。"

"那你指什么？"我忍不住问了一句。

西门庆华无语地看着我，颇为委屈地问："桑妮就没发现庆华其他的长处？要不然你给我个机会，让我施展一下，那第三十三房的空位我可一直给你留着呢。"

我吓得一把捂住他的嘴，"你活腻了？这是锦府！让那阎王听见，直接就将你扔到慎刑司灌辣椒水去了！"

我的话没起到预期的震慑效果，这个不知死活的挣脱我的手，一脸神往，"庆华曾到过蜀地，当地美食多辛辣鲜香，与蜀中女子一样，让人难以忘怀。"

我都被他气乐了，联想力如此丰富，一脚踏进棺材了，还惦记美人呢！真是做鬼也风流！我捣了他肩膀一拳，"你还是先把命保住，再思念你的蜀中小辣椒吧！"

他哎哟了一声，弓下身子，脸都白了。吓得我赶紧拉开他的衣服查看他身上的伤势，他整个肩膀都是青紫的，像是被人一拳打的，或是一脚踹出来的。我急急地再往别处看，他身上好几处碗口大的青肿，很是触目惊心。我为他掩上衣襟，眼泪都流下来了。

他咧嘴一笑，"心疼啦？没事，都是皮外伤，不耽误我再多娶几房侍妾。"

我见他神志清醒，还有精力耍贫嘴，想来并无大碍，至少没有要命的伤。忍不住唏嘘着问他，"你回来干什么？"

"京城的分坛口新开了几家钱庄，庆华是回来庆贺钱庄开张大吉的，用你的话说就是……剪彩。"他嘴里吸着凉气勉强坐正了身子，倚在椅背上哼哼。

我吃惊地看着他，"你疯了！锦夜的气还没消呢，你怎么就回来了？即便回来也该找个地方先藏起来，你怎么还大摇大摆地抛头露面！"

他耸耸肩膀，"庆华刚到西域，就听闻你又随着夫君跑回来了。我一听你都回来了，我还在那蛮荒苦地待什么劲啊！所以也回来了。我听说你那老情人一路狂追，却未追到。你怎么不守着你那老情人，又三从四德地回来做小媳妇了呢？"

我瞪了他一眼，"你不用操心我！长风没死，锦夜也不再想杀我，他可惦记着你呢！"

西门庆华这才露出点害怕的神情，"你夫君不是一直惦记着你那老情人吗？惦记庆华做什么？"

我瞪了他一眼，"别自作多情了！你以为锦夜惦记什么？他惦记着怎么弄死你呢！"

我说着去解他身上的绳子，"趁他这会儿不在，你快跑吧！"

"现在跑？"西门庆华摇头，"现在不能跑，现在跑了就永远得跑！"

虽然他说得含糊，我却听懂了，总不能一辈子躲躲闪闪，不见天日吧。一时泄气，解绳子的手都不利索了。倒是他，一脸的无所谓，斜眼看我道："别费劲了，你们这锦府不逊于慎刑司天牢的铜墙铁壁，你解开我，我也跑不出去。再说，还会连累你。"

我听了差点又哭出来，哽咽道："你就不该回来！"

西门庆华满不在乎地笑笑，"你都敢回来，庆华有什么不敢的！"

"西门堡主倒是胆识过人。"身后忽然传来一个清冷的声音，带着慑人的寒意，吓得我哆嗦了一下。回头看见锦夜站在洞开的门口处，目光冰寒。不过一夜的工夫，竟然觉得他面带憔悴，如玉的脸上多了几分苍白落寞。

西门庆华倚靠在椅背上，笑容可掬，"锦大将军，恕草民被绑着手臂，无法给您行礼。"

锦夜冷哼了一声，"西门堡主不必这么客气！"

锦夜踱步进来，坐到另外一张椅子上，面若千年玄冰，目光在我和西门庆华身上逡巡，"西门堡主知道本将军为何没将你关到慎刑司，而是带到锦府来吗？"

西门庆华貌似认真地想了想，"难道锦大将军是想当着夫人的面杀了我？"

他说得轻松，却差点儿让我崩溃。锦夜微微一怔，"西门堡主倒是洞悉人心，一语中的。"

我吓得跳起来，慌乱道："锦夜，你不能杀他！"

锦夜冰冷的眼眸扫过我的脸，似是冷了心肠，咬牙切齿道："你还敢为他求情？我正想将你一并杀了。"

我愣住，当日在越州，他不是说过会放过我吗？我以为他已经原谅我逃跑的事，怎么又旧事重提了呢？难道是见到西门庆华又把火给勾起来了？

无论如何，我也不能看着西门庆华死，我硬着头皮求他，"锦夜，当日是我央求西门堡主带我去北方边陲的，跟他没关系……"

"我不管是你们两个谁的主意，"锦夜冷冷打断我，"我今天就是要让他死，也让你看看胆敢在我眼皮底下玩花招的人是什么下场。"

我吓得发抖，刚要张口，西门庆华已经将话头截了过去，诚心诚意道："多谢锦大将军成全！"

锦夜闻言蹙眉，忍不住问："我成全你什么了？"

西门庆华面露微笑，"人固有一死，庆华若能死在夫人面前也算是死得其所，死而无憾。夫人本对庆华无意，不过是搭庆华的马车去北境寻人。庆华若真能即刻死了，夫人必会对庆华终生难忘，念念不舍。如此，庆华便常驻夫人心中，虽死犹生。"

锦夜气得脸色发白，直喘粗气，胸膛起伏着，好一会儿了才忍过去，向西门庆华问道："西门堡主既然如此在意她，为何当日不带着她远走高飞，还要一路送她去北方边陲？"

西门庆华笑得高深莫测，"夫人心里并没有庆华，我带得走她的人，却带不走她的心，只要一个躯壳又有何用？"

锦夜抬眼认真地打量西门庆华。西门庆华接着道："你若想得到一个女人的心，就要放开她的手，只有这样她才能心甘情愿地跟着你。否则，如果她心不甘情不愿，你对她再好，掏心窝子给她都不管用。"

锦夜坐着不动，木然道："西门堡主倒是经验丰富，见解独特。"

西门庆华谦逊地一笑，"锦大将军过奖，庆华不过是多娶了几房侍妾，了解女人的心思罢了。"

锦夜凝眉问道："照堡主的说法，应该让她自己选择了？"

"不错！"西门庆华靠到椅子上，虽然被反剪着手绑着，却也坐得舒服闲逸，眉飞色舞道，"这女人啊！就好比男人胯下的马……"

我听着怎么这么别扭呢？不禁看了西门庆华一眼，这算什么比喻？

他无视我的目光，继续点化锦夜，"你若是勒紧了缰绳，它只能委委屈屈地跟着你小步跑，心里却想着怎么摆脱你的束缚。你若是松开缰绳由着它去，它跑到外面转一圈，发现还是你这里好，自会死心塌地回来。只有那样，你才是真正驯服了这匹马，让它永远做你的坐骑，打都打不走。"

"自己回来……才是真的回来……"锦夜喃喃自语，神色颇为挣扎。

"锦大将军真是天纵英才，一点就透。"西门庆华面带欣慰，"当日庆华虽然带夫人离京，但夫人自己随锦大将军回来了，既没有留在边陲，又没有跟庆华私奔，说明夫人心中始终最为看重锦大将军，得妻如此，夫复何求？如此说来，庆华不但无过，尚且歪打正着，让夫人看清楚了自己的心思，谁才是最重要的那个人。当然，庆华不敢居功（他还有功了！），只能说是锦大将军与夫人伉俪情深，情深意重。"

锦夜陷入沉思，沉浸在自己的思绪中，无法自拔。我看着锦夜，感觉他目光迷茫，似在思考一件很棘手的事情。过了一会儿，他仿佛下定决心般地抬起头，没有看向西门庆华，却将目光锁在了我的身上，一抹刻骨的痛楚闪过锦夜的双眸，他缓缓道："我给你……也给自己……一个机会。"

他说得莫名其妙，含糊不清，但我还是感觉出来，他是要放过这件事了。我松了一口气，小心翼翼道："那你可否放了西门堡主，我就是搭了他一个顺风车，没有其他逾礼之处。"

锦夜阴霾的目光似乎能穿透我，冷冷道："我还不想让他永远活在你心里。"

西门庆华虽然平白挨顿胖揍，却也是险险地躲过一劫。那家伙不知收敛，依旧在京城大摇大摆地招摇过市。

我也不为西门庆华担心了。有一种人就是有这个本事，能够永远地游刃有余，立于不败之地，多狠毒的人，到了他面前都能够俯首帖耳；什么样的危险，到了他这里都能够化险为夷。西门庆华就是这种人，连锦夜都拿他无可奈何。偏偏风云堡掌控着龙耀经济的半壁江山，锦夜顾及朝政，对他只有睁一只眼闭一只眼。气急了也会骂两句，说说狠话。可真让他对西门庆华痛下杀手，他也得掂量掂量。

让我奇怪的还有锦夜对我的态度，好像忽然宽松了许多，不再时时刻刻派人盯着我，似乎给了我些许自由，但是也不像刚从北境回来那阵对我关怀备至。我们还是分房而居，他住他的锦珠阁，我住我的遗珠苑，他只要在府中，就会与我一起吃饭，又恢复原先同桌而食的对食生活。虽然时常碰面，锦夜却异常沉默，很少说话，他对我是小心的、隐忍的，看向我的目光总是带着研究，让我在他的注视下无所遁形，如坐针毡。

锦夜不再限制我出府，但我还是自觉自愿地老实待在府中，没有出去。离我最后逃跑的日子不过数日，我越发不敢在这个紧要关头轻举妄动，引来锦夜的怀疑。

虽然足不出户，宫中的消息还是辗转传入我的耳朵。听闻江映容被锦夜放回宫中后，长风和皇后娘娘审了她一天，这丫头油盐不进，指天赌地地声泪俱下，一口咬定自己与翠喜的死无关。长风虽然心存疑惑，却也无法定她的罪，只能将江映容禁足，并派人看着她，不许她离开凤仪宫寸步。

谁料一日后，锦夜派羽林卫解禁了江映容，并将她带到了内务府。宫中都是锦夜的势力，江映容越发有恃无恐。锦夜与江映容素来并无交情，还对她厌恶至极，如此帮助江映容让我百思不得其解。

我实在没忍住，翌日早饭时就此事询问锦夜，"江映容那丫头究竟给你灌什么迷魂汤了？为了她，你都动用了羽林卫。"

锦夜沉默地夹了一筷子笋尖放在嘴里，细细地嚼着，直到咽下去，才低声对我说："她一心想嫁给沐长风，果真让她做了摄政王妃，是不是你就会对沐长风死心了？"

原来他是这么想的。我叹了口气，不知道还能对他说什么。我觉得对锦夜，说什么，做什么，都是错。我看着屋外阴霾的天空，乌云厚重，不见一丝阳光，让这一切都快些结束吧！再这样下去，他会疯，我也会疯的。

这日早上，锦夜一早出了门。我躺在床上琢磨，我过几日究竟以什么缘由死呢？是暴毙，是自杀还是积劳成疾啊？总不能吞了龟息丹，就挺床上了，怎么也得对自己的突然离世交代一声吧？

就我这健康的体魄，最近还珠圆玉润的，说我积劳成疾，一命呜呼，太没有说服力了。再者，府里的那个郎中对锦夜死忠，我几次明示暗示想贿赂他都没成，那位大叔对我的怀柔政策也不感冒，他绝对不会为我做伪证，说我身染不治之症。我决定了，我还是得走暴毙的路线。

想通了，我就起床了，刚爬起来，就觉得一阵头晕，差点栽到地上。春痕赶紧过来扶我坐下，担忧道："夫人，你没事儿吧？"

"没事，没事，就是饿，胃里难受。"

这倒是实话，最近我的食欲特别好，常常是还没到饭点就饿得百爪挠心，感觉这口吃的要是吃不进嘴里，简直就是无法忍受。

等头晕目眩的感觉消失了，我一骨碌爬起来，简单洗漱一下，就飞奔到桌子前，看着一桌子好吃的流口水。

春痕笑话我，"夫人怎么跟饿了两日不曾吃东西一样？昨晚上还吃了一碗米饭，一只翡翠乳鸽，一碗酥酪，一碗燕窝，三块核桃排……"

"春痕，别数了，有那么多吗？"没等春痕说完，我就趴在桌子上告饶了。引得春痕、夏屏她们几个捂嘴直笑。

秋画端过来一碗胭脂醉鹅，"夫人，这是膳房准备的，您前两天不一直说要吃这个吗？"

我看了一眼绯红色的醉鹅，干呕了一下，差点没吐出来，一种烦腻感顶在胃里，连呼吸都不顺畅。我赶紧摆手，"不吃这个了，大早上的，看着腻得慌。"

吓得秋画赶紧将醉鹅端走，我舒了口气，忽然觉得食欲全无，对着一桌的美食都提不起兴趣，可是不吃又胃里空得难受，只就着清淡的酱蓿瓜和玫瑰羹喝了一碗五谷粥，就再也吃不下了。我抚着肚子看着一大桌的东西，只能哀叹自己的肚子不争气，"可能是昨天晚上吃得太多了！"

吃完早饭，我想着这几日的心神不宁，一咬牙，换上男装，叫来府中的侍卫，"跟我去一趟城里的古玩行。"

我们一行人到了京城最大的古玩玉器店天一阁，据我所知，天一阁也是风云堡的产业。天一阁店面敞阔，雕梁画栋，门口立着一对大石狮子，非常气派。

店小二见到我一个人后面跟着呼啦一大帮，很有几分心虚，待确认我们不是来打砸抢的，便换上了一副恭敬谨慎的笑脸，"这位公子，不知您想要什么？"

二十几个侍卫在店中站成一排，唬得店里挑东西的人都落荒而逃。我背着手，浏览着古玩架上的珍玩古董，漫不经心地说："本公子随便看看。"须臾皱眉道："你们堂堂天一阁，号称京城最大的古玩店，只有这些不入眼的货色吗？"

店小二见我口气这么大，一时愣住。掌柜的应声而来，是个五十岁上下的人，一双小眼，眼冒精光，是个脑筋伶俐的人。

掌柜的亲自将我让到店里的八仙桌前坐了，又沏上一壶上好的六安瓜片，摆了几盘精致的点心干果，方笑道："公子一看就是大富大贵之人，既然这些俗物入不得公子的贵眼，就请公子慢坐，容在下呈上些不敢随便摆在外面的稀罕物件。"说着吩咐小二，"将库里的几件珍品拿出来给公子过目。"

小伙计应声而去，不一会儿托着一个锦盘过来，我草草看了一眼，有一块油润莹白的上古玉佩，一只薄如蝉翼的杏犀茶盏，一方古朴的古砚，还有其他几样我看不出名堂的东西。扫过一眼之后，我端起茶盏轻啜了一口，淡淡问道："还有其他的东西吗？"

掌柜的微微一惊，吩咐店小二，"换一盘来！"

如此换过五个锦盘，店小二已经累得手都软了，端着锦盘的胳膊直哆嗦，我依旧不紧不慢，不屑道："行了，不看了，真没想到你们天一阁只有这些货色，看来本公子今天想花银子都是花不出去了。"说着从怀中掏出几张千两白银的银票，在手中抖了抖，又放回怀中。

站起身刚要抬腿走，已被掌柜的拦住，"公子且慢！"

我站住，斜着眼睛看他，一副不耐烦的神情。那掌柜咬咬牙，下定决心道："本店尚有几样镇店之宝，当属世间精品，从未示于人前。看公子这通身的气派，只有那几样东西能入公子的法眼了。"

"哦？"我露出感兴趣的神情，"那就赶紧拿出来给本公子看看，若是我看上了，银子自是少不了你们的。"

"那个自然！只是……"掌柜的面露难色，看向屋里站的那些个五大三粗的侍卫，"这几样宝贝是本店的命根子，都存放在内室之中，不能拿出来，还请公子移步到内室，亲自观看。"

我想了想，"好，既然是宝贝，自然不能让不相干的人看见。"我冲侍卫道："你们在这里候着，不用跟着我。"

为首的侍卫颇为为难地看着我，"大将军吩咐要跟着公子寸步不离……"

"你们还怕我跑了不成！"我脸一沉，打断他的话，"多找些人来将这天一阁团团围住不就万无一失了？有你们在，连只鸟都休想飞出去，更别提我这个大活人了！"

"属下不敢！"侍卫首领躬身拜下，"属下在此等候公子！"

我义愤地哼了一声，在掌柜的引导下，进了内室，穿过层层房间，终于到了最里面一间屋子。屋内的光线有些昏暗，但看得出装饰得十分清雅考究。一人逆光坐在茶桌旁，身形高大，正在沏茶。屋门被掌柜的从外面关上。我快步走到那人跟前，先端起碗茶灌了下去，清香入喉，我不禁由衷赞道："好茶！"

那人极轻地嗤笑出来，"不见你掏银子买东西，却跑到这儿来蹭茶喝了。在外面喝了两壶还没喝够？"

我也笑了出来，原来他早就到了，从后门进到内室。我随意地坐在他旁边的椅子上，"西门堡主好灵通的消息，这么快就赶来了。"

他慢悠悠地端起一盏茶，"桑妮要见庆华，庆华自然飞身而来。桑妮此时费尽心机地见庆华，所为何事？不会是逃跑在即，舍不得庆华，想再看庆华一眼吧！"说着向我探过身来，用他的黑如点漆的桃花眼含情脉脉地看着我。

"想什么呢？"我白了他一眼，好奇地问他，"你怎么知道我要跑？"

"你偷偷离开你那老情人回到锦大将军身边，庆华就知道你打的是什么主意了。"他装模作样地叹了口气，"庆华一早对你死心了！不过你要小心你那夫君，虽然他一会儿想杀你，一会儿又舍不得杀，我看他对你可是在意得很。"

我就知道什么事也瞒不过西门庆华。我一筹莫展地将烦心事说了出来，"锦夜这两天怪怪的，不知道他在想什么，他竟然从长风手里救下江映容，听他那意思还支持江映容嫁给长风。"

西门庆华摇头，一脸悲悯，"你就为了这个烦心啊？你是担心那坏丫头做了王妃，将来就会骑在你头上？"

我没好气地哼了一声，"我倒不担心那个，长风不会娶那死丫头的。我只是奇怪锦夜怎么突然帮着江映容了呢？"

西门庆华托着下颌想了想，"他是不是想把你老情人处理给那坏丫头，好断了你的念想？"

"嗯，锦夜也是这么说的！"我有些气闷。

西门庆华安慰我，"只要你那老情人对你至死不渝不就行了？再说了，就算庆华这样有三十几房侍妾的，可是心中有你，一样是情比金坚。"

我没工夫跟他耍贫嘴，从袖笼里拿出他的碧渊剑，"这个还给你吧，我用完了。我今日找你就想让你帮我打听一下，李治善李太医现如今怎么样了，有没有什么人找他的麻烦。我是怕锦夜知道了什么风吹草动。"

西门庆华接过碧渊剑，"桑妮，咱们两个想到一块儿去了。昨天我刚见过李治善，多年未见，与他小聚了一下，他精神矍铄，神采奕奕。"

"他没灾没难的，没有人找他的麻烦？"不知为什么，我还是有些不放心。

西门庆华笑得暧昧，"是有人找他的麻烦，不过也是他心甘情愿惹的麻烦。"见我一脸疑惑，西门庆华接着道："他告诉我，他要娶妻了，所以很是高兴，嘴都闭不上。唉，庆华娶了三十二个侍妾都没像他这么兴奋过，不知是什么样的佳人房获了李太医的心！"

我听闻李太医安然无恙终于松了一口气，看来是我风声鹤唳，草木皆兵了。锦夜若是洞悉了我的逃亡大计，一早就将李治善收拾了，又怎会容得他娶媳妇。心里轻松，人也活泼起来，"李太医大婚之时，我肯定无法现身，记得帮我送份厚礼给他。"

西门庆华哀叹，"你跟你那老情人双宿双飞了，干什么让庆华替你送礼？送也该由你那老情人送吧！"

提起送礼，我忽然想起来了，我可是顶着挑东西的名头来的天一阁，赶忙问他："说真的，你这儿有什么奇珍异宝吗？让我拿去充充数！"

西门庆华随手打开一个锦盒，"挑吧！"

我扒拉了几下，拿了一方鸡血石的印章，柔白的底子上红色的斑块艳丽夺目，几近透明。西门庆华撇撇嘴，"什么眼光？就这个最不值钱，偏拣这个！"

"是吗？"我举起来对着光线看看，红得像上好的胭脂一样醉人，不带一丝杂质，"我看很好啊，就是这个吧！我好回去交差。"

我也不敢多耽搁，匆匆别了西门庆华，带着一群侍卫，浩浩荡荡地回了锦府。

傍晚时分，我正在跟一盘水晶肘子天人大战，锦夜走了进来，神色阴晴不辨。

我胡乱用手帕擦擦嘴上的油，含糊地问他，"怎么这么晚才回来？我饿得受不了，等不及你就先吃了。"

锦夜看着我，眼神中带着判究，幽幽问："你今日出府去哪里了？"

"我去天一阁了！"我还是心虚，低头接着啃我的肘子。

一阵阴风嗖嗖，我不用抬头也知道锦夜又生气了，他的声音森然中透着冷酷，"天一阁是风云堡的产业。"

"嗯。"我勉强将嘴里的食物咽下去，"天一阁是京城最大的古玩店。"

我眼角的余光看到桌上的烛光摇曳起来，有杀气啊！

"你去见谁？"锦夜冷然开口问道。

我故作镇静，"我没去见谁！"

他一把抓住我的手，啃了一半的肘子落到地上。我的手腕以不可思议的角度反拧着，痛得跟要断掉一样，眼泪不受控制地哗哗流了出来。

"放手，你快放手……"我忍不住用另一只手去捶他的肩膀，咚咚直响，自觉已经用上很大的力气了，可是跟打在铜墙铁壁上一样，对他不起丝毫的作用。

真的要断了，我都能听见我的腕骨咔巴咔巴地响，我惊惧地抬头，嘶声求饶，"锦夜……疼……疼……"

他面无表情，眼中却燃着愤怒的火苗，"我早就警告过你，不要骗我！你说你是不是又去见西门庆华了？还是去见了沐长风了？跟他们筹划什么事情？"

"没有，我没有！"我只能厚着脸皮，矢口否认。小命要紧，相比之下，脸皮值多少钱一斤？

我哆哆嗦嗦地用空着的那只手从怀里掏出那块鸡血石的印章，断断续续地解释，"过几天是你我结为对食的纪念日……我……想送给你一个礼物……可是……府里什么都有……你什么也不缺……我便去天一阁挑了样东西给你……还没来得及刻字……我本想给你个惊喜……谁料被你发现了！"

锦夜闻言，眉宇间闪过一丝不明的情绪，缓缓放开我的手腕，"真的吗？"

我忙不迭地点头。低头看到我的腕上红肿一片，已经肿起老高，疼得钻心，那只手都无法转动。我不禁捧着受伤的手腕，呜呜哭了起来。

锦夜放缓了神色，"希望你这次……没有骗我！"他轻轻地拉起我受伤的手，声音依旧冷峻，"让我看看！"

我畏缩了一下，躲着他。他微微用力，不容置疑地抓过我的手，我哆嗦着却一动都不敢动，只能任他抓着我。他轻轻转动我的手腕，我疼得呻吟出声，本能地躲闪着，差点出溜到桌子下面。

锦夜抬眼看了我一眼，目色一痛，将我拉起来，让我坐在他的腿上，从后面环抱着我，让我无处可逃，手上继续转动我的手腕。

他每动一下，我都疼得倒吸一口凉气，牙齿咬着下唇，强忍着不叫出来。真的要疼得受不了，我这个人痛感很低，在现代打个针都会哭鼻子，此刻又疼又害怕，更是浑身抖作一团。他将头缓缓靠近我的脖颈，嘴唇抵着我的肩窝，喃喃道："对不起，溪儿，对不起，我不是故意伤你，只是我这些日子精神太紧张了……"

他手上突然发力，就听咔嚓一声，我啊的惨叫出来，痛得一把推开他，跳到地上，号啕大哭起来。

抬手抹眼泪的时候才发现手又能动了。他将我复又拉入怀中，闭目轻声道："是腕骨错位，我给你接上了。"

我忽然想起，很久以前，他曾经给我接上扭伤的脚踝，一时无语，不知说什么好，只抽抽搭搭地低声哭着不敢动。

他伸手拿过那个印章，收入怀中，"这是你第一次送我礼物，不用刻字了，我很喜欢。"

我呆坐在他怀中，不知所措，刚才他差点扭断我的手腕，此刻又像个孩子一样，因为那枚我随手拿来充数的小小印章而高兴。

他长叹了一声，炙热的气息喷在我的肩窝上，"溪儿……我在等那个结果……不要……再让我失望一次……"

误会

三日后，终于迎来我的大日子。早上天不亮，我就醒了，再也睡不着，想想自己要长睡两天，更是再没有了睡觉的兴致，一骨碌地爬起来。再有两天，我就可以和长风在一起了，这个想法让我异常兴奋，心都激动得怦怦直跳，连手都会微微发抖，仿佛站在起跑线上的选手，凝神屏气只等裁判枪的响声。

起来后，由于过于紧张激动，我连早饭都没吃，只觉得胃里满满的，那种感觉很是奇怪，明明很饿，却吃不下去东西。

简单的洗漱后，我让春痕她们都出去，自己躲在屋里拿出笔墨纸砚，用我歪歪扭扭的狂草写了一封遗书。大致的内容是先抒发了一下自己的郁闷心态，诉说我生无可恋的悲惨心境，最后表示我老人家看破红尘，要服毒自尽，早登极乐。

写好后，我将信放入信封，封皮上写上锦夜的名字。我坐在椅子上，将自己的计划又在脑海中过了一遍。我打算傍晚吃下龟息丹，春痕她们发现我挺尸在床上自会叫来锦夜，验明正身我确已死亡后，我会被装入棺材。龙耀国风俗，停尸一天后为亡灵超度，会将棺木移至寺庙，由得道高僧念经超度。以我将军夫人的地位，肯定会将我的棺木移至京城最大的寺庙寒烟寺的灵堂。念经超度之时，除了和尚，不容外人在场。只要长风提前在灵堂布置好，就可以神不知鬼不觉地把我从棺材里偷出来。待七七四十九天念经结束后，棺材便会埋入墓穴。龙耀向来尊崇死者为大，没有人会开棺验尸的。而且据我所知，寒烟寺的住持一凡大师是代替先帝出家的高僧，非常赏识长风，说长风有慧根。长风也常常到寒烟寺找一凡大师下棋谈道，交情匪浅。

将整个过程想了个遍，我嘘了口气，照常理来说应该是万无一失了。除非锦夜恼恨我不向他请示汇报就不声不响死了，一时失控将我大卸八块。只要不发生这种状况，我就可以逃脱生天。如果不幸言中，我真死透了，我只能说我认了，老天都不帮我，我就破罐子破摔，大不了再穿回去，权当做了一场穿越梦。

一整天我都处于一种极度亢奋的状态，早晨没吃什么，到了中午"一顿不开锅、两顿一边多"，大吃特吃起来，只觉得米饭好吃、青菜好吃、鸡鸭鱼肉也好吃。一抬头见春痕她们正面面相觑地看着我，立刻不好意思地放下筷子。

春痕见我刚才还吃得欢畅，这会儿又不吃了，于是关切地问我："夫人怎么不吃了？是不是哪里不舒服？要不要找府里的郎中来请请脉？"

"我倒是没有哪里不舒服。"我偷偷抹去嘴边的油，以手撑头，做苦闷状，"就是最近心绪不宁，总觉得人生无趣，所以没什么胃口。"（刚吃了那么多，这会儿又说人生无趣了，谁信啊？）

春痕诧异地看着我，"夫人这几天食欲很好啊，我们都说夫人的饭量比以往多出一半，似是吃了两个人的饭食呢！"

我有吗？我下意识地摸摸自己的腰，是见粗了，不复以前纤腰一把，盈盈可握，现在两把都握不过来。"这个……"我不好意思地抓抓头，"我……心情不好的时候，总是暴饮暴食，大概最近时常觉得苦闷，所以吃得多。不过，我吃完总觉得不舒服，吃下去恨不得再吐出来。"

我也有些心虚，哪有要自杀的人还胡吃海塞，心宽体胖的？我暗骂自己没出息，怎么就不能少吃两口？整个面黄肌瘦出来，还有些说服力。

春痕的神色越发透出担忧，"是啊，夫人早上时常干呕，却又总是喊饿，肯定是肠胃不适引起的，还是让郎中看看开些汤药调理一下才好。"

我愣了一下，可能是心情太紧张引起的吧！嘴上应承着，"过两天再说吧！"

冬凝过来收拾桌子，一边将碟碟碗碗放在托盘上，一边埋怨我，"夫人总是不在意自己的身体，这个月的月信也迟了，您自己也不当心自己。要我说，应该让郎中立刻来看看的，肠胃不合倒不是要紧的病，但这月信不调却是女人的大忌，不能掉以轻心。"

我的脑袋嗡的一声响，好像掉到冰窟窿里一般的透心凉，一丝遥远的恐惧从心底冒出来，让我不敢正视。我连想都不敢多想，拼命地抑制自己不向那个方向思考。

"夫人……夫人！"冬凝连叫我几声，我才如梦方醒，"啊？什么？"

"夫人怎么了？脸色这么难看，我现在就去叫郎中吧！"冬凝忧虑地看着我。

"不要！"我像被蝎子蛰了一样地跳起来，"千万不要找郎中，我歇会儿就好！"

我如梦游一般站起来，只觉得两腿发软，浑身轻飘飘的，一步一步跟踩在棉花上一样，勉强走到床边，一下子扑倒在床上，身上一丝力气都没有，我艰难地摆摆手，"你们都出去吧，我想一个人待一会儿。"

我的声音飘忽，传到自己的耳朵里都仿佛隔了很远很远的距离。春痕她们很担心，待要再劝我，我一把扯过被子蒙住头，"求你们了，姐姐们，让我自己待会儿！"

我从没有跟她们这样讲过话，她们虽然挂心我，但还是鱼贯走出房门，留下我一个人在被子底下瑟瑟发抖，抖得牙齿都咯咯作响。

"不会的，不会的，不要自己吓自己！"我勉强地安慰自己，"吃得多，是因为心情不好，你不是一郁闷就胡吃海塞吗？总是想吐是因为心理压力大，太紧张的缘故。至于月信过期，那是焦虑所致，谁碰到这种事情都会内分泌失调的……"

同样的话我对自己说了N遍，直到自己都快信以为真，"没事了，没事了！哪有那么巧的？在现代的时候，你财迷心窍，每期彩票都买两张，（闲侃一句，有一次在卖彩票的报亭外，我看见几位大哥围着一张图表指指点点，一脸严肃地互相交流，我凑过去歪头一看，竟然是'彩票K线图'。彩票都有K线图，差点没把我乐翻了！）你中过一次超过十块钱的奖吗？没有！回回都是为祖国的彩票事业做贡献！怎么这事上就能一次中头奖呢？你有这运气吗？"

安慰完自己，我试着坐起来，一阵眩晕，我又躺下了，偷偷伸手摸了摸平坦的小腹，继续对自己的说服教育，"看，这么一马平川的小肚子，怎么可能中彩呢？"我故作轻松地舒了口气，惯往的鸵鸟精神又开始发挥效力，"睡吧，睡一会儿吧！睡醒了就到傍晚了，到时候，吃了龟息丹，两眼一闭，两腿一伸，等到再醒过来就能看见长风了。对……让我睡会儿！"

我哄着自己闭上眼，心脏在胸腔里跳得怦怦的，都快从嗓子眼里蹦出来了，脑袋上也好像有大锤一下一下地砸，震得脑仁都一跳一跳地疼。睡不着啊！我开始为自己唱催眠曲，"睡吧，睡吧，我亲爱的宝贝！妈妈的双手轻轻摇着你……"

我一下子住了嘴，"这首不好，这首不好！"我赶紧换另外一首，"月儿明，风儿静，树叶遮窗棂……娘的宝贝，睡在梦中……"

我哆哆嗦嗦地用颤音唱到"娘的宝贝"这一句时，又唱不下去了。我腾地从床上坐了起来，最初的害怕和不敢正视过去后，我开始进入面对飞来横祸所要经历的第二个阶段：以毒攻毒，正面直视！

我开始细想这些天自己的变化：头晕，嗜睡，总是睡不醒，有时候坐着都能睡着；吃得多，饭量比以前翻了一番，还总觉得胃里空空的吃不饱；清晨会恶心干呕，恶心完了却还是觉得饿，一点儿也不耽误吃喝；最重要的是我的月信，一直没来。我向来是个马马虎虎、大大咧咧的人，由于我的月信一向都不准时，所以我从来记不住月信什么时候来。在现代还好，我的书包里常年放着一片卫生巾。自从穿到古代以后，我总是被突然袭击的月信搞得很狼狈。

我凝眉细想，上次月信是什么时候呢？我想起来了，应该是在北境越州，长风卧床疗伤的时候。我记得一天早上，我睡醒后发现床上沾了血迹，还以为是长发伤口又出血了，后来才发现是自己大姨妈来了，手忙脚乱了一阵，又找军营里的仆妇要了衬垫的东西才不至于出丑。

我略略推算了一下日子，彻底瘫软在床上。我已经进入面对飞来横祸所必须经历的第三个阶段：不得不接受这个残酷的事实！

我，怀孕了！

再怎么不敢面对，还是有一抹狂喜由心底生了出来，仿佛枯藤上长出争奇斗艳的花朵，刹那开放，灿若云霞。这是我跟长风的孩子啊！是我跟长风相爱的结晶，是我们恋情的见证。有种柔软的冲动漫过全身，前些天我还羡慕江映雪有自己的孩子，现在我也有了，我可以怀抱着我的宝贝，爱他，乳养他，听他唤我"娘"，唤长风"爹"。

喜悦的感觉稍纵即逝，很快心中又是一片愁云惨雾，这个孩子来得真不是时候啊！我用手抚着自己的肚子哀叹，"你个不请自来的小祖宗，真会赶日子，你娘就要跟你爹双宿双飞了，你跑来了！你就不能再多等几个月吗？"

嘴上埋怨着，抚着腹部的手却不由自主地轻柔下来，好像生怕伤到腹中的宝贝似的。

我在床上枯坐了半天，在交替的喜悦和焦虑中煎熬。眼见照进屋里的阳光一点一点消失，终于，屋外晚霞满天，染红了天际的云朵，到了我吃下龟息丹的时间了。我从枕头下拿出那个锦盒，莹白的丸药被映进屋内的霞光染成淡红色，发出迷人的光芒，似乎在诱惑着我将它吃下去。我将丸药举起放在嘴边，一个声音在脑海中蛊惑，"吃下去吧，吃了就能够见到长风了，跟他再也不分离！"

我闭上眼睛，张开嘴，却在丸药碰到嘴唇的时候哆嗦了一下，丸药滚落在锦被上。

母性的本能让我的心在这一刻变得柔软，软得像融化的巧克力糖浆，同时又让我无比的坚强，不管未来，不计后果，不去顾念自己的死活。我只知道我不能就这样拿我和长风的孩子去换取我的自由。如果我吃下龟息丹，两天后，我可以起死回生，诈尸还魂，但我的孩子不会，他会永远地停滞在胚胎阶段，在我腹中长眠。我再也没有机会感觉他在我腹中的蠕动，没有机会生下他，将他柔软芬芳的小身体抱在怀中，没有机会去验证他长得像我还是像长风……

我在床上枯坐了整整两天，呆看着日出日落，月上东山。时间在我的周围变换，天黑了又亮，明了又暗。春痕端了早餐，又换上晚餐。只有我被定格在了那个应该吃下龟息丹的瞬间。饿了我会吃，渴了会喝水，只是不言不语，不眠不息。

我感觉我的灵魂出离了我的身体，飘在半空，俯看着坐在床上痴傻的我。我的灵魂叹息了一声，飘出了窗子，风儿一样的自由，飞向寒烟寺。那里一身白衣的长风伫立在夕阳中，一向风轻云淡的脸上写满了焦急不安。

我飞到了长风身边，欢喜得想要落泪，我伸手想去抚平他紧蹙的眉头，"长风，我来了，我们再也不会分离！"

可是我的手穿过他的身体，却触碰不到他。他看不到我，也听不到我，枯站在寒烟寺外，看着斜阳西下。落日的余晖将他的影子拉得瘦长，终于随着夜幕的降临而归于一片无尽的黑暗……

两日后，紧闭的房门打开，随着开门的吱嘎声，我抬起头，仿佛生锈般的目光木然地转到门口。屋外已是夜色深沉，一团漆黑中，锦夜缓步走了进来，红色的锦衣好似流动的霞光，映得一室旖旎。

他来到桌前，伸出白玉一样的手，拿起我留给他的信。我张了张嘴，却没有发出声音。

他从信封中抽出信纸，默不作声地看了一遍，然后慢慢地将信撕成碎片，每一声刺的纸张破碎的声音都好像在撕扯着我的心肺。

白色的碎纸片落花一样地在空中飘舞，我的目光定在那些飞舞的纸片上，仿佛飘落的是我的未来，我的希望和我与长风的幸福。

发呆的当口，锦夜已经来到床边，长臂一伸将我揽在怀中，我跌入他花香萦绕的怀抱。他紧紧地拥着我，带着无比的满足和欣慰，似要将我揉进他的身体里，与他合二为一。

"溪儿……"他在我的耳畔呢喃，"我在屋外站了两日，觉得竟有两年那么长。你不知道我心里有多害怕，我怕你会吃下龟息丹，会弃我而去……"

我愚钝的大脑一时不能明白他在说什么，呆呆地看着他。他叹息着抬起头，轻抚着我的面颊，美目中闪耀着欣喜而感动的光芒，我从来没有在他的脸上看到过如此温柔的笑意。

"可是你没有走，没有离开我。西门庆华说得对，应该让你自己来选择。你为我留了下来。溪儿，你知道我有多高兴吗？我这辈子都没有这么快活过！"

锦夜抓起我的手，放在自己的胸口，隔着薄薄的红衣，我感到手掌下他脉动的心跳。我仿佛被烫了一样，一把将他推开，我挣扎开口，声音却沙哑虚弱得仿佛漏气的风箱，"锦夜……我……不是……我……没有……我……"

"我知道！"他没有因为我推开他而有丝毫的不悦，反而满脸的心疼和愧疚，声音诚恳地打断我，"我知道我一直对你不好，我总是猜忌你，不信任你，还时常伤害你。但是相信我，溪儿，以后不会了。真的，相信我……给我一个机会，让我补偿你。"

说着，他复又将我搂紧，在我耳边迭声呢喃，"相信我……溪儿……相信我……"

我感觉自己坠入了大海之中，四周是冰冷刺骨的海水，张嘴之际，一串串的气泡冒了出来，我逐渐下沉，长发飘荡在水中，似黑色的水草。我终于缓缓沉落到海底，本以为事情不可能再糟了，却发现依旧没有到头。下面是黑暗深邃的一道海沟，深不见底，没有一丝的光亮，而我已经落入其中，飞速下降，堕向不可预知的深渊……

那夜锦夜没有走，而是睡在了我的遗珠苑，他搂着我，即便睡着了，脸上都挂着满足的笑容。夜半他会突然惊醒，直到确认我在身边，才会握着我的手，继续睡去。我发现我随手拣了送给他的那个印章，被他在顶部穿了一个孔，系上一根丝带，挂在颈间，悬挂的印章正好垂在他心窝的位置。

整整一夜，我毫无睡意，听着身旁他绵缓均匀的呼吸，心中似波涛翻涌。我一直没有去认真体会他的情意，无法想象他竟然已对我用情至深。

我也明白了，原来他一早洞悉了我的逃跑计划。连日来的困惑终于如一条藤上的果子，被我一个个串了起来。这件事肯定跟江映容那丫头有关，锦夜最明显的变化应该是翠喜溺毙后，江映容被带到锦府关押起来的那日。不知江映容跟他说了什么，让他知晓了我假死的大计，他放走了江映容，却没有立即拆穿我。

他捉了西门庆华，可能是偶然碰上的，一时为了泄愤暴打他一顿，也可能是料到此事与西门庆华难脱关系。后来西门庆华为自己开脱的一番信口开河，竟然歪打正着地点醒了他，我记得当日锦夜曾经说过，"自己回来才是真的回来。"于是他给了我一个自己选择的机会。

想到这里我不禁吓出一身冷汗，如果我吃了龟息丹，只怕是无法活着见到长风了。锦夜不会善罢甘休，即便他喜欢我，却不会容忍我的背叛，没有人可以在他面前玩花招。阴差阳错，我因发现有孕而没有吃下药丸，得到了锦夜的信任，也保住了自己的性命。这就是冥冥中自有天意吧！

是的，我是侥幸的，有如神助般地又逃过一劫。可是我并不觉得开心，前景实在是不容乐观。我不敢去想我都对锦夜做了什么，他又误会了什么。更不敢想有朝一日，他发现了事实的真相会怎么想，怎么做。那已经不是单纯的背叛、耍花招那么简单，那将是一场无法挽回的伤害和毁灭！

我内心挣扎，仿佛行走在山涧上空的钢丝上。我问我自己，我应该怎样做？

我明白，作为一个人，应该守着基本的诚信，应该忠于自己的感情，我不能昧着良心骗锦夜，让他像孩子一般满足快乐，这让我有很深的罪恶感，心底的愧疚仿佛一道枷锁禁锢着我，让我连呼吸都觉得困难。

但是此刻的我真的不敢告诉他真相。我承认我的自私，我怕他会怒极杀了我。我死就死了，可是作为一个孕育着孩子的母亲，我的生命已经不单单是我一个人的，我是一个母体，为我的孩子提供温床，提供养料。我死了，我的孩子也会跟着我烟消云散。

所有的路都被堵死了，我好像是站在一个密闭的铁盒子里，上下左右都是冰冷的铁块。

黑暗中，我轻抚着自己的腹部，虽然现在我还摸不到我的孩子，但是那种母子连心的脉脉深情似汹涌澎湃的潮水瞬间将我淹没，心中的母性战胜了一切。

我可以不顾良心的谴责，可以背信弃义，可以谎话连篇，可以去做以前我所厌弃的任何事情。但是无论如何，我要保住我的孩子，只要我有一口气在，我就不允许我的孩子受到丝毫的伤害！

身边的锦夜翻了一个身，如银色薄纱般皎洁的月光照在他完美无瑕的脸上，显得宁静安然。我别过脸去，不敢看他……

翌日清晨，天刚蒙蒙亮，屋里依旧一室安息香的甜软气息。我和锦夜还没起床呢，就听闻屋外一阵骚动，有丫鬟声音发颤地在门外禀报："锦……锦大将军，夫……夫人……有人要硬闯锦府……门口的侍卫快拦不住了！"

我一夜未眠，在半梦半醒间徘徊，此刻头痛欲裂地勉强坐起来，癔症了一下，去推身边犹自酣睡的锦夜，"醒醒，醒醒，有人砸场子来了！"

锦夜一向贪睡晨觉，不爱早起，这会儿眼睛都没睁，伸手一拉我，我重新又倒在了床上。他将我的头按在怀里，含糊着说："别担心，锦府机关重重，即便他有本事闯进来也是死！"随即向屋外道："传我的令，格杀勿论！"

我吓了一跳，心中痛得绞在一起，隐隐知道是谁，却不敢告诉锦夜，只能扬声问屋外，"何人这么大胆子敢闯锦府？"

这回是个侍卫的声音，有些气喘吁吁的，显然是刚刚赶过来，"回夫人，是摄政王要见锦大将军，门口的侍卫拦住他说是要先进来通报，谁料摄政王跟侍卫动起手来，要硬闯入府中。"

长风！

我腾地一下子坐起来，脸色刷白！果真是长风来了！锦夜也睡意顿消，沉脸不语。

我小心翼翼地看着锦夜，怕他发怒，找长风算账。锦夜只是抚着我的头发苦笑，"他自然是放心不下你。"

锦夜略一思忖，吩咐道："告诉摄政王，本将军与夫人尚未起床，一会儿还要去宫中拜见皇后娘娘，没工夫招待他，让他请回吧！"

我知道锦夜不愿让长风硬闯之下进到锦府中来，倒像怕了长风似的，于是引他到宫中见面。侍卫去传话，不消片刻便来回复，"摄政王放弃攻府，转身而去。"

　　长风只是为了见到我，确保我平安，此刻投鼠忌器，不敢一味硬闯，必是到宫中凤仪宫等着我和锦夜去了。

　　"起来吧！"锦夜说着拉起我。我虽然心急如焚地想见长风，但是心中害怕，踌躇着不敢动。锦夜安慰地拍拍我的手，柔声道："咱们去见见他，也好让他死心。"

　　洗漱后，我换上一件象牙白色的素锦宫装，衣裙上以深深浅浅水红色的丝线绣着落英缤纷的图案，外罩一件薄如蝉翼的红色纱衣，若隐若现地露出里裳上的花瓣纹饰。

　　锦夜连马都没有骑，陪着我一同坐马车进了宫。我心情忐忑不安，一方面为了要见到长风，另一方面我更加担心李治善的处境。锦夜既然知晓了龟息丹的事，会不会也知道了炼制龟息丹的是李无常的儿子李治善？如果他抓了李治善，必能顺藤摸瓜查到西门庆华身上。锦夜虽然放过了我，但是铁定不会放过助我逃跑的人，我很怕会牵连到他们。我怎么才能提醒李治善赶紧离开皇宫呢？一路冥思苦想，仍不得要领，一抬头才发现，已经到了凤仪宫。

　　凤仪宫的宫人说皇后娘娘一早去了太皇太后的慈安宫请安，还没有回来，便引我们到侧殿中等候。花园里，迎头看见江映容正在花圃里折花，一袭胭脂红色的宫装，身姿袅娜，容颜娇俏。

　　看见我的时候，她一张樱桃小口张成了O型，仿佛在光天化日之下看见一个诈尸还魂的人。

　　仇人相见，分外眼红。我本来就猜到向锦夜告密的肯定是她，此刻见到她这副活见鬼的神情，更加坐实了我的猜测。虽然我还想不明白我是怎么在这坏丫头面前暴露的，但是这件事她肯定脱不开关系。还有翠喜的死，即便锦夜说是个意外，但我就是觉得江映容难辞其咎。

　　我已经没跑成了，我还怕她这个死丫头？于是毫不示弱地回瞪着她，目光挑衅。怎么着，本姑娘还健在呢！

　　一时间虽然没有任何言语，我们两个却已经用眼神交战了一个回合。当然是我赢了。江映容手中绞着帕子，直勒得手指发白，却难掩扭曲的脸庞，一副恨不得吃了我的模样。须臾她愤恨地扭过头，咬牙切齿道："稀客，稀客，什么风把溪儿姐姐给吹来了！"

　　我死盯着她的脸，那么光洁年轻，美若娇花，却如此的歹毒阴暗，让人心寒，

"明人不说暗话。我也懒得再看五小姐装神弄鬼。你是不是奇怪我怎么没死啊！你放心，就凭你那龌龊伎俩还整不死我林若溪！"

眼见败露，江映容也不再掩饰，她仰起美丽的脸，目光中闪烁着疯狂怨毒的光芒。她已不屑于与我斗嘴，竟然不顾一切地直问锦夜，"锦大将军不是向我保证只要她敢戏弄你，你就杀了她吗？为何还留她活到今日？"

果真是她将龟息丹的事给捅出来的。这是要借刀杀人啊！我气得七窍生烟，"你哪儿凉快哪儿待着去！我就知道是你将龟息丹的事告诉锦夜的，现在还挑唆锦夜杀我。锦夜杀不杀我都不是你了算的！"

东侧殿的大门咣当一响，长风走了出来，面色苍白，难以置信地看着江映容，无比震惊道："你……是你向锦夜告的密？"

原来长风早已到了凤仪宫，等候在侧殿之中。听见殿外嘈杂声方出来一探究竟。

江映容没料到长风在侧殿之中，此时乍见长风，吃惊得说不出话来，半天才目光闪烁地嗫嚅道："长风哥哥，你怎么在这里？"

长风顾不得再理江映容。他见我也站在园子里，眼里便再也没有旁人，一贯波澜不惊的脸上带着焚心似火的焦灼。他紧张地看着我，目光在我脸上逡巡，待看到我毫发无伤才如释重负地嘘出一口气来。

我知道他在寒烟寺连等了我两日，却不见我的人影，早已是心力交瘁。他担心我的安危，怕是锦夜发现了我的逃跑计划而为难我，情急之下，不顾一切地只身硬闯锦府。此刻见到我安然无恙，才放下心来，苍白憔悴的脸上紧张焦急的情绪也略微缓解。

锦夜依旧拉着我的手，悠悠开口道："王爷看到了，溪儿毫发无伤，锦夜也没有难为她。"

长风脸上闪过一丝疑惑，当着锦夜自然不敢细问，只用询问的目光看着我，似乎想从我的脸上看出些许端倪。

我心中百感交集，苦于锦夜在跟前无法表达。想象中，我已经飞奔到长风跟前，扑到他怀中，"长风，你要当爹了！你开心不开心！"

当然仅仅是想象而已，我还没那个胆量，我怕锦夜一发飙让我们一家三口一起上路。

我心中想着，都说相恋的人心有灵犀，长风他能体会我的苦衷吗？对于是否确有心念相通这件事，还有待商榷。此刻心急如焚的长风，是无论如何也想不到我已有身孕这样的变数的。

我连一丁点的暗示都没敢给长风。锦夜那么敏感聪慧，任何的风吹草动都瞒不过他的眼睛。我只能愁眉苦脸地看着长风，虽然心中愁云惨雾，却还是忍不住有一丝丝的欣喜，我孩子的父亲就站在我的面前啊！

我痴看着他俊美无双的面容，一时心猿意马，浮想联翩。我们的孩子会有他这样如画的眉眼，纤长的睫毛和精致的唇角……我摇摇脑袋，原谅孕妇的思维愚钝，大脑进水吧！当务之急是保命要紧！

长风从我的脸上看不出什么，但眼见我很好，没被锦夜打死打残，此刻更是不敢节外生枝，生怕连累我。

锦夜见长风真情流露，目光就没离开我的脸，冷哼了一声道："王爷今早打伤我锦府二十几名侍卫，敢问所为何事？"

长风俊脸一红，不知如何作答。

锦夜咄咄逼人，"王爷不说，本将军也能明白其中的隐情。王爷是否在寒烟寺枯等了两日，不见溪儿诈死的灵柩，心急之下方硬闯锦府的？"

长风已经知道是江映容将事情捅了出去，料定已无法挽回。他顾不得其他，情急之下只有将所有的责任揽到自己身上，语无伦次地替我分辩道："这件事不关若溪的事，是我出的主意，是我要她这样做的，是我引诱她，威逼她跟我走。若溪无奈……"

"我知道！"锦夜打断长风，面色平静，却隐含骄傲，"我知道所有的事情。"

锦夜冰冷的眼眸瞟到江映容身上，"这还要感谢五小姐，将这个秘密告诉我。但是溪儿没有吃下龟息丹，而是留在了我身边。"锦夜伸手揽住我的肩膀，仿佛拥着全世界一般满足而骄傲，"我可以告诉你们，溪儿事前并不知道我已知情，是她自己选择留下，不是我强迫她的。"

言罢，锦夜看向我，我在众人目光的注视下无可奈何地点头，事实如此，没得狡辩抵赖。

锦夜面露微笑，搂着我的手臂又紧了紧，微仰着头傲然道："沐长风，你我二人最后的赌局还未完成，但是这一次，你输了！"

长风看着我们，虽然神色狼狈，但目光依旧笃定，我知道他是信任我的，知道我必是有不得已的苦衷，只是苦于无法相告。他声音平静，"如此说来，长风便没有什么不放心的了，还望锦大将军遵守你我三年的赌约，善待若溪。"

锦夜不紧不慢道："我与溪儿恩爱非常，王爷不必挂心。王爷下次来锦府尽可大大方方地着人通报，不必喊打喊杀地往里闯，我和溪儿随时恭候王爷大驾。不过还望王爷体谅，尽量等到日上三竿再来拜访，否则我们夫妇二人还未起床，让王爷久候，有失恭敬。"

长风的身形僵了一下，面色颇不自在，担忧地看了我一眼。

一旁的江映容一副"我就知道是这么回事"的神情，看着我的目光充满鄙薄与不屑，她向长风哀戚道："醒醒吧长风哥哥！你不要再被这个女人蒙蔽了。她不过是个卑鄙无耻的……"

"住口！"长风真的生气了，严厉地呵住她，"若溪纯洁善良，你为何一再刁难陷害她？"

"她？纯洁善良？"江映容一根手指指向我，气得直哆嗦，"长风哥哥，你看看这个贱人，她毫发无伤地站在这里，她根本就没有吃下龟息丹，跟容儿是否向锦大将军告密没有一丝一毫的关系。是她要了你，她贪生怕死，胆小如鼠，她根本就不值得你这样对她！"

长风气得脸发白，未及开口，锦夜已经悠悠说道："请五小姐管好你的嘴，你一再侮辱内子，念在你曾向我告密，我就饶过你这一回。溪儿没有假死，你的情报便对我毫无价值。不过，我也很庆幸提前知道，不然我不会明白溪儿对我的心意，所以我仍愿意兑现对你的承诺。但是如果你胆敢再多言一句，本将军就割了你的舌头，你我之间的交易也一笔勾销。"

我吃惊地看着他们二人，不知道他们背后还有什么交易，锦夜又许诺了江映容什么作为她告密的酬劳。虽然不得要领，疑惑重重，我却不敢细问。江映容明显畏缩了一下，她终究是惧怕锦夜的，不敢再言语。

我充分发扬了痛打落水狗的精神，"五小姐，你听好了，我的事用不着你指手画脚。别净做那偷鸡摸狗、损人不利己的勾当。还有，我告诉你，翠喜的事没有完，你最好不要让我捉住你的狐狸尾巴，若让我知道你与翠喜的死有关，我一定要你给翠喜偿命！"

江映容两眼冒火，胸脯起伏，转身走到长风面前，拉起他的衣袖，泪流满面地哭诉："长风哥哥，你已经看清了她的嘴脸，这样的人你还有什么可留恋的？容儿不过是不愿长风哥哥受骗上当罢了！"

长风虽然厚道，却一早看清了江映容的伪善，一哂之下，叹息道："五小姐这声哥哥叫得长风愧不敢当，长风未能尽到兄长的责任，也无力对你严加管教。既然这宫中有人替你撑腰，助你有恃无恐，五小姐还认长风这个哥哥做什么？"

一句话说得江映容小脸上红一阵，白一阵，眼泪似断了线的珠子从她年轻姣好的脸蛋上滑落下来。"长风哥哥……"她抽抽搭搭地哭着，无比的委屈心酸，"容儿所做的一切都是为了你啊！"

她用手捂住自己的脸，泪水顺着指缝流了出来。我冷眼看她，心下叹气，作为女人，我知道此时此刻她没有演戏，真的是真情流露。

长风正色道："这不应该是你为所欲为、不择手段的借口！长风一直拿你当妹妹，可是现在，你我连兄妹都没法做。"

"不！"江映容放下手，露出泪痕交纵的脸，虽然跋扈霸道，却依然美丽，带着摄人心魄的魅力，"我就是不要做你乖巧的小妹妹。你可以骂我异想天开，骂我不知廉耻，但是我喜欢你，从我八岁起就一心想做你的妻子。以前你喜欢……"她顿了一下，好在一息理智尚存，没有直接说出来长风喜欢的是江映雪，"我不敢和她争。可是现在，为什么你宁可喜欢林若溪这个毒蛇心肠的女人，却不喜欢我？"

她最后一句话差不多是喊出来的。长风叹了口气，"喜欢一个人是天时、地利、人和。貌似有讲不尽的理由，却只能归结为一条，喜欢她只因为她就是她。但是无论如何，不能以喜欢一个人为借口而去伤害其他人。五小姐请回吧，长风不愿再见到你。"

江映容震惊地看着长风，目中燃烧着绝望的悲伤，"长风哥哥，即便你误会容儿，容儿也不会怪你。终有一天，你会明白这个世上只有容儿对你真心实意。"

说完，她哭泣着跑进偏殿。花园里只剩下锦夜、长风和我，三个人大眼瞪小眼，火药味颇为浓重。

正在此时，江映雪回到凤仪宫中，她的到来缓解了尴尬的气氛。我们拜见皇后娘娘后，江映雪留我们闲谈，进到正殿后又命人端上几大盘水果，笑道："这是南方早春头一拨水果成熟后用快马送过来的，诸位尝个鲜吧！"

我趁着锦夜跟皇后娘娘寒暄，从果盘里拿出一个红得发紫的李子来，不着痕迹地冲长风扬了扬。长风会意我指的是李治善，他给了我一个安抚的眼神，伸手自果盘中拿出一只水晶梨。我心中一块石头终于落了地，长风是想告诉我，李治善已经

"离"开了宫中。看来长风发现事情有变，已经在第一时间通知了李治善。

锦夜回头的时候，我们两个一个在啃李子，一个在吃梨，并无异样。我见这个方法管用，赶忙从水果盘里一通翻找，长风困惑地看着我，不知我还在找什么。我悲催啊，有龙眼，有荔枝，有葡萄，怎么就没有石榴呢？石榴是多子的象征，我是想告诉长风我怀孕了。

锦夜这会儿也注意到我了，柔声道："你喜欢吃什么，我让人在府中备下。"

我想说石榴，话到嘴边又给咽了回去，长风能明白的，锦夜肯定也明白了。我不敢冒这个险，只能摆手遮掩道："没有了，我就是看着一盘瓜果，水灵灵的，很好看。"

锦夜跟皇后娘娘自是没什么可说的，不过略坐坐就带着我离开了凤仪宫。我心事重重地低着脑袋跟着锦夜出了宫门。不知为什么总觉得心里很不踏实，当然，我怀孕这件事是很让我焦心，但是还不是为了这个。我一时想不明白，就是感到仿佛有什么事情有悖于常理似的不对劲。

我与锦夜坐上马车往回走，他伸手揽住我，轻抚着我的后背，"这回沐长风肯定死心，不会再纠缠你了。"

我突然醍醐灌顶似的琢磨过味来。刚才在凤仪宫中太紧张，竟然没有意识到一个非常严峻的问题。

锦夜……他刚才当着长风的面，竟然没有大变身！没有变为那个凶残狠辣的人。他始终拉着我的手，温柔而执着。

一念之下，我惊出一身的冷汗。虽然没有变身的锦夜远比那个变身的锦夜对我好，但是我却更加害怕。这到底是件好事还是件坏事呢？我想不明白，应该是好事吧！至少这个锦夜是喜欢我，不忍心伤害我的。

我勉强安慰着自己，心中却有一丝恐惧缓缓爬升出来，仿佛眼看着一粒种子破土而出，由嫩芽迅速长成一根粗粗的藤蔓。藤蔓像匍匐而行的巨蟒，顺着我的脚踝一路向上缠绕到我的脖颈……

此刻我不得不承认，这恐怕还真不是一件好事！

锦夜丝毫不觉我的异样，温柔地执起我的手，"等我完成了父亲的遗愿，就可以彻底放下这一切。"

我忽然想起在雪屏山的时候，长风对锦夜父亲李明放的评价，说他是一个光明磊落、胸襟宽广的人，禁不住问锦夜："是你父亲亲口说让你报仇雪恨的？"

锦夜点头，声音因悲伤而哽咽，"当年在死囚牢中，沐长风更改了我的生辰，我由问斩改判了流放，我不肯离开我爹，想跟他一起死。我爹告诉我，我不能不负责任地去死，是沐澜澈害了我们全家，我爹要我活着给他们报仇，不能放过沐澜澈和他的儿子沐长风。"

眼泪一下子模糊了我的双眼，我仿佛看到了天牢里那个无可奈何的父亲，面对着一心求死的儿子，为他编织了这样一个活下去的理由。只为了能够让他活下去啊。如今我腹中孕育着一个小宝贝，我能够理解为人父母的心意。为了孩子，我可以不惜去做任何事儿，甚至违背自己做人的底线，去欺骗锦夜的感情。李明放又何尝不是如此？

心中的怜惜和悲悯将我淹没，"不是这样的，锦夜，你父亲说让你报仇，只是为了让你活下去，他不希望你死在刑场上。你当时不愿意一个人独活，他是无可奈何，才想出这个法子。"

锦夜愣住了，茫然看着我，"你说什么？"

情急下，我回握住他的手，急切地说："你想想，在还不知道你会改判流放之前，你父亲跟你提过报仇的事吗？他跟你说过他怨恨沐澜澈，哪怕做鬼也不会放过沐澜澈之类的话吗？"

锦夜想了想，脸色苍白地摇摇头。

"这就是了。你父亲一生戎马，深知战场上胜败乃兵家常事。他怎么会执着于向打败他的人复仇？他以前在你面前提过沐澜澈的为人吗？"

已有汗水顺着锦夜光洁的额角滴落下来，他挣扎着说："早前，父亲曾说过逸轩王丰姿高彻，谦和礼下，若不是生在皇家，必引为平生知己。"他的声音渐次低下去，显然思绪已被回忆占领。

"这么说来，你父亲不会仅仅因为战场失利，便对沐澜澈恨之入骨。你肯定比我更了解你的父亲，他不会是那种因为失败而睚眦必报的人。再说，即便是仇，判你家死罪的也是当时的皇上，按理，皇上更是首当其冲的仇家。为什么你父亲丝毫不提让你向皇上寻仇的事，却偏偏让你向他口中谦和高义的逸轩王寻仇？而且，你父亲明知你与长风是好友，却还要把他捎上。他是希望你能够忘掉仇恨，好好地活下去啊！"

我的话带给锦夜很深的震动，他闭上眼睛，浑身轻颤，断断续续地说道："我……不知道……让我好好想想……"

我知道这件事对他的触动太大，一时让他无法接受，我轻拍着他的后背，柔声道："慢慢想，别太逼自己。来，先睡会儿吧！"

锦夜慢慢把头靠在我的肩膀上，依赖而信任，孩子一样地睡着了。

锦夜对我的态度有了一百八十度的大转弯，好到让我诚惶诚恐，不知所措。他连他的锦珠阁都不回，直接住在了我的遗珠苑。让我更加郁闷的是锦夜对我寸步不离，他将大半的公务挪到府中，内阁的首辅、次辅和各部的大臣走马灯一样地出现在锦府。锦夜即便是处理政务的时候也要将我带在身边，不让我离开他的左右。

这一日，内阁首辅谢翼亭禀报锦夜，发配岭南的原首辅江贺之年事已高，身体衰弱，摄政王沐长风已经上书皇上赦免江贺之，让他告老还乡，回京城颐养天年。皇上业已准奏。

锦夜听到这个消息皱眉不语，半天才向谢翼亭问道："你们内阁如何看待这件事？"

谢翼亭恭敬答道："当年江贺之谋逆作乱，被判发配岭南，永不召回，已是锦大将军放他一马。现在竟然还要回京养老，内阁会上奏皇上，恳请皇上收回释放江贺之的口谕。至于江贺之……"谢翼亭顿了一下，"即便皇上和摄政王执意要接他回京，我们也可以让他永远都回不来……"

我在旁边本来因孕期的反应而昏昏欲睡，此刻吓得当啷一下子就醒了，好家伙！这是要杀人灭口啊！再怎么说江贺之也是江映雪的爹，当今国丈，如此草菅人命，实在是令人发指。

我紧张地看向锦夜，锦夜起身在屋内踱步，须臾沉声道："江家除了江映雪都已被贬为庶民。江贺之不过是个废人，即便回京也掀不起什么风浪，由他们去吧！"

谢翼亭得到指示躬身告退。虽然我此刻一颗心终于落了地，却止不住感到好奇。以锦夜的个性断然不会轻易地首肯江贺之回京的，现如今不但阻拦下谢翼亭的杀人计划，还如此痛快地放过江家，实在让人百思不得其解。

锦夜见我一脸的疑惑，他那么机敏的人，必然知道我在想什么，他叹气道："我知道你觉得奇怪，我为何会放过江家。"他走过来，坐在我的身边，将我的手握在掌心，声音低沉，透出深深的疲惫和倦意，"那日你跟我说的话，我想了好久。这么多年来我不知道自己除了复仇以外究竟为了什么活着。我累了，也厌倦了，越来越迷惘，如果父亲当年的本意是让我忘记仇恨，做一个平凡快乐的人，那我这些年的所作所为还真是一个天大的笑话。"

我很高兴锦夜终于开始思考这个问题，如果他真的可以放下仇恨，不但能够解脱长风，更是解脱了他自己。再者，这些年，我看着锦夜在朝堂上翻云覆雨，但我知道他并不快乐，他不过是为了复仇，而将自己一步步地逼到这个境地，我接着劝慰他，"锦夜，为人父母者只希望自己的孩子平安快乐，不会在孩子的身上加注仇恨和痛苦，既然你已经参透了你父亲当年的苦心，不如悬崖勒马，及早抽身，这样打打杀杀的什么时候才是尽头？"

锦夜苦笑了一下，"想想罢了，事到如今，我早已没有退路。即便我肯放手，皇上可恨不得将我挫骨扬灰呢！朝中之人也不会放过我的。"

"世人都说'放下屠刀，立地成佛'，只要一心求善，永远都不会晚的。现如今国泰民安，四方安定，而你与长风设三年赌局，一直让我寝食难安。若再影响到苍生社稷，咱们几个更是百死都不能谢罪。"

锦夜眉心跳动了一下，沉思着说："自从跟你在一起，我的争斗之心也淡了许多，如今更是觉得朝堂上的争斗越来越没有意义。"说着他举起我的手，放在脸颊上轻轻地摩挲，我一时沉浸在自己对前景的憧憬中，竟然忘记将手抽回来。耳听他嘘出一口气，下定决心一样郑重道："只要有你在我身边，我可以试着去换种活法。"

我一下子从理想回到现实，想挣脱他的手，他却异常坚定地握着我的手。恐惧掺杂着内疚涌上我的心头，我语无伦次地说："锦夜，你不要这样，我这个人很没良心的。真的，你不用对我这么好，不然有朝一日肯定会后悔的。你还是打我骂我吧！那样会让我好受些。来来来，你动手，别不好意……"

我揪着他的手往自己身上挥，却被他一把抱入怀中，"自从那日你没有吃下龟息丹，我就发誓再也不会伤害你。以前种种视如昨日死，从今以后，我愿为你而改变。"

"啊？……"我差点儿哭出来，"你还是别变了……"

我急得站起身来在屋子里团团转，我……我怎么跟他说呢？他越是这样，我越是不敢说出真相，不单单是怕他一气之下杀了我，我还怕伤害他，好不容易锦夜有放下仇恨的意思，一心向善了，这要是知道了我为什么没有吃龟息丹，他会受多大的打击？

锦夜一头雾水地看着我，不明白我为什么这么激动。他拍拍自己的脑门，貌似忽然想明白了。他起身拉住我，玉样的面颊竟染微红，尴尬中带着羞涩，"你不用怕，我不会再让他出来伤害你的。"

我一时没明白他的意思，瞪着眼睛看着他。他在我的目光下更加窘迫，鼓起勇气对我说："有时候……我会……变……一般来说，只有见到沐长风时才会那样……"

我这才知道原来他误会了我刚刚说的"你还是别变了"那句话，以为我是惧怕他变身为那个会折磨我的人。我踌躇着不知如何解释。他干巴巴地开口道："自从靖贞末年的宫变后，我每次见到沐长风时，就会感觉自己不再是自己，好像有另外一个人占据了我的身体。我仿佛被关进一间密闭的囚室，我清楚地看见那个人在做什么，听见他在说什么，也知道他是怎么想的，但我就是控制不了自己的身体，控制不了他……"

锦夜声音渐次低了下去，苦恼地扯着自己的头发。我忽然为他觉得悲哀，那样的变化，他是无可奈何，无法抵挡的。他的痛苦让我不知所措，我能够理解锦夜的分裂。心灵上的巨大阴影让锦夜生活在暗无天日的地狱里，然而本性善良的他无法去像恨一个仇人那样恨长风，于是在面对长风的时候，锦夜终于找到了一个折中的办法，他把自己变成了另外一个人。我想这是一种潜意识里的逃避吧！

锦夜放开抓着头发的手，似呓语一般地诉说："我能明白你让我放弃复仇的话，可是他不明白。我总是很害怕，怕有那么一天，他会完全控制住我的身体，占领这个躯壳，让我如孤魂野鬼一般，再也回不来了。"

我知道他嘴里的那个他指的是谁，强大无敌的锦夜竟然如此的脆弱无助，我看着迷惘无措的他向我诉说着他的秘密，他的恐惧，一时不知如何安慰他。鬼使神差地我伸出手，将他的头揽在怀里，他环抱住我的腰，将头扎在我的胸口，声音堵在我的衣服间而模糊难辨，但我还是听出来了，他说的是："溪儿，只有你不嫌弃我，真心待我……"

我的心猛地一震，下意识地想推开他，却不知为什么将他搂得更紧……

一连几日，我一筹莫展。心里的不安越来越强烈，仿佛行走在初冬结着薄冰的湖面上，不知何时，脚下的冰面断裂，我就会落入冰冷刺骨的湖水中。

曾有人说过：怀才跟怀孕是一样的，日子久了都会露馅。对于这句话我是抱有异议的。果真是有才的话，为了不让人知道，我可以藏巧现拙，实在不行，还能装疯卖傻。可是这怀孕，是想瞒都没有办法瞒得住的。多了不说，再过一两个月就会显现出来了。天气也越来越暖和，待到轻薄的衣服上身时，我肚子上跟扣个盆似的，将无法遁形。

龟息丹是不能吃了，我还得想别的法子。我不敢让春痕她们带信出去，万一被人截获，死的可不止我一个。但是不跑不行啊！我等不到长风与锦夜的三年赌约期满，即便我能等，肚子里的孩子可等不得。

再者，我不敢留下来让锦夜越陷越深，让他对我的眷恋和依赖越来越占据他的心灵，那样会害了他。我已经欺骗了他，便不能再进一步让他迷足深陷，无法自拔。

我唯一能做的就是尽快地离开，在他知道整个事情的真相以前，从他的眼前消失。他也许会痛苦，也许会消沉，也许会恨我，但都好过让他去面对那个残酷的现实。对他，我是愧疚而自责的，却无法弥补，无从偿还。他要的，我给不了，我的身心都早已给了长风。我不否认，锦夜的情意让我感动，然而现如今，即便我想舍弃自己对长风的感情，慢慢去接受锦夜都不能够了。我的腹中已经有了一个崭新的生命，所以我必须离开。

可是锦夜根本不离我的左右，我们跟连体婴儿似的，走到哪儿，他都带着我，让我连一点逃脱的机会都没有。我绞尽脑汁想着逃跑的方法，急得像热锅上的蚂蚁。不知是不是心理作用，我连走路都觉得比以前笨重，不堪负荷一般。我总是疑神疑鬼地觉得身旁的人都能够看出端倪，所以越发地谨慎小心。

我也不敢再在锦夜和春痕他们面前干呕，即便再不舒服，也只有咬牙忍着，实在不行就推托饭菜不合口味，为了这个，锦夜撵走了府里好几个厨子。有的时候，跟锦夜聊着聊着我就能睡着，猛地惊醒后，再赶紧掩饰自己是春困秋乏。可是我再费力地遮掩，但身体里的变化却是不曾间断一日的，我都能感受到那个小小的胚胎在我腹中苦壮成长，一天天地壮大。

几天后宫中传来一个消息：失踪多日的李治善李太医被人从冷宫附近的一口枯井中救了上来，人已经奄奄一息。春痕绘声绘色地跟我描述听来的传闻。据说八日前（就是我跟锦夜进宫那天的头天）太医院发现应该值夜的李太医无故未到，派人去府中查看也是人去楼空。李治善如人间蒸发一般无影无踪。此事被报给了宫中的内务府，连刑部都惊动了，彻查了一番却依旧是不得要领。

直到昨天，一个小太监经过冷宫旁边一口废弃的枯井，听见里面有响动，还以为是鬼，吓得跌跌撞撞地跑到内务府汇报。几个胆子大的太监跑过来一看，才发现七八米深的井底竟然有一个人。大伙赶忙用绳索将那人拉了上来，正是失踪了七八天的李治善。问他是怎么掉进去的，他只推托记不得了，他说他被人打晕了，醒来后就发现自己在枯井里，全凭井底的积水苦挨了这些天。

这个消息让我一整天都坐立不安，诚惶诚恐。李治善肯定是得到了长风的警示，所以才连夜逃离，问题是他不往远处跑，又进宫干什么？又是谁把他推到枯井里呢？若说是事情败露，锦夜得到讯息要抓他，肯定会将他关到慎刑司去，也不会将他推到井里啊！所以这件事肯定不是锦夜派人做的。那会是谁呢？

无论如何，这件事我不能置之不理，李治善本来在宫里待得好好的，是我打破了他平静的生活，将他卷入这个旋涡之中。

没想到的是，我还没有想好怎样救李治善，锦夜倒先跟我提起这件事。晚膳的时候，他忽然问我，"你知道吗？李治善落入枯井，昨天被救了出来，竟然没死。"

我正在喝汤，闻言差点呛到，勉强嗯了一声，尽量用平淡无波的声音说道："听说了，掉进废井里七八天才被救上来，此人真是福大命大。"

锦夜抬起眼来看我，漆黑的瞳仁如黑曜石般闪亮，"今日一早，摄政王派人将李治善接到了摄政王府，为了劫走他，还与大内侍卫发生了争斗，打伤了我的人。"

我紧绷的心弦此刻略微放松，长风救了李治善，看来李治善不会有危险了。我索性不吃了，心中飞快地盘算，锦夜没有追问过我的龟息丹从何而来，看来他已经知道是李治善炼制的龟息丹。当时为了试探我，避免惊动我，才一直没有将李治善抓起来。等他想抓的时候，李治善已经从长风那里得到计划失败的讯息而连夜逃走了。当然至于他如何落入枯井中必是另有隐情。既然锦夜还没有对西门庆华下手，说明这件事还没有牵扯到西门庆华，锦夜尚不知道李治善与西门庆华的关系，也不知道是西门庆华给我出的主意，让我去找李治善要龟息丹。

看来只能往长风身上推了，让长风背这个黑锅。毕竟木已成舟，我又没跑成，推到长风身上也都说得过去，反正就当前的局势来说，锦夜也不能拿长风怎么样，总好过再将西门庆华扯进来。

于是，我重新拿起汤勺，喝下一口汤，才低头道："当日长风让我去找李治善，说他能炼制龟息丹。至于他为何落在井中，我就不知道了。"

锦夜不想我如此坦白，思量道："果真是沐长风。我一直以为沐长风为人谨慎，不会怂恿你假死，我还道是西门庆华给你出的主意。"

我吓得汤勺都差点儿掉在地上，故意装作不经意道："西门庆华如何会认识宫中的太医？"

锦夜释然，"那倒也是！"

他亲自帮我又盛了一碗汤，放在我面前。为了投桃报李，更为掩饰自己的心虚，我赶紧夹了几片莲藕放到他碗里。他微微怔了一下，绝美的脸上露出浅浅的笑意，夹起碗里的藕片放进嘴里。

我吓出一身汗来，拿着筷子的手都微微发抖。

他安静地吃完，低头轻声道："若是只有我们两个人，过与世无争的日子该有多好！"

言罢他抬头看我，亮若星辰的凤目中写满期待和憧憬，我不知如何回答，只能胡乱点点头，"哦……好啊！"

他笑了起来，细碎的柔光闪烁在他的眼睛里，美得像个童话。我一仰头将一碗热汤都倒进嘴里，烫得舌头发麻，五脏六腑都一路火烧火燎……

那天晚上，躺在床上的时候，锦夜向我讲了很多，他的童年，他的爹娘，他两个英挺洒脱的兄长，美丽的大嫂，可爱的小侄儿，还有那个名叫珠儿的凤仙花一样的女孩儿，曾经出现在他年少的生活中。

锦夜抚着我的头发，静静地对我说："我孑然一身这么多年，原以为这个世上再也没有什么值得我眷顾，直到有一天，我在慎刑司的天牢里遇见你，你将我错认成女人，还喊我大姐，我本想杀了你的，但是我没有，因为我想起了曾经有个女孩这样哥哥姐姐地胡乱叫过我，那个女孩是珠儿。第二次见到你，你竟然说我体会不到男人的感受。从来没有人敢这样跟我说话，你再一次激起了我想杀了你的欲望，你却忽然对我说'好男不跟女斗，男人不可以打女人'，我再次放过了你。虽然你不是我记忆中的珠儿，但是看着你的时候，我仿佛回到了将军府，在庭院里的那棵大树下，我第一次看见珠儿，一身红衣的她，比园子里的凤仙花还要好看。"

锦夜叹息着，将我拥得更紧。"后来我在京城的酒楼中又遇见你，有一伙流氓欺负你，情急中你跑到我的跟前，虽然没有开口求我，却用清澈如水晶一样的眼睛看着我，目光中写满了求助的讯息。那一刻，我忽然觉得这么多年来，第一次有了我想要保护的人，想要与之携手共度的人……"

我听着他的诉说，不知不觉眼泪爬满了面颊，怕被他看见，所以我连擦都没敢擦，偷偷蹭在了枕头上。我终于知道为什么他总是穿红色的衣服，为什么喜欢凤仙花，为什么府里每个亭台院落都带着一个"珠"字，那是天真可爱的珠儿留给他的最美好的记忆。十岁出头的孩子，也许并不懂得什么是爱情，锦夜眷恋的是那段无忧无虑的少年时光，而珠儿就是那段时光的见证。我也明白了为什么他会对我情有独钟，是我在最初的相遇里歪打正着地勾起他对珠儿的回忆。

我从没有像现在这样去认真体会他，走进他的内心，探知他的秘密。可是虽然我一向自恃废话连篇，从不冷场，此刻却什么话都说不出口。待情绪稍稍平复，我才没话找话道："你那么有钱，可以买一大片地，做个大地主，不用理朝堂上的争斗倾轧，过简单快乐的田园生活！到时候，在房前屋后种满凤仙花，跟你以前的家一样。"

黑暗中他轻轻地握起我的手，将我的手举到唇边亲吻着我的指尖，半晌方低声道："我以为我没有家了……而现在……你……就是我的家……"

落霞

翌日早上我睁开双眼时，身旁空无一人，锦夜已不知去向，只余一榻的花香，让人疑惑是否夜宿繁花之中。春痕打帘进屋，拉起窗幔，我卧在床上问春痕，"咱家爷去哪里了？"

春痕答道："锦大将军天不亮就起来了，我听他传唤他的侍卫，然后就去了锦珠阁。"

这么早？我很是好奇，锦夜属于夜猫子，晚上很晚才睡，一向不爱早起，如无紧要朝政，总是喜欢睡到日上三竿，今天这是怎么了？

我让春痕先出去，自己躺在床上发了会儿呆，下意识地抚摸着自己的小腹，虽然目视还看不出什么，但是已经能用手在下腹部摸到一个小硬块，一时恐慌中夹杂着一丝欣喜，他长得这么快！

我一骨碌爬起来，简单地洗漱后在身上套上一件腰身宽松的衣裙，为了达到视觉收缩的效果，我特意选了一件暗紫色绣着银色蝴蝶的锦衣，只在腰间松松地系着银紫色的缎带。对着镜子照了照，看上去还是比以前丰腴了些，不过好在别的倒暂时还看不出来。我盘算着，我最多还有一个月左右的时间，若这一个月我逃不出去，就真是没机会了。

穿戴好之后，我去锦珠阁找锦夜，想说服他让我出去转转，锦府如铜墙铁壁一般密不透风，只有出了府才能找到机会。

锦珠阁大门紧闭，我敲了敲门。门吱一声开了，锦夜的身影出现在门口处，见到我略为惊讶，柔声问我，"怎么不多睡会儿？"

我想着自己的计划，装出一副可怜相，苦闷道："我睡不着。昨天夜里我做了个噩梦，梦见有吊着舌头的小鬼手里拿着锁链追我，我一下子就吓醒了。我今天想去寺里烧烧香，拜拜佛。"

"哦？有这种事？"锦夜蹙了眉头，关切之情溢于言表，"既然如此，我陪你去寒烟寺烧香拜佛。"

"不用了。"我忙做出一脸小媳妇的贤惠样，"你这么忙，哪有时间陪我去那么远的地方？我还是自己去吧，让你的侍卫跟着我就行了。"

锦夜想了想，点头道："我今日还有一件要紧的事要做。这样吧，你先去，我下午去寒烟寺接你。"

"好！"我眉开眼笑，终于看到一丝生机，寒烟寺的一凡大师与长风私交甚笃，应该可以帮到我，就算不能在寺院中放我逃跑，至少能够将我的处境告诉长风，让他为我想办法。我心情放松，语调也轻快起来，"那我去了。"

"要我说溪儿姐姐梦到有鬼索追，是心神不宁所致，必是近日不小心冲撞了什么，引来祸端，与其去寺中烧香，不如请高僧来锦府做做法事，也好消除溪儿姐姐心中的业障。"一个娇俏甜美的声音由远而近地响起。

我循声转头，目瞪口呆地看着花丛后转出一个宫装美人，身后跟着锦夜的大批侍卫。我一时脑筋转不过弯来，难不成锦夜那小子有相好的了？

我足足看了那人有一分钟，直到她笑容满面地跟我打招呼，"溪儿姐姐，怎么，不认识容儿了吗？"

此刻我才如梦方醒，江映容？这死丫头怎么会出现在锦府？

我指着江映容，结结巴巴问锦夜，"她……她……她怎么在这儿？"

未等锦夜回答，江映容就抢先道："溪儿姐姐不欢迎容儿吗？"说着，一双大眼睛滴溜溜地看着我。

我木着脸，实话实说，"不欢迎！在宫中遇见你，那是没办法。在自己家中还看见你，真让我比吃了苍蝇还难受！"

江映容眼中瞬间燃起带着恨意的火苗，似是要咬我一口方能解气一样。不过她碍于锦夜在旁边，很快又换上一副低眉顺眼的神情，"容儿知道溪儿姐姐对容儿有误会。此番不是容儿故意到姐姐跟前碍眼来，实在是锦大将军邀我府中做客，还望溪儿姐姐明鉴。"

我诧异地看向锦夜，锦夜在我询问的目光下神色不快，冷艳无双的脸上看不出丝毫情绪，只简单吩咐江映容道："请五小姐到书房等候。"

我懒得跟江映容同在一个屋檐下，有她在，我连呼吸都觉得不顺畅，只是苦于有锦夜给她撑腰，我拿她毫无办法。于是皱眉道："既然你们有事要说，我先走了。"

我刚走到院门口，就听见江映容在我背后悠悠道："溪儿姐姐是要去寒烟寺吗？寒烟寺的住持一凡大师跟长风哥哥是忘年之交，说禅论道，饮茶对弈，无话不谈。劳烦溪儿姐姐给一凡大师带个口信，就说长风哥哥这一两天就去寺中拜访他。"

我差点没一头栽在门槛那里，心中哀鸣，她这个时候提到长风，我又走不成了。这个死丫头，简直就是我的克星。

果真，锦夜踌躇了一会儿，出言相劝道："早春天寒，寒烟寺又在京城郊外，溪儿还是别去了，我会请高僧来府中作法，也正好降妖除魔，去去府中邪气。"

我也不敢坚持，锦夜心里还是有疙瘩，一提长风肯定不痛快，那么长久的仇恨，不是一时三刻就可以彻底放下的，我若执意要去，肯定会引起他的疑心。我一个眼刀飞到江映容身上，她正面带微笑地看着我，一脸的谦恭。我恨得咬牙，"那就多找几位得道高僧，尽快来府中驱妖除魔，今天早上这妖气尤其大。"

江映容知道我是指桑骂槐，嘴角噙了一丝冷笑，看向别处，并未与我逗口舌之强，脸上的神色于得意中带着了然一切的不屑。

锦夜知道我跟她水火不容，走到我身边，揽着我出了锦珠阁，对我道："你先回遗珠苑歇息一下，我一会儿就过去。"

我虽然一肚子的怒气和疑惑，也只能点点头。

回到遗珠苑，我一生气干掉三个包子，两碗以百花熬制的香粥，外加一盘子点心，吃得春痕她们几个目瞪口呆，小心翼翼地问我，"夫人又郁闷了？"

"嗯！"我将盘子里最后一块花生糕放进嘴里，"江映容那臭丫头，就是个小衰神，我一见她准没有好事。"

正气闷不已的时候，锦夜走进了遗珠苑。我本来就因为没出去而生气，加之孕妇脾气大，便不顾死活地将那点火都撒他身上，我重重地往桌子上放下手里的茶盏，"怎么？你要娶那臭丫头做小啊？宫里看不够她，还把她招到家里来！"

　　锦夜哑然失笑，"溪儿怎么会这么想？"

　　"那你找她来做什么？还关起门来密谈了那么半天？我三个包子，一盘子点心都吃完了，你才过来，跟她聊得那么开心？看着她，你觉得秀色可餐啊？早饭你都不吃了。那干脆你娶她进门，天天对着她，还能给府里省粮食呢！"

　　我一生气又抓起一个包子往嘴里塞，我是真的想不明白锦夜跟江映容有什么可聊的，不会是密谋什么事，又想害人吧！

　　见我气鼓鼓的，锦夜索性坐在我旁边，握起我一只手，我一把甩掉他。他也不恼，低声向我道："对不起溪儿，惹你不高兴了。我跟江映容只是有个交易要做，并没有其他事情。你放心，我也不是……"他停了一下，鼓起勇气道："也不是贪图她的美色，在我心中，溪儿才是最美的。"

　　啊？什么跟什么呀！他那么个人间绝色，却说我最美，我没觉得有丝毫的得意高兴，反而跟受了嘲弄似的尴尬。

　　我吃下去的半个包子都堵在胸口，剩下的半个无论如何吃不下去了。见我直愣愣地瞪着他，锦夜脸色微微发红，伸手拿过我手里剩的半个包子，递到自己嘴里咬了一口，含糊道："我饿了！"

　　我抓抓头，看来我是让他误会了，误会我妒忌他与江映容单独见面，有吃醋之嫌。我想解释一下，又怕越描越黑，犹豫着不知如何说。

　　锦夜默不作声地吃掉那半个包子，才轻声道："我知道你讨厌她，以后我不会单独见她的。"

　　我是怕了江映容了，忍不住嘱咐锦夜，"那丫头一肚子坏水，找机会就黑我一刀，你可别听信她的谗言。"

　　锦夜点点头，"放心吧，我不会再猜忌你的。在这个世上，你是我唯一能够信任的人。不管别人再说什么，我只相信你。"他迟疑了一下，"其实，刚才我不让你去寒烟寺，并不是不信你，以为你要去见沐长风。你若是想去寒烟寺见他，当日就会吃下龟息丸。我只是一听见他的名字就不自在，我……大概是……"他顿住，过了一会儿才呼出一口气来，"妒忌他吧！"

　　他竟然承认妒忌长风，我心一紧，酸酸的难受，仿佛被人兜头盖脸打了一记耳光，不知如何回应。同时他的话让我心虚不已，我赶紧低下了头，避重就轻地含糊道："你别信那丫头就好！"

我还是觉得事情蹊跷，忍不住问他，"你与她到底有什么交易？"

锦夜避开我的目光，"等到时机成熟，我再告诉你。"

见锦夜不肯说，我也不好深问，我了解锦夜，他不想说的就不会说，问也白搭。我心中烦闷，顺手又抓起一个包子，自己实在吃不下去，随手又递给他。他伸手接过来，面上露出朦胧的笑意。

第二天是我与锦夜结为对食满两年的日子。要说都怪我，曾有一天晚上一时兴起，随口说起，在我的家乡，夫妻二人会在每年婚礼那一日举办一个周年庆典庆祝一下。谁料说者无意，听者有心。我说完丢到脑后，自己忘个干净，锦夜竟然记下来了。这一天让府中人筹备家宴。说是家宴，不过我跟他两个人，在一群丫鬟仆妇的注视下吃饭，也没什么趣味。

锦夜似乎兴致颇高，一杯杯地将馥郁清冽的梨花白倒入口中，我有孕在身，顾及腹中孩子不敢饮酒，只将酒盏碰碰嘴唇搪塞一下。

酒过三巡，锦夜已带薄醉，面若桃花，不支地以手撑着下颔，一向冷傲的眼眸半阖着，在美酒的作用下柔情似水。

他抬手轻抚我的头发，因在府中，我并未将头发全部绾起，只将头顶上半部分的头发随意用一根白玉簪子绾成松松的发髻，余下的头发都披散在肩膀上。此时锦夜把玩着我的发丝，还将一缕秀发缠绕在他白皙如玉的手指上。

他握住我的手腕，轻轻一拉，我已半躺在他的怀中，一时不知他要干什么，傻愣了没敢动。

"送你一样东西。"炙热的气息带着清凛的酒香拂在我脸上。我抬眼看时，他手上已经多了一个戒指，拉起我的左手，为我戴在无名指上。他俯下头以鼻尖摩挲我的鬓发，薄唇在我发丝间呢喃，"你说过的，这个是婚戒，镶以金刚钻，寓意恒久流传。"（整个一个植入性广告啊！）

瞧我这张破嘴！还有藏得住的话吗？

指间流光溢彩，发出炫目的光芒，我被灼痛了眼睛一般用另一只手将戒指罩住，低声道："谢谢！"

他轻轻一笑，"我会给你更多……"

此情此景颇为暧昧，让我脸上发烧，同时心中恻恻地痛了起来，他送我这样一个戒指，跟打我一记耳光一样让我难受。婚戒，婚戒，我又何尝拿他当过丈夫来看？

他要是对我喊打喊杀，还能让我心安理得一些。我是那种好了伤疤忘了疼的人，典型的恩怨不分。别人对我不好，我也能咬牙切齿地骂他一晚上，咒他喝口凉水都塞牙。但是只要给我一句好话，我立刻不计前嫌，再大的怨愤也都烟消云散了（江映容那丫头除外）。现如今锦夜也不打了，也不杀我了，还对我这么好，越发让我觉得亏欠了他，不知道拿什么来回报。可悲的是我的回报竟然只能是欺骗和逃跑。

我轻推他的肩膀直起身，手执酒壶又为他注满一杯，递给他，他并未伸手来接。我一咬牙，凑过去将酒杯递到他的唇边，他就着我的手，仰头喝下，面色更红，如染了胭脂一般，目光如醉地看着我。我借机向他说道："整天待在府里太闷了，我想邀杨同礼杨大人家的夫人入府一叙，可不可以？"

这是我昨天晚上想了一晚上才想到的。别人我不敢找，也没机会找。杨同礼虽然与长风关系不错，也曾得长风救助，但是女眷之间拜访走动，锦夜应该不会有什么疑心吧！我与杨夫人之间闲聊，说些女人的话题，锦夜也不好在旁边听着，我可以借机让杨夫人将我的处境告诉长风。

锦夜自然不知道我的用意，点点头，含糊道："好，只要你喜欢……"

我一阵欣喜，叫过春痕，出于谨慎，我没敢让春痕带封信给杨夫人送去，春痕也出不了府，只能让外院的小厮去杨府请杨夫人，带信的话太过冒险，搞不好还会连累春痕。我对春痕道："让府里的小厮去请杨同礼家的杨夫人到府中一叙。"

春痕应声而去。身旁的锦夜闭着双目，呼吸绵长，已然醉酒而眠，薄薄的红色纱衣，随着微风飘扬。我叹了口气，拉过旁边一件披风，轻轻搭在他身上。

不消一个时辰，杨夫人就赶到了锦府，由丫鬟带路来到了明珠堂。她见了我眼圈一红就要拜下去，"一直没有机会当面向夫人致谢！夫人对我夫妻二人恩重如山。"

我一把拉住她，"杨夫人不必多礼，杨大人一心为国，你夫妻二人又是情深义重，天意如此，若溪没做什么。今日邀杨夫人前来，不过是好久未见杨夫人，想与杨夫人闲聊几句罢了。"

我上前一把抓住了杨夫人的手。杨夫人见我神色焦急，颇为诧异。知道我有话要说，使了个眼色给我，我这才惊觉明珠堂里锦夜依旧闭目打盹，还有好多仆妇丫鬟，轮流着当差。

我会意过来，亲热地挽着杨夫人，"屋里气闷，咱们姐妹许久不见，还是出去散散步，边走边聊吧！"

正要出门，就见府里的丫鬟来急禀："锦大将军，夫人，摄政王说有急事求见锦大将军。"

锦夜一下子醒了，半眯的凤目中寒光点点，似出鞘的剑锋，"有请！"

随后锦夜转向杨夫人淡然道："本想请杨夫人到府上与内子叙叙家常，不想摄政王前来，怠慢了杨夫人，还望杨夫人怨罪。"

这是下逐客令了，杨夫人眼见又起事端，不好久留，只能向我请辞道："既是摄政王与锦大将军有公务要谈，妾身先行告退。"

我也不愿意外人知道我与锦夜和长风之间剪不断理还乱的复杂关系。今日看来是无法跟她细聊了，于是我向杨夫人提议道："既然如此，你我明日再叙吧。"

杨夫人前脚刚走，就见长风大步走了过来！袍角生风，神色匆忙，转眼到了跟前。

我难以抑制惊喜的心情，刚叫了一声"长风……"，一股花香袭来，不用回头我也知道，锦夜已经到了我身后。

锦夜声音沉稳，已不带一丝醉意，"今日是本将军与溪儿结为对食的纪念之日，本是我夫妇二人的家宴，谁料王爷不请自来。既然来了，锦府自当行宾客之礼，就请王爷共坐同饮。"

长风顾不得锦夜的嘲讽，也顾不得跟我眉来眼去，劈头就问锦夜，"江府的五小姐呢？"

我见长风面色沉郁，一向温和的脸满是焦急，隐忍着怒气，不似平常，忍不住插言问道："出什么事了？"

长风面露愤慨，"刚才我回到府中，府里人说江府五小姐趁我不在，进府找李治善，我府上的人都道她是我表妹，未阻拦她。谁知五小姐走后，李治善竟然翻墙逃走了，不知去向。听本王府上人说，五小姐是由锦大将军的侍卫陪同前来的。"

我吓了一跳，李治善逃走了？他出离了长风的王府，若被锦夜捉住肯定是凶多吉少。我的天，江映容那丫头到底对李治善说了什么，让他不顾死活地逃出长风的保护。

我一时六神无主，偷眼看锦夜。锦夜慢条斯理地说道："李治善李太医，不是一直在摄政王府上吗？人家自己要走，王爷凭什么阻拦？不知王爷听信了何人谣言，认定李治善出逃是受了江府五小姐的挑唆。不错，我是派了侍卫日夜跟着五小姐，那也是因为五小姐向我哭诉王爷派人拘禁了她，本将军想着五小姐毕竟是皇后娘娘的亲妹妹，于是派人予以保护。可是现下，五小姐并不在我府上。"

我心一动，江映容昨天刚找过锦夜，两个人密谈了好一会儿，今天就出了这件事，两者之间肯定有联系。可是当着锦夜，我也不敢将这件事情说出来。

长风耐着性子向锦夜道："李治善是宫中太医，与本王交情匪浅。前些日子遭歹人陷害，落入枯井，几近丧命，本王将他接入府中，是为了保其周全，不被仇家所害。还望锦大将军让江映容出来对峙，本王要知道她跟李治善说了什么，李治善现如今又身在何处。"

锦夜不愠不火，"我再说一遍，江映容不在我府上，王爷若是相信，就请入席喝杯水酒，若是不信，那就请回吧！恕本将军怠慢。"

长风怒上眉梢，对锦夜直呼其名，"锦夜，你敢说这件事跟你没关系吗？本王可以告诉你，龟息丹是我让李治善配制给若溪的，李治善不过是听命于我。你若为了这件事，尽可以向本王发难，何必连累无辜之人？"

锦夜闻言下意识地看了我一眼，我暗自庆幸，幸亏长风将整件事揽在自己身上，责无旁贷地扛起这个黑锅，正好与我昨日的说辞不谋而合。若此刻他推说不知情，我可就又得吃瓜落了，还得搭上一个西门庆华。

锦夜一副我早知如此的神色，不甘示弱道："王爷教唆我夫人弃家私奔，我还未找王爷问罪，王爷反倒兴师动众地跑到我的府上要人，还如此嚣张跋扈，当真是觉得我锦府软弱可欺吗？"

一时二人剑拔弩张，各不相让。

正在此时，宫里有内监前来找长风，说是五小姐失踪了，自从昨日一早出宫后，就一直没有回去，皇后娘娘急得一夜未眠，因而皇上宣摄政王进宫。

既有皇上的口谕，长风不敢耽搁，看着锦夜道："江映容是随你的侍卫出的宫，现在肯定被你藏匿起来，本王定将此事查个水落石出！"

锦夜阴寒着面孔，"那就看王爷是否有本事找到她了。所有的答案都在五小姐身上。"

长风盯着锦夜看了一会儿，掉头走了，临走才有空暇看了我一眼，温柔的目光如三月春风从我脸上拂过。我张张嘴，却没敢叫住他。

这个周年庆典在长风的搅局下宣告结束。我回到遗珠苑休息，脱下水红色的织锦衣裙，换上一件宽袍大袖的鹅黄色家常衣服，歪在床上。支撑了整整一天，对于一个孕妇来说，还是个拼命遮掩的孕妇，实在是太过辛苦。我的腰酸酸的，躺下就不想爬起来。头也一跳一跳的疼，各种信息纷至沓来，李治善、江映容……想得我头痛欲裂。

正在一手揉着腰，一手捶着腿，锦夜走了进来。我赶紧从床上蹦下来，做出一副依旧活蹦乱跳的样子。倒是锦夜怜惜地抚着我的面颊，"脸色这么难看，累了吧？"

我点点头，又摇摇头，遮掩道："我只是担心李治善李太医。"我小心地窥着锦夜的神色，"是你捉走了李治善吗？他是帮我炼制了龟息丹，可我也没吃，能不能放过他？"

锦夜绝美的脸上看不出丝毫的破绽，只淡淡地说："我没抓他。"

这句话并不能让我安心，太多的疑团萦绕在我心中，挥之不去。我正待进一步发问，锦夜握着我的肩膀，柔声道："换件厚点的衣服，我带你去个地方。"

"这大半夜的，去哪儿啊？"我傻愣愣地问。

"最近朝堂上太乱，府里整日不得安宁。咱们去一个只有我们两个人的地方，小住一段时间。"锦夜脸上浮出温柔的笑意。

不要啊！

我差不多是被锦夜拖着去换衣服，他从衣柜里拿出一件霞色的锦衣，过来就解我身上这件衣服的带子，吓得我一把夺过那件如一片霞光的衣服直接套在了身上。

锦夜神色受伤，微微一哂道："我只是……帮你换衣服。"

我此刻倒不是怕他解我衣服，我是怕他发现我的身孕，只能胡乱搪塞，"我冷，直接套上就行了。"

锦夜缓了神色，"别担心，过两日我让人将你薄厚的衣服都运过去。"

薄厚都带着？那还是小住？我赖在床上不肯出门，找了各种各样的借口，"我累了！"

"没关系，我们坐马车去。"

"我困了！想睡觉！"

"上车后，你可以睡在我怀里。"

"我明天约了杨夫人，不能失约。"

"我们只是小住一段时间，等回来你再找她。"

"我头疼，眼冒金星，天旋地转。"（这回走不了了吧！）

"啊？你怎么不早说？快传府里的郎中！"锦夜作势就要叫屋外的丫鬟。

"不用了！"我从床上跳下来，挥挥胳膊，动动腿，好人一个，"忽然就不疼了，咱们走吧！"

我在马车里昏昏沉沉，睡得昏天黑地，噩梦一个接着一个，几次尖叫出来，都是锦夜拍着我的后背，焦急地叫醒我，"溪儿，溪儿，醒醒，又做噩梦了！"

锦夜颇为自责，"早知道这样，我们就明日一早起程了，让你在家里睡个好觉再赶路。"

我抓起他的袖子抹抹额头上的冷汗。今天夜里跟明天早晨差别倒不大，问题是他要带我去哪儿？我们什么时候回来啊！我掀起马车的车帘，外面是伸手不见五指的黑暗，就像我的命运般无法预测。

马车走得很慢，次日傍晚终于到了一处山谷里，四面群山环绕，形成一个天然的盆地，我都没整明白我们是从哪儿进来的。我问锦夜："这是哪里？"

"这里是落霞谷。"锦夜静静地回答。

我环视四周高耸入云的青山，漫天彩霞都挡在了山峰外，不禁面露疑惑，"为什么叫这么个名字？"

锦夜凝眉，眼若渊池，"因为谷中埋有硝石，若有外敌，点燃即可焚掉整个山谷，因而取名'落霞'。"

"啊？这么个落霞啊！"我吓得声音打战，舌头都不利索了。合着就是最后鱼死网破用的。

锦夜指着山岚安慰我道："朝中除了我和少数几个亲信外便无人知晓这个山谷。每个山头都驻扎着几个营的兵力，再加上群山环抱的天然屏障，我们在这里很安全，也不会有人来打扰。"

他还不如不安慰我呢，我一听是这么个插翅难飞的地方，差点当场哭出来。我忍不住问他，"咱们不会是一辈子远离尘世藏身于此吧？"

"只是暂时的，最多一个月。"锦夜拥住我，"等我将一切都办理妥当，我们就可以离开这里，去过真正的世外桃源一样的生活。"

我一下子想起了长风在雪屏山边陲曾经对我说过的美好前景，耳边仿佛又响起他清越温和的声音，"我们离开京城，游历山河，再择一处山清水秀的地方住下来，种菜养花，生儿育女……"

我赶紧甩甩头，自嘲地想，至少我们已经完成了一项，可惜顺序颠倒了，完成的是最后一项生儿育女。

锦夜领着我走进落霞谷中一处园子，大门并不起眼，无匾无字。进了门才发现里面是别有洞天，长长的甬道，一处处的房子，跟迷宫似的，房子都以青石垒成，并非普通的砖瓦，显得厚实而凝重。所有房子围着一个足球场那么大的花园而建，园中鲜花盛开，灿若云霞，花园中央有一个石亭，亭中是一块巨大的无字石碑。

锦夜拉着我在迷宫中穿来走去，我本就方向感不强，不一会儿就彻底晕菜了。锦夜对这里却异常熟识，仿佛闭着眼也不会迷路一样。我诧异地问他："这里的房子怎么都差不多？"

锦夜答道："就是为了迷惑来人的，所以房子的结构相似，没有人带领很难走出去。"

吓得我一个趔趄，要不是锦夜拉着我，我就栽倒在地上了。锦夜体贴地停住，"累了？"言语间，已经打横将我抱起。走了一盏茶的工夫，锦夜累得汗都下来了，热气蒸得他身上的花香更加馥郁，他呓味道："我怎么觉得你比以前沉了呢？"

我闻言小心肝直抖，勾着他脖颈的手又紧了紧，此地无银道："是吗？不会吧！我一向吃得不多啊！（说这话亏心不亏心？）我倒觉得是你最近忙于朝政，日夜操劳，体力不如从前了（倒打他一耙）。"

锦夜又抱着我走过一个石桥，喘着粗气点点头，"也是，最近都疏于练功了。等闲下来我教你些简单自保的武功，至少逃跑的功夫要学一点的。"

"不用不用。"我心虚得直冒冷汗，我大着肚子还学飞檐走壁啊，"有你保护我就行了。教我学功夫，能把你气得折寿十年。"

锦夜抱着我来到一处小巧的院落停住，院子不大，青石垒成的院墙，犹如牢笼一般。院门以寸厚的生铁铸成，与视线平行的地方只开着一个一尺见方的小窗户。我看着那扇大门发呆，以为又到了慎刑司的天牢，仿佛铁门后随时会伸出马公公我那乖儿子的大饼脸来。心中不禁涌起一种即将被关入监狱的愁苦感觉。

好在院子里非常精致，一扫院墙和院门带来的凝重和压抑感。花圃中种着名贵的花草，正值春日，五颜六色的花朵开得花团锦簇，云蒸霞蔚。

院子里有一口井，一张石桌，四个石凳。石桌旁边种着两株果树，一棵是桃树，此刻粉红的桃花开得正热闹，艳粉的花朵少心没肺地挤满了树杈，连绿色的叶子都淹没在粉红色的海洋里。另外一棵是梨树，梨花已落，树上结满了比枣子大不了多少的青涩的小梨子，想来再过月余就能见到硕果累累了。

院里一正两偏三间屋子，进到正房里，发现布置得简朴舒适，虽然东西用的都是顶级的，却让人不觉奢华，只感到温馨，雪白的床帐与窗幔在春日的微风下轻舞，很是安详静谧。

锦夜走到床边，直接将我放在床上，弯腰为我脱下绣鞋，拉过被子将我盖住，"你睡会儿吧！先辛苦几日，过两天我让人将春痕她们接来伺候你。"

我拉紧被子将自己裹得严严实实，脸都埋在了被子里，呜呜噜噜地说："好！"

我如被宣判了死刑的囚犯，却不知道具体的行刑日期，那种等死的滋味比死更可怕。锦夜陪了我几日，果真将春痕和秋画接来照顾我，夏屏和冬凝留在锦府看家。我冲着带来的那包衣服扑过去，打开一通翻找，披风，长裙，亵衣扔了一地。

春痕和秋画面面相觑，忍不住问我："夫人，你找什么呢？"

"我找……"我差点将实话说出来，我找白布呢。话到嘴边又咽了回去，改成，"你们给我带男装来了吗？女装太麻烦，这里没有外人，我穿男装利索些。"

"带了。"春痕松了一口气，打开另外一个包袱，得意地指着我平日穿的那几套蓝色的男装，"在这里。"

我过去翻了翻，趁着春痕她们两个收拾东西，将压在底下，叠成一叠的长长的白布藏在怀里，若无其事地回到床上躺着，将怀里揣的白布又藏到枕头底下。不一会儿我听见秋画诧异地说："咦，裹胸用的白布哪里去了？我明明记得我放在包袱里了！"

我躺着没敢动，春痕也过来帮着找，翻了一个够也没找到，纳闷道："奇了，难不成那布自己长腿了？还是被什么人拿了去？"

我忍不住从床帐里探出脑袋，"没关系，这里就咱们几个，我穿男装也不用裹胸。"

两人调笑了一会儿，"夫人穿什么，咱们都知道夫人是女子！"

我躺回到枕头上，伸手摸了摸枕头下的白布，这一个月就指它了。

第二天锦夜出去了，晚上没回来。春痕和秋画睡在了隔壁的厢房里。我拿出那叠白布，脱下身上的衣服，将白布一圈圈仔细地缠在腹部，不敢缠得太紧，生怕勒到腹中的宝贝。缠好后才重新穿上衣服，自己在腰身上抚了一下，还好，如此一缠，只是觉得腰变粗了，不会觉得是肚子变大了。

我想着，一个月后是锦夜的生辰。往年这一日府中都会大宴宾客，数不清的朝臣会来给他贺寿，他肯定会带我回去的。一个月啊，我在心里问自己，我还能坚持这一个月不露馅吗？

三天后的夜里，我都睡了一觉了，锦夜才过来。他看上去很疲惫，进屋就坐在椅子上，双手抱着自己的肩膀，声音都显得有气无力，闭目问："有吃的东西吗？今日政务繁忙，我没来得及用膳，中午出了内阁就骑马过来了。"

我赶紧爬起来，张罗着让春痕准备吃的，京城到这里坐马车坐了差不多有一天，即便骑马快，也至少要骑四五个时辰。

锦夜对着一桌的食物，只吃了几口就挥手让春痕她们将东西撤了。看来是真饿惨了，反而吃不下去。

饭菜撤下后，他简单地沐浴一下就仰面躺倒在床上，长长地嘘出一口气，握住我的一只手道："这几日没有你在身边，我都睡不着，只想着快点忙完了，回来看你。"

他侧身轻抚着我的面颊歉然道："我不在，你一个人住这里，闷了吧！我也是赶着这两日将朝中该交代的事都交代下去，然后告诉他们我最近身体不适，需要休养，暂不理政务。这样就可以在这里多陪你些时日。"

我听了吓得直哆嗦，禁不住向他抱怨，"这里什么也没有，出了这个院子我都辨不清方向，我不要待在这里。"

锦夜拍着我的背，像哄孩子一样哄我，"在这里比较安全。再者，正好让你适应一下这种只有你我二人的日子，看能不能习惯。"

"那咱们什么时候回去？"这是我最关心的问题。

他叹了一口气，"再等些日子，一切都妥当了，万无一失再回去。"

任我怎么威逼利诱，他死活不肯说是什么事，只对我说："现在我也还没有十足的把握，你知道得越少越好。"

不说就不说吧。我这个人有一样好，虽然好奇心很重，但是人家真咬死了不说，我也不会打破砂锅问到底。我睡了一天了，此时不困，便枕着胳膊，跟他闲聊，"我让你回锦府的遗珠苑，将我做的纸牌带来，我好在这里跟春痕秋画她们两个打牌解闷，你带来了吗？"

锦夜苦笑，"沐长风都快搬着铺盖睡在锦府门外了，我哪还敢回府！我躲了他两天，从内阁出来时都是走的后门。"

猛地眼眶一酸，又生生被我逼了回去，心中痛得好像针扎一样。这么多天不知我的去向，长风肯定急死了。我在这里与世隔绝，连个平安的消息都无法带给他。我赶紧甩甩头，不敢多想，想了会更郁闷的。我没话找话地问锦夜，"你肯定这里安全吗？这里是山谷，虽然戒备森严，但是如果别人将那唯一的一条路堵死，再来个放火烧山，岂不是瓮中捉鳖吗？"

他笑了起来，轻轻揪了揪我的耳朵，"你这个小脑袋瓜里整天都想什么呢？放心吧，没人能找到这里的。从几年前我就筹划着兴建这里，就是以防意外，最后保命用的。落霞谷虽然只有一条路进出，但是尚有一条密道，穿山而出，直通山外。"

我一时口干舌燥，声音都紧张得发颤，"密道入口在哪里？"

好在他并未发现我的异常，打了个哈欠，声音也因睡意而朦胧，毫不设防道："就在花园的石亭里，中间那块石碑上有道暗门，按住石碑右边一块凸起的石头就能开启。"他勉强睁开惺忪的睡眼，用指尖点点我的鼻子，"除了我，你是唯一一个知道这个秘密的人。"

我闻言咬紧了下唇。黑暗中，响起锦夜细微的鼾声……

密道

锦夜一连在这儿陪了我二十多日，朝夕相伴，形影不离，让我想去密道一探究竟都没有机会。

每日锦夜就与我在这里种花，闲聊。他似乎对这种生活很满意，一向冷傲的脸上也终日挂着笑意，连春痕和秋画都在背地里小声议论，"这还是咱家爷吗？"

我可是面上强颜欢笑，心里却恨不得大哭一场。腰上的白布越缠越紧，腹中的小东西少心没肺地疯长，不勒着不行了。连睡觉的时候，我都不敢解开。夜里锦夜搂住我，诧异道："都是春日了，你怎么穿这么多衣服睡觉？"

我含糊着，"山里……冷啊！夜里你还总是抢我的被子，常常让我晾着睡，所以我多穿点，省得着凉！"

锦夜很是不好意思，将我整个人搂在怀里，又用被子将我们两个罩得严严的。这么久了，虽说同床共枕，但我们都是自己盖自己的被子。此刻同在一床被下，我贴着他温热精壮的身体，手脚都不知道该放在哪里，很不自在。一不小心就会触到他丝绸一样光滑而又韧性十足的肌肤，别提多别扭了。

他的手不经意地在我的腰上滑动，我大吃一惊，一把攥住了他的手，生怕他摸到我的肚子。情急之下，往上一移，直接将他的手按在我的胸口上。我真不是成心的，可身上就这么大点地方，我在腰部以上和腰部以下略一踌躇，还是选择了上面。

他的呼吸一下子变得紊乱，炙热的气息呼在我的面颊上，体温都好像升高了几度。他激动地收紧了手指，流转的凤目染上一抹朦胧暧昧的色彩，喘着粗气问我："可以吗？"

他的神色吓到了我，我被他这样抓着，半边身子都是麻的，大气也不敢出，过了一会儿才颤颤巍巍地说："不……可……以！"

他缓缓地松开了手，复又将我抱在怀中，声音也变得冷静，"睡吧！"

这样对我温柔体贴的他令我心生负疚，对自己都感到厌弃。我终究是要离开他的，必然会辜负他的情意。

我在他怀中躺了一会儿，侧身抱住他没有一丝赘肉的窄腰，将头埋在他的胸膛前，喃喃道："对不起，锦夜，是我对不起你！"

他的身体一下子变得僵直，在我耳边幽幽叹道："溪儿，我可以等，等你接受我……"

翌日，锦夜终于要去京城，朝中有政务需要他回去解决。早上他出门前，我向他道："锦夜，我不想一个人待在这里，带我一起去吧！"

锦夜看到我一副可怜巴巴的样子，面露不忍，思想挣扎了片刻，柔声对我说："我尽量快去快回，你还是留下来比较安全。快了，溪儿，相信我，很快我们就可以一起离开这里，去一个谁也找不到我们的地方。"

锦夜哄了我半天，还是自己走了，将我留下。我急得在屋里团团转，不行，我不能再等了，近四个月的身孕很快就藏不住了。留下来只有死路一条。

正急得火烧火燎的时候，我忽然想起锦夜曾经提过的那个密道，脑袋里灵光一闪，趁他不在，正好开溜，此时不走更待何时！说走就走，春痕和冬凝正好都在后院忙活着呢，我想了想，只将长风送给我的那副玉石象棋收在怀中，又拿了两个火折子，就偷偷溜出了小院。

一出院门我就晕头转向了，那一排排的房子看上去实在是没有什么差别，不一会儿，我就身陷房子阵中，前后左右都是房子。

我不知道走了多少冤枉路，才来到花园边，那座石亭就矗立在花园的中间。我飞奔过去，那个无字石碑很是巨大，但严丝合缝的，看不出有门，我绕着那个石碑转了三圈，发现石碑的右侧确实有一个不起眼的圆形凸起，我扭动了一下，石碑正面果真哗的一声打开一道石门，露出一个砌着台阶的密道，幽深黑暗，不见光亮。我从袖中拿出准备好的火折子，嗞的一声点亮，举着火折子下了台阶。

刚下了两节台阶，石门在我身后关闭，原来还是自动门，太高级了。失去了门口的光亮，密道里的光线骤然暗了下来，只余火折子上的一点昏黄的亮光。

我下了几级石阶，到达一处相对宽敞的空间，我举着火折子照了照，四周都是岩石，前方有一个只容一个人通过的洞口。我一阵激动，仿佛在黑暗中看到光明，终于可以逃脱生天了！

正要举步过去，身后忽然传来开门和关门的声音，在空旷的密道里回荡着回声。

我吓得心差点儿从嗓子眼儿里跳出来，四周空旷，连个可以藏身的地方都没有，条件反射下，我厉声喝道："谁？"

身后没有回答，我举起火折子，那个该死的火折子却在这个关键时刻熄灭了。我一下子陷入一团漆黑之中，伸手不见五指。眼睛无法发挥作用，其他的感官就变得异常敏锐，我清晰地听见不远处有一个人的脚步声，咚……咚，是在一阶阶地下石阶。终于响声在我前方不远处停止，看来那人已经下到了最后一阶，与我同在一间石室里。

因为什么也看不见，越发觉得恐惧，我扔掉手里熄灭的火折子，手忙脚乱地从怀里又掏了一个新的出来。哧的一声点燃，虽然重新有了微弱的亮光，我却感受不到丝毫的慰藉，反而如临大敌般紧张。

感到一个人悄无声息地来到我的面前，一股凉飕飕的冷意顺着我的脊背爬上来，似吐着毒芯的青色小蛇缓缓蠕动。我猛地一抬头，赫然发现身边竟然站着一个人。跳动的火光，将那人的脸映得上半截在光亮中，下半截在阴影中，鬼魅一般的狰狞恐怖。我吓得头皮发麻，失声尖叫出来。

那人哧的一声笑了，声音飘忽道："都说没做亏心事，不怕鬼敲门，溪儿姐姐如此害怕，是不是做了什么亏心事，怕被人发现呢？"

我此刻方看清，竟然是江映容。我跟见了鬼一样看着她，失声问："你怎么会在这里？"

她笑意盈盈，似乎我问了一个很愚蠢的问题，"容儿一直住在这园子里，应该说比你还早到了一天呢。刚才正在屋里歇息，就见溪儿姐姐鬼鬼祟祟地经过我的窗外，于是容儿就跟过来了，远远看到溪儿姐姐到了石亭里，却突然跟消失了一样不见了踪影。我过来一探究竟，没想到，竟让容儿发现这里有个密道。怎么，溪儿姐姐是要逃走吗？"

我被她拆穿，很是恼怒，同时又万分好奇，忍不住问她："锦夜为何让你住到这里？"

她冷哼了一声，仿佛是懒得回答我。

我忽然想起她与锦夜的密谋，心中的疑团更甚，胜于我顾及此时此刻自己的处境。有她在，我也跑不了了，于是我站定，抱着胳膊问她："我很好奇，那日你去长风府上跟李治善说了什么，让他逃离了长风的保护？"

江映容娇笑道："溪儿姐姐想知道，容儿告诉你也无妨，我告诉他锦大将军要害我，让他救我。"

我听得一头雾水，"锦夜要害你？怎么可能？再说李治善为什么救你？"

她黯然神伤，水汪汪的大眼睛中满是心碎的痛楚，手里绞着丝帕，答非所问道："只有长风哥哥对我毫不在意。"

虽然她说得莫名其妙，但是电光石火间我却仿佛在黑暗中抓住了一丝光亮，我猛然记起，我去宫中取龟息丹那日，在御花园看到李治善满面笑意地采下一朵梅花藏于袖笼中，似要送给心爱的人。西门庆华也曾说过，李治善要娶妻了。

所有的碎片在我眼前逐渐拼成一幅完整的图画。我惊惧地抓着自己的衣服，颤声道："是你，是你勾引李治善，探得了龟息丹的秘密。"

"对，没错！"江映容毫不掩饰，颇为自得道："当初我见你鬼鬼祟祟地入宫就知道你肯定心怀诡计，我很容易就问出来，你当天见了李治善，于是我就借机接近他。那个药罐子还真是个情痴，我不过略施手段，就让他五迷三道，魂不守舍，将你的事原原本本都告诉了我。"

我觉得呼吸都不顺畅了，"这么说是你利用他对你的情意，探得我的秘密，又告诉了锦夜。"我恨得咬牙，"你知不知道你这样不但是在害我，更是害了李治善！"

江映容耸耸肩膀，毫不在意道："他是死是活关我什么事？是锦大将军恨他为虎作伥，助你逃跑，想要他的命。"

我想起事发后李治善本想从宫中逃走，却遭人陷害，落入枯井九死一生，我不解地问："难道是锦夜那日派人将他推入枯井中的？"说实话，我还真不敢相信锦夜杀人会用这种小儿科的手段。

"不是他！是我推的。"江映容承认得很干脆，"那个自不量力的傻子，癞蛤蟆想吃天鹅肉。我不过假意对他，他竟然当了真。逃跑当晚约我在冷宫见面，非要我跟他一起走。真是太可笑了！我堂堂江府的五小姐，皇后的亲妹妹，怎么会跟个江湖郎中私奔？我怕他泄露我与他的关系，就趁他不备将他推入枯井之中。"

我目瞪口呆，竟然是她干的，那么一个对自己一往情深的人，她还真下得去手，她还是人吗？我一时义愤填膺，"那为什么他得救后，没有说出你的名字？你到底在长风府上跟他说了什么，他竟然还会相信你。"

江映容仰头笑了起来，声音清脆如银铃，在空旷的石洞中，异常诡异，"他是对我一片痴心，虽然怪我害他，却不忍告发我。他得救后就被长风哥哥带到府中保护起来。后来锦大将军找到我，让我引诱李治善离开长风哥哥的保护。于是我到长风哥哥的摄政王府找他。那个药罐子还真是好骗，他本来质问我为何要置他于死地。我不过掉几滴眼泪，哭诉给锦大将军拿我大姐姐和小皇子的命来挟我，让我对他下手的。我说自己也是一万个不忍心，却身不由己。没想到他还真信以为真，不但不怪我把他推下枯井，还说我重情重义。我又说，锦大将军找不到他就要杀了我。他听了，眉头都没有皱一下，就离开了长风哥哥的摄政王府，自己找锦大将军投案自首去了。"

我心痛地闭上眼睛，李治善竟然痴情到这个份上。都说爱情可以蒙蔽人的双眼，在爱情面前，那样谨慎聪明的人却丧失了理智和洞察秋毫的敏锐，将自己的命运交到别人的手中，将一颗珍贵的心捧给别人去践踏。我已经懒得去痛骂江映容了，她是那种没有道义之心的人，我只问我最关心的问题，"李治善现在人在哪儿？还活着吗？"

"活着，我昨天还见过他，他也在山谷之中。不过锦大将军什么时候会要他的命，我就不得而知了。"

我舒了一口气，只要活着就好，没想到李治善就在这落霞谷里。我实在是百思不得其解，"锦夜既然恨他，为何一直容他活到现在？"我一惊，吓出冷汗来，"不会是慢慢地折磨他吧？"

"那倒没有，他身上没有刑伤。"江映容无所谓道，"谁知道你那对食在想什么，你可以自己去问锦大将军。也许是顾及长风哥哥，不敢即刻就杀了李治善吧。"

困扰了我两个月的谜团终于揭开，原来真相果真就在江映容这个蛇蝎心肠的女人身上。还有一件事让我耿耿于怀，我盯着江映容，眼睛都不眨一下，沉声问她："那翠喜呢？翠喜是怎么死的？"

江映容上前两步，娇笑如花道："溪儿姐姐真要打破砂锅问到底，容儿就统统告诉你。"

　　我厌恶地退后一步，意识到她今日这么痛快地承认了所有的罪行，太反常了。而此时身处密道，这里只有我们两个人，她若害我怎么办？于是我离开她一段距离，让她够不着我，戒备地看着她道："你就站那儿说吧。"

　　她冷笑一声，"翠喜那丫头是我推下湖的，那日她去太医馆为大姐姐取药，正好撞见我跟李治善卿卿我我。我自然不会放过她。"

　　虽然一早猜到是她，但是听她亲口说出来，还是让我肝胆俱裂，恨得几乎要呕血，果然是她害了翠喜一条年轻鲜活的生命。我咬牙切齿，上前一步，用尽全身的力气，一掌扇到她脸上，"五小姐就不怕遭报应吗？"

　　她本来在得意地笑着，猝不及防被我打个正着，啪的一声脆响后，白皙光洁的半边脸红肿了起来。

　　我趁她捂脸愣神的当口，一把推开她，三步并作两步跑上石阶，此刻我顾不得利用密道逃跑，我只想着快点逃离这里，江映容似黑稠的沼泽，让我感到阴暗恐惧，浑身发冷，我只想离开她回到阳光下。

　　我冲到石门前，却惊恐地发现石门纹丝未动，石门四周都用巨石垒成，没有一丝的缝隙，也根本没有机关能打开门。背到家了，原来这扇门只能从外面打开。

　　头皮忽然一阵剧痛，江映容已经来到我身后，从后面揪住了我的头发，将我拖着往石阶下面走。其实单就体力而言，我可以说与她是半斤八两。可是我顾忌腹中的孩子，生怕会磕到碰到伤了孩子，于是费力地保持着平衡，不让自己摔倒，一只手护着腹部，一只手与她扭打。此时此刻，我后悔死了没跟锦夜学两招保命的武功，艺不压身，人还是要居安思危啊！

　　江映容娇艳的脸蛋阴恻恻的，满是怨毒之色，忽然猛地抓着我的头发，迫我仰起脸来，冲着我的脸吹了口气儿。一团白烟自她的樱桃小口中呼出，我下意识地掩鼻，却已经晚了，一阵头晕目眩，委顿在了地上……

　　我恢复意识的时候，发现我已经被江映容拖到了石阶下面，江映容从怀里拿出绳子将我的手脚捆个结实。发现我醒了，她站起来踹了我一脚，我翻滚了一下，避开腹部，那一脚踢在我胸口上，让我差点没背过气去。

　　她气喘吁吁地咒骂着，"没想到你跟头死猪一样沉，只知道吃的猪婆，真不知道长风哥哥看上你这个猪婆什么了！"

我顾不得她的辱骂，忍着头痛问她："你到底要做什么？"

她笑得诡异，冲我扬起一只手，就着掉在地上火折子的光亮，我看到她指尖莹绿，闪着幽幽的寒芒，仿佛地狱的鬼火，让人见了头皮发麻。我惊叫出来，"枯骨红颜！"

她点点头，眼中的光芒几近疯狂，"算你识货。我跟李治善泡了这么多天，还是有收获的，跟他学了不少用迷药和用毒的本领。"说着，她用发绿的指尖轻轻摩挲我的面颊，声音中带着蛊惑，"一时三刻，如花红颜将化为一捧枯骨，对你，真是再合适不过了。"

面部她摩挲过的地方已感到酥麻，逐渐演化成针扎一样的刺痛，我惊恐地扭着头，想逃避她的手，奈何手脚都被捆着，根本动不了分毫。我徒劳地一边挣扎，一边外强中干地质问她："你不怕杀了我，锦夜和长风都不会放过你吗？"

她咯咯地笑了起来，一脸的天真无邪，"这个密道这么隐蔽，一时半会儿谁会发现你呢？等到那阉人找到你，你都化成一堆骨头了，又如何告诉他是我杀的你？"

她简直是疯了，锦夜和长风不会查不出是她对我下的毒手，但是现在我根本说不动她，她已经完全失去了理智，对一个疯子，是说什么都不管用的。面部的刺痛更加剧烈，那种痛慢慢渗进了皮肤，肌肉都痛了起来，让我连说话都牵扯得痛苦不堪，我咬牙问她："你不是恨锦夜害你江家妻离子散，为何还助纣为虐地帮他害李治善？"

刚才还一脸纯真如小姑娘的她瞬间狰狞了神色，目露骇人的凶光，咬牙切齿道："就是因为你的挑唆，你的存在，让长风哥哥越来越误会我、讨厌我，他竟然说不认我这个妹妹，还派人将我监禁起来。我只能投靠那个阉人，在他的庇护下苟延残喘。是你害得我得不到长风哥哥的青睐，是你害得我不得不向我最厌恶的人妥协，我恨不得一片片撕碎了你。"

她说着用一双手掐住我的脖子。别看她一个女子，疯狂之下手劲却很大，我被掐得脸孔涨紫，直翻白眼。就在我觉得快要昏厥的时候，她却已经放开了我，"掐死你太便宜你了，你还是好好享受枯骨红颜万箭穿心、万蚁啮骨的滋味儿，再化为白骨而死吧！"

我硬撑着抬起头，冷眼看她，"你出不去的，那扇门只能从外面打开，等锦夜找到这里时会发现你坐在我的骨头边上，他会让你死得更惨！"

江映容粲然一笑，向我柔声道："你死了，再没有人在长风哥哥面前说我的坏话，我要去找他，告诉他一切都是锦夜逼我做的，长风哥哥跟锦夜向来水火不容，自然会相信。就算锦夜要杀我，长风哥哥也会保护我的。"

说着，她扯下一块布，塞到我的口中，"这里隐蔽，就算你叫破喉咙都没人能听见。不过我还是想保险点，让你叫不出来。"

她将整团布全都狠狠地塞到我口中，这才站起身，向密道的深处走去。

她身穿淡粉薄纱的俏丽身影消失在黑暗中，我绝望地在地上扭动。面颊上的疼痛已蔓延到颈部，并迅速向肩部和胸部扩散，刚才还是肉皮儿和肌肉疼，现在已经疼到了更里面，说不上是哪里，只是感觉皮肤下似有一把长满倒刺的钢锉在来回地锉，一下一下，直到将肉碾烂成肉糜。我痛得在地上翻滚，恨不得一头撞死自己，偏偏还捆着手脚，让我想死都死不了。

不，我不能死！我答应过长风跟他永远在一起，如果我死了，他怎么受得了？我还要保护我腹中的孩子，不能让他还没有看一眼这个世界就随我一同化作白骨。

身上痛得越来越强烈，那把锉刀已经磨到了我的骨头上，痛得撕心裂肺。我拼命地挣扎，想让手腕上的布条松开，我的胸骨已经感受到了虫咬般的痛，我不能坐等毒素扩散到我的腹部，我不要我的孩子也受这样的痛苦。

翻滚间，一样东西掉出我的衣襟，我忍着剧痛用被反剪着的手摸索，摸到了一个质地坚硬的硬物，正是我临出门时放在怀中的象棋。白玉的棋盘落在地上散开了，棋子滚落了一地。我费力地用几根手指捏着棋盘，用力往地上砸，棋盘磕在青石上裂成两半，断裂的边缘非常锋利。

我将自己所有的注意力都集中在手上，尽量不去理会身上噬骨的疼痛。我侧着身子用被绑在背后的手抓住碎了的玉片，费力地去割腕上的布条。我倒拧着的手使不上力气，一个劲地哆嗦，情急下我用碎玉片一通乱割，温热的鲜血汩汩而下，而对于正被枯骨红颜剧毒折磨的我来说，手腕的伤根本算不上痛。

我感到腕上一松，手自由了，又迅速割开捆着腿的布条，手脚并用，连滚带爬到了石阶的上方，发疯一样拍打着石门，拍了两下才想起来嘴还堵着，我一把抓下嘴里的布，扯开嗓子大叫："锦夜，救我！锦夜，救我！"

我的意识渐渐模糊，骨头上好像有虫子在一点点地蚕食，我似乎都能听见它们啃啮我骨骼的咯吱咯吱的声音。

剧痛令我跌坐在地上，几近绝望，天啊，难道我就要带着腹中的孩子死在这个石洞里吗？

我蜷缩在地上，双手抱住腹部，心中的难过胜过身上撕心裂肺的痛楚，我的孩子，娘没能保护你，是娘对不起你。

就在我放弃所有的希望，在灭顶的剧痛中等死的时候，面前的石门突然打开，倾泻而进的阳光令我不适应地眯起了眼睛，逆光看到一个模糊的红影站在洞开的石洞口。下一秒钟，有人将我一把抱在怀里，焦急地唤我，"溪儿，溪儿！"

我心一松，锦夜，是他来了。

我拉着他的手放到自己的身上，焦急万分，"我……中毒了……封住……快……不要让毒扩散……"

锦夜出手如电，我觉得身上几处穴位一麻，噬骨的剧痛止于胸骨以下、腹部上方的位置，没有再向下扩散。

"溪儿，坚持住，我带你去找郎中……"我模模糊糊地看到锦夜在我眼前一张一合的嘴，却感觉他的声音从很远的地方滞后了一拍才传到我的耳朵里，朦朦胧胧的听不真切。

不消片刻的工夫，我的眼前一片金星闪耀，慢慢归于漆黑一团。我抓住他的胳膊，指甲掐进他胳膊的肌肤里，我盯着他的脸，实际上此刻我已经看不见东西了，只是对着他脸的方向。感觉中他在焦急地向我说什么，我什么也听不见，所有的感官都失去了作用。我拼尽全身最后的一点力气，挣扎道："枯骨红颜……只有一人……能解……李……治……善……"

我也不知道我是否真的说出来了，他是否听清了。说完那句话，我头一沉，歪向一边，仿佛堕入无边的黑暗之中，唯一值得庆幸的是，我终于感觉不到疼痛……

我醒来的时候，头还有些昏昏沉沉的，身上软绵绵的没有一丝力气，好像经过了长途跋涉，又大睡了一觉，结果睡过了头。

我费力地睁开眼睛，首先映入眼帘的是锦夜旷世绝美的容颜，他脸色苍白如纸，写满了焦急和关切。

我看向四周，发现自己竟然躺在一个山洞中的石床上，这个山洞三面是石壁，一面有个铁栅栏。我挣扎着想坐起来，锦夜按住我的肩膀，"别动，李治善刚给你施完金针，几处穴位上的金针还没有拔下来。"

我这才想起自己刚才中了枯骨红颜的毒，只是此刻身上没有丝毫痛楚的感觉，倒让我觉得那种毒发噬骨的折磨仿佛只是做了一个噩梦。

一个形销骨立的人影走了过来，为我取下身上的金针，"夫人的毒已解，没有大碍了。"

真的是李治善李太医，只是他看上去瘦弱不堪，身上的一袭青衫都哐哐当当的，不像是穿在身上，倒像是被竹竿挑着。我大吃一惊，两个月不见，李治善竟然如此憔悴疲惫。身陷情网的男人自然失去了医者道骨仙风的平和之气。

不过见他依旧活着，身上也没有伤痕，我也是松了一口气。我惦念腹中的孩子，下意识地摸摸自己的腹部。李治善眼中划过一抹了然的神色，作为太医，我的身孕自然瞒不过他。他不露痕迹地向锦夜道："夫人的毒已经全解了，身体各个方面都没有影响。"

他咬重"各个方面"几个字，锦夜自然听不出什么端倪，我却知道李治善是在告诉我孩子没事，心里的石头终于落了地，诚心诚意向他道："谢谢李太医救了若溪一命。"

锦夜呼出一口长气，抱着我，仿佛抱着失而复得的珍宝，舍不得放手。他将脸埋在我的肩窝，喃喃道："溪儿，吓死我了，你若是有个三长两短，让我……"

未及说完，他心有余悸地哆嗦了一下，将我抱得更紧。我叹息着抚着他如锦缎一样散发着芬芳气息的黑发，"锦夜，我没事，谢谢你又救了我一次。"我伸手抬起他的脸，诧异地问他："你不是走了吗？怎么又回来了？"

锦夜面色一红，俊美无双的面颊上竟露出羞赧的神情，"我刚出山谷，想想还是舍不得将你一个人留在这里，于是又折了回来，想带上你一同回京城。谁知你已经不见了去向……"

我做贼心虚，脱口而出，"你是料到我要从密道逃跑，所以在那里找到我？"

话一出口，我就后悔了，这不是不打自招吗？

我吓得恨不得将刚才那句话吞回去。好在，锦夜并没有发现我那句话里的漏洞，他羞愧地低下头，歉然道："对不起，溪儿，是我又误会你了，我以为你要逃走，气急败坏地赶到石亭，却听见你唤我的名字，喊我救你，我打开石门，发现你倒在地上……"锦夜闭目轻声道："溪儿，那一刻，我心痛得要死……"

锦夜摩挲着我的脸颊，满目的心疼与怜惜，"江映容逃走了，是她害的你，又逼你说出密道的秘密对不对？"

锦夜还是误会了，误会我在江映容的逼迫下打开密道的石门。而此刻，我却不敢解释，是我自己想逃跑，江映容不过尾随而至。我心虚地低着头，忍不住浑身发抖。谎言一个接着一个，就像顺山而下的雪球越滚越大，我仿佛看到自己在雪球滚落的下方疲于奔命的身影，而身后那个雪球如影随形，巨大的阴影已经将我淹没。

感受到我的颤抖，锦夜复又将我搂在怀中，迭声自责，"是我不好，溪儿，我不该丢下你一个人在这里，让你险些遭到毒手……"

他的自责让我越发羞愧难言，恨不得找个地缝钻进去，只能胡乱安慰他，"锦夜，我吉人自有天相，这不是好好的吗！这事不能怪你，要怪只能怪江映容那丫头，她对我恨之入骨，早就想找机会弄死我了。"

锦夜闻言抬起头来，狭长的凤目中杀气森然，带着抹雪亮的恨意，胸膛剧烈起伏着，浑身因愤怒而轻颤，从牙缝里挤出几个字，"江映容，我要将她剥皮抽筋，碎尸万段！"

还没来得及让我表示欣然附和，同仇敌忾，耳边就听见扑通一声闷响。我跟锦夜都惊讶地扭过头，只见李治善直挺挺地跪在地上，急切地看着锦夜，哑声恳求道："在下不敢跟锦大将军邀功，但请看在在下为夫人解毒的分上，求锦大将军不要追究容儿。夫人中毒之事必有误会，容儿那样善良单纯的女孩儿，不会是成心想害夫人的。"

我一阵无语，这就是爱吗？爱一个人就是当全世界都说她十恶不赦的时候，依然坚信她是无辜的。

锦夜面色恼怒，冷哼了一声，"误会？她向溪儿下毒，又从密道中逃走，蛇蝎心肠，昭然若揭，我一早就该杀了她。"

"锦大将军！"李治善惨呼，"你若要杀容儿，在下立刻死在你面前。只怕我死了，锦大将军的计划也会毁于一旦。"

锦夜眯起眼睛看着他，如刀似箭的目光中露出危险的信息，半晌方冷然道："你知不知道，没有人，可以威胁我！"

李治善面色惨白，摇摇欲坠，挣扎道："在下不敢，只求锦大将军放过容儿，不要再为难她。只要锦大将军守信，在下必当为您肝脑涂地，效犬马之劳。"

锦夜目若寒冰，声音清冷地问："我若说让你替她死呢？"

"好！"李治善毫不犹豫地答应下来，干脆利落。

"锦夜！"我惊呼，"李太医刚救了我，你却说让他偿命，哪有这个道理？"

锦夜放缓了神色，安抚地拍拍我的手，"我不过试探一下他对江映容的情意。"随即锦夜起身，将我抱起，向石洞外走去，经过依旧跪在地上的李治善时，锦夜停住，俯视着李治善，声音平淡，听不出丝毫的情绪，"你果真对她是情深义重，可惜，她不值得……"

512

报应

　　锦夜推迟了回京城的日程，只将要紧的事吩咐他的侍卫去办，自己留在落霞谷中陪着我。这两天，他对我无微不至，连吃饭更衣这样的事都不让春痕她们做，而是亲力亲为地照顾我。其实我也没什么事了，毒素退去，身体也就没有大碍。

　　我惦记着李治善，他被江映容骗得好苦，我不知如何能点醒他。这日中午，我们刚吃过饭，门外锦夜的侍卫禀报，"禀锦大将军，末将刚从京城回来，有朝中的密报给锦大将军。"

　　锦夜沉声问向门外，"捉到江映容了吗？"

　　侍卫毕恭毕敬地答道："没有发现江映容的下落。"

　　锦夜怒不可遏，"传我的令，接着找，翻遍整个龙耀国，也要找到那个恶毒的女人！"

　　我探身按住锦夜的手，"别为了那么个人发火。"

　　锦夜点点头，平复了情绪，对我道："我处理一下公务，你歇息一会儿。"

　　我一看，机会来了，不动声色道："我吃多了，可不可以到园中走走？"

　　锦夜不疑有他，点头嘱咐我，"别太累了，逛会儿就回来。"

锦夜前脚出去，我后脚就溜出了小院，那日锦夜从李治善藏身的石洞抱我回来时，我虽然倚在锦夜胸前，眼却没闲着，认真记下了方位，哪里直行，哪里拐弯……

我凭着记忆摸索着前进，一炷香的时间后，我到了一处石壁前，石壁上有个铁栅栏，栅栏用粗粗的铁链锁着。李治善就在栅栏后的石洞里对着一堆瓶瓶罐罐。他见我到来，颇为惊讶地问道："夫人怎么来了？"接着，他扑过来，双手抓着铁栏，急切问："容儿怎么样了？锦大将军会如何处置她？"

我心一酸，他被锦夜囚禁在这里，却还心心念念地惦记着江映容。他那副泫然欲泣的样子，让我一阵不忍心，只能安慰他，"锦夜没有找到江映容，她现在应该很安全。"

李治善松了一口气，欣慰道："只要她平安，我死也认了。"

"李太医，你就这样信她？"我忍不住说道，"你有没有想过，是她害你陷入今日的境地，是她推你入枯井，让你差点死在里面，也是她让你离开摄政王的保护，落入锦夜手中……"

"不是的，容儿不是的，你们所有的人都误会她了。"李治善神情激动，断然打断我，"容儿对我情深意切，是锦大将军挟持了皇后和小皇子，逼迫容儿对我下毒手的，容儿也是身不由己。她不得已才牺牲我，她推我入井后，好几日无法成眠，想救我，又惧怕锦大将军，后来声泪俱下地求一个小太监，让他假装不经意经过冷宫外的枯井，将我救起，方躲过锦大将军的责罚。"

我一阵气闷，这丫头真能编故事，嘴都翻出花来了，"是她这么告诉你的？"

"是。"李治善眼中满是温柔的波光，如痴如醉，因回忆而面色喜悦，"后来我被摄政王救走，可是锦大将军却不肯善罢甘休，一心要抓到我。容儿到摄政王府找我，她说锦大将军一直逼迫她，让她助他抓我，可是她不愿意再害我。她哭着求我，让我带她远走高飞，逃离锦大将军的追捕。她还说她愿意跟着我，吃再多的苦都不怕。"

李治善叹息着，嘴角噙着满足的微笑，"早年我跟着我爹浪迹江湖，四处被仇人追杀。后来我爹死了，我入宫在太医院做了最不起眼的太医，我从没有想过会得到容儿那样完美的女子的爱恋。虽然我想跟她在一起，但是我不能害了她，不能让她下半辈子跟我过逃亡的生活，每时每刻都提心吊胆，草木皆兵，那不是人过的日子。于是我跑出了摄政王府，自己去找了锦大将军。锦大将军答应我，不会为难容儿。只要她过得好，平平安安，要我拿命去换，我也心甘情愿。"

"李太医，"我忍无可忍，"别再执迷不悟了，你一向心思缜密，如今竟然如此不辨是非。你不想想，锦夜若要杀你，犯得着让江映容推你入井吗？江映容去摄政王府上找你哭诉的前一天，我亲眼看到她到锦府找锦夜密谋，锦夜并未要挟江映容，更没有挟持皇后，若锦夜挟持了皇后和小皇子，摄政王又怎会置之不理？"我情急下隔着铁栏抓住李治善的胳膊，"即便当日江映容到太医院找你，也是为了向你探听我的秘密。你想想，若她倾心于你，必会于会面时与你卿卿我我，又怎会费心打探龟息丹的事？再有，她向我下毒逃走前，亲口承认，因为翠喜撞见你们相会，她将翠喜推入湖中溺毙。她若是一心想跟你双宿双飞，又怎会害怕翠喜将你们的关系说出去？种种疑团，李太医没有起过疑心吗？"

我连珠炮似的将所有的问题抛给他。李治善面色惨白，额角的冷汗都冒了出来，却挺直了脊背，愤然道："在下不知夫人在说什么，容儿绝不是你口中的恶毒女子。夫人请回吧！"

言罢，李治善转身面对着石壁，将后背冲着我，不再理我。我一时哑口无言，此时此刻，我都无法再说一句江映容的坏话。那丫头的演技我可见识过，她要是安心地想骗一个人，可以说一骗一个准（除了个别人像锦夜这样软硬不吃、油盐不进的和西门庆华那样阅尽千帆、明察秋毫的），更别说，李治善常年生活在没有女性关怀的环境中，太容易就堕入了江映容精心编织的情网。在李治善的心中，江映容是世上最完美善良的女子，整个一个仙女下凡。我这个凡夫俗子，说什么都已无济于事。我说江映容是个坏丫头，一肚子害人的鬼主意，他不但不会相信，反而会怀疑我的用意，引起他的反感。

此刻我只想救他出去，揭发那个坏丫头只能慢慢来。我不再跟他纠缠江映容的问题，伸手抓着栏杆上的铁链，闷声道："我想法找钥匙去！无论如何，你先逃跑再说。"

"不必了。"李治善恢复了平静，神色却越发疏离，"多谢夫人，但是在下不愿连累夫人，夫人就不必费心了。"

我苦口婆心地劝他，"留得青山在，不愁没柴烧，好歹先离开这里。你去找摄政王，他可以保你安全。"

李治善苦笑，"锦大将军不会让我活着离开的。"

我一惊，失声道："不会的！锦夜干什么杀你？龟息丹我没有吃，他都放过我了，也会放过你的。"

李治善叹了口气，转移了话题，"夫人没有吃下龟息丹，是为了腹中的胎儿吧！"

"是！"我黯然神伤，锦夜是放过了我，可是如果他知道真相，还会原谅我吗？我不放心地问他，"那日我中了枯骨红颜的毒，不会影响到胎儿吧？"

"夫人放心吧，幸亏锦大将军及时封住了夫人的穴道，未让剧毒蔓延，腹中胎儿未受影响。"李治善转过来看着我，目光中带着医者的悲天悯人，"只是夫人已有近四个月的身孕，瞒不了多长时间了，夫人还要及早打算，尽快离开锦大将军。"

"嗯，过几日就是锦夜的生辰，他肯定会带我回京城，我再伺机逃走。"我不甘心地劝他，"你可以假装挟持我，要不就给我再下点毒，要挟锦夜放过你。"（我要将吃里爬外的精神发扬到底。锦夜：我遇到你是倒了八辈子血霉了！）

"夫人！"李治善动容地看着我，须臾面上又归为一潭死水，"夫人的心意在下心领了，可是我却不能逃走。"

"为什么？你难道就宁愿被锦夜关着吗？"

李治善神色坚定，目光却柔得能够滴出水来，"我逃走了，锦大将军会迁怒于容儿，即便他没有捉到容儿，但是如果他以皇后娘娘做要挟，容儿那么善良，肯定会挺身而出的。"

我彻底无语了，他自己没有求生的意志，我再怎么劝都没有用。时辰不早了，我远远看见锦夜穿花度柳向这边走来，我凑近李治善压低声音问了他最后一个问题："你有没有将西门庆华跟你的关系告诉江映容？"

李治善愣了一下，摇头道："没有，容儿没问，我就没说。她还以为我是受摄政王所托。"

我放下心来，能保住一个是一个。我嘱咐他，"千万，不要告诉任何人。"

李治善苦涩地点点头，"西门堡主对在下恩重如山，在下死一万次也不敢连累西门堡主。"

我默然转身迎着锦夜走去，到了锦夜身边，他拉起我的手，微微不悦，"我找你半天，你怎么到这里来了？"

我怕他迁怒于李治善，赶紧挽起他的胳膊，将他拖走，敷衍道："我散步，不知怎的，就走到这里了，于是过来谢李太医那日救我。"

锦夜缓和了神色，"下次再出来让我陪着你，免得我担心。"

我胡乱点点头，小心翼翼地问他："你要将李治善关到什么时候？他也没得罪你，放了他吧！"

锦夜身子一僵，伸手勾住了我的腰，含糊道："很快，最多再有两三天。"

我一喜，"你说，过两三天就放了他？"

锦夜愣了一下，心不在焉地点点头，"嗯！"

我放下心来，挽着他的胳膊，脚步也轻快了！

两日后，是我们回京城的日子，过两天就是锦夜的生辰，我们要回去在府中设寿宴。我激动得头天晚上一夜没睡好觉，在床上翻烙饼，吵得锦夜都没睡踏实，不得不将我抱在怀里，让我不能乱动，迷迷糊糊地对我说："明日还要赶路呢，早点安寝吧！"

我在他怀里不敢乱动，只有眼睛滴溜溜地乱转，终于可以回京城了，快一个月没有见到长风，他肯定找我都快找疯了。回去我就可以找杨夫人来见我，万一锦夜不让，那么在生辰当日我也可以见到众人。即便锦夜不让长风登门，但是宴会上宾客众多，保不准我可以见到柳释儒、杨同礼他们，随便谁，我都可以让他给长风带封信。长风会想办法救我的，我们一家三口就团聚了。

困意上来时，我大大地打了个哈欠，深呼吸牵动了我的腹部，朦胧中，我感到腹中一阵抽动，仿佛是那个小家伙感受到了我喜悦的心情，动了一下，表示支持。我的哈欠打了一半，惊喜地顿住不敢动，难以置信地用手抚着腹部，心中默念，"动一下，宝贝，再动一下。"

仿佛是听到了我无声的鼓励，腹中果真又扭动了一下，一阵欣喜漫过我的心田，真的是胎动啊！一时心中充满柔柔的感动，我的孩子，竟然可以和我回应了。从今天起，他（她）不再是个无知无觉的胎儿，他（她）已经能够体会我的喜怒哀乐，与我感同身受，与我心意相连。我面带微笑，轻声说了句，"睡吧，宝贝！"

身旁的锦夜在睡梦中呓语着嗯了一声……

翌日一早，天还蒙蒙亮，我就醒了，一骨碌地爬起来，又急急地将犹在酣睡的锦夜摇起来。锦夜好脾气地任我拽着他的胳膊将他拉起来，睡眼惺忪依旧垂着头。我抓过他的外衣，胡乱套在他的身上，给他系腰上带子的时候，他哆嗦了一下，一把握住我的手，精致的嘴角旋起一丝笑意，轻声道："我自己来！"

我有些脸红，顺手推了他肩膀一下，"那你快点！"

锦夜抬起头问我，"你真的待不下去了吗？"他穿好衣服下了床，漆黑的瞳仁看着我，小心翼翼地问："那今后每日与我相伴，会不会厌烦？"

我抓抓头，不知如何回答，只能答非所问道："还有春痕她们呢？"

锦夜想了想，神色很是认真，须臾点头应允道："好，那就带上她们陪你。"

食不知味地吃过早膳，我催促锦夜快些起程，锦夜接过秋画奉上的茶水漱了口，起身向我道："等我片刻，我还有件事未办完。一会儿就回来。"

"哦！你快去快回，我等你！"我见他走了，不必再装淑女，将桌上的一盘莲花糕都揽在怀里，我现在可是一个人吃，两个人补！

吃掉了半盘子点心，还不见锦夜回来。我心急火燎，点心都吃不下去了，于是起身出了院子去找他。转了一圈没看见锦夜人影。我心中惦记李治善，两日已到，锦夜该放了他吧！

我向李治善栖身的石洞走去，远远地看见铁栏打开着，石洞内一个红色的身影，果然是锦夜来释放李治善了。我快步走过去，刚到门口就听见李治善叹息着说："李某自知今日命数已尽，还望锦大将军信守承诺，不要伤害容儿。"

锦夜沉声道："江映容心地歹毒，并非善类，虽说是我利用她来诱你就范，却不愿让你稀里糊涂去死。我今日告诉你全部的真相，江映容接近你不过是为了探知溪儿的秘密，然后向我告密，陷害溪儿。那日推你入井也并非是我的授意，我若想杀你，有一千种法子，犯不着让她去害你。我也没有挟持皇后和小皇子威胁她，她到摄政王府假意哄骗你压根就是我们之间的一个交易。她心里只有摄政王，根本没有你，从始至终都只是利用你。"

眼见，锦夜每说一个字，李治善的脸就白一分，他闭着眼睛，摇摇欲坠地咬着毫无血色的嘴唇。

锦夜平静道："我可以替你杀了她，让她永远陪着你。"

"不！"李治善猛然睁开双眸，眸中满是血丝，激动地叫道，"不要杀她！我不管她是否真心待我，不管她心里有没有我。跟她在一起的日子，是我这辈子度过的最温馨的时光。"说到这里，他的眼中现出一抹温柔的光芒，似乎沉浸在美好的回忆中。

他突然扑通一声直挺挺地跪在锦夜面前，"李某愿将性命奉上，只求锦大将军放过容儿，助她达成心愿。"

锦夜看着李治善，美目中满是悲悯，难以置信地问："她如此待你，你还为她求情，甚至求我助她达成她的心愿？"

"是。"李治善苦笑，声音已经恢复了平静，却异常地坚定，"我只要她安乐！"

我站在洞外，心潮翻涌地看着这一幕，看着跪在地上，视死如归的李治善，简直难以想象，他用情如此之深，即便明明知道江映容利用他，根本不爱他，还处处维护她。这大概就是情深处无怨尤吧！

锦夜沉吟不语，须臾缓缓道："好，我答应你！"

李治善神色一松，"多谢锦大将军成全，如此，李某再无牵挂，动手吧！"

眼见锦夜白皙修长的手举了起来，我惊惧地扑了进去，一把抓住锦夜的胳膊。锦夜扭头见是我，放缓了声音，"不是让你等我吗？怎么跑到这里来了？"

我吓得牙齿打战，说不出一句完整的话来，好半天才哆嗦道："你……你不能……杀他！"勉强说完这句话，我觉得嘴皮子利落些了，急切地说："即便他曾经助我逃跑，可是终究没有成真，你何至于恨他至此？"

锦夜看着地面，闭口不言。我又去拉地上的李治善，"为个女人去死，犯得上吗？你不是有迷药吗？你随便迷晕我们就能逃走了，为什么在这里等死？"

李治善拂开我的手，艰涩道："李某生无可恋，让我带着这抹温暖去死吧，即便只是我臆想中的温暖。"

我呆住，他那样敏感谨慎的人，会被江映容蒙蔽一时，却不会一再地被蒙蔽。他不见得不明白江映容的为人，只是不愿去面对。他死心塌地地放任自己沉沦，一次又一次地选择相信江映容。就像饮鸩止渴的人，江映容就是他的毒药，他却忍不住一尝再尝，沉溺在江映容带给他的短暂虚幻的温情中。

而如今，所有的美梦都已破灭，所有的真相都已揭开，仿佛华丽的袍子撕破了，露出破败不堪的棉絮。他已经没有借口再放纵自己，他的理智不允许他再去相信江映容，而他的感情却无法割舍，于是他义无反顾地选择了死亡，让死来结束这一个残酷的现实。但是即便如此，在生命即将凋零的时候，他依然求锦夜放过那个偷了他的心的女人。

我看着他的眼睛，仿佛能够通过他的眼睛看透他的内心，"李治善，你这样死去，她连眼泪都不会为你流，值得吗？"

李治善眼中蓄起晶莹的泪意，声音却依旧平静，仿佛只是在叙述一个平淡的事实，"爱一个人，没有值得不值得。"

我绝望地放开他，转身又扑到锦夜身边，伸手摇晃着他，"你快答应他，不杀江映容，也不用他的命来换，你说啊，你说啊！"

锦夜被我摇得身子直晃，他慢慢拉开我的手，漆黑的眼眸中写满看不清的情绪，仿佛深不见底的深潭，他的声音冷得像冰，木然道："他必须死！"

我惊惧得退后一步，"为……为什么？"

我再次扑上去抱住锦夜的胳膊，苦苦哀求，"放过他吧，锦夜，我求你……我从来没有求过你什么，今天我求你，不要杀他！"

眼泪涌出我的眼眶，泪眼蒙眬中，我看到锦夜一根一根掰开我握着他手臂的手指，指挥他的侍卫将我拖了出去。我哭着大喊："锦夜……不要……求你……求你了……"

我被拖出石洞外，石洞里一片寂静。那个侍卫也不敢死命拽我，我低头一口咬在侍卫的手背上，那人吃痛地一松手，我趁机推开他跑进石洞，却一下子被眼前的景象惊呆了。李治善倒在地上，颈间汩汩地冒着鲜血，很快在他身下聚了一摊。我如梦游一般地走过去，蹲下身来看着他。他眼神涣散，目中的神采一点点地流逝，仿佛即将熄灭的炉火，茫然一片灰白。

我将胳膊伸到他的颈下，抬起他的头，他费力地蠕动着嘴唇，我俯头将耳朵贴在他的唇边，方听见他气若游丝的低语，"容儿……她会……为我……流泪吗……"

我呜咽着点头，泪水滴落在他灰暗的面颊上，"会，会的。她听说你拼死救她，已经赶过来了。她说一定要再见你一面，她要亲口告诉你，她是被逼无奈才骗你的，你才是她心中最在意的那个人，她只想跟你在一起，永远不再分开……"

一丝满足的笑意浮现在李治善毫无生气的脸上，他头一沉，闭上了眼睛，我还在絮絮不止地说着："她说她要来找你，跟你一起离开这里，隐姓埋名，过只有两个人的日子。她还说，以前她一直不懂得什么是感情，但是经过这么多事儿，她终于明白，你是她今生唯一的依靠、唯一的归宿，她要好好补偿你，再也不会让你伤心……"

我不知说了多久，直到怀中的李治善已经渐渐冰冷。我终于停下，因为他再也听不见了。

我将他的头轻轻放在地上，直起身木然地往门外走。经过锦夜身边时，他拉住了我，我低头看着他握在我衣袖上的白皙如玉的手，他手掌握的地方殷红一片，是李治善颈间流下的鲜血，现在已经干涸。

我头都没有抬，冷然道："放手！"

锦夜失神地放开我。

心中的悲恸无处发泄，我愤愤地将左手无名指上的金刚钻戒扭下来，用劲大了，差点扭断自己的手指。我将戒指掷到锦夜身上。随着一道炫目的弧光，那枚戒指打在他的胸口又反弹到地上，骨碌得不知去向。

锦夜绝美的脸上满是痛楚，他艰难道："溪儿，你会明白的！"

是的，我一早明白，他就是这样一个杀人不眨眼的魔王，谁惹了他，得罪了他，或仅仅是让他不痛快了，就是死路一条，就是万劫不复。我竟然跟这么一个人同床共枕了两年，还对他心存怜惜，还会为了他给我的温情而感动。我疯了吗？是不是跟他一起久了，也变得麻木，变得冷血！

可是现在，我眼睁睁地看着李治善倒在血泊中，心中的痛似乎要将我胀裂开来。一切都是因我而起。若不是我找他要龟息丹，他现在还在宫中平平安安地做他的太医，不会惹来江映容虚情假意的利用，更不会惹来这个杀身之祸。我在自责悔恨的同时，将满腔的怒火都抛向锦夜，是他，是他杀了李治善。他这个双手沾满了鲜血的刽子手！

他对我再好又如何？他将整个世界都捧在我面前，也不能抹杀他是个杀人凶手这个不争的事实。凄惨的遭遇不是滥杀无辜的理由，不是由人成魔的借口。他是可怜，他是受过不公的待遇，但是他不能把自己的痛苦转嫁到别人身上，更不能以随意践踏他人的生命来平衡自己的心态。

而此刻他越对我好，越让我觉得羞愧难堪，他对我的好、对我的情意竟然成了他杀人的动机，那种感觉就像自己是个帮凶，是个助纣为虐的人，让我悔恨得想一头撞死。是我纵容了他，我的懦弱，我的自私，还有我那莫名其妙的同情心让我不敢直接告诉他，"我不要跟你在一起"。我怕他杀了我，结果是，我保住了自己的命，却害得别人命丧黄泉。

我费力地迈开我的脚步往外走，摇摇欲坠，每走一步，都感觉要扑倒在地。锦夜过来作势要抱起我，我向后一退，脑袋磕在石壁上，咚的一声闷响，我却感觉不出疼痛，我死盯着他痛苦的眼眸，一字一顿地说道："别……碰……我！"

他的手臂僵在半空中，直到我走出石洞，依旧维持着那个姿势，仿佛一尊没有灵魂的雕像……

在回京城的路上，我一个人坐在马车里，没让锦夜进来。我将头靠在车窗上，马车颠簸，我的头就一下一下地磕着窗棂。噩梦接踵而至，一会儿是李治善毫无神采的眼睛，一会儿是锦夜淌着鲜血的手，江映容那丫头也出现在我面前，在我耳边笑着说："溪儿姐姐，看咱们谁笑到最后！"

我痛苦地抱住头，连日的遭遇让我心力交瘁。唯一能够支撑我的只有对长风的爱恋。我心中对长风的思念达到了顶峰，我发疯一样地想他，想念他清风霁月一般温润的脸庞，柔如春水的眼眸深情款款地看着我……

因为路上走得慢，到京城时已经是翌日的早晨，这一天正是锦夜的生辰。车停下时，我感到头昏脑涨，不知是不是给磕傻了。双手抱着自己的脑袋向车窗外看，才发现我们没有回锦府，而是到了锦夜在京城的另外一处宅子。

锦夜跳下马，走到马车前，掀开车帘扶我，我甩开他的手，自己蹭下来，往院子里走。刚走到大门口，就有侍卫前来禀报，"禀锦大将军，江映容找到了！"

我猛地顿住，眼里要喷出火来，牙齿咬得咯咯作响，不等锦夜发话就抢先问："她在哪里？"

那个侍卫迟疑地看了锦夜一眼，毕恭毕敬道："属下已经打探清楚，两日前江映容刚刚回到京城，就被风云堡的西门堡主囚禁起来。"

原来是西门庆华捉住了她，怪不得锦夜一直找不到她。我扭身又上了马车，对着车夫吩咐，"去风云堡京城分坛口。"

锦夜不语，翻身上马跟着我。

半个时辰后，我们到了风云堡的分坛口，我跳下车往里闯，守门的人见我们一行人气势汹汹，来者不善，慌忙跑进去通报。

等我沉着脸跨进会客大堂的时候，西门庆华已经悠闲地坐在大堂里等我们了。我有两个多月未见到他，此刻乍一见他，跟见了亲人似的，所有的委屈和愤懑倾泻而出。我哇的一声哭出来，眼泪似决口的江水一发不可收，若不是顾及怕锦夜发飙害了西门庆华，我差点扑进西门庆华的怀里。

西门庆华惊跳起来，顾不得跟锦夜见礼，失声问我："桑妮，怎么了？"

我痛哭流涕，说不出话来，锦夜站在旁边，一脸的尴尬和不自在，全无平日的狂傲之气。

等我终于止住了哭泣，总算说出一个完整的句子，"我的……一个朋友……死了！"

西门庆华一直耐心地等着我，此刻不动声色地问："谁？"

我抬头看他，吸吸鼻子，带着浓重的鼻音道："说了，你也不知道。"

他挑挑眉毛，"听听也无妨。"

"是宫里的李太医，李治善。"我艰难地吐出这个名字，眼泪又流了出来。

西门庆华眉心抽动了一下，面色又归于平静，不起丝毫的波澜，他淡然道："哦，原来是宫中的太医。"

我抬手用手背抹了把眼泪，人都死了，哭有什么用，我咬牙问西门庆华："江映容呢？听说你把她抓起来了。"

西门庆华笑笑，"锦大将军的侍卫真是上天入地无所不能，连江家五小姐在风云堡做客都查得出来。"

"把她交给我！我要她给李治善和翠喜偿命。"第一次，我有杀人的冲动，心中的恨意足以让我这个自恃连蚂蚁都不会踩死的人拿起尖刀插进她的心窝。

西门庆华摇摇头，满目的怜惜，"这件事不如让庆华来做，或者由锦大将军出面为夫人出气更是实至名归。"

一直一言不发的锦夜此刻开口说道："我答应过，不杀她。"

我狠瞪了锦夜一眼，哼了一声扭过头去，挖苦道："这会儿你知道一诺千金了！背信弃义的事早都让你做尽了。我是胆小无用，惹不起你锦大将军，不敢找你鸣冤泄愤，只敢拿江映容撒气。连这你也要拦着我？你不杀她，我来动手！"

锦夜被我奚落得脸上红一阵白一阵的，忍了忍，才低声道："对她，我可以不守信用，但是我答应了李治善饶她不死。"

我想起李治善临终时的嘱托，一时黯然，说不出话来。

锦夜转向西门庆华，"西门堡主，无论如何，我要带走江映容，还请西门堡主将她交给我。"

西门庆华眼见锦夜有放过江映容之意，推诿道："庆华与五小姐一见如故，情投意合，一时起了怜香惜玉之心，想留她在身边……"

未等西门庆华说完，锦夜冷冷打断他，"西门堡主，事到如今，你还想戏弄我吗？我早就怀疑你与李治善关系非比寻常，沐长风一向为人谨慎，又牵挂溪儿的安危，不会冒此风险让溪儿假死。西门堡主放荡不羁，广结江湖中人，认识宫中的李治善也不是不可能。刚才得知你囚禁了江映容，我就更加笃定，你与此事脱不了关系。你捉了江映容，却没有将她交给沐长风，肯定是想通过江映容探听李治善的消息。"

我惊讶地看向锦夜，不想他如此明察秋毫，洞悉一切，一阵恐惧漫过心头，他会不会迁怒于西门庆华？我失声叫道："锦夜！不是他，是长风让我去找李治善要龟息丹的。"

锦夜扭头对上我恳求的目光，伤心而疲倦，幽幽道："你不必再费力为他遮掩，你放心，我还没有丧心病狂到见人就杀！"

我一下子闭了嘴，担忧地看着西门庆华。西门庆华一脸的笑意，坦然认下，"看来什么也瞒不过锦大将军。不错，是我给溪儿出的主意。李治善是我的挚友，跟摄政王没有瓜葛。李治善从摄政王府逃出后，我一直打探他的消息，他却好像消失了一样，没有任何讯息。直到两日前我在京城郊外偶遇江映容，就顺手捉了她，让她说出了全部的实情。我没有将她交给摄政王，是因为我知道，摄政王再恨她，碍于她是皇后娘娘的亲妹子，也不会杀她。我本想利用她救出李治善，现在看来已经晚了。"

说到这里，他神色一黯，不过很快，他唇角勾起一丝冷笑，"那就让她给李治善殉葬吧！"

锦夜木然看着西门庆华，神色倨傲，冷冷道："我说了不杀她，她就死不了。把她交出来！"

西门庆华蹙眉看向锦夜，两个人无声地对峙，似在衡量彼此的用意和气场。终究是锦夜权倾朝野，须臾，西门庆华妥协地扭过头，向他的家丁挥挥手。

不一会儿，江映容被两个家丁推搡着进了大堂。不过几日的工夫，她看上去形容憔悴，面色惨白，两只大眼睛满含惊恐，直愣愣地瞪着，目光涣散，失神般地没有焦点。她茫然无措地站在大堂中央，像只受到惊吓的小动物，瑟瑟发抖。

西门庆华也不说话，只用冰冷的眼眸瞟了她一眼，她突然凄厉地啊一声惨叫出来，四处逃窜，一扭头看到锦夜，便连滚带爬地匍匐在锦夜脚下，磕头如捣蒜，嘶声叫道："锦大将军救命，锦大将军救命！"

她竟然让锦夜救她！她肯定知道锦夜恨不得将她碎尸万段，却宁可向锦夜寻求庇护，也不愿留在西门庆华手里。

我无从想象西门庆华是怎么整治她的，但我相信单就整人而言，西门庆华比锦夜手黑，也更有手段策略。锦夜最多是喊打喊杀，说过最恨的话也不过是碎尸万段，至于他真的碎了几个，旁人也无从知晓。而西门庆华可以做到不打不杀，就让你后悔投胎，临死前最后的遗愿也是下辈子做猪做狗，再不做人。而此刻，我冷眼看着江映容哭号哀求，对她却没有丝毫的怜悯。我觉得，怎么对她，都是她应得的。

锦夜厌恶地退后一步，江映容爬过来抱着他的小腿，哀求不止。锦夜抬脚踹到她的心窝，嘭的一声闷响，一缕鲜血顺着她的嘴角流下来，她却死活不撒手。锦夜顾及不能踢死她，一时也不知怎么办好，汗都下来了。

西门庆华悠悠走过来，十足的绅士派头，只冲着江映容说了一句，"起来，地上凉！"声音优雅温柔得像情人的呵护，却让江映容一下子条件反射地跳起来，跟被人按了按钮的木偶一样，直挺挺地站着，哭都忘了。

锦夜皱着眉头看着江映容，似在考虑将她怎么办，须臾不耐烦地吩咐他的侍卫，"先将她关到慎刑司的天牢去。"

江映容如蒙大赦，不等锦夜的侍卫来拉她，转身就向锦夜的侍卫走过去，心甘情愿地反剪着双手等着被绑。

耳闻西门庆华哧的笑了一声，懒洋洋道："锦大将军只会将人关到慎刑司的天牢里吗？"

锦夜闻言恼羞成怒，待要发作，又强行忍住，只哼了一声，"那就剁去她的手脚？"

西门庆华笑得闲逸，啪的一声打开手中折扇，一下一下地扇着风，"即便斩了她的手脚，锦大将军能保证关她一世，让她永无翻身之日，再也无法害人吗？"

锦夜语塞，须臾不得不放低了姿态，泄气地向西门庆华讨教道："不知西门堡主有何妙计？"

西门庆华转向我，"夫人，李治善给你的龟息丹还留着吗？"

我不明就里地点点头，那是我差点与长风长相厮守的见证，因而虽然药效过了期，我却一直没舍得扔。我在身上翻了翻，翻出那个锦盒来递给他，"就是这个。"

西门庆华接过来，啪的一声打开锦盒，我惊讶地看到本是莹白的药丸，如今竟然泛出幽幽的蓝色，仿佛有个蓝色的妖魔附在了药丸之上。

西门庆华满意地点头，以手指捏起药丸，感慨道："这是世上最后一颗龟息丹了。"

他手持药丸走向江映容，声音低沉，饱含着诱人的磁性和蛊惑，"李治善亲手配的药，给你服下也算是没有辜负他对你的一番心意。"

　　江映容见到西门庆华向她走近，惊恐地瞪大眼睛，眼珠都好像要从眼眶里掉出来一般。可是即便吓得面部扭曲，她愣是乖乖站在原地，动都没敢动一下。

　　西门庆华轻易地捏住她的下颌，将泛着蓝光的药丸塞进她的嘴里，又合上她的嘴，宠溺地拍拍她的脸颊，接着点中她肩窝的一处穴道，药丸咕噜一声被她咽下。她脸上的神色骇人，张口胡乱求饶，声音粗嘎，根本不是她平日清脆娇俏的声线，"饶了我吧……饶了我吧……我再也不敢……"

　　她的声音越来越沙哑，粗不可辨。她突然伸手抓住自己的喉咙，喉头呼噜作响，却再也发不出声音。不过半炷香的时间，她慢慢委顿在地上，手脚瘫软，直挺挺地躺着，只有一双眼睛滴溜地转动着，眼中是深入骨髓的恐惧。

　　西门庆华低头看着地上的她，好整以暇地微笑着，"龟息丹，过了时日便药效增倍，服下后，如活死人一般，动不了一根手指，也说不出一句话。"

　　眼看着江映容眼中的惧意更甚，西门庆华好心地安慰她，"不过，你也不必灰心，你还可以听，可以看，可以想，你的脑子可没有死，还跟以前一样灵光。再者有你大姐姐和长风哥哥在，他们是不会让你死的。"

　　西门庆华掉头看向锦夜，笑容优雅，语调平静，如不起波澜的水面，"锦大将军不用将她关起来了，因为她已经在监牢之内。这个监牢就是她的身体，终其一生，她都将监禁其中，以赎她的罪孽。"

　　我昂头看天，一行眼泪从眼角滑落下来。翠喜，你看到了吗？害你的人终于得到了报应。李治善，你可以瞑目了，你心爱的人再没有机会去害别人，她会在永无止境的监禁中忏悔她的罪行，怀念你给她的，她却没有珍惜的真情。

　　身边的锦夜呼出一口气，心悦诚服地点头，"西门堡主果真不同凡响，锦夜自愧不如。"

　　西门庆华很是谦虚，拱手道："锦大将军过奖！庆华愧不敢当！"

　　锦夜冰冷的眼眸扫到西门庆华身上，目光逗留在他身上足有一分钟的时间，忽然开口道："西门堡主在京城这么长的时日，商贸也疏通了，银号也开了。该办的事都办完了吧！是否该回洛城了？"

　　西门庆华心领神会地微微一笑，"多谢锦大将军提醒，庆华离开总坛口多日，确实是该回洛城了。"

　　我终于松了口气，明白锦夜这是要放过西门庆华。虽然心中不舍，却不敢看西门庆华一眼，生怕锦夜又变了主意。

西门庆华指了指地上干瞪眼的江映容，"那，就请锦大将军将五小姐带走吧，庆华就不留着她了。"

锦夜吩咐他的侍卫，"将五小姐送回宫中。"言罢，他缓步走到江映容跟前，居高临下地看着她，冷冷道："虽然，我不在意曾经跟你的交易，但是我会信守对李治善的诺言，助你完成心愿。"

我忍不住问出来，"她到底跟你做了什么交易？"

锦夜抬头看着我，一字一字道："她要做摄政王妃。"

幻灭

回到京城别院的时候，已经是中午。这里比锦府的规模小点，但一样是亭台楼阁，雕梁画栋。我们会在这里歇息，然后于傍晚回锦府摆席宴客。对于为何在这里落脚，我也颇为诧异，不过想想也是，长风一个多月未见我，必是已将京城翻了个底朝天，肯定早已经跟锦府死磕上了，他是那种认准了一样事就不撞南墙不回头的人。我知道晚上一定能见到长风，虽然他无心为锦夜贺寿，却不会放过这个见到我的机会。无论如何，我都要找机会离开锦夜。

我进了屋子，刚要回身关门，却被身后的锦夜伸出一只手抵住门扇。他垂着头，半天才说出一句话，"溪儿，我保证，再也不滥杀无辜，李治善是最后一个！"

我一颤，差点又要心软。可是随即想到，死了的人不会复活。我面无表情地将门关上，将锦夜那张颠倒众生的脸隔在外面。

连日担惊受怕又奔波了一天，我累得倒在床上起不来，浑身跟散了架一样疼，腹部的白布勒得我心口发慌，揣不过气儿来。我喘着粗气，将白布松开，没有了束缚，腹中的小东西快活地扭动了一下。我向下看去，即便是仰面平躺，都能看到微微的隆起。将为人母的喜悦瞬间抚平了我连日的焦躁，我轻抚着凸起的腹部，轻声安慰道："再忍忍，宝贝，晚上就能见到你爹了。娘一定找机会告诉你爹，他会救咱们的。"

我昏昏沉沉地睡着了。傍晚时分，天刚刚擦黑，我悠悠醒转，想着就能见到长风，赶紧爬了起来，春痕秋画已在门外等着为我梳妆更衣，我冲着门外说了句："等一下，先别进来。"

我重新将白布缠在腰间，隐去了微凸的腹部，起身将宽松的白色中衣套在身上，才让春痕她们进来帮我梳妆。春痕捧着一件大红的锦缎长裙走了进来，那么鲜艳的正红色看着颇为刺眼。我气闷道："我不穿这件，又不是婚宴，穿什么大红？"

春痕炫耀地展开那件衣服给我看，红得耀眼的长裙，质地轻柔，没有丝毫的滞重感，她笑道："这是今年西域进贡的布料，只有一匹，是锦大将军吩咐宫中的织造局为夫人裁制的，说您穿红色最好看。"

我苦笑，又是园子里的凤仙花！我本想将红衣扔一边去，不过忍忍还是忍住了，由着春痕将衣服套在我身上，上身紧裹着，显出曼妙的身段。我略为尴尬地缩了缩胸，怀孕让我上围丰满，在合体的薄衫下无法遁形。好在裙幅是散开的，裙角绣着繁复的缠枝花纹，华美又飘逸。春痕又为我重新梳了头发，薄施了粉黛。

打扮停当后，我走出了房门。暗蓝的夜空中新月如钩，月牙儿下方悬挂着一颗星子如宝石般发出璀璨的光芒。锦夜背对着我，负手站在夜空下等我。月下红衣被清风吹起，徐徐飘扬。

感受到我的到来，他扭头看我，见到我的瞬间，眼睛一亮，一如天际的星子，很快又垂下眼帘。他解下身上的披风，搭在我肩上，修长的手指像颤抖的蝴蝶翅膀，轻轻扫过我的肩膀，声音柔得能滴出水来，"夜风凉，还是披上吧！"

我肩膀僵了一下，终究没忍心当着他的面将披风拽下来。见我没有拒绝，他绝美的脸上现出一抹欣慰的笑意，如月夜中绽放的昙花一样美丽炫目。他自然而然地拉起我的手，我挣扎了一下，却被他握得更紧，手下一带将我拉入怀中，醉人的花香萦绕，他在我耳畔喃喃道："别拒绝我，除了你，我一无所有……"

我刚刚坐上马车，锦夜的侍卫过来冲着锦夜一通汇报。我人在马车里听不清楚，只隐隐听到"摄政王"、"寿筵"的字眼，心中突突直跳。

片刻后，锦夜掀起车帘，如玉的脸上隐见忧虑，我惊问："怎么了？"

锦夜沉吟片刻，"我本想让你于寿宴上，在众人面前露一面。不过，终究是太冒险，你还是别回锦府参加寿宴了。我让人送你回落霞谷。"

"啊？"我脑袋嗡的一声响，"为……为什么？"

锦夜蹙眉，"我得到消息，沐长风出席了锦府的寿宴，此刻已在锦府等候，而他的兵马已将锦府团团围住。"

我听得一头雾水，锦夜这是怎么了？我忍不住问他："我不信他能在京城里真跟你兵戎相见，大打出手。再说，你不自诩锦府处处机关，固若金汤吗？你怕他做什么？"

锦夜撇撇嘴，仿佛不知如何回答，须臾无奈地辩解道："我……倒不是惧怕他，只是……我担心寿宴之上，我要是……就没办法保护你。所以你还是不要现身，只安心在落霞谷等我就好！"

我目瞪口呆，不敢相信这么不自信又没底气的话是从锦夜嘴里说出来的。若论单打独斗，长风肯定打不过他。就目前形势来说，即便长风码人跟锦夜拼死一搏，两边也是势均力敌，锦夜一向狂妄自傲，怎么突然自谦开了！

我急得冷汗都下来了，我不能再回落霞谷，藏不住了啊！眼见锦夜放下车帘，扭头吩咐他的侍卫连夜送我回去，我着急地从马车跳下来，一把拉住锦夜的手，锦夜诧异地扭头，虽然不明白我为何如此激动，却因我主动拉住他而面露醉人的微笑。

我因为刚才在车里急出一头汗，此刻猛地被夜风一吹，一阵天旋地转，脚下趔趄了一下，差点没躺地上，幸亏锦夜及时扶住了我。我头冒虚汗，无力地靠在他身上，他吓得脸发白，握着我的手，"溪儿，没事儿吧！你的脸色怎么这么难看？"

我挣扎着推开他，虚弱道："我……没事！"

我知道，不光是劳累和紧张，孕期的大脑缺氧，也会引起短暂的头晕。眼前的景象渐渐模糊，仿佛出了毛病的电视，都是雪花，很快归为一片漆黑，我来不及再说别的，人就向地上栽去。奇怪的是，我并没有立即晕过去，我的头脑依然保持着清醒，感觉到锦夜一把抱住了我，在我耳边焦急地唤我的名字，"溪儿，溪儿……"那声音好像是从水下传出来的，混沌而滞后。他跪在地上抱着我，声音已由焦急变得恐慌，迭声喊道："快，快去找郎中！"

我抓住他的衣袖，心中泛起的恐惧如潮水一样将我席卷，"不要……找郎中……"我感觉自己是嘶声喊出来的，其实只是很小的如叹息一样的低语，因为那么耳聪目明的锦夜都没有听清，他一脸的茫然无措，将耳朵贴近我，"溪儿……你说什么……"

最后的意识里，我感觉到他将我的头贴在他的胸口上，轻轻地摇晃，"溪儿……别怕……郎中马上就到……"

我觉得自己不过是闭了下眼睛就睁开了，其实我的感官还是骗了我。我睁开眼睛的时候已经在屋里，脑袋还是混沌的，一时迷茫，过了一会儿，才醒过味儿来，我刚才是真的晕了过去。

我发现自己躺在屋里的床榻上，身上依旧穿着那身大红色的衣服。一个留着花白胡子的男人正在给我把脉，一手搭在我腕上的脉搏处，一手捻着颌下的胡须，闭着眼睛摇头晃脑，看那一身打扮，应该是个郎中。而锦夜站在旁边，一脸的紧张关切。

我彻底醒了，噌地一下子坐起来，甩掉郎中搭在我腕上的手，浑身抖成一团。锦夜上前扶住我的肩膀安慰我，"没事的，溪儿，我在呢！"转头又担忧地问那个郎中，"内子近日脸色不佳，是否操劳过度，抑或染上什么疫病？"

我听了，脸色一下子毫无血色，张了张嘴，却仿佛被噤了声一样，连一个字也说不出来。旁边的郎中已经直起身，满面欣喜，恭恭敬敬地向锦夜作揖道："恭喜官人！"

锦夜蹙眉呵道："我问你内子得了什么病，你恭喜我做什么？"

我从床上滚落到地上，抓住那个郎中，嘴唇哆嗦着，想阻止他说出来。

锦夜一把将我抱起，我挣扎着要推开他，他满面怜惜按住我乱动的手脚，心疼道："你这是做什么，不管什么病，我自能寻来天下名医良药，没有医不得的。"

那个郎中呵呵笑了出来，映衬着我的惊惧、锦夜的悲戚，真有舞台剧一样的离奇效果。"夫人哪里有什么病，恭喜官人，贺喜官人，夫人是有喜了。"

锦夜顿住，仿佛被人当胸一剑贯穿，因为事发突然，剑锋奇快而尚未觉出疼痛，只是一脸茫然，喃喃问道："你……说……什么？"

郎中犹自笑得开怀，"可见官人是欢喜得紧了。"于是他又重复了一遍，"夫人有身孕了，已近四个月，怎么夫人自己竟然不知道吗？"

锦夜这回听清了，骇然望着我，仿佛不认识我一般。我在他的注视下停止了挣扎，冷汗顺着额角涔涔滴落下来，心中已然没有了惊惧，只有死一般的平静。真相已经浮出水面，我的秘密也在这一刻被揭穿，我再也不用瞒着他了。

锦夜手一松，我跌坐在地上，以手撑地，勉强支撑着摇摇欲坠的身体，不让自己倒下。锦夜慢慢地直起身，绝美的脸上没有一丝表情，仿佛带着一个没有灵魂的面具，却比刚才的担忧关切更让人心碎。

郎中小心地窥视着我们，也觉察到事情不对，匆匆作揖后，诊金也没敢要，就脚底抹油溜走了。

锦夜微微昂着头，垂眼看着坐在地上的我，缓缓伸出一只手撕扯我身上的红衣。我伸手攥住他的手，却被他森然凛冽的气场震慑住，无力地将手放下来。

刺啦一声，我的衣襟被扯开了，我别过脸，咬牙不动。他又扯开我的中衣，一把拽下我的亵衣，我的胸口一下子暴露在微凉的空气中，瑟瑟发抖。

他冷得如冰块一样毫无温度的手拂过我因怀孕而鼓胀的乳房，引得我阵阵战栗，却强撑着没敢躲避。他手向下，一圈一圈打开我缠在腹部的白布，层层伪装被除去，我凸起的腹部无处遁形，羞愧中，我闭上了眼睛……

不知过了多久，他冰冷的声音在我头顶上方响起，艰涩得发哑，仿佛不是从他的嗓子里发出来的，而是从他的胸腔里挤出来的一般，每一个字都耗尽他所有的力气，"你……当日……没有……吃下……龟息丹……不是……因为……舍不得我……而是……因为……你和……他……的……孩子……"

心中酸得发胀，我只能点头。

漫长的沉默后，我听见他的声音，孩子般的委屈无助，"为什么……骗我？"

一滴水珠落在我的面颊上，带着心碎的破灭和冰冷却灼人的温度。我以为是自己哭了，用手一抹却发现不是。

我愕然睁开眼睛，抬眼望去，正迎上一滴溅落的泪珠，滴在我仰起的脸上，那滴泪顺着我的脸颊滑落，留下了一抹泪痕，一直流入我的嘴中，又苦又涩。

我看到一滴滴晶莹如碎玉一样的泪珠从锦夜绝世无双的面颊上滑下，他的眼中是破碎了的痛楚，那种伤痛深入骨髓筋络，让人不忍直视。

他喃喃重复着，"为什么……骗我？你知道那两日我站在你的门外有多紧张，多害怕吗？我告诉自己，如果你选择留下来，我要一辈子对你好，只要你开心，让我做什么都可以。可是，你……为什么……这么对我……"

我无言以对，只能缄口不言，眼中却有泪水汹涌而下，混着他的泪滴在我的脸上肆虐。

他伸手入怀，自怀中掏出一个锦盒，跟李治善给我的龟息丹的锦盒一模一样，他的声音因哽咽而难辨，却一字不落地传到我的耳中，"西门庆华说江映容吃下的是世上最后一颗龟息丹。他错了。这才是最后一颗。你以为，我为什么杀了李治善？不是因为他曾助你，而是因为我想跟你归隐山林，过只有我们两个人的日子。可我知道朝中的人不会放过我，于是我跟江映容做了笔交易，让她假装受制于我，好让李治善为我炼制龟息丹。我本想在今天的寿宴上当着众人的面悄悄吃下龟息丹，假装是有人恨我给我下毒，让所有的人都以为我死了，那样就没有人再会追杀我们。我杀李治善是为了灭口，为了掩盖这个秘密，好让我们顺利脱身，坐享今后的太平时光。我不让你参加寿宴，也是为了怕我假死后，没有人保护你……"

仿佛有一把大锤在我的心脏上猛锤了一下，虽然我依然对李治善的无辜离世无法释怀，但是事实的真相却让我的心为锦夜痛了起来。强大的锦夜原来怀揣着如此卑微的愿望和无奈的理由。而我都对他做了什么？

我一直义愤江映容对李治善的欺瞒，恨她玩弄了李治善的感情，将李治善的真心任意践踏，让李治善生无可恋，死在锦夜手中。可是，我竟然对锦夜做了同样的事。甚至我比江映容更坏，江映容还从始至终给李治善编织了一个美丽的谎言，让李治善死的时候还能够安慰自己，还能够回避那个残酷的真相。而我呢？我将锦夜捧上了云端，又狠狠地摔在地上。

锦夜脸上的泪已经干涸，面色如燃尽的灰烬一样归为一片死寂，他举起那个锦盒，声音冰冷而决绝，"可是，现在，我再也不需要了！"

锦盒在他的手中碎成粉齑，他一扬手，一团尘雾飞入空中，久久不散。

我看着那团烟雾，仿佛看到锦夜支离破碎的心。心中的愧疚无以言表，我只能流着泪一遍遍地向他道歉，"对不起，锦夜，对不起，请原谅我……"

"太晚了！"他缓缓抽出他的佩剑，剑气如霜，屋内只见层层雪浪翻涌，他持剑冷然道："你和沐长风，都会为此，付出代价！"

他将冰冷的剑尖抵在我隆起的腹部上，只需轻轻一送就能穿过我的皮肉，刺到我和长风的骨肉。我惊骇地退缩，近乎赤裸地在地上打滚。

情急中，我双手合拢夹住了他的剑尖，母性的本能让我跪在地上向他苦苦哀求，"锦夜，是我对不起你，你可以杀我，但是求你，求你让我将孩子生下来以后再杀我！"

他置若罔闻，手中长剑扭转着，锋利的剑刃瞬间割破了我的掌心，鲜血从我合拢着的指缝间蜿蜒而下，我浑然不觉疼痛，抵死不让他的长剑触碰到我的腹部。

　　眼见他的剑尖依旧前刺，我双手向上一抬，将他的剑尖抵在自己的咽喉上。我绝望地闭上眼睛，痛哭失声，"你杀了我吧，但不要碰到我的孩子！"

　　剑尖停在我的喉咙上，微微地颤抖，时间仿佛凝住，好像过了几个世纪那么长，我感到脖颈上的长剑向后抽离，抽出了我的手。

　　他还是没有杀我。

　　我虚脱般地瘫软在地上，这才感到手疼得钻心，掌心已然是血肉模糊。

　　锦夜闭目仰头，剑尖下垂，指向地面，剑身上是我的鲜血，顺着如染寒霜的剑尖一滴滴落在地上，发出滴答、滴答的声音，在寂静中，异常清晰。

　　骤然间，屋里似乎有一阵微风拂过，锦夜身上的红衣款款而动，随风轻舞，空气中凝聚着一股阴森凛然的气息，让人禁不住脊背发凉，全身的汗毛都竖立起来，好像一个恶灵无声无息地飘进屋里。

　　当锦夜再次睁开眼睛看我的时候，美妙的凤目中黑色的旋涡渐起，仿佛有千年的寒冰蕴于其中，神色全无刚才的绝望哀戚，他唇角向下抿着，看向我的目光也充满了怨恨。

　　我一阵惊恐，仿佛有碎冰倾泻进我的衣领，透体寒凉。那个锦夜又回来了！

　　他眼中闪着疯狂的光芒，手中的长剑再次举起。我吓得手脚并用地向后爬。刚才那个锦夜好不容易放过了我，这会儿换个马甲，又要杀我啊！

　　没爬两下就被他上前一步，踹得我仰倒在地上，他一脚踩在我心口上，让我好像被钉在地上一样动不了。

　　他踩着我，作势拿剑向我心窝扎去，却又顿在了半空中，冷笑道："现在杀了你太没意思了。我本来觉得对沐长风已经无计可施，谁知老天都眷顾我。既然你已经怀了沐长风的孽种，我的仇人也就又多了一个。"

　　他笑着低头看我，眼神阴鸷，声音却是喜不自禁的，"有了你和这个孩子，我要让沐长风知道什么是人间炼狱，万劫不复！"

　　锦夜只身赴了寿宴，派他的侍卫连夜将我送回落霞谷里的小院，并吩咐他们将我一个人监禁在院中，不让任何人靠近。

　　回到落霞谷中，我就被关在院中。春痕和秋画被赶到了院外，她们不知所措地哭泣着，被锦夜的侍卫拽着胳膊扔了出去。一把锁从外面锁住了院门，隔断了我与外界所有的联系，只余院门上的那个小窗户开着。我想起初来山谷，我曾觉得这个院门跟监狱一般，谁知，如今被我不幸言中，真成了关押我的牢房。

由于有锦夜的命令，他的侍卫在院外把守，不允许任何人靠近小院，我如同被遗弃在孤岛上一样。可是奇怪的是，此时此刻我反而不再害怕，不再紧张。该来的终归是来了，我苦心隐藏了两个月的秘密终于被揭穿，我感到自己落到了海沟的底部，虽然黑暗，虽然寒冷，但是事情已然走到了这个地步，不可能再糟。那种感觉就像是我已经在十八层的地狱里，不必再诚惶诚恐，剩下的就是想方设法让自己带着孩子活下去。

同时，我的心中终归稍作释怀，我痛恨自己蒙蔽了锦夜，欺骗了他的感情，如今，他认清了我的虚伪和欺瞒，不会再上我的当了。此时自身的处境让我有种自作自受的坦然，他怎么惩罚我，我都不会恨他。让我不能原谅自己的是我对他的伤害已然造成，无法弥补，这不是简单一句对不起就可以一笔勾销的。他一直生活在孤寂和痛苦之中，是我将他拉到阳光下，等他感受到阳光的温暖，又一下子将他打回原形。同时，我无比悔恨地想，本来锦夜都准备放弃复仇了，而我一手造成了锦夜的变身，造成了他与长风新一轮的争斗。

空寂的屋里只有我一个人，我倒在床上，和衣而卧，不想起来。手上的伤已经被我用干净的布缠上，可是依旧疼得让我睡不着。那种疼痛好像无处不在，纠缠着我，让我恨不得拿脑袋去撞墙将自己撞晕了事。我觉得上次被江映容下了枯骨红颜的毒都没有这么疼，因为当时对死亡的恐惧胜过了疼痛，人在生死挣扎的时候能够激发出巨大的潜力和斗志。况且那次很快就解了毒，而这次疼痛却像缠在身上的水草，扯都扯不去。

熬到晚上，我好不容易熬到困得受不了，终于眼皮打架，暂时脱离了疼痛。

夜半的时候，腹中一阵抽动让我悠悠醒了过来，刚一睁眼，就被手心火烧火燎似的疼痛淹没，好吧，我承认我夸张了点，但是我是那种很怕疼的人，这个疼痛的等级已然是我的极限。四周无人，我也不用顾忌是否丢脸，哼哼着呻吟起来。

然而有另外一种感觉渐渐从身体里滋生，来势迅猛，甚至比疼痛的感觉更为强烈，更令人无法忍受，无法坐视不理。那是饥饿！连同回来路上的那一天，我差不多有将近两天没有吃东西，腹中的小家伙在向我抗议，一脚把我踹醒了。

我抚着肚子，轻声安慰，"别急，宝贝，娘知道你饿了，我们去找找，一定能找到吃的东西。"

我勉强从床上爬起来，眼冒金星，脑海里跟装了个闹钟似的，嗡嗡作响。还真应了那句话，人是铁，饭是钢。此刻腹中空空如也的我，连走路都冒虚汗，好像随时会跌倒一样。

我摸黑走到桌前点燃了蜡烛，借着昏黄的那点烛光，在屋里一阵翻箱倒柜。越找越是泄气，春痕她们真是勤快，将屋里打扫得干干净净，整整齐齐。一炷香的时间后，除了柜子边上的角落里沾满灰尘的一块花生糕，我什么也没找到。

我小心翼翼地将那块花生糕捡了起来，不知是什么时候掉落的，滚在了墙角里，才没被扫走，幸运的是这屋里也不闹耗子，终于完好无损地保存了下来。

我拍掉上面的土，放到嘴里咬了一小口，天助我也！除了有点哈喇味之外，竟然没有发霉变质。我忍着没有一口吞下去，而是一点点地吃完，让吃到食物的满足感停留得长一点儿，再长一点儿……

吃得再慢，嚼得再细致，那块花生糕还是消失在我的嘴里。胃里没有因为一块花生糕而满足，反而觉得更加空旷，仿佛家徒四壁的房子，连一样家什都没有。

我捂着胃，颤巍巍地站起来，举着蜡烛又到隔壁的两间厢房里去翻找，总算从春痕她们的屋里找到一个馒头、大半个卷子、小半锅白粥和几样小菜，是春痕她们离开落霞谷前吃剩下的，还没来得及倒掉。我就指着这些平日不够我吃一顿的东西又挨过一天。好在院里还有口井，喝水尚不成问题。

一日后的中午，我吃下最后一口面卷子，屋中任我找遍犄角旮旯，再也没有可以入口的东西。我手脚瘫软，泄气地坐在墙角的地上，腹中的饥饿感让我无从分析自己的处境，也顾不得自怨自艾，当生理上都得不到基本满足的时候，精神上的困顿已经是不足挂齿了。

我饿得实在受不了，本来我就是那种一顿不吃都不行的人，现如今身体里又多了一个负担，腹中的小家伙早就伸胳膊动腿表示抗议，无声地叫喊着："娘，我饿！娘，我要吃东西！"

我心酸地闭上眼睛，对不起宝贝，娘真是没用，连累你还未出世就跟着娘一起挨饿。不如，我们再睡一会儿吧，睡着了就不会感觉饿了。我轻声唱着摇篮曲，却连自己都哄不着。

朦胧间，隐隐听到外面有嘈杂的人声，好像是春痕的声音在哭诉什么。我一下子来了精神，摇摇晃晃地从地上站起来，来到院门口，将脸贴到那个一尺见方的窗户上向外张望。让我惊喜的是我看见春痕和秋画提着一个食篮正在向守在门外的侍卫苦苦哀求，"行个方便，让我们给夫人送点儿吃的吧！"

那些侍卫很是铁面无私，跟石头人一样站着，面无表情。我急得在窗口不顾形象地大叫："大哥，大哥，您通融通融！"

为首的侍卫对我倒依旧颇为恭敬，开口解释道："夫人恕罪，锦大将军有令，任何人不得靠近夫人。属下也是执行锦大将军的命令，不得有误。"

气得我差点脱下鞋来飞他，我耐着性子开导他，"锦大将军是让你们看着，不许别人靠近，可他也没说要饿死我吧！我们两口子闹别扭，他不过是在气头上，说不定过两天他一心疼我，又想放了我（我悲催，这种可能性不大了），要是我给饿死了，你们怎么交差？"

几个侍卫面色犹豫，互相交换了一下眼神。我见他们神情松动，赶紧进一步说道："我不用让人接近，就把吃的给我就行了，我保证连句话都不跟她们说！"

为首的侍卫想了想，冲春痕挥挥手，"你，将食篮从窗口送进去！"

春痕快步走了上来，将食篮递到窗口，我欣喜地将手伸出窗口去接，隔着食篮都能闻到食物的香味，激动得差点儿落下泪来。

我的手刚刚碰到梦寐以求的食篮，只听啪的一声，食篮被一只白皙修长的手打落在地上，红枣赤豆粥和各色的点心小菜滚了一地。我目瞪口呆地看着地上的食物混在尘土里，心中的悲哀如波涛翻涌。

春痕吓得早已跪在地上，哆嗦着说不出话来。我从窗口看到一抹红色的衣角，知道是锦夜回来了。果然，下一秒钟，他那张倾国倾城的脸出现在了窗口，面带讥讽地看着我。

铁铸的院门被打开，一身红衣的锦夜站在门口，微笑着将一个沾着尘土和残粥的馒头用足尖踢进院来。

我愣了一下，俯身将馒头捡了起来，揭掉脏了的馒头皮，若无其事地将馒头凑到嘴边，张嘴便咬。

锦夜吃惊后，一脸的鄙夷不屑，"你还真是下贱之极。"

一口馒头噎住我，差点噎出眼泪，我费力地咽下，一言不发。

对面的锦夜有片刻的失神，目色空茫，仿佛有一丝遥远而模糊的意识瞬间侵入他的脑海。不过很快，冷酷和疯狂重新回到他的眼底，"你以为装模作样、委曲求全就能让我放过你吗？别做梦了！那天晚上沐长风搅了我的寿宴，口口声声向我要人，我陪着他搜查了锦府每一个角落，最后他质问我究竟将你藏到哪里了，你是没看见他那副失魂落魄、方寸大乱的样子，真是太好笑了。"

说完，他将手里拿着的东西举起来给我看，那是一条长长的银索，哗哗直响，

"你也别再痴心妄想逃走，有了这个'绞丝银索'，你哪儿也去不了！"

我吓得退后一步，转身往屋里逃去，他出手如闪电，一把将我拉住，不消一会儿，我已经被银索捆住，那根银索系在我的脖子上，下来有两个精致的手铐铐住我的手腕，再向下，系在我的腰间。他手里牵着剩下的近两丈长的部分，锁在了井台上方的辘轳上。

他退后一步，如欣赏一个杰作一般地看着我，满意地点头，"这下你休想离开这个院子。"

我郁闷地低头看看自己这身新装扮，无可奈何道："你不锁着我，我也走不了！"

他漠然看着我，冷冷道："你就老老实实地待在这里吧，哪天我心情好，会让沐长风来见你一面的。"

说完他转身而去。院门咣的一声重新被锁上，我呼出一口气来，欣慰地看着手里剩下的大半个馒头，至少今天的晚饭有着落了。

我试了试那个银索的长度，够我在院子里溜达的，可是进屋后只能坐到桌子前的椅子上，够不到床。这也难不倒我！我扯下窗幔，撕成条，接成一条绳子，在院子里找到一根弯的树枝拴在绳子的一头做钩子，人家是钓鱼，我是钓被子。在我不懈的努力下，床上的被子枕头和褥子都被我钩下来了，我在地上给自己搭了个地铺，躺上去试了试，也挺舒服的。

为了奖励自己，我没等到晚饭时间就把那半个没皮的馒头吃了。还是饿，又到井边打水，先灌个水饱再说。一抬头，不禁眉开眼笑起来。我真是笨，只知道在屋里找吃的，竟然没有发现院子里现成的两棵果树——一棵桃树、一棵梨树，都已经枝繁叶茂，硕果累累。粉色的桃子和金灿灿的梨子小灯笼一样挂在树上，等着我采摘。我就着低处摘下两个大桃子，用井水洗了洗就吃上了，还真甜啊！我一边吃一边得意拍着肚子，"怎么样，宝贝？这就叫老天爷饿不死瞎家雀儿，将来你长得白里透红，除了你娘的优良基因外都是这两棵果树的功劳。"

五天后，我吃得胃里冒酸水，看见桃和梨就想吐。我发誓，如果我还有命出去，我再也不吃这两样水果了。

傍晚时分，我被饥饿折磨得再次来到桃树下，吃得反胃，总比没有吃的强。往常我每顿都是吃一个桃子，一个梨。今天我决定改改食谱，我要吃两个桃子，下顿再吃两个梨。

我仰着脖子找啊找，低处的桃子，熟透的已经被我摘光了，只剩下青涩不熟的，没有食欲啊！我眼尖，看见头顶上方，有一个比我拳头还大的红艳艳的桃子，一时心驰神往，口水长流。

　　我伸手去摘，没够着，踮起脚尖，还是差点儿。试着往上蹿，又不敢使劲跳。急得我抓耳挠腮，围着那棵桃树团团转。回屋里搬了一个凳子出来放在树下，小心翼翼地爬上去，正要向那个大桃子伸手，院门咣当一响被打开了，我扭头看去，竟然看见锦夜站在洞开的大门口。我心中慌张，一时分神，直直地从凳子上掉下去，冷汗都吓出来了，电光石火间唯一的念头是，我不会为了一个桃子而伤到我的孩子吧？！

　　我没有跌到地上，而是落入一个花香满怀的怀抱。我如灵魂归窍般回过神来，才发现是锦夜接住了我。

　　他慢慢放下我，那一刻，我在他眼中看到了心碎的痛苦和难掩的关切。那么熟悉的眼神，直指我心，我感到那个关心我却被我伤透了心的锦夜就站在我面前。我情不自禁地一把抓住他的胳膊，有太多的话想对他说，却不知从何说起，憋了半天才说出一句话来，"你帮我把那个桃子摘下来！"

　　锦夜默然不语，长臂一伸，那个红红的桃子已经到了他的手中。我看着那个桃子却没有伸手去接，一阵泪意漫过眼底，我唏嘘着，"锦夜，事情走到今天这个地步，我真的很抱歉，我……"

　　还没等我向他表达完我的歉意，就见那个桃子以优美的弧度飞过我的眼前，扑通一声直接落进井里。我目瞪口呆，伤心得差点追随我的桃子而去。

　　我猛地抬头看锦夜，见他眼中带着痛意的旋涡已经散去，又是一片冰天雪地。我识相地闭上嘴，不敢再多说一句。我意识到，这个残暴的锦夜已经占据了身体的控制权，那个锦夜不过偶尔回来。他曾经那么害怕会变成孤魂野鬼，四处游荡，而如今他果真是回不来了。

　　心中痛得像要死掉，是我害了他，再多的语言都无法弥补我对他的伤害。在发现我的身孕的那一瞬间，那个锦夜就已经被毁灭了。那样的痛苦和心伤让锦夜无法承受，于是幻化出的载体占领了这个身体。至少，这个幻影只会关注长风，报复长风，感受不到我带给他的背叛和伤害。

　　变了身的锦夜不再看我，扭头而去，我情急下拉住他的衣袖，虽然明明知道他不再是他，却还是忍不住向他哀求，"回来吧，锦夜，如果你能给我机会，我愿意向你赎罪。"

耳闻啪的一声脆响，一记耳光扇到我的脸上，我扑倒在地，脸上火辣辣第疼，嘴里满是腥甜的血沫，唇角也有温热的液体蜿蜒。

我被这巴掌打蒙了，趴在地上费力地抬头看去，锦夜冷漠地看着地上的我，不屑道："赎罪？我不杀你，是因为我还没有玩够，要是沐长风看到你现在这个样子，你猜他会作何感想？我敢担保，他会比我当年更痛苦，更绝望！"

锦夜转身而去，铁门再次被反锁。我从地上爬起来，回到屋里，蜷缩在地铺上。

夜半时分，我睡得迷迷糊糊，梦中看到满桌的食物：包子，馒头，烤鸭，熏鱼——我如见到金元宝的地主婆一样两眼放光，口水长流，欢呼着扑了过去。正要大快朵颐，忽然感到有人轻轻摇撼我的肩膀，我一下子醒了，气得想骂人，为什么不等我吃到嘴里再叫醒我？

我闭着眼睛耍赖地不睁开，不耐烦地挥手，含含糊糊道："等我……梦见吃饱了……再叫醒我……"

一阵食物的香味萦绕鼻端，我抽抽鼻子，终于确定不是梦，一骨碌爬起来。明亮的月光下，首先映入眼帘的是满满一篮子的食物，我已经记不清有多少天没有吃到正经的能够称之为食物的东西了。我哆嗦着伸出手，抓过一块点心塞到嘴里，噎得直流眼泪，却仍止不住地抻着脖子往下咽。

有人递给我一杯水，我接过仰脖倒下，又急急忙忙地接着往嘴里塞东西，却连头也不敢抬。

一声熟悉的叹息在耳边响起，那人轻抚着我肿胀的面颊，手指的触碰让我痛得忍不住躲闪，嘴里也嘶嘶地吸着凉气。那人心碎地问："他又打你了？"

我手一抖，手里的点心都滚落到地上，骨碌出老远，我一把抱住他，将头埋在他的胸口，呜呜地哭了起来……

这个晚上，我对他说了很多，我如何从异世来到这里，如何在天牢里遇到长风。我告诉他我是怎么到了雪屏山，怎么离开长风回到他身边，我将龟息丹的事儿和怀孕的事儿原原本本地告诉了他。最后，我哭着向他道："锦夜，我不敢乞求你的原谅，是我忽视了你的情感，骗了你。伤害已然铸成，我也知道你恨我，如果惩罚我可以让你释怀，就惩罚我好了，求你不要再折磨你自己，不要让那个幻影占据你的身体。"

锦夜一言不发地听着，只是将我搂得更紧。那夜我是在锦夜的怀中睡着的，他一动不动地抱着我。睡梦中我感到他动了一下，我伸手抓住他，他轻轻地掰开我的手指，"我得走了……那个人……要回来了……"

　　我一惊，一下子松了手。锦夜起身，游魂一般消失在黑暗中。

　　我颓然倒在枕头上，再也睡不着，睁着眼睛等天亮。当第一缕晨曦照进屋里的时候，我看到身旁地上的食篮里全是我平日爱吃的东西：核桃排，花生糕，红枣粥，莲花糕……还有一只胭脂烤鸡。

锦裳

我依靠锦夜偶尔的食物接济活了下来。每天早上睁开眼睛看到初升的太阳都让我感激上天，我又带着我的孩子熬过了一日。幽禁于此，连个跟我说话的人都没有，我就跟肚子里的孩子说话，叫他宝贝，唱歌给他听，给他讲故事。终日一个人自言自语，神神道道的，连偶尔从铁门的窗口向内张望的侍卫都摇头叹气，目光怜悯，看一个疯婆子似的看着我。

对此，我很是嗤之以鼻。知道什么是胎教吗？将来我儿子（或闺女）智商达到一百四，上哈佛（好像没这个可能），那都是我的胎教做得到位。

这一天，我在院子里晒太阳，虽然营养跟不上，但是晒太阳补钙的重要性我还是知道的。腰间的银索越发觉得紧了，勒着肚子，我只能将银索移到胸部下方的位置。

正在一边整理银索，一边给肚子里的孩子讲《司马光砸缸》的故事，院门打开了来，锦夜走进院中。

我觑着他的脸色，赶紧识趣地往远处站。仔细打量时，才发现他发丝凌乱，身上的红衣也有些皱巴巴的，不像往日那样平整服帖。衣襟上染了大片的血迹，我吓了一跳，冲口而出地问他："你受伤了？"

他低头看了看，满不在乎道："不是我的，是沐长风的。"

仿佛一记闷锤锤到我脑袋上，我脑袋嗡的一声响，一个涨成两个大，我语无伦次地惊问："你……你杀了他？"

锦夜斜着眼睛瞟了我一眼，"没有。我不会这么容易就让他死了。昨日在内阁门口，沐长风扑过来跟我打在一起，他又不是我的对手，被我打翻在地，还不住声地逼问我，让我将你交出来。我对他说，只要他自断一臂，我就带你去见他。谁知他抽出剑来就砍自己的手臂，若不是我拦住他，他那个膀子就废了。"

我黯然心痛地闭上眼睛，锦夜在京城只手遮天，他将我悄无声息地关在落霞谷，长风得不到半点讯息已经是乱了阵脚。这就是关心则乱吧。锦夜是孤注一掷、百无禁忌的。而心有所系、投鼠忌器的长风此时此刻根本不是锦夜的对手，只能被锦夜牵着鼻子走。

我艰难地开口，"锦夜，放过他吧，也放过你自己！"

锦夜仿佛听到了最好笑的笑话，仰头笑了起来。笑够之后他一双凤目上下打量我，目光最后落在我隆起的腹部上，满意道："差不多了，我也耍弄他够了，是时候给他个惊喜。"

我哆嗦着不明白他话里的深意。他已经叫过侍卫，让侍卫备车回京城。

锦夜将银索从井口解下来，让我上了马车，却没有为我摘下身上的束缚。他进到马车里坐到我身边，我小声哀求，"替我摘下来吧，有你在，我跑不了的。"

他将手里的银索抖得哗哗作响，"这可是我送给你的饰物，沐长风见了会感激我的。"

我一下子闭了嘴。心中惶恐，却无可奈何。

翌日清晨，我们的马车停在了内阁议政厅的门外，刚刚停住，就被摄政王府的侍卫层层围住。透过车窗，我一眼看到长风疾步赶来。他看上去憔悴而消瘦，眉端眼底是洗不去的忧伤和焦虑，一边的肩膀缠着绷带，透出红色的血迹。

我痴看着他，那是我全部的爱恋。我已经有整整九十三天没有见过他。此刻乍一相见恍如隔世，梦境般没有真实感。

锦夜等长风来到马车的车窗前，才慢悠悠说道："你不是要见她吗？她就在这里，我给你一盏茶的时间，你抓紧跟她叙旧吧！"锦夜抓起我的一只手举着给长风看，手指扣着我的脉搏，让我半边身子都是麻的，"不过你不要轻举妄动，妄图劫人，我可抓着溪儿的命门呢！"

长风一下子顿住，难以置信地盯着我手腕上的银链，失神道："你……竟然……锁着她！"

长风死盯着锦夜，眼中是慑人的愤怒，像要将锦夜撕碎一样，哑声嘶吼，"为什么这么对她，把她像罪犯一样拴着？你不是答应过不伤害她吗？你究竟要折磨她到什么时候？"

我将没被锦夜抓住的那只手从车窗伸出去，被关了这些日子，即便天天刻意晒太阳，我的手依然白得透明，可以看到青色的血管。

我按住长风不住颤抖的双手，尽量让自己笑得明媚，"长风，我很好，没事的，锦夜不过是怕我再逃跑才锁着我。你看，我身上的链子很长，并不影响我吃饭睡觉。"

我坐在马车里，长风看不到我隆起的腹部，却在握住我那只手的时候，看到我掌心的伤痕，虽然已经愈合，但留下了纵横交错的伤疤，很是难看。

长风倒吸了一口凉气，浑身发抖，眼中已有朦胧的泪光，他抬眼看着锦夜，"到底要怎样，你才肯放了她？"

锦夜摩挲着我另一只手掌心的伤痕，向长风道："我答应江映容完成她的心愿，现如今到了该兑现的时候了。我要你娶江映容为摄政王妃。"

"不可能！"长风断然拒绝。

锦夜冷哼，"沐长风，这京城仍是我锦夜的天下，你若不允，这辈子都休想再见到溪儿一面。"一抹冷笑勾在锦夜的嘴角，他的声音低沉而充满诱惑，"你大婚之日，我就打开溪儿身上的锁链，带她出席你的婚宴。"

三日后，摄政王大婚，迎娶江府五小姐、当今皇后娘娘的亲妹妹江映容为摄政王妃。依照龙耀风俗，亲王大婚将在皇宫由皇上和皇后亲自主持，方显皇家威仪，天恩浩荡。谢恩祭祖的仪式过后，方携新妇回府。

这几日，我们就住在了锦夜在京城的一处别院，没有回到落霞谷。长风大婚当日早上，锦夜果真用一把精致的小钥匙打开了我身上的绞丝银索，又接来春痕和秋画替我梳妆。她们二人进来抱住我先失声痛哭了一阵，搞得我还要安慰她们。倒是我自己早已是"虱子多了不痒，债多了不愁"，破罐破摔，颇为淡定。

哭过之后，她们两个才抽抽搭搭地帮我绾发匀面。好久没有照镜子，我坐在梳妆台前，看到铜镜里的自己，简直吓了一跳。这还是我吗？镜中之人瘦到显出尖尖的下颌，脸色青白，毫无血色。本来大小适中的眼睛倒显得大了，一双眼睛仿佛占到脸部三分之一的版面，我苦笑着发现，我终于达成多年的夙愿，荣升为大眼妹。

梳妆后，我起身穿上一件绣百蝶穿花的淡紫色宫服，腰间鼓起一个小山包，跟揣着一个盆似的。我向下看，只能看见自己凸出来的肚子，却看不见脚尖。这一个多月我瘦了很多，胳膊和腿都史无前例的纤细，越发显得肚大如箩，不成比例。我终于明白锦夜为何等了近两个月才将我带到长风面前，真的是很有戏剧效果。

锦夜一身飘逸的红衣，来到屋里接我，我心虚地扒住门框不肯走，央求锦夜，"你自己去吧，别让我去丢人现眼了。"

锦夜过来硬拖我，我直往地上打坠，搞得他也是气喘吁吁，一边掰我死扒着门框不肯撒开的手指，一边奚落道："做了太监的对食，却能怀有身孕，你也是古往今来，史无前例了。你放心吧，若人问起来，我就说是咱们夫妻二人精诚所至，金石为开，得上天眷顾，无性生子。"

我低头不语，眼泪在眼眶里打转。长风大婚，娶的却不是我。还要我以这样的姿态跟锦夜一起出现在众人面前，让我情何以堪！我脸皮再厚，也厚不到这个地步。

毕竟锦夜力气大，跟老鹰捉小鸡一样抓着我将我拖出屋门，"快走吧！我简直等不及看好戏了！"

畏缩在一旁的春痕手忙脚乱地递给我一件银紫色的披风，我感激地看了她一眼，将披风裹在身上，遮住腹部。

我蔫头耷脑地与锦夜来到宫中的云意殿。向来亲王大婚需要皇上指婚、合对生辰、谢恩，下聘、选黄道吉日等一系列的过程，没有三五个月根本娶不上媳妇。而此次长风三日完婚，速度之快让人瞠目，开了龙耀亲王娶妃的先河。

由于准备仓促，云意殿看不出什么喜庆，只草草挂了几个红灯笼就算了事。洞开的大殿门口两侧站着迎客的宫婢，依旧穿着平日的绿色宫装，只在腰间扎着根红绸，显示出宫里办喜事。绿色衣服红腰带，村姑似的，要多难看有多难看。据悉新妇由于身体不便，并未出席婚宴，连拜天地的俗礼都减免了。只有长风这个新郎一人，木然站在大殿内接受宾客的祝福。

有内监尖细的嗓音通传，"锦大将军携夫人到！"

长风猛然抬头，向大殿门口疾走了两步，虽在意料之中，还是慌得撞在茶几上，身形一个趔趄，差点摔倒。他一身大红色的喜衣，却看不出一丝一毫的喜悦，配上他憔悴焦虑的神色，那身红色更是嘲讽一样地刺痛人的双眼。

锦夜拽着我的胳膊进了大殿。云意殿里，皇上和皇后坐在大殿前的宝座上主持婚礼。太皇太后病着，没有来。拜见过帝后，我看到流放岭南苦地，近期释放回来的国丈江贺之（现在人家是长风的岳父了）也坐在大殿的侧面，须发皆白，垂眉敛目，神情淡然。

前来观礼的朝中大臣倒是不少，只是摄政王突然大婚，新王妃却告身体不便，连自己的婚礼都无法出席。众人心知其中必有隐情，因而表情莫名，连恭喜的话都说得干巴巴的，不带诚意。

自我进了大殿，长风的视线就一直追随着我，他的目光写满无尽的相思和噬骨的焦灼。我在他的注视下畏缩着裹紧身上的披风，弯着身子站在锦夜身边，尽量不让自己的肚子显山露水，头上的冷汗已然冒了下来。

站在大殿中央，锦夜揽着我的肩膀，体贴地问："怎么出汗了？穿这么多，是不是太热了？"

我一惊，赶紧摇头，挣扎着说："我……不热……"

锦夜嘴角勾起一丝冷笑，戏剧性地一把将我的披风拽了下来。我猝不及防，隆起的腹部毫无遮掩地暴露在众人面前。我难堪地用手抱住肚子，忍不住瑟瑟发抖，好像被人当众剥光衣服一样的无地自容，羞辱难言。

周围一下子变得寂静，连掉一根针都能听见，所有人的目光都聚集在我的肚子上，跟看西洋镜一样看着我，有的惊讶，有的鄙夷，有的幸灾乐祸……

我在众人目光的洗礼下，放开护在肚子上的手，挺直了脊背。既然遮不住，盖不住，索性就让大家看个够吧！

锦夜牵着我的手，如游行一样将我带到坐席处，我只能将厚脸皮发扬到底，故作镇静地走过长长的甬道，坐在女眷席的椅子上。同桌的命妇作鸟兽散，呼啦一下子都走开了，就留我一个人守着偌大的一张桌子。我盯着一桌子的佳肴美食，心中安慰自己，都走了才好，这一大桌子的吃的都是我一个人的了。

锦夜躬身向依旧目瞪口呆的皇上和皇后告歉，"内子身体不适，臣想在女眷席同桌照料内子，望皇上和皇后娘娘恕罪。"

震惊过后的皇上冷哼了一声，"锦爱卿自便。夫人既是身体不适，理当照料。锦爱卿果真是英明神武，无所不能，让世人大开眼界！"

一个无所不能深有所指，大殿中已有人忍不住嗤笑了出来，神色暧昧而鄙薄。

锦夜不以为意，只笑着向皇上谢恩，"多谢皇上体恤微臣一片护妻之心。"

皇后娘娘深知我跟长风的渊源，赶紧举起酒杯打圆场，"众位卿家都归席吧！今日摄政王和舍妹大婚，普天同庆，当饮尽一杯美酒，贺他二人白头偕老，百年好合。"

所有的人都归席举起酒杯，只有一人一动不动，呆站在大殿中央。自从我被锦夜扯掉了披风，长风就跟被钉子钉在原地一样。他脸色惨白，目不转睛地看着我，眼中弥漫起深沉的痛楚，仿佛被人掏去心肺一般，只剩下一个悲伤的躯壳。

我抬头迎上他失魂落魄、心痛欲死的目光，勇敢地给了他一个微笑。

长风看着我，却有一滴清泪顺着他如玉的面颊无声地滑落下来，落在他红色的衣襟上，像晕染开的梅花。大殿中再次变得死寂。

眼见事态不可收拾，江映雪起身下了凤椅，向众人道："吉时已到，摄政王还要到泰安殿祭祖，今日婚宴就到此为止吧！"

在座的都是官场上通透的人物，眼见锦夜和长风再起事端，又涉及儿女私情，都避之唯恐不及。既有皇后娘娘出面解围，于是纷纷起身告辞，不消片刻，走个干净。江映雪叹息一声也拉着皇上退了席，偌大的云意殿里只剩下锦夜、长风和我三个人。

锦夜冷言提醒长风，"今天是王爷大喜的日子，王爷还站着做什么，快请坐吧！若不嫌弃，就与本将军和溪儿同桌而坐。"

长风走到桌前，每走一步都仿佛走在刀尖上，他缓缓坐在我身旁的椅子上，眼中的痛意如排山倒海的浪潮。

而锦夜并没有就此放过我们。他伸手揽着我的肩膀，向长风笑道："王爷是不是很好奇，溪儿的身孕从何而来？"锦夜凑近长风，得意道："今天，你终于知道当日这丫头为何没有吃下龟息丹了吧！不是她贪生怕死，更不是她舍不得我，她舍不得的是她肚子里的孽种。她心知吃下龟息丹，两日后她能活过来，可是她肚子里的孽种却活不过来了。"

长风身形摇晃，低吟了一声，"若溪！"声音如泣如诉。

他抬头盯着锦夜，眼中是燃烧的怒火，紧握的双拳，指节咯咯作响，咬牙问道："所以你就折磨她，将她拿链子锁起来？"

锦夜丝毫不以为意，"大喜的日子，王爷不要动怒啊！这可是宫里，我挥挥手，就有成千上万的羽林卫冲进来。王爷即便不顾惜自己的性命，却要为溪儿着想，千万不要连累了她，她若在混战中死了，那可就是一尸两命。"

锦夜自顾自地说："溪儿怀了身孕，一直将我瞒在鼓里。后来瞒不住了，被我发现。我差一点就一剑杀了她，可是她跪在地上用手抓着我的剑刃，哭着求我，求我等她将那个孽种生下来，再让她死。"

眼见长风脸色惨白如纸，锦夜继续装模作样地叹息，"我也是一时心软，就没有杀她。当然，我不杀她，更是因为心中好奇，我倒要看看她肚子里的孽种生下来会长得像谁。"

锦夜说着笑了起来，仿佛遇到一件非常好笑的事，直笑得喘不过气来。他一边笑，一边将桌上的一碗燕窝粥推到我的面前，对我说道："今日是王爷婚宴，桌上摆的都是上好的东西，咱们府里可吃不到。你看看你最近这么瘦，有了身孕却反而不如以前丰润。"他拉起我柴火棍一样的胳膊，嘴里啧啧出声，"快吃吧，不然回去，我想不起来给你吃的东西，饿个三天五天的也是常事。你不吃也就罢了，可是肚子里的孩子不能不吃。活活将你饿死了，那可是一大一小两条人命。"

锦夜说得没错，即便我不吃，可是我的孩子需要营养。我是个没用的娘，我可怜的孩子，这几个月就没跟着我吃过一顿饱饭，更别提什么营养了。

我对着面前的那碗粥，忍了许久的眼泪终于不争气地流下来，滴落在碗里。我拿起勺子，就着眼泪将那碗燕窝粥喝完。两天没有吃过正经的食物，我的胃受不了这突然的刺激，我忍不住一偏头，哇的一下将刚喝下去的燕窝粥尽数吐到地上。

长风扑过来扶我，却被锦夜拦开，漫不经心道："她几天没吃东西了，乍一吃下去，身体难以消受，吐出来就好了。"

我搜肝抖肺，像要将胆汁都吐出来一样。吐完后，我抹抹嘴，伸手又取过另外一碗，接着吃……

长风看着我，眼中已有泪光浮动，浑身止不住地发抖，连带着他身下的椅子也吱嘎作响。

锦夜一字一句都如利剑一样戳在长风心上。这样一意孤行、油盐不进的锦夜让长风束手无策，无可奈何。最可怕、最强大的敌人不是对你赶尽杀绝的仇人，而是你根本不知道他想要什么，底线又在哪里的对手。

当我吃第四碗的时候，长风终于崩溃了。仿佛一座高山在他心中轰然倒塌，他如彻底被打败了一样佝偻着身子，面如死灰，声如破竹地向锦夜一字一字道："锦夜，你到底要什么？要我的命吗？我给你！你要我身败名裂吗？我也随你！"

锦夜冷笑，"如此轻易言败，你不是还跟我有三年赌约吗？不是还要打败我，夺回溪儿吗？"

长风浑身抖着，哑声道："我不赌了，不赌了，我认输。只要你善待若溪，我也不再跟你争她。我愿意从今以后跪拜在你的脚下，随你差遣，任你宰割！"

锦夜失望地摇头，仿佛看着一个愚不可及的人，"沐长风，你还真是不开窍，我若是想要你的命，早就要了，还费尽心机地跟你周旋这么多年做什么？"

长风已被逼到绝路，我从未见过他如此的绝望和无助。冷汗一滴滴顺着他的额角滴落下来，"你是为了给你家人报仇吗？那你就在你父母的坟前将我挫骨扬灰，让我永世不得超生，总可以了吧！究竟让我怎么做，你才能满意？"

锦夜面露欣慰的微笑，仿佛经过艰难的长途跋涉终于达成了心愿，他看着长风快意道："我要的就是你这副痛苦到生不如死的模样，就是要你亲眼看到你所珍爱的人在你面前受苦，而你却无能为力！这种痛，比死更难受，比死更绝望。"

婚宴之后，锦夜将我带到一处隐秘的宅子里。长风与锦夜已是水火不容，朝中纷争由暗涌转为明斗，最后的决战一触即发。

锦夜重新将我用绞丝银索锁住，锁在了屋里的八仙桌腿上。那张桌子是红木的，比石墩子还沉。不过锁在这里，总好过被锁在山谷小院的井沿上，至少我可以爬到床上睡觉了。

锦夜以饱满亢奋的激情投入到朝中的激流之中。他偶尔会到这里看我，向我汇报朝中的状况，向我说起长风与他的鏖战。

我木然地听着，这就是锦夜想要的吧。他要的是长风的困兽犹斗，在经历恐惧和绝望后再惨败在他的手下。就像是一个优秀的猎人，总是喜欢挑战势均力敌的猎物，这样，当他最后杀死猎物时，才会更有成就感，更能满足。

一个多月后的一天，天气异常的憋闷，响晴薄日下没有一丝的风。傍晚时分，天际聚起一片墨黑的乌云，迅速占领了整个天空。一时间闪电裂空，雷声轰鸣，似千军万马压境而来。不消片刻，大雨倾盆而下，铺天盖地，天地间很快一片烟雨茫茫。

我穿着一件款式简单的素白寝衣，站在屋里，看着窗外屋檐下垂落的如瀑水帘，怔怔发呆。

屋门忽然一响，一阵冷风夹杂着冰冷的雨丝吹进屋子。寒意侵体，我畏寒地抱住肩膀，扭头看见锦夜无声地走了进来。他身后是无边的暗夜风雨，只有他站在门口的光亮处，黑亮的发丝沾着水雾，柔顺地贴在美玉无瑕的面颊上，红衣的衣摆已经被暴雨打湿，如带水的红莲。

他不由分说地上前拽住我的胳膊，声音比冻雨更加冰寒，"跟我走。"

我被他拽得趔趄了一下，不明就里地问："去哪里？"

他神情亢奋，浑身因兴奋而轻颤，声调也炙热了几分，"沐长风调集了兵马，连驻守京城的两个大营的将领也已倒戈到他的麾下。"

他继续拽我，"走，这里不安全了，你与我同去落霞谷之中，我要将他引到那里，围歼了他的军队。是时候做最后的清算，我与他的恩怨也该了结了。"

我畏惧地看着他，觉得他不是一般的反常，手下的人都被长风策反倒戈了，他反而高兴成这样。我试着劝他，"放手吧，锦夜，这样下去，咱们都是死路一条……"

未及我说完，一记耳光已经掴到我脸上，巨大的冲击力下，我扑倒在地上。本来肚子大就笨拙，又被他打得头昏脑涨，匍匐着半天爬不起。

锦夜眼中燃着一抹疯狂的烈焰，明亮得让人害怕，他步步紧逼地问我："放手？你可知道我等这一天等了多久了？我就是要一条死路走到底。我要沐长风拼尽所有，奋力搭救你却功亏一篑。我要他看着你死，让他体会那种眼睁睁看着你消失在他面前却无可奈何的锥心之痛。"

说着他提着我身上连着八仙桌的银索，将我从地上提了起来，我在银索的禁锢中摇摇欲坠。我趁他弯腰去解桌子腿上的银索，扭身向屋外跑去，巨大的恐惧将我淹没，我只想逃得远远的。

刚跑出几米远，他发觉了我的意图，手下的银索猛地一带，我如牵线的木偶一般凌空而起，飞回到他面前。嘭的一声，我的后腰撞在八仙桌的桌沿上，人也在撞击后落在了地上。

腰上并不觉得有多疼痛，只是身下忽然一股热流急涌出体外。我向下看，看到两脚间的地板上有滴落的血滴，白色的裙幅也如落花般染上朵朵殷红的血迹。

我吓傻了，不知怎么办才好，呆立了片刻方如梦初醒，失声尖叫出来，一声又一声歇斯底里地叫，在雷声轰鸣的雨夜里显得格外凄厉。身边的锦夜也怔住了，手里还牵着拴着我的绞丝银索。

腹中传来下坠的疼痛，我如虾子一般弓起身子，双手捧着自己的肚子，膝盖一软，慢慢跪在地上。冷汗顺着额头滴落下来，我头脑中一片空白，唯一的念头是：

我的孩子只有不到八个月啊!

疼痛越来越强烈,似有千斤重石在腹部碾压,我呻吟着,连爬到床上的力气都没有。我在一波又一波的阵痛中大口地喘着气,求生的本能让我一把抓住呆立的锦夜,仰着脸,摇着他的衣摆,泪流满面地唤他,"锦夜,锦夜,锦夜……"

在我声声呼唤中,锦夜的脸色越来越苍白,血色顿消,目光迷茫,好似在困境中挣扎而不得出路的困兽。他茫然地看着已然蜷缩在地上的我。我的身下已经聚集了一小摊鲜血,雪白的衣裙也被鲜血浸透。

锦夜的瞳仁骤然一缩,狭长的凤目中眼波深邃,旋涡渐起,卷起痛楚的潮汐。他一弯腰,伸手将我打横抱起,"溪儿,别怕,我在!"

我心一松,抱住他修长的脖颈失声痛哭,眼泪打湿了他胸前的红衣。

锦夜,他在我最无助的时候,终于回来了……

那一夜痛苦而漫长,我感到自己身上的血都要流尽了,不断涌出体外的鲜血带走了生命的热度,我冷得身子打战,连牙齿都咯咯作响。锦夜拿床上的锦被将我紧紧裹住,我的血将被子都浸透了,苏绣的被面上留下血渍的暗影。

外面依旧狂风暴雨,电闪雷鸣。我的意识渐渐模糊,只用失神的双眼盯着上方白色的床帐。

郎中来了,稳婆来了,春痕她们也抽泣着围在我的身旁。稳婆不断地鼓励我,"夫人,向下用力,孩子就要出来了。疼的话,您就喊出来,女人生孩子都是要叫的……"

我张张嘴,却发不出声音。浑身的血液都在倒流,筋络仿佛被炮烙一般的痛,可是我跟失声一样,叫都叫不出来,身上的力气消失殆尽,我太累了,累得直想闭上眼睛。

朦胧中我看到稳婆扎着双手,手上鲜血淋漓,直往下滴,她带着哭腔向锦夜道:"不好了,官人,夫人本就身子骨娇弱,又出了大红,恐怕大小都保不住了……"

锦夜暴跳起来,额头青筋直绽,咬牙切齿道:"她若有任何不测,我让你们所有的人跟着殉葬!"

稳婆噤若寒蝉地退到一边,又换了郎中上来,往我嘴里塞了丸药,让我含在舌下。锦夜握着我的一只手,他的声音仿佛从很远的地方传过来,"溪儿,坚持住……"

我目光死寂，空蒙蒙地看着他，仿佛只剩下没有灵魂的躯壳。他哆嗦了一下，下定决心似的咬牙道："你等着，我去找沐长风来！"

我用身上最后一丝力气死死拉住他的衣袖，不让他走。我不愿长风见到我生死挣扎，不愿长风来与我做最后的道别。我的心意他最明白，真正的爱恋不需要言语，不需要沟通就能够相知相依。曾经，我拼尽全力想跟他长相厮守，那是我心中唯一的祈盼。可是现在，当死神的阴影笼罩着我，当生命即将走到尽头，那个愿望也已变得微不足道。

不能在一起就不在一起吧！一路走到现在，我与长风的爱恋已经超越了生死。相爱的人如果不在一起就不会继续相爱了吗？有一种情感即便天各一方，无缘再见，也不会消融心底的那份炙热。有一种爱恋即便生离死别、天人永隔也永远不会在天地间泯灭。我跨过千年的时光，走过两世的生死，来到这个异世，找到了生命中那个对的人，却无缘与他携手并肩。可是我不后悔，爱上他是我这辈子做过的最骄傲的一件事。

长风，我不要跟你道别，因为我们……永远不会分离。

如果今日我难逃一死，就让我默默地离开吧！长风没有亲眼目睹我的离世，是不是就会对锦夜少了几分恨意？锦夜陪着我走完生命中最后的时光，是不是就能够原谅我曾经的欺骗，不让魂魄再徘徊游荡？一切皆因我而起，长风的眷恋，锦夜的痛苦，就让我将所有的恩怨都一起带走吧！

锦夜回身跌坐在我的床前，俯下身子，将脸依偎到我的面颊上，他喃喃地呜咽着，"对不起，溪儿，对不起，是我害了你……"

我抬手轻抚着他乌黑浓密的头发，心中的痛苦和愧意无法言表。锦夜，应该说对不起的人是我，毁了你的人也是我。如果没有我，你也许已经放下了仇恨，解开了心结，不会让那个幻影主宰你的身体，使你如游魂般孤单飘荡。如果没有我，你依旧是那个孤傲清冷的大将军，一人之下万人之上，见神杀神，见鬼杀鬼，没有人敢逆忤你的意思。是我，打破了你原本坚硬的保护壳，当你将脆弱而柔软的真心交到我手里的时候，我却狠狠地扔在地上。是我打碎你所有的美梦、所有的善意，使你仓皇逃避，再也不敢相信任何人……

我抚着他头发的手无力地垂落在床榻上，我累得闭上眼睛，身上的痛楚逐渐远离了我，我仿佛躺在莲花池中，四周的水波轻柔地将我托起。天空中响起一首低回的歌，无喜无悲，一如对生命的感悟……

就在我意识逐渐飘散的时候，腹中一阵蠕动，好像有只小手从里面推着我的腹部，拼命往下挤。耳边传来稳婆的叫声，"夫人用力啊，看见孩子的头发了！"

我费力地睁开眼睛，干涸的眼眶瞬间聚满泪意。我的孩子指望不上我这个无用的母亲，他（她）在自己努力挣扎。生命的源头原来就是一场殊死的搏斗。

身下撕裂的疼痛重新回到我的意识里，可我已经不再怕疼。人会惧怕身体上的痛感，可是没有任何一个母亲会惧怕生育的痛楚。因为我们知道，疼痛只是新生的代价，痛过之后，我们能够怀抱自己的孩子。与那个崭新的小生命相比，这点疼是多么的微不足道，连疼痛本身都带上了甜蜜的味道。

我一下子觉醒，我不能死。我的孩子在提醒我作为母亲的责任。如果我死了，他（她）将没有机会来到这个世间。同时，他（她）的努力更是让我汗颜，一个胎儿都能够为了自己的生命奋斗，我有什么理由懦弱地逃避？这个世上还有我牵挂的人和牵挂我的人。我死了，长风会痛苦余生，无法释怀。我死了，锦夜会自责内疚，永受煎熬。

求生的欲望让我的身体重新燃起斗志，我拼尽全身的力气，握紧了锦夜的手……

如高山瀑布骤然跌落，我身上一松，稳婆已经惊喜地叫出来，"恭喜夫人，是位千金。"

我挣扎着抬起头，见到一个粉粉的小肉团，躺在稳婆的手中。我不足月就出生的女儿，只有小猫那么大，细声细气地哭着，仿佛有无尽的委屈，是那样惹人怜爱。

稳婆将孩子擦干净，用襁褓裹好，凑趣儿道："好俊的小模样，将来肯定跟爹娘一样是神仙般的人物。"

我本来都要力竭得昏睡过去了，闻言，心中咯噔一下，又清醒过来（汗，果真是打不死的小强）。看来这个稳婆是临时找来的，并不知道锦夜的身份。我心虚地看向锦夜，一阵恐惧漫过心底，像怪兽的利爪划过，留下深深的划痕。我紧张地咬住自己的拳头，指甲都掐进掌心里。

锦夜小心翼翼地自稳婆手中接过襁褓，动作生涩却呵护备至。我放下心来，紧绷的心弦终于松开，我倒在枕头上，再也不想动。

屋外的雨不知何时已经小了，只闻细雨滴落屋檐，珠玉落入银盘般叮咚作响。锦夜俯头看着婴儿啼哭的小脸，眼角眉梢的温柔如月色星光下的一池春水，一抹动人的微笑浮现在他绝美的脸上，他柔声对那个小人呢喃："你就叫裳儿吧。锦裳！"

抉择

　　我在床上昏睡了整整三天，各种梦境纷至沓来。第四天，我睁开眼睛，春痕赶紧过来，喜极而泣道："老天保佑，夫人您可算醒了。"

　　"孩子呢？"我探起上身，声如蚊蚋道，"给我看看孩子！"

　　春痕扶住我，在我的背后放了一个枕头，让我靠着，才对我笑道："夫人，您放心吧，小姐好着呢！刚跟着乳母吃了奶，这会儿睡着呢。"

　　春痕说着叫来乳母，我迫不及待地将我的孩子抱在怀里，贪婪地痴看她娇嫩的小脸，真的是白里透红，吹弹可破。看来在落霞谷的那些日子，我一日三餐的桃子和梨没有白吃。小家伙的眼线很长，将来一定有双水汪汪的大眼睛，小鼻子很是挺秀，菱角一样的小嘴微微抿着，让人觉得似曾相识。

　　做母亲的总觉得自己的宝贝是天下最漂亮的孩子。我曾经嘲笑大街上的母亲抱着一个在外人眼里相貌普通的孩子向人夸耀。而如今，我自己做了母亲才知道，在母亲的眼里，再普通的孩子都是这世间唯一的奇迹。更何况我的宝贝真的是个人见人爱、花见花开的小可人！

　　她是那么小，那么柔弱，小小的手指比筷子还要纤细，手掌只有一元硬币那么大，可她又生得这样齐全，一样都不少，让人不得不感叹造物的神奇。

她在我的注视下醒了，吭吭哧哧的，连眼都不睁，小嘴一扁，哭了起来，理直气壮，仿佛受了天大的委屈，小脸都憋红了。我心疼地将她搂在怀里，迭声安抚，"哦，裳儿，我的裳儿，你是饿了吗？"

小东西将头拱到我的胸前，毫不客气地自己找饭吃，那么纤小的人，力气却很大，嗑得我生疼。她大口大口地吮吸，发出咕咚咕咚的吞咽声，好像随时会被噎住，却丝毫没有放慢吮吸的速度，一张小脸都因为用力而涨红了，稚嫩的额头冒出汗来，热气腾腾的，像刚出锅的小馒头。

一阵柔柔的感动漫过心田，我在这个异世，本来没有亲戚家人，可是现在，我有了。我有了一个女儿。她是我的血肉至亲，与我血脉相连。她的出生，见证了我的存在，也见证我与长风的爱恋。漫长的孕期，我期待着与她相见，是她陪伴我度过了那些孤独囚禁的日日夜夜。如今我终于将她抱在怀中，所有的伤痛、所有的委屈在这一刻都烟消云散，为了她，受再多的苦也值得。

她在我的怀中渐渐放缓了吮吸的速度，蒙眬着睡着了，又仿佛不甘心似的猛吸几口，又睡着了，还是不甘心，接着嚅动小嘴……如此循环往复，让人忍俊不禁。她终于睡沉了，我还抱着她，好像抱着全世界的珍宝，舍不得撒手。

锦夜不知何时站在床边，清冷的脸上看不出情绪，一双凤目却温柔得能够滴出水来。我小心地觑着他的神色，是那个我熟悉的锦夜。

"谢谢你救了我！"我轻声开口，生怕吵醒怀中的宁馨儿。

锦夜不语，伸手轻轻摩挲着裳儿的小脸，睡梦中的裳儿鼓鼓小嘴，条件反射地偏过头去含锦夜的手指，嚅动着吸了几下。锦夜诧异地缩回手，随即脸上绽放出温暖的笑容，如云开见日，冰雪初融。

门外忽然响起疾步而来的脚步声，有侍卫禀报，"锦大将军，落霞谷中的兵马已集结完毕，另有瑞台大营和古门大营的将领也已接到兵符，即日筹备兵马粮草开拔到落霞谷驻守。"

真要打仗啊！我一惊，一把握住锦夜的手，仰脸向他哀求，"锦夜，不要！现在放手还来得及！"

"沐长风终于追查到落霞谷的所在，他已经集结了兵力，向我宣战，势要铲平落霞谷，我如何能够不应战！"锦夜声音清寒，却带着难掩的倦意。

"不会的，长风不会，他不是那种人！"我将裳儿放到床榻的里面，回身抱住锦夜的腰，将脸贴在他身上，"我去跟他说，让他放过我们，他会答应的。"我抱紧他，哀求道："我们走吧，离开这里，去过平静的生活。"

锦夜的身子抖了一下，他缓缓将我环绕在他腰上的手臂拉开。一丝苦笑浮现在他的脸上，"你，究竟还要骗我到什么时候？"

"锦夜……"我心如刀割，失声唤他。

他默默转过身，走出了屋子，红色的身影孤单寂寥。我看着他的背影消失在门口，浑身无力地扑倒在床上。

我并不是为了歉意或是为了赎罪才想跟他在一起，锦夜他不需要我的怜悯。我是真心想跟他走，无关情爱，无关恩怨。我曾经那样近地接近死亡，接近生命的源头。在那一刻我参透了生死，看破了红尘。我爱长风，从始至终，不曾动摇。但是我终于明白，爱情不是生命的全部。心中最难割舍的那个人不一定就是最爱的那一个。

人非草木，孰能无情？我与锦夜朝夕共处了近三年，已经习惯了他的体温，他的气息，也看到了他对我的情意。即便面对我的背弃，他选择的依旧是伤害他自己。对于这样的爱意，我无法漠视，也无法不感动。既然我在生产中九死一生，就当那个惧怕他，提防他，时刻算计他的林若溪已经死了吧！我愿意以崭新的生命来努力爱他，做他真正的妻子，没有欺骗，没有背叛。也许长风永远是我心头如水的月华，但这一世，我要牵着锦夜的手度过。

锦夜，这一次，我不会再骗你。

由于我产后身体虚弱，郎中说舟车劳顿会要了我的命，于是锦夜让他的侍卫将我和裳儿转移到了城郊一个秘密的地方，自己先行去了落霞谷部署攻防。听闻我们刚出那个宅子，长风就带兵将包围了那里。长风攻入府内，却没有找到我，于是又直取落霞谷，与锦夜在那里狭路相逢，两军对峙。

毕竟长风挂心我的安危，只让士兵围住了落霞谷，与锦夜谈判要人。锦夜占据山头，有恃无恐，乐得跟长风耗着，玩着猫捉老鼠的游戏。

我和裳儿栖身的小院外面有层层的侍卫守护。锦夜有令，不让任何人进出。这个院子成了一个与世隔绝的孤岛。心中的焦虑无以言表，却只能等死一般龟缩在这里。

二十日后，我已经能够下地，春痕她们唬得拦着我，恨不得将我绑在床上。我可是个现代人，这些产妇护理的常识比她们明白。

我自顾自地抱着裳儿在地上溜达，亲自哺育她。不过由于我身体虚弱，乳汁并不多，只能给裳儿当顿点心，还需要乳母提供正餐。

裳儿已经较刚出生那会儿胖了不少，不再是那个可怜巴巴的小猫样。她的小脸蛋粉扑扑的，一双大眼睛忽闪忽闪，黑眼珠很大，只有很少的眼白，却是淡淡的蓝颜色，更显得眼珠黑得发亮。小东西终日吃饱了睡，睡醒了吃，很少哭闹，即便咧咧两声，只要小嘴被占住，很快就不闹了。不愧是我的女儿，少心没肺的架势与我如出一辙。

裳儿吃饱了，在我怀中沉沉睡去，我看着她天使般的睡容，忍不住亲吻她的脸蛋，柔润的触感，小皮球一样的弹性十足。

正在沉浸其中，只闻外面一通嘈杂，有侍卫在门外急禀，"锦大将军吩咐，请夫人速去落霞谷。"

没等我说话，春痕已经急得撂帘子出去了，"夫人月子还没出呢！怎么走？小姐也还是未满月的奶娃娃，如何经得起一昼夜的路途颠簸？"

我叹了口气，看来锦夜是不想再等了。我一手抱着裳儿，一手拉住春痕，向侍卫说道："备车，我们走！"

马车在乌压压一群侍卫的护送下向落霞谷驶去。摇晃的马车里，春痕蜷倚在车壁上昏昏欲睡，而我却毫无睡意。我抱着裳儿挪到桌子前，桌上有现成的笔墨纸砚，铺开雪白的宣纸，千言万语涌上心头，却不知如何下笔。直到月上中天，方就着桌上的一点烛光写下：

长风：

　　我将我们的女儿交给你了，我知道你会是天底下最好的父亲。

　　不要责怪锦夜。无论是伤害你，还是伤害我，他伤得最深的是他自己。当年他的父亲为了让他活下去，给他编造了一个复仇的理由。锦夜为了父亲的遗愿演化出一个为了报仇而活的人，而他的内心深处始终是那个叫阿业的少年。本来他已放下了所谓的仇恨，却因为我的欺骗而让自己成了一抹游魂。我要去找他，将那个锦夜找回来。

　　原谅我做出这样的选择，我从千年之后的异世穿越到这里遇见你，与你相爱是我这辈子最快乐的事。相爱而不能相守是爱人心口永远的痛，纵然情深，我却不得不转身。我从不相信什么轮回转世，但是因为你，我愿意相信。相信你我缘起不灭，生生世世，相信无论时空如何变换，我们终会遇见。只是来生，我会抓紧你的手，不会再迷迷糊糊地一次次将你错过。

若溪

写罢放下笔，才发现泪水已不知何时爬满脸颊。我与长风今生今世注定无缘携手。

翌日清晨，终于到了山脚下。马车没有走惯常走的大路，而从山脚小径迂回前行。小路颠簸，好几次手里的襁褓都要颠飞出去似的。我撩起车帘问侍卫首领："为何不走大路进落霞谷？"

侍卫驱马上前恭敬道："夫人，这是进山的小路，大路被摄政王的军队堵死了！"

我默然放下车帘，长风这是来真格的了，看来是把老实人逼急了。一直以来，长风对锦夜颇为隐忍，即便为了我与锦夜立下三年赌约，他也从未将锦夜当作敌人。就像他说的那样，在他心里，始终将锦夜当作当年的那个阿业，无论锦夜如何折磨他，他都无法去恨锦夜。而如今，长风因为我终于跟锦夜兵戎相见，生死相搏。

同在一辆马车的春痕抱怨，"还有多远才能到？都颠簸近一日了。郎中一再嘱咐夫人要卧床静养，现在倒好，让夫人带着小姐一块儿遭罪！"

那个侍卫也颇为无奈，"快到了，穿过这个树林，就能到山谷入口。"

马车进入树林，林中异常安静，连鸟鸣声都没有。静得让人觉得反常，只能听见我们一行马蹄车轮碾碎落叶的声音。我们来到树林中央时，角落里响起一声极轻的口哨声。侍卫首领挥手让车马停住，警觉地四处巡视。

四周传来一阵阵沙沙的响声，不绝于耳，仿佛有人悄悄地接近。侍卫首领面色一变，大喝一声，"不好！是摄政王的人，咱们冲出去！"

众人催马疾驰，马车摇摇晃晃向前飞奔，我抱着熟睡的裳儿，春痕紧张地抓着我的胳膊，掐得我胳膊生疼。她带着哭腔问我："完了，摄政王捉住我们，不会杀了我们吧？"

我只能无奈地安慰她，"放心吧，不会的。"

眼见前方就是树林的尽头，跑在最前面的侍卫胯下坐骑突然前腿一弯，马背上的侍卫跌落下来！原来林中早已布下陷阱埋伏。

疾驰的车马一下子顿住，就在此时，忽闻一阵马蹄雷鸣，杀声阵阵。四面八方的将士从天而降，如潮水一般涌了过来，玄黑色的铁甲在阳光下闪着寒芒。

锦夜的侍卫大声喝道："保护夫人！"众人纷纷抽出刀剑，驭马围住马车，在马车外形成一个保护圈。

外围的铁甲将士也在喊话，"摄政王有令，不要伤了林姑娘！"

我不愿他们刀光剑影，流血殒命。就在双方剑拔弩张、相互对峙的当口，我抱着裳儿跳下马车。马车内圈是锦夜的侍卫，外圈层层围着长风的铁甲军，像密不透风的铜墙铁壁。为首一人身形高大威猛，面目熟识，我定睛一看，正是雪屏山上曾见过的范南平范将军。

我疾步上前，锦夜的侍卫也跳下马来，持剑护在我身前，"夫人，锦大将军有令，务必将夫人带到落霞谷中。属下誓死保护夫人安全离开。"

我点点头，"我知道，我只是与范将军说两句话。"

范南平飞身下马，来到我面前，我俯头看着襁褓中兀自酣睡的裳儿，这么大的响动，竟然没有吵醒她。

我亲吻着她稚嫩的小脸，泪水涌出了眼眶，滴落在她红苹果一样的面颊上，"裳儿，娘的余生，日日都会为你祈福，但求你平安康健，无忧无愁！"

睡梦中的裳儿愫动着小嘴，浑然不知大人间的纠缠无奈，神情安详而惬意。

我深吸了一口气，硬逼回眼中泪意，将裳儿和那封信一并交到范将军的手里。那名身披战袍的铁甲将军平托着裳儿，好像捧着一块烫手的热山芋，神色尴尬，手足无措，"这……这是……"

我伸手将襁褓掩紧，目光止不住在裳儿的身上流连。我用尽量平静的声线向范将军道："将孩子交给摄政王。告诉他，让他撤兵！"我闭上眼睛，心中好像有万箭穿过，痛不可当，可我还是挣扎说道："还有就是，告诉他……不要再找我！"

我留恋不舍地最后看了一眼我的裳儿，狠心扭头，骑上侍卫的马，向山谷的入口策马飞奔。

急掠而过的风吹乱了我的长发，也吹干了我脸上的泪痕。我心中只剩下一个念头：我要去找锦夜。

落霞谷中处处兵甲，严阵以待。我因带着锦夜的令牌，没人敢拦我，顺利地到达谷中的宅院。

锦夜站在园子中间的凤凰树下，仰头看着树上灿若流火的红花，一身红衣，如水畔彤霞，十分炫目。大战当前，他不见丝毫的紧张恐慌，反倒是游园赏花般闲散惬意。

虽然这是那个一心要我命的锦夜，但我已经不再害怕。我要赶走这个占据着锦夜躯壳的幻影，我要那个锦夜回来，与他共度余生。

见到我只身到来，锦夜凤目斜睨，凌厉眼波破空而至，口中却漫不经心地问道："我不是让侍卫将你押解来吗？他们人呢？"

"被沐长风的铁甲军拦在山谷外了。"我据实以答。

锦夜眯起狭长的凤目，眼中杀气骤现，随即挑眉问我："哦？是吗？你跟沐长风的那个孽种呢？"

"我把裳儿交给了范南平范将军，让他将裳儿交给长风。"我平静地回答。

锦夜冷哼了一声，恼羞成怒道："竟然让那个小孽种回到了沐长风身边！"他义愤难平，红袖一挥，震落了树上的红花，如雨落下。

花落之后，锦夜脚下已是一片由凤凰花铺成的红毯。他轻轻拈下落在衣襟上的花朵，白皙的手指碾碎了花瓣，花汁浸染了他的指尖，一片鲜红。他悠悠道："虽然没有了那个小孽种，好在你倒是回来了。既然遇到了沐长风的铁甲军，你为何不借机回到沐长风身边？"

"我来是因为我要跟你一起走，归隐山林，过只有我们两个人的日子。"

锦夜仰头而笑，随手扔掉手里的残花。那朵凤凰花在空中划过一道优美的弧线，然后落在了地上。他笑得喘不过气来，勉强止住方问我："林若溪，是不是沐长风让你来诈降的？想引诱我出谷，然后将我一举歼灭？你们觉得我有那么愚不可及吗？不过我也要感谢沐长风将我想得这样蠢。我本来还懊恼让你逃了，谁料你竟然回来自投罗网。"

锦夜边说边向我走来，摆动的衣角似水中的涟漪。我看着他步步靠近，却没有躲闪，"锦夜，跟我走吧！给我们两个人一个机会，让我们包容彼此，互相取暖。"

锦夜依旧冷笑着，对我的话恍若未闻，他过来，扳着我的肩膀让我面向花园的中央。石亭的边上有一根立着的刑柱。他凑在我耳边，炫耀中带着蛊惑，"看见那个刑柱了吗？我要将你绑在上面。这花园地下埋有千斤硝石，只要一个火星，这里就是人间地狱。到时候，我会让沐长风亲眼看着你葬身火海，化为灰烬。"

他眼中闪着兴奋而疯狂的光芒，激动得身体都微微发抖。

有侍卫急急地闯过来，"禀锦大将军，摄政王带兵攻进山谷来了！"

我一惊，长风还是来了。锦夜笑得快意决绝，"来得正是时候！"

他一挥手，一粒燃着火星的火石落到园子角落的草丛中，嘭的一下子燃起一团巨大的火苗，迅速向四周蔓延。

锦夜拽住我的头发，将我拖到花园中的火刑柱前。我头皮像被掀掉一样发痛，眼泪扑簌而下。锦夜按着我，让我后背抵着刑柱，又低头将柱上的铁链一圈圈地缠绕在我身上。

我不管他是否听得进去，只自顾自地张口，"锦夜，让我们找个山清水秀的地方住下，盖一座房子，种一片果园。我还要在园子里种花，种好多好多的凤仙花，春天花开的时候，比天上的云霞还要美丽，我们可以在花丛前饮酒对酌；夏天我们在大树下乘凉，我给你讲故事，我会讲很多很好听的故事，保证你从未听过；秋天我们一起采摘果实，吃不了的，我会做成果酱，留着慢慢品尝，我要给你烤面包，配上果酱，比宫里御厨做的点心还好吃，你一定会喜欢；冬天，北风呼啸，我们燃上两盆炭火，在温暖如春的屋里看外面雪花纷飞，天地洁白……"

我流着泪，固执地诉说，锦夜的动作越来越慢，拿着铁链的手不住地颤抖，仿佛那铁链有千斤重，让他不堪负荷一般。

我被紧缚在刑柱上，无法动弹。园中的火苗已经蹿到树上，烟熏火燎的气味呛得我咳嗽不止，我泪如雨下，"锦夜，这一次，我真的没有骗你！"

锦夜缓缓直起身，闭目仰头，一滴清泪顺着他紧闭的眼角滑下，他叹息着呓语，"溪儿，一切……都太晚了！"

我的锦夜终于回来了！我高兴得又哭又笑，语无伦次，"不晚，锦夜，一切都不会晚，我们的生活刚刚开始。长风不会对我们赶尽杀绝，他会放过我们的。"

我焦急地看着园子周围已经烈火熊熊，很快就会烧到这里。空气都炙烤起来，景物在烧灼的气体中模糊晃动。四周全是火烧树木的噼里啪啦的响声，远处还隐隐可闻厮杀声和刀剑相碰的声音，越来越近。

"锦夜！"我急急地呼唤依旧闭目的锦夜，身上的皮肤因火苗的炙烤而感到灼痛，嗓音也干涸沙哑，"我们快走吧！我们从密道逃走，你说过，那个密道只有我们两个人知道。没有人能够捉到我们，我们神不知鬼不觉地就可以逃出落霞谷，从此在人们视线里消失。"

锦夜睁开眼睛看我，狭长的凤目中深邃如渊，烟波浩瀚。他回头看了一眼逐渐贴近的火苗，伸手握住我身上的铁链，手指一收，铁链环环断落，我身上的束缚骤然一松，他已经拉着我进入石亭。

机关开启，石门应声而开，锦夜将我推入密道，自己仍然站在门口，用身体挡着不让石门关闭。他身后，丈高的火苗铺天盖地，而他一身红衣比赤色的火焰更加凄艳。

密道中幽暗清凉，与外面火烧火燎的炙热犹如两重天地。我拉着锦夜的手，试图将他也拉进密道。他身如磐石，任我用尽全身的力气却撼动不了分毫。

"锦夜！"我哭着继续拉他的手，"进来啊！跟我一起走！"

他默然不语，从怀中掏出一样东西，套在我左手的无名指上，我低头一看，是曾经被我扔还给他的那枚金刚钻的戒指，流光溢彩，晃得人睁不开眼睛。

在我愣神的当口，锦夜忽然俯下头，柔软芬芳的嘴唇吻在我的额上。我只觉额头一暖，他已经直起身，目光深情地看着我，"溪儿，这是我能为你做的最后一件事。从此之后，再也没有人能够伤害你，你再也不用感到害怕！"

我愕然看着他，一时没有明白他话中的深意。呆立间，他推了我一把，我猝不及防倒退了两步，眼睛依然锁在他身上。

一抹温柔的笑意荡漾在他绝世无双的脸上，他最后看了我一眼，转身而去，红衣翻飞，一如扑火的飞蛾。

石门在我眼前关闭，将烈焰和他都隔在门外。

"锦夜！"我醒过神来，疯了一样地扑过去，捶打着石门，空旷的石洞里只听见我声嘶力竭的呼唤。不要，锦夜，求你，不要就这样离开我。给我一个爱你的机会，我会努力，我会好好去爱你！我会让你忘记所有的伤痛，我会让你的天空充满温暖的阳光，不再阴霾……

不知过了多久，我终于力竭地跌坐在地上，石门被火焰烧得已然烫手。我的眼泪流干了，心中是满满的无助和绝望，好像陷落在沼泽里，慢慢等着四周的泥浆将我吞没。

"若溪！"身后一个焦急的声音呼唤着我的名字，我茫然回头，转动着失神的眼睛，看见长风自密道那边狂奔而来。未等我从地上爬起来，他一俯身，将我抱在怀里。那个怀抱熟悉而温暖，我一时怔住，还以为自己是在做梦，颤动着干涩的嘴唇，呓语着："是你吗？长风，你怎么来了？"

"若溪！"长风将我紧紧搂在怀中，仿佛再也不愿放开手，"西门兄从江映容那里知道了这个密道的秘密，他告诉了我密道那头的入口之处，我便赶来了。外面已是一片火海，阿业去哪里了？"

我回过神来，一把抓住他，结结巴巴，语无伦次地说："锦……锦夜在门那边，他……一心求死……快，长风，救他……他是那个锦夜……他回来了……救他！"

长风起身，目光中透着坚毅，"放心吧，若溪，对阿业，我从没有放弃过。"他抽出腰间的长剑，对着石门一剑劈去。当啷一声响，火花飞溅，长剑应声而断，石门上只余一道浅痕。

我本来燃起的希望又被冰水浇灭，呆呆地看着石门。长风扔掉手中半截长剑，自袖中抽出一柄通体碧绿的短剑来，映得石壁上如荡寒波。

"碧渊剑！"我失声道。

"对，是西门兄的碧渊剑。"长风凝眸望着被那边的烈火烧得隐现红色的石门，沉声道："碧渊遇火而无坚不摧！"话音将落，他凝聚全身的力量，举剑向石门正中最火红的那个点砍去。当的一声，洞内余音不绝，石门上已裂开一道缝隙，炙热的气体，从裂缝中透了过来。长风不停地举臂挥剑，叮当声不绝于耳，裂缝越来越大，终于随着一声轰响，石门四分五裂。

热浪差点将我们掀翻，石门外已是一片人间炼狱般的火海，焦枯的树木在炙热灼人的气体中以诡异恐怖的姿态扭曲着，到处都是燃烧的火苗，疯狂地吞噬着一切，山谷上方的天空都映得火红，果真如"落霞"一般。

我踉跄着跑出石洞，四处寻找那抹红色的身影。

耳边传来隐隐的刀剑声，在烈火的噼啪声的映衬下并不真切，我扭头看去，透过熊熊的火焰，可以看见石亭的外边，几个人影围着锦夜。锦夜身上的红衣下摆已被火焰点燃，如浴火的凤凰。

一支乌羽箭携着火焰，撕裂了炙热的空气，破空而来，直奔锦夜的背心。"锦夜……"我嘶声叫着他的名字，浑身的血液都在这一刻凝固。

斜刺里冲出一个身影，迅如闪电，在千钧一发之际挡在了锦夜的身后，仿佛能够听见噗的一声轻响，箭头钻进了那人的胸口。

"长风……"我以为我喊了出来，其实我只是张着嘴，却没有发出声音，心似被车轮碾成了粉齑，我疯了一样地扑过去。

　　头顶的石亭将倾，小块带着火焰的石头瞬里啪啦下雨般落在身旁。我顾不得躲闪，只觉眼前一花，锦夜已携着长风掠了过来。我们扶着长风进了石洞，刚踏过破碎的石门，身后一个火球炸开，山谷间地动山摇，轰鸣阵阵，外面的石亭终于坍塌，巨大通红的石块严严实实地堵住了石洞门口，形成屏障，将一切都阻在了外面。

　　石洞内骤然安静下来，长风委顿倒地，半倚在锦夜的怀里。我哆哆嗦嗦地去看长风，那支乌羽箭笔直地插在长风的心口，仅余半尺长的箭羽露在外面。此刻长风面色惨白，他冲着我张了张嘴，一缕鲜血顺着他的唇角流了下来。

　　一颗心坠入万劫不复的冰窟之中，巨大的恐惧像张牙舞爪的怪兽，瞬间抓紧了我，我腿一软，跪坐在他身边，呓语着："长风，长风，你不要吓我……"我握着他冷得像冰块一样的手，将他的手贴在我的脸上，想用夺眶而出的热泪把他的手焐热，"长风，你答应过我，不会丢下我的，你答应过的……"

　　我的泪没能焐热他的手，却让自己的脸颊冰冷一片，长风费力地用手拂去我的眼泪，却怎么拭也拭不净。"若溪……不哭……"他的声音轻得像落雪，点点滴在我的心上，化作冰冷的水渍。"我见到我们的女儿了……"他苍白的脸上露出喜悦的神色，精致的唇角嚙着一抹温柔的微笑，"真是个漂亮的娃娃……只可惜啊……"他叹息着，眼中的神采渐渐黯淡，"我不能陪着她长大……"

　　心中被排山倒海般的痛意所淹没，我泣不成声。

　　"坚持住，长风！"身边的锦夜也早已是泪流满面，他抱着长风的肩膀，痛心疾首道："你不能死！溪儿为你受了那么多的苦，你不能丢下她们母女两个。该死的是我！我被仇恨蒙蔽了双眼，枉费了我爹当年的一番苦心，更害了你跟溪儿。"

　　锦夜说着，抓起地上的残剑向颈中抹去，却被长风一把握住了手臂，"阿业……"长风拼尽了身上最后一点力气，他的嘴唇像雪一样白，在鲜血的映衬下透出惨淡的灰色，"在我心中……你一直是那个……跟我一起……比剑赛马的阿业……"他的目光渐渐涣散，不断涌出的鲜血带走了他眼中最后的神采，像逐渐熄灭的炉火，只余燃尽的灰烬，"你……要活着……替我……照顾她们……"

　　他的声音渐次低下去，微不可闻。他似乎倦极，不管如何努力，依旧无法抵挡睡意似的缓缓闭上眼睛，头一歪，靠在锦夜的臂弯里。

　　"长风……"我撕心裂肺地唤他，失声恸哭……

锦夜如画，长风当歌

　　江南的云雾山风景秀丽，美不胜收。我手握三枝花瓣半拢的白莲，穿过山间漫布青草的小径，来到长风的墓前。因怕朝廷追查，墓碑上隐去了皇家的姓氏，只刻着"夫，长风"几个字。我固执地认为，相较冰冷肃穆的皇家陵园，长风会更喜欢睡在青山绿水之间，在这里，他还可以日日看着我和裳儿，不会孤单。

　　我将白莲放在墓前，又用衣袖擦了擦石碑，手指拂过长风的名字，指尖缠绵，仿佛抚着他如玉的面颊，"长风，裳儿这些天又重了好多，抱她一会儿都觉得胳膊疼。她睡着的时候可好玩了，一会儿哭一会儿笑，表情丰富极了，让我看上几个时辰都不会觉得烦闷。我这才知道，原来小婴儿也是会做梦的。"我絮絮地说着裳儿的琐事，想象着长风就在我对面，微笑着倾听，"还有一件事，我要问问你，裳儿的大名定为'沐锦裳'。你喜欢这个名字吗？"

　　一阵清风自山间吹过，树叶沙沙作响，仿佛是长风的回答。

　　我觉得眼眶湿润，却依旧在微笑，因为长风不喜欢看到我的眼泪，他喜欢我笑着生活。"长风，你曾说过要与我归隐山林，不问世事，做一对神仙眷侣，现在，我们也算是达到了一半的理想，只可惜天人相隔，你在墓里，我在墓外，不得相见。不过，你不要睡得太沉，你要等我。我本来是不相信什么轮回转世的，但是现在，我信了。因为我们这一世的欢聚太短暂，我相信老天会怜惜我们，补偿我们来世再见。"

一个身影来到我身后，我扭头看到一身蓝衣的锦夜手里拿着一个青绿色的竹篮。虽然我觉得他还是穿红衣最好看，但他却坚持说蓝色才是他最钟爱的颜色。好吧，反正他那个长相，穿什么都是绝色倾城。

"裳儿睡了？"我轻声问，心中有那么一点小小的妒忌，虽然我是裳儿的娘亲，但裳儿似乎更喜欢锦夜，尤其是睡觉的时候，更是非要锦夜抱她才肯入睡。于是我这个懒惰的母亲，就将哄孩子的任务全权交给了锦夜。

"嗯，睡得香甜。"锦夜边点头边从竹篮中拿出两个小小的白玉酒杯，又拎出一个酒壶将酒杯斟满，空气中立刻就充盈着清冽的酒香。

锦夜将一杯酒倒在长风墓前的土地上，又自己饮下另一杯，方对我说道："小时候在饭桌上，我爹和哥哥们常常会饮几杯酒，因我年幼，从不让我沾染。于是有一次我就偷出来一坛酒去找长风，因为书里说酒逢知己千杯少，酒当然要跟好友一起喝才有意趣。结果，我们两个都醉了。我被我爹捉回去打了一顿，长风也被他爹禁足了一个月。"锦夜微笑着，又将酒杯注满，"如今，再也不会有人约束我们，我们终于可以一醉方休……"说着，仰头喝下杯中酒，眼角却有一滴泪滑落。

回去的路上，我们并肩而行。我们将房子建在了半山上，虽是竹篱瓦舍朴实无华，但胜在清幽别致，温馨自在。屋外是一片莲池，房前屋后种满了凤仙花。夏季时节，湖面清风带着水汽和花香吹进屋内，满室清芬，虽是陋室，亦是我的人间天堂。

掌灯时分，春痕拿着一个烫金字的大红喜帖进了屋，"夫人，洛城的风云堡送来一个喜帖，说是风云堡的西门堡主今日迎娶第三十四房侍妾。"

我接过喜帖，偷窥了一眼锦夜，他正抱着裳儿哄她睡觉，姿势娴熟，比我都强。裳儿在他的怀抱中睡眼惺忪，却还强撑着冲锦夜一个劲地笑。

锦夜清凌凌的目光瞟过我，貌似漫不经心道："我记得西门庆华说过他有三十二房侍妾，怎么都娶到第三十四房了？"

我偷偷吐吐舌头，没敢搭腔。锦夜又瞟了我一眼，他冷脸的时候，还是颇有威仪的。我一阵心虚，忙转移话题，色厉内荏道："怎么？羡慕他啊？你也想学他娶几十个小老婆回来？"

锦夜哑然，不敢再摆脸色，在我的淫威下低眉顺眼道："余生唯愿与你共度。"

我闻言微笑，他已完全走出了阴霾，接受了我的爱意，曾经荒芜的彼岸终于开出美丽的花朵。

"我也是。"我轻声道。

锦夜从裳儿已熟睡的小脸上抬起眼帘，回给我一个暖如春风的微笑，眼中波光，似水清亮。

锦夜起身将裳儿放到床榻上，携起我的手，与我并肩立于窗前。窗外熏风轻拂，送来阵阵莲花的清袅幽香。夜空中一轮皓月，洒下如水月华，远山近水都似笼着一层柔亮的轻纱。一只翠鸟自水面飞过，翅尖划过碧水，搅碎了满湖的波光月影……

我慢慢地将头靠在锦夜肩上。但觉锦夜如画，长风当歌……

（全文完）